devoção

TRACY WOLFF

devoção

TRADUÇÃO
MARCIA BLASQUES

astral cultural

Este livro foi revisado segundo o Novo Acordo Ortográfico da Língua Portuguesa.

Editora Natália Ortega
Editora de arte Tâmizi Ribeiro
Produção editorial Ana Laura Padovan, Andressa Ciniciato, Brendha Rodrigues e Thais Taldivo
Preparação Letícia Nakamura
Revisão João Rodrigues e Carlos César da Silva
Capa Bree Archer
Fotos de capa BlackJack3D/GettyImages, ptasha/GettyImages, Renphoto/GettyImage
Foto da autora Mayra K Calderón

Dados Internacionais de Catalogação na Publicação (CIP)
Angélica Ilacqua CRB-8/7057

W837s

Wolff, Tracy
Devoção / Tracy Wolff; tradução de Marcia Blasques. — Bauru, SP : Astral Cultural, 2024.
544 p. (Série Crave)

ISBN 978-65-5566-430-0
Título original: Cherish

1. Ficção norte-americana 2. Literatura fantástica I. Título II. Blasques, Marcia

23-5997 CDD 813

Índice para catálogo sistemático:
1. Ficção norte-americana

BAURU
Rua Joaquim Anacleto
Bueno 1-20
Jardim Contorno
CEP: 17047-281
Telefone: (14) 3879-3877

SÃO PAULO
Rua Augusta, 101
Sala 1812, 18º andar
Consolação
CEP: 01305-000
Telefone: (11) 3048-2900

E-mail: contato@astralcultural.com.br

Para as pessoas que amo:
Steph, Adam, Noor e Omar.
Para todo o sempre.

Capítulo 1

UMA FITA PELOS SEUS PENSAMENTOS

— Acha que algum dia vamos ver este lugar de novo? — A pergunta escapa dos meus lábios enquanto Hudson e eu atravessamos o campus até a lanchonete onde vamos nos encontrar com Éden e Heather.

Originalmente, tínhamos marcado no centro universitário, mas o café é melhor na lanchonete, e acho que Heather está tentando impressionar uma certa dragão.

— Lógico que vamos — Hudson me diz, deslizando sua mão reconfortante na minha. — Por que você pensaria o contrário?

Olho de relance para ele.

— Da última vez que estivemos no Reino das Sombras, levamos anos para encontrar um jeito de voltar para este mundo. *E eu me esqueci de você.*

A culpa de tudo o que esqueci dança nos cantos da minha mente há meses, mas agora que recuperei as lembranças do tempo que passamos em Adarie... é como um soco bem no coração.

Tudo o que quero fazer é dar meia-volta e correr para casa, para simplesmente poder *pensar* em tudo aquilo. Para poder ficar com Hudson enquanto revisito minhas recordações, apreciar todas as coisas que fizeram com que eu me apaixonasse por ele daquela primeira vez — incluindo aqueles malditos chamado de pássaros que ele fazia.

O fato de ele ter tudo aquilo dentro de si durante os meses desde o nosso retorno, e eu não tinha a menor ideia... A dor é indescritível. Faz meu estômago revirar e transforma cada parte do meu ser em um ferimento aberto e purulento.

E só fica pior quando Hudson ri do que acabo de dizer e acrescenta:

— Você fala isso como se fosse um crime.

— Parece um crime — respondo, lutando contra as lágrimas que ardem no fundo dos meus olhos.

Ele aperta minha mão, esfrega o polegar sobre o duplo anel de promessa no meu dedo anular esquerdo — metade da cidade dos gigantes, metade do Reino das Sombras.

— Já falei que sou o cara que teve sorte o bastante para que sua garota se apaixonasse por ele duas vezes. Não me sinto nada mal por isso.

— Por enquanto.

Ele ergue uma das sobrancelhas à medida que me encara com aqueles olhos azuis provocantes.

— Quer dizer que está planejando *deixar* de me amar? — ele pergunta. — Se é isso, não estou de acordo com essa parte do plano.

— É óbvio que não estou *planejando* deixar de amar você — respondo, com uma bufada. — Mas eu também não planejava deixar de amar você na última vez que deixamos o Reino das Sombras. Essas merdas acontecem.

Sem mencionar que ainda não sabemos *por que* perdi minha memória. Assim que a recuperei, Hudson sugeriu que podia ter algo a ver com a gigantesca quantidade de magia de dragão do tempo que foi usada contra mim, mas tenho minhas dúvidas.

— Bem, então serei o cara que terá a distinta honra de ter sua consorte se apaixonando por ele três vezes. Há coisas piores no mundo.

— Sim, porque deu supercerto da última vez. — Balanço a cabeça. — Não consigo acreditar em quanto eu…

— Ei. — Hudson me interrompe e me puxa para um abraço bem onde estamos, na calçada cheia de gente, entre a farmácia e meu restaurante de tacos favorito. — Funcionou superbem da última vez. Estamos aqui, não estamos?

— Agora — replico. — *Agora* estamos aqui. Mas foram vários meses desperdiçados, nos quais não estávamos aqui. Foi muita dor, um monte de sofrimento e muita dor de cabeça. É tão estranho assim que eu fique ansiosa com o fato de que um de nós pode ter que passar por tudo isso de novo?

— O *agora* é tudo o que importa. Você é minha consorte. Sempre será minha consorte, e sempre vou amar você. Como poderia ser diferente? — Os olhos dele brilham, e ele acrescenta: — Ei, "eu atravessei o tempo por você, Grace. Amo você. Sempre amei". E sempre amarei.

É ridículo, mas nem o fato de saber que ele está citando o filme que se tornou um dos nossos favoritos nos meses que ficamos presos em seu pseudocovil impede meu coração de se derreter. Mas é óbvio que derreter meu coração — e o restante de mim — nunca foi problema para Hudson. Mesmo no início.

Isso não me impede de provocá-lo um pouco.

— James Cameron ligou. Ele quer a frase dele de volta.

Ele dá uma gargalhada.

— Então você percebeu, né?

— O fato de que você acaba de usar uma frase de *O Exterminador do Futuro* comigo? Sim, percebi.

— Não é minha culpa que aquele filme tenha tantas frases boas.

— Não, mas esse amor completo e absoluto pelo filme é *inteiramente* sua culpa. — Seguro sua mão e o puxo para dentro da farmácia.

— O que posso dizer? Tenho um coração romântico. — Hudson olha ao redor. — O que estamos fazendo aqui?

— Vamos olhar a seção de embrulhos para presente. Quero ver se eles vendem alguma fita brilhante — respondo, enquanto o levo até o fundo da loja.

Eu não acreditava que fosse possível, considerando o jeito como ele vem me olhando desde que mencionei ter me lembrado de tudo o que aconteceu no Reino das Sombras, mas a expressão de Hudson se suaviza ainda mais.

— Você quer levar mais fitas para ela?

Sua voz rouca reflete a dor que sinto no peito quando nós nos lembramos da minúscula umbra que ele amava como se fosse uma filha. Aquela que sacrificou a vida para salvá-lo. Não, ela não está morta. Preciso acreditar que ela está em algum lugar, à espera de que Hudson a encontre outra vez.

— Não venha com pieguice para cima de mim agora. É puro egoísmo da minha parte — rebato, tossindo um pouco para limpar minha garganta repentinamente apertada. Pego um rolo grosso de fita dourada brilhante e observo a embalagem. — Preciso que Smokey goste de mim.

— Ela *gosta* de você.

Paro a análise que faço da fita vermelho brilhante *versus* a fita rosa-choque para encará-lo com uma expressão do tipo "você está me zoando". Nesse ponto, ele pega os dois rolos de fita — e acrescenta um prata brilhante também — e segue para o caixa mais próximo.

— Talvez "gostar" seja uma palavra forte. — Ele para e pega uma caixa de biscoitos de cereja da estante de guloseimas a caminho do autoatendimento.

— Talvez "gostar" seja uma completa *mentira* — retruco, pegando meu cartão de crédito para pagar.

Mas Hudson é mais rápido do que eu, como sempre, e usa seu American Express Black. Pego as compras e as guardo na mochila antes de sair da loja.

Ele não diz mais nada ao longo de nossa caminhada, mas segura minha mão como se fosse uma tábua de salvação.

Não posso deixar de ponderar se ele está mais preocupado com a viagem do que deixa transparecer, porém, antes que eu consiga perguntar, ele murmura:

— Ela está lá, certo?

— Está — respondo, apertando sua mão com mais força. — Vamos encontrá-la, Hudson. Começaremos na fazenda e, se Smokey não estiver lá, vamos continuar a procura até descobrirmos sua localização. Ela está lá, aguardando que você a encontre de novo. E encontraremos. Prometo.

Ele assente com a cabeça, mas percebo que continua preocupado. E não o culpo. Smokey me odiava, mas não pude deixar de a amar, se não por outro motivo, então por ela amar este garoto que nunca soube o que era o amor, mas que merecia todo o amor do mundo. E agora que me lembro do Reino das Sombras e de tudo o que aconteceu lá, a ausência dela me destrói. Não consigo sequer imaginar como tem sido para Hudson todos esses meses.

— Ei — eu o chamo, nos levando até um recanto na parede entre dois edifícios. — Me escute. Vamos encontrar aquela umbrazinha ridícula.

Tento demonstrar o máximo de confiança que consigo em minha expressão, esperando que o medo de que Smokey não tenha sobrevivido esteja enterrado tão fundo que Hudson não consiga perceber. Porque, por mais que saibamos que o fogo do dragão do tempo reconfigura linhas temporais e envia aqueles que entram no Reino das Sombras para o ponto em que estavam logo antes de entrarem em Noromar... não tenho ideia do que aconteceria com uma criatura que *nasceu* ali.

Cerro os dentes para impedir qualquer pensamento de que Smokey tenha ido embora para sempre e mantenho o olhar de Hudson, desejando que acredite em mim quando digo que Smokey está bem.

Quando o canto de seus olhos criam ruguinhas e um sorriso torto eleva um dos cantos de sua boca, solto um suspiro de alívio. Ele balança a cabeça.

— Ela realmente é ridícula, não é?

— Ridícula demais. E se quiser voltar para cá conosco, então teremos que achar um jeito de trazê-la também.

— E o que vamos fazer depois que a trouxermos para cá? Ela não vai passar despercebida.

— Vamos escondê-la, claro. Como Lilo fez com Stitch... só que muito melhor.

Hudson dá uma gargalhada, exatamente como eu queria que fizesse, mas ainda consigo distinguir a preocupação em seu olhar. Isso me mata. Hudson fez tanto por mim, sempre garantiu que eu estivesse em segurança, mesmo no meio das piores situações imagináveis, e quase nunca pediu nada para si. Essa é uma coisa de que ele precisa — saber que Smokey está feliz, saudável e bem. Pode ter certeza de que moverei céus e terra para que ele consiga isso.

Ele me encara por um segundo, os olhos analisando os meus em busca da resposta da pergunta que ele sequer sabe que está fazendo.

— Amo você, Grace.

— Através do tempo. Eu sei — provoco.

— Através de qualquer coisa — complementa ele, e nunca pareceu falar tão sério.

— Amo você também. — Eu me inclino e o beijo, revelando a pequena onda de sensações que me atravessa assim que nossos lábios se tocam. — Não importa o quê.

Ele se aproxima a fim de aprofundar o beijo, e eu permito, porque nunca quero recusar nada que tenha a ver com esse garoto. E também porque estou perdida no instante em que ele raspa uma das presas no meu lábio inferior. Um arrepio sobe pela minha coluna, e meus dedos se curvam na frente de sua camiseta, enquanto me entrego a ele — a isso — ainda que sejam por mais uns segundos.

Então me obrigo a dar um passo para trás, ainda que tudo o que eu mais deseje seja arrastar Hudson para casa e fazer muita sacanagem com ele. Ou deixá-lo fazer comigo.

Entretanto, temos coisas a fazer e pessoas contando conosco, então abro um sorriso e anuncio:

— Precisamos ir. Heather e Éden estão à nossa espera.

Ele assente com a cabeça, então se inclina adiante e mordisca meu lábio inferior mais uma vez. Quase mando tudo para o inferno. Elas já esperaram todo esse tempo — podem esperar mais um pouco.

Mas então me lembro de Smokey, de Mekhi e de todas as outras questões que precisamos resolver. Pego a mão de Hudson.

— Vamos — digo a ele.

Ele revira os olhos, mas não discute, e seguimos pela calçada movimentada. Só avançamos um ou dois quarteirões antes que Hudson entre de súbito na minha frente, com os ombros tensos.

— Qual é o problema? — pergunto, tentando enxergar ao seu redor à medida que meu coração acelera no peito.

Mas ele está ocupado demais vasculhando os arredores para responder.

— Hudson? — chamo, depois que vários segundos se passam e ele não relaxa sua vigilância ou sua postura.

— Desculpe — ele pede por fim, dando um passo para o lado. — Pensei ter visto alguma coisa.

— O quê? — Olho para os dois lados da rua, enquanto respiro fundo algumas vezes para me acalmar. Há vários alunos da faculdade em moletons da universidade do lado externo de uma sorveteria, homens e mulheres em roupas sociais indo e vindo do trabalho, e uma mãe empurrando seu bebê em um carrinho, mas é só isso. Pelo menos até onde posso ver.

— Não sei. Eu só... — Hudson balança a cabeça e pega minha mão de novo. — Não foi nada.

— Acho que não — concordo enquanto voltamos a caminhar, mas não consigo deixar de espiar atrás de mim de vez em quando, só por precaução.

Quando dobramos a esquina e atravessamos a rua, Hudson pergunta:

— Não vamos deixar Heather ir conosco, vamos? Ela é humana.

— Ei! — Faço uma careta. — Não diga isso como se fosse uma coisa ruim. Fui humana por muitos anos.

— Você sabe o que quero dizer. Me preocupa que alguma coisa aconteça com ela.

— Eu também — respondo. — E é por isso que a deixaremos nos acompanhar por enquanto. Mas no segundo que descobrirmos como ir para o Reino das Sombras, vou comprar uma passagem de avião para ela voltar para cá.

— Ah, ela vai adorar isso.

— Vou comprar uma passagem de primeira classe — digo, mostrando-lhe a língua. — E Heather *vai* adorar... certamente mais do que morrer nas mãos da Rainha das Sombras ou de quem sabe o quê.

— É um bom argumento — ele admite quando dobramos a esquina da lanchonete, e nos deparamos com a entrada brilhante a cerca de três metros de distância. — Além disso, você já tem uma pessoa carente de quem tomar conta. Não dá para dividir muito sua atenção.

— Ah, é? — pergunto, erguendo as sobrancelhas. — Está se sentindo carente?

— Por favor. — Ele dá uma fungada típica dos britânicos enquanto segura a porta para que eu entre. — Eu estava me referindo a Flint.

Começo a rir, porque ele não está errado. Mas vamos conseguir. Enquanto Hudson e eu estivermos juntos, tudo vai ficar bem.

Dou-lhe um sorriso ao entrar na lanchonete... e dar de cara com Jaxon e Flint bem chateados.

Capítulo 2

O CORAÇÃO ESTÁ NO LUGAR ERRADO

Assim que percebo diante de quem estou, eu me jogo em cima de ambos. Eles me pegam — é claro que sim — e coloco cada um dos meus braços ao redor do pescoço deles enquanto os abraço o mais apertado que posso.

Faz mais de um mês que estivemos juntos pessoalmente. Agora que Hudson e eu moramos em San Diego e eles moram em Manhattan, não nos vemos com a frequência que eu gostaria. A chamada de vídeo é a segunda melhor opção, mas não é a mesma coisa.

Flint ri ao tirar de seu rosto algumas mechas rebeldes dos meus cabelos. Então me abraça e me afasta de Jaxon, me rodopiando algumas vezes.

— Está com uma cara boa, novata.

Faço uma careta de mentirinha ao ouvir o velho apelido, ainda que ele me faça sorrir. Flint e suas provocações nunca mudam — algo pelo qual sou muito grata em um mundo que vira de cabeça para baixo com tanta regularidade.

— Eu gostaria de poder dizer o mesmo sobre você, *garoto dragão* — retruco. — É um baita olho roxo que você tem aí.

Mas ele só dá uma risadinha.

— Você devia ver o outro cara.

Enquanto Flint e eu continuamos a brincar, Jaxon limpa a garganta de um jeito que significa "prestem atenção em mim". É a vez de Flint esboçar uma careta para mim, enquanto nós dois nos voltamos para meu ex-consorte.

— Você parece bem, Jaxon — comento, em tom de voz condescendente.

— É um pouco tarde demais para isso — ele responde. Mas então me dá outro abraço, e os cheiros reconfortantes de água doce e laranjas me envolvem.

— A Corte Dracônica parece te fazer bem — Hudson comenta ao se juntar a nós.

— Pelo menos alguma coisa faz. — Flint sorri ao passo que dá um vigoroso tapa nas costas de Hudson. Porque, ao que parece, é o que fazem os homens que costumavam ser inimigos, mas agora são amigos.

Jaxon bufa de um jeito que não parece inteiramente brincadeira e diz para Flint:

— Acho que ele está falando comigo.

O sorriso de Flint desaparece e ele murmura:

— Eu sei.

Mas Jaxon está ocupado demais estudando Hudson para perceber.

— San Diego parece fazer bem para você também, mano. Com certeza, mais do que a Corte Vampírica.

Hudson sustenta o olhar do irmão, e minha atenção vai de um para o outro, e sinto que eles estão comunicando muito mais do que estamos ouvindo.

— Quem diria que vampiros conseguem se bronzear? — Hudson por fim responde enquanto seguimos para nossa mesa, onde Éden e Heather se olham com ar apaixonado por sobre uma porção de fritas. Pelo menos até onde Éden consegue fazer uma expressão apaixonada... o que, no momento, é mais do que jamais esperei.

— Acho que aquele anel que Remy deu a você veio bem a calhar. — Flint acena com a cabeça na direção do anel no dedo de Hudson que permite que ele beba sangue humano e ainda caminhe no sol.

Sorte a minha.

— Veio mesmo — Hudson responde, e o olhar que ele lança para o irmão e depois para Flint me informa que ele e eu percebemos a mesma coisa: que Jaxon também está bastante bronzeado, embora *não* tenha um anel. — Agora, que tal começarmos a festa?

Enquanto nos acomodamos perto de Heather e Éden, não posso deixar de me perguntar se o bronzeado de Jaxon significa que ele não está se alimentando de Flint. E, se esse é o caso, por que não?

Faço uma anotação mental para perguntar a Flint, quando não tiver tanta gente por perto, se eles estão com algum problema. Odeio a ideia de as coisas estarem mal entre eles, em especial quando os dois estão se esforçando tanto para que seu relacionamento incipiente dê certo na Corte Dracônica.

Heather imediatamente passa os braços ao meu redor, e retribuo o abraço. Nós nos afastamos por muito tempo, e é um alívio e tanto termos nos reaproximado. Nunca me canso de ver minha melhor amiga. Trocamos comentários sobre a tempestade recente, mas ficamos tensas quando Éden grita.

— Puta merda! — ela exclama depois de enfim afastar os olhos de Heather por tempo o bastante para perceber o restante de nós. Ela encara o olho roxo de Flint, e sei por que está tão surpresa. É raro ver um dragão com um hematoma desses, em parte porque eles não levam golpes fortes o suficiente para deixar marcas com muita frequência e em parte porque eles se curam bem rápido. — O que aconteceu com você?

Jaxon responde por ele:

— O que aconteceu é que ele se recusou a correr quando eu disse para fazer isso.

— É sério? — Flint o encara com uma expressão de incredulidade. — Do que diabos eu devia correr? Não tinha nem uma dúzia deles.

— Mesmo assim, de algum modo você ficou com o olho roxo — Jaxon responde.

Flint ergue as sobrancelhas.

— Não foi por causa *deles*. Foi porque você jogou aquele cara em cima de mim sem nem me avisar antes. Acho que era para que eu terminasse o que você deixou para trás.

— Não percebi que você não estava prestando atenção. — Jaxon se recosta em seu assento e cruza os braços em um movimento que conheço muito bem. — E quem grita quando joga alguma coisa para longe?

— Hum... todo mundo — respondo. — É, tipo, a primeira coisa que você aprende quando aprende a jogar bola no jardim de infância.

Jaxon faz um som de descrença no fundo da garganta.

— Bem, isso é entediante.

Todos damos risada, porque como não rir? Mas então Hudson pergunta:

— Então, quem eram essas pessoas que tiveram a péssima ideia de atacar vocês dois?

A questão interrompe as gargalhadas no mesmo instante — pelo menos para os dois dragões e para o vampiro-dragão sentados à mesa.

— A merda está correndo solta na Corte Dracônica — Éden responde por fim.

— Que tipo de merda? — pergunto, arregalando os olhos. — Nuri e Aiden estão bem?

— Estão bem por enquanto — Flint responde. — Mas, para ser honesto, não estamos muito distantes de uma guerra civil aberta entre os clãs dos dragões.

— Guerra civil? Isso parece impossível. Estivemos lá há poucos meses para a Abastança, e tudo parecia perfeito.

— Sim, bem, muita coisa pode acontecer em alguns meses — Jaxon comenta.

— Há coisas e *coisas* — retruco. — Que diabos está acontecendo?

— Há uma dissidência crescente dos clãs que acham que minha mãe não é capaz de governar agora que não tem mais um dragão. Pediram que renunciasse, e ela recusou, então estão trabalhando para conseguir um voto de desconfiança contra ela na Corte Dracônica.

Um voto de desconfiança? Contra Nuri, a rainha dragão mais incrível que se possa imaginar? Parece inconcebível.

— Eles não vão conseguir, vão?

— Não sei. — Flint pega o copo de água de Éden e toma tudo em um único gole. — Há mais e mais deles a cada dia.

— Mas deve haver algo que os Montgomery possam fazer a respeito — sugiro.

— Não sei o quê. Os outros clãs parecem querer se livrar de todos nós — Flint diz isso como se não se importasse. Mas posso ver a dor em seus olhos e ouvi-la na inexpressividade calculada de sua voz.

— O que eles querem — Jaxon diz — é que você pare de exibir um vampiro em sua preciosa Corte. E que a governante deles recupere seu coração de dragão.

— Sim, bem, nenhuma dessas coisas vai acontecer como se fosse mágica — Flint retruca. — Vão ter de se acostumar a isso.

— E quanto ao seu pai? — Hudson pergunta, baixinho. — Ele pode governar no lugar dela?

Flint suspira.

— Ele faz parte da realeza pelo casamento apenas, e isso não é o bastante para que ele assuma o trono sem minha mãe.

— Certo. — Hudson assente com a cabeça como se fizesse sentido, ainda que pareça ridículo. Mas é óbvio que toda essa coisa de direito real do primogênito me parece bem arcaica. Para Hudson também, eu sei. É um dos muitos motivos pelos quais ele anunciou que abdicaria do trono, embora não seja "oficial" até uma cerimônia daqui a algumas semanas.

— Então o que vai acontecer se todo esse papo de desconfiança der certo? — pergunto.

— O que vai acontecer ou o que *deveria* acontecer? — Há um toque de amargura na voz de Jaxon.

— Tem diferença?

— Tem, sim — ele me explica. — O que *deveria* acontecer é Flint se apresentar e assumir o maldito trono.

— Você sabe por que não posso fazer isso. — Flint dá de ombros.

— Sei por que você *não vai* fazer isso — Jaxon murmura. — Não é a mesma coisa.

A tensão se estende entre eles, tensa como uma corda bamba de circo, e não consigo pensar em nada para distendê-la. Mas então Éden comenta:

— Vocês não disseram quem atacou os dois. Certamente não foi alguém do Conselho, foi?

A dragão parece tão tensa quanto eles enquanto espera a resposta, o que consigo entender completamente. Uma coisa é articularem um voto de desconfiança. Outra é atacar descaradamente o príncipe herdeiro dragão sem medo de represália.

— Sim, certo — Flint zomba. — Eles só fazem seu trabalho em salas escuras, onde ninguém consegue ver seus rostos. Contrataram alguém para nos atacar.

— Um dos clãs mais longínquos de dragões? — pergunto, porque não consigo imaginar quem mais seria míope o bastante para fazer algo assim.

— Pior — Jaxon diz, com uma risada de descrença. — Humanos.

— Contrataram humanos para tentarem derrubar vocês? Isso não faz o menor sentido.

Entretanto, ao falar isso, lembro-me do momento, na rua, em que Hudson entrou na minha frente. Ele sentiu algum tipo de ameaça, ainda que nenhum de nós tenha percebido algo enquanto vasculhávamos os arredores. Será que alguém estava nos seguindo para chegar até Jaxon e Flint?

O pensamento me apavora. A última coisa que quero é trazer algo até meus amigos que possa machucá-los, mesmo que de maneira inadvertida.

Mas, quando menciono isso ao grupo, Flint balança a cabeça.

— Não se preocupe com isso, Grace. Já sei que estão observando cada um dos meus movimentos. Não há nada que você possa fazer para tornar esse escrutínio ainda mais profundo. Além do mais, Jaxon e eu podemos lidar com qualquer obstáculo que entrar no nosso caminho.

— A questão não é com o que vocês podem lidar — retruco. — É não colocar vocês nessa situação, para início de conversa. Confie em mim, todos sabemos que você e Jaxon são durões.

— Ei, e quanto a mim? — Éden exclama.

— Ah, você é definitivamente durona — Heather responde, com ar sedutor. — Embora, eu deva dizer... quem sabia que dragões eram tão carentes?

— Todo mundo — respondo. — *Todo mundo* sabe que dragões são carentes.

— Com licença! Sou o menos carente aqui — Flint exclama.

Ele parece tão ofendido que todos caímos na risada, o que só o ofende ainda mais.

Pelo lado bom, o que restava de tensão se dissipa, bem quando a garçonete se aproxima para pegar nosso pedido.

Porém, assim que ela se afasta, todos meio que encaramos uns aos outros, sem haver certeza do que dizer a seguir. Até que Hudson por fim quebra o silêncio, perguntando:

— Então agora podemos falar sobre o fato de Mekhi estar morrendo?

Capítulo 3

GRANDES MENTES PENSAM MUITO

As palavras de Hudson nos atingem como um tapa, e o que sobrava de leveza desaparece.

Espero que todo mundo comece a falar ao mesmo tempo, com ideias. Em vez disso, ficamos sentados, em silêncio, como se o peso de nossa ação necessária esmagasse todos nós. Definitivamente sinto aquilo sobre mim, que faz meus ombros se curvarem e o estômago se retorcer. Como seria diferente, quando Mekhi está morrendo e precisamos de um plano para salvá-lo?

E não é qualquer plano. Tem de ser um grande plano — um que tenha mais componentes do que "invadir o castelo da Rainha das Sombras e exigir que ela cure Mekhi do veneno das sombras". E, igualmente importante, precisamos de um plano do qual todos que estão nesta mesa consigam retornar.

Já perdi amigos demais. Não vou perder mais nenhum.

Isso inclui Mekhi, que já se foi pelo que parece um ano, ainda que sejam só cinco meses.

— Quanto tempo Mekhi pode ficar na Descensão? — pergunto. A Carniceira o colocou nesse estado assim que percebemos que, nas Provações, ele tinha sido infectado pelo veneno das sombras, mas sei que houve problemas.

— Não temos muita certeza, mas não deve ser muito mais tempo. Semanas, não meses — Éden responde, e as palavras caem em meu peito como se fosse uma bigorna. Ainda que esperasse o pior, eu não imaginava que pudesse ser *tão* ruim assim. — A Carniceira diz que já lhe deu mais elixir do que qualquer vampiro na história já tomou, mesmo assim ele continua retornando a cada poucos dias. Se ela der mais — ela dá de ombros, com tristeza —, a cura pode ser pior do que o veneno.

Jaxon estremece ante as palavras, com a lembrança de que a vida de seu amigo está por um triz agora, e isso faz com que meu coração se aperte ainda mais.

Sei que ele se culpa pela situação de Mekhi e pelas mortes dos outros membros da Ordem. Mas agora não é hora de culpa. Neste momento, precisamos nos concentrar no que está bem diante de nós: chegar ao Reino das Sombras e curar Mekhi. Todo o restante pode esperar.

Falando nisso — percebo, com um sobressalto —, alguma coisa, ou alguém, não está diante de mim. E, definitivamente, devia estar.

Viro-me para Flint, com os olhos arregalados.

— Cadê a Macy? Achei que vocês iam se encontrar com ela e depois viriam juntos para cá.

Jaxon e Flint trocam um longo olhar que faz meu estômago afundar. Porque é difícil abandonar velhos hábitos, e passamos por coisa demais para que eu não me preocupe com a ausência da minha prima.

— O que há de errado com Macy? — questiono, ao mesmo tempo que enfio a mão no bolso para pegar o celular, com dedos repentinamente trêmulos.

— Não há nada de errado com ela — Jaxon me assegura, colocando a mão sobre a minha antes que eu possa mandar uma mensagem de texto para Macy. — É só que ela foi expulsa de outra escola ontem, e Foster e Rowena a levaram para morar com eles na Corte das Bruxas. Mas atualmente ela está de castigo em casa.

— De castigo em casa? — Éden repete, com um sorriso irônico. — Eles não acham mesmo que isso vai funcionar, acham?

Os outros riem e, se eu não estivesse tão preocupada com minha prima, também o faria. Macy passou por maus bocados nos últimos meses, desde que Katmere foi destruída e encontramos sua mãe na Corte Vampírica. Até agora, ela já foi expulsa de três escolas nas quais o tio Finn tentou colocá-la, e sua magia se tornou obscura o bastante para que nos preocupemos com ela. O que nos deixa um pouco assustados — *por* ela e *dela* —, para ser bem honesta.

— Quem diria? — Flint se recosta em sua cadeira e coloca uma das batatas fritas de Éden na boca. — Ao que parece, Rowena está pegando pesado desde que saiu daquele buraco dos infernos.

— Então não teremos Macy nessa viagem. — Parece esquisito anunciar isso em voz alta. — E isso significa que só temos que buscar Remy e Izzy...

— Sinto muito, mas também não haverá nada de Remy nem de Izzy... — Jaxon me interrompe. — Eles não podem sair da Academia Calder.

— Não podem sair, tipo, estão lotados de lição de casa? — indago, levantando as sobrancelhas. — Ou não podem sair, tipo, são prisioneiros?

É a vez de Hudson erguer uma sobrancelha.

— Com certeza é a primeira opção. Consegue imaginar algum diretor forte o suficiente para manter minha meia-irmã presa contra a própria vontade? Ou Remy?

É um bom argumento — um que finalmente acalma meu coração acelerado. Bem, isso e o polegar de Hudson acariciando os nós dos meus dedos por baixo da mesa.

— Então seremos apenas nós? — questiono, mirando cada um dos rostos presentes. — Só nós seis?

Jaxon se inclina para a frente e cruza os braços sobre a mesa.

— Asseguro que sou mais do que capaz de pegar um antídoto no Reino das Sombras.

— Você diz isso porque não conhece a Rainha das Sombras.

— E você conhece? — ele retruca.

Claro que Jaxon não sabe que Hudson e eu já estivemos lá. Hudson nunca falou nada sobre o que aconteceu durante o tempo em que ficamos presos juntos, e eu acabei de me lembrar. Aguardo até que Hudson atualize todo mundo agora, mas ele não se pronuncia. Em vez disso, olha para mim, com ar questionador.

— Hudson e eu lutamos contra ela — respondo, sem rodeios. — Acho que isso deve contar para alguma coisa.

Hudson entrelaça nossos dedos e seu toque me garante que ele está comigo durante a explicação para todos acerca de minhas lembranças perdidas. Bem, o máximo que me sinto confortável em compartilhar com Jaxon aqui.

— Então você está dizendo... — Jaxon diz depois de um tempo. — Que você ficou presa neste Reino das Sombras com Hudson por muito mais do que quatro meses?

— Fiquei — digo-lhe, e a inquietude se espalha pelas minhas entranhas como formigas. Porque existem muitas nuances nessa simples declaração, e, quando os olhos escuros de Jaxon encontram os meus, percebo que ele também sabe disso.

Mesmo antes que a xícara de chá de Heather balance na mesa entre nós.

— Hummm, o que foi isso? — Heather pergunta, observando ao redor um pouco assustada, como se esperasse que um terremoto se abatesse sobre nós a qualquer segundo.

— É só um tremor — comenta Hudson, mas olha com uma expressão sombria para o irmão.

— *Estamos* em San Diego — acrescento, tentando disfarçar a situação para Jaxon. Mas, a julgar pelo jeito como Flint de repente encara Jaxon como se quisesse jogar a mesa longe e abraçá-lo, nada do que eu diga vai ajudar.

— Quando você se lembrou? — pergunta Éden, ignorando por completo a súbita tensão. Ou talvez esteja só tão focada em Heather que não percebe mais nada que acontece.

— Hoje — respondo. — E há muita coisa para eu revisitar nessas recordações. Mas acho que preciso deixar isso de lado por enquanto. Mekhi precisa ser nosso foco. E, sim, a Rainha das Sombras é assustadora pra caralho, até pior do que Cyrus. A magia de sombras é a mais antiga do universo, e a rainha consegue fazer todo tipo de bizarrice com isso. Ela quase nos matou e matou várias outras pessoas. Mesmo assim, se Mekhi está morrendo por causa do veneno das sombras, concordo que ela é nossa melhor chance de encontrar uma cura.

— Há uma diferença entre saber como fazer algo e estar disposto a isso — comenta Éden.

Concordo com um gesto de cabeça.

— Eu sei. Acredite em mim, não estou nada animada em *ter* que a reencontrar.

Flint balança a cabeça, e parece mais do que um pouco surtado.

— Ela é mesmo pior do que Cyrus?

— É mais mortal e ainda tem os insetos — Hudson responde, impassível, e todos nós meio que estremecemos, lembrando-nos das Provações. Todos exceto Heather, que não estava presa naquele salão infernal conosco. — A experiência de ter insetos das sombras cobrindo cada centímetro do seu corpo vai assombrar você para sempre, Heather.

Flint passa as mãos pelos braços, como se procurasse insetos sem nem perceber, e entendo. Aqueles insetos são o suficiente para deixar de joelhos até mesmo um dragão.

Jaxon se inclina e sussurra alguma coisa no ouvido de Flint. Algo que soa suspeitosamente como:

— Não vou deixar nenhum inseto de sombras chegar perto o bastante para encostar em você.

Uma rápida espiada em Hudson me mostra que meu consorte está prestes a fazer um comentário sarcástico, mas um chute rápido — ainda que gentil — por baixo da mesa mantém sua boca fechada. Mas não o impede de me dar uma piscadela.

Hudson prossegue:

— Além disso, no Reino das Sombras, ela passou dos insetos para um exército inteiro de criaturas de sombras, algumas com garras e dentes afiados.

Heather endireita os ombros.

— Bem, estou disposta a lutar contra o que for necessário para salvar o amigo de vocês. O que estamos esperando?

Mas antes que alguém possa responder, nossa garçonete retorna com nosso pedido, composto basicamente de café — e um chocolate quente para Flint, é lógico.

Quando ela se afasta, Hudson coça o queixo.

— Na verdade, não tenho certeza se teremos de *lutar* contra alguém para salvar Mekhi. — Ele deve ver a expressão perplexa em meu rosto, porque acrescenta: — Ela queria que o prefeito redefinisse a linha do tempo para antes da maldição. Então lutou contra nós, porque estávamos tentando impedi-lo e, como consequência, atrapalhando seus planos. Mas ela perdeu, e agora que não tem meios de escapar, talvez possamos fazer uma barganha com ela.

Pisco os olhos. Não é má ideia, exceto por um fato.

— Ela está presa por um motivo, Hudson. Não podemos achar um jeito de libertá-la. Ela é pura maldade.

— É mesmo? — Hudson levanta uma das sobrancelhas.

— Hummm, insetos. Lembra? — Flint pontua, estremecendo de novo.

— Não me entendam mal... não estou dizendo que ela é perfeita — Hudson explica. — Mas acho que existe uma chance real de que ela não seja tão má quanto acreditamos.

— Você não estava nas Provações, cara? — Éden explode. — Ela tentou nos *matar*.

— Não sabemos se de fato era ela nos atacando durante as Provações. Outras pessoas podem usar magia de sombras, até onde sabemos.

Éden bufa.

— Bem, ela é a única que sabemos de fato ter esse tipo de poder. Então vou presumir que seja ela até informações provarem o contrário.

— Talvez seja justo, mas também sabemos que, no Reino das Sombras, ela só atacou Grace e a mim para salvar seu povo. Ela podia ter nos atacado em qualquer momento do tempo que passamos em Adarie, mas só lutou contra nós quase até a morte quando tentávamos impedir o prefeito de redefinir a linha do tempo e libertar seu povo, ainda que ele não soubesse que era isso que estava fazendo ao salvar a filha. — Ele faz uma pausa e sustenta meu olhar com firmeza. — Não fiz coisa pior por menos? Eu sou mau, Grace?

Sinto um aperto no coração ao me lembrar de quanto essa pergunta o torturou quando estávamos na câmara na prisão Aethereum.

— Não, você jamais seria mau, Hudson.

— Então talvez ela também não seja — Hudson complementa, e suas palavras pendem no silêncio como uma faca, ao passo que cada um de nós analisa as ações que fizemos para salvar aqueles a quem amamos.

Depois de um tempo, Heather pergunta:

— Então qual é o plano?

— Sugiro trocar o antídoto por ajudar a libertar o Reino das Sombras. — Hudson dá de ombros.

— Bem, é óbvio que esse é seu plano — Jaxon fala bem devagar. — Vamos lá simplesmente destruir um *reino*.

— Não falei "destruir". Falei "ajudar a libertar" — Hudson corrige, revirando os olhos, como se a declaração explicasse tudo.

— Acho todo mundo nesta mesa absolutamente incrível — começo a dizer, e Flint estufa o peito, evidentemente gostando do rumo da conversa. — Mas não tenho certeza se podemos simplesmente — faço aspas com os dedos — "libertar um reino" amaldiçoado por um deus há mil anos.

— Está olhando para o problema de muito longe, Grace. Pense menor. — Quando não faço nada mais do que piscar os olhos em resposta, Hudson balança a cabeça e acrescenta: — O Reino das Sombras é uma *prisão*. E o que as prisões têm?

— Muros. Tem malditos muros gigantes — respondo, sem nem tentar esconder a confusão agora.

Flint estala os dedos.

— Ah, e guardas. E, em geral, um monte de armas também.

— E comida bem ruim. — Éden entra na diversão antes que Hudson interrompa.

— Jaxon, pode me ajudar aqui? — Hudson pede.

— Fechaduras — Jaxon responde, e os dois irmãos olham um para o outro. — Prisões têm fechaduras.

Há um momento totalmente compartilhado entre eles, coisa que odeio interromper, mas...

— Sinceramente, ainda não tenho ideia de onde isso vai chegar — admito.

— Fechaduras podem ser *abertas*, Grace — diz Hudson.

Arregalo os olhos.

— Ou arrombadas — acrescento, e Hudson sorri.

— Ou arrombadas — ele repete.

— Não precisamos libertar o reino todo — digo, surpresa em ver como Hudson tornou o problema simples. Deus, amo como o cérebro desse garoto funciona. — Só temos que arrombar uma fechadura e abrir uma porta.

Estamos sorrindo um para o outro agora, e minha expressão deve deixar bem explícito tudo o que vou adorar fazer com aquele cérebro mais tarde, se o leve rubor no rosto dele indica alguma coisa.

— Por mais que eu ame arrombar coisas, temos ideia de onde a chave mestra pode estar, mano? — pergunta Jaxon, e todos seguram a respiração, na esperança de que Hudson tenha uma escondida no bolso agora.

— Não tenho ideia — responde Hudson, e cinco pares de ombros afundam de imediato. Ele se inclina para a frente mais uma vez e pega minha mão sobre a mesa, esfregando o polegar no meu anel de promessa. — Mas conheço alguém que tem.

Capítulo 4

A CHAVE DO PROBLEMA

— Tudo bem, vamos adicionar mais drama e contar tudo bem devagar. — Éden revira os olhos, e todos rimos com a teatralidade não intencional de Hudson.

Heather está tomando um gole de café quando ri e se engasga, até que Éden leva a mão até suas costas e começa a fazer movimentos circulares para acalmar seus pulmões.

— Peço desculpas. — Hudson faz um leve aceno de cabeça para Éden. — Esqueço que vocês não sabem o que Grace e eu descobrimos sobre o Reino das Sombras. Deixe-me acelerar isso um pouco. O Reino das Sombras foi construído como uma prisão depois que a Rainha das Sombras irritou um deus. E, como Flint apontou, essa prisão é como a maioria delas e tem uns guardas bem durões... chamados de guardiões, o que é bem apropriado. Daí, é lógico imaginar que o deus que criou esses guardiões provavelmente tem a chave para a prisão também, para que os guardas entrem e saiam.

— *Jikan* — deixo escapar, e então me viro para os demais, e explico, animada: — Nos falaram que os guardiões, que eram aqueles dragões do tempo assustadores pra caralho, foram criados pelo Deus do Tempo... simplesmente não sabíamos quem era enquanto estávamos lá. Mas agora sabemos. *Jikan* os criou!

Hudson acrescenta:

— Jikan pode até mesmo ter criado a prisão em si, Grace. De todo modo, aposto que ele tem uma chave... E, talvez, com um pouco de sorte, esteja disposto a nos dar a chave para podermos trocá-la pela cura para Mekhi.

Jaxon se remexe em sua cadeira e resmunga:

— Duvido que Jikan nos dê a chave do banheiro, mesmo se estivermos prestes a mijar nas calças.

Todos damos risada porque, bem, é provável que esteja certo, porém, antes que meu estômago se revire até virar um pretzel, Hudson mantém meu olhar, e os cantos de seus olhos criam pequenas ruguinhas, daquele jeito que sempre acalma meus nervos e me faz sentir um pouco derretida por dentro. Então ele diz:

— Não espero que ele nos dê a chave porque *nós* pedimos. Mas não acho que exista algo que Jikan não faça pela Carniceira ou, espero, pela neta da Carniceira.

E é verdade. Levo uma surra se congelar uma única e miserável pessoa, mas Jikan deixou minha avó congelar todo o seu exército por mil anos.

— Acha mesmo que ele vai ajudar? — pergunto, e a animação faz minha voz tremer.

— Só tem um jeito de descobrir — Hudson responde, então ergue a mão para esfregar seu peito. — Além disso, acho que mil anos é tempo demais para manter alguém prisioneiro, não acham?

Um silêncio toma conta da mesa, e até Flint para de mexer seu chocolate quente, enquanto todos pensamos na meia-irmã de Hudson e Jaxon, Izzy. Ela foi mantida em cativeiro pelo pai por todo esse tempo, e Hudson está certo — ninguém merece esse tipo de punição, nem mesmo a Rainha das Sombras.

Aperto a mão de Hudson e concordo baixinho.

— Também acho.

Então a garçonete se aproxima da nossa mesa de novo. Reabastece nossas xícaras de café uma última vez e pergunta se precisamos de mais alguma coisa. Hudson entrega seu cartão de crédito com um sorriso e um elogio sobre a echarpe colorida que ela usa no pescoço. A mulher, que não tem menos de sessenta anos, fica corada como uma estudante antes de se afastar. E a melhor parte é que ele diz cada palavra de verdade.

— Então vamos fazer isso — Heather incentiva, pegando o telefone e guardando-o na bolsa transversal.

Começo a afastar a cadeira da mesa também, mas, antes que eu me coloque de pé, Artelya entra em contato comigo telepaticamente: *Temos um problema, Grace.*

Que tipo de problema?, pergunto, sentindo meu estômago afundar. *Meus avós...?*

Estão bem, ela responde, daquele seu jeito brusco. *Mas preciso mostrar o problema para você, em vez de tentar explicar por aqui. Quando você pode vir?*

Estou a caminho, respondo, com o coração acelerado no peito.

Então me ocorre que é noite de quinta-feira do outro lado do oceano Atlântico. E que, se formos até a Corte das Gárgulas, posso matar dois problemas com uma rápida viagem transoceânica...

Capítulo 5

AMOR, AMOR, NÃO

— Irlanda! — Heather exclama quando saímos do portal entre San Diego e o Condado de Clare. Ele se fecha atrás de nós em um rodamoinho de magia púrpura que brilha e estala como um fio elétrico, como se a bruxa que o fez tivesse a intenção que soubéssemos que ela pode tanto nos incinerar quanto nos levar até o outro lado. — Estamos na *Irlanda*! — Ela se vira, com as tranças balançando nas costas, antes de sair correndo até a beirada do penhasco iluminado pela lua. — E chegamos aqui em poucos minutos, como se não fosse nada de mais.

— Mas é um negócio e tanto — Flint reclama ao se aproximar por trás de mim. — Ainda quero saber como você tem um portal e nós, não.

— Porque vocês são dragões? Vocês têm asas e podem voar para qualquer lugar — respondo.

— Hum, ok, *gárgula*. O que são aquelas coisas que você normalmente tem nas costas?

Reviro os olhos.

— Sim. Eu tenho asas. Mas Hudson não tem, e ele em geral viaja de um lado para o outro comigo. Sem mencionar que ele precisa ter acesso à Corte Vampírica também.

— Acho que você está certa. — Flint dá de ombros. — Ainda sinto que a Rainha Bruxa tem seus favoritos, e só faz portais para as gárgulas.

— Imogen definitivamente não tem favoritos. Na verdade, tenho quase certeza de que ela me odeia. — Começo a andar quando uma brisa forte vem do oceano e me faz estremecer.

Flint se põe a caminhar do meu lado.

— Você diz isso — ele provoca —, mas o portal diz algo diferente.

— O portal é resultado de horas de negociações argutas. Você devia tentar.

Hudson faz um som de descrença bem no fundo da garganta.

— Negociações argutas? É assim que você chama aquilo?

— Ei. Só porque o que ela queria é absurdo, não significa que não negociei — respondo.

— Ah, é? — Agora Flint parece intrigado. — O que ela queria?

— Ficar encarregada da cerimônia de posse. Consegui o portal em troca de deixá-la planejar tudo.

— Tudo? — ele pergunta, erguendo as sobrancelhas.

— Tudo — respondo. — Mas o que me importa quais flores ela quer usar para comemorar minha ascensão ao comando do Círculo? Ou qual cor de vestido quer que eu use? Fiquei mais do que feliz em deixá-la assumir as rédeas.

— É sério que foi isso que você negociou para conseguir um portal? — Flint parece surpreso. — Flores e um vestido?

— Música também, acho. E comida. Mas, já que nunca estive em uma dessas cerimônias, definitivamente parece que fiquei com a melhor parte do acordo. — Dou de ombros.

— Hum, sim. Definitivamente — ele concorda antes de sair correndo para alcançar Éden e Heather, que estão vários metros na nossa frente.

À medida que ele se afasta, não posso deixar de notar que já quase não manca mais. Eu odiava vê-lo lutar para se adaptar depois que perdeu a perna naquela maldita ilha, mas ele obviamente está se curando bem e se adaptando ao uso da prótese.

— Tem certeza de que está disposta a fazer isso? — Jaxon pergunta, caminhando com Hudson e comigo enquanto permitimos que as estrelas nos guiem pela trilha rochosa que serpenteia pelas falésias que dão vista para o Mar Celta.

Sei que ele se refere ao fato de vermos Jikan, e eu o entendo. Nunca é muito divertido lidar com o Deus do Tempo. Mas, neste caso, Jikan de fato parece ser nossa melhor chance de salvar Mekhi.

— Absolutamente — respondo.

Jaxon não parece convencido.

— E você tem certeza de que ele estará aqui?

— É quinta-feira — respondo.

— E isso supostamente deveria significar alguma coisa para mim? — Jaxon franze o cenho.

— Jikan sempre está aqui às quintas. É meio que uma mania dele.

Jaxon ergue uma das sobrancelhas.

— É uma mania estranha, não é?

— Você vai ver — digo, esperando interromper suas perguntas sobre o Deus do Tempo. Não porque eu não tenha as respostas, mas porque é a primeira vez que fico sozinha com Jaxon e Hudson desde que recuperei minhas lembranças dos anos que passei no Reino das Sombras.

Tenho assuntos melhores sobre os quais falar com eles do que sobre Jikan. Em especial porque os próximos dias serão difíceis e não temos ideia de como vão terminar. Esta pode ser a última vez que terei a chance de comunicar o que tenho a dizer para os dois.

Podemos tentar abrir caminho por meio de tudo isso, fingindo que não é nada de mais, mas a verdade é que voltar ao Reino das Sombras é perigoso pra caralho, e nenhum de nós sabe nem se a Rainha das Sombras sequer estará disposta a nos escutar. Se eu for honesta, é provável que ela tente matar todos nós, com ou sem chave. Da última vez, Hudson e eu mal escapamos vivos — e eu não escapei com minhas lembranças.

Se isso acontecer de novo, ou se algo ainda pior ocorrer, há algo que preciso verbalizar primeiro.

Amei esses dois caras, e, ao passo que Hudson é meu consorte — a pessoa no universo criada apenas para mim —, Jaxon sempre será especial. E não importa o que aconteça entre ele e Flint, sei que sempre serei especial para ele também.

Podemos não ter o mesmo tipo de sentimento amoroso um pelo outro que tínhamos no passado, mas isso só torna ainda mais importante, para todos nós, o que tenho a dizer.

Com tal pensamento em mente, seguro a mão de Hudson e a levo aos lábios. Então seguro a mão de Jaxon e a aperto com força.

Ele aperta de volta, com uma expressão de curiosidade no rosto enquanto olha para mim.

— Está tudo bem, Grace?

— Sinto muito — falo, de supetão. Não é o pedido de desculpas mais eloquente que já existiu, mas é o mais sincero. — E isso vale para vocês dois.

— Sente muito? — Jaxon parece confuso. — Pelo quê?

Hudson não diz nada. Ele simplesmente passa um braço ao redor da minha cintura em demonstração de apoio e espera o que vou dizer a seguir.

— Por tudo o que aconteceu depois que voltei do Reino das Sombras. — Olho para meu consorte e depois para meu ex-consorte, e volto a olhar para Hudson. — Machuquei muito vocês dois, e vocês não mereciam isso. Não mereciam nada disso.

— Você não é responsável pelo que aconteceu — Hudson me diz. — Você perdeu sua memória.

Sim, mas *por que* perdi minha memória? Talvez seja por causa da magia do tempo com a qual o dragão me atingiu, como Hudson sugeriu. Ou talvez seja porque eu não queria me lembrar. Talvez eu não quisesse ter de magoar Jaxon.

Só o fato de pensar a respeito me faz estremecer, meu estômago se retorcer e meu coração começar a bater rápido demais. Porque eu nunca quis magoar nenhum desses caras e, no fim, magoei os dois de modo insuportável. Agora que me lembro de todo o tempo que passei em Adarie, tudo o que aconteceu depois que voltei parece ainda pior, ainda que nunca tenha sido nada além de horrível.

— Não sei se isso importa — observo. Jaxon faz um barulho de protesto na garganta, e me volto em sua direção. — Mas acho que é importante que você saiba de uma coisa do que aconteceu com Hudson... não só por causa do nosso relacionamento, mas também pelo seu relacionamento com Flint.

Agora é a vez de Hudson protestar, mas o ignoro. Ele passou tanto tempo da vida bancando o vilão a ponto de não entender que, às vezes, mostrar que ele é o mocinho é, na verdade, o correto a se fazer.

— Quando estávamos presos na minha mente, tanto Hudson quanto eu podíamos ver o elo entre consorte entre mim e você.

Jaxon recua, e seu corpo arqueia como se eu tivesse acabado de lhe bater. Não consigo ver seu rosto muito bem na escuridão que nos cerca, mas não preciso o ver para saber que acabei de magoá-lo outra vez. Então sigo em frente, determinada a falar o que precisa ser dito. Determinada a fazê-lo compreender.

— O que quero dizer é que também soubemos quando ele desapareceu. Não aconteceu por muito tempo e, quando aconteceu, nós dois tínhamos certeza de que você estava morto. Eu não conseguia mais sentir você... nada... e elos entre consortes são para sempre. Todo mundo sabe disso. Então, quando o nosso desapareceu, Hudson e eu ficamos devastados. Nós dois sentimos que tínhamos perdido você, ainda que de modos bem diferentes. E levou muito tempo, mesmo depois que o elo sumiu, antes que um de nós sequer olhasse para o outro.

— Isso não importa... — Jaxon começa a dizer, mas seguro seu rosto entre minhas mãos, efetivamente calando-o.

— Importa, *sim* — digo, com ferocidade. — Porque você precisa saber que tanto seu irmão quanto eu o amamos muito. Nenhum de nós jamais magoaria você deliberadamente do jeito que fizemos. Nós ficamos de luto por você, Jaxon. E sentimos tanto a sua falta. O amor que temos um pelo outro... — Minha voz falha e balanço a cabeça quando lágrimas se formam nos meus cílios trêmulos. — Só começou a crescer depois que enfim aceitamos o fato de termos perdido você.

Respiro fundo e solto o ar bem devagar enquanto dou um passo para trás para envolver meu braço ao redor de Hudson e segurá-lo bem apertado, como ele sempre faz comigo.

— Amo Hudson com cada respiração que tenho dentro de mim — declaro para ambos. — E sei que ele sente o mesmo a meu respeito. Mas, se um de nós tivesse qualquer pista de que você ainda estava vivo, jamais teríamos ficado juntos. — Como as palavras parecem erradas mesmo enquanto as digo (Hudson é meu consorte, e sempre serei grata por termos encontrado um ao outro), acrescento: — Pelo menos não até que todos tivéssemos tempo para descobrir que o elo entre consortes era falso, e que tivéssemos a chance de enfrentar o que isso significava. Talvez pareça ridículo que eu esteja me desculpando por isso agora, talvez não importe nem um pouco para você, mas preciso que saiba que seu irmão não traiu você. Nem eu.

Eles permanecem parados por vários longos e dolorosos segundos, e não posso deixar de me perguntar se não piorei a situação toda ainda mais. No entanto, Jaxon me agarra com uma mão e Hudson com a outra, nos puxando em sua direção para um abraço em grupo que parece ter demorado demais para chegar.

— Não culpei você — ele sussurra, e sua voz falha a cada palavra. — Não culpei nenhum de vocês.

— Eu sei — respondo. — Mas também sei que eu ficaria magoada em pensar que você me traiu quando ainda estávamos juntos. Não quero que isso magoe você, agora que tenho certeza de que nunca aconteceu.

— Sinto muito — Hudson começa a dizer. — Não pensei em...

— Está tudo bem... — Jaxon o interrompe, limpando a garganta algumas vezes antes de se afastar. — Tudo o que aconteceu. Está tudo bem. *Nós* estamos bem.

É minha vez de assentir com a cabeça, ainda que me segure em Hudson por mais alguns segundos. Ainda que ele se segure em mim da mesma maneira.

E, quando por fim saio de seu abraço quente, percebo que conseguimos. Não só emocionalmente, ao passar pelos obstáculos feios e dolorosos do passado, mas fisicamente também, já que estamos diante dos imensos portões de ferro da Corte das Gárgulas.

Da *minha* corte.

Capítulo 6

OS IRLANDESES SOB MEU COMANDO

— É lindo. — Heather suspira quando paramos diante dos portões, observando o castelo milenar diante de nós, todo iluminado contra a escuridão. — Em que parte da Irlanda estamos, exatamente?

— Em casa — respondo, porque, para mim, é exatamente o que a Corte das Gárgulas veio representar. Meu povo e meu lar.

— *Esta* é a Corte das Gárgulas? — ela pergunta, e seu rosto se ilumina, maravilhado, enquanto olha de um lado para o outro da fortaleza. — Por que você ia querer mudar a Corte para San Diego quando pode morar *aqui*?

— Porque San Diego também é minha casa — digo, assegurando-me de capturar o olhar dela com o meu.

Quando consigo, e quando Heather percebe o que estou dizendo — que San Diego é meu lar pelo menos parcialmente porque ela vive lá —, seus imensos olhos castanhos se arregalam. Mas então ela sorri e diz:

— Sim, bem, se isso significa morar nestas falésias exuberantes e neste castelo mais exuberante ainda, então o lar, e eu, podemos definitivamente adotar um certo sotaque irlandês.

Todos nós rimos com isso, e eu admito:

— Bem, só a parte da administração da Corte está se mudando para San Diego, então ainda terei de vir para cá com frequência, e você pode vir comigo também. O exército principal vai permanecer na Irlanda. Este aqui é o lar *deles*.

Sigo até o teclado no portão e digito a combinação antes de empurrar o ferro pesado para abri-lo. Ainda que tenham se passado meras semanas, a empolgação toma conta de mim com a ideia de rever meu povo. Hudson e eu tentamos vir para cá sempre que podemos, todavia, com o avanço do ano letivo e as tarefas chegando rápidas e furiosas, não conseguimos viajar com tanta frequência quanto costumávamos.

Eis outro motivo pelo qual quero mudar a administração da Corte para San Diego. Com todos os diplomas que Hudson quer acumular, tenho quase certeza de que ficaremos por lá durante os próximos anos. E, embora nem todos esses cursos sejam no campus de San Diego da Universidade da Califórnia, provavelmente serão mais ao sul ou mais ao norte pela costa. Ir e voltar entre Irlanda e Califórnia não é prático, mesmo com o portal de Imogen.

— Ei, não pensei nisso quando atravessamos o portal — Heather comenta, com nervosismo. — Mas tudo parece bem oficial aqui, e não trouxe meu passaporte.

No início, não tenho ideia de onde ela quer chegar, mas então a ficha cai e começo a rir — assim como os demais.

— Você sabe que Grace é quem manda aqui, certo? — Éden pergunta, passando a mão pela franja. — Ela pode trazer quem quiser consigo, sempre que desejar.

— Sem mencionar que paranormais não costumam se preocupar muito com leis humanas — Flint acrescenta, erguendo o queixo.

Heather não parece impressionada com o ar imperial de Flint.

— Então vocês simplesmente fazem o que querem? — ela pergunta, balançando a cabeça.

— Sim — Jaxon responde, parecendo entediado. Porque é claro que sim. Jaxon nunca deixa de ser sucinto quando se trata de quem ele é e do que pode fazer.

Heather parece ainda menos impressionada com a resposta de Jaxon, se é que isso é possível. Mas ela não demonstra. Em vez disso, move-se para que ele não possa vê-la, e revira os olhos.

Eu a encaro com uma expressão que significa “entendo você”, porque, sim, os dois parecem um pouco metidos demais para as posições que ocupam agora. Contudo, quando me viro para dividir a piada com Hudson, ele nem percebeu o que está acontecendo.

Está ocupado demais rolando a tela do celular, com uma expressão séria e o cenho franzido.

— Está tudo bem? — indago, colocando a mão em seu braço.

A onda familiar me atinge quando nossos corpos fazem contato. É o bastante para distraí-lo também, pois afasta os olhos do que quer que o tenha irritado para me oferecer aquele sorrisinho torto que ainda faz meu coração bater mais rápido.

— Absolutamente fantástico — ele brinca, mas percebo que o sorriso que amo não alcançou seu olhar desta vez.

Quero forçar um pouco, porém, com os outros parados ao nosso redor, sei que não é exatamente o momento. Hudson pode ser mais aberto comigo do que jamais será com qualquer outra pessoa, mas prefere manter um ar de indiferença diante dos demais — mesmo quando os demais incluem seus amigos mais próximos.

Como se quisesse provar meus pensamentos, Hudson guarda o celular no bolso e brinca:

— Vamos mostrar para Jikan quem manda aqui? E, quando falo de mandar, estou falando de você, sem dúvidas.

Abro um sorriso, como Hudson sabia que eu faria.

— Na verdade, preciso ver Artelya antes. Mas, se quiserem ir até o campo de treinamento, ele provavelmente já está lá — sugiro.

— Acredite em mim, não temos pressa — Jaxon fala, devagar. — Esperaremos você.

— Então, o Deus do Tempo simplesmente passa o tempo na Corte das Gárgulas? — Heather pergunta, parecendo completamente confusa. Não tenho certeza se é porque ela não sabia da existência do Deus do Tempo até horas atrás ou porque não tem mesmo ideia do que ele faria na Irlanda.

Para seu crédito, Heather recebeu a notícia de que há deuses andando por aí em nosso mundo com calma admirável na lanchonete, fazendo só algumas perguntas antes de se concentrar no fato de que bruxas podem construir portais para qualquer lugar em que estiveram antes.

Mas basicamente Heather é assim com tudo.

Desde que éramos crianças, ela sempre meio que precisava de um segundo para analisar e criar um plano antes de adentrar em uma situação com uma tonelada de confiança e total jogo de cintura. Considerando minha inclinação a entrar nas situações sem nem pensar, os momentos de planejamento de Heather nos salvaram mais do que algumas vezes enquanto crescíamos.

Não posso deixar de sorrir quando penso no jeito como minha mãe nos colocava sentadas e nos fazia um sermão sempre que Heather e eu nos metíamos em alguma encrenca ridícula. Ela nunca surtou, mas definitivamente passou muito tempo tentando nos ensinar a sermos mais reservadas. Para seu desgosto, nunca funcionou. Mesmo assim, minha mãe sempre estava ali para nos socorrer… até que não estava mais.

Uma onda de tristeza toma conta de mim enquanto penso nela e no jeito que ela costumava nos repreender em um minuto e nos dar um cookie no instante seguinte. Não consigo acreditar que faz mais de um ano que meus pais morreram — e mais de um ano desde que comecei a jornada que me trouxe até aqui, até Hudson e até minha Corte.

Aprendi a não lutar quando a tristeza chega, então respiro fundo e deixo que ela tome conta de mim. Então permito que ela deixe meu corpo, quando solto o ar. Fazê-lo nunca diminui a dor por completo, mas ajuda.

— Ele faz isso nas noites de quinta-feira — respondo para Heather depois de respirar fundo mais uma vez e soltar o ar devagar. — Mas, se não querem ir lá sem mim, vocês podem pegar algo para beber enquanto converso com minha general.

— É um bom plano — Flint concorda. — Eu ficaria feliz em fazer um lanche.

— Acabamos de deixar um restaurante — Heather diz para ele, parecendo surpresa, já que ele foi o único que pediu um sanduíche com seu chocolate quente e ainda comeu todas as batatas fritas de Éden.

— E? — ele responde, e o sorriso que é sua marca registrada, surge.

Éden se inclina na direção de Heather e sussurra de brincadeira:

— Um ego tão grande exige refeições constantes.

— Ei, é preciso muito para manter meu dragão em excelentes condições — ele brinca, mostrando o próprio corpo com uma mão enquanto seguimos em direção à ponte levadiça baixada que protege a entrada da frente.

— E encerro meu caso — Éden replica.

Flint responde ao esticar o pescoço por um segundo e então soprar um pequeno jato de fogo direto nela.

Heather se assusta, mas Éden simplesmente desvia e solta um jato de gelo direto no peito de Flint, transformando sua camiseta imediatamente em uma folha dura e desconfortável de gelo.

— Dois podem jogar esse jogo, Montgomery.

— Ai! — Flint exclama, esfregando o peito e quebrando o gelo. Ele parece prestes a responder com um jato de gelo também, concentrando-se de maneira suspeita nos longos cabelos pretos de Éden, mas, antes que ele faça algo mais do que abrir a boca, a ponte levadiça diante do castelo é erguida e seis membros do meu exército correm para fora, com espadas em punho.

É uma recepção bem diferente da minha primeira vez aqui — quando Alistair e eu visitamos a Corte que ainda estava congelada no tempo e não tinha a preocupação de ser atacada por outros paranormais —, contudo já estou me acostumando. Agora que as gárgulas estão descongeladas e voltaram à linha do tempo de novo, estão um pouco zelosas demais em sua determinação de permanecerem aqui.

Não que eu as culpe. Mil anos congeladas no tempo depois de serem envenenadas, torturadas todas as noites pelas almas dos amigos e familiares mortos, desesperadas para voltarem para casa, deixam qualquer um nervoso. Ainda estou traumatizada pelo que vi — e pelo que Hudson fez para protegê-los na época. Por que com meu povo seria diferente?

Mesmo assim, todos os seis guardas param de súbito quando me veem, e sorrisos gigantes substituem as caras fechadas enquanto embainham as espadas e se curvam de modo respeitoso.

Atrás de mim, Heather se surpreende.

— É estranho ver Grace como rainha, não é? — Flint sussurra.

— Tãããããoooo estranho — ela responde.

Viro-me para trás, só o suficiente para fazer uma careta para eles, antes de dar um passo adiante para cumprimentar os soldados.

— Já falei um milhão de vezes que não precisam fazer isso — digo para os guardas, gesticulando com as duas mãos para que se levantem. Quando percebo que não entendem o gesto, peço: — Por favor, levantem-se.

É engraçado que, quando cheguei aqui pela primeira vez, tudo o que queria era um pequeno sinal de respeito dessas pessoas. Agora que tenho muito mais do que isso, parte de mim só quer que as coisas voltem a ser como eram quando eu era apenas outra gárgula qualquer para eles.

Não é que eu não queira ser a rainha deles, e não é que eu não leve minha responsabilidade a sério — porque eu quero e eu levo. Muito, muito a sério. Só gostaria que as responsabilidades não viessem com tanta pompa e relevância, coisas que só me deixam bem desconfortável.

Pelo menos eles escutam meu pedido como uma ordem. Todos se endireitam de imediato.

— Como está, Dylan? — pergunto, estendendo a mão para o jovem guerreiro diante de mim, com pele marrom-dourada e cabelos escuros e curtos.

— Pronto para servir — ele responde, e segura minha mão. Mas, em vez de um aperto, ele abaixa a cabeça e beija meu anel.

— Ah, hum, isso não é necessário — aviso-lhe ao tentar desesperadamente libertar minha mão.

Sou salva quando Hudson dá um passo adiante, os olhos enrugados de afeto, e dá um tapinha no ombro do jovem soldado.

— Espero que esteja praticando aquele salto que lhe ensinei semana passada.

Dylan imediatamente solta minha mão e pega a de Hudson, fazendo uma mesura para ele também.

— Sim, senhor. Acho que já dominei o movimento agora. Até usei em um combate corpo a corpo com a general no começo da semana, senhor.

Os dois homens se separam e Hudson se inclina para trás a fim de dar uma boa olhada no guarda.

— Você superou Artelya? Isso é impressionante, Dylan. Estou ansioso para ver uma demonstração no treinamento da próxima semana. — Ele ergue uma das sobrancelhas. — Veremos se você é páreo contra um vampiro, hein?

Os olhos de Dylan se arregalam em animação, como se Hudson não tivesse acabado de se oferecer para lhe dar uma surra.

— Estarei pronto, senhor.

— Tenho certeza disso — Hudson responde, sua voz cheia de orgulho.

Ele está trabalhando duro para encontrar seu lugar na Corte das Gárgulas, uma utilidade para um rei, e a encontrou no campo de treinamento há alguns meses. Agora que tenho minhas lembranças do tempo que passamos no Reino das Sombras, não estou surpresa de que, mesmo aqui, ele tenha gravitado até uma posição de professor.

Começo a dizer para Dylan que ele nunca devia ficar tão animado em encarar um vampiro no campo de batalha quando vejo Artelya atravessar o pátio.

Ela veste um short verde e uma camiseta da mesma cor, mas as longas tranças que costuma usar em uma tiara sumiram. Em seu lugar está um lindo penteado afro que destaca suas maçãs do rosto altas e torna seus olhos imensos, da melhor forma possível. Ela lança um olhar na minha direção e começa a correr, com um sorriso no rosto.

— Grace!

Tenho um instante para rever as lembranças novinhas em folha que tenho dela — dela me guiando pelo Reino das Sombras e depois de vê-la se transformar em pó pelo fogo do dragão —, antes que me envolva em um abraço apertado.

A tristeza toma conta de mim, faz meu estômago revirar e meu peito se apertar, quando percebo que ela não tem as mesmas lembranças. Sua linha do tempo foi redefinida no instante em que não consegui a salvar do fogo do dragão do tempo que a consumiu, e agora ela não se lembra de nada do Reino das Sombras ou de nossa amizade ali.

Por muito tempo, tampouco me lembrei dela. Todavia, agora que lembro, não posso deixar de pensar em tudo o que ela sacrificou pelo povo de Adarie. Ela passou mil anos presa com uma única besta como companhia, só para ser trazida de volta para cá e ter de passar mais mil anos congelada no tempo.

O isolamento, a solidão, a agonia... Sua morte pode tê-la salvado das lembranças de seu aprisionamento no Reino das Sombras, mas tenho quase certeza de que os traumas daqueles anos ainda estão em algum lugar bem dentro dela. Da mesma maneira que meus sentimentos por Hudson permaneceram bem dentro de mim muito tempo depois que perdi minhas lembranças dele.

Pior ainda, isso roubou de Artelya a chance de saber quantas pessoas ela salvou com seu sacrifício. Então, não tem nem isso a que se agarrar quando a solidão impressa dentro de si resolve erguer a cabeça feia. Tudo o que ela tem são fragmentos de dor sobre os quais não há lembranças ou compreensão.

É um pensamento terrível — um que faz meu coração doer pela soldada que conheci no Reino das Sombras e pela general que conheci aqui na Corte das Gárgulas e no campo de batalha. Ela merece muito mais do que tudo isso.

Mas, quando ela me coloca no chão novamente, digo a mim mesma que não posso me deixar assombrar pelas minhas recordações recém-recuperadas do sacrifício que Artelya fez. Foram suas escolhas, não as minhas, que acabaram trazendo-na até aqui. Não só como a soldada diante de mim, mas como amiga querida e general do meu exército inteiro.

Ela se inclina e dá um tapinha no ombro de Hudson.

— Eu não esperava que vocês chegassem aqui tão rápido. Me deem um segundo para trocar de roupa, e então podemos ir até lá.

— Ir aonde? — pergunto, observando-a se afastar e se transformar novamente na minha general de expressão séria. Seu olhar se volta para meus amigos antes de se voltar para mim, e sua mandíbula está um pouco tensa.

— Deixem-me trocar de roupa — ela repete enquanto começa a caminhar em direção à entrada do castelo. — Depois conversamos.

Agora estou ainda mais preocupada. Olho para Hudson, mas ele já entendeu.

— Eu cuido dos outros. Você vai fazer o que precisa ser feito.

Obrigada, movo a boca, sem emitir som, e então vou atrás de Artelya.

— Onde você quer que eu a espere? — pergunto enquanto adentramos no castelo. Posso ver que minha avó andou ocupada de novo com a decoração. As pesadas pedras cinzentas foram pintadas de um azul-marinho que, de algum modo, consegue parecer ao mesmo tempo intimidante e digno da realeza. Também pendurou belas paisagens da Irlanda nas paredes, ainda que eu tenha quase certeza de que isso tenha sido influência do meu avô.

Em outro momento eu poderia passar minutos apreciando tudo aquilo, mas agora estou mais preocupada com o que quer que Artelya queira discutir, então mal dedico um olhar superficial aos quadros.

— Na sala de interrogatório — ela responde ao virar no corredor, e meu coração se acelera.

— Me desculpe. Como é que é? — Quase me engasgo. Então limpo a garganta. — Temos uma sala de interrogatório?

— É óbvio que temos. Onde você acha que Alistair e Chastain costumavam torturar nossos inimigos?

Não tenho a mínima ideia e, para ser honesta, não quero saber. Meu avô e meu respeitado ex-general torturando pessoas não são algo que em algum momento cruzou minha mente. Mas não verbalizo isso. Prefiro seguir com:

— E quando foi a última vez que torturaram alguém?

Ela para e me olha bem nos olhos.

— A Segunda Grande Guerra foi brutal, Grace. Precisamos tomar providências.

— Bem, a Segunda Grande Guerra já ficou bem para trás — respondo, endireitando os ombros e encarando-a de volta. — E não torturamos ninguém na minha Corte.

Aceitei muita coisa desde que entrei neste mundo paranormal. Ser consorte de um vampiro. Ser uma semideusa. Até aceitar a coroa gárgula. Mas absolutamente e sem dúvida alguma não ultrapassarei a linha de torturar alguém.

Artelya suspira e parece desapontada — embora eu não tenha certeza se é comigo ou simplesmente porque ela não pode mais torturar alguém. De todo modo, não estou particularmente impressionada.

— Sim, bem, ainda temos que interrogar o espião — ela diz, por fim. — Então, vamos nos encontrar lá embaixo, na sala logo depois das celas, no fim do corredor leste, em vinte minutos. Estou coberta de pó e preciso de um banho rápido. — E então ela se afasta, resmungando: — Embora eu não saiba como você espera fazer o inimigo falar.

À medida que ela desaparece de vista, não posso deixar de engolir a bile que sobe até minha garganta com a palavra escolhida por ela. Há um inimigo na Corte das Gárgulas.

Capítulo 7

NÃO PERCA O DIA COM ISSO

Ok, tenho vinte minutos para esperar passar sem enlouquecer ponderando sobre qual "inimigo" é mantido preso neste instante. Só há uma coisa a se fazer, na verdade.

É por isso que não perco um segundo antes de dar meia-volta e avançar pelo corredor. Apresso-me ainda mais quando entro no salão principal e faço uma curva abrupta para a direita, saindo pelas portas duplas, direto na arena de treinamento no fundo.

Enquanto meus pés correm pela terra batida, não consigo parar de pensar em quantos prisioneiros Artelya torturou para conseguir informações ao longo dos anos, se um a mais não justifica atrasar seu banho. Não sou ingênua, sei que a Corte das Gárgulas existiu principalmente durante o período em que o mundo era muito mais brutal do que agora, mesmo assim... estremeço. Fico revoltada com a ideia de machucar alguém que está preso e indefeso.

Felizmente, alcanço meus amigos assim que eles contornam as arquibancadas improvisadas.

— Jikan está treinando com as gárgulas? — Flint parece incrédulo quando paro ao seu lado.

— Não exatamente — Hudson responde antes de travar os olhos nos meus e erguer suas sobrancelhas, questionando.

Faço um aceno rápido de cabeça, para que ele saiba que agora não é o momento para discutir o que Artelya queria, e felizmente ele cruza os braços e se volta para Flint.

— O que isso significa? Ou ele está... — Flint para de falar quando dá a primeira boa olhada na arena e no que acontece às quintas-feiras.

— Futsal? — Éden arregala os olhos. — Estamos aqui para uma partida de *futsal*?

— Acho que você quer dizer futebol — Hudson comenta, como quem não quer nada.

— Com licença — ela diz, em um falso sotaque britânico ultrajante, ao passo que faz uma careta para ele. — Estamos aqui para uma partida de *futebol*?

— Esqueça o fato de *nós* estarmos aqui — Flint diz para ela. — *Jikan* está aqui para uma partida de futebol?

Começo a explicar, porém, antes que consiga, todo mundo no campo — e na plateia — fica paralisado. Todos, quer dizer, exceto Jikan, que joga no chão um dedo de espuma verde gigante, daqueles usados pelos torcedores nas partidas esportivas, e começa a pisar nele.

Capítulo 8

O QUE É BOM PARA UM É BOM PARA A GÁRGULA

— Bem, esta é uma cena que não se vê todos os dias. — Flint abre um sorriso irônico, e seu tom de voz está repleto de sarcasmo.

— *Este* é o Deus do Tempo? — Heather pergunta, incrédula.

— Ah, é ele, sim — Flint responde, com um balançar de cabeça pesaroso. Jaxon murmura para Flint.

— "Deus" parece um pouco exagerado.

Em grande parte, Jaxon está só sendo azedo — ele e Jikan nunca se deram bem. Mas, para ser justa, um homem/deus crescido tendo um chilique por causa de uma partida esportiva é uma cena e tanto. Em especial quando esse homem/deus está vestido atualmente como o fã de esportes mais fanático na história dos fãs de esportes.

Camiseta verde. Casaco de moletom verde. Calça de moletom verde. Meias verdes. Boné verde. Ele está usando até *mocassins* xadrez em tons verde e dourado. Eu não sabia que uma coisa dessas existia até o momento atual e, para ser honesta, podia ter passado a vida inteira sem saber e, principalmente, sem *ver* isso. Quem disse que a ignorância é uma bênção sabia exatamente do que estava falando.

Jikan pula em cima do dedo de espuma mais algumas vezes, então volta para seu assento e faz um gesto com a mão, e a arena volta de imediato à vida, e o jogo prossegue como se o Deus do Tempo não tivesse acabado de congelar todo mundo em campo. Para ter um chilique.

— De qualquer modo, quem foi que o deixou tão irritado? — Éden pergunta.

Antes que alguém dê um palpite, um longo grito de "goooooooooooooooooool" ecoa no ar. Todo mundo usando azul se levanta e começa a comemorar.

— Parece que o time dele é o de verde. — Hudson olha de relance para o placar de metal, dois ganchos com números pendurados em cada um, em grandes cartões quadrados. — E está tendo um dia bem ruim.

Considerando que o placar é atualmente de sete a zero a favor do time azul, não posso discordar.

— Talvez agora não seja o melhor momento para abordá-lo — Heather comenta quando Jikan se inclina para a frente mais uma vez e pega o dedo em formato de espuma. Dessa vez, ele o joga no campo antes de se recostar de novo, com os braços cruzados sobre o peito. — Ele parece capaz de transformar todos nós em relógios de bolso se nos aproximarmos demais.

— Tenho certeza de que, se ele fosse fazer algo com alguém, já teria feito com o goleiro do time verde. — Os olhos de Flint estão arregalados ao encarar um goleiro um tanto enérgico voando de um lado para o outro entre as traves do gol.

Quando o goleiro aterrissa e depois salta de novo, jogando o corpo em uma cambalhota no ar, ao mesmo tempo que ignora a bola que segue no campo direto em sua direção, pondero se Flint está certo sobre a reação de Jikan. Todavia, se não o pegarmos agora, não teremos outra chance até a próxima quinta-feira. E Mekhi não tem todo esse tempo para desperdiçar — em especial, considerando que já estamos aqui.

Além disso, quão irritado um deus *realmente* pode ficar por causa de uma partida amistosa de futebol, ainda mais quando as escalações dos times mudam a cada semana, enquanto os capitães — Jikan e Chastain — se revezam para escolher os jogadores?

Ao que parece, a resposta é *muito* irritado, já que, à medida que subimos nas arquibancadas, o árbitro — também conhecido como meu avô, Alistair — dá um cartão vermelho para um dos jogadores do time verde.

Jikan está em pé novamente, segurando a amurada diante de si.

— Está brincando comigo? Será que todos aqueles anos vivendo em uma caverna incapacitaram você de ver sob as luzes ou algo do tipo?

— Uau — Jaxon murmura ao se acomodar no assento perto de Jikan e apoiar as pernas na barra de metal. — Alguém precisa tirar uma soneca.

Porque antagonizar um deus que já está irritado e para quem precisamos pedir um favor parece ser uma boa ideia para meu melhor amigo e ex-consorte.

— Todo aquele cabelo drena o bom senso dele — Hudson comenta, baixinho, em meu ouvido. — Não há outra resposta para o quão ridículo ele é.

— É isso ou o coração de dragão — respondo.

— Ei, eu escutei isso — Éden reclama. — Não coloque a culpa nos dragões por causa da arrogância daquele garoto. Isso é o puro suco de vampiro. — Ela lança um olhar malicioso para Hudson, só para realçar seu argumento.

Jikan apenas olha feio para Jaxon — felizmente sem fazer nada com ele —, enquanto faz questão de pegar sua garrafa de água e colocá-la no porta-copos do outro lado de seu assento — longe de Jaxon.

— Não é de estranhar que estejamos perdendo — Jikan retruca enquanto puxa o boné mais para baixo sobre os olhos castanho-escuros. — O prenúncio gótico da desgraça está presente.

— Tenho certeza de que isso é um passo além de moleque gótico — Hudson murmura.

— Cale a boca, moleque dos livros — Jikan responde.

Mas Hudson cai na gargalhada diante do pretenso insulto, e consigo entender o motivo. Moleque dos livros definitivamente não é um insulto — pelo menos em sua mente, com certeza.

No entanto, antes que ele possa mencioná-lo, Chastain — vestido inteiramente de azul — sobe correndo as arquibancadas. O corpulento ex-general das gárgulas carrega dois cachorros-quentes, um balde de pipoca, um copo reutilizável do mesmo tom de azul que está usando e dois pirulitos de arco-íris gigantes.

— Você está no meu lugar — ele anuncia para Jaxon. Mas, em vez de esperar que ele saia, Chastain se transforma parcialmente e voa sobre todos nós, a fim de se acomodar no assento do outro lado de Jikan.

Ele entrega um dos cachorros-quentes para Jikan, mas o deus está muito ocupado olhando feio para o campo para perceber o gesto.

— O que perdi? — Chastain indaga, enfim enfiando o cachorro-quente na mão de Jikan.

— Nada de importante — ele responde, com um resmungo.

— Ah, é por isso que há mais três gols no placar do que quando saí? — Chastain pergunta, com ar divertido.

— Não é minha culpa que você levou uma hora para trazer os lanches. — O Deus do Tempo dá o que só pode ser descrito como uma mordida mal-humorada em seu cachorro-quente.

— Posso lembrá-lo de que não há, na verdade, uma barraquinha de lanches aqui? — Chastain diz. — E, caso tenha esquecido, foi você quem quis o maldito pirulito de arco-íris.

— Arco-íris são sorrisos de cabeça para baixo — Jikan responde.

— Sorrisos de cabeça para baixo? — Heather sussurra, um pouco alto demais, parecendo completamente perplexa enquanto olha para o restante de nós. — Ele está tentando dizer que arco-íris são *caras feias*?

— Sim, ou está tentando dizer que são sorrisos de cabeça para baixo — Flint responde, com uma expressão que pode significar qualquer coisa.

Ela o encara de maneira fixa.

— Nem sei o que isso quer dizer.

— Bem-vinda ao clube. — Jaxon bufa enquanto se levanta, aproximando-se de Flint. — O homem nunca faz sentido. Na verdade, ele...

O corpo todo de Jaxon fica congelado no meio da frase.

— É sério? — reclamo para Jikan antes de olhar para Flint em busca de adverti-lo a me deixar cuidar da situação. Para minha surpresa, ele parece se divertir com isso mais do que devia, recostando-se em seu assento enquanto observa a cena toda com um sorriso. Eu me viro para Jikan, com as mãos nos quadris. — Você grita o tempo todo comigo por fazer isso, mas está tudo bem para você fazer?

— Grito com você porque *você* não sabe como paralisar o tempo sem abrir um buraco gigante no universo — ele responde, com uma das sobrancelhas arqueadas. — E também porque o que é bom para um nem sempre é bom para a gárgula.

— Não acho que o ditado seja assim — Éden murmura enquanto Heather balança as mãos para a frente e para trás ante o rosto de Jaxon, como se tentasse fazê-lo responder.

— Isso não funciona — digo para minha melhor amiga. — Ele está...

— Está brincando comigo? — Jikan grita, pulando em seu assento mais uma vez e olhando feio para o campo. — Está. Brincando. Comigo? Está bêbado, Alistair? É isso? Por acaso Cássia fez mimosas demais no jantar esta noite?

Ou Alistair está ocupado demais pegando o cartão vermelho que acabou de jogar no chão ou o ignora de propósito. Qualquer que seja o motivo, ele nem se volta na nossa direção.

Isso só irrita Jikan ainda mais, a julgar pela quantidade de xingamentos relacionados a Alistair e ao time azul que sai de sua boca. Alistar, parecendo saudável, forte e com quase quarenta anos — coisa com a qual ainda estou me acostumando, considerando que ele é meu tatara-sabe-se-lá-quantos-mais-tataravô —, ainda não dá a Jikan a satisfação de que está minimamente ciente de seu mau comportamento.

Pelo menos não até que Jikan gesticule na direção das arquibancadas de fãs vestidos de verde e grite:

— Como acha que Cássia se sentiria se soubesse que você está fodendo com tanta gente ao mesmo tempo? Você sabe que ela é do tipo ciumento.

Alistair continua caminhando para o outro lado do campo. Mas mostra o dedo do meio para Jikan com ambas as mãos.

Ainda que seja uma reação muito mais moderada do que eu esperaria, Jikan parece satisfeito em ter conseguido provocar Alistair — pelo menos o jeito como ele se recosta no assento e começa a chupar seu pirulito é indicativo de alguma coisa.

Tiro o celular do bolso e consulto o horário. Tenho mais dez minutos até precisar voltar para me encontrar com Artelya, então, quando o time verde marca o primeiro gol, imagino que seja um bom momento para tentar falar com ele. Em especial porque é a vez de Chastain ter um chilique e xingar meu *muito paciente* avô.

— Ei, Jikan. — Contorno a estátua de Jaxon, que felizmente está a centímetros para o lado no assento, e me acomodo ao lado de Jikan. — Desculpe-me por incomodá-lo, mas viemos aqui para ver você.

— E a surra continua — ele responde antes de estender o braço e pegar um punhado de pipoca do balde de Chastain.

Heather se vira para Flint.

— Ele está falando dos gols? Os *gols* continuam?

Flint balança a cabeça para minha amiga, como se dissesse "não pergunte". Definitivamente, Jikan é alguém de quem só se gosta com o tempo — e ele ainda não teve tempo suficiente para ser gostado.

— Eu estava me perguntando se podíamos conversar por uns minutos... — recomeço a falar.

— O jogo já acabou? — ele pergunta, sem tirar o olhar da bola em campo.

Hesito.

— Não, mas...

— Então está questionando a própria resposta, não está? — Ele mal respira antes de dar outro pulo e gritar de novo. — Maldição, verdes! Será que dá para pelo menos fingir que sabem jogar esse jogo três vezes fodido?

— "Três vezes fodido" parece um pouco ambicioso — Hudson comenta ao se sentar ao meu lado.

— Continue me amolando e congelo você também, moleque dos livros — Jikan retruca. Então grita para o campo: — Provavelmente vou congelar vocês todos! Talvez então consigam parar uma bola! — Ele se joga no assento mais uma vez e resmunga, baixinho: — Ou pelo menos nada mais vai acontecer até que Artelya volte.

— Artelya está no seu time? — pergunto, e meu estômago afunda quando percebo que ela *estava* toda vestida de verde quando nos encontramos. Como diabos vou dar a notícia de que ela está tomando banho neste momento e que não vai voltar para o jogo?

— Sim, finalmente! — Jikan acena com a cabeça na direção de Chastain. — Ele ganhou no cara ou coroa toda semana nos últimos três meses para escolher primeiro, e a escolheu todas as vezes. Eu finalmente ganhei na moeda hoje, escolho Artelya e *puf!* — Ele faz o que parece um gesto de explosão com as mãos. — Ela desaparece dez minutos depois do início do jogo.

— Que azar o seu. — Chastain tenta parecer solidário, mas é bem difícil de acreditar com o brilho de alegria em seu olhar. — Você sabe que ela é uma general com imensas responsabilidades *além* de excelente jogadora de futebol, certo?

— Sim, bem, ela conseguiu desempenhar os dois papéis todas as semanas em que jogou para *você* — Jikan replica. — É bem suspeito que, na primeira semana que consigo escolhê-la para meu time, de repente, ela tem algo mais importante a fazer.

É um bom argumento. Se eu não soubesse sobre o prisioneiro no castelo, eu até que aceitaria essa teoria da conspiração.

Por um segundo, quero fazer o que ele ameaçou fazer — congelar todo mundo em campo até que sejamos apenas nós dois e ele seja obrigado a falar comigo. Mas então me lembro do que aconteceu da última vez que Jikan e eu entramos em uma competição entre deuses para ver quem piscava primeiro.

Não só perdi como também o irritei tanto que ele quase deixou todos os meus amigos congelados para sempre. Consigo controlar meus poderes muito melhor hoje em dia, então não acho que isso vá se repetir, mas tampouco quero correr o risco.

Em especial considerando que Jaxon já está congelado, e que o humor de Flint piora a cada minuto.

Então, em vez de falar para Jikan que estamos com pressa, tal como quero fazer, decido que o melhor é voltar para Artelya — e para o que quer que me espere ali — e abordar Jikan quando ele não estiver tão distraído em perder o jogo. Antes de partir, no entanto, anuncio:

— Não vou incomodar antes do jogo terminar. Mas será que você podia descongelar Jaxon enquanto esperamos?

Isso chama sua atenção.

Jikan desvia o olhar do campo pela primeira vez desde que chegamos aqui, encarando primeiro Jaxon, depois a mim, como se estivesse de fato refletindo sobre o meu pedido.

Mas então diz:

— Meio que gosto dele desse jeito. É o mais quieto que já o vi. — E volta sua atenção novamente para o jogo.

Penso em ignorá-lo e descongelar Jaxon eu mesma. Mas, se eu o fizer, não existe a menor chance de Jikan nos dar a chave para destrancar o Reino das Sombras. E, por mais que Jaxon vá odiar isso quando estiver descongelado, sei que ele passaria por tudo de novo se isso significar uma chance de salvar seu melhor amigo.

Então, em vez de descongelar Jaxon, faço um aceno de cabeça para meus amigos, pedindo paciência, e deixo Jikan e Chastain assistindo ao restante do "jogo casual no parque aos domingos" das gárgulas… como se fosse a maldita Copa do Mundo.

Direciono um olhar aguçado para Hudson, comunicando sem palavras que quero que ele me acompanhe, e nós dois damos a volta em Jaxon.

— Precisamos cuidar de um assunto, mas vocês aproveitem o jogo. Nos vemos mais tarde — anuncio para os outros.

E faço o máximo possível para não perceber quando um *pombo* pousa na cabeça de Jaxon.

Capítulo 9

SEJA MINHA PRESA

— Artelya não falou nada sobre o prisioneiro? — Hudson pergunta depois que lhe conto o que aconteceu, no caminho de volta ao castelo.

— Não. Só que há um prisioneiro que precisa ser interrogado... e, por "interrogado", fiquei com a impressão de que ela definitivamente quis dizer torturado — respondo, erguendo os olhos para meu consorte. A mandíbula dele fica tensa, mas Hudson permanece focado nas portas duplas a quinze metros dali. Seus passos longos cobrem a distância com rapidez, e tenho de aumentar a velocidade para acompanhá-lo.

— Excelente. Já faz um tempo que não desfruto de uma boa tortura. — Seu sotaque está mais pronunciado do que o normal quando ele diz isso, e não sei identificar se é brincadeira ou não.

Tento afirmar para mim mesma que se trata de uma brincadeira, mas a verdade é que simplesmente não sei. Nosso estilo de vida universitário em San Diego torna fácil esquecer que Hudson foi criado em uma sociedade brutal. E que ele se sente um milhão de vezes mais confortável do que eu neste mundo mortífero no qual ainda estou tentando desesperadamente me encaixar.

Como não sei se ele está brincando — e preciso saber antes de entrarmos naquela sala —, estendo a mão e seguro o cotovelo dele, obrigando-o a parar.

— Não está falando sério, certo? — Ele não encontra meu olhar e meu estômago parece encher de cimento. — Nós não torturamos pessoas, *certo, Hudson?*

O músculo na lateral de sua mandíbula se contrai por mais uns segundos antes que ele me encare com uma expressão intensa, e meus joelhos tremam com a tempestade que vejo nas profundezas de seus olhos azuis.

— Isso depende de quais são as intenções deles, *Grace.*

— E o que isso significa? — Neste ponto, ele vai ter de soletrar para mim.

— Significa que eu faria qualquer coisa para manter você e seu povo em segurança.

Isso não significa tortura. Não pode significar tortura. Só que sei como Hudson se sente a meu respeito, sei o que ele arriscaria — e o que ele faria — para me manter em segurança. E agora que criou um lar aqui na Corte das Gárgulas, agora que se importa tanto com *nosso* povo, é difícil imaginar que a mesma proteção não se estenda a eles.

Estamos nisso juntos. Rainha e rei das gárgulas, o que significa que ele tem tanto a decidir quanto eu sobre o que acontece aqui. E não é que eu ache que vamos concordar em tudo que se refere à liderança, mas isso... é um grande problema discordarmos nessa questão.

Mesmo assim, não é hora de discutir o assunto. Não quando Artelya — e o prisioneiro — estão à espera lá embaixo. Talvez tenhamos sorte e o prisioneiro comece a cantar como um canário assim que perceber a expressão no rosto de Hudson. Sei que eu faria isso.

Decidindo que não é o melhor momento para falar sobre algo que talvez jamais aconteça, coloco um sorriso falso no rosto e comento:

— Bem, então vamos esperar que não chegue a isso. — E abro a porta do castelo.

A tensão entre nós é tão palpável que minha pele parece retesada e coçando quando chegamos ao porão — e, agora que estou aqui, percebo que é apenas uma masmorra. Do tipo surpreendentemente assustador. Puta que pariu. De fato pensei que as gárgulas, as guardiãs do equilíbrio e árbitras da justiça, não se rebaixariam a ter um lugar para manter pessoas prisioneiras, mas, a julgar pelas correntes presas nas paredes, fui ingênua demais.

Eu só gostaria de saber o que fazer a esse respeito.

Felizmente, Artelya vem correndo na minha direção antes que eu consiga entrar ainda mais em minha mente.

— Sinto muito por ter demorado tanto — ela pede ao tirar uma chave mestra comprida do bolso.

— Quem está aí? — pergunto, acenando com a cabeça na direção da porta de madeira sem identificação da sala de interrogatório. — Quer dizer, quem você precisaria interrogar neste momento?

— Nós encontramos um — ela responde, com um sorriso de satisfação.

— Encontraram um o quê? — Pisco os olhos, perplexa.

— Um caçador — Hudson responde, e os olhos de Artelya se estreitam ao encontrarem os dele.

— Sim. — E isso é tudo o que a general diz antes de colocar a chave no lugar e abrir a fechadura.

Todos sabemos que a Estriga vem treinando caçadores para matar paranormais, mas, para ser honesta, não vimos muita evidência disso em meses. Não desde que ela foi libertada de sua prisão na ilha, pelo menos.

É claro que o Círculo discutiu a possibilidade de observar o assunto mais de perto na última reunião do conselho, ficando de olho em suas atividades, mas eu não tinha ideia de que esse plano tinha evoluído para a variedade "vamos sequestrar alguém".

Artelya inclina a cabeça, corrigindo-se:

— Na verdade, *ela nos* encontrou.

— Ela veio aqui? Até a Corte das Gárgulas? — pergunto, enrubescendo e cerrando os punhos. — É sério que ela teve a audácia de dar as caras nas nossas falésias?

O ultraje lívido e frio se apodera de mim. Não o suficiente para me fazer querer torturar a mulher, porém mais do que o bastante para me dar vontade de desferir um belo chute em seu traseiro durante uma luta justa. Quem diabos ela pensa que é, marchando direto para o lar do meu povo, dos meus avós, com sua desinformação e seu ódio infundado?

— Achamos que ela é uma espiã, embora eu não tenha certeza, já que não tivemos chance de inter… de *questioná-la*.

— Estou surpresa que a Estriga se arrisque a se aventurar tão de perto quando fez de tudo para permanecer escondida até agora — comento.

— Porque somos a maior ameaça a ela — Artelya responde, parecendo insultada. — O Exército das Gárgulas é a única coisa em seu caminho agora, quando se trata de genocídio dos paranormais e dominação mundial.

Não tenho certeza se é a única coisa, mas não me pronuncio. Em vez disso, observo-a pegar a maçaneta da porta enquanto pergunta:

— Sabemos se eles andam espreitando nos arredores das outras Cortes também?

— Ainda não — digo para ela ao mesmo tempo que Hudson responde:

— Sim.

Eu me viro e o encaro com uma expressão que diz "vamos falar sobre isso mais tarde", à qual ele tem a inteligência de responder com um pequeno aceno de cabeça envergonhado.

Artelya ergue as sobrancelhas e pergunta:

— Prontos?

Nem de perto. Não tenho ideia alguma do que supostamente eu devia fazer nesta sala. Mas já faz um ano que finjo até que se torne verdade. O que é mais uma hora se comparado a isso?

— Absolutamente — decido. Então respiro fundo e sigo Artelya até o aposento úmido e sombrio.

E imediatamente desejo estar em qualquer outro lugar.

Capítulo 10

ASSASSINATO ESTÁ NA MODA

Não sou do tipo que liga muito para design de interiores — esse é definitivamente o departamento da minha avó, agora que ela já superou a fase "caverna gelada e assassina" —, mas mesmo eu posso dizer que este lugar precisa de mudanças. Só o fato de estar aqui já me assusta. Ou talvez esse seja o objetivo.

Estou acostumada a estar cercada por armas — as gárgulas amam suas espadas e machados de batalha —, mas o que há nesta sala é um passo além. Um grande passo além. Desde as correntes presas às paredes, passando por várias facas e ferramentas — cujo uso sequer consigo imaginar — expostas em ganchos gigantes e prateleiras, até o chão de pedra manchado de um vermelho-alaranjado e fosco, a sala evidentemente tem um único propósito: causar dor.

Meu estômago se contrai de terror, mas engulo a bile que ameaça subir até minha garganta. Nada disso vai acontecer aqui hoje, mesmo que eu tenha de lutar contra Hudson até derrubá-lo no chão. Essa é basicamente a única coisa que posso garantir sobre o que vem a seguir, seja lá o que for.

— Qual é o seu nome? — Artelya pergunta quando Hudson fecha a porta atrás de nós com um estalo doentio, e depois se recosta ali à procura de analisar a espiã com um brilho predatório no olhar.

A caçadora — que neste momento está sentada em uma cadeira no centro da sala, com os braços e pernas presos por correntes tão grossas quanto meu braço — não responde. Na verdade, quase nem olha na nossa direção. Em vez disso, mantém o olhar fixo na parede diante de si.

A iluminação é fraca, mas não posso deixar de notar que a mesa recostada na parede está coberta com uma infinidade de bolsas e frascos de vários tamanhos e cores.

Mais instrumentos de tortura, pondero ao me aproximar da coleção, *ou algo inteiramente diferente?* Estou inclinada a achar que é a última opção, já que, quanto mais perto chego dos jarros e das outras parafernálias, mais agitada a caçadora fica. Ela ainda não se manifesta, mas posso sentir o turbilhão que a sacode em ondas.

Como a reação dela me intriga, eu me inclino para a frente e pego um dos frascos de vidro. É pequeno e com formato de ampulheta, sua tampa de rolha impede que um líquido viscoso e amarelo escorra. Não tenho a mínima ideia do que é aquilo ou do que faz, mas, no segundo que o ergo à luz, a caçadora luta para se libertar de suas amarras.

Artelya e eu trocamos um olhar, e deposito o frasco no lugar, pegando uma bolsa azul-royal com um cordão. Curiosa, abro-a, mas encontro apenas um estranho pó branco lá dentro.

Fecho-a com agilidade, pensamentos de envelopes cheios de antraz dançando em minha mente. Mesmo de costas para ela, posso sentir a angústia da caçadora diminuir no instante em que deixo a bolsa no lugar.

— Qual é o seu nome? — Artelya repete a pergunta atrás de mim.

Mais uma vez, silêncio.

— O que está fazendo na Corte das Gárgulas?

Nenhum som. Nem mesmo uma respiração.

Espio Hudson de relance, curiosa para ver se vai interferir, mas ele ainda está recostado na porta, entre duas grandes maças colocadas em cada lado da parede. Seus braços estão cruzados, e ele analisa a prisioneira com uma expressão de tédio — mas seu olhos estão focados como raio laser.

— Vou fazer mais uma pergunta, e é melhor você responder — Artelya declara, e posso ouvir o aborrecimento crescer a cada palavra pronunciada. Viro-me em busca de neutralizar a situação, bem a tempo de me deparar com a caçadora mostrando o dedo do meio para Artelya.

Artelya bate os dentes, e um estalo agudo faz os pelos da minha nuca se arrepiarem. Antes que eu consiga pensar direito, coloco-me entre as duas, o que irrita Hudson, mas ele não se mexe.

Artelya emite um ruído baixo, mas fica parada enquanto assumo a liderança. Ou o que quer que seja que estou fazendo agora.

Para começar, puxo uma cadeira para me sentar de frente para a caçadora. Asseguro-me de permanecer a uma boa distância, fora do alcance de suas mãos e pés, e das correntes que os mantêm presos no momento, e dou minha primeira boa olhada nela.

Ela não é jovem para os padrões humanos, mas não é particularmente velha tampouco. Talvez quarenta, quarenta e cinco anos, com cabelos loiros cortados bem curtos, em ondas irregulares. É alta — mesmo acorrentada e sentada, dá para perceber — e a metade esquerda de seu rosto sofreu sérias queimaduras em dado momento, porque sua pele está marcada e descolorida ali.

Mas a característica mais interessante — e aterrorizante — sobre a mulher não é a queimadura ou o corte de cabelo incomum. São suas roupas.

No início, pensei que estivesse usando uma calça de couro de cobra, porém, agora que estou sentada diante dela, percebo que o padrão reptiliano não é de serpente. É de dragão.

Ah. Meu. Deus. Ela está usando uma calça feita de pele de dragão — e já que dragões não trocam de pele, só há uma maneira de consegui-la. De repente, a queimadura em seu rosto faz muito mais sentido.

Ao respirar fundo para combater a bile que mais uma vez se agita dentro de mim, percebo que os dragões não foram sua única presa. O casaco dela é feito de pelos verdadeiros, com um lindo tom branco e cinza, que sei ser a pele de um lobo — em parte por causa da cor e em parte por causa da garra que ela deixou presa como um broche, e que no momento está ao redor de seu ombro. Circulando seu punho está uma pulseira feita de presas de vampiros e pendurada no pescoço, uma corrente com um anel. Percebo a grande pedra da lua antes de ver o dedo ossudo da bruxa inserido no anel.

E, em sua mão, saindo do centro do anel usado por ela, está um pedaço brilhante de uma pedra do coração vermelho de gárgula.

De repente, *interrogatório* não parece algo tão ruim.

Capítulo 11

PENSAR FORA DA MASMORRA

A náusea toma conta de mim e faz meu estômago se revirar de terror. Só a raiva ardendo bem lá no fundo me impede de vomitar, porque de jeito algum vou dar a essa vadia a satisfação de ver minha fraqueza *ou* meu horror.

Então engulo o enjoo e fico exatamente onde estou, com os braços cruzados diante de mim e as pernas dobradas sob a cadeira, enquanto nossos olhares se encontram. Posso notar, em sua expressão, que ela aguarda que eu fale alguma coisa, esperando que seja eu a quebrar o silêncio que se estende entre nós como vidro quebrado.

Mas meu pai me ensinou, há muito tempo, que em um jogo de estratégia, a pessoa que se move primeiro sempre perde. Nos jogos infantis, isso nunca me incomodou. Aqui, hoje, presa nesta disputa de olhares com esta assassina hedionda, isso me incomoda muito. O inverno vai congelar antes que eu seja a primeira a piscar.

Perto de mim, Artelya se remexe desconfortável. Mas — como a general que ela é — não pronuncia uma palavra. Em vez disso, os segundos se transformam em minutos, enquanto a espiã enrola um longo fio de nylon ao redor do dedo indicador e então o estica. Ela faz isso várias e várias vezes, enquanto apenas espero e observo.

— Pode me torturar o quanto quiser — de repente a caçadora deixa escapar. — Não vou contar nada.

— Não me lembro de ter perguntado coisa alguma — respondo, com suavidade. — Quem perguntou foi minha general. E quanto à tortura? Você não vale a bagunça que isso exigiria. Na verdade, gosto destes sapatos.

Artelya não emite um som ao ouvir aquilo, mas posso vê-la de soslaio enquanto endireita o corpo, como se minhas palavras a revigorassem.

— Então o que quer de mim? — Ela se remexe na cadeira, puxando outra vez as amarras.

— O que a faz pensar que quero algo de você? Foi você quem veio até a Corte das Gárgulas, usando o *coração* de alguém do meu povo. — Aceno com a cabeça na direção do anel, fazendo o melhor possível para ignorar a raiva e a dor ainda crescentes dentro de mim. — Acho que sou eu quem deveria perguntar o que você quer.

— O que todo caçador quer. Libertar o mundo da pestilência de todos os paranormais. Vocês são a ruína desta terra, uma praga no...

— Ah, por favor. — Finjo um bocejo que estou bem distante de sentir. — Você não acredita mesmo em toda essa propaganda de caçador, acredita?

A mulher estreita os olhos.

— Não é propaganda quando é verdade.

— É tipo "não é paranoia se de fato estão perseguindo você"? — retruco.

— Apenas vá em frente e me mate. Já levei o suficiente de sua espécie comigo para morrer com orgulho.

— Não tenho ideia de como matar alguém pode ser questão de orgulho — respondo, me levantando e cruzando a sala até a mesa com os pertences dela.

— Porque você nunca sofreu como eu sofri — ela rosna para mim. — Você nunca viveu no medo, do jeito que nós, humanos, temos que viver todos os dias...

— Com medo uns dos outros. Não dos paranormais — eu a interrompo. — Os humanos são criaturas brutais, e nós duas sabemos disso.

— *Nós* somos brutais? Vocês nos caçaram muito antes que formássemos nosso exército para caçar vocês. De onde acha que a *Carniceira* ganhou esse nome? — ela zomba. — Ela trucidou humanos às dúzias e nunca pensou duas vezes para fazer isso. Lobisomens e wendigos nos comem. Bruxas lançam feitiços que nos obrigam a fazer suas vontades. Dragões queimaram nossas casas durante séculos, até que finalmente os caçamos e os obrigamos a se esconderem. Você não considera nada disso um comportamento brutal? — Ela bufa e continua: — Que diabos, olhe para o último rei vampiro. Ele ergueu um exército para tentar subjugar e matar cada humano da Terra. Acha que somos brutais? Só somos brutais porque esse foi o jeito que vocês nos ensinaram a ser. Se não matarmos vocês, vocês nos matarão. Já provaram isso várias e várias vezes.

Ela está com a respiração alterada quando termina seu pequeno discurso, e, por mais que eu queira baixar a bola dela, não consigo. Não porque eu ache que ela está certa, porque não acho. Mas porque é óbvio que ela é uma fanática e, como qualquer fanática de verdade, ela escolhe sua verdade.

Cyrus tentou matar os humanos? Sem dúvida.

Foi um grupo de paranormais que o impediu de executar seu plano, correndo grande risco pessoal? É certo que nós fizemos isso.

Os humanos não o impediram. Nós o impedimos, controlando os nossos da maneira que eu gostaria que os humanos controlassem os seus. Mas como farão isso, quando contingentes de pessoas como esta estão ocupados culpando alguém a ponto de nunca pensarem em tentar resolver os próprios problemas por outro meio que não a violência?

Sem mencionar o fato de que ela está literalmente sentada aqui repleta de troféus de paranormais que matou, enquanto nunca machuquei um humano na vida. Que diabos, passei a maior parte da vida pensando que era uma.

— Não tem nada a me dizer? — a caçadora provoca enquanto mais uma vez estudo todos os estranhos frascos e bolsas espalhados diante de mim.

São armas de algum tipo — disso tenho certeza. Só não sei o que fazem ou quanto dano podem causar. Será que são projetadas para matar paranormais ou machucariam qualquer um que cruzasse seu caminho? E, se for isso, será que funcionam em todos os paranormais ou só em alguns?

Essas são perguntas para as quais precisamos de respostas, para nossa própria proteção. Mas não acredito que nenhum tipo de interrogatório vai tirar essas respostas da mulher diante de mim. E isso significa que é inútil mantê-la presa.

E também significa que só há uma única coisa a se fazer nesta situação.

— General, venha comigo. — É o mais próximo de uma ordem que já dei em tempos de paz, e posso ver que Artelya arregala os olhos quando dá as costas à prisioneira. Mas não se manifesta, e ela e Hudson me acompanham para fora da sala. Nenhum de nós fala nada até que a porta esteja bem fechada.

— Você viu que não dá para argumentar com ela — Artelya começa a dizer.

— Não, não dá — concordo. — Mas interrogá-la também será um desperdício de tempo. Ela não nos dirá nada e...

— Você não sabe isso — Hudson me interrompe.

— Eu *sei*. E você também sabe, se for honesto consigo mesmo.

Artelya parece querer discutir, mas, no fim, não fala nada. Porque sabe que estou certa, assim como Hudson — posso ver na expressão deles.

— Não espera que eu simplesmente a deixe ir embora, não é? Você viu o que ela está usando? — A indignação marca cada sílaba.

— Eu vi — respondo, e as chamas de raiva ainda transformam meus órgãos em cinzas. — E não, você definitivamente não vai deixá-la ir embora.

— Bem, graças aos céus por...

É a minha vez de interromper.

— Você vai deixá-la fugir.

— Quer que eu faça o quê? — Os lábios de Artelya se repuxam de fúria.

— Quero que a deixe fugir — repito. — Sem todas aquelas poções e pós que estão com ela. E então quero que você e uns dois dos seus melhores soldados a sigam e vejam aonde ela vai. A tortura não vai funcionar em uma mulher como aquela, mas o subterfúgio talvez funcione.

— Ela já pensa ser mais esperta do que nós — Hudson acrescenta, e Artelya concorda com a cabeça à medida que o plano começa a se formar em sua mente.

— Então devemos lhe dar a chance de provar isso para si mesma — ela completa.

— Exatamente — replico. — E, se tivermos sorte, ela nos levará direto para a Estriga e esse "exército" que ela mencionou, e então poderemos dar um fim aos caçadores de uma vez por todas.

— E se não tivermos sorte? — Hudson ergue uma das sobrancelhas.

— Se não tivermos sorte, cruzaremos essa ponte quando for a hora. Enquanto isso...

— Enquanto isso, temos um deus a convencer — Hudson me recorda.

— E tenho uma fuga para planejar — Artelya declara, e um sorriso finalmente se espalha em seu rosto.

Capítulo 12

UM PÁSSARO NA CABEÇA
É MELHOR DO QUE DOIS NO ARBUSTO

Hudson e eu voltamos para o jogo faltando menos de um minuto para o final da partida. Uma rápida análise no placar mostra que o time de Jikan conseguiu uma recuperação milagrosa na nossa ausência, o que é um alívio, dado que precisamos pedir a ajuda dele se quisermos ter esperança de salvar Mekhi — e o fato de Jikan estar com um humor vitorioso definitivamente vai facilitar isso.

Literalmente no segundo em que o jogo termina, Flint exige:

— Você pode, por favor, descongelar Jaxon agora?

Apesar do uso da expressão "por favor", não parece um pedido, e cada um de nós sabe disso, inclusive Jikan. E é provavelmente por isso que ele dá a Flint um olhar tão brando que faz o medo subir pela minha espinha antes mesmo que ele coloque o último grão de pipoca na boca e se levante em busca de se alongar.

Sua insolência casual é a gota d'água para Flint, que dá um passo adiante, parecendo prestes a estrangular o deus. Graças ao mundo pela presença de Hudson, que se posiciona entre eles com tanta suavidade que parece ser sem querer.

Sei que não é, assim como sei que Hudson não está achando nada divertido ver o irmão congelado por tanto tempo.

Jikan deve sentir isso também, porque boceja — um pouco antes de fazer um aceno com a mão e descongelar Jaxon, *que ainda tem um pombo na cabeça*. A ave surta no segundo que percebe que ele está vivo, soltando um grasnido que ecoa por toda a nossa seção antes de voar para bem longe com um bater de asas muito afrontado.

— Que porra é essa? — Jaxon indaga, mais do que um pouco perturbado enquanto encara a ave, tentando descobrir o que perdeu. — O que aconteceu com o jogo? Quando vocês se sentaram? E por que tinha um *pombo* na minha *cabeça*?

Jaxon parece tão confuso e perturbado que não consigo evitar. Caio na risada. Segundos depois, Heather e Éden se juntam a mim. Hudson precisa de mais alguns segundos, mas acaba caindo na gargalhada também. Flint não ri, mas inclina a cabeça para esconder um sorriso, e a tensão do momento se dissipa como fumaça.

Jikan, por outro lado, apoia o quadril na grade da arquibancada e cruza os braços sobre o peito.

— Então, o que vocês querem de mim agora? — ele pergunta, soltando um suspiro longo e sofredor.

Ele parece tão aborrecido que fico tentada a me transformar e a jogá-lo por cima da grade, no campo lá embaixo, em especial porque ele faz parecer que lhe pedimos favores todos os dias, o que não é verdade. Esta é a primeira vez que falo com ele desde a batalha contra Cyrus, e não é como se eu pedisse para ele aparecer aqui. É ele quem costuma enfiar o nariz onde não é chamado.

Entretanto, já que desta vez preciso dele, travo os dentes e tento não pensar em como seria satisfatório sufocá-lo com o dedo de espuma gigante. Em vez disso, digo:

— Temos algumas perguntas para lhe fazer sobre o Reino das Sombras.

— Noromar? — ele pergunta, parecendo surpreso. — Eu pensaria que este é o último lugar no qual você gostaria de pensar de novo.

Engulo a raiva que sobe pela minha garganta. Jikan *sabia* que eu tinha estado lá — sabia que eu tinha esquecido — e não disse uma palavra. Que babaca.

Jikan se encolhe para passar por nós e então se afastar a passos largos, obrigando-me a me apressar para ir atrás dele. Os outros não têm problema em acompanhar seu ritmo, mas minhas pernas curtas não cobrem a mesma distância que as deles, e acabo me sentindo uma criancinha correndo atrás do professor.

Apesar das pernas longas, Hudson caminha do meu lado, todavia, quando estamos na metade do percurso até a fortaleza, ele se volta para Jikan e diz:

— Sabemos que você criou o Reino das Sombras... e todas as regras de merda que prenderam Grace ali *e* roubaram as memórias dela.

Hudson obviamente atingiu um ponto sensível, porque Jikan para de caminhar por tempo o suficiente para encará-lo nos olhos:

— Você não sabe merda nenhuma, vampiro.

Hudson só ergue uma das sobrancelhas:

— Quer me testar?

Vários segundos tensos se passam enquanto os dois ficam se encarando.

Mas, não importa quão certo Hudson aparentemente está, dada a reação de Jikan, preciso acabar com isso. Em especial porque Jikan parece estar a dois segundos de atingir Hudson. Não importa quão durão Hudson seja, ninguém quer ser atingido por um deus de verdade. E com certeza não por um deus capaz de criar o Reino das Sombras como se não fosse nada.

Minha mente está acelerada, na tentativa de encontrar um jeito de aliviar a tensão, quando Flint se apressa em dizer:

— Eu estava querendo perguntar. Que tipo de produtos para o cabelo você usa, Jikan? Porque seu rabo de cavalo está sempre perfeito.

Por um segundo, todos encaramos Flint chocados. E então começamos a rir de novo. Até Jaxon abre um sorriso. Jikan, por outro lado, olha para Flint como se não tivesse ideia de onde ele veio ou no que está pensando.

Mas então o Deus do Tempo também dá uma risadinha antes de se virar e continuar a caminhar, desta vez em uma velocidade mais razoável.

— Jikan — começo a falar, ainda que não tenha certeza do que direi a seguir... só que preciso dizer alguma coisa. — Sinto muito se o fato de pedirmos sua ajuda o irrita.

— Isso não me irrita, Grace — ele responde suavemente, parecendo resignado. — Mas ninguém gosta de ter seus erros jogados na cara.

— É isso que o Reino das Sombras foi? — Éden pergunta, e seus olhos púrpura parecem vigilantes. — Um erro?

— Não, foi mais do que isso — ele responde. — Foi vingança.

Capítulo 13

UMA CONVERSA REGADA A MIMOSAS

Quando chegamos ao castelo, Jikan abre as pesadas portas de madeira com um suspiro.

— Mimosas para todos? — a Carniceira pergunta quando vem nos receber na porta. — Já estou tomando uma com Alistair na sala de estar.

Mimosas à meia-noite?, Heather murmura para mim. Respondo com um dar de ombros, enquanto tento muito não rir. Consigo imaginar bem o que ela estava esperando de alguém chamado *Carniceira*. Na mente dela, minha avó devia andar por aí distribuindo cálices com o sangue de pessoas penduradas em cima de baldes nos cantos da sala, *não* distribuindo coquetéis de champanhe.

Nem perco tempo explicando para ela que minha avó já esteve nessa posição e já fez essas coisas, mesmo antes que Jikan responda:

— Eu aceito uma, Cássia. — Então, ele parece reconsiderar, e acrescenta: — Na verdade, quero duas.

— Vamos pegar pesado com o champanhe, hein? — Hudson comenta secamente.

— Depois da urina de dragão que experimentei naquele jogo, eu tomaria três vezes mais, se pudesse — Jikan responde, com voz tensa.

— Urina de dragão? — Flint faz uma careta.

— Acho que ele quer dizer merda de dragão — Éden corrige, parecendo igualmente enojada.

— Ele quer dizer só merda mesmo — a Carniceira diz, com cautela. — Ele fala todos os idiomas da Terra… e entende metade deles.

Heather não consegue disfarçar o riso, e acho que Jikan vai virar a cabeça na direção dela e congelá-la, mas, em vez disso, ele responde:

— Ei, pareço isso mesmo.

Todos nós caímos na risada desta vez — não tenho certeza se ele pretendia dizer aquilo ou não, o que só torna tudo mais engraçado.

— Agora será que eu posso, por favor, ganhar uma bebida? — Jikan pergunta e dá uma piscadinha para a Carniceira. Uma *piscadinha.*

Mas ela não cai nessa.

— Bem, do jeito que se comportou, tem sorte de eu deixá-lo entrar na minha casa, e muito mais de eu permitir que encoste no meu champanhe.

— Sim, bem, se seu consorte não estivesse bêbado todas as vezes que entra em campo, eu não teria de corrigi-lo, Cássia.

— Talvez se você não o xingasse tanto, ele não precisaria *estar* bêbado toda vez que precisa ser o juiz de uma dessas suas partidas *amistosas* — a Carniceira replica, com um aceno de cabeça, mas percebo que lhe entrega os dois copos antes de dar meia-volta e nos levar até a sala de estar... onde quer que seja. Desde que ela e Alistair voltaram a morar na Corte, o lugar parece bem diferente do que costumava ser. Meio que como a própria Carniceira.

Não há nada mais da idosa que conheci. Em seu lugar está uma mulher elegante, na casa dos trinta anos, com uma pele marrom sem rugas e longos cachos presos em um turbante cujo tom é o mesmo de seu caftan vermelho e esvoaçante. Só a cor de seus olhos é a mesma, um turbilhão verde-esmeralda que muda de intensidade conforme suas emoções.

Heather olha para todo canto, menos para onde está indo, enquanto seguimos a Carniceira pelo grande salão.

— Este lugar é incrível! — minha melhor amiga sussurra, observando boquiaberta os imensos corredores de pedra repletos de armas e tapeçarias.

Lembro-me das primeiras vezes que saí vagando pelos corredores da Academia Katmere, parte maravilhada, parte oprimida, enquanto tentava descobrir como minha vida tinha dado uma guinada tão estranha e abrupta. Por um instante, tenho vontade de ter mostrado Katmere para ela antes que Hudson e Jaxon destruíssem tudo para salvar todos nós, mas então deixo isso de lado.

Porque, como Jikan provavelmente diria, se mendigos fossem cavalos, os desejos cavalgariam...

Além disso, com a equipe que o Círculo reuniu para reconstruir Katmere, sei que o lugar ficará melhor do que antes. Eu só gostaria que já pudesse, agora, estar melhor do que antes.

Por fim, a Carniceira para diante do que costumava ser uma bela e utilitária sala de reuniões, se me lembro corretamente. Mas, ao abrir as portas francesas de mogno, percebo com exatidão por que ela chama o local de sala de estar agora. Porque não sobrou absolutamente nada utilitário aqui.

Em vez da pedra cinza-clara, as paredes agora estão cobertas com um tecido verde suave, decorado com bétulas, flores e pássaros voando. As cortinas são de um verde-azulado, assim como o tapete bem chique que agora cobre o chão de pedras rústicas. Candelabros de cristal pendem do teto e os móveis parecem todos confortáveis e delicados.

Em especial a poltrona estilo Queen Anne na qual Alistair está sentado atualmente, bebericando uma mimosa bem grande.

— Avô! — digo, indo até ele.

— Grace! — Alistar fica em pé e me encontra no meio do caminho. E, ainda que pareça jovem, dá abraços dignos de um avô, com braços tão fortes e reconfortantes quanto o cheiro antiquado de Aramis que me envolve. — Eu estava esperando que você desse uma passada aqui para me ver!

— Eu não iria embora sem pelo menos dizer oi — comento à medida que ele me puxa para que eu me sente perto dele, em um dos delicados sofás rose gold.

— Uma pena que Jikan não possa dizer o mesmo — ele comenta, com uma cara feia dirigida ao Deus do Tempo.

É óbvio que Jikan não dá a mínima. Na verdade, ele está tão imperturbável que deixa uma das taças vazias de lado e pega a mimosa da mão de Alistair antes de se sentar em uma das poltronas e tomar tudo em apenas um único gole.

Alistair ergue uma sobrancelha imperiosa.

— Com licença? — ele rosna.

— Você já bebeu demais — Jikan responde, com ar despreocupado. — Embora seja bom ver o bom senso prevalecer no fim.

— Você não reconheceria o bom senso nem se ele mordesse sua... — Alistair para de falar quando a Carniceira o censura com expressão sombria.

— Aorta? — Jikan completa a frase para ele.

— Quem quer ser mordido na aorta? — Heather pergunta, com olhos esbugalhados.

Éden dá uma risadinha.

— Quem quer levar uma mordida na bunda?

É uma boa pergunta, e Heather deve concordar, porque faz um aceno de cabeça antes de se sentar perto de Éden em um sofá de frente para as poltronas.

— Pode preparar outra mimosa, Cássia, querida? — Jikan pede. — Foi uma noite difícil.

— Feita especialmente para você, Jikan, *querido* — ela responde, com falsa doçura. Mas lhe serve outra taça de champanhe com suco de laranja antes de se acomodar perto de Alistair com uma taça para si mesma.

— Em uma equipe, não basta tentar. — Jikan me lança um olhar malicioso. — Pergunte para Grace.

— Tampouco se exibir — comento, enquanto me inclino para a frente.

— Exatamente. Porque isso exigiria tempo. Falando nisso... — Ele toma sua mimosa com tanta rapidez quanto tomou a de Alistair. — Tenho uma aula de trapézio em uma hora, então vamos ser rápidos.

Penso em lembrá-lo de que não sou eu quem está postergando a conversa — já estou esperando para falar com ele há um tempo —, mas, no fim, não vale a pena discutir. Não se queremos sair daqui com as respostas de que precisamos — e o favor de que precisamos.

Então, em vez disso, escolho as palavras com cuidado. Se aprendi algo lidando com deuses, é que eles raramente gostam de responder a uma pergunta direta.

— Eu queria saber o que você pode me dizer sobre o Reino das Sombras.

Ele ergue uma das sobrancelhas.

— Você esteve lá. O que mais precisa saber?

— Vamos dizer que, na minha última visita, as coisas não saíram como planejado — admito. — Mas é por isso que quero saber mais. Caso tenhamos de voltar.

— Você quer *voltar*? — Jikan pergunta. O Deus do Tempo parece se divertir ao coçar a bochecha, mas seu olhar se volta para a expressão preocupada da minha avó.

E, antes que ele continue, a Carniceira solta um grito alarmado.

E desaparece em um piscar de olhos.

Capítulo 14

TEMOS CIRCO, MAS NADA DE PÃO

Eu me assusto com o desaparecimento súbito de minha avó, mas uma espiada em Jikan e em Alistair — ainda relaxados em seus assentos — faz meu batimento cardíaco desacelerar novamente. O que quer que tenha acontecido, se eles não estão preocupados, não deve ser nada de mais, acho. Embora eu esteja *de fato* curiosa.

Na verdade, eu teria pensado que Jikan a fez desaparecer, já que a fitava de um jeito tão estranho, mas meu avô não pulou no pescoço dele, exigindo respostas. O que posso dizer? Somos o tipo de família que prefere ação.

— Bem, isso é algo que não se vê todo dia. — O olhar de Heather percorre a sala, como se ela esperasse que alguém ou alguma coisa a fizesse desaparecer na sequência.

— Se cobrir, vira circo — Hudson comenta com ela, em um tom suave. — Este definitivamente é o lema aqui.

— Pelo que entendo, o mesmo pode ser dito sobre você — Jikan responde. Mas sem sua astúcia usual... provavelmente porque continua a encarar o espaço vazio ao dizê-lo. Segundos depois, o Deus do Tempo volta a si, assentindo com a cabeça enquanto se acomoda em seu assento.

— Meu único objetivo é entreter — é a resposta seca de Hudson, que se senta em uma pequena namoradeira verde. Eu o observo desdobrar o corpo como se fosse uma cadeira de jardim, esticando as longas pernas diante de si e cruzando-as nos tornozelos, ao se recostar. Antes mesmo que cruze os braços, sei exatamente o que essa pose significa, ou seja, que está relaxado na mesma medida que não está disposto a tolerar qualquer besteira hoje.

Ele fica bem assim. Muito bem.

Mas o sarcasmo passa desapercebido por Jikan.

— Sim, bem, você certamente precisa avaliar melhor sua capacidade nesse departamento. Mas o que mais eu esperaria do irmão do moleque gótico?

O olhar dele segue maliciosamente até Jaxon, que mostra uma pequena porção dos dentes, mas fica quieto. É óbvio que o medo de ser transformado em estátua novamente é mais forte do que ele quer admitir.

É evidente que Jikan fica um pouco desapontado por não conseguir provocar Jaxon e, no fim, só toma outro gole de sua mimosa. Então foca seu olhar cor de mogno diretamente em mim.

— Você ia nos falar mais sobre o Reino das Sombras — eu o incentivo, erguendo as sobrancelhas.

— Não entendo sua obsessão súbita com aquele lugar. — O Deus do Tempo faz um gesto de desdém com a mão. — Mas ele foi criado como uma punição, não como um destino de férias.

— Então você o criou *mesmo*? — Éden pergunta, apontando para Jikan. — Você consegue fazer uma coisa dessas?

— Sou um deus — ele retruca. — Posso fazer quase qualquer coisa.

— E Noromar é uma punição para quem, exatamente? — eu o incentivo mais uma vez. Pelo menos está respondendo às nossas perguntas, então talvez isso signifique que vai nos ajudar, se tivermos sorte.

Bem, e se implorarmos muito. Afinal, estamos falando de Jikan.

— Para a Rainha das Sombras, é óbvio. Quem mais? — Jikan boceja, como se estivesse entediado, mas noto uma expressão atenta em seu olhar que demonstra que seu estado de espírito está bem longe disso.

— Mas por quê? — suspiro, frustrada, porque conseguir uma resposta direta dele é, na melhor das hipóteses, mais difícil do que ter alguém arrancando seus braços, os dentes e tudo mais.

E essa, definitivamente, não parece ser a melhor das hipóteses.

Alistair sustenta o olhar de Jikan por vários inescrutáveis segundos. Algum tipo de comunicação ocorre ali, é óbvio, mas não consigo determinar qual é.

Mas, depois de um tempo, Alistair lhe diz:

— Vá em frente. — Meu avô faz um estranho floreio formal com a mão. — Conte para os garotos o que eles querem saber.

No início, parece que Jikan quer discutir, entretanto, no fim, simplesmente se levanta e anuncia:

— Estou com fome. — Então segue na direção da cozinha como se não estivéssemos no meio de uma conversa importante.

— Como ele pode estar com fome? — Heather pergunta, baixinho. — Faz menos de dez minutos que ele devorou uma quantidade equivalente à metade da comida que há em um *food truck*.

Não tenho ideia, mas não vou cometer o erro de perguntar sobre os hábitos alimentares dele. Em vez disso, coloco-me de pé e o sigo até a cozinha. Hudson e meus amigos vêm logo atrás.

Meu avô permanece na sala de estar com sua jarra de mimosas, provavelmente para aguardar o retorno da minha avó.

Acontece que, desde a última vez que estive aqui, ela andou ocupada redecorando outros ambientes além da sala de estar. Também mudou a tapeçaria que cobria as antigas paredes de pedra, trocando as cenas de batalha e de natureza por lindas fotografias em preto e branco de Alistair, de Artelya, minhas e de várias outras gárgulas também.

As cenas retratadas vão desde treinos de batalha até nosso jogo de futebol semanal, desde imensos jantares em "família" até a figura solitária de Alistair caminhando pelas falésias logo depois da cerca de ferro. O efeito é, de algum modo, ao mesmo tempo acolhedor e assustador.

Eu adoro.

Em poucos minutos, estamos todos acomodados em bancos de encosto alto ao redor de uma imensa ilha de granito. Jikan veste um avental de chef no qual está escrito "Da última vez que cozinhei, quase ninguém morreu". Que reconfortante.

Então o Deus do Tempo abre a despensa e começa a tirar itens lá de dentro de um jeito que demonstra que ele não tem nenhum plano de verdade para esse lanche da meia-noite. Desde biscoitos Oreo — a mais recente obsessão de Alistair — e picles, até massa de macarrão e abacaxi em lata, tudo acaba no balcão ao lado da mimosa que ele trouxe consigo da sala de estar.

— Então, ele não vai misturar tudo isso, né? — Heather sussurra, parecendo horrorizada.

Não tenho ideia, e já que ainda espero convencê-lo a nos ajudar, tenho certeza de que não direi nada para ofendê-lo sobre suas escolhas culinárias. Até consigo não estremecer quando canela e sementes de mostarda se juntam à pilha crescente de ingredientes no balcão.

— Podem encher uma panela com água? — Jikan pede por sobre o ombro à medida que continua a vasculhar a despensa.

— Pode deixar. — Movimento-me para fazer isso, mas Éden já está pegando uma panela de cobre gigante da prateleira sobre a ilha no meio da cozinha e levando-a até a pia, com uma expressão de animação no rosto, e dou uma risada.

Jikan enfim sai da despensa com ar de triunfo, um pacote de gotas de chocolate em uma mão e uma embalagem de manteiga de amendoim na outra. Ele segura os produtos como se fossem espólios de guerra, antes de colocá-los no balcão perto do restante de sua pilhagem.

— Preciso de ovos e de suco de laranja — ele anuncia para o aposento em geral, como se mencioná-lo fosse fazer tudo aparecer.

Mas sou a primeira a seguir até a geladeira e pegar embalagens gigantes dos dois ingredientes antes que Jikan possa sequer dar a volta na ilha central.

Quanto mais rápido entregarmos o que ele deseja, mais rápido conseguiremos que nos conte sobre a chave para o Reino da Sombras — e então conseguiremos que ele nos *dê* a chave.

Eu estaria mentindo se dissesse que minha pele não estava coçando para acabar com a volta toda que estamos dando e implorar pela ajuda de Jikan. Depois de toda a cena com a prisioneira no porão e com Artelya, eu não quis admitir que poderia ter de escolher entre a necessidade de encontrar uma cura para Mekhi neste exato segundo e um exército de caçadores que possivelmente está se organizando para atacar com a mesma rapidez. Mas temos cinquenta por cento de chance de Jikan nos ajudar — e um sólido zero se o irritarmos — e cem por cento de chance de não chegarmos a lugar algum sem ele. A matemática nunca foi meu forte, mas até eu sei que, com tais probabilidades, preciso colocar um sorriso no rosto e continuar dançando conforme a música.

Coloco as embalagens no balcão perto dos ingredientes aleatórios com um "aqui estão" e volto para meu banco.

— O que estamos preparando, exatamente? — Flint pergunta, olhando a combinação de alimentos com a mesma alegria maravilhada presente nos olhos arregalados de Éden.

Hudson não se senta nos bancos, preferindo se recostar no balcão do outro lado, com os braços cruzados, e trocamos um olhar bem-humorado. *Dragões.*

Jikan pega o pote de picles e o abre.

— Macarrão doce.

— Com picles? — deixo escapar antes que consiga me controlar.

Mas Jikan apenas revira os olhos.

— Óbvio que não, Grace. O picles é para beliscarmos enquanto cozinhamos.

Como se quisesse provar seu argumento, o Deus do Tempo pega um garfo, espeta dois picles pequenos e os enfia na boca antes de ir à pia para lavar as mãos.

Quando termina, Jikan se vira e bate palmas.

— Ok, onde paramos?

Não tenho certeza se ele se refere ao macarrão doce, ao picles ou à história que supostamente ia nos contar, mas decido esperar pelo melhor.

— Você estava prestes a nos contar por que criou Noromar para punir a Rainha das Sombras.

Capítulo 15

ARREPENDIMENTOS DO PASSADO

— Ah, isso mesmo — ele concorda. Mas não diz nada. Em vez disso, pega o pote de picles e coloca mais vários pedaços na boca. Então, com a boca cheia, diz: — É tudo culpa da Rainha das Sombras.

— Presumimos isso, já que você bancou o deus e criou uma prisão para ela — Hudson brinca, mas seus olhos seguem Jikan cautelosamente.

— De verdade — ele diz, solta um longo suspiro, leva as mãos para o alto da cabeça e ajeita o rabo de cavalo. — Toda essa história é prova do motivo pelo qual é bom evitar se apaixonar. Sempre. — Ele sorve um gole de sua mimosa e pega outro picles antes de acrescentar: — Melhor nunca ter amado, para jamais se perder, como diz o ditado.

— Você se apaixonou pela Rainha das Sombras? — pergunto. Porque, nesse caso, seria totalmente absurdo ele ter construído uma prisão para ela.

— Por que diabos você pensaria isso? — ele indaga, erguendo as sobrancelhas ao máximo e parando no meio do processo de abrir um pacote de macarrão. Então, acrescenta: — Ela se apaixonou por um mortal. — Como se isso explicasse tudo.

Dando de ombros, Jikan volta a cozinhar, se é que dá para chamar assim o que que ele está fazendo, enquanto nós o observamos com cautela. Jikan não é um cara mau, mas é imprevisível — e tentar antecipar seu comportamento se torna mais do que um pouco estressante, às vezes.

— Ela se apaixonou e se casou. — O Deus do Tempo pega uma pequena frigideira e a leva ao fogão, ao lado da panela d'água. — E aqui estamos.

— Tenho quase certeza de que precisamos de mais explicações do que isso, Jikan — Hudson fala, devagar, ao passo que tira o celular do bolso e começa a rolar a tela sem perder o fio da meada. — As pessoas não costumam ir de se apaixonar a tentar derrubar um deus sem que algo aconteça no meio. Então, o que desencadeou tudo isso?

— A gravidez, obviamente. — Jikan faz cara de nojo. — Não é sempre isso que tira as mulheres do eixo?

— Isso é sexista pra caralho, não? — Hudson comenta, com suavidade, mais uma prova de que está ouvindo, apesar do fato de seus polegares estarem agora voando pela tela do celular.

O Deus do Tempo estreita os olhos em uma expressão irritada, enquanto coloca uma colher cheia de manteiga de amendoim em uma panela pequena. Mas então deve ter pensado no que Hudson disse — e no que ele falou para provocar isso —, porque suspira.

— Você tem razão. Peço desculpas. Neste caso — ele enfatiza —, o que desencadeou tudo foi o fato de a Rainha das Sombras se apaixonar e ficar grávida de um humano, feiticeiro do tempo.

Fico tensa, olho para Hudson e murmuro: *Será que foi o prefeito?*, ao mesmo tempo que ele ergue uma das sobrancelhas.

Nunca consideramos a hipótese de que a Rainha das Sombras e o prefeito fossem aliados, e consigo ver as engrenagens no cérebro de Hudson neste exato momento. Se o prefeito estava tentando redefinir a linha do tempo para salvar sua filha…. Talvez a Rainha das Sombras não estivesse lutando conosco apenas para se libertar da prisão, mas também porque queria que a linha do tempo fosse redefinida para salvar a filha *deles*.

Jikan prossegue, sem ter consciência de que minha mente está explodindo:

— Como ela é das sombras, um fantasma, a Rainha das Sombras é imortal. Mas o consorte dela era mortal, o que a deixou mortalmente temerosa de que…

— A filha dela pudesse morrer — Alistair completa atrás de nós.

Considerando que na última vez que o vi, ele estava acomodado bem satisfeito na sala de estar com sua mimosa, eu não esperava ouvir sua voz neste momento. Mas meu avô deve ter decidido vir atrás de nós, no final das contas, porque está neste momento recostado no batente da porta, olhando ao longe, sem enxergar. Mas há uma suavidade — e uma tristeza — em seu rosto que faz com que eu me pergunte se ele está se lembrando de sua própria filha com a Carniceira. Pensar nela — e na dor que meus avós devem ter sentido quando a perderam — faz meu peito se apertar.

— O que ela fez? — pergunto, mordendo o lábio, com uma empatia indesejada pela Rainha das Sombras que combina com o aperto ainda mais pronunciado em meu peito.

Seja lá qual tenha sido a próxima coisa que ela fez, por mais horrível que tenha sido, e que a levou a ser sentenciada a uma vida imortal em uma prisão, parte de mim não pôde deixar de se perguntar até onde *eu* iria a fim de salvar uma criança que Hudson e eu poderemos ter um dia.

De repente, conseguir a chave de Jikan e libertá-la da prisão parece a atitude absolutamente certa a se tomar, quer ela ajude Mekhi ou não.

Jikan acrescenta um pouco de suco de laranja à manteiga de amendoim que derrete com rapidez, e depois abre um ovo à parte e o coloca na mistura também. Heather faz um pequeno som de quem quer vomitar, mas felizmente Jikan a ignora e continua a história:

— Enquanto estava grávida, a Rainha das Sombras ficou obcecada com descobrir um jeito de impedir que sua criança morresse um dia. Ela implorou a ajuda do pai da criança, mas ele recusou várias vezes, já que esse tipo de magia é ao mesmo tempo proibida e altamente instável.

Jikan coloca uma bela pitada de sal e todo o pacote de macarrão do tipo linguine na panela com água, agora fervente, sobre o fogão. Então joga uma pitada de sal por sobre o ombro — "Para dar sorte" —, antes de mexer com agilidade a recém-preparada mistura de manteiga de amendoim, suco de laranja e ovo, e pegar a canela e as sementes de mostarda.

— Então, o que aconteceu? — Heather pergunta, ansiosa. — O marido dela ignorou seus pedidos de ajuda?

— Era o que ele devia ter feito — Jikan responde, balançando a cabeça com ar de desgosto. — Mas não. O amor o deixou mole também. E quando a Rainha das Sombras deu à luz, o feiticeiro não pôde resistir ao desespero da consorte e lançou um feitiço, usando magia do tempo proibida que permitiria que a filha deles vivesse para sempre.

— Deixe-me adivinhar. — Hudson finalmente ergue os olhos do celular, com uma das sobrancelhas erguida. — Alguma coisa deu errado.

— É possível afirmar isso. — Jikan pega sua taça de champanhe e tenta tomar um gole de mimosa, mas a taça já está vazia. E como sei que não vamos conseguir que ele continue contando a história até conseguir outra bebida, dirijo-me à geladeira a fim de pegar outra jarra de mimosas que vi lá. Mas, antes que consiga descer do meu banco, Jikan simplesmente faz um aceno com a mão e sua taça se enche novamente.

Quero lhe perguntar por que amolou minha avó para conseguir mais bebida quando podia simplesmente encher a própria taça desse jeito, mas Hudson me direciona um olhar que não consigo decifrar muito bem e deixo a questão de lado.

Jikan toma um longo gole de sua bebida e retorna à despensa. Quando volta, traz consigo um pacote de coco ralado e adoçado que deixa ao lado dos Oreos e das gotas de chocolate que já estão no balcão.

— Peguem uma xícara de medida para mim, sim? — ele mais uma vez pede para todos em geral, antes de continuar sua história: — De todo modo, o feitiço mal planejado não trouxe a vida eterna que eles esperavam para a bebê... porque ela não estava grávida de uma, mas de duas crianças. Em vez disso, quando deu à luz a irmã gêmea, isso uniu a alma das crianças — ele para um pouco para lançar um rápido olhar para Alistair antes de continuar — para sempre.

Eu me viro para meu avô, com o coração acelerado.

— Como a Carniceira e a Estriga?

— Não exatamente — Alistair responde, mas não explica mais nada, como se essa fosse uma história que ele preferisse que Jikan contasse do seu jeito.

Jikan aceita uma xícara de medida das mãos de Éden com um aceno de cabeça em agradecimento.

— No início, ela e o feiticeiro pensaram que estava tudo bem. Nos primeiros anos de vida, as duas gêmeas prosperaram. Lógico, uma era um pouco menor, um pouco mais enfermiça do que a outra, mas supostamente isso costuma acontecer com gêmeos. Mesmo assim, as duas estavam bem. Até que... — O Deus do Tempo faz uma pausa, balança a cabeça com tristeza, ao mesmo tempo que joga uma tonelada de gotas de chocolate na xícara de medida e a enche uma segunda vez com coco ralado.

— Até que não estavam — pressiono, ignorando de propósito qualquer que seja o engano gastronômico que ele está prestes a cometer.

— Precisamente. Pior ainda... — Ele para por tempo suficiente para jogar o chocolate e o coco na mistura de manteiga de amendoim no fogão. — O bem-estar da garotinha doente estava amarrado ao da irmã. Quanto mais forte e mais saudável uma irmã ficava, mais fraca a outra se tornava. Mas parte do encanto do feiticeiro do tempo tinha funcionado... enquanto as almas delas estivessem ligadas, nenhuma delas poderia morrer.

— A mais forte se sentiu mal com isso? — Heather pergunta, e está literalmente retorcendo as mãos agora, completamente fascinada pela história que Jikan está tecendo.

Ele parece igualmente fascinado quando se vira para encará-la.

— Você é humana — ele observa, de repente.

Ela ergue uma das sobrancelhas escuras.

— Isso é uma coisa ruim?

— Ainda não decidi. — Jikan parece refletir sobre o assunto, com a cabeça inclinada por longos e dolorosos segundos, enquanto a cozinha se enche com um odor doce e pernicioso.

No fim, Jikan dá de ombros e responde à pergunta original de Heather.

— Irmãos são complicados — é o que ele diz, por fim, como se isso explicasse tudo.

Olho para Hudson e depois para Jaxon, e tenho de me perguntar se talvez Jikan não tenha razão.

— O que aconteceu, então? — insisto, ao mesmo tempo intrigada com a história e querendo que ela chegue ao fim para poder fazer a verdadeira pergunta que viemos fazer.

— O que acha que aconteceu? Não demorou muito para que uma gêmea percebesse que ficava mais forte a cada vez que sua irmã se machucava.

Heather não é a única que se surpreende desta vez. Todos trocamos olhares horrorizados, totalmente enojados com o rumo que a história acaba de tomar. Mas é Flint quem finalmente põe em palavras o que todos estamos pensando:

— Ela começou a machucar a irmã a fim de se tornar ainda mais poderosa.

Jikan olha para Flint de alto a baixo, como se o enxergasse pela primeira vez.

— Parece que você tem muito mais a seu favor do que seu baço real, dragão.

Flint parece confuso, como se nunca tivesse pensado em seu baço antes — real ou não. Mas posso ver o instante em que ele decide simplesmente revirar os olhos com o elogio, porque o sorriso largo que faz parte dele, tanto quanto seu dragão, se espalha em seu rosto.

— Obrigado.

Jikan bufa, então tira a tampa da panela do macarrão que está cozinhando há apenas dois minutos antes de levar tudo até a pia a fim de escorrer a massa. Só consigo imaginar a gororoba crocante que ele está prestes a revelar.

— O que ela fez? — pressiono assim que ele leva o macarrão escorrido de volta ao fogão. — Ela terminou matando a irmã?

— Como poderia matá-la? Já falei para vocês que o feiticeiro do tempo fez um encanto com base em magia sombria, que tornou as garotas imortais ao unir suas almas irrevogavelmente.

Jikan levanta a tampa e revela o que parece um macarrão linguine perfeitamente cozido — ao que parece, o Deus do Tempo não precisa se curvar às durações básicas do cozimento —, coloca a mistura grudenta de manteiga de amendoim sobre a massa e começa a misturar tudo bem devagar. Tão, tão, tão devagar que, pela primeira vez, percebo que Jikan está ganhando tempo.

— Cássia já voltou, Alistair? — ele pergunta aparentemente do nada.

Meu avô balança a cabeça, mas é impossível não ver a súbita empatia em seus olhos.

— Ainda não.

Alguma coisa passa entre eles, um olhar que é muito mais do que um olhar, e percebo que Jikan está *esperando* minha avó. Ele não quer contar o restante da história — pelo menos não sem a Carniceira aqui. Mas o que ela tem a ver com as gêmeas das sombras? Não faz sentido.

— Então, se ela não podia matar a irmã, simplesmente a torturou várias e várias vezes, a fim de ficar cada vez mais forte? — Heather pergunta, com uma expressão de choque. — Que horrível.

Minha pele gela, e olho de relance para Hudson. Ainda recostado na beirada do balcão, envia mensagens de texto como se não tivesse preocupação alguma na vida. Mas sua mandíbula está tão tensa que tenho medo de que ele quebre uma presa. No início, não acho que ele sequer perceba minha observação, mas então se mexe um pouco, e noto que não olha para mim de propósito, embora eu saiba que sente minha atenção nele.

Odeio o fato de ele não erguer os olhos, o fato de não me deixar compartilhar esse momento com ele. Porque sei que está pensando na mesma coisa que eu agora — no jeito como Cyrus o torturou várias e várias e várias vezes. Mandando o filho para a Descensão todos os meses por quase duzentos anos, porque Cyrus também queria ser mais poderoso. Não é o mesmo que aconteceu entre as duas irmãs, mas também não é tão diferente.

Desgraçado. Talvez a eternidade preso na caverna da Carniceira não seja punição suficiente para ele. Ou para aquela vadia da gêmea das sombras, pensando bem.

Mas não foi o comportamento vicioso dela que irritou um deus. Foi o de sua mãe. Estremeço um pouco ao perguntar:

— O que a rainha fez? — E como isso poderia ser pior do que aquilo que a gêmea má das sombras fez?

Jikan solta um longo suspiro e pega os biscoitos Oreo. Vários segundos se passam enquanto ele os esmigalha entre as mãos, ao mesmo tempo que encara a panela perniciosa de "macarrão doce" que acaba de preparar. Mas, depois de um tempo, ele joga os Oreos quebrados em cima da massa e pega um pano de prato para limpar as mãos.

— Alguém quer um pouco? — ele pergunta enquanto pega os pratos. Tanto Flint quanto Éden gritam "sim" em uníssono.

O restante de nós recusa — alguns de nós com mais vontade do que outros —, mas Jikan está tão envolto no que quer que esteja pensando sobre a Rainha das Sombras que não percebe o insulto. No fim, serve quatro pratos, oferecendo dois para os dragões e um para Alistair... que aceita sem fazer a mínima careta.

No entanto, agora que a comida está pronta, Jikan precisa enfim terminar a história, porque para de olhar de relance para a porta, à espera de minha avó. E para de ganhar tempo.

— É óbvio que os pais não ficaram particularmente impressionados com os impulsos sádicos da filha, em especial quando a vítima era a outra filha deles — relata. — Depois de tentar tudo em que puderam pensar para proteger as duas filhas, e fracassarem de maneira espetacular, a Rainha das Sombras decidiu que o único jeito de mantê-las em segurança era rompendo o elo entre elas.

— E isso é possível? — pergunto, me questionando se minha avó já tentou romper o elo que tem com sua irmã também.

— Bingo! — Jikan me dá um aceno carinhoso com a cabeça, como se eu enfim tivesse feito algo para impressioná-lo. — Diversas pessoas disseram várias e várias vezes para a rainha que era impossível. Inclusive eu — ele acrescenta, com uma fungada. — Mas medidas desesperadas exigem tempos desesperados. E ela não ia parar, não importava quantas vezes lhe dissessem que seria infrutífero. Até que, um dia, ouviu falar de alguém que podia entender o que ela estava passando, alguém que ela acreditava passar por algo similar. Então... — Jikan faz uma pausa e suspira, enfia um pouco de macarrão com manteiga de amendoim na boca e mastiga. Quando engole, olha de relance para Alistair, que ainda está comendo sua sobremesa, antes de prosseguir mais uma vez: — A Rainha das Sombras foi encontrar essa mulher que, segundo os rumores, compartilhava um elo de alma com sua irmã gêmea e lhe implorou que a ajudasse.

Meu pescoço começa a coçar quando percebo o motivo pelo qual Jikan se esforçou tanto para esperar a volta da Carniceira antes de terminar a história.

— E a mulher conseguiu ajudá-la? — Heather parece cética. — Rompeu o elo entre as duas almas?

Jikan balança a cabeça.

— É claro que não, mas a Rainha das Sombras acreditou nela quando a mulher falou que podia. Ela disse que diria à Rainha das Sombras tudo o que sabia sobre romper o elo entre as almas, em troca de um frasco de veneno das sombras.

— Quem pediria uma coisa dessas, sabendo o que ele faz? — Éden pergunta, e agora parece ainda mais enojada.

— Quem você acha? — Hudson replica e enfim encontra meu olhar.

A náusea revira meu estômago quando percebo exatamente quem foi — e exatamente para o quê ela precisava do veneno das sombras. Minha voz parece áspera quando digo:

— Foi a Estriga, não foi? Ela queria o veneno das sombras. Porque era a única coisa que ela podia usar para envenenar o Exército das Gárgulas.

Jikan ergue sua taça em uma saudação zombeteira e meu estômago dá uma série de cambalhotas que me deixam atordoada. Gotas de suor brotam na minha testa, e respiro rapidamente enquanto tento engolir a bile o melhor que posso.

Olho de maneira frenética para Hudson, e seu olhar ainda está fixo em mim, o celular completamente esquecido. Ele se aproxima e pega minha mão, passando o polegar pela minha palma enquanto se inclina e sussurra.

— Vai ficar tudo bem. Prometo.

Balanço a cabeça. Como vai ficar tudo bem? A Rainha das Sombras deu o veneno para a Estriga, que quase matou todo o Exército das Gárgulas. O mesmo veneno que fez com que o restante ficasse preso em uma Corte congelada durante mil anos, que forçou meus avós a abandonarem sua única filha, e que, no fim, resultou no reinado de Cyrus e na morte de tantos de nossos amigos e familiares.

E agora, para salvar Mekhi, terei de implorar pela liberdade dessa vadia, e mostrar uma misericórdia que não acho que algum dia ela merecerá.

Capítulo 16

É HORA DO MACARRÃO, SABIA?

— Puta merda — Jaxon murmura enquanto olha para Hudson, para Jikan e para mim. — Foi o que usaram para envenenar todo o exército?

— Foi, sim — Jikan confirma.

— E a Rainha das Sombras simplesmente deu para ela? Sabendo que ela tentaria matar todo um povo? — Por fim, entendo por que Jikan decidiu que ela merecia ser punida. Para sempre.

— Talvez não soubesse — Heather diz, baixinho. — Talvez tudo o que importava era salvar a filha, e ela tentou ignorar o que a Estriga faria com o veneno.

— E por acaso isso faz diferença? — Éden pergunta, incrédula. — Era um *veneno*, o que, por definição, é usado para machucar alguém ou alguma coisa.

— Provavelmente ela não se permitiu pensar a respeito — Heather responde. — Provavelmente ela só pensou na filha.

— Que era mais fraca, mas não estava morrendo. — Éden encara Heather como se não acreditasse que ela estava tentando justificar isso.

É a vez de Heather olhar como se não acreditasse no que estava ouvindo, mas não posso deixar de pensar que Éden está certa. Quer dizer, amo Hudson mais do que qualquer coisa, mas matar milhares de pessoas inocentes para impedir que ele se machuque? Eu não poderia fazer isso.

Eu odiaria cada segundo em que ele estivesse sendo machucado? Sim.

Eu desprezaria a mim mesma por lançar algum tipo de feitiço que o tivesse feito sofrer assim? Com toda certeza.

Eu procuraria para sempre uma forma de corrigir isso? Sem sombra de dúvidas.

Mas eu arriscaria a morte de alguém só para lhe dar a chance de uma vida melhor? Não acho que eu seria capaz de fazê-lo. Mais ainda, sei que ele jamais iria querer que eu o fizesse. É um dos milhões de motivos pelos quais o amo tão completamente.

— O que aconteceu, então? — Flint parece tão sombrio quanto me sinto. — A Estriga deu um jeito de salvar a filha dela?

— É óbvio que não — murmuro. Porque conheço a Deusa da Ordem.

Olho de relance para meu braço, para a tatuagem que delineia a barganha mágica que tão ingenuamente fiz com ela — e o favor que ainda lhe devo.

— Você não deve conhecê-la se pergunta uma coisa dessas — Jikan diz para Flint, balançando a cabeça. — Ela pegou o veneno e então manteve sua parte do trato. Disse para a Rainha das Sombras exatamente o que sabia sobre romper um elo entre a alma das duas gêmeas. Ou seja, que é impossível e não pode ser feito.

Depois de jogar a bomba, Jikan enfia uma bela garfada de macarrão na boca e faz barulhos vigorosos ao mastigar. Assim que por fim engole, ele se vira para meu avô e pergunta:

— Então, Alistair, vamos falar sobre o fato de que você obviamente está doente demais para arbitrar um jogo de futebol ou vamos fingir que está tudo normal?

— Não sei — meu avô responde enquanto enrola o próprio macarrão no garfo, com ar distraído. — Vamos falar sobre o fato de que você age mais como uma criancinha mimada que precisa de limites do que como um deus, ou vamos fingir que está tudo normal?

Espero que Jikan exploda — afinal, meu avô acaba de disparar uma bala de canhão —, mas o Deus do Tempo simplesmente ergue a taça para Alistair.

— Espere um minuto. — Flint salta de seu banco, ao lado de Jaxon. — É isso? Você não vai nos contar o restante da história?

— O que mais há para ser contado? — Jikan parece perplexo de verdade. — Considerando o que vocês pastaram nos últimos meses, presumi que soubessem o restante.

Ele quer dizer "passaram", mas não tenho coragem de corrigi-lo. Não quando percebo que muito do que aconteceu no último ano pode ser atribuído a esse momento, a essa barganha. Quando foi atrás da Estriga, havia mais de mil anos, a Rainha das Sombras colocou em movimento todos os acontecimentos que vivemos — e por causa dos quais as pessoas que amamos morreram.

É engraçado. Sempre soube que alguém estava jogando xadrez com nossas vidas. Simplesmente pensei que fossem Cyrus e a Carniceira. Agora percebo que foi a Estriga todo o tempo.

Não que haja algo preocupante — ou apavorante — no fato de que estamos todos à mercê de uma deusa sádica que está desaparecida há meses. Não, não há nada de perturbador nisso.

— Foi por isso que você puniu a Rainha das Sombras — concluo lentamente ao passo que Hudson aperta minha mão mais uma vez. O olhar em seu rosto informa que ele já percebeu o que provavelmente só entendi agora. — Porque ela deu para a Estriga um veneno para matar as gárgulas, obrigou a Carniceira a abrir mão de sua própria filha, e sua melhor amiga, *minha avó*, estava sofrendo.

Jikan come mais um pouco de macarrão e depois termina de beber sua mimosa.

— Vamos dizer que não tive escolha além de selar o destino dela naquele reino com meus dragões do tempo. O Reino das Sombras foi criado por uma fúria tão selvagem e desenfreada que sua própria existência é tão instável quanto a magia que a mantém.

— Puta que pariu — Hudson murmura, e não posso concordar mais. Magia instável não é algo com o que qualquer um de nós devia mexer. Jamais.

— Sim — Jikan confirma, estreitando os olhos na direção de Hudson e minha. — Então, vejam só, não adianta pedirem. Não posso jamais libertar a Rainha das Sombras *ou* seu povo de sua prisão.

— Como você...? — começo a perguntar, mas percebo que não importa como ele sabia o que eu ia pedir. Pelo menos agora não terei de implorar por misericórdia para aquela vadia.

Hudson cruza os braços.

— E se quisermos *visitar* o Reino das Sombras sem perturbar o tempo, sem despertar um dragão do tempo?

Seguro a respiração, esperando a resposta de Jikan. Talvez ainda haja uma barganha que possa ser feita com a Rainha das Sombras, algum jeito de convencê-la a ajudar a salvar Mekhi.

Jikan dá de ombros.

— Há um jeito adequado de fazer as coisas, certamente. Visitantes são permitidos... até em uma prisão.

— Então qual é o jeito adequado de visitar o Reino das Sombras? — Hudson pergunta, fazendo a pergunta com tanta suavidade que não posso deixar de ficar impressionada.

Em especial quando Jikan começa a responder:

— Você precisa encontrar o ponto de acesso. Onde as sombras são... — Ele para de falar, os olhos focados repentinamente por cima de nossas cabeças.

— Onde as sombras são o quê? — Aceno com a mão, determinada a chamar sua atenção novamente.

Mas é tarde demais. Porque, quando me viro para seguir seu olhar, percebo que a Carniceira voltou. E não está nada bem.

Capítulo 17

PRATICAMENTE CONGELADOS COM UMA CEREJA EM CIMA

— Cássia? — Meu avô avança para envolvê-la em seus braços. — Qual é o problema?

— Estou bem. — A Carniceira passa uma mão tranquilizadora no rosto dele, porém, quando se volta para o restante de nós, a expressão em seu rosto é grave. — Acabo de vir da Corte Vampírica.

Olho de relance para Hudson e percebo que ele passou de vigilante para intenso em um piscar de olhos.

— Algum problema?

— Sim, mas não é o que me preocupa. — Ela olha para Jaxon e para mim. — Sinto muito, mas não há mais nada que eu possa fazer por seu amigo.

O alarme soa em mim, acelera meu coração e minhas palmas das mãos começam a suar.

— Está falando de Mekhi?

— Sei que avisei vocês que essa era a última vez que ele poderia ir para a Descensão, mas ele acordou muito mais cedo do que imaginei que fosse acontecer. Como vocês sabem, a poção para dormir perde eficácia com o tempo quando é usada como elixir. Infelizmente, devido à natureza do metabolismo vampírico misturado com o veneno, o corpo dele simplesmente está metabolizando em índices cada vez mais rápidos. A quantidade exigida para fazê-lo descer novamente poderia matá-lo, em vez disso.

Jaxon solta uma exclamação estrangulada ao ouvir a notícia, e eu estremeço — todos estremecemos.

Penso em ir até ele, mas Flint chega primeiro, deslizando o braço ao redor da cintura de Jaxon.

— Está tudo bem — ele murmura, e o desconforto anterior entre os dois desaparece ante os últimos acontecimentos. — Vamos encontrar um jeito de salvá-lo.

Flint parece confiante, mas o olhar que lança para mim é o contrário disso. E eu entendo, porque basicamente também me sinto o contrário de confiante neste momento.

Como diabos vamos convencer a Rainha das Sombras a nos dar um antídoto para o veneno que está matando Mekhi sem em troca oferecer libertá-la da prisão? Sem mencionar que ainda nem sequer sabemos como *entrar* no Reino das Sombras sem que uma horda de dragões do tempo comece a nos caçar no mesmo minuto. Tudo parece impossível neste instante.

O pânico arde em meu estômago. Faz com que minhas mãos tremam e ameaça dobrar meus joelhos. Para evitar que isso aconteça, respiro rápido algumas vezes, então inspiro com o máximo de força e o mais fundo que consigo. Vou seguir em frente — tenho de seguir em frente, pelo bem de Mekhi.

Como minha mãe sempre dizia, a melhor maneira de conquistar um objetivo é resolver um problema por vez. E nosso primeiro problema, aquele para o qual ainda tenho certeza de que Jikan tem uma resposta, é:

— Jikan, precisamos mesmo encontrar um jeito de viajar até o Reino das Sombras em segurança.

— Ainda não entendo por que você iria querer voltar lá, Grace. — Há um minuto, parecia que ele ia responder à questão. Agora está enrolando de novo.

A frustração me devora.

— Veneno das sombras? Mekhi? Mor-ren-do? — pronuncio cada sílaba.

Jikan está ocupado demais encarando a Carniceira para captar a urgência na minha voz.

— De verdade, não acho que esse seja um lugar para você ir, com ou sem um amigo moribundo.

Antes que eu possa afirmar-lhe que não tenho escolha, Jikan prossegue:

— Você me ouviu quando falei que Noromar foi criado com magia muito instável, certo, Grace? Provavelmente, é melhor evitar isso também.

O Deus do Tempo ainda está preso em algum tipo de comunicação silenciosa com minha avó, e preciso de todo o meu autocontrole para não jogar um dedo de espuma no chão e pular de raiva sobre ele agora. Um dos meus melhores amigos está morrendo, e esses dois estão pisando em ovos por causa de algum erro antigo que eles aparentemente querem esquecer que aconteceu.

Reviro meu cérebro, à procura da coisa certa a dizer para que Jikan nos dê a informação da qual precisamos. Mas, antes que eu consiga, Heather dá um passo adiante, jogando a trança nas costas ao fazê-lo.

— Então, eu escutei tudo, e vou admitir que não entendi muita coisa, mas sei o seguinte... — Heather ergue um dedo. — Pelo que vejo, só temos uma escolha. Precisamos da ajuda da Rainha das Sombras. É o único jeito de salvar Mekhi. O veneno é dela. A cura é dela. — Ela ergue um segundo dedo.

— Porém, para conseguir isso, temos que ser capazes de viajar até o Reino das Sombras sem chamar a atenção dos dragões do tempo. — Ela levanta um terceiro dedo. — E, definitivamente, precisamos de um jeito para voltar para casa. — O quarto dedo é erguido. — E, se conseguirmos fazer tudo *isso* acontecer, ainda precisamos de alguma moeda de troca para obrigar a rainha a nos ajudar a curar Mekhi ou... — agora ela cerra o punho, mas estende o polegar, gesticulando com ele na direção de Jaxon, à sua direita — ... o Vampiro Cheio de Testosterona aqui vai tentar arrancar dela à força. Neste caso, provavelmente estaremos todos fodidos.

Todo mundo ri com isso. Bem, todos exceto Jaxon, que endireita um pouco o corpo.

— Eu poderia derrotá-la — ele murmura, e Heather revira os olhos.

— Como eu disse, provavelmente estaremos todos fodidos se esse cara fizer as coisas do jeito dele. Ele é durão. — Ela dá uma piscadela para Jaxon, e juro que ele endireita o corpo ainda mais, como se isso fosse possível. Os ombros dele com certeza parecem mais largos.

Mas Heather já seguiu em frente, colocando as duas mãos nos quadris à medida que se posiciona diante de Jikan com os olhos semicerrados e uma expressão determinada no rosto.

— Então, enquanto os cérebros de Hudson e Grace tentam encontrar uma vantagem contra a rainha... e algo me diz que a Carniceira aqui vai conseguir ajudar, já que foi sua irmã malvada que começou essa confusão toda... precisamos que você pare de enrolar e dê uma resposta direta para minha melhor amiga sobre como viajar entre os reinos em segurança. Então, acha que consegue fazer isso ou vamos ter um problema?

O silêncio cai sobre o aposento quando Heather termina seu discurso, e tenho de lutar contra a vontade de bater palmas. Porque... Ah. Meu. Deus.

Minha melhor amiga é... incrível. Mais do que incrível. Ela é inacreditável.

Quer dizer, ela também está definitivamente prestes a ser ferida, mas mesmo assim. Aquilo foi *incrível*. Nem tento esconder o sorriso gigante que se espalha em meu rosto. Heather pode achar que Jaxon é o durão do grupo, mas tenho quase certeza de que ela daria um baile nele nesse departamento sempre que quisesse.

Considerando que ela está ciente deste mundo há menos de três meses, não tenho ideia de como está acompanhando todas as estranhas novidades sobre ele. Eu sempre soube que ela era a mais inteligente de nós duas. E agora todo mundo sabe também. Inclusive Jikan, que neste momento a analisa de cima a baixo com olhos tão frios e inexpressivos quanto os de uma cobra-real.

— Conheço humanos — ele começa a falar. — São fracos. Tolos. Assustados. Você não é humana.

Heather estreita os olhos ainda mais.

— Chutei o último homem que tentou me dizer o que eu era e não foi *nas bolas.*

Simultaneamente, meus amigos e eu damos um passo mais perto dela, e nunca amei tanto a família que escolhi. Se Jikan quiser ferir Heather, ele terá de passar por todos nós antes.

O pensamento mal me ocorreu quando Jikan faz um aceno com a mão e congela todo mundo, exceto a Carniceira, Alistair, Heather, Hudson e eu. Ok, é um belo jeito de reforçar o fato de que jamais poderíamos travar uma luta *de verdade* contra o Deus do Tempo. Mesmo assim, sem dúvida ele não vai querer chatear sua melhor amiga matando sua neta *e* a melhor amiga e o consorte da neta, em especial não diante dela.

— Jikan? — A voz da Carniceira é agradável quando ela faz um aceno de cabeça em direção à Heather, mas há uma advertência nela mesmo assim.

— Estou ciente, Cássia — Jikan responde, com um suspiro alto. Ele não parece impressionado ao enfiar as mãos nos bolsos da calça de moletom verde e observar Heather por um minuto.

Então Jikan volta o olhar para a minha direção e diz:

— Mas tampouco vou ajudar vocês a eliminar os dragões do tempo. Não porque eu não queira, mas porque, literalmente, não posso. Não há um atalho para eliminá-los nem um código para desativá-los. São a pior coisa que já criei, e são quase invencíveis, como você e Hudson descobriram do jeito mais difícil. Meu conselho, Grace? Entre no Reino das Sombras de um jeito que não cause uma ruptura no espaço-tempo.

— E qual jeito seria esse? — pergunto, segurando a respiração, e aguardo que ele finalmente responda.

O olhar do Deus do Tempo se volta para a Carniceira por meio segundo, antes de capturar o meu mais uma vez.

— Você já sabe. É onde as sombras convergem.

— As sombras? — repito.

Jikan olha para mim como se esperasse algo, mas quando eu simplesmente o encaro de volta, confusa, ele solta outro suspiro profundo.

— A fonte nas Provações, onde vocês encontraram pela primeira vez os insetos de sombra. Ela não existe apenas ali. Ela existe...

— Em Turim! — exclamo quando as lembranças da *piazza* do lado externo da Corte das Bruxas voltam à minha mente. — Eu sabia que reconhecia aquela fonte de algum lugar. Eu a vi na primeira vez que fomos lá pedir ajuda.

Não posso acreditar que me esqueci disso.

— Mas, espere — continuo, quando outro pensamento me ocorre. — Isso significa que a entrada para o Reino das Sombras fica na Corte das Bruxas.

Jikan bufa.

— Só se lembre de que o difícil não é entrar no Reino das Sombras. É sair. Trata-se *mesmo* de uma prisão, sabe.

Bem, pelo menos Hudson estava certo, acho. O Reino das Sombras é uma prisão. Isso não é nem um pouco preocupante.

— Tem alguma sugestão de como escapar de lá?

— Na verdade, não. — Jikan parece descontente, cutucando o restante de seu macarrão doce com uma cara feia. — Dito isto, sei que há meios e pessoas que sabem como negociá-lo. Vocês só precisam encontrar uma delas.

Meu olhar busca o de Hudson, e nós dois falamos a mesma coisa ao mesmo tempo.

— A calça jeans azul.

Dou-lhe um imenso sorriso, lembrando como ele pegou emprestado uma calça de Arnst na fazenda e de termos percebido que *existiam* coisas em Noromar que não eram roxas. Era só conhecer a pessoa certa ou — como obviamente nós dois descobrimos agora — o contrabandista certo para consegui-las para você.

Heather levanta a mão.

— Ok, vou perguntar. Como uma calça jeans azul vai nos tirar do Reino das Sombras?

— Qual é a coisa que toda prisão tem? — Hudson pergunta, elevando uma das sobrancelhas para mim.

— Muros. Tem malditos muros gigantes — repito para ele o que disse na lanchonete no que parece ser uma era atrás, então lhe dou uma piscadela e me volto para Heather. — E redes de contrabando.

Hudson sorri.

— Só precisamos conseguir ser contrabandeados para fora.

Meu consorte faz parecer tão simples, mas não consigo evitar uma contração do estômago com a possibilidade de estarmos errados e ficarmos presos lá para sempre. Ou, pior, de conseguirmos voltar e eu me esquecer dele novamente. Porque alguma coisa me diz que vai ser mais difícil do que ele faz parecer — duvido que haja um carrinho de lavanderia cheio de camisetas roxas dentro do qual possamos nos esconder para escapar. Mas pelo menos, provavelmente, *há* um jeito de sair. Isso deve valer para alguma coisa.

— Tome cuidado, Grace. O Reino das Sombras é o puro caos. Tudo é muito mais perigoso do que parece, com uma completa ausência de regras ou... — Ele para de falar quando minha avó revira os olhos para ele e o interrompe:

— Eu assumo daqui, Jikan — ela avisa. — Agora, por que não vai para casa? Se não descansar uns minutos depois de viajar, vai acabar botando os bofes para fora na aula de trapézio.

— Acho que você quis dizer "botar o macarrão para fora". Não usei *nenhum* bofe na receita. — Mas os dois trocam outro olhar antes de Jikan concordar com a cabeça. — Foi um prazer, Cássia. Como sempre.

Então, em um piscar de olhos, Jikan desaparece. A única prova que atesta sua presença aqui é o prato vazio e a taça de mimosa largados no canto do balcão.

Tenho um segundo para me perguntar como todos esses deuses conseguem desaparecer sempre que querem antes que todos sejam descongelados ao mesmo tempo.

Capítulo 18

MUITO TEMPO PARA GRITAR

Entre serem congelados e a súbita partida de Jikan, todo mundo está mais do que um pouco agitado. Jaxon está totalmente cansado de ser congelado. Éden fica garantindo a si mesma, em voz alta, que o Deus do Tempo não deu um membro extra para Heather, considerando que ela ameaçou dar um chute nele. Flint apenas parece confuso.

E Hudson — Hudson voltou a mandar mensagens de texto furiosamente.

Assim que consigo que todos se acalmem outra vez, viro-me para falar com minha avó — e percebo que ela e Alistair devem ter se mandado durante o caos. E isso é péssimo, porque preciso muito falar com ela.

Algo me diz que Heather estava certa quando ponderou se a Carniceira sabe mais do que demonstrou até agora sobre como posso barganhar com a Rainha das Sombras.

E é por isso que bato palmas para chamar a atenção de todos.

— Escutem, sinto muito que Jikan adore congelar as pessoas, mas a boa notícia é que Heather e eu sabemos como entrar no Reino das Sombras agora. A entrada fica na Corte das Bruxas. — Tiro o celular do bolso e consulto as horas. Não me surpreende que já passe da uma. — Vamos todos para nossos quartos, descansar um pouco. Nos encontraremos aqui às nove da manhã para discutir estratégias.

— Mas ainda não temos nada para trocar com a Rainha das Sombras pelo antídoto de Mekhi. — Éden se preocupa.

— Eu sei, mas estou trabalhando nisso. — Bato com meu ombro no dela, de um jeito tranquilizador. — Por enquanto, vamos descansar. Vamos pensar com mais nitidez pela manhã.

Todo mundo reclama, mas concorda, e seguimos na direção dos quartos de hóspedes. Éden se oferece para mostrar o quarto para Heather, enquanto puxo o cotovelo de Hudson, para mostrar que quero que ele fique comigo.

— Ei — eu o chamo, passando os braços por sua cintura e apertando com força.

Ele responde me puxando com força contra o peito e murmurando *ei, você* em meu ouvido.

Seu aroma é bom — âmbar e especiarias quentes —, e tudo o que quero é apoiar minha cabeça em Hudson e permanecer em seus braços para sempre. Contudo, depois de um tempo a responsabilidade mostra sua cara feia e tenho de recuar um passo.

O espaço entre nós causa um gelo instantâneo subindo pela minha espinha, que luto para ignorar quando faço uma pergunta:

— O que está acontecendo? — Aceno com a cabeça na direção do celular dele, que continua em sua mão.

Meu consorte guarda o dispositivo no bolso e me dá um sorrisinho torto que não alcança seus olhos.

— Nada com que você precise se preocupar.

O jeito com que ele diz aquilo me *preocupa* um pouco, e começo a lhe dizer que não existem coisas com as quais ele e eu precisamos nos preocupar separadamente — que estamos juntos sempre —, mas ele se apressa em continuar:

— Além disso, você não precisa descobrir como convencer uma certa ex-rainha dos vampiros a nos ajudar a subornar a única mulher que talvez ela odeie mais do que a própria irmã?

Suspiro, porque, de certa forma, ele está com razão, ainda que eu gostaria que não estivesse.

— Sim, tem isso.

Além do mais, odeio o fato de Hudson estar guardando um segredo de mim. Como sinto a distância entre nós, seguro a grande mão dele na minha. Meu consorte curva os dedos ao redor da minha mão e a aperta, e deixo que a onda de eletricidade substitua o gelo.

— É engraçado. Nunca pensei na Carniceira como a "rainha dos vampiros" — comento, fazendo aspas com os dedos para destacar o título. — Mesmo assim, é exatamente o que ela é.

Com gentileza, Hudson afasta alguns cachos da minha testa e os coloca atrás da minha orelha.

— Ela é a personificação do título. — Desta vez, o sorriso alcança seus olhos. — Assim como a neta dela.

Reviro os olhos ante a tolice dele.

— Definitivamente não sou a personificação da rainha das gárgulas.

— Não é? — ele pergunta, e a questão é bem simples. — A Carniceira foi rainha das gárgulas por um tempo, mas só pelo casamento. E sabemos como essas realezas se sentem a respeito das linhagens de sangue.

Mordo o lábio, insegura sobre como me sinto por ser a primeira rainha das gárgulas que é de fato uma gárgula. Então olho para ele com determinação.

— Você só está tentando me distrair, para que eu não pergunte sobre seu celular. Voltaremos a falar disso, Hudson. — Feita a proclamação, passo a mão pelo meu cabelo. — Mas você está certo. Preciso descobrir um jeito de convencer minha avó bem teimosa a nos ajudar... se ela puder.

— Ela pode — Hudson afirma. — Nunca vi *ninguém* arrastar uma história por tanto tempo quanto Jikan... e eu morava com Cyrus.

— Você também percebeu que ele estava enrolando? — pergunto, mas é uma questão retórica. Hudson percebe tudo.

— Só não tenho certeza se é porque não há nada mais na história ou porque ele não queria ser a pessoa a ter de contá-la — ele observa, então solta minha mão para apertar meus ombros. — Preciso ir atrás do meu irmão, para confirmar se ele continua chateado por causa do pombo. Você quer lidar com a *vovó* agora ou de manhã?

— Agora — falo, com firmeza, ganhando um beijo rápido. Amo o fato de Hudson me dar a opção de deixar o assunto para depois, como tenho o péssimo hábito de fazer. Mas a vida de Mekhi está na balança.

Não tenho escolha. Vou encarar a Carniceira, esteja ela pronta para o confronto ou não.

Capítulo 19

ODEIE O JOGO, NÃO A DEUSA

Chego à suíte dos meus avós em questão de minutos e bato com suavidade às imensas portas duplas. Não porque espero que ela não responda — mas ela *é* uma vampira, como acabo de ser lembrada, então é melhor não a surpreender.

As portas se abrem, e a Carniceira está do outro lado. Ainda está vestida com o caftan vermelho, mas trocou o turbante vermelho que segura seus cabelos no alto da cabeça por um dourado, e agora seus cachos ultrapassam a altura de seus ombros estreitos.

— Você demorou demais — ela comenta , com uma das sobrancelhas erguida o que lhe dá um ar imperial. — Provavelmente estava namorando com aquele seu consorte em vez de cuidar dos problemas.

Respondo com uma elevação de sobrancelha também.

— Está com ciúme?

Cássia ergue o queixo, mas posso ouvir a risada de Alistair ao fundo. Ele aparece por detrás dela e segura sua cintura, inclinando-se para lhe dar um beijo no rosto.

— Deixe-a em paz, querida. Também já fomos jovens e apaixonados.

— *Ainda* somos jovens — a Carniceira retruca, mas não há malícia em suas palavras.

— Sim, você é, querida — ele concorda, com um brilho no olhar, e dá para ver que essa é uma discussão que eles têm com frequência. — Eu, por outro lado, estou velho e desgastado como uma rocha e preciso do meu descanso da beleza. Então, vou me recolher e deixar um tempo para vocês, mulheres, colocarem a conversa em dia, para que todos possamos ir para a cama logo.

Ela dá uma bufada elaborada, mas se move para o lado.

— Volto logo para dizer boa-noite, Grace.

— Ok — confirmo, mas meu avô já está na metade do corredor.

A Carniceira me leva até a área de estar de sua suíte com um floreio, murmurando entredentes:

— Ele ainda é muito jovem também.

Algo em seu tom de voz me faz parar, estudar seu rosto sem rugas. Toda a conversa hoje à noite sobre humanos e imortais me faz perguntar:

— Você vai viver mais do que meu avô?

Não sei quanto tempo as gárgulas vivem, embora presuma que seja muito, muito tempo, mas agora não tenho tanta certeza, e preciso saber.

— As gárgulas vivem muito tempo — ela responde, e então acrescenta, com suavidade: — Mas não tanto quanto vampiros. Não tanto quanto deuses.

Meu estômago se contrai quando suas palavras me atingem. Ela vai viver mais do que seu consorte, meu avô, e a tristeza transforma seus olhos em um turbilhão verde tão escuro quanto uma floresta.

— Sinto muito, vó — engasgo, com as palavras. Então me obrigo a perguntar: — Sou uma semideusa. Isso quer dizer que sou imortal também?

— Sim, Grace. Você e Hudson serão consortes por toda a eternidade.

Por um momento, a ideia da eternidade se estende infinitamente à minha frente. Simplesmente não faz sentido.

Então percebo que Hudson não sabia que eu era uma semideusa quando se apaixonou por mim e se tornou meu consorte. Pensando bem, nem Jaxon. Meu coração floresce de dor, paixão e descrença. Como esses dois lindos garotos escolheram ser meus consortes mesmo cientes de que uma eternidade de dor esperava por eles depois que eu me fosse?

E é a mesma dor que espera minha avó.

A Carniceira não é o tipo que gosta de demonstrações de afeto, mas não consigo me conter. Abraço-a com força, enquanto repito:

— Sinto muito, vó.

Ela me abraça por um segundo, talvez mesmo dois, mas então me coloca de lado, piscando para afastar qualquer umidade em seus olhos enquanto aponta para o outro lado da sala, onde há uma elaborada mesa de xadrez com duas cadeiras azuis.

— Vamos lá, Grace. Vamos jogar uma partida, sim?

— Vamos, sim — respondo, aceitando a mudança de assunto à medida que me dirijo para o tabuleiro.

Minha avó hesita por uns instantes ao se preparar para se sentar, mas se recupera rapidamente e desliza em sua cadeira. Sento-me diante dela, e a observo pegar o rei, que está caído de lado, colocá-lo em pé e depois arrumar todas as outras peças em seus devidos lugares.

Quando nossos olhares se encontram por sobre o tabuleiro, não posso deixar de pensar que isso será muito mais do que um jogo. E ainda que eu não esteja nenhum pouco preparada para enfrentar minha avó — quer dizer, quem está? —, não tenho escolha. Preciso de respostas, e se esse é o jeito de obtê-las, que assim seja.

Respiro fundo e começo a organizar minhas peças também.

— Você está com as brancas — ela diz, depois que ambas terminamos a arrumação. — E isso significa que o primeiro movimento é seu.

Encaro o tabuleiro por vários segundos, tentando descobrir por onde começar. Xadrez não é exatamente meu jogo favorito, mas observei Hudson jogar sozinho o suficiente para ter algumas aberturas rodopiando em minha mente. Mas, no fim, pego o peão de mármore diante do meu rei e o movo duas casas. É uma abertura que vi meu pai fazer incontáveis vezes quando jogava com o pai de Heather, então tenho quase certeza de que ainda não passei vergonha.

Quer dizer, até que a Carniceira diga:

— Então seu primeiro instinto é o de expor a rainha?

Ok, não é um jogo. Ou, pelo menos, não *só* um jogo. Mas que grande surpresa.

Ignorando a questão, faço minha própria pergunta:

— Acho que Heather estava certa. Você tem ideia de como posso convencer a Rainha das Sombras a curar Mekhi, não tem?

A Carniceira move o peão que está diante do rei diretamente em frente ao peão que acabei de mover, expondo a rainha também, embora eu não aponte isso para ela, do mesmo jeito que ela fez comigo.

— É óbvio que tenho, Grace. — Ela me encara com os olhos verdes em turbilhão, os olhos com os quais finalmente me acostumei. — Mas você também tem.

Tenho? Eu não estava ciente de que tinha alguma ideia de como barganhar com a Rainha das Sombras. Todavia, ao examinar o tabuleiro e tudo o que ouvi hoje, percebo que *tenho* uma ideia, sim.

Mesmo assim, não tenho certeza de que é a ideia *certa*. Penso a respeito ao passo que estudo o tabuleiro para meu próximo movimento. Cavalo ou bispo?

No fim, vou com o cavalo, deslocando-o na diagonal do lado do rei, até o peão que movi antes. Então me recosto e digo:

— A Rainha das Sombras faria qualquer coisa, até se arriscar a envenenar um exército, para salvar suas filhas. Posso usar isso.

A Carniceira me observa com uma das sobrancelhas arqueada.

— Pode, é? Ainda que todo mundo tenha falado várias e várias vezes que duas almas não podem ser separadas depois que se forma um elo entre elas? — Minha avó move o cavalo, em uma jogada que espelha a minha.

Retorno seu olhar com interesse, e não posso deixar de ponderar aonde ela quer chegar. Sei que, quando almas se tornam consortes, elas formam um elo, exceto...

— Meu elo entre consortes com Jaxon foi rompido. — Ignoro a pontada ante a lembrança daquela separação dolorosa, e os olhos da Carniceira se estreitam. Intrigante.

Afasto os olhos do tabuleiro e passo um minuto observando a opulência contida de sua sala de estar, enquanto me dou um tempo para considerar minhas próximas palavras. Isso é importante demais para não se pensar bem a respeito.

— Sei que nosso elo entre consortes era um elo criado, mas mesmo assim. A questão é: será que um encanto realizado por um feiticeiro do tempo não resultaria em um elo criado também?

Ela não responde de imediato, e começo a mover meu bispo. Porém, antes que eu encoste na peça mais poderosa, olho mais uma vez para o tabuleiro e resolvo mover o peão diante da rainha. Movo-o duas casas para a frente, e então encontro o olhar dela.

— E você acha que sim? — A Carniceira move o peão para capturar o meu.

— Acho. — Uso meu cavalo para pegar seu peão. — Mas essa não é a questão certa, é? O que preciso perguntar é: sabe como desfazer isso novamente?

— Lógico que sei — ela responde, e posso dizer que fica tão surpresa com as próprias palavras quanto eu. Como se quisesse compensar o momento improvisado, ela coloca o cavalo intocado em posição, colocando pressão nas minhas duas peças descobertas. — No entanto, o elo entre elas foi criado com magia sombria. Vai ser necessário algo muito, muito poderoso para destruir isso.

— Quão poderoso?

Ela inclina a cabeça.

— Você ainda está fazendo a pergunta errada, Grace.

— Certo. — Respiro fundo e considero tudo com muito cuidado antes de tentar novamente. — Não se trata de quanto poder é necessário. Trata-se do que vai capturar tal poder — digo-lhe, sorrindo ao estender a mão e pegar um de seus cavalos com o meu. — Por sorte, sou tão implacável quanto minha avó.

A Carniceira se recosta em sua cadeira e me observa. O tabuleiro e nossa partida estão esquecidos.

Entretanto, depois de um tempo, ela assente com a cabeça e diz:

— Posso ver que é mesmo, Grace. Então vou adverti-la de que pode ser impossível separar duas almas ligadas por magia sombria por tanto tempo...

Começo a interrompê-la, mas ela acena com a mão, pedindo silêncio.

— Eu disse *pode* ser impossível, Grace. — Suspira. — Sem sombra de dúvidas, será muito mais perigoso do que você acredita. Mas sei que, se eu não lhe disser, você vai fazer algo ainda mais arriscado para tentar descobrir.

— Eu faria qualquer coisa para salvar Mekhi — afirmo, cruzando os braços.

Ela assente com a cabeça.

— E devia mesmo.

Minhas sobrancelhas se levantam. Bem, isso foi inesperado.

— O quê? — ela pergunta. — Asseguro a você que lealdade é uma característica que valorizo muito, Grace.

— E devia mesmo — repito para ela, e percebo que a impressionei. — Então, o que é preciso para romper esse elo?

— Orvalho Celestial — ela replica, como se a resposta fosse tão simples quanto tomar refrigerante. — Uma das gêmeas precisa bebê-lo. Agora, conseguir isso é outra questão.

Não posso evitar. Meu coração se acelera com uma esperança inesperada. Orvalho Celestial é um item, e meus amigos e eu somos muito bons em recuperar itens de lugares impossíveis. Quão difícil deve ser?

— Onde encontramos esse orvalho?

— Perto da Árvore Agridoce — ela responde. — Mas, primeiro, você precisa ir até a Curadora, e fazer uma troca impossível pela localização. A Árvore Agridoce desaparece e se move pelo capricho das estrelas, e só a Curadora sabe sua localização em determinado momento.

Uma antiga expressão aparece na minha mente, e faz com que eu queira dar um pulo e falar que preciso ir embora porque *esqueci que tinha de levar minha avó para a academia*, mas não acho que a Carniceira vá entender a piada. De todo modo, não parece tão difícil quanto ela fez parecer antes. Mas, se aprendi alguma coisa sobre este mundo, é que *tudo* é mais difícil do que parece.

— Então primeiro precisamos ver esta Curadora... — começo a falar.

Mas a Carniceira me interrompe.

— Não, primeiro você precisa ir ao Reino das Sombras e fazer a barganha. Você entregará o elixir que pode ou não funcionar, mas que é a única chance de ela salvar as filhas, em troca da cura para Mekhi.

Balanço a cabeça e me levanto para andar pela sala.

— Não teríamos mais chance de conseguir o acordo se tivermos o elixir primeiro?

— Ela tem um exército e a vantagem de lutar em casa, Grace. O que você acha? — Minha avó vira a cadeira para me observar andar de um lado para o outro entre uma pequena namoradeira e uma estante de livros do outro lado da sala.

Ela está certa. Nada vai impedir a Rainha das Sombras de simplesmente pegar o elixir e não ajudar Mekhi em nada. Diabos, depois do que aconteceu da última vez que Hudson e eu estivemos no Reino das Sombras, é provável que mate todos nós se tiver a menor chance.

O olhar da Carniceira se suaviza um pouco enquanto ela pensa em suas próximas palavras:

— Tenho de avisar você, Grace. Os celestiais são imensamente poderosos. Não vai ser fácil pegar esse item. Vocês podem não sobreviver... nenhum de vocês. E há uma guerra chegando a este mundo, como tenho certeza de que Artelya já lhe contou. Uma guerra que teremos mais chance de vencer se você estiver combatendo.

O comentário me deixa imóvel, e paro de andar para encarar fixamente a estante, conforme meu estômago se revira. Existe uma guerra chegando mesmo? É isso o que significa uma espiã na nossa corte? E, se for isso, posso escolher Mekhi em vez de todo mundo que estou a cargo de proteger?

Sei a resposta antes mesmo de Artelya entrar de supetão no aposento, seguida de perto por meu avô, com uma expressão devastada no rosto.

Capítulo 20

UMA CAÇADA NÃO MUITO FELIZ

Artelya está vestida com seu uniforme de treinamento habitual: legging de couro, camiseta branca e um arnês cruzado para suas armas. Fora o fato de ter entrado às pressas na sala, a general parece calma e controlada, como se não tivesse passado metade da noite perseguindo uma caçadora cujo objetivo principal na vida é matá-la.

— O que aconteceu? — pergunto, porque, mesmo no meio da discussão com a Carniceira, eu estava ansiosa aguardando o retorno dela com notícias sobre os caçadores. — Ela descobriu que estava sendo seguida?

— Ela não tinha ideia de que estávamos atrás dela. Estava nervosa no início, olhando o tempo todo para trás, mas, quanto mais distante ia, mais relaxada ficava. — Artelya balança a cabeça, como se não acreditasse no que está prestes a dizer. — Ela nos levou direto para um grande grupo de soldados.

— Então a Estriga *está* reunindo um exército — concluo enquanto meu estômago afunda. Acabamos de sair de uma batalha. Com ou sem o Exército das Gárgulas, o que meu povo precisa agora é de paz, não de mais guerras.

— Quantos são? — pergunto.

— Ao que parece, ela vem reunindo caçadores há meses. E, pelo que consegui escutar, esse não é o único reduto de caçadores que ela tem. Há vários outros acampamentos.

Meu estômago para de afundar e começa a revirar.

— Quantos mais?

— Não sei. — Artelya balança a cabeça.

— Tem alguma ideia de quantos caçadores estamos falando? Se não em todos os acampamentos, pelo menos neste no qual você esteve?

— Milhares — ela responde, com expressão sombria. — Os números deles indicam que a Estriga já está ciente da vulnerabilidade do Círculo e espera atacar enquanto estamos no nosso ponto mais fraco.

Começo a me perguntar por que estamos no nosso ponto mais fraco, mas todas as peças que reuni ao longo das últimas horas finalmente começam a se encaixar.

Mesmo assim, tenho de perguntar:

— Isso é mesmo por causa do Círculo? Ou porque tem alguém inexperiente liderando o Exército das Gárgulas? — Pronto, falei, e conto até dez em um esforço para não vomitar no tapete novo e muito bonito da minha avó.

— É por causa dos *vampiros* — a Carniceira me informa. — Eles sempre foram o grupo mais formidável, mesmo antes de Cyrus tomar o trono. Sem seu consorte para liderar a Corte Vampírica, há um vácuo total de liderança lá. A linhagem de sucessão Vega termina em Hudson, já que tanto Jaxon quanto Isadora não estão dispostos a assumir, e um milênio de governo Vega deixou a Corte despreparada para uma alternativa. O restante da aristocracia vampírica está lutando por controle, as traições e as suspeitas estão em alta, enquanto a Corte se divide em alianças improváveis.

Penso em Hudson respondendo freneticamente a todas aquelas mensagens de texto.

— Mas não se trata só deles, né? Os vampiros sozinhos não são o bastante para desestabilizar o Círculo inteiro. Há inquietações na Corte dos Dragões também.

— Então você sabe a respeito disso — ela responde. — Eu estava me perguntando sobre.

— Acabei de descobrir. — Mesmo assim, estou envergonhada por não ter notado antes. Jaxon e Flint me falaram que os dragões estavam com problemas. Eu sabia que Hudson não ia assumir a Corte Vampírica. Como pude ser tão míope e não enxergar o que iria acontecer?

Mas será que a situação é tão ruim quanto estão pintando? Cyrus se foi há menos de cinco meses, e a Estriga já quer declarar a Terceira Guerra Mundial contra todos os paranormais? Isso parece um pouco ousado, mesmo para ela.

Mas é lógico que intrigas nas cortes são uma coisa que sempre aconteceu. E Aristóteles escreveu que o poder abomina o vácuo. Não é um choque estarmos aqui. O único choque foi o fato de que nunca percebi essa situação se aproximando. Mesmo sentada na lanchonete, quando falamos sobre uma guerra civil entre dragões, jamais me ocorreu que toda a estrutura política do nosso canto do mundo paranormal pudesse realmente ruir.

— Isso não está certo — sussurro. — E não é justo.

— Nada é justo na política, Grace. — Artelya me olha com ar intrigado. — Achei que você já tinha descoberto isso a essa altura.

E descobri. Deus sabe que sim. Mas isso não significa que eu goste.

— Então, sem os dragões e os vampiros, sobram os lobos e as bruxas a cargo do Círculo? — É uma ideia apavorante por vários motivos.

— E você — minha avó me recorda, como se eu pudesse esquecer.

Bem, que merda.

É realmente tão estranho assim que a Estriga veja uma oportunidade para nos derrotar de uma vez por todas?

A Corte Vampírica não tem rei.

A Corte Dracônica não tem coração.

E a Corte das Gárgulas tem a mim — uma adolescente perdida, ainda tentando entender as regras deste mundo.

O que só me deixa com uma coisa para fazer.

Capítulo 21

VIRE ESSA COROA DE CABEÇA PARA BAIXO

— Não posso ir até o Reino das Sombras — informo quando a verdade das novas circunstâncias toma forma ao meu redor. — Não posso partir enquanto a Estriga está reunindo um exército. Nem mesmo por Mekhi.

Dói reconhecer isso, mas dói mais ainda pensar em não ser parte de uma missão de resgate de um dos meus amigos mais próximos. Sem mencionar o fato de mandar meu consorte e meus outros amigos até o Reino das Sombras para confrontar a Rainha das Sombras sozinhos.

É uma situação na qual não há vencedores, e que faz o pânico percorrer minha corrente sanguínea, faz meu peito doer e meu coração bater três vezes mais rápido. Qualquer decisão que eu tome vai magoar alguém, deixar vulnerável alguém com quem me importo.

Mas sou a rainha das gárgulas.

É minha tarefa liderar meu exército e proteger todos os paranormais no mundo que não podem proteger a si mesmos. Não posso simplesmente os abandonar agora, quando uma ameaça terrível se ergue no horizonte. A Estriga e seus caçadores não podem ferir aqueles que estão sob minha proteção.

— As tropas ainda não estão se mobilizando — Artelya me informa. — Estão se reunindo, treinando. Vai demorar um tempo até que marchem contra nós.

— Ela está certa, neta — Alistair afirma. — Não vão nos atacar amanhã. Logo, sim, mas você tem uma ou duas semanas pelo menos. Tempo suficiente para cuidar de Mekhi.

— Você consegue garantir isso? — pergunto-lhe antes de me virar para Artelya. — Você consegue? Porque, se não puderem, preciso ficar aqui. Que tipo de líder se afasta de seu exército quando ele mais precisa?

— O tipo que compreende que as gárgulas ajudam a todos, incluindo vampiros envenenados — Artelya responde. — E o tipo que sabe a importância de construir alianças.

— Alianças? Com quem? — Mas já estou imaginando o que a general vai dizer. — Os caçadores vão atacar todas as criaturas paranormais. *Todos* temos interesse em detê-los. Até os fantasmas.

— Exatamente — Artelya concorda. — O exército apoia isso. Ao longo dos próximos dias, os quais você vai usar para salvar Mekhi, preste atenção em onde você está.

— E em quem posso recrutar para o nosso lado — complemento por ela. Sem perceber, coço a palma da mão, pesando minhas opções. Entendo o que todos estão dizendo: tenho tempo para salvar Mekhi *e* estar pronta para quando a Estriga atacar. Posso fazer as duas coisas. Não preciso escolher.

Mas o aviso da Carniceira sobre os celestiais ainda soa em meus ouvidos.

Sim, tenho tempo para fazer as duas coisas, *se* eu sobreviver à tarefa impossível de salvar Mekhi. E, se eu não conseguir, corro o risco de perder a Coroa para o Reino das Sombras para sempre. Isso é algo que simplesmente não posso permitir.

— Avô — eu o chamo, e meu peito se aperta quando seus olhos cinza--claros focam nos meus.

— Não fale, Grace. — Alistair começa a dar meia-volta. — Você vai conseguir voltar.

Não sei se fico magoada com o fato de ser dispensada ou lisonjeada por sua fé em mim.

— Você não tem certeza disso.

Meu avô não responde por um longo tempo, só fica parado ali, me encarando como se pudesse enxergar minha alma. E, até onde sei, ele pode. Os séculos que passou acorrentado naquela caverna deixaram Alistair com alguns talentos bizarros, e o menos bizarro deles é fazer com que eu me sinta muito, muito desconfortável sempre que ele me obriga a sustentar seu olhar por muito tempo.

— O que você quer fazer, neta?

— Não é o que quero fazer. É o que *tenho* que fazer, e você sabe. — Sustento seu olhar, implorando sua compreensão. E estendo minha mão, mantendo-a entre nossos corpos imóveis.

No início, não acho que ele vá corresponder o gesto. Mas então, depois do que parece uma eternidade, ele lentamente leva a mão à minha.

Pressiono minha palma na sua.

Por um segundo, um calor feroz arde na minha mão, e perco o fôlego com a dor lancinante.

Mas a dor desaparece tão rápido quanto veio, e, quando puxo a mão, a Coroa se foi. Está agora estampada na palma da mão de Alistair, onde viveu por mais de mil anos.

— Tem certeza de que é isso que você quer? — ele questiona.

Por um segundo, quero dizer que não. Quero agarrar sua mão e aceitar a Coroa que sei que ele está mais do que disposto em ceder novamente para mim. Mas não posso fazê-lo. Não agora e — a depender de como as coisas no Reino das Sombras ocorram — talvez nunca.

Porque a Coroa é maior do que qualquer gárgula — assim como o poder que ela leva consigo. Ainda que eu aceite o poder e a responsabilidade que vêm com ela, também aceito que a probabilidade de eu morrer nesta missão ao Reino das Sombras aumentou muito com as revelações da Carniceira.

Contudo, se minha general alega que temos tempo, vou escutá-la e partir. Mekhi é meu amigo — um dos primeiros amigos que fiz em Katmere depois da minha prima, na verdade. Não há nada que ele não faria por mim ou eu, por ele. Mas a Coroa e seu poder devem permanecer aqui. Eu a reivindicarei de volta se conseguir retornar do Reino das Sombras. Alistair a guardará e a usará se eu não conseguir.

— Tenho certeza — asseguro, embora não tenha. Ainda que eu esteja apavorada em liderar as pessoas que mais amo em outra carnificina como foram as Provações.

Mas que alternativa tenho? Partir sozinha de fininho? Deixar Hudson e os outros aqui e tentar encontrar sozinha um jeito de entrar no Reino das Sombras?

Hudson jamais aceitaria isso — e não o culpo. Porque, se ele escapasse de fininho para me proteger simplesmente porque acha que alguma coisa é perigosa demais para mim, eu jamais o perdoaria. Como posso sequer pensar em fazer isso com ele — ou com qualquer um dos meus amigos?

— Obrigada — rompo o silêncio da sala, por fim. Artelya observa com expressão solene enquanto me inclino ligeiramente para meu avô, o mais novo reinstalado rei das gárgulas.

Alistair assente com a cabeça, mas não se pronuncia. Nem faz qualquer gesto para se afastar.

Pela primeira vez em muito tempo, o silêncio entre nós parece desconfortável. Opressor. Mas isso também podem ser só os pensamentos assentando seu peso em minha mente.

Que seja. Dou um passo para trás. Meus amigos esperam por mim — assim como Mekhi.

— Isso é permanente?

Fico paralisada com a questão, com a preocupação cautelosa que Alistair sequer tenta esconder.

— Não — respondo, com toda honestidade de que sou capaz. — É por uma semana, talvez duas. Tempo suficiente para curarmos Mekhi e o trazermos de volta para casa. Mas não posso levá-la comigo para o Reino das Sombras. Se alguma coisa acontecer comigo lá, não quero que a Coroa morra comigo.

— Tem certeza de que o Reino das Sombras é o único motivo para sua abdicação? Ou tem relação com seu consorte?

— Hudson? — A acusação me causa tanta surpresa que deixo escapar o nome dele. — Por que isso teria alguma coisa a ver com Hudson?

Uma expressão de surpresa aparece no rosto de Alistair, mas some com tanta rapidez que não tenho certeza se não foi minha imaginação.

— Devo estar enganado.

— Não acredito nisso — retruco. Desde que saiu da névoa da Fera Imortal, Alistair voltou a ser superatento. Atento demais para fazer uma acusação dessas sem algo sério e tangível em que se apoiar. — Me diga a verdade, vô. Por que você pensaria que lhe entregar a Coroa tem alguma relação com Hudson?

Ele olha de relance para a Carniceira antes de responder, mas o rosto dela é impassível. Alistair suspira, e então diz:

— Porque as regras da primogenitura estão impedindo que a Corte Vampírica se estabilize. Como a cerimônia de abdicação ainda não ocorreu, não é tarde demais para que Hudson rescinda sua abdicação e assuma o trono. Mas seu consorte se recusa a fazê-lo, porque isso significaria pedir para você abdicar... ou deixar você.

As palavras do meu avô caem como uma bomba, provocando ondas de choque que me atingem com tanta força que preciso de toda a minha energia para não demonstrar o quanto estou abalada.

— Hudson não vai me deixar — afirmo quando finalmente encontro minha voz.

— Eis o motivo pelo qual seu avô se preocupou quando você lhe devolveu a Coroa. — A Carniceira me olha criticamente. — *É* apenas temporário, não é?

— É lógico que é temporário! — exclamo, enquanto meu coração bate como um metrônomo no tempo mais acelerado. — Desde que eu consiga retornar do Reino das Sombras com vida, planejo reclamar o trono.

Mas, ao dizê-lo, a dúvida começa a se esgueirar. Não só sobre o que pode acontecer no Reino das Sombras — essas dúvidas já estão presentes o tempo todo —, mas sobre Hudson também.

Se o que meus avós estão dizendo é verdade — e eles não têm motivo para mentir —, então algo maior do que ele está deixando transparecer está acontecendo na Corte Vampírica. E ele não me falou nada a respeito.

Por um instante, relembro o jeito como ele anda colado ao telefone o dia todo. Não só usando-o para disfarçar enquanto pensa, como costuma fazer, mas enviando mensagens de texto de verdade. Várias. Ainda que a maioria das pessoas para quem ele mandaria mensagens esteja na sala com ele. Conosco.

Mesmo assim, não faz sentido que Hudson omita algo assim. Algo tão grande, em especial quando afeta nós dois de modo tão completo.

Meu estômago afunda quando considero as opções de Hudson e por que ele pode não ter me contado sobre o que está acontecendo na Corte Vampírica. Ele não teria problema em me dizer tudo se estivesse recusando a coroa dos vampiros — discutimos extensivamente sua abdicação antes que ele levasse sua decisão à Corte Vampírica. Mas ele teria dificuldades em me contar sobre uma escolha mais difícil.

Apresso-me em dizer boa-noite para meus avós e para Artelya, o mais rápido que o decoro permite, incapaz de ouvir uma palavra do que dizem por causa das batidas do meu coração soando em meus ouvidos.

Porque há uma resposta da qual preciso desesperadamente, e só meu consorte pode fornecê-la.

Preciso saber se Hudson está planejando me deixar.

Capítulo 22

O TRATAMENTO REAL

Quando enfim chego ao meu quarto, Hudson está deitado em nossa cama, ainda mandando mensagens em seu maldito celular.

Que grande surpresa.

Parte de mim não quer esperar para contar a conversa que tive com a Carniceira sobre como salvar Mekhi. No entanto, sei que não posso ter essa conversa ainda. Não quando tudo o que quero fazer é confrontá-lo sobre esconder segredos tão importantes de mim.

Engulo a bile que sobe até minha garganta, e percebo que também posso não estar pronta para ter essa conversa.

Então, em vez de dizer qualquer coisa, sigo na direção do banheiro, determinada a tomar um banho e tirar toda a sujeira e as questões difíceis do dia para que tenha de fato uma chance de dormir hoje à noite.

Mas mal passei pela cama quando Hudson pergunta:

— Está tudo bem?

Sem praticamente erguer os olhos.

Por algum motivo, isso me pega de jeito. Essa atitude me agarra pelo traseiro e me irrita de um jeito que ele não conseguiu fazer desde que ficou preso em minha mente.

— Você estava planejando me contar em algum momento? — exijo saber, parando para abrir a gaveta dos pijamas na cômoda em que mantenho as trocas de roupa para quando estou aqui. — Ou ia simplesmente me manter no escuro para sempre?

Isso chama a atenção de Hudson, ainda que eu não tenha certeza se é por causa das perguntas ou do jeito agressivo com o qual as faço. Mas Hudson finalmente deixa o celular de lado, na cama, e se senta, com ar cauteloso.

— Posso ter algum contexto da pergunta? — ele questiona, com o sotaque britânico a todo vapor. — Ou devo simplesmente adivinhar?

— É sério? Você está escondendo tantas coisas de mim que nem sequer sabe do que estou falando? Que reconfortante. — Pego o primeiro pijama que encontro e fecho a gaveta com tanta força que a cômoda inteira balança.

Agora ele saiu da cama também, e acelera até meu lado com os braços cruzados e uma expressão no rosto que significa "mas que diabos?".

— Sinto muito, mas você me fez uma pergunta do nada. Quer me contar o que aconteceu na maldita reunião com seus avós ou devo simplesmente adivinhar?

— Por que não me contou sobre a Corte Vampírica?

O ultraje de Hudson se transforma em cautela em um instante.

— O que tem a Corte Vampírica?

— É sério? É essa a resposta que você vai escolher? — Viro-me para seguir até o banheiro, mas ele me impede com uma mão gentil no meu ombro.

— O que eles falaram para você, Grace? — Quando me viro para encará-lo, seus olhos azuis estão fixos nos meus, e, por mais que eu tente, não consigo encontrar nenhum traço de subterfúgio ou de culpa ali. E isso só me deixa mais zangada, considerando que ele está mentindo para mim há meses.

— O que você devia ter dito — retruco, e meus ombros caem quando o cansaço e a preocupação substituem a fúria. — Somos parceiros, Hudson. Se está sofrendo pressão para assumir a coroa como rei dos vampiros, não acha que é o tipo de assunto sobre o qual devemos conversar?

Ele suspira e olha para qualquer lugar, menos para mim.

— Para ser honesto, na verdade, não — ele responde, por fim.

A mágoa toma conta de mim.

— É sério? Se não pode confiar em mim para conversar sobre esse tipo de decisão importante, então o que estamos fazendo?

— Não é que eu não confie em você. É óbvio que confio. É que não importa o que a Corte quer. Nunca considerei a hipótese de assumir o papel de rei dos vampiros nem por um instante.

Agora sou eu quem está perplexa.

— Por que não? Quer dizer, sei que você decidiu abdicar meses atrás, mas, se a Corte precisa de você, a escolha lógica é...

— Não há nada de lógico nisso — ele retruca. Então passa a mão no cabelo, em um gesto de frustração, enquanto respira fundo e solta o ar bem devagar. — Você é a rainha das gárgulas, Grace. E isso me torna o rei das gárgulas, o que significa que não posso ser o rei dos vampiros também... ou você a rainha dos vampiros. E temos mais do que certeza de que não podemos fazer uma petição dessas para o Círculo. Sem chance de darem permissão para mantermos duas posições poderosas cada. Isso romperia com todo o Círculo.

— Pelo que acabei de ouvir, o Círculo já está rompido — retruco.

— Sim, bem, talvez isso não seja uma coisa ruim — Hudson murmura quando seu celular toca com outra série de mensagens.

Nós dois nos viramos a fim de mirar o aparelho, e Hudson xinga baixinho. Mas não se mexe para pegá-lo, o que me deixa mais feliz do que provavelmente deveria.

Quero perguntar o que ele quis dizer com seu último comentário, mas tenho questões maiores nas quais me concentrar. Mais especificamente:

— Você realmente não acha que devíamos conversar sobre isso? É seu direito ser rei.

— Eu *sou* o rei — ele responde.

Reviro os olhos.

— Você sabe o que quero dizer.

— Sim, mas acho que você não sabe o que *eu* quero dizer. A Corte Vampírica nunca me deu nada além de miséria durante toda a minha maldita vida. Não há nada naquele lugar que eu queira governar. E, mesmo se tivesse, você é a rainha das gárgulas, Grace, e ninguém merece isso mais do que você. Não existe a menor chance de eu sequer pensar em lhe pedir que abra mão disso.

— Bem, talvez você devesse — sugiro, e meus joelhos tremem.

Hudson estreita os olhos.

— O que exatamente isso significa?

— Não tenho certeza. — Balanço a cabeça. — Só não posso deixar de pensar que não sou muito boa nisso, sabe? Você seria um rei dos vampiros muito melhor do que eu jamais serei rainha das gárgulas.

Ele dá uma gargalhada, e a tensão se dissolve em sua postura.

— Agora sei que você está exausta. E, aparentemente, delirante. Você sabe que é uma rainha incrível.

— Na verdade, não sei, não — respondo. — Na metade do tempo, não tenho ideia do que estou fazendo.

— Mas ser capaz de aceitar isso é mais do que metade da batalha. A maioria dos governantes é arrogante demais para admitir quando não sabe algo. Talvez, se o fizessem, as coisas não ficariam tão confusas todo o tempo.

Ele envolve os braços ao meu redor e me puxa em direção ao seu peito. E, ainda que eu pense em resistir, a verdade é que quero ser abraçada por ele tanto quanto ele quer me abraçar.

Mas isso não significa que Hudson está completamente perdoado.

— Ainda acho que você devia ter mencionado tudo isso para mim.

— Tudo bem. — Meu consorte apoia a bochecha no alto da minha cabeça. — Sinto muito por não ter mencionado. Já que não tenho intenção de aceitar a coroa, realmente não achei que fosse importante.

— Somos parceiros. Se alguma coisa está afetando você, está me afetando também. Entendido? — Eu o encaro com uma expressão feroz enquanto inclino a cabeça para trás, para que nossos olhos se encontrem.

É a vez de ele revirar os olhos.

— Entendido. Desde que você entenda que isso não está me afetando. Estou exatamente onde quero estar.

Enfio a cabeça embaixo de seu queixo e sussurro meu maior temor:

— Por um instante, pensei que você não tinha falado nada porque não sabia como me dizer que ia me largar.

O corpo inteiro dele fica paralisado, nem mesmo seu peito se mexe com a próxima respiração.

— O único jeito de eu desistir de você, Grace, é se você me pedir. — A voz dele é áspera como lixa. — Está me pedindo para partir?

Não hesito em lhe dar a única resposta que posso. A resposta que ele merece.

— Nunca.

Eu não tinha percebido que ele estava nervoso com minha resposta, até que ele exala com todo o corpo, como se aquela única palavra tivesse tirado o peso de mil tronos de seus ombros. Eu o abraço, mas Hudson já me puxa cada vez mais para perto, me segurando no espaço entre duas respirações, enquanto o calor do que temos afugenta os espectros do que nunca queremos ser.

Então ele coloca um dedo sob meu queixo e ergue meu rosto para poder raspar a boca bem devagar, com toda a doçura, na minha.

No instante em que nossos lábios se encontram, posso sentir a tensão me abandonar de uma vez. E, por um momento, apenas por um momento, as circunstâncias parecem normais. Como se estivéssemos de novo em San Diego, indo para as aulas, construindo uma vida juntos, passando todas as noites nos braços um do outro e todos os dias mandando mensagens de texto com coisas ridículas um para o outro.

Não há Estriga que queira destruir todo o mundo paranormal, nenhum amigo cuja vida depende de que a gente não falhe, nenhum segredo entre nós que eu não entendo.

Somos apenas Hudson e eu, e o ardor infinito que brota entre nós.

Ele deve sentir a mesma coisa, porque se afasta o suficiente para me fitar nos olhos, enquanto suas mãos fortes e talentosas seguram meu rosto.

— Amo você, Grace Foster — ele sussurra.

— Amo você, Hudson Vega — sussurro de volta, um pouco antes de enfiar os dedos em seus cabelos e puxar sua boca até a minha.

No instante em que nossos lábios se tocam, sei que é disso que preciso.

Ele é exatamente tudo o que preciso.

Familiar, seguro, sexy e excitante, tudo parte da mesma pessoa. Tudo parte de Hudson.

É incrível. Nós dois somos incríveis. Eu sou incrível quando ele está em meus braços.

O calor aumenta dentro de mim, e me motiva a desejá-lo de um jeito que espero nunca mudar, e eu lentamente nos levo até a cama. O que quero fazer com ele neste momento sem dúvida será melhor se nós dois estivermos na horizontal...

Hudson deve ter pensado na mesma coisa, porque só precisa de um segundo para cair de costas na cama, me puxando consigo.

Desabo em cima dele, meu corpo esticado sobre seu corpo rígido e esbelto, de um jeito que faz acender cada terminação nervosa dentro de mim, lutando por atenção. Tudo em que consigo pensar — tudo aquilo de que preciso — é Hudson.

Quando comecei isso, pensei que queria algo gentil e suave — pensei que queria deixar o calor entre nós crescer devagar e constante, assim como o amor que tenho dentro de mim por ele.

Mas é difícil ser gentil quando o desejo passa por você como um trem-bala.

É difícil ser suave quando cada parte sua deseja cada parte dele.

E tenho certeza de que é difícil ser constante quando se está sendo devorada pelo homem que a ama como se você fosse o próprio ar que ele precisa para respirar.

E isso é exatamente o que Hudson está fazendo comigo agora.

Meu Hudson.

Meu consorte.

O homem com tantos segredos quanto a Esfinge e mais profundo do que o Oceano Pacífico, que me fascinou durante toda minha vida.

Sua boca ataca a minha como se fosse nossa primeira — ou última — vez.

Como pensar nisso me perturba, deixo a ideia de lado. Enterro-a bem no fundo da minha mente, em um lugar a que não me permito ir com frequência. E, em vez disso, me concentro em deixar Hudson tão quente, tão necessitado, tão desesperado quanto ele já me deixou.

Como ele sempre me deixa.

Começo puxando sua camiseta e tirando-a do caminho. Então passo as unhas em seu peito esguio e musculoso, me deleitando com o jeito como todo o corpo dele se tensiona com a mesma necessidade que pulsa dentro de mim.

— Grace. — Meu nome é um suspiro em seus lábios, enquanto meu consorte me puxa até que eu esteja estendida em cima dele, cada parte do meu corpo tocando alguma parte do dele.

— Hudson — murmuro em resposta, e há um tom provocante em minha voz neste momento, porque às vezes virar o jogo com ele é muito divertido.

Decido que agora é definitivamente uma dessas vezes, enquanto deslizo minha língua pelo seu lábio inferior antes dar vários beijos em sua mandíbula, em seu pescoço, sobre um ombro largo e bonito.

Enquanto o faço, Hudson pressiona o corpo contra o meu, geme baixo, no fundo da garganta, de um jeito que faz os pelos da minha nuca se arrepiarem mesmo antes que suas mãos segurem meus cachos.

Assim que ele faz isso, o calor explode em mim como lava em um vulcão — quente, derretido e devastador, mas tão bom que não quero que pare.

Não quero que pare nunca mais.

Então faço de novo e, desta vez, acrescento minha língua — lambendo, sugando e mordiscando todo o caminho que vai de sua clavícula até o peito sobre o qual passei tantas horas pensando.

As mãos de Hudson soltam meus cabelos e agarram meus quadris, e algo selvagem se liberta dentro dele.

Posso ver em seus olhos brilhantes demais.

Ouvir em sua respiração irregular.

Sentir em seus dedos poderosos que se afundam em minha carne.

De repente, sua boca está em toda parte — nos meus lábios, no meu pescoço, no lugar sensível atrás da minha orelha —, antes de começar a descer.

Em um piscar de olhos, sou eu quem está por baixo e ele está sobre mim, suas presas arranhando minha clavícula, passando pelos meus seios, pelo meu estômago, até meu umbigo e depois cada vez mais, mais, mais baixo.

É minha vez de gritar, minha vez de agarrar os lençóis com as mãos, minha vez de arquear o corpo e estremecer contra ele, enquanto ele me leva mais alto, mais alto e mais alto ainda, até que eu me preocupe que voaremos até muito perto do sol.

E então fazemos isso, e me esqueço de me importar com queimaduras, com asas derretidas ou com qualquer outra coisa que possa acontecer, porque é bom demais. Ele é bom demais. Mesmo antes que se mova para ficar sobre mim e possamos correr em direção à superfície do sol juntos.

Mais tarde, muito mais tarde, quando está tudo acabado e retornamos em queda livre pela atmosfera, de volta à Terra, eu o envolvo em um abraço e o seguro com o máximo de firmeza que consigo. Porque estamos falando de Hudson e de mim, e eu nunca, jamais, deixarei isso acabar.

Mesmo que, pela manhã, o mundo faça o possível para me obrigar a acabar com tudo.

Capítulo 23

UMA SEMENTINHA PLANTADA PARA MAIS TARDE

— Claro que não vamos deixar você ir atrás da Árvore Agridoce sozinha. — Heather é a primeira a falar depois que conto a situação, enquanto tomamos café da manhã. — Nem sei o que caracteriza um elixir celestial, mas estou nessa.

Ela encara os demais com ar questionador.

Hudson não responde, porque não precisa. Sei que está comigo e que sempre estará. Isso nunca esteve em jogo. Além disso, já contei todo o encontro que tive com minha avó noite passada, e ele concorda comigo. Vamos salvar Mekhi, não importa quanto custe. E, quando conseguirmos — e vamos conseguir —, nós voltamos e mandamos a Estriga de volta para a sarjeta também.

— Estamos *todos* nessa — Jaxon afirma, felizmente tirando a atenção de mim. — Você sabe disso.

— Sim — Flint concorda. — Quando foi que não estivemos todos juntos?

Ao lavarmos a louça do café da manhã, eu me recordo da época em que ele e Macy estavam tão cheios de raiva que nos deixaram no farol sem qualquer explicação — e nos arrastaram direto para a confusão na Corte Vampírica. Mas águas passadas não movem moinhos. Além disso, já me meti em muita confusão por conta própria também. Confusões que, no final, eram muito piores do que o que aconteceu em Londres.

Por um instante, o rosto de Liam aparece na minha mente — o jeito como ele estava logo antes de morrer. Ainda não discutimos por que ele nos traiu. Ainda não dá para enfrentar a questão. E, dado que só de pensar no assunto meu estômago já fica embrulhado e a tristeza começa a se acumular dentro de mim, deixo a história de lado.

Deixo tudo de lado, exceto a tarefa em mãos — ou seja, encontrar a Rainha das Sombras e conseguir fechar um acordo com ela para nos ajudar a salvar tanto ela quanto Mekhi.

— Obrigada — digo.

— Não precisa nos agradecer, Grace. — Éden passa um braço ao redor dos meus ombros à medida que seguimos pelo castelo, em direção à porta principal. — Estamos nessa juntos.

— Mas tenho uma pergunta. — Heather olha para trás, já que é a primeira a cruzar as portas duplas. — O que acontece se formos até a Corte das Bruxas e ninguém souber como ativar esse portal mágico na fonte?

— Alguém saberá — Hudson fala pela primeira vez depois de um tempo.

Viramo-nos todos ao mesmo tempo para fitá-lo, mas Hudson simplesmente ergue um dos ombros, em um gesto negligente.

— Quando as pessoas vivem tanto tempo como tende a acontecer com os paranormais, alguém sempre sabe alguma coisa.

— Sim, mas as bruxas não vivem tanto tempo quanto os dragões e os vampiros — respondo.

— Mesmo assim, Hudson tem razão. — Jaxon sorri. — Tente manter um segredo quando metade da Corte sabe fazer um soro da verdade. Ou lançar um feitiço de localização. Ou usar um espelho de vidência para...

— Já entendemos — Éden interrompe e revira os olhos. — Ninguém tem privacidade alguma na Corte das Bruxas.

Espero que não seja verdade, considerando que preciso ter um momento em particular com o único membro da Corte das Bruxas em quem realmente confio que vai me dar respostas diretas.

— Mas, primeiro — anuncio —, precisamos ir até a Corte Vampírica buscar Mekhi.

O pandemônio começa. Tudo mundo começa a gritar — precisamos deixá-lo descansar, ele não pode fazer essa jornada conosco.

Levanto a mão.

— Eu sei, eu sei. — Meu olhar para em cada uma das expressões preocupadas dos meus amigos, um a um. — Mas Hudson e eu temos uma teoria de que os efeitos do veneno serão retardados no Reino das Sombras. — Sem entrar em detalhes sobre Artelya, rapidamente explico que conhecemos alguém que sofria os efeitos do veneno, mas que ele agia muito mais devagar no corpo dessa pessoa do que está acontecendo aqui com o corpo de Mekhi. — Seja porque o tempo funciona de maneira diferente lá ou porque é onde o veneno se originou... Qualquer que seja o motivo, achamos que é nossa melhor chance para ganhar o tempo de que precisamos para fazer a barganha com a Rainha das Sombras.

Jaxon começa a dizer:

— Não quero que ele...

Mas Hudson lhe lança um olhar penetrante.

— Ele está morrendo, Jaxon. Não podemos impedir isso neste momento. Pelo menos temos a chance de retardar o processo no Reino das Sombras.

Os músculos do maxilar de Jaxon ficam tensos, mas ele faz um aceno rápido com a cabeça, em concordância. Não deixo de perceber que ele se recosta no peito de Flint. Só consigo imaginar como isso deve ser difícil para ele, e mais uma vez fico grata por ele e Flint terem encontrado um ao outro, ainda que pareçam estar enfrentando problemas. No fim das contas, sabem que podem contar um com o outro, e é tudo o que importa.

— Então, quem vai voar com quem? — Éden interrompe o silêncio. — Presumo que não exista um portal sempre aberto entre aqui e a Inglaterra, não é?

— Não, a Corte Vampírica não está interessada em uma linha direta de comunicação neste momento — respondo, espiando Hudson de relance.

— Ah, esperem! — Flint enfia a mão no bolso e tira uma bolsinha de veludo preto. — Quase esqueci que Macy me deu isso.

— O que foi que ela deu? — Hudson pergunta, erguendo uma das sobrancelhas enquanto olha com ar de dúvida para a bolsinha.

— Sementes mágicas! — Flint responde de maneira triunfal.

— Não acho que um pé de feijão gigante é o que precisamos agora — digo.

— Tenho quase certeza de que para isso é preciso plantar um feijão, não estas sementes. — Flint revira os olhos. — Além do mais, foi Macy quem me deu isso. Ela se sentia culpada e disse que devíamos usar sempre que precisássemos de um portal.

— Um portal? — Encaro a bolsinha com novos olhos. — Está me dizendo que Macy encantou uma semente para que um portal brotasse dela?

— Foi o que ela disse pra mim.

— Onde ela aprenderia a fazer isso? — Éden pergunta, pegando a bolsinha para olhar dentro.

— Talvez naquela academia só para bruxas em que ela estava, antes de ser expulsa? — Flint dá de ombros. — Não sei. Só sei que ela disse que funcionava. Mas ela explicou que, assim como portais normais, as semente só podem nos levar a lugares que já visitamos antes. Ainda bem que a Corte Vampírica já está na lista de lugares aos quais Macy já foi!

— Bem, acho que não há momento melhor do que o agora para descobrir. — Observo ao redor, para garantir que todos já estão com a bagagem de viagem pronta para partir, e me volto para Flint. — Quer fazer as honras?

— Óbvio que sim! Estava morrendo de vontade de fazer isso! — o dragão responde, pegando a bolsinha de Éden. Então pega uma única semente preta e iridescente lá de dentro.

Recuamos uns passos à medida que ele executa o feitiço ensinado por Macy antes de jogar a semente na terra metros à sua frente.

E então todos observamos, assombrados, a semente de Macy brotar e dar origem a um portal de verdade. É a cena mais bizarra e mais incrível que já vi, e estou cativada pelo processo como um todo. Como poderia ser diferente, quando a semente literalmente se enterra no chão diante de nós, usando o próprio poder?

Vários segundos se passam, e ela continua a se enterrar na terra. Então, em um piscar de olhos, um brotinho minúsculo e verde abre espaço pelo solo. É muito pequeno no início, a gênese de uma planta que começa a brotar. Mas então começa a crescer, crescer e crescer.

Galhos brotam em duas direções e, em questão de segundos, curvam-se para cima e começam a ficar mais e mais grossos. Segundos depois, estão se retorcendo e se entrelaçando até o alto, dando origem a um formato circular que faz com que eu me lembre do espelho da madrasta malvada da Branca de Neve.

Mas a semente não se transformou em nada tão mundano quanto um espelho. Não, este é um portal que brilha com poder e eletricidade, força e raiva — exatamente como a magia que o criou.

Não há arco-íris aqui. Nenhum caleidoscópio de cores para recebê-lo, do jeito que os portais de Macy sempre foram.

Não, este portal está repleto de magia sombria e agitada, que me fascina, ainda que me deixe ainda mais preocupada com minha prima.

— Não tenho certeza se algum dia vou me acostumar a isso — Flint murmura.

Não sei se ele está falando da semente ou das tonalidades sinistras da nova magia de Macy, mas concordo com ele nas duas frentes. Talvez seja por isso que meu coração bate em um ritmo frenético quando dou meu primeiro e hesitante passo na direção do portal.

No segundo que entro ali, um calafrio percorre minha pele e chega até os ossos. Provoca um tremor incontrolável, além de dores, como se meu corpo começasse a ceder. Ao mesmo tempo, espinhos arranham minha pele, me pinicando sem parar — não o bastante para arrancar sangue, mas mais do que suficiente para doer.

Um deles penetra mais fundo que os demais, e perco o fôlego ao finalmente despencar do outro lado do portal e aterrissar — como quase sempre acontece — de bunda no chão.

Capítulo 24

LAR, NÃO TÃO DOCE LAR

Preciso de alguns instantes para olhar para meu corpo e me assegurar de que não estou sangrando de verdade, antes que Hudson atravesse o portal como se estivesse fazendo uma caminhada matinal pelo Tâmisa.

Que babaca.

— Bem, isso foi divertido. — O sarcasmo escorre de suas palavras quando ele estende uma mão para me ajudar a levantar.

— Não brinca. Que *diabos* foi aquilo?

Hudson parece querer comentar algo, mas no fim apenas dá de ombros e se afasta do portal. E tal atitude faz com que eu me pergunte exatamente qual tipo de portal acabamos de atravessar. Porque alguma coisa ali não me parece certa — e a reação de Hudson só reforça o fato.

Assim que me coloco em pé, levo um instante para limpar o pó do meu traseiro e analiso ao redor, na tentativa de descobrir onde o portal nos deixou. Sei que estamos na Corte Vampírica, mas definitivamente não é uma parte que eu reconheça.

A Corte Vampírica que conheço é cheia de sombras assustadoras, dispositivos de tortura e criptas de concreto.

Este aposento é decorado em três tons de... branco. Branco-neve, branco-gelo e branco cremoso. Os móveis são minimalistas, de madeira escura quando não estão cobertos por mais branco. Estofados brancos. Almofadas para lombar branco-gelo. Até o imenso tapete que recobre o chão de madeira escura consiste em redemoinhos de branco.

E é tudo lindo pra caralho.

Mas, definitivamente, *não* é a Corte Vampírica.

— Hum, sem ofensa, mas acho que o GPS interno de Macy está um pouco fora de prumo desta vez — Flint comenta quando sai pelo portal da minha prima segundos mais tarde. Ele também parece um pouco acabado.

— Não acho que funcione assim — Éden responde, porém, ao observar à sua volta, ela tampouco parece muito convincente. Ou convencida.

— Bem, alguma coisa deu errado pra caralho, porque este não parece nosso lar doce lar. — Jaxon caminha até a porta mais próxima e espia pelo corredor.

— Como se já tivesse existido algo de doce no seu lar — Flint murmura.

— *Touché.*

— Então, se não estamos na Corte Vampírica, onde estamos exatamente? — Heather pergunta.

— Na Corte Vampírica — Hudson por fim responde quando retorna até onde estamos. — Edição atualizada.

Jaxon se vira para o irmão.

— Cara, o que foi que você fez?

— Trouxe um pouco de classe. — Hudson sorri daquele seu jeito, mostrando os dentes, que deixa todo mundo nervoso, exceto a mim. A julgar pelas expressões súbitas nos rostos dos meus amigos, hoje não é exceção.

— Acho que ficou incrível — elogio, e minha expressão se suaviza quando encaro Hudson. — É como se alguém tivesse aberto uma janela e deixado a luz entrar. Finalmente.

Heather gira em um círculo lento, com uma expressão um pouco sonhadora enquanto observa cada detalhe do aposento.

— É lindo. Muito, muito lindo.

Sempre achei a arquitetura gótica maravilhosa, com os arcobotantes e tetos abobadados, mas este minimalismo branco — não sei mais como chamar isso — vai muito além do elegante.

É como se fosse um lar.

O pé-direito continua tão alto quanto antes, mas, em vez dos arcos pontiagudos e das colunas decorativas que estavam aqui na minha última visita, agora tudo é suave, arredondado, elevado.

O aposento no qual estamos notadamente funciona como sala de reuniões — sofás compridos e alinhados, bem como cadeiras confortáveis, todos em tons de branco e bege que imploram que as pessoas congreguem entre si.

O piso tem um tom castanho-claro, as paredes têm painéis que parecem ser feitos de madeira petrificada, escura e vívida — uma mistura de tons de café com partes acobreadas e cor de jade entrelaçadas. A parede do fundo está recoberta — do chão ao teto — com estantes cor de creme repletas de livros com lombadas de couro em tons de preto, cinza e marrom.

As janelas lancetas são cobertas com telas cinza-ardósia, para bloquear a luz do sol, se não a vista de Londres lá embaixo, e os candelabros são obras de arte em si. Cada um é composto de dezenas de cilindros com aspecto de flauta em diferentes elevações que, quando combinados, de algum modo fazem parecer uma versão desconstruída, em cristal, de estalactites.

O efeito é magnífico, inspirador e, ainda assim, convidativo.

E isso sem contar as obras em cinza e preto de Rothko penduradas estrategicamente em posições ao redor da sala. Eu as reconheci das imagens pelas quais Hudson estava obcecado havia alguns meses. Quando ele me pediu para escolher minha favorita, não percebi que era para que ele a comprasse e a pendurasse aqui.

— É... — A voz de Jaxon falha.

— Um novo começo — Hudson completa, baixinho. — Depois de tudo o que aconteceu com Cyrus, este lugar e nosso povo merecem algo diferente. Algo melhor.

— Mas como você conseguiu que a Corte concordasse com isso? — pergunto. Considerando que nenhum Vega está atualmente disposto a assumir o trono...

Hudson ergue uma sobrancelha imperiosa.

— Não preciso da permissão deles. Este é o lar da minha família. Posso fazer o que diabos eu quiser com isso, incluindo decidir se permitirei ou não que a Corte permaneça aqui.

Ah. Arregalo os olhos. Quer dizer, eu sabia que essa era a casa na qual ele tinha crescido, mas acho que presumi que o edifício pertencia à Corte Vampírica, não à família dele.

— Caralho, os Vega são quase tão ricos quanto os dragões — Flint brinca, dando uma cotovelada em Jaxon, e todos caímos na risada.

— Mas Cyrus ainda é o dono, não é? — pergunto, sem ter certeza de por que estou insistindo tanto no que Hudson fez aqui. Mas é que não me parece certo que todo mundo esteja descobrindo fatos sobre a casa em que meu consorte passou a infância ao mesmo tempo que eu.

Hudson dá de ombros.

— Minha mãe o obrigou a me dar no mês passado, em troca de não se alimentar dele pelo próximo ano. Acho que esse começo foi bem difícil para ele... e no fim das contas ela tem algum carinho por mim, na verdade.

Ele aborda essa última parte como se não importasse, mas sei que importa. De fato, sei quanto tudo isso significa para Hudson.

Parte de mim está incrivelmente orgulhosa por ele fazer isso. Quer dizer, livrar-se das impressões digitais de Cyrus por aqui é uma ótima ideia — uma chance para a Corte reflorescer, uma chance para Hudson reivindicar o espaço depois de um milênio de dor e medo.

Eu só gostaria que ele tivesse pedido minha opinião sobre mais do que simplesmente uma pintura do Rothko — ou, para dizer a verdade, que tivesse me contado alguma coisa a respeito. Eu o envolvi a cada passo do planejamento da ala administrativa da Corte das Gárgulas que estou construindo em San Diego, desde a escolha do arquiteto para trabalhar no projeto da Corte até a aprovação das plantas, que é o passo em que estamos agora. E pretendo envolvê-lo em todos os outros passos que ainda serão dados também.

Ou, pelo menos, pretendia. Agora, parada aqui, tenho menos certeza se é o que eu devia fazer. Não só Hudson não me envolveu em nada disso, mas nem sequer mencionou o que estava fazendo. Não posso deixar de ponderar por quê. E não posso deixar de imaginar alguns cenários para responder a esta questão.

O fato de que nenhum desses cenários é bom não me deixa exatamente tranquila. Em especial, não com tudo que me preocupa depois que falei com meus avós. E com ele.

Hudson afirmou não estar interessado em assumir a Corte Vampírica, mas esta atitude não parece coisa de alguém que não está interessado. Se ele sente que precisa se envolver na Corte, então vou apoiá-lo — óbvio que vou apoiá-lo. Mas ele precisa conversar comigo, não me deixar de fora. E não vir com o papo de que jamais vai desistir de seu lugar na Corte das Gárgulas para ficar com os vampiros.

— Não acha que devia ter falado sobre isso comigo? — Jaxon pergunta e, por um instante, sinto como se ele pudesse ler a minha mente. Mas então percebo que ele se sente tão traído quanto eu em relação a toda a situação. Talvez até mais, já que este é o legado dele também.

— Você anda bem ocupado brincando de casinha na Corte dos Dragões — Hudson responde. — Imaginei que, se quisesse saber o que estava acontecendo, você teria vindo até aqui. Ou pelo menos teria perguntado alguma coisa.

Por um instante, parece que Jaxon vai dar um soco no irmão. Mas então simplesmente dá de ombros.

— Sabe o quê? Não importa. Não vale a pena brigar por este lugar.

— Precisamente — Hudson concorda. E isso parece um sentimento estranho para um cara que obviamente gastou tanto tempo, energia e dinheiro reprojetando este lugar como ele fez.

De qualquer modo, não viemos à Corte Vampírica para ficar olhando a nova arquitetura — nem para me sentir magoada por ter sido deixada de fora das decisões que Hudson tomou aqui.

Além disso, Hudson e eu estamos bem. Ele me ama. Eu o amo. Ele é meu melhor amigo e meu consorte pela eternidade. O que mais uma garota poderia pedir?

Alguém que confie nela como ela confia nele?, uma vozinha bem lá no fundo de mim sussurra, com um pouco de maldade.

Mas deixo o pensamento de lado, enfio todos os minúsculos arrepios de medo que vêm com a questão bem lá no fundo de mim. Digo a mim mesma que não estou sendo justa com Hudson ou com nosso relacionamento.

Então me concentro em algo muito mais urgente — e muito mais fácil de definir.

— Mekhi está na cripta? — pergunto, já que era lá que Hudson, Jaxon e Izzy eram levados em suas Descensões.

Hudson parece surpreso com a mudança de assunto, mas então seu rosto se torna inescrutável. Essa é mais uma questão que me deixa muito frustrada — a incapacidade que tenho de ler seus sentimentos, quando ele não quer —, mas outra vez me obrigo a me concentrar em sua resposta, e não na incerteza que de repente se agita nas minhas entranhas como um pássaro ferido.

— Acredito que sua avó o colocou em uma das suítes de hóspedes antes de ir para a Irlanda. — Hudson manda uma mensagem de texto rápida. — Deixe-me descobrir em qual delas.

Então meu consorte estende a mão para mim e, no instante em que nossas peles se tocam, todo o meu ruído interior se aquieta. Porque, apesar das minhas preocupações, apesar do fato de que alguma coisa não parece estar bem, as incertezas desaparecem diante da sensação de certeza que vem quando estou perto dele. Que vem por eu amá-lo.

— Gostei mesmo do que você fez neste lugar — digo enquanto seguimos para a porta. — É incrível.

Outro clarão de *alguma coisa* ilumina seu olhar, mas desaparece rápido demais para que eu possa identificar.

— Fico feliz com isso.

Seu telefone toca e, depois de uma rápida olhada, ele nos leva à esquerda, pelo corredor.

— Mekhi está no terceiro andar, na ala leste — Hudson avisa, enquanto seguimos para a escadaria mais próxima.

À medida que caminhamos, Hudson não diz mais nada. Nem eu. Atrás de nós, todos falam sobre assuntos diferentes.

Éden conta a Heather sobre Mekhi.

Jaxon e Flint catalogam todas as mudanças — e há muitas delas — que encontramos ao longo do caminho.

Pelo menos até que Hudson passe por dois membros da Guarda Vampírica que a Carniceira aparentemente designou para proteger Mekhi, e bata à porta. Conforme esperamos que ele responda, não posso deixar de espiar de relance os dois guardas.

Não os reconheço da época em que fui aprisionada aqui, mas isso não impede que meu estômago fique apertado do mesmo jeito. Hudson ainda não mudou os uniformes deles — um fato que me surpreende, considerando todas as outras mudanças que fez —, e vê-los novamente torna-se impossível não pensar em tudo o que aconteceu conosco aqui e na batalha perto da Academia Katmere.

É impossível não pensar na dor, na perda, na tortura e na devastação que sofremos.

Quando não há resposta, Hudson bate mais uma vez, mais firme e mais alto agora. O som me tira das más recordações, e digo a mim mesma para me concentrar no que é importante aqui: Mekhi.

Ele não responde à segunda batida tampouco e, quando Hudson está prestes a bater pela terceira vez, seu irmão o impede com uma mão em seu punho.

— Apenas abra a porta — Jaxon pede, e há uma nota de medo em sua voz, que ecoa o terror agora acumulado no fundo do meu estômago.

Hudson faz o que ele pede, empurrando a porta e ficando de lado, para que Jaxon seja o primeiro a entrar no quarto. Mas ele só dá alguns passos antes de soltar um grito dolorido — um que faz Flint e eu entrarmos correndo no quarto logo atrás dele.

Quero consolar Jaxon, mas o primeiro vislumbre que tenho de Mekhi tira tudo da minha mente, exceto o terror total e abjeto.

Capítulo 25

PRECISANDO DE UMA REVAMPIRIZAÇÃO

Adormecido em uma imensa cama de dossel, Mekhi parece um fantasma — ou, pior, uma sombra de seu antigo ser.

Sua pele, normalmente de um tom marrom profundo, ganhou uma cor cinzenta nada saudável, como se o veneno que percorre suas veias o transformasse aos poucos em uma das sombras que tentam destruí-lo.

Até os dreadlocks ao redor de seu rosto — em geral tão bem-cuidados — crescem descontrolados.

E ele está nadando em suas roupas, o formato de seu ombro e dos ossos da clavícula se destacam no algodão fino da camiseta.

Pior ainda: a respiração é rápida e superficial, como a de um paciente com pneumonia.

O pânico toma conta de mim, junto a uma necessidade desesperada de negação. Este não é Mekhi. Não o Mekhi engraçado, cheio de vida e amigável.

Por favor, não permita que esse seja Mekhi.

Mas evidentemente é ele.

Só o suficiente de seu antigo ser permanece para que eu o reconheça. E isso parte meu coração.

Não sou a única. Éden solta uma exclamação quando o vê, um som agudo, apavorado, diferente de qualquer outro som que a vi fazer até agora. Flint começa a xingar, baixinho e com raiva. E Jaxon — Jaxon está fora de si, andando de um lado para outro pelo quarto, de olhos arregalados.

— Por que ela não nos falou? — Jaxon pergunta, sua voz um pouco mais do que um sibilo agora. — Pensamos que ele estava em segurança na Descensão.

— Ela nos falou — respondo, com suavidade. — É por isso que estamos aqui.

— É tarde demais — ele rosna, e não posso sequer discutir com ele. Porque também pensei que Mekhi estivesse bem nos últimos meses. Não ótimo, é óbvio, mas não desse jeito: essa pessoa não teve o metabolismo retardado por meses. Essa pessoa, adormecida ou não, continuou a ser destruída pelo veneno das sombras.

— Jamais o teríamos deixado chegar a esse ponto, se soubéssemos — Jaxon continua, com amargura. — É como se a Descensão não tivesse retardado coisa alguma.

Flint se aproxima da cama de Mekhi, pega um cobertor dos pés da cama e cobre o vampiro, que treme e murmura sons incoerentes em seu sono.

— Acham que conseguimos ao menos levá-lo ao Reino das Sombras? — formulo a questão que me corrói por dentro desde que adentramos no quarto. — Porque ele não parece...

— Ah, não, é lógico que vamos levá-lo — garante Jaxon. — Eu o carregarei o tempo todo, se for preciso. Só espero que vocês estejam certos e que o Reino das Sombras retarde o veneno.

— Primeiro temos que o levar até a Corte das Bruxas — Éden recorda, e a dragão mais durona que já conheci parece assustada de um jeito que jamais vi antes.

Heather percebe e vai para o lado dela, mas, antes que qualquer um de nós possa propor como vamos levá-lo, há uma batida alta à porta.

Isso me assusta, faz minhas costas ficarem tensas e meu coração acelerar à medida que me viro na direção da porta. Sei que é besteira, sei que Cyrus está trancado a milhares de quilômetros daqui e que não pode mais nos machucar. Mas estar aqui... mesmo com as mudanças que Hudson fez... me dá arrepios.

Receio que sempre será assim.

Ainda que eu tente esconder a reação, Hudson a percebe. Ele também fica tenso por um segundo antes de acelerar até a porta em um piscar de olhos.

Ao passar por mim, sinto que ele roça a mão de leve pelos meus cachos. Não é muito, mas é a garantia de que preciso para relaxar só um pouco — e para lembrar que não há mais algo ou alguém para temer aqui.

Hudson abre a porta, e tenho um vislumbre dos dois homens que estavam protegendo a porta antes. Então meu consorte sai para o corredor e fecha a porta parcialmente atrás de si.

Isso atrapalha minha vista dos dois homens, mas não impede que eu escute a conversa deles. Um guarda menciona vagamente uma reunião sobre assuntos de que Hudson precisa tratar. Ele tenta se livrar dos guardas, porém eles são insistentes. Ao que parece, são assuntos que precisam de sua atenção há certo tempo.

— Está tudo bem — eu o tranquilizo, cruzando o quarto para ficar ao seu lado no corredor. — Precisamos discutir como transportar Mekhi. Aproveite uns minutos para cuidar disso e depois vamos embora, ok?

Hudson parece querer discutir, mas dou um empurrãozinho suave em seu ombro para que ele se vá.

— Nós cuidamos disso — enfatizo. — Esta é a sua Corte. Vá fazer o que precisa ser feito.

— Não é a minha Corte — ele responde. Mas permite que o empurre com gentileza pelo corredor. — Vou descobrir onde está o enfermeiro de Mekhi e trazê-lo de volta para cá.

Enquanto o observo se afastar, não posso deixar de notar o fato de que os dois guardas no corredor de algum modo triplicaram no tempo em que estivemos no quarto de Mekhi. E todos seguem, repletos de expectativa, atrás do meu consorte.

Isso só aumenta a sensação inquieta dentro de mim, ainda que eu saiba que Hudson está em segurança com eles. Sem mencionar que ele pode chutar a bunda de qualquer um deles se quiser.

Talvez o que me deixa inquieta seja o fato de eu saber que ele não quer e que jamais faria isso. Hudson é o tipo de vampiro que se importa com todos e com tudo que coloca sob sua proteção, por assim dizer. Eu só gostaria de conseguir entender como ele consegue se importar tanto com essas pessoas — contra as quais lutamos havia tão pouco tempo.

— Bem, precisamos descobrir um jeito! — Jaxon explode atrás de mim, e dou meia-volta. — Porque nem fodendo vou embora daqui sem Mekhi.

— Não estou sugerindo que devemos deixá-lo — Flint rosna. — Só estou dizendo...

O dragão para de falar quando a porta se abre e um vampiro de uniforme preto entra como se seu longo rabo de cavalo loiro estivesse em chamas.

— Sinto muito — ele se desculpa enquanto se apressa a voltar para o lado da cama de Mekhi. — Só saí por uns quinze minutos, mais ou menos.

Suas mãos estão trêmulas ao medir os sinais vitais de seu paciente — prova garantida de que Hudson se encontrou com ele a caminho de sua reunião.

— Precisamos levá-lo conosco — aviso depois que o enfermeiro tira o estetoscópio dos ouvidos. — Como sugere que façamos isso sem machucá-lo ainda mais?

— Tenho uma poção do sono para dar a ele — o enfermeiro responde. — Terei que o acordar brevemente, e então levará cerca de meia hora para ele metabolizar o suficiente para ser efetivo, mas, assim que isso acontecer, vocês poderão movê-lo sem causar mais dores. Mas advirto que não vai durar muito tempo.

— Uma poção do sono? — Jaxon pergunta, desconfiado.

Eu me inclino para a frente, a fim de colocar uma mão sobre a mão de Mekhi.

— Isso não vai fazê-lo piorar, vai?

— Não há muito que possa fazer isso a essa altura, Vossa Majestade — o enfermeiro responde, com uma expressão de pena no rosto.

Não é o que desejo escutar — nem o que qualquer um de nós quer escutar. Mas é honesto, e acho que é tudo o que podemos esperar neste momento.

— Se derem licença, vou administrar a poção e prepará-lo para a jornada — o enfermeiro acrescenta. — Cuidarei dele durante o tempo que precisarem.

Não quero partir — é óbvio que nenhum de nós o quer —, mas não é como se pudéssemos fazer qualquer coisa parados ali além de surtar. Então assentimos todos com a cabeça ao mesmo tempo e saímos rumo ao corredor.

Então continuamos a caminhar enquanto faço o máximo possível para ignorar os gemidos desesperados de Mekhi... e o silêncio apavorante quando eles param abruptamente.

Capítulo 26

NÃO DÁ PARA CONFIAR EM ALGUÉM A NÃO SER QUE ASSUMA O TRONO

Quero encontrar Hudson e acelerar as coisas, mas não estou disposta a expor Heather a uma *reunião urgente* na Corte Vampírica, seja lá como for isso — ela pode ser corajosa, mas ainda é humana —, então a deixo do lado de fora do quarto de Mekhi, com Flint e Éden como companhia. Quando saí, Flint estava reclamando em alto e bom som sobre o que tenho certeza de ser um Miró verdadeiro. Se é para entreter Heather ou para distraí-los do silêncio assustador de Mekhi, não tenho certeza.

Enquanto Jaxon e eu fazemos uma curva no corredor, não posso deixar de me maravilhar com as mudanças que Hudson fez na Corte Vampírica. Também não posso deixar de me perguntar por que ele as fez. Sim, ele comentou mais cedo que é porque as pessoas aqui merecem um novo início depois de tudo o que aconteceu sob o reinado de Cyrus, e acredito que tenha falado sério.

Mas também acho que há mais na história do que ele está me contando. Essas alterações são radicais demais, elaboradas demais, *tudo* demais, só para se tratar de dar uma Corte nova e bonita para os vampiros.

Nem Jaxon nem eu dizemos nada sobre a nova aparência da Corte, mas sei que ele também percebe. É impossível não notar.

Não tenho certeza sobre a direção para onde estamos indo, mas Jaxon deve saber, porque, ao chegarmos ao fim do corredor, ele me guia rumo à esquerda. Paramos diante de uma porta fechada cor de ônix com uma maçaneta elaborada.

— Tem certeza de que Hudson está aí? — pergunto quando Jaxon pega a maçaneta.

— É a sala de guerra. Não há outro lugar para ele estar agora.

Ele diz isso com tanta certeza que não pergunto novamente. E acontece que ele está certo. Assim que a porta se abre, posso ouvir Hudson falando.

Não consigo entender o que está dizendo, mas ele não parece nada feliz. Nem as pessoas com quem está falando.

Jaxon deve estar pensando no mesmo que eu, porque, em vez de bater, de repente ele bate a porta contra a parede com força o suficiente para fazer balançar as obras de arte penduradas na parede.

A conversa para quando todos na sala se viram para nos olhar. Hudson ergue uma das sobrancelhas — um "bem-vindos à festa", sem dúvida alguma, se é que já vi um —, enquanto todos os demais parecem ultrajados por terem sido incomodados.

Mas já que é meu consorte quem manda, e não tenho muito — e com isso quero dizer nenhum — respeito por qualquer um que tenha ficado nesta Corte maldita, não dou a mínima.

— Está tudo bem? — Hudson pergunta, contornando a mesa no meio da sala para se encontrar com o irmão e comigo.

— O enfermeiro está com Mekhi — respondo. — Obrigada por conseguir que ele voltasse tão rápido.

Hudson assente com a cabeça antes de retornar para as pessoas reunidas ao redor da mesa — dois homens que parecem vagamente familiares do governo de Cyrus e uma mulher com um coque apertado nos cabelos pretos, que certamente nunca vi antes.

— Tia Celine — Jaxon saúda ao atravessar a sala para dar um beijo superficial no rosto cheio de pó compacto dela. — Que surpresa desagradável.

Os lábios da mulher se contraem em uma versão bizarra de um sorriso, enquanto ela ergue a mão e dá uns tapinhas na cicatriz do rosto do sobrinho.

— Isso lá é jeito de falar com sua tia, quando vim até aqui para ajudar vocês a arrumarem esta confusão na Corte?

— É assim que se chama hoje em dia? Ajuda?

Espio Hudson de relance, para ver o que ele acha da estranha interação de Jaxon com a tia, mas ele está simplesmente com um ombro recostado na parede, os braços cruzados diante do peito e um sorrisinho sarcástico e divertido nos lábios. Quando percebe meu olhar questionador, ele responde com um leve dar de ombros, como se dissesse: *O que posso fazer? É Jaxon sendo Jaxon.*

Embora seja absolutamente verdade, ainda estou confusa pelo que está acontecendo aqui. Não me surpreende que não haja amor perdido entre Jaxon e Hudson e esta mulher que deve ser irmã de Cyrus, se é que seu jeito de ser gélido é algum indicativo, mas não tenho ideia do que ela esteja fazendo aqui. Ou por que eles deixam que ela fique aqui, quando é óbvio que não querem ter nada com a mulher.

— Bem, ouvi dizer que há uma questão sobre quem vai assumir o trono do meu querido irmão agora que ele está… indisposto. E, lógico, já que você abdicou também, Hudson. — Ela acena com a mão. — Sei que a cerimônia formal ainda vai demorar mais algumas semanas, mas pensei que podia vir aqui oferecer os serviços de Rodney e Flavínia para quando a abdicação for definitiva. Meus herdeiros estão mais do que prontos para assumir o manto da liderança.

Meu estômago afunda. Hudson me jurou na noite anterior que ele não tem interesse em ser rei dos vampiros, e acredito nele. Nós dois consideramos a cerimônia formal nada mais do que pompa e circunstância. Mas, parada aqui, mirando essa mulher com avareza nos olhos e bochechas rosadas de animação, percebo por que não assumir o papel de rei pode, na verdade, não ser o mesmo que o rejeitar.

Hudson pode não querer o cargo para si do jeito que Celine, Rodney e Flavínia obviamente querem, mas ele tampouco quer que fique com algum deles, porque seu povo merece algo melhor do que uma versão nova e melhorada de Cyrus 2.0. O que o leva a um dilema e tanto.

Mais do que isso: *nos* leva a um dilema e tanto.

— Que gentil da sua parte — Hudson diz em um tom de voz que indica que ela é tudo menos isso. — Mas estamos conseguindo nos virar aqui em Londres. Tenho certeza de que você ficará muito mais confortável voltando para casa, em Stoke-on-Trent. Sabe como Rodney sente falta da mamãe se você fica fora tempo demais.

Não consigo evitar. Viro-me para lançar um olhar a Hudson, que significa "mas que diabos está acontecendo agora?". Stoke-on-Trent? Mamãe? Quem são essas pessoas, e o que elas fizeram com meu consorte?

Mas ele apenas me dá um sorriso plácido, desde que eu não olhe muito de perto para o brilho malicioso em seu olhar.

— Sim, bem, talvez seja melhor esperar até mais tarde para discutir a questão com mais profundidade. Não quero lavar nossa roupa não tão limpa assim diante dos não vampiros na sala.

Considerando que sou a única não vampira à vista, tento não ficar ofendida demais com a resposta. Como já falei, se não fosse por Hudson e Jaxon, eu não daria a mínima para o que está acontecendo com essas pessoas horríveis, nesta sala de guerra horrível, desde que não afetasse o mundo exterior.

Mas me importo com Hudson e Jaxon, então mantenho um sorriso fixo no rosto, mesmo quando Hudson diz:

— A não vampira é minha consorte. E ela não vai partir até que eu parta.

— Certamente que não, Hudson, querido — ela responde, com falsidade. — Sabemos que você jamais sonharia em colocar a Corte na frente da sua consorte. Embora esse não seja um problema que meu querido Rodney tem...

— Adeus, tia Celine — Jaxon diz, entredentes, enquanto a escolta até o corredor de braços dados. E não se incomoda em lhe dar outro beijo no rosto antes de fechar a porta em seu rosto com expressão totalmente afrontada.

— Algum outro assunto que precisamos resolver? — ele pergunta ao se virar para nós. — Ou podemos cair na estrada?

Hudson sorri, acenando para os outros dois homens a fim de dispensá-los.

— Terminei por aqui.

Mas não posso deixar de me perguntar... será que ele terminou mesmo?

Capítulo 27

UM TRONO CHEIO DE PROBLEMAS

— Acho que você passou seu tempo mudando as coisas erradas por aqui, Hudson. — Jaxon dá ao irmão um olhar perspicaz à medida que voltamos para o quarto de Mekhi.

— Ah, chegarei nisso também — Hudson responde, com severidade. — Confie em mim.

— E se não precisar? — Jaxon pergunta.

Hudson parece incrédulo.

— Quer que eu deixe esses três monstros no conselho consultivo? Eles nos farão retornar à guerra em poucos meses, se não antes.

— Não. — Jaxon engole em seco. — Quero que você abdique…

— Eu *vou* abdicar, posso garantir a você — ele rebate, pegando minha mão e a apertando. — Só não para Rodney. — Mesmo que eu saiba que é má ideia, não tenho ideia de quem é Rodney. Mas se ele é em alguma coisa parecido com a mãe…

Jaxon limpa a garganta de novo, então engole em seco pela segunda vez.

— Por sorte, Rodney não é o segundo na linha de sucessão para o trono. Eu sou.

Hudson e eu paramos de supetão.

— Como é que é? — pergunto, porque tenho certeza de que não escutei direito. Jaxon nunca quis o trono. Mesmo antes, quando ele achava que Hudson estava morto, a ideia de governar a Corte Vampírica era um anátema para ele.

— Sabe que isso não resolve as coisas, certo? — Hudson diz para o irmão. — Você terá o mesmo problema com a Corte Dracônica que estou tendo com a Corte das Gárgulas. O Círculo…

— O Círculo pode se foder — Jaxon retruca.

Não é a resposta mais digna de um rei, mas não pontuo isso. Em parte porque ele está se esforçando muito para fazer algo bom para Hudson e em parte porque sei exatamente como Jaxon se sente. Quando lido com os assuntos da Corte, quero, pelo menos uma vez por dia, mandar se foder tanto o Círculo como quem faz as regras neste mundo.

— Isso ainda não resolve o problema — Hudson responde após longos segundos. — Não tem como o Círculo permitir que você tenha tanto poder assim... se sentando nos dois tronos.

— Então me sentarei apenas neste — ele responde.

— Jaxon. — Toco seu braço. — Isso é um sacrifício imenso...

— Ora, só um irmão Vega pode se sacrificar pelo outro? — ele pergunta, com a voz carregada de emoção.

A expressão de Hudson se torna atenta.

— De verdade, Jaxon, não é a mesma coisa.

— Você encontrou o amor, cara. Por toda nossa vida, nunca pensamos que um Vega seria capaz disso. Mas você conseguiu. E então fodi tudo. Assim como estou fodendo tudo com Flint. Ele quer o trono dos dragões mais do que tudo, e assumi-lo vai restaurar o equilíbrio na Corte dele. Mas ele não pode fazer isso comigo ao seu lado.

Ele limpa a garganta mais uma vez e passa uma das mãos pelo cabelo, em um gesto de frustração.

— Talvez seja assim que as coisas devam ser.

Meu coração se parte em dois com seu tom angustiado e com sua determinação em fazer o que é melhor para o irmão, para mim e para Flint. Mas sacrificar todo seu futuro e o futuro de Flint para que Hudson e eu possamos ter um? Isso não é algo que nenhum de nós está disposto a deixar que Jaxon faça.

— Acho que você esqueceu quanto tempo demorou para que Grace e eu acertássemos as coisas entre *nós* — Hudson observa com suavidade. — No começo não foi assim.

Dou uma gargalhada só de pensar naquilo.

— Não, definitivamente não foi.

— Se você assumir a coroa dos vampiros, vai perder qualquer chance de encontrar a mesma felicidade. — Hudson coloca uma das mãos no ombro do irmão. — Você também merece ser feliz, Jaxon.

Ele afasta o olhar e a mão de Hudson.

— Você não sabe... Flint e eu estamos muito ferrados, mano.

— Todo mundo é ferrado — respondo. — É assim que funciona a maior parte dos relacionamentos.

— Sim, bem. — Jaxon dá de ombros. — Em algum ponto, os relacionamentos deveriam tornar as coisas melhores para as pessoas envolvidas, não é? Tudo o que ficar comigo fez foi piorar as coisas para Flint.

— Este não é um sacrifício que você precisa fazer — insisto. — Vamos achar outro jeito.

Jaxon balança a cabeça.

— Não sei.

— Exatamente — Hudson diz, colocando um dos braços ao redor dos ombros do irmão, em um abraço lateral. — E até saber... até que todos saibamos... ninguém vai tomar decisões drásticas.

— Nem mesmo você? — Jaxon pergunta, erguendo uma das sobrancelhas.

Eu me inclino para a frente, tão interessada em ouvir a resposta dele para esta pergunta quanto Jaxon.

— Minha decisão já foi tomada. O restante são detalhes menores.

— Detalhes bem *importantes* — Jaxon o corrige.

Hudson não se manifesta, apenas olha firme para ele, até que Jaxon solta uma série de palavrões.

— Ainda não terminamos esta conversa.

É a vez de Hudson dar de ombros.

— Veremos.

— Sim — o irmão concorda com ele. — Veremos.

Meu estômago está todo embrulhado agora, com todos esses problemas impossíveis e sem solução percorrendo meu cérebro em alta velocidade, sem parar.

Não podemos colocar outro Cyrus no trono dos vampiros. Se isso acontecer, acabaremos onde estávamos há poucos meses.

Jaxon não pode assumir o trono, porque, se fizer isso, ele perderá qualquer chance de resolver seus problemas com Flint e chegar ao outro lado dessa situação.

Izzy não pode assumir o trono, pelo menos não ainda. Ela ainda não esteve em Descensão por tempo suficiente, sem mencionar... suas tendências imprevisíveis.

E Hudson não pode ficar com o trono, pelo menos não enquanto eu estiver no meu.

É uma confusão completa e absoluta — uma que não tenho ideia de como consertar, em especial não quando meu cérebro está concentrado em tentar descobrir como salvar Mekhi do veneno das sombras e todo mundo desses malditos caçadores que estão aumentando em poder e seguidores a cada dia.

Antes que eu possa dizer qualquer outra coisa, o celular de Jaxon toca. Ele olha para a tela e avisa:

— Flint quer falar comigo sobre alguma coisa, então vou encontrá-lo naquela sala em que o portal nos deixou. Encontramos vocês no quarto de Mekhi em quinze minutos.

Embora eu assinta com a cabeça, parte de mim quer implorar para que ele fique. Porque, enquanto Jaxon estiver aqui, Hudson e eu seremos capazes de evitar a discussão que nenhum de nós quer ter.

Capítulo 28

É HORA DE SEGUIR EM FRENTE (E MARRETAR TUDO)

Depois que Jaxon sai, caminhamos de maneira lenta e silenciosa por mais uns minutos. Não sei o que Hudson tem em mente, mas definitivamente estou tentando colocar meus pensamentos em ordem — sobre o trono, sobre as mudanças aqui na Corte a respeito das quais ele não conversou comigo, sobre nós.

Todavia, antes que eu me pronuncie, fazemos outra curva e acabamos em um corredor que parece assustadoramente familiar. E isso não faz sentido, considerando que há imensas alas na Corte Vampírica que não explorei ainda, e provavelmente nunca o farei, já que desprezo por completo este lugar, mesmo com as melhorias de Hudson.

Mesmo assim, quanto mais avançamos pelo corredor, mais fico convencida de que já estive neste ponto específico antes. Há algo que parece familiar na estranha configuração das janelas do lado esquerdo do corredor. Assim como as portas duplas gigantes de madeira que vislumbro lá no fim do corredor, bem diante de nós.

Apesar da familiaridade das portas, quase passo por elas. Mas há algo na súbita inexpressividade deliberada no rosto de Hudson e seu olhar semicerrado, que faz com que eu me aproxime delas e leve a mão à maçaneta.

Meu consorte se move como se fosse me impedir, o que é estranho por si só, mas no fim ele apenas dá de ombros e me deixa ir em frente.

No instante em que abro as portas, sei exatamente onde estamos. Só estive aqui uma vez, mas reconheço de imediato. Ou devia dizer que reconheço os restos do que já foi. O escritório perfeitamente decorado e perfeitamente projetado de Cyrus.

Ninguém pode acusá-lo de ser perfeitamente qualquer coisa agora — exceto, talvez, perfeita e extraordinariamente destruído. Enquanto as portas externas permanecem intactas, dentro do aposento é como se uma bomba tivesse explodido. E, ao contrário dos demais aposentos pelos quais passamos, que no momento estão em reforma, ninguém fez qualquer tentativa de limpar a bagunça do antigo cômodo para abrir espaço para algo novo. Está tudo largado aqui — sofás virados, pinturas e esculturas quebradas, livros rasgados, cortinas esfarrapadas —, embaixo dos restos das paredes, do teto e das luminárias destruídos. A mesa circular que antes dominava o meio da sala foi demolida, peças do mapa entalhado — que Cyrus usou uma vez para planejar ataques às facções paranormais — espalhados no chão.

Avisto uma marreta encostada na parte interna do que costumava ser uma parede, e percebo que alguém atacou as coisas aqui até que ficassem assim. Então foi embora e deixou tudo desse jeito sabe-se lá por quanto tempo. A julgar pela quantidade de pó de gesso que se acumulou em tudo, eu diria que isso não foi feito hoje. Ou em nenhum momento recente, até onde se vê.

Tenho cem por cento de certeza disso. Também tenho cem por cento de certeza de que foi Hudson quem fez isso. E foi ele quem deixou tudo aqui assim, para apodrecer.

Ele visitou a Corte Vampírica para cuidar de negócios várias vezes desde que aprisionamos Cyrus, e nunca pensei na questão. Agora não posso deixar de pensar que talvez eu devesse ter me preocupado. A ideia de Hudson ter vindo aqui sozinho, só para destroçar este aposento com uma marreta, me faz querer chorar.

Porque há mais do que raiva neste santuário de escombros. Mais do que desdém, ódio ou necessidade de vingança. Também há devastação. E não tenho ideia do que fazer a esse respeito — não quando Hudson não falou comigo sobre nada disso.

Nada sobre as mudanças da Corte.

Nada sobre a pressão para assumir mais responsabilidade e, talvez, até mesmo o trono.

E, definitivamente, nada sobre essa destruição intencional. Quando um homem com tanto poder quanto Hudson escolhe usar uma marreta em vez de um simples pensamento, dá para saber que é pessoal. Mais: dá para saber que ainda há muito a ser descoberto.

Neste momento, com nossos amigos no meio desta jornada para salvar Mekhi, eu gostaria de ter alguma ideia de por onde começar.

— Precisamos ir — Hudson avisa de trás de mim. Sua voz é tão tensa quanto seu lábio superior, seu sotaque britânico tão formal que, se ele não estivesse olhando direto para mim, e se não fôssemos as duas únicas pessoas neste corredor, eu imaginaria que ele estava falando com um desconhecido.

— Você está bem? — pergunto, dando um passo adiante a fim de colocar uma das mãos em seu bíceps. Porque não importa quão magoada e confusa eu esteja pelo silêncio dele em tudo isso, ainda estamos falando de Hudson. Ainda estamos falando do meu consorte. E pensar nele magoado me destrói.

— Estou bem — ele responde. Mas há algo em seus olhos, algo no jeito como se contém, como se pudesse se estilhaçar bem ali, no que restou do escritório do pai, que faz com que eu pense que ele está tudo, menos bem.

Mesmo antes que ele me puxe de encontro a si e envolva os braços ao meu redor, me apertando tanto que mal consigo respirar.

— Está tudo bem — digo, passando a mão por seu cabelo, seu pescoço, suas costas tensas. — O que quer que seja, vai ficar tudo bem.

A bochecha de Hudson está pressionada no alto da minha cabeça, e percebo quando ele assente.

Também sinto sua inspiração profunda e trêmula, e o jeito inseguro como libera o ar.

Então ele se afasta, com um sorriso torto nos lábios que não parece lhe pertencer. Mas a luz retornou aos seus olhos quando me encara, e isso facilita para que eu acredite que ele está bem por enquanto.

E facilita muito mais para que eu concorde quando Hudson diz:

— Já se passaram quase vinte minutos. Precisamos voltar ao quarto de Mekhi.

Há tanta coisa que quero dizer agora, tanta coisa que quero lhe perguntar. Mas sei que ele está certo — assim como sei que não é hora ou lugar para minhas questões. Hudson não gosta de se sentir vulnerável em um bom dia. Tentar fazê-lo baixar a guarda aqui, no meio da Corte Vampírica, onde ele passou a maior parte da vida sob tortura?

Para usar uma frase de seu repertório: nem fodendo.

Então, em vez de pressioná-lo, como quero fazer, enfio os dedos em seus cabelos e o puxo para um beijo... ou três.

O quarto beijo fica interessante, faz meu coração bater rápido demais e meu sangue urrar em minhas veias. Mas este tampouco é o momento ou o lugar para nossa química intensa. Hudson estava certo quando mencionou que precisamos nos reunir com os demais.

Dou a mim mesma — a nós — apenas mais alguns segundos. Só mais um beijo. Então me afasto, relutante.

— Você está certo. Precisamos mesmo.

Quando ele sorri para mim desta vez, a escuridão e a distância sumiram de seus olhos — pelo menos por enquanto. Em seu lugar está o amor selvagem, desesperado, infinito que estou tão acostumada a encontrar ali. O mesmo amor selvagem, desesperado e infinito que sei estar em meus olhos quando olho para ele.

Não é o bastante — ainda precisamos conversar, e ainda preciso de respostas sobre o que está acontecendo com ele —, mas, por enquanto, aceleramos o passo pelo corredor, na direção do quarto de Mekhi, e parece um passo na direção certa.

Capítulo 29

A POÇÃO EM MOVIMENTO

Hudson e eu nos juntamos aos nossos amigos bem quando o enfermeiro abre a porta para nos deixar ver Mekhi novamente.

Meu coração está na garganta quando sigo na direção do quarto, apavorada com o que vamos encontrar quando entrarmos ali. Mas Mekhi parece bem — definitivamente melhor do que quando o deixamos com o enfermeiro. É evidente que a poção do sono fez efeito, já que as linhas de dor desapareceram de seu rosto.

O enfermeiro entrega a Éden um pequeno embrulho preto.

— Tem outra dose da poção do sono aí, caso precisem dar a ele aonde estão indo. Mas é tudo o que podem dar. Ele está fraco demais para metabolizar uma quantidade maior.

— Então ele vai ficar sofrendo? — Jaxon quer saber, com a sua voz embargada.

O enfermeiro lhe dá um olhar simpático.

— Não há nada a ser feito para impedir o sofrimento. A poção o deixa confortável por um breve momento, mas tudo o mais só vai exacerbar os efeitos do veneno das sombras.

— Então como vamos fazer isso? — Passo direto para as questões logísticas, em um esforço de não lidar com o sofrimento de Mekhi. — Vamos usar uma das sementes de Macy para ir até a Corte das Bruxas, correto? Mas como vamos passar Mekhi pelo portal?

— Eu vou carregá-lo — Jaxon responde, em um tom de voz que não deixa espaço para discussão.

— Está tudo bem, certo? — Éden pergunta para o enfermeiro. — Carregá-lo pelo portal não vai machucá-lo?

— Ele precisa ser movido — ele responde. — E esse, definitivamente, é o jeito mais prático de fazê-lo atravessar o portal.

É impossível ignorar o fato de que ele não respondeu à pergunta de Éden. Mas é claro que isso é uma resposta em si. Mover Mekhi vai machucá-lo, mas não há muito mais que possamos fazer agora.

— Onde fica a saída mais próxima? — Flint pergunta, pegando a bolsa de sementes mágicas de Macy de novo.

— Há um jardim depois da esquina — Hudson responde, aproximando-se do irmão. — Devemos conseguir abrir um portal ali.

— Vou para lá agora. Me deem dois minutos para abri-lo, e então você traz o Mekhi — Flint orienta para Jaxon, que assente com a cabeça.

Éden o acompanha, segurando a poção do sono, enquanto Heather pega alguns cobertores antes de deixar o quarto também, com um olhar preocupado para trás, para Mekhi.

— Obrigada pela ajuda — agradeço ao enfermeiro à medida que Jaxon se aproxima da cama de Mekhi. — Estamos mais agradecidos do que podemos dizer.

— Não foi nada. Espero que ele fique bem — o enfermeiro responde.

— Obrigado — desta vez é Jaxon quem responde, a voz embargada de emoções que tomam conta de todos nós agora.

— Está pronto? — Hudson pergunta, baixinho.

— Não — Jaxon responde. Mas então dobra o corpo e pega Mekhi ao estilo dos bombeiros. — Vamos dar o fora daqui, sim?

Não é necessário pedir duas vezes. Corro para a porta e a mantenho aberta para ele, enquanto Hudson acelera no corredor e faz o mesmo com a porta que leva ao jardim.

Parte de mim espera que Jaxon acelere, mas, em vez disso, ele caminha lenta e cuidadosamente pelo corredor, como se carregasse um recém-nascido. Quando enfim chegamos ao jardim, Éden e Heather já passaram pelo portal, e Flint o mantém aberto para o restante de nós.

— Você está bem? — ele pergunta para Jaxon quando o vampiro se prepara para entrar na magia rodopiante em preto e púrpura.

Mas Jaxon ignora a questão. E então atravessa o portal, com Mekhi bem seguro sobre seu ombro. Quando eles desaparecem, espero de verdade que a travessia seja mais fácil na segunda vez. Para o bem de todos nós.

Capítulo 30

COMO UM GÓTICO ATRAÍDO PELA CHAMA

No fim, o portal é ainda pior da segunda vez. Juro, por um minuto, que estou sendo esfolada viva.

Entretanto, ao tombar do outro lado, no chão de Turim, na Itália, felizmente, toda a minha pele está intacta, assim como o restante de mim. E todos os demais também estão, incluindo Mekhi, que ainda dorme de maneira pacífica — ou, pelo menos, tão pacífica quanto alguém pode dormir ao ser levado pendurado no ombro de Jaxon.

Assim que me ponho em pé, aproveito um instante para limpar a fuligem urbana do meu traseiro, antes de olhar ao redor e tentar adivinhar onde o portal nos deixou. Eu meio que esperava que já estivéssemos dentro da Corte das Bruxas, mas o barulho do trânsito na rua atrás de nós definitivamente nega essa ideia.

Uma rápida espiada no entorno me informa exatamente onde estamos: no coração da Piazza Castello, bem em frente à Corte das Bruxas. Eu reconheceria esse lugar de um jeito ou de outro — não só pela arquitetura diferenciada, mas por causa daquela maldita estátua assustadora bem no meio da piazza.

Em grande parte, é só uma pilha de rochas equilibrada em cima de uma fonte, mas quando se adicionam as esculturas dos homens quase desnudos definhando de um lado e o anjo sombrio parado no alto, tudo ganha um aspecto ameaçador. Causou arrepios em mim desde a primeira vez que vi seu dúplice, nas Provações Impossíveis, mas, agora que sei que também é o portal para o Reino das Sombras, parece ainda pior.

Contudo, não tenho tempo para me preocupar com estátuas agora. Não quando ainda tenho de descobrir como *abrir* o portal. Quer dizer, é uma fonte — então não é como se tivesse uma maçaneta que pudéssemos girar para abrir uma porta. É óbvio que há um feitiço ou alguma coisa que ativa o portal dentro da fonte. Só preciso encontrar a bruxa certa a quem perguntar...

O sol do fim da tarde está coberto por nuvens cinzentas enquanto seguimos em direção à Corte das Bruxas. Um vento frio percorre o espaço ao nosso redor, fazendo-me estremecer.

— Então, quem vai bater? — Flint pergunta ao caminhar ao meu lado. Ainda não tive a chance de perguntar a ele se deseja conversar sobre o que está acontecendo na Corte Dracônica, porém, dado o jeito como ele parece evitar os olhares de Jaxon neste momento, aposto que intrigas políticas são a última preocupação em sua mente.

Mando uma mensagem de texto rápida para Macy, e então espero para ver se ela responde logo. Se isso acontecer, ela saberá exatamente com quem precisamos falar aqui para adentrar na Corte das Bruxas sem fazer muito barulho, ou ela poderá até mesmo saber quem pode nos ensinar a abrir a estátua-portal. Além disso, eu gostaria muito de ver minha prima, saber como ela está. Talvez perguntar sobre essa história toda do portal assustador e doloroso.

— Este lugar me dá arrepios — Jaxon murmura enquanto esperamos a resposta de Macy. — É tão... extra.

— Entendo que isso pode ser um problema para você, considerando como a Corte Vampírica é acolhedora — rebate uma voz atrás de nós.

Eu me viro bem a tempo de ver as bordas reluzentes de um portal desaparecerem — logo depois que minha prima sai dele.

— Macy! — exclamo, correndo até ela. — Pensei que você estivesse de castigo. Não esperava conseguir vê-la tão rápido!

Ela passa uma mão pelos cabelos desgrenhados. Ela mudou a cor desde a última vez que a vi — agora está com um lindo tom verde-marinho, escuro, que de algum modo parece bonito e perigoso. E isso é o reflexo exato de tudo relacionado a Macy nos últimos tempos.

A prima brilhante e alegre, que sempre via o lado bom, mesmo quando as coisas ruins aconteciam, se foi. Em seu lugar está uma bruxa que abraçou seus poderes de jeitos novos e misteriosos — uma que definitivamente parece escolher o caos em vez da alegria.

— Há castigos e castigos — ela replica, revirando os grandes olhos azuis. — Além disso, não é como se eles pudessem de fato me manter prisioneira contra a minha vontade.

Há uma tensão em sua voz — uma que escolho ignorar ao envolvê-la com os braços e abraçá-la com força. Obviamente, Macy ainda está irritada por tio Finn ter mentido para ela, deixando-a acreditar que sua mãe tinha fugido e a abandonado *por escolha* — e, para ser honesta, não a culpo.

Fazer a filha acreditar que a mãe fugiu e a abandonou, em vez de contar que ela estava presa... Ainda tenho dificuldades para entender tal decisão.

Além do mais, receber a pessoa que a mantinha presa em sua casa numerosas vezes ao longo dos anos? Isso é um tapa na cara que sei que vai levar um tempo para Macy superar.

Ainda dói quando penso que meus pais nunca me contaram sobre todo esse papo de gárgula. Se tivessem mantido um segredo *desses* de mim? Não sei o que eu faria.

Macy me deixa abraçá-la por um instante. Depois recua um passo, colocando alguma distância entre nós. Flint e Éden se preparam para abraçá-la também, mas ela apenas os cumprimenta com um aceno constrangido antes de dar outro passo para trás.

Os dois param de supetão e ficam olhando para Macy e para mim. Só Hudson parece saber o que fazer, estendendo-lhe o punho. Por um segundo, um sorriso travesso que lembra a antiga Macy surge em seus lábios pintados de um tom preto de cereja. Mas some com tanta rapidez quanto chegou.

Então ela também estende o punho cerrado para bater no dele antes de dizer:

— Então, vamos simplesmente ficar parados aqui à espera de sermos arrastados até o ritual diário do chá ou temos algum tipo de plano?

— Tenho quase certeza de que *você* é o plano — respondo.

— Você sabe que um líder de uma Corte entrar de mansinho em outra Corte poderia ser considerado um ato de guerra, certo? — ela pergunta.

— As bruxas teriam muita sorte — Hudson comenta ao revirar os olhos. — Grace declarar guerra contra elas finalmente as colocaria no mapa.

Macy bufa — o som mais próximo de uma gargalhada que ouvi dela em um bom tempo.

— É verdade. O Exército das Gárgulas faria um belo estrago aqui.

— Só para deixar registrado — interrompo, no meu tom de voz mais régio —, o Exército das Gárgulas *não* vai fazer estrago algum aqui. E eu, definitivamente, *não* vou declarar guerra contra ninguém.

Já passei por isso antes e, se puder evitar que aconteça com os caçadores, não planejo repetir a experiência.

— Calma, novata — Flint me diz, com um sorriso. — Ninguém acha que você está preparando o lombo para a batalha.

— Sério? — Os lábios de Heather se curvam. — É *essa* a descrição que você quer usar?

— Eu só estava dizendo...

— Sem querer interromper uma conversa totalmente sem sentido. — Jaxon os interrompe. — Mas não sei quanto tempo Mekhi vai conseguir dormir.

— Chegaremos a isso — Macy lhe assegura, afastando o cabelo do rosto. — Só tenho uma pergunta. Estão aqui para ver quem?

— Não Linden e Imogen — falo os nomes do rei e da rainha porque, quanto mais penso, mais convencida fico de que eles não serão capazes de fornecer qualquer ajuda. — Que tal Viola?

Com base na minha experiência anterior aqui, a irmã de Imogen parece a bruxa mais provável neste lugar para ser útil. Isso se conseguirmos encontrá-la sem chamar muita atenção — ou disparar muitos alarmes.

Digo isso para Macy, que me dá um sorriso muito mais malicioso do que estou acostumada a ver nela.

— Acho que dá para arranjar isso. — Macy acena com a mão, e um portal gigante e rodopiante aparece diante dela. — O último a entrar tem de comer um pote inteiro de olho de salamandra.

A última coisa que escuto quando entro no portal é Heather perguntando:

— Olho de salamandra? Isso existe de verdade?

Começo a dizer à minha amiga que Macy só está brincando, mas antes que possa falar algo além de "não se preocupe", o portal me engole.

Capítulo 31

ENFEITICE TODOS ELES

Ao contrário dos portais que vieram das sementes que estávamos usando, este não machuca. É como os portais de Macy sempre foram — como se eu estivesse sendo espichada e comprimida ao mesmo tempo.

Após segundos de desconforto, menos tempo ainda que sinto como se fosse implodir, e chegamos.

No instante em que me sinto normal novamente, abro os olhos. A primeira imagem que vejo é um arco ornamental esculpido em tons de dourado e creme, seguido por papel de parede das mesmas cores.

Então, sim. Macy definitivamente nos trouxe para dentro da Corte das Bruxas. E nos levou até Viola, percebo, quando descubro que estou encarando diretamente seus olhos surpresos.

O único problema? Viola está sentada em uma sala de espera com um bando de outras bruxas.

Todo esse esforço para fazer uma entrada discreta.

Penso em dar meia-volta e entrar novamente no portal antes que tudo vire um verdadeiro inferno, mas, antes que eu consiga me mexer, duas coisas acontecem.

Heather tropeça pelo portal e aterrissa aos meus pés. E várias das bruxas se levantam em um pulo, lançando feitiços.

Consigo puxar Heather antes que ela seja atingida por um deles, mas não tenho tanta sorte com Flint, que fica atordoado assim que sai do portal e acaba caindo de cara no chão.

Ele é imediatamente seguido por Éden, que é atingida pelo que tenho certeza de ser um feitiço de gelificação, porque ela se transforma em uma bolha de goma bem diante dos meus olhos.

— Esperem! Por favor! — Levanto as duas mãos conforme corro para me colocar na frente da entrada do portal, assumindo minha forma de gárgula em um instante. A última coisa que precisamos agora é que Mekhi seja atingido por um feitiço aleatório que faça seu corpo ultrapassar os limites. — Não estamos aqui para machucar vocês! Só preciso falar com Viola por alguns minutos — grito.

Mas elas obviamente não ficam impressionadas, porque mais feitiços voam na minha direção.

Consigo me desviar de alguns deles, mas acabo sendo atingida por três de uma só vez. Nenhum deles funciona em mim, felizmente, mas doem pra caramba quando me acertam.

Pelo lado positivo, Jaxon e Mekhi ultrapassam o portal bem quando os feitiços me atingem, dando a Jaxon segundos de alívio antes que mais deles venham quicando em sua direção. Eu me jogo na frente de um deles mesmo quando Éden vem rolando, ainda na forma gelatinosa, para tentar protegê-los também.

Ao fazê-lo, a dragão é atingida por outro feitiço — um que a transforma de uma bolha em uma serpente fina e comprida. Lógico, o efeito não a livra do primeiro feitiço, então ela se parece muito com uma cobra de goma roxa gigante largada no chão.

Flint conseguiu rolar o corpo. Mas desistiu de tentar se sentar e, em vez disso, se arrasta pelo chão como uma minhoca de ponta-cabeça. Nesse meio-tempo, Hudson sai pelo portal, logo atrás de Jaxon.

De jeito nenhum vou deixar o lugar em que estou, protegendo Mekhi, para ir até ele, porém, antes que eu possa gritar um aviso, Flint berra:

— Atenção!

Hudson olha para a frente, como se esperasse um tiro atingi-lo vindo de algum lugar, e acaba levando um feitiço para ficar careca. Segundos depois, todo o seu cabelo perfeitamente arrumado cai, deixando sua cabeça lisa e brilhante como um espelho.

Pelo lado bom, ele fica surpreendentemente bonito careca, ainda que a expressão em seu rosto denuncie sua discordância.

— O que foi? — Hudson pergunta, com curiosidade.

— Nunca ouviu a expressão "atenção"? — pergunto, à medida que continuo a me desviar dos feitiços.

Vários mais são lançados na direção de Jaxon e Mekhi e na minha. Consigo levar vários — e só posso dizer "ai" —, mas pelo menos impeço que acertem Mekhi. Mas não posso impedir Jaxon de ser atingido, e ele acaba encolhendo até ficar do tamanho de um camundongo em um piscar de olhos.

Mergulho na direção de Mekhi, me jogando sobre ele antes que atinja o chão. Ao mesmo tempo, Macy atravessa o portal como se tivesse todo o tempo do mundo.

Minha prima arregala os olhos ao ver o que está acontecendo e grita:

— Parem! — exclama ao mesmo tempo que pula na frente de todos nós, com os braços erguidos.

Ao que parece, funciona melhor quando uma bruxa faz isso do que quando é uma gárgula, porque os feitiços param no mesmo instante. Graças a Deus.

Rastejo para longe de Mekhi e, com a ajuda de Hudson, posiciono-o de costas, para ter certeza que ele está bem. E enterrado embaixo dele encontro um Jaxon bem, bem minúsculo.

— Parece que alguém finalmente ganhou o tamanho certo — Hudson provoca enquanto pega o irmão.

Jaxon responde batendo com um punho minúsculo em seu nariz. Mas não causa muito impacto.

— Não ouse torturá-lo — chamo a atenção de Hudson, e dou-lhe as costas para encarar as bruxas.

— Sinto muito! — peço ao me aproximar de Macy. — Devíamos ter avisado que estávamos a caminho.

— Essa seria a coisa normal a se fazer — Viola retruca, de maneira áspera. — Mas quando é que você faz o que é esperado?

Sinto que devia ficar ofendida, mas a verdade é que provavelmente ela está certa.

— Só queríamos uns minutos do seu tempo sem... — Paro de falar, sem ter certeza de como verbalizar o que estou pensando sem ofender a família de Viola.

— Sem toda a cerimônia? — a bruxa pergunta, erguendo uma das sobrancelhas.

— Algo assim — respondo.

— Muito bem. — Viola acena com a mão, murmura algumas palavras e todos os feitiços são desfeitos.

Flint e Éden ficam em pé. O cabelo de Hudson cresce em dez segundos, e Jaxon começa a crescer, crescer, crescer — o que parece bem hilário, considerando que Hudson ainda o segura na mão quando ele começa a voltar ao normal.

Hudson o coloca no chão, e todo mundo volta a ser como era antes. Exceto Heather, parada atualmente no canto da sala, morrendo de rir de todos nós. Ao que parece, minha melhor amiga é um tanto malvada de vez em quando.

— Bem, vocês estão aqui agora — Viola se pronuncia depois que todos ficam bem. — Sobre o que desejam falar?

Capítulo 32

LORELEI JÁ ESTÁ VENDO TUDO

Respiro fundo. Quero mesmo falar sobre o tema diante de um bando de bruxas que não conheço? Mas esse parece um daqueles momentos do tipo agora ou nunca, então solto o ar lentamente e digo:

— Temos um problema.

O olhar de Viola vai até Jaxon, agora agachado ao lado de Mekhi, verificando como o amigo está.

— Dá para ver.

— Precisamos levá-lo ao Reino das Sombras, o que significa que precisamos abrir o portal na piazza.

A expressão dela passa de vagamente interessada para completamente neutra.

— Não tenho ideia do que está falando.

Quero desmenti-la — ninguém fica tão inexpressivo assim tão rápido sem um motivo. Mas considerando que Viola é nossa maior aliada na Corte das Bruxas, antagonizar com ela seria uma ideia muito ruim.

— E por que vocês iriam querer levá-lo para lá? — Viola pergunta.

— Mekhi está sofrendo do veneno das sombras, e acreditamos que os efeitos serão retardados naquele reino. — Respiro fundo e decido confiar nela com o plano inteiro, na esperança de ter analisado corretamente a situação e o tipo de bruxa que nos ajudaria. — Vamos encontrar uma cura para as filhas gêmeas da Rainha das Sombras, um jeito de separar suas almas, e trocar isso por uma cura para nosso amigo.

Viola arregala os olhos, enquanto as outras bruxas arfam.

— Não dá para separar duas almas ligadas, Grace — ela declara, com gravidade. — E oferecer uma coisa dessas para a rainha e não entregar significaria uma morte certa e dolorosa.

Balanço a cabeça.

— Temos um jeito de fazer isso. Só precisamos encontrar a Curadora, para que ela localize algo para nós. Mas isso é só depois de irmos ao Reino das Sombras, retardar o efeito do veneno em Mekhi e propor uma barganha para a rainha que ela não vai resistir. Você vai nos ajudar?

Mordo o lábio, com medo de ter contado informações demais e colocado o plano todo em risco. Mas Viola mantém meu olhar e então me dá um aceno curto e seco com a cabeça.

— Você é uma mulher muito parecida comigo, Grace. Sem segredos. Sem subterfúgios. Apenas franqueza. — Ela se volta para as bruxas que a acompanham. — É tão revigorante ver isso na Corte, não é, senhoras?

Uma bruxa alta e elegante, com longos cachos castanhos sussurra alguma coisa para outra mais velha e mais redonda, com cabelos vermelhos-vivo. O murmúrio delas chama a atenção de Viola, que pergunta:

— Devemos recompensar tal comportamento, bruxas?

Meu coração bate forte em meu peito quando percebo que é isso. Ou elas vão ajudar ou não vão e Mekhi vai morrer. Jaxon deve notar isso também, já que eu o vejo dar um passo adiante, mas lanço-lhe um olhar de advertência e, pela primeira vez, ele entende e fica parado.

As três bruxas parecem chegar a uma conclusão sem consultar o restante na sala, então imagino que o trio está a cargo das decisões por aqui. Viola se volta novamente para mim e diz:

— A honestidade é sempre a melhor política, minha querida. Portanto, vamos atender ao seu pedido e oferecer um feitiço que vai ativar o portal para o Reino das Sombras. No entanto, essa porta só funciona em uma direção. Vocês vão precisar encontrar o caminho de volta para casa.

Meus ombros relaxam de alívio.

— Temos uma ideia de como voltar para casa. Obrigada, senhora. Muito obrigada.

— Lubella vai ensinar o feitiço para Macy enquanto você e eu trocamos algumas palavras em particular, sim, querida?

É uma declaração, não uma pergunta, e eu assinto com a cabeça, conjecturando sobre o que ela tem para me dizer que não quer falar na frente das outras. Seguro a mão de Hudson e a aperto, murmurando "volto logo", antes de seguir a bruxa majestosa por uma porta no canto.

Assim que estamos em segurança do outro lado da porta, em um pequeno aposento com dois sofás e uma mesa de café ornamentada dominando a maior parte do espaço que deve ser usado para reuniões íntimas, Viola se vira para mim.

Ela estreita os olhos:

— Há mais algum motivo pelo qual você veio até minha Corte, querida?

Entre todos os assuntos que imaginei que ela fosse querer discutir, um motivo secreto não estava entre elas.

— Eu esperava ver minha prima enquanto estivesse por aqui também.

Ela ergue uma das sobrancelhas.

— E ninguém mais?

— Definitivamente não vim ver o rei e a rainha, se é o que está perguntando — digo, com uma meia risada.

— Hum. — É sua única resposta. Depois de um tempo, Viola acrescenta: — Bem, então talvez esta ocasião seja fortuita para todos nós, porque hoje você busca salvar não só a vida de seu amigo, mas também a vida de alguém que ajudei a proteger por mais tempo do que consigo me lembrar.

— Mas as únicas outras pessoas que podemos ajudar são as gêmeas... — Paro de falar quando a ficha cai. — Uma delas está aqui, não está?

— Está, sim — ela concorda. — Mas ainda não decidi se é uma boa ideia deixar você conhecê-la e, provavelmente, trazer esperanças para ela.

— Não vamos machucá-la — asseguro à bruxa, minha mente acelerada com a possibilidade de conversar com a gêmea. — Mas eu adoraria ter um momento com ela para discutir estratégias... o que ela sabe sobre a mãe, sua ansiedade por uma barganha, sua irmã.

— Isso é tudo? — Viola pergunta, e não tenho certeza a respeito do que ela se refere, então fico quieta. Seja qual for o rumo desta conversa, preciso deixar que Viola nos leve até lá. Há um longo período de silêncio, antes que ela diga: — Lorelei não sabe como curar o veneno das sombras.

— Eu nunca disse que precisava que ela soubesse — respondo, com lentidão, as engrenagens do meu cérebro girando. Onde ouvi esse nome antes? Então dou de ombros e acrescento: — Embora isso teria sido de grande ajuda.

Depois de outra pausa interminável, ela diz:

— Sim, acho que você devia ver exatamente o que... e quem... você vai colocar em risco se fracassar. — E, com isso, Viola segue em direção à porta, olhando por sobre o ombro. — Bem? Você vem ou eu preciso esperar até que esteja pronta?

— Eu... — Minha voz falha, então limpo a garganta e tento de novo: — Você vai nos levar até ela?

— Vou perguntar a Lorelei se ela quer conversar com você. Se ela quiser, tudo bem. Se não...

— Nós a deixaremos em paz — garanto-lhe. — Prometo.

Viola acena com a cabeça, abre a porta e retorna ao aposento em que estão meus amigos. Faz um sinal para que Hudson se junte a nós, mas orienta Macy a permanecer ali e cuidar dos “nossos visitantes”. Então saímos por outra porta e a seguimos pelo corredor até um lance de escadas longo e circular. A bruxa nos conduz para cima e depois nos faz subir mais outros três andares.

Hudson me olha, então murmuro: *A filha da Rainha das Sombras.* Ele ergue as sobrancelhas, mas assente com a cabeça, aceitando o desenrolar dos acontecimentos com calma.

— Estamos quase lá — Viola nos avisa ao passo que nos guia pelo que tenho certeza de ser o lance final de escadas. Ela não parece nem um pouco preocupada, porém, quando chegamos no último andar, meus sentidos estão ultra-aguçados, e me equilibro na ponta dos pés. Não porque de fato pense haver algum problema, mas porque tudo nesta situação deixa meus nervos à flor da pele.

— Vai dar tudo certo — Hudson murmura e pressiona com gentileza a mão na parte de baixo das minhas costas.

No alto da escadaria há uma porta de ferro estreita. Viola acena com a mão diante dela, os dedos se movendo em um padrão que me faz lembrar das proteções na caverna da Carniceira, uma magia invisível feita para impedir que pessoas desavisadas entrassem em seu covil sem convite.

Enquanto observo Viola preparar o encanto que desfaz as proteções aqui, meu coração bate cada vez mais rápido. Há uma pressão opressiva no ar ao nosso redor. Tento ignorar, mas ela se abate sobre mim, e faz com que eu sinta que talvez essa não tenha sido a melhor das ideias, no fim das contas.

Faz com que eu me preocupe em ter levado Hudson até algum tipo de armadilha.

Eu me mexo inquieta só de pensar no assunto, e passo as palmas das mãos discretamente na lateral da calça jeans a fim de secá-las. E se isso for um erro? E se...

— Está tudo bem. — Hudson delineia círculos lentos nas minhas costas ao murmurar baixinho no meu ouvido: — São só as proteções.

A sensação opressiva fica ainda pior, faz meu peito doer e meu coração acelerar ainda mais.

— Eu não... não posso...

— Estamos quase lá — Viola murmura. Suas mãos se movem com mais rapidez agora, o feitiço quase silencioso saindo de seus lábios em uma velocidade estonteante.

Quando o peso fica tão insuportável que mal consigo respirar, eu me recosto em Hudson, que consegue permanecer calmo durante tudo isso. Mas no instante em que minhas costas tocam o peito dele, percebo que meu consorte não está tão calmo quanto parece. Ele treme de leve e, agora que percebi, posso sentir também na mão ainda pressionada em mim e nos dedos que fazem leves círculos tranquilizadores nas minhas costas.

— São as proteções — ele murmura de novo, aproximando-se de mim até que seu peito esteja pressionado contra meu corpo. — São criadas para fazer com que nos sintamos assim. — Hudson escorrega a mão ao redor da minha cintura e, a essa altura, não sei afirmar se é para me confortar ou para me impedir de fugir.

Para ser honesta, não me importo. Eu me afundo nele, deixo que seu cheiro delicioso e picante me envolva como um lençol. E me prendo a suas palavras como a tábua de salvação que sei que são.

Isso não é um ataque de pânico, digo a mim mesma enquanto a sensação de desgraça fica mais opressiva a cada segundo. É só parte das proteções. São feitas para suscitar esse sentimento em quem quer que tente ultrapassá-las, criadas para fazer com que desejemos dar meia-volta e fugir o mais rápido possível.

São só as proteções, repito para mim mesma. Está tudo bem. Não é um ataque de pânico.

Mesmo quando percebo que a magia das proteções não devia funcionar em uma gárgula como eu.

Respiro fundo, tento soltar o ar bem devagar.

Mesmo assim, a pressão piora cada vez mais.

Está zumbindo em meus ouvidos agora.

Um peso insuportável sobre minha cabeça e ombros, tão difícil de aguentar que parece me esmagar.

A falta de oxigênio no ar ao meu redor me faz arfar com a boca aberta, como um peixe que foi parar na praia.

Bem quando acho que não suporto mais, bem quando parece que não há mais oxigênio no meu corpo... o peso desaparece.

— Pronto — Viola murmura, satisfeita. — Essa foi a última.

Ela não precisa dizer. Posso sentir — e sei que Hudson também. A pressão se foi, simples assim, e também o estranho zumbido que senti como se viesse de dentro de mim.

Respiro fundo de verdade pela primeira vez em vários minutos, ao mesmo tempo que estendo o braço e aperto a mão de Hudson, em um agradecimento silencioso por ter me ajudado a passar pelo que quer que tenha sido aquilo.

Em resposta, ele inclina a cabeça e apoia o queixo no meu ombro. Sua respiração quente agita os cachos perto da minha bochecha e, por um segundo, tudo parece certo no mundo. É como se estivéssemos novamente em nossa casa, em San Diego, indo às aulas, nos encontrando com o arquiteto encarregado de planejar a Corte das Gárgulas, levando a vida que nós dois somos tão gratos por ter.

Não há nenhuma missão perigosa à nossa frente, nenhum segredo da Corte Vampírica pairando entre nós, nenhum édito do Círculo empenhado em tornar nossa vida a mais miserável possível. Há apenas Hudson e eu, e os sentimentos infinitos que se estendem entre nós.

Viola nos leva por uma pequena antecâmara, até mais uma porta.

— Vou entrar e avisá-la de que vocês estão aqui — ela anuncia, acenando com a mão para a porta, para que a trava se abra por dentro.

Eu lhe dou o melhor sorriso que consigo.

— Obrigada.

— Não há de quê. Ainda que eu não possa garantir que ela vá querer receber vocês. Ela não vem se sentindo muito bem nos últimos dias.

— Nós entendemos.

Enquanto a bruxa se esgueira para dentro do aposento, troco um olhar preocupado com Hudson. Ele passa um braço tranquilizador ao redor dos meus ombros e me puxa para um abraço.

— Vai ficar tudo bem — ele sussurra contra minha têmpora.

— Eu sei — respondo, ainda que não saiba.

Não posso deixar de lado o fato de que a Estriga reúne um exército enquanto me dirijo ao Reino das Sombras; mesmo assim, Mekhi fica mais doente a cada segundo desperdiçado. E isso antes que eu me permita pensar nas provas que vou perder se não resolvermos tudo com agilidade e voltarmos imediatamente para a faculdade.

Mas se Lorelei tem alguma sugestão sobre como lidar com a mãe, cabe a nós parar por um instante e ouvi-la. Muitas vezes entrei de cabeça nas coisas sem ter reunido todos os fatos. Desta vez, sei que a atitude certa a se tomar é respirar fundo e reunir informações — antes de entrarmos no que ainda é provável que seja a morte de todos nós.

Espelhando meus pensamentos, respiro fundo uma, duas, três vezes, na tentativa de acalmar meu coração acelerado.

— Ei, se você quiser... — Hudson para de falar quando a porta se abre.

Viola está parada ali, e parece um pouco sombria. Eu me preparo para o pior, mas tudo o que ela diz é:

— Lorelei está feliz em ver vocês.

Aceno com a cabeça e troco outro olhar com Hudson, que simplesmente sorri para mim de maneira encorajadora. Ok, então. Acho que vamos fazer isso.

— Obrigada — murmuro, baixinho, para Viola, que se move de lado para nos deixar entrar.

E estou completamente despreparada para o que vejo.

Capítulo 33

NENHUMA IRMÃ GÊMEA POR PERTO

Quando entramos, não posso deixar de notar que nem o conjunto de quartos nem Lorelei são o que eu esperava que fossem. Mas talvez seja porque Lorelei não é como eu esperava e porque seus aposentos têm essa aparência.

Para começar, pôsteres cobrem cada centímetro disponível de espaço na parede. BTS, Shawn Mendes e Quincy Fouse lutam por espaço contra placas que mostram frases engraçadas e uma série de pôsteres de viagem. O quarto principal contém um sofá de canto imenso, de aparência confortável, que poderia acomodar com facilidade dez pessoas, encarando uma lareira grande o bastante para caber uma pessoa ali dentro. No lado direito, consigo distinguir uma imponente cama de dossel com almofadas turquesa bem fofas. À esquerda fica uma vasta cozinha de granito, com aglomerados de pequenas luzes em formato de globos pendurados sobre a ilha. Há uma porta fechada entre a área de estar principal e a cozinha, e me pego conjecturando se ela tem um corredor que leva a mais quartos. De modo geral, todo o apartamento parece ter sido montado para entreter — como um dormitório gigante —, embora eu não consiga imaginar convidado algum disposto a passar por aquelas proteções, caso resolva fazer uma visita.

A própria Lorelei está sentada no meio do sofá de canto, de pernas cruzadas. Está vestida com uma camiseta do BTS e uma calça de pijama de zebra, e seus longos cabelos pretos estão presos em um coque no alto da cabeça. Ela parece ter cerca de dezessete anos, uma garota confortável e feliz, em nada como alguém que passou o que deve ter sido uma eternidade sendo torturada pela irmã gêmea má.

Pelo menos não até que eu me aproxime e veja as olheiras sob seus olhos. A fragilidade de seus braços. E o jeito como ela se contém, como se tentasse ficar sentada bem imóvel, para não se mover e causar alguma dor a si mesma.

Isso faz com que eu me sinta furiosa por ela — e furiosa novamente com a Rainha das Sombras. Como ela deixou uma de suas filhas tratar a outra desse jeito? Sei que provavelmente ela as separou fisicamente para impedir que Lorelei fosse mais ferida do que já tinha sido, mas obviamente as separou tarde demais.

Mesmo depois de todo esse tempo na Corte das Bruxas, Lorelei parece poder ser levada por um vento um pouco mais forte.

De repente percebo exatamente onde ouvi o nome Lorelei antes. Na verdade, não consigo acreditar que não percebi no instante em que entrei por essa porta. A semelhança familiar é impressionante.

Lorelei é filha da Rainha das Sombras. Mas também é filha do prefeito Souil.

Espontaneamente, voltam à minha mente imagens de tudo o que o prefeito fez — tudo o que ele arriscou e todos a quem feriu — para salvar a filha da dor. Sei que Hudson e eu fizemos a coisa certa quando estávamos em Adarie. O direito de uma garota de viver livre da dor não era mais importante do que a vida de todas as pessoas daquela cidade.

Mas escolher o que é bom para muitos em detrimento do que é bom para um indivíduo é algo fácil de se fazer — quando se é amigo dos muitos. Quando você fica cara a cara com o sofrimento do indivíduo, no entanto, é muito mais difícil ser indiferente. Mais ainda, é muito difícil não se sentir parcialmente culpado.

Então eu me aproximo dela com lentidão, tentando pensar nas minhas palavras, no que quero dizer, no que quero perguntar. Mas o que se diz a alguém que sofreu tanto? E para alguém cujos laços com a irmã gêmea você quer destruir?

Acontece que não preciso dizer nada, porque no instante em que nos aproximamos do sofá, Lorelei começa a falar.

— Não consigo acreditar que são vocês de fato! — ela exclama e estende as mãos para Hudson e para mim.

Quando me limito a encará-la, estupefata, na tentativa de descobrir o que ela quer dizer com isso, a garota sorri:

— Vocês dois são o máximo!

— Ah, bem, eu não diria isso exatamente…

— Eu diria — Hudson me interrompe ao se aproximar para apertar a mão estendida dela, com um sorriso charmoso no rosto. — Mas, por favor, sinta-se livre para nos dizer mais.

Sei que ele está jogando com a vaidade para benefício de Lorelei, mas por favor. Reviro os olhos pelas costas dele, o que faz Lorelei rir.

— Você é mais engraçada do que imaginei.

— Obrigado — Hudson agradece.

Estou começando a suspeitar que ela está confusa e não tem ideia, na verdade, de quem somos. Quer dizer, por que estaria pensando mesmo que um pouco em nós?

Começo a me apresentar para ela, só para evitar qualquer constrangimento quando ela descobrir que somos pessoas diferentes do que esperava, mas, antes que eu possa dizer qualquer coisa, Lorelei faz uma careta para Hudson e diz:

— Eu estava falando de Grace.

— Ah, bem, sinto muito então. — Hudson faz um sotaque britânico exagerado para ela. — Eu não pretendia roubar os holofotes da minha consorte.

É a vez de Lorelei revirar os olhos.

— Sempre soube que você era engraçado. É Grace quem me surpreende.

— Ah, bem... obrigada?

Ela ri outra vez.

— Sabe o que quero dizer.

Não sei, mas não vou mencionar nada para ela, então apenas sorrio um pouco, sem noção do que estou fazendo.

— Sentem-se, sentem-se. — Ela gesticula para a outra extremidade do sofá, e nós nos sentamos. — Me digam o que estão fazendo aqui. Quando Viola disse que queriam me ver, não pude acreditar. Quer dizer, o que *a* Grace e *o* Hudson poderiam querer comigo?

A Grace e *o* Hudson? Ela nos faz parecer celebridades ou algo assim.

— Na verdade, viemos aqui porque estamos no meio de um problema e percebemos que poderíamos pedir sua ajuda antes de seguir em frente — digo-lhe.

— Minha ajuda? — Agora ela parece tão confusa quanto me sinto. — Com o quê?

Hudson roça a perna na minha, em um movimento de apoio do tipo "você consegue", e deixo que o calor de seu toque flua para dentro de mim. Então sigo em frente.

— Nosso amigo Mekhi foi infectado com veneno da Rainha das Sombras — começo, e então explico-lhe toda a situação. No fim, entretanto, percebo que deveríamos pedir tanto sua ajuda quanto sua permissão. Estamos prestes a separar a alma dela da de sua irmã. Com certeza ela deve ter direito a ter voto nisso. Então sigo em frente com: — Entendo que estamos pedindo muito. Ela é sua irmã, e provavelmente você tem vários sentimentos complicados em relação a isso. Mas a única coisa de valor que temos para trocar com sua mãe pela cura é achar um jeito de separar vocês duas, já que é o que ela quer há um milênio. Mas, obviamente, se você não quiser, então nós nunca...

— Ah, eu quero! — Lorelei se inclina para a frente com tanta ansiedade que quase pula em nossos colos. — Quero isso mais do que qualquer coisa.

— Sério? — Troco um olhar de alívio com Hudson. — Tem certeza? Porque a última coisa que quero é pressionar você...

— Não quis interromper sua história enquanto você a contava, mas não acho que vocês têm o contexto completo — ela explica. — Se tivessem, não estariam preocupados em me pressionar.

— Ah, hummm... — Olho para ela e para Viola. — Adoraríamos ouvir a história completa, se quiser compartilhá-la conosco.

— Estou mais do que de acordo em contar tudo o que você quer saber, Grace. — Lorelei abre um sorriso tão grande agora, que cria ruguinhas nos cantos escuros de seus olhos. — Antes de tudo, minha mãe não é má. Vocês precisam saber disso. Pelo menos eu não acho que ela seja. Não a vejo desde que tinha cinco anos. Mas acredito que ela me ama.

Olho de relance para Hudson. Má ou não, é certo que precisamos seguir com cuidado aqui — afinal, *estamos* falando da mãe dela.

Hudson lhe devolve o sorriso vencedor.

— É maravilhoso ouvir que ela a ama tanto. Sinto muito que sua irmã a tenha tratado tão mal, então, e sua mãe não foi capaz de impedir.

— Bem, não é culpa da minha mãe que ela não tenha podido me ajudar, é? — ela pergunta. — Ela está presa no Reino das Sombras.

Está evidente que não estamos indo a lugar algum, então tento novamente:

— Por que não nos conta por que está escondida na Corte das Bruxas, com feitiços de proteção nas portas, se não tem medo de sua mãe e de sua irmã?

A garota assente com a cabeça.

— Bem, vocês estão certos que minha irmã, Liana, e eu compartilhamos um elo inquebrável entre almas. No entanto, estão errados por achar que ela ainda está me machucando para conseguir poder. Pelo menos não agora. Quando éramos mais novas, ela era meio malvada e mimada comigo, vou confessar. Mas eu também não era tão inocente. — Ela suspira. — E nossa mãe viu que podíamos machucar uma à outra com muita facilidade, em especial quando estávamos zangadas, e foi por isso que ela fez algo terrível para tentar desfazer a magia do meu pai. Não sei o que foi, ninguém me contou, mas foi tão ruim que um deus a baniu para um reino-prisão com minha irmã. Eu estava com nosso pai na ocasião, e estávamos praticando magia do tempo... eu era muito hábil quando criança, se é que posso dizer isso de mim mesma... quando os muros da prisão apareceram.

Seus olhos se enchem de lágrimas, mas ela logo as seca.

— Liana e eu ficamos presas em lados opostos do muro. Mas ela tinha vencido havia pouco tempo nossa disputa de poder... então, um pedaço da minha alma está preso lá com ela naquela prisão. — Lorelei gesticula na direção da porta. — Meu corpo ficou fraco, mas, pior, minha alma anseia pela outra parte de si. E então, se Viola não me mantiver trancada aqui dentro, para meu próprio bem, eu me sinto compelida a tentar cruzar para o Reino das Sombras para me reconectar com o restante da minha alma.

Meus olhos se arregalam e pego a mão de Hudson em busca de seu calor.

— Você ficou presa aqui? Todo esse tempo?

Ela levanta a mão.

— Para meu próprio bem! Não posso cruzar para o outro reino... parte da minha alma também está presa aqui. Mesmo assim, eu tento...

Sua voz falha, e meus olhos buscam os de Viola, que acrescenta:

— Quando tenta ativar o portal para o Reino das Sombras, ela recebe um choque imenso. E, em sua condição enfraquecida, se não a mantivermos trancada, isso poderia matá-la.

Eu me surpreendo.

— Então por que viver tão perto assim da fonte?

Lorelei dá de ombros.

— Se eu me afasto, a agonia para ir para o Reino das Sombras fica demais para suportar. — A garota desenha círculos no estofado do sofá com o dedo, enquanto absorvemos tudo o que ela nos conta. — Pelo menos, na Corte das Bruxas, é mais uma dor incômoda, administrável, desde que eu permaneça aqui.

Engulo a bile que sobe pela minha garganta. Meu Deus, as ações da Rainha das Sombras fizeram com que as *duas* filhas passassem a vida aprisionadas. Ainda odeio aquela cadela — não importa o que Lorelei diga, sei que ela é má pra caralho —, mesmo assim, não posso deixar de me sentir triste por ela também.

Eu me inclino para a frente e aperto a mão de Lorelei. Seu olhar se ergue para encontrar o meu quando digo:

— Lorelei, vamos achar um jeito de separar suas almas. Não só para salvar nosso amigo, mas porque você está sofrendo também.

As feições de Lorelei se suavizam em outro sorriso amplo:

— É lógico que vão. Macy me contou tantas histórias das suas aventuras... Sei que você e Hudson conseguem fazer qualquer coisa que quiserem.

Aahhh, então é assim que ela sabia sobre nós. Adoro a ideia de que Macy tenha feito amizade com essa garota, mesmo que tenha lhe contado algumas histórias obviamente exageradas sobre mim.

— Bem — começo a falar —, vamos fazer nosso...

Meu telefone e o de Hudson começam a tocar várias vezes na sequência, e os tiramos de nossos bolsos ao mesmo tempo. Mas, quando leio as mensagens de texto de Macy, meu estômago afunda.

— É Mekhi — sussurro, com respiração trêmula. — A poção do sono não está mais funcionando.

Capítulo 34

VOCÊ É TÃO SANGUE BOM

— O que isso quer dizer? — Lorelei pergunta. — Seu amigo vai ficar bem?

Balanço a cabeça, digitando o mais rápido que consigo, pedindo mais detalhes.

— A poção do sono era a única coisa que impedia o veneno de causar dor incomensurável... antes de matá-lo.

— Deixem-me vê-lo — ela pede, e a solicitação é tão inesperada que paro de digitar a fim de encará-la. — Tragam-no até mim, e tentarei ajudar.

O medo pelo bem-estar de Mekhi me faz perguntar "como?", antes que eu possa pensar melhor. Não quero que a pergunta seja rude, e, pela expressão no rosto de Lorelei, ela não a considerou assim, mas... como essa garota, tão enfraquecida e com metade de uma alma, poderia ajudar nosso amigo?

— Porque ainda sou meia filha da minha mãe, é óbvio — ela responde, como se isso explicasse tudo. E talvez explique, porque Hudson estende o braço para dar uns tapinhas na mão dela.

— Muito obrigado, Lorelei, mas não podemos pedir a você que se enfraqueça a fim de ajudar nosso amigo. — O sorriso dele é suave e doce. — Você é incrivelmente corajosa, mas encontraremos outro jeito.

A pobre garota enrubesce até ficar quase roxa, mas ergue o queixo e diz:

— Ele devia se alimentar de mim. É muito provável que meu sangue lhe ofereça alguma imunidade, já que é veneno das sombras que o afeta. Não vai durar muito, mas dará tempo para que vocês consigam a ajuda da minha mãe. Eu só gostaria de poder ir com vocês para convencê-la a ajudar de qualquer jeito. Não a vejo há muito tempo, mas ouvi dizer que ela ficou fria ao longo dos anos, cheia de raiva pelo que fez, então não me surpreende que vocês sintam que precisem barganhar para que ela ajude o amigo de vocês. Mas saibam que ela não é uma mulher má. Prometam-me que não vão machucá-la em sua missão, e manterei seu amigo vivo o quanto puder.

Ecoo as palavras de Hudson.

— Você é muito corajosa, Lorelei, mas tenho que concordar com Hudson. Não podemos pedir que arrisque sua saúde por ele.

Mas a garota balança a cabeça.

— Pare com isso, Grace. Nós podemos doar um pouco de sangue sem correr risco de saúde. — O olhar dela vai até Hudson e depois volta para mim. — Você não compartilha sangue com seu consorte?

Ok. Não vamos entrar em território tão pessoal, embora eu duvide que ela saiba quão… interessante… esse tipo de compartilhamento pode ser entre consortes. Mesmo assim, dou uma tosse constrangida — enquanto Hudson ri baixinho — e digo:

— Se você tem certeza de que vai ser só uma pequena quantidade e que isso não vai de jeito algum colocar em risco sua própria saúde, então, sim, qualquer coisa que você puder fazer para diminuir o sofrimento do nosso amigo… eu ficarei eternamente grata.

— E promete que não vai machucar minha mãe? — Ela ergue uma das sobrancelhas, e então se apressa em acrescentar: — Nem minha irmã?

Suspiro. Estava mesmo ansiosa para curar Mekhi, salvar as gêmeas e dar um chute no traseiro da Rainha das Sombras. Nessa ordem.

— Tudo bem. Prometo.

Lorelei bate palmas.

— Vou conhecer dois vampiros em *um* dia! Isso é tão divertido!

Capítulo 35

ELA FICOU TRISTE

"Divertido" não é exatamente como eu descreveria ver Mekhi sentindo dor de novo. A poção do sono obviamente acabou, e ele está sofrendo por causa disso.

— Não quisemos dar a outra poção para ele — Jaxon me conta quando pego outro cobertor do armário e o coloco sobre um Mekhi trêmulo. Acontece que a porta fechada no apartamento de Lorelei realmente levava a um corredor com vários quartos de hóspedes. Felizmente, os outros não tiveram de lutar para atravessar as proteções enquanto levavam Mekhi pelo lance de escadas. — Pensamos que podíamos precisar dela para levá-lo ao Reino das Sombras.

Para seu crédito, Lorelei não perde tempo depois que coloca os olhos em Mekhi.

— Me coloque ali — ela pede a Hudson, que a deposita com todo o cuidado em uma cadeira ao lado da cama de Mekhi.

Viola teve de resolver alguns assuntos, mas mandou outra bruxa que disse ser treinada nas artes da cura e que nos garantiu que não sairia do lado de Lorelei. Enquanto a mulher alta e magra se agita ao redor de Lorelei, tomando sua pulsação e depois a de Mekhi, a tensão em meus ombros começa a melhorar bem devagar.

— Meu nome é Grace — eu me apresento quando a bruxa termina de examinar os sinais vitais deles.

— Caroleena — ela responde e aperta minha mão. Ela tem um sotaque irlandês carregado, e isso imediatamente faz com que eu sinta saudades da minha própria Corte. — Vou cuidar dos dois. Vocês não precisam se preocupar. — A bruxa acena com a cabeça na direção de Mekhi, cujos olhos estão abertos, mas continuam desfocados. — Há quanto tempo ele está assim?

— Mais ou menos cinco meses — Hudson responde.

— Cinco meses? Sério? — Ela parece estupefata. — Como ele sobreviveu?

Hudson lhe explica a Descensão, assim como o elixir que a Carniceira vem dando há meses para Mekhi, e ela parece fascinada com a ideia.

— Bem, obviamente funcionou — Lorelei comenta ao aproximar a cadeira da cama e colocar a mão na testa suada de Mekhi.

— Não sei se isso é verdade — Jaxon diz para ela. — Ele está bem fodido.

— Está, sim. Mas está vivo, e isso é por causa do que vocês fizeram. Ninguém dura cinco meses com veneno das sombras nas veias. Nem mesmo um vampiro.

Já que ela parece saber mais sobre veneno das sombras do que eu pensava, não resisto em perguntar:

— Quanto tempo você acha que temos? — Estou tentando descobrir quão rápido podemos realizar tudo o que precisamos fazer para salvá-lo. O problema é que não sei exatamente o que temos de fazer ainda. Não sei como encontrar a Curadora, e com certeza não tenho a menor ideia do que é necessário para encontrar a Árvore Agridoce nem capturar a magia celestial.

— Não tenho certeza — ela responde. — Talvez eu consiga descobrir.

Lorelei estende o braço e coloca a mão no meio do peito de Mekhi. No início, nada acontece, mas depois de vários segundos, a respiração difícil dele se torna um pouco mais fácil. Não normal, de jeito algum, mas pelo menos não está mais lutando para conseguir inspirar.

— Não vou machucá-lo — ela avisa e, neste momento, sua voz é tão solene quanto um juramento.

Com cuidado, Caroleena pega o punho de Lorelei e pergunta:

— Está pronta, moça?

Lorelei faz um aceno rápido com a cabeça, e a bruxa passa sua unha afiada, cortando a pele suave de seu punho com precisão mágica. Então segura o braço de Lorelei bem em cima da boca de Mekhi até que algumas gotas de sangue caiam em seus lábios.

No início, Mekhi não reage, e meu estômago começa a se retorcer e a revirar com o medo de que não vá funcionar. Mas então ele ataca, rápido como uma serpente, mais rápido do que eu imaginava que ele pudesse se mover em sua condição, com uma mão agarrando o punho de Lorelei enquanto os caninos explodem nas gengivas e afundam no braço dela.

Quase no mesmo instante, seu olhar ganha foco, enquanto ele se alimenta, e seus gemidos de dor se transformam em gemidos de alívio.

A bruxa só o deixa se alimentar por um ou dois minutos, antes de bater no ombro dele com a varinha, e Mekhi cai na cama em um sono profundo e restaurador. Então ela aplica um unguento nos ferimentos de Lorelei e os cobre com um curativo.

Depois que cuida de Lorelei, Caroleena se vira para o restante de nós e pontua:

— Seu amigo não está sentindo dor agora. Ele vai dormir por algum tempo, e deixarei que Lorelei o alimente em pequenas quantidades novamente. Os dois ficarão bem, embora essa não seja uma solução permanente. Em algum momento, o sangue dela não vai ser o bastante para contra-atacar o veneno nas veias dele.

As palavras de Caroleena são ao mesmo tempo um presságio e uma trégua, e todo mundo sabe disso.

— Não gosto disso — Jaxon reclama à medida que caminha de um lado para o outro ao pé da cama de Mekhi.

— Nem eu — Flint concorda de seu lugar no outro lado da cama, e, embora não esteja andando, tampouco está relaxado. Está parado conforme abre e fecha os dedos que, de repente, se transformaram em garras. — Mas você precisa se acalmar, Jax.

Jaxon começa a dizer alguma coisa, mas no fim deve ter pensado melhor, porque seus dentes se fecham com um clique audível. Mas o olhar que ele dá para o dragão faz a inquietude percorrer minha espinha. Porque não são apenas estresse e preocupação que vejo ali. É uma raiva profunda, que faz com que eu me pergunte quantos outros fatores fizeram com que Jaxon se oferecesse para assumir o trono no lugar de Hudson.

De repente, me sinto desconfortável ao observar este momento entre eles, e olho para Heather... que me encara de volta como se alguém tivesse chutado seu cachorrinho. Ou pior, tivesse dado um chute nela.

Desde que chegamos aqui, ela parece estranhamente reservada, além da diversão quando todos estavam sendo enfeitiçados. Mas atribuí isso ao fato de que, como humana, há pouco que ela possa fazer para ajudar, e Mekhi parece tão doente.

Mas quando vejo Éden ir até Macy, que está atualmente de frente para a parede, com os braços enrolados apertados ao redor de si mesma, posso ver por que Heather parece tão perdida. Ela e Éden se tornaram praticamente inseparáveis desde o instante em que se conheceram. O que, tudo bem, foi ontem, mas mesmo assim.

Começo a dizer para ela não se preocupar, que Éden e Macy são apenas amigas. Mas há algo no jeito como Éden coloca os braços ao redor de Macy — e no jeito como Macy permite que ela o faça — que faz com que eu me pergunte o que está acontecendo entre essas duas. Mesmo antes de Macy abaixar a cabeça com um suspiro e apoiar a testa no ombro de Éden.

— Heather... — Deposito a mão em seu braço, mas minha melhor amiga se afasta com um sorriso tão radiante que tenho quase certeza de que consigo ver meu reflexo nele.

— Está tudo bem — ela me diz, ainda que seja óbvio que não está. — De toda forma, temos coisas mais importantes com as quais devemos nos preocupar.

Nós duas nos viramos para fitar Mekhi. Há um pouco mais de cor em suas bochechas, um pouco menos de magreza, mas, quando espio Lorelei e vejo a expressão devastada em seu rosto, meu estômago afunda e me sinto levemente atordoada. Estendo uma mão a fim de me apoiar na parede, mas Hudson acelera até meu lado em um piscar de olhos e me puxa para perto de si.

— Pensei que meu sangue fosse fazer mais — Lorelei diz, com suavidade, e é como se todos ouvíssemos a batida do prego no caixão de Mekhi, o som ecoando pelo quarto silencioso com precisão mortal.

Jaxon explode em uma litania de xingamentos, ao passo que Hudson pergunta a Lorelei:

— Devemos levá-lo para o Reino das Sombras em vez de deixá-lo aqui?

— Não, meu sangue evitou sua morte mais do que acredito que o Reino das Sombras faria. Vocês fazem bem em deixá-lo aqui — ela nos garante. — Mas eu esperava poder conseguir um mês para vocês, talvez até dois.

— Quanto tempo temos *realmente*? — pergunto, e as palavras são ásperas e doloridas na minha garganta.

— Duas semanas, no máximo — ela responde, e então morde o lábio. — Talvez menos.

Eu sabia que ele estava gravemente doente. Todos sabíamos. É provável que até soubéssemos, bem lá no fundo, que nos sobrava pouco tempo. Mas ouvir isso de forma tão direta é como se alguém jogasse uma bomba-relógio na nossa direção.

E tenho medo de que nenhum de nós sobreviverá quando ela explodir.

Capítulo 36

FONTE DO DESAPARECIMENTO

Assim que os portões da Corte das Bruxas se fecham atrás de nós, ficamos todos meio que parados, encarando uns aos outros. Macy avisou que nos encontraria aqui em minutos. Presumo que ela tenha ido buscar mais feijões para fazer portais mágicos ou algo assim. Pelo menos, espero que seja o que ela está fazendo.

A estátua está no centro da piazza, mas ninguém dá um passo na direção dela. Ainda não.

Foi doloroso deixar Mekhi para trás, mas Lorelei nos garantiu que ela e Caroleena cuidariam dele até que pudéssemos retornar com um antídoto. O que significa que precisamos ir para o Reino das Sombras *agora*.

Mesmo assim, não nos mexemos.

É quase como se o peso do fracasso em potencial nos incapacitasse de erguer o pé. Quer dizer, mesmo se a Rainha das Sombras fizer um acordo conosco, ainda não sabemos onde a Curadora está ou quem...

Meu telefone vibra, e espio de relance para encontrar mensagens de um velho amigo.

Remy: Oi, *cher*

Remy: Você pode encontrar o que está procurando em Alexandria, no Egito.

Remy: Desculpe não poder estar com você agora, mas você não vai precisar de mim por enquanto. Assim que descobrir como fugir deste lugar, vou me encontrar com você. Com sorte, será a tempo.

Grace: Precisamos ir para Alexandria?????

Remy: Para a localização por satélite da Antiga Biblioteca. Vou marcar com um alfinete.

Grace: Não sei se é bom ou se é ruim que você possa prever o futuro.

Remy: Bem-vinda à minha vida.

Grace: Como está Izzy?

Remy: Fugindo de mim.

Grace: Parece a coisa certa a se fazer.

Grace: Muito obrigada.

Remy: Vocês vão conseguir.

Guardo o telefone novamente no bolso e me volto para a galera:

— Eu estava falando com Remy — explico. — Ele colocou um alfinete na localização da Curadora para nós.

— Caralho, esse cara é assustador. — Flint assobia.

Dou de ombros.

— Vamos em frente, certo?

— Deixa disso, Novata. — Flint sorri. — Você pode falar com mais entusiasmo. Estamos prestes a entrar em um portal sabe-se lá para onde, em um reino-prisão para fazer um acordo com uma rainha má que adora lançar insetos venenosos nas pessoas. Nós comemos situações ingratas como essa no café da manhã.

Todos nós rimos, como tenho certeza de que era a intenção dele, e sentimos nossos corpos se livrarem da inércia desesperada de antes. Todos juntos, seguimos até o meio da piazza.

No minuto seguinte, Macy chega às pressas, escorregando até parar ao lado da estátua.

— Estou pronta — Macy confirma, encarando o céu acima do horizonte, onde o sol está prestes a lançar uma tonalidade dourada em tudo, até na estátua de aparência assustadora no centro da piazza. Então minha prima estende os braços e começa a executar uma série de movimentos intrincados com as duas mãos. — Vamos torcer para que funcione.

Engulo em seco — não há feijões à vista.

— É melhor que funcione.

Ela executa outra série de movimentos complicados, e a água que circunda a estátua começa a brilhar e a vibrar.

— Para onde queremos ir no Reino das Sombras? — Macy pergunta por sobre o ombro.

Hudson começa a falar:

— Ada…

Mas eu o interrompo:

— Para a fazenda dos nossos amigos. — Ele se vira e mantém meu olhar. — Temos tempo — asseguro para ele, e temos mesmo. A fazenda não é tão distante de Adarie. — Ah, mas não nos mande para muito perto deles no início… não queremos assustá-los — acrescento, embora na verdade eu esteja pensando em Hudson. Ele vai precisar de mais tempo para se preparar para o que quer que encontremos na fazenda… ou, pior, para o que *não* encontrarmos.

Macy assente com a cabeça, estende o braço e segura minha mão.

— Concentre-se na fazenda — ela orienta — Imagine-a com nitidez em sua mente. Vou nos deixar um pouco longe.

Eu me lembro da casa da fazenda onde Hudson e eu dividimos um quarto, de maneira constrangedora. Tiola, Maroly e Arnst. As fileiras de vegetais roxos. O lago...

O anel de água circundando a estátua ganha um tom violento de roxo e preto rodopiante, e as cores parecem afundar cada vez mais no chão.

Arregalo os olhos. Fico à espera de que um portal apareça diante de nós, em pé, como os portais de Macy são. Mas, conforme observo a água rodopiar cada vez mais rápido, fica bem óbvio que entendi tudo errado. Macy não está fazendo um portal aparecer — está só *acionando um*.

— A fonte *é* o portal! — Éden grita, apontando para o círculo de pedra que cerca a água e a estátua. — Estava aqui o tempo todo.

— Ok — Macy diz, soltando meu braço para gesticular na direção da fonte/portal. — Pulem aí dentro.

Minha prima faz parecer a melhor ideia do mundo, mas não tenho tanta certeza se pular em uma fonte com aparência demoníaca em uma piazza conhecida por abrigar a porta para o inferno é de fato a melhor escolha de vida que algum de nós poderia fazer neste exato momento. Contudo, ao contemplar meus amigos, esperando que todos estejam tão apreensivos quanto eu, percebo que sorriem. Até Hudson parece animado em pular no portal para Deus sabe onde, o que faz com que eu me pergunte quem perdeu o juízo, se são eles ou se sou eu.

Decido que, definitivamente, são eles, mesmo antes que Flint esfregue as mãos uma na outra e avance, anunciando:

— Ah, não tenham dúvidas de que serei o primeiro a pular!

Mas Jaxon grita:

— Bem que você queria. — E acelera até a borda do espelho d'água rodopiante, e é sugado no mesmo momento pelo vórtex.

— Caralho, Jaxon — Flint resmunga, com uma gargalhada, e então salta pela borda, de pé, com Éden correndo logo atrás dele.

Hudson se volta para Macy e para mim, erguendo as sobrancelhas como se perguntasse se queremos que ele espere por nós, mas faço um aceno com a cabeça para que ele vá em frente. E então me viro para Heather:

— Você já está com sua passagem de avião, certo? — pergunto. — Mandei o e-mail com as informações para você na noite passada, e um carro deve chegar para levá-la ao aeroporto nos próximos minutos.

— Recebi, mas não quero ir, Grace.

— Sei que você não quer. Mas já falamos sobre isso. Você não pode ir conosco... É perigoso demais.

— Não tenho problema com o fato de ser perigoso, e isso não devia ser uma decisão minha, de um jeito ou de outro?

— Em assuntos normais, sim. Mas não há nada de normal nisso, Heather. Não sei o que espera por nós do outro lado deste portal. Não tenho ideia se a Rainha das Sombras vai aceitar o acordo ou tentar nos matar. Não tenho ideia se encontraremos um jeito de voltar do Reino das Sombras. E se ficarmos presos lá para sempre?

— Então daremos um jeito. Nós resolvemos coisas juntas desde que éramos crianças. Cheguei até aqui. Deixe-me ir em frente.

Quero dizer sim. É óbvio que quero dizer sim. Mas fazer isso é completamente irresponsável. Então, em vez disso, falo a única coisa na qual consigo pensar e que pode pesar para ela.

— E quanto aos seus pais?

Heather se surpreende um pouco, como se isso não lhe tivesse ocorrido.

— O que tem eles?

— Eu perdi meus pais, e não se passa um dia em que eu não deseje falar com eles, abraçá-los, estar com eles. E sei o que aconteceu com eles. Sei que estão mortos. Imagine como seria para seus pais se você simplesmente desaparecesse da face da Terra? Se eles não tivessem ideia de para onde você foi, o que aconteceu com você ou se está viva ou morta? Você não pode me dizer que deseja esse tipo de tortura para eles.

— Grace. — Heather estende os braços e me abraça o mais apertado que consegue. Eu a abraço de volta, porque o que vale para ela também vale para mim. Se não conseguirmos voltar, esta pode ser a última vez que verei minha melhor amiga. — Tenho tentado cuidar de você desde que nos conhecemos. Quem vai fazer isso se eu não estiver lá?

— Vou cuidar de mim mesma — garanto. — E você vai cuidar de si mesma... na faculdade. E, com sorte, vai fazer anotações excelentes nas aulas que vão me impedir de bombar quando eu finalmente conseguir voltar. Ok?

Heather assente com a cabeça apoiada no meu ombro e então se afasta lentamente.

— É melhor não morrer lá, ou vou ficar muito brava com você.

— É justo. Agora, é hora de você pegar sua carona.

Ela sorri.

— E hora de você entrar no seu portal?

— Algo do tipo. — Dou um aceno sutil para ela. — Nos vemos em breve?

— É melhor mesmo.

Então me viro e caminho em direção à fonte — e ao portal — e não posso deixar de ponderar se estou errada e nunca mais verei minha melhor amiga novamente.

Capítulo 37

APENAS OUTRO ENGAVETAMENTO PARANORMAL

— Bem, com certeza esta não é a entrada digna no Reino das Sombras que eu estava imaginando — Jaxon comenta, em uma voz tão seca quanto torrada queimada.

Éden bufa.

— É difícil ser digno quando se está embaixo de uma pilha de dragões.

— Acho que você quer dizer uma pilha de dragões, bruxa, vampiros e gárgula, né? — A voz de Flint ecoa logo abaixo de mim conforme tento me orientar.

— O que quer que seja, já me enchi disso — Jaxon rosna.

A coisa seguinte que percebo é que tudo embaixo de mim está se mexendo — e é quando percebo que estamos de fato em uma pilha de corpos. Acontece que estou no topo, junto a Macy, enquanto Jaxon, ao que parece, está bem lá embaixo.

Não é de se estranhar que pareça tão irritado.

Saio bem na hora, porque as pessoas começam a escorregar e a voar em todas as direções. Segundos mais tarde, Jaxon se levanta e limpa as mãos na calça jeans preta.

— Pronto. Agora está muito melhor — ele afirma, com a voz cheia de satisfação.

— Para você, talvez — Éden resmunga ao se levantar também. — Meu quadril pode nunca mais ser o mesmo. Você pesa mil e trezentos quilos ou algo assim? — Ela olha feio para Flint.

— Eu *sou* um dragão, caso você tenha esquecido — ele responde enquanto estende a mão para ajudar Macy a ficar em pé.

Éden simplesmente ergue um dedo em resposta.

— Você está bem? — Hudson pergunta, a alguns metros do restante de nós, à medida que se aproxima de mim.

— É claro que ele não acabou no engavetamento paranormal — resmungo para mim mesma.

— Ela está bem — Éden responde, revirando os olhos. — Ela estava por cima.

— É mesmo? — O olhar de Hudson ganha um brilho malicioso que faz meu rosto corar e minha respiração ficar presa nos meus pulmões refeitos.

— Vamos parar com isso — sibilo para ele enquanto olho ao redor para ver quem está nos observando.

E vejo algo... ou *alguém* que faz meu coração parar de bater.

Puta merda. *Heather?*

— O que está fazendo aqui? — exclamo para ela.

— Decidi que você não podia fazer isso sem mim — ela responde, com uma voz angelical.

— Não foi o que combinamos! Você devia voltar para a faculdade! Você devia...

Minha amiga balança a cabeça.

— Eu ouvi você, e seus argumentos são muito bons. Mas, no fim do dia, preciso seguir meus instintos. — Seu olhar segura o meu, sem vacilar. — Não sei por quê, Grace, mas tenho essa sensação de que, se não me juntar a você, você nunca mais vai voltar.

Mordo meu lábio. Há tanta coisa que quero lhe dizer agora... Heather não tem ideia do perigo no qual se meteu. Mas quantas vezes tomei uma decisão com base em nada mais do que em meus instintos, e depois descobri que isso salvou minha vida? O. Tempo. Todo.

Então, será que tenho o direito de ficar chateada por ela ter feito a mesma coisa?

— Não tenho certeza se posso proteger você — admito.

Só para que ela retruque, sem pestanejar:

— Bem, tenho certeza de que posso proteger *você*, então está tudo bem.

— Fico feliz por você estar conosco — Hudson intervém, antes de pegar minha mão e apertá-la. — Grace já foi humana também, e ajudou a chutar o traseiro de alguns trolls.

— Bem, se é o que temos no cardápio. — Heather sorri. —Acho que tenho tudo sob controle. Eu como trolls no café da manhã.

— Na verdade, ouvi dizer que certas partes de um troll podem ser bem... — Flint começa a dizer.

Mas Éden enfia um dedo em cada ouvido e começa a cantarolar bem alto:

— La-la-la-la-la-la.

Todo mundo cai na gargalhada, e a tensão desaparece. Hudson está certo. Humanos não são indefesos — eles apenas ajudam de maneiras diferentes.

— É isso? — Heather pergunta ao girar em um círculo. — Parece um Marte roxo.

Abro um sorriso, porque é uma excelente descrição desta parte do Reino das Sombras. Assim como todos os cantos deste lugar, tudo ao nosso redor é roxo — o céu, a terra, as árvores, até os coelhos saltando a poucos metros de distância.

Mas aqui, nesta parte de Noromar, o terreno é irregular e rochoso, com o que parecem ser falhas gigantes correndo em todas as direções. E, ao longe, estão as montanhas enormes e escarpadas que Hudson e eu escalamos a caminho de Adarie.

É estranho estar de volta, é estranho olhar para este lugar com familiaridade, enquanto todos os outros estão surpresos com o que veem.

Jaxon está parado na beirada de uma cratera, mirando lá embaixo como se fosse a imagem mais fascinante que já viu.

— Temos certeza de que Noromar fica na Terra? — ele questiona, ecoando a questão anterior de Heather. — Eu pensava que crateras como esta só apareciam na Lua.

— Estão em toda parte por aqui — Hudson conta para ele. — Não quando se está na cidade, mas quando se está em um campo aberto como este.

— Aqui é um campo aberto? — Éden pergunta, em dúvida.

— Um campo aberto bem desértico — ele explica. — Também existem florestas por aqui, mas não são tão densas quanto as que estamos acostumados a ver.

— E tudo é realmente roxo? — Macy contempla os picos não tão distantes. — Tipo, até naquelas montanhas?

— Até naquelas montanhas — confirmo. — Quando nos aproximarmos delas, verão que elas têm um tom violeta-escuro.

— Já estiveram aqui antes? — Jaxon pergunta. — Quer dizer, neste exato lugar?

— Sim — Hudson responde. Seus olhos já estão nas montanhas, e sei que, se o restante de nós não estivesse aqui, ele já estaria lá, procurando por *ela*.

— Vamos nessa — eu os chamo, me transformando em gárgula, para poder voar. Porque agora que recuperei o fôlego e o juízo, percebo que dar tempo para Hudson se ajustar pode ter sido uma péssima ideia. É como se fazê-lo esperar fosse uma tortura.

— Ir para onde? — Éden pergunta ao pegar um punhado de terra roxa e observá-la, fascinada, escorrer por entre seus dedos.

— Em direção às montanhas — explico, seguindo naquela direção. — Tem uma fazenda ali.

— Uma fazenda? Neste lugar? — Flint pergunta, incrédulo. — O que eles plantam? Pesadelos?

— Todo tipo de coisa, na verdade, como prócolis, punoura e pilho.

— Punoura? — Jaxon repete, e então balança a cabeça. — Não importa. Não quero saber. Acredito que a comida no Reino das Sombras é ainda mais estranha do que no nosso mundo.

— Juro que o sabor é bom — asseguro. — Da maior parte das coisas, pelo menos.

— Bem, graças a Deus por isso — Flint comenta, de modo dramático. — Se tenho que comer algo chamado prócolis, quero mesmo que o gosto seja bom.

— Pouspous é o favorito da Grace — Hudson comenta maliciosamente de onde está a vários metros à nossa frente. O que faz com que cada um dos meus amigos se vire para me encarar com olhos arregalados.

Espero as perguntas, mas só Flint tem coragem suficiente para perguntar:

— Me desculpe, mas ele disse "pouspous"?

— É um negócio que parece uma mistura de grão com vegetal — explico ao dragão.

— Sim, bem, soa como um negócio obsceno que mistura grão com vegetal — Heather me diz.

— Pode soar assim, mas não é.

Flint bufa.

— Acho que teremos que ver isso depois.

Então Flint e Éden se transformam — Éden abaixa uma pata e Macy mostra a Heather como usá-la para subir no dragão antes de saltar nas costas de Flint. Jaxon escolhe acelerar com Hudson, e todos partimos.

Parte de mim quer dizer a Hudson que vá em frente e acelere até a fazenda o mais rápido possível para ver se ela está lá, mas outra parte de mim está apavorada. E se ela não estiver? E se nossas ideias sobre a linha do tempo estiverem erradas e ela não estiver bem?

Sem chance de eu querer que ele esteja sozinho quando descobrir isso.

Hudson deve se sentir do mesmo jeito, porque toda vez que se afasta mais do que alguns quilômetros de nós, ele reduz a velocidade e espera que o alcancemos. É raro que eu sinta ansiedade nele — em geral, meu consorte é muito melhor do que eu em escondê-la —, mas, neste instante, ela é tão óbvia que parte meu coração.

E é por isso que, quando estamos a menos de um quilômetro da fazenda, eu me transformo na Grace normal. Posso ser mais lenta assim, mas consigo caminhar ao lado dele e colocar minha mão na sua. Quer Hudson perceba ou não, ele vai precisar de um momento para se preparar para o que pode — ou não — estar esperando por nós na fazenda.

Ele parece surpreso quando deslizo meus dedos entre os seus, mas não se afasta. Em vez disso, segura minha mão como se fosse uma tábua de salvação, e sorri para mim. O sorriso não alcança seus olhos, mas eu não esperava que alcançasse. Não agora, quando estamos os dois tão nervosos que sinto que podemos explodir a qualquer segundo.

— Vai ficar tudo bem — sussurro para ele.

Ele dá de ombros em resposta. Mas aperta minha mão com um pouco mais de firmeza. E, por enquanto, é tudo o que posso esperar.

— Aquela é a fazenda? — Jaxon pergunta, de repente. Ele aperta os olhos para enxergar à distância, e meu estômago revira. Eu estaria mentindo para mim mesma se não reconhecesse como deve ser difícil para ele também. Tudo isso aqui deve parecer o lugar onde ele me perdeu.

O olhar de Jaxon se volta para mim, desce até a mão de Hudson e a minha entrelaçadas, antes de se afastar. Quero ir até ele e reafirmar quanto sinto por tudo aquilo. Mas então ele se vira para Flint, que voa bem na nossa direção e abaixa uma asa no último instante, quase dando uma rasteira em Jaxon.

Seguro a respiração, esperando que Jaxon grite com ele, mas ele me surpreende e, em vez disso, cai na gargalhada, balançando a cabeça e murmurando com carinho:

— Babaca.

Então ele sai correndo, pula e se transforma em um dragão gigante cor de âmbar no último segundo — e começa a perseguir Flint, que agora bate as asas como se sua vida dependesse disso.

Macy morre de rir nas costas de Flint, enquanto ele faz uma curva acentuada para a direita e depois para a esquerda em busca de escapar de Jaxon, e acho que minha prima vai despencar de lá. Éden se junta à corrida improvisada, deslizando com facilidade entre os dois dragões, em um sobrevoo do tipo "é assim que se faz", que suscita gritos de Heather como se ela estivesse na melhor montanha-russa de sua vida.

— Deus do céu — Hudson murmura. — São todos crianças crescidas.

Aperto os olhos para vislumbrar as silhuetas dos dragões correndo contra o sol brilhante e comento, baixinho:

— Flint faz bem para Jaxon. — Faço uma pausa e acrescento: — Acha que eles vão ficar bem?

— Não — Hudson rebate, e minha cabeça vira para que eu possa encará-lo. — Um deles definitivamente vai fazer o outro despencar no chão daqui a pouco.

Viro novamente a cabeça para os dragões e perco o fôlego. Um dragão âmbar muito grande está preso em uma espiral mortal com um dragão verde ainda maior. Minha mão vai até meu peito e meu estômago afunda: nenhum dos dragões desiste enquanto rodopiam sem parar, aproximando-se cada vez mais rapidamente do solo.

No último segundo, eles se separam, desviando a poucos centímetros da superfície rochosa antes de subir novamente em lados opostos de uma cratera gigante.

— Pelo amor de Deus — murmuro, meu estômago na garganta o tempo todo.

Hudson simplesmente ri e puxa minha mão.

— Vamos. Você pode brigar com as crianças mais tarde. Estamos quase na fazenda.

Eu me volto para a estrada e percebo que já percorremos grande parte do caminho. Menos de quinhentos metros nos separam da propriedade principal, e nós dois paramos.

Em segundos, os outros passam voando por nós e aterrissam. Heather e Macy saltam no chão e todos retomam as formas humanas. Ficamos parados lado a lado enquanto todos apreciam a vista.

— É isso? — Heather pergunta, dando passos em direção à fazenda a fim de obter uma vista melhor.

Hudson confirma com a cabeça.

— É isso.

— É maior do que imaginei — Éden comenta.

— Você vai adorar quando chegarmos lá — garanto-lhe. — Tem um jardim de flores e uma horta que os proprietários cuidam para consumo próprio, além de várias plantações comerciais também. E há um lago lindo, cercado pelas árvores mais incríveis...

— Parece que você e Hudson tiveram umas férias e tanto aqui — Jaxon comenta, em um tom de voz tão brusco que faz com que Flint e eu nos voltemos para ele com ar de interrogação.

Mas ele não fala mais nada. O que não é nem um pouco constrangedor.

— Só passamos alguns dias aqui — começo a dizer para ele. — Tivemos que fugir porque...

Paro de falar porque Hudson me encara com uma expressão que evidentemente significa “mas que merda é essa?”. Não tenho certeza do motivo disso — eu só estava tentando explicar as coisas para Jaxon —, mas, já que é o mesmo olhar que Flint está dando para Jaxon, decido fechar a boca e mantê-la assim.

Porque, ao que parece, não dá para ganhar essa discussão.

A fazenda e seus arredores se tornam mais visíveis para quem não é dragão nem vampiro conforme nos aproximamos e chegamos à divisa da propriedade.

Assim que abrimos o portão e entramos na fazenda, parte de mim começa a olhar ao redor, em busca de Tiola, com seu macacão, suas tranças e seu rostinho lindo. Mas ela não está à vista, nem uma certa umbra na qual passei a caminhada inteira pensando de maneira obsessiva.

— Está tudo bem — murmuro para Hudson, que fica mais tenso a cada passo. — Vamos encontrar todo mundo.

Ele acena com a cabeça, como se acreditasse em mim — como se tudo estivesse bem —, mas sei que não é o caso. Sei que está tão preocupado quanto eu com a possibilidade de que ninguém venha nos receber. Mas, assim como com tudo mais, ele está determinado a não demonstrar.

— Ela vai estar aqui — reafirmo tanto para mim quanto para ele.

Mais uma vez, Hudson confirma com a cabeça.

— De quem estamos falando? — Jaxon pergunta, perscrutando ao redor como se esperasse que alguém pulasse em nós de qualquer direção. — Do fazendeiro?

Ainda tento descobrir como responder sem chatear Hudson quando chegamos à beira do campo — e somos atropelados por dezenas e mais dezenas de umbras.

Capítulo 38

MINHA PEQUENA UMBRA

Elas saem do campo de todas as direções, sombras de todos os formatos e tamanhos. Algumas se parecem com animais — lagartos, serpentes, aves, insetos, esquilos, tâmias e coelhos minúsculos —, ao passo que outras se parecem mais com bolinhas rechonchudas e outras formas geométricas. Elas se enroscam em nossos pés, correm até nossos cabelos e rostos, deslizam pelas nossas pernas para se enrolar em nossas cinturas.

Mudam de cor, indo de tons de púrpura até um lavanda-acinzentado, e depois para roxo, e meus amigos surtam. Começam a tentar espantá-las.

— Grace, cuidado! — Macy grita, com pequenas chamas dançando na ponta dos dedos enquanto tenta mirar em um grupo de umbras aos meus pés.

— Está tudo bem! — tranquilizo minha prima, pulando na frente delas. Ao fazê-lo, uma serpente gigante desliza pelas minhas costas e se enrosca no meu pescoço. — Elas não vão machucar vocês.

— O inferno que não vão! — Flint rosna, agarrando um lagarto-sombra pela perna e jogando-o o mais longe possível.

Jaxon estende a mão para uma ave-sombra que voa em sua direção e a agarra em pleno voo. Segundos depois, ele a manda de cabeça para baixo em outra direção.

Éden lança um jato de gelo da boca em algumas aranhas-sombras gigantes aos seus pés, e grunhe quando elas saem correndo antes de serem atingidas.

— É sério! Parem! — grito. — Essas não são como as sombras das Provações. São umbras. Não vão machucar vocês. Só querem dizer oi.

— Elas têm um jeito bem agressivo de dizer oi — Heather responde. Mas ela provavelmente decide acreditar em mim, porque para de se agitar e deixa que as umbrinhas curiosas se movam sobre ela.

Éden sibila quando uma delas chega perto demais da garganta de Heather e se prepara para interferir, mas eu me coloco entre elas.

— Ela está bem, Éden. Eu juro.

E ela está, apesar das dúzias de umbras que deslizam pelas laterais de seu corpo e se enroscam em sua camiseta, em sua calça e em seus cabelos.

— Venha aqui, pequenina — chamo, estendendo a mão para que uma delas pule de seu cabelo.

A umbra guincha em protesto, mas desiste e vem até minha mão, subindo direto pelo meu braço até se enterrar nos meus cachos.

— Se não são sombras-monstro, posso perguntar que caralho são? — Jaxon pergunta, afastando a última umbra de si.

As outras criaturas obviamente decidiram desistir dos meus amigos hostis, porque agora se amontoam ao redor de Hudson, de Heather e de mim.

— São umbras — repito. — Sombras de estimação, mas verdadeiras. Se vocês segurarem uma delas, em vez de lutarem contra elas, verão que têm massa. Elas só parecem sombras.

— Sombras de estimação — Éden repete, sem parecer convencida. Mas, pelo menos, parou de tentar congelar as umbrinhas.

Jaxon e Flint também parecem preferir aguardar para dar o veredito. Não estão mais atacando as umbras ativamente, mas estão parados em posição de combate.

Macy, por outro lado, simplesmente vai com tudo, sentando-se no chão e deixando que as umbras subam em cima dela.

— Tem certeza de que é uma boa ideia? — Éden pergunta, se aproximando como se quisesse protegê-la.

— Está tudo bem — ela garante, e sua risada soa como um sino tocado ao vento. É uma risada que não ouço da minha prima há um tempo, e um sorriso suave ergue um canto da minha boca.

Mas agora que estou com todos sob controle, volto minha atenção para tirar uma salamandra-sombra que soltou meus cachos o bastante para que eu a colocasse no chão. As outras seguem a deixa e descem todas até a terra roxa, mas a salamandra não desiste. Continua a deslizar e escorregar pelo meu pescoço, saltando entre meus cachos e no colarinho da minha camiseta cada vez que tento pegá-la.

Eu me viro para compartilhar minha diversão com Hudson, mas o encontro parado, completamente imóvel. Está cercado por umbras, dúzias de criaturinhas se enroscando, escorregando e subindo pelo seu peito, ombros e por suas pernas.

Mas ele nem sequer parece notar. Em vez disso, está com o olhar perdido na distância, a mandíbula tensa e a garganta em movimento como se cada respiração fosse uma luta. E é quando a ficha cai. Nenhuma das umbras que está em cima dele é Smokey.

A devastação toma conta de mim, e diminuo a distância entre nós em um salto. Eu tinha tanta certeza de que ela estaria aqui — tão segura de que a linha do tempo seria reiniciada para ela também, já que foi atingida por fogo de dragão. Hudson também tinha. E agora que ela não está aqui, agora que estávamos errados... é como se a tivéssemos perdido de novo.

— Sinto muito — digo para ele, passando os braços ao redor de sua cintura e abraçando-o com toda a força que tenho. — Sinto muito, mesmo.

Ele não se mexe.

— Hudson, querido. — Quero dizer que está tudo bem, quero dizer que ela deve estar em algum lugar no Reino das Sombras, e que vamos revirar este lugar de cabeça para baixo até encontrá-la.

Mas sei que isso não é mais verdade. Eu esperava que ela estivesse esperando por ele aqui — esperando para se jogar em seus braços e para arrulhá-lo como fez desde o primeiro minuto em que o conheceu. E agora que ela não está aqui, agora que todas as esperanças de Hudson foram frustradas... não sei que dizer para ele.

As lágrimas ardem no fundo dos meus olhos e obstruem minha garganta enquanto pressiono o rosto contra o dele e o abraço com toda a força que tenho. Não a encontrar aqui abre um buraco gigante dentro de mim. Não posso nem sequer imaginar como é para ele.

— O que há de errado com ele? — Jaxon pergunta ao nosso lado. Ele parece tão abalado quanto eu.

— Nada — Hudson responde, em uma voz que não o ouvi usar desde aquela noite no meu quarto quando ele me pediu para parar. Para simplesmente parar. Não sei o que ele queria dizer naquele momento, mas agora sei, e ouvir aquela mesma voz vindo dele me leva de volta àquele momento. — Estou bem.

— Você não parece bem. — Jaxon não está sendo babaca. Há preocupação genuína em seu tom de voz e na mão que sinto que ele apoia no outro ombro de Hudson. Sei que ele não entende o que está acontecendo aqui... Para ele, o irmão está surtando do nada... mas eu ainda gostaria que ele simplesmente deixasse quieto.

— Precisamos ir em frente. — Hudson passa uma mão pelo meu cabelo e então me afasta gentilmente de si. — Nenhum de vocês come há muitas horas já, e Macy e Heather precisam descansar.

— Tenho quase certeza de que estou melhor do que você agora — Macy retruca, voltando a ficar em pé. — Tem algo que possamos fazer por você?

Hudson balança a cabeça.

— Estou bem — ele repete e se vira na direção da casa. E meu coração se parte mais uma vez. Porque ele se move como se estivesse destruído, como se cada parte sua doesse, e não posso fazer nada para consertá-lo. Não posso dizer nada que vai melhorar o fato de ele tê-la perdido novamente.

Eu me viro para olhar para nossos amigos, todos com expressões preocupadas nos rostos enquanto ou observam Hudson ou fazem questão de não o fitar. Jaxon recua alguns passos, antes de começar a andar atrás do irmão, com os ombros firmes, como se estivesse pronto para segurá-lo se ele caísse. Os outros lhe dão espaço, exceto Macy, que caminha até o lado de Hudson e desliza a mão na dele.

— Estou bem — ele diz pela terceira vez, ao olhar de relance para ela.

— Sim, eu também — ela responde. Mas não afasta a mão. E ele não a solta.

— Que diabos está acontecendo? — Jaxon sussurra para mim, mas simplesmente dou de ombros. É complicado demais para explicar o relacionamento de Hudson com Smokey em uma ou duas frases, e não posso contar mais agora. Não quando ele está assim.

— Mais tarde — sussurro em resposta. Então passo um braço ao redor da cintura de Hudson e seguro firme, à medida que avançamos na direção da casa de Arnst e Maroly.

Eles ainda devem estar trabalhando nos campos. Mas, antes de vagar pelas plantações, procurando por eles — o que talvez tenhamos de fazer —, a casa parece ser nossa melhor aposta.

Em especial porque, no instante em que damos a volta nas plantações, vemos Tiola descendo os degraus da casa da fazenda. Ela está com uma mochila nas costas e um balde nas mãos e vários gatos-umbras seguem atrás dela.

Tiola está olhando para baixo, conversando com todos eles, enquanto joga petiscos para que comam. É só quando termina de alimentá-los que ela finalmente levanta o olhar.

Ela dá de cara com Hudson e fica boquiaberta por vários segundos. Então solta um grito de felicidade e vem correndo na nossa direção.

Capítulo 39

PERDIDO E PROFUNDO

— Hudson! — ela grita. — Hudson, Hudson, Hudson!

Seu entusiasmo faz com que ele abra um sorriso, o que eu não achava ser possível agora. Ele corre para encontrá-la e cai de joelhos, para que ela possa abraçá-lo.

E ela o faz com extremo entusiasmo, envolvendo os bracinhos ao redor de seu pescoço e gritando como se tivesse acabado de ganhar o melhor presente de sua vida.

— Mamãe e papai disseram que nunca mais veríamos você, mas eu sabia que você voltaria! Eu simplesmente sabia!

— Bem, você estava certa — ele diz para tiola e seu sotaque está mais carregado do que o normal. Um sinal bem evidente de que Hudson está se sentindo extremamente emocionado.

— Eu sabia que estaria! Vamos, vamos, nós precisamos ir avisar a mamãe!— Ela agarra a mão de Hudson e tenta colocá-lo em pé.

— Absolutamente — ele concorda. — Mas posso apresentá-la aos meus amigos primeiro?

— Sem dúvidas! — ela exclama, batendo palmas. Então olha direto para mim e diz: — Meu nome é Tiola! É um prazer conhecer você!

Começo a dizer para ela que sou eu, Grace. E então meu estômago afunda como um bote, quase me puxando junto também. Hudson e eu tínhamos nos perguntado se nossa linha do tempo fora reiniciada quando partimos. A seta do tempo que me atingiu pareceu atravessá-lo também. Mas Tiola se lembra de Hudson e não de mim... o que quer dizer que só uma linha do tempo foi reiniciada.

Por que nunca consideramos isso antes, dado que perdi a memória e Hudson, não, parece tolice agora. Faz todo sentido. E, mesmo assim, meio que quero me sentar no chão e chorar como um bebê. De algum modo, imaginei que, quando recuperei minha memória, isso significava que minha linha do tempo não tinha sido reiniciada. Mas, em vez disso, é muito, muito pior.

Enfim me lembro de tudo o que aconteceu em Noromar — todas as pessoas incríveis e maravilhosas que conheci aqui também. E ninguém vai se lembrar de mim.

Não esta garotinha com quem eu fazia caminhadas, assava biscoitos e para quem eu lia antes de dormir.

Caoimhe, Lumi e Tinyati. É tão estranho pensar que me importo com todos eles, que me preocupo e que penso neles, e que eles não têm a mínima ideia de quem sou. Mesmo Arnst e Maroly, que nos receberam em sua casa e nos ajudaram tanto quando estivemos aqui, não vão me reconhecer mais do que Tiola.

— Meu nome é Grace — apresento-me ao apertar a mãozinha roxa com toda a dignidade que o encontro merece.

— É um prazer de verdade conhecer você — ela me diz, com uma voz cantada. — Você tem um cabelo lindo.

— Obrigada. Acho seu cabelo bem bonito também.

É, sim. — A menina sorri e balança a cabeça. — Minha mãe me diz que é lindo.

— Sua mãe está certa — Heather concorda, dobrando o corpo para ficar na altura dos olhos de Tiola. — Meu nome é Heather.

— Você é humana! — Tiola arregala os olhos, e bate as mãozinhas. — Eu sempre quis conhecer uma humana.

As palavras são tão similares às que ela me disse um dia, que meu coração se parte mais um pouco. Heather parece encantada, no entanto, e as duas conversam por vários segundos antes que Tiola se aproxime de Flint.

Ela leva um tempo para se apresentar para toda a fila de paranormais que espera para conhecê-la. Quando chega ao fim — apertando a mão de Jaxon —, sua mochila solta um arrulho bem alto.

Um arrulho alto e *familiar*.

— Tiola — Hudson pronuncia o nome dela no tom de voz de um homem apavorado com a esperança. — Quem está na sua mochila?

— Você sabe quem está na minha mochila, bobo! — ela responde enquanto tira a bolsa dos ombros. — Eu sabia que você voltaria, então a mantive em segurança para você. Não acho que ela saiba quem você é... ela não se lembrava de mim... mas contei tudo sobre você para ela.

Meu coração bate tão acelerado agora que tenho medo de que ele exploda antes de Tiola abrir a mochila. Só para o caso de estarmos errados, eu me aproximo de Hudson e seguro sua mão. E rezo como não faço há muito, muito tempo.

— Vamos lá, garota — Tiola insiste ao se ajoelhar no chão e abrir a parte superior da mochila. — Finalmente Hudson está aqui, e quer ver você.

Ouvimos outro arrulho, dessa vez mais alto. Então Tiola enfia a mão na mochila e pega uma sombrinha gorducha minúscula, não maior que uma bola de softbol.

Assim que vejo a umbra, meu estômago afunda até quase os joelhos. No fim das contas, não é Smokey — ela é pequena demais para ser a umbra que seguiu Hudson por toda parte no tempo em que estivemos em Adarie.

Mas então Tiola se vira e proclama:

— Apresento a vocês a bebê Smokey!

Tiola está tão animada que praticamente grita o nome da umbra enquanto a empurra na direção de Hudson.

No início, nenhum deles se mexe. Só ficam encarando um ao outro, de olhos arregalados. Então Smokey dá um grito estridente e mergulha no peito de Hudson. Ela se estica o máximo que pode e então sobe por ele até que seu rostinho esteja bem na frente do dele, mirando direto em seus olhos.

Então ela chilreia, chilreia e chilreia para ele, uma longa discussão que não entendo, mas que, de algum modo, ainda parece muito que ela está passando um sermão daqueles nele.

Já Hudson não diz uma palavra. Não emite um som sequer. Só a encara como se visse um fantasma. Então, ele simplesmente desmorona.

Estendo os braços na direção do meu consorte quando seus joelhos cedem, tentando segurá-lo antes que ele despenque no chão. Mas é tarde demais. Tudo o que consigo fazer é ser puxada para o chão com ele, e então estamos ali, todos juntos. Hudson, Smokey e eu.

Estendo a mão para fazer carinho na umbra minúscula, mas Smokey sibila para mim e empurra cada partícula de seu corpo em Hudson, de modo que nenhuma parte dela encoste em nenhuma parte minha. Ao que parece, apesar da falta de memória, algumas coisas nunca mudam.

— Você está aqui — Hudson diz, com um tom de voz carregado tanto de descrença quanto de alegria. — Você está mesmo aqui.

Smokey, do seu jeito, parece dizer exatamente a mesma coisa para ele. Desce até o peito dele, e Hudson a segura, aconchegando-a entre os braços ao acariciar seu rostinho de sombra.

Tiola alega que Smokey não se lembra dele, e talvez não se lembre mesmo. Mas, se aprendi uma coisa nos últimos meses, é que o coração e a alma se lembram de coisas que a mente não consegue guardar. Se não fosse assim, eu nunca saberia o que gravar naquele bracelete que comprei para Hudson.

Enquanto Smokey arrulha baixinho para Hudson, olhando bem no fundo de seus olhos azuis, é óbvio que parte dela se lembra muito bem dele.

Graças a Deus.

Depois de um tempo, no entanto, a animação do reencontro acaba sendo demais para a bebê Smokey, e ela se aconchega na dobra do braço de Hudson e dorme profundamente.

Eu me agacho ao lado dele enquanto a umbra ressoa feliz, e sussurro:

— Falei que ela estaria aqui.

Ele revira aqueles olhos azuis gloriosos, mas, em vez do comentário sarcástico que estou esperando, tudo o que ele diz é:

— Eu devia ouvir você com mais frequência.

— Me desculpe, mas eu ouvi direito o que acaba de sair da sua boca? — pergunto, olhando ao redor, para nossos amigos, que começaram a fazer suas próprias coisas assim que a novidade de ver Hudson hipnotizado por uma umbra bebê desaparece.

— Não acredite nele — Jaxon me diz. — Ele está obviamente sob a influência de alguma substância.

— Quem diria que Hudson teria que viajar até o Reino das Sombras para encontrar alguém que seria capaz de aguentá-lo por tanto tempo? — Flint dá uma risadinha.

— Com licença, mas o que eu sou? — questiono.

— Você não conta — ele me diz. — Você foi enganada e acabou virando consorte dele. Estou falando de todas as outras pessoas do mundo.

Hudson mostra o dedo do meio para ele discretamente, para que Tiola não perceba, e tomando muito cuidado para não incomodar Smokey ao fazê-lo. Então olha para Tiola e diz:

— Obrigado por cuidar tão bem dela para mim.

Tiola sorri, balançando os braços de lado a lado.

— É o que amigos fazem. Eles ajudam uns aos outros quando é preciso.

— Você está certa — concordo com ela, olhando feio para Flint por cima da cabeça da menina. — É exatamente isso o que os amigos fazem.

O dragão me responde fazendo um gesto com a mão que indica que eu falo demais, mas percebo que ele é o primeiro a oferecer uma mão para ajudar Hudson a se levantar.

O fato de que Hudson aceita me diz mais sobre como a amizade deles está evoluindo — e avançando — do que qualquer coisa que os dois possam falar enquanto provocam um ao outro.

— Onde você a coloca quando ela dorme? — Hudson pergunta para Tiola à medida que subimos os degraus que levam à casa da fazenda.

— Em geral, na minha mochila. Mas ela tem um berço no meu quarto. Amarrei um monte de fitas coloridas nele para ela, já que você me escreveu contando quanto Smokey gosta delas.

— Isso é... — Hudson para e limpa a garganta. — Isso é realmente uma excelente ideia, Tiola.

— Eu sei — ela diz. — Mamãe diz que sou superinteligente.

— Mamãe diz um monte de coisas — uma voz divertida concorda quando a porta se abre. — Parece que você trouxe um bando inteiro desta vez, Tiola.

— Trouxe, sim, mamãe. E adivinha o quê? Eu trouxe Hudson!

— Hudson? — A diversão se transforma em surpresa quando Maroly passa pela porta. — Ah, Hudson! — Ela joga os braços ao redor dele e lhe dá um abraço gigante. — Ficamos tão preocupados com você!

Smokey reclama um pouco por ser incomodada, mas sossega novamente assim que Maroly se afasta.

— Vejo que encontrou sua umbrinha favorita — ela pontua, com um olhar carinhoso para Smokey.

— Encontrei, de fato. Tiola me disse que está cuidando dela para mim. — O sorriso dele é o maior que já vi.

— Está, sim — Maroly confirma. — Ela ficou nos dizendo que você voltaria, mas não sabíamos se acreditávamos nela ou não.

— Você precisa confiar mais em mim, mamãe — Tiola diz, toda doçura, mas com um pouco de aço por baixo. — Sou uma penumbra. Sei de coisas perdidas.

— Isso é verdade — Maroly concorda enquanto segura a porta aberta e nos faz entrar. — Mas Hudson não está mais perdido.

Tiola parece pensar naquilo e então se vira para encarar Hudson com olhos que parecem ser um milhão de anos mais velhos do que sua idade real. Então, do nada, ela diz:

— Não tenho tanta certeza disso.

— Sim, bem, isso não é algo para você decidir. — Maroly determina ao afastá-la na direção da porta. — Agora, vá se lavar para o jantar.

Maroly se vira para o restante de nós.

— Vocês vão ficar, certamente. Devem estar famintos, e temos o bastante para todos. Além disso, você precisa nos contar tudo o que aconteceu na sua vida, Hudson.

Mais uma vez, dói um pouco que ela fale só com ele. Que tenha se esquecido por completo de mim. Mas sei que estou sendo ridícula, então me obrigo a deixar isso para lá e me apresento a Maroly enquanto a acompanhamos para dentro de casa.

A rodada de apresentações leva um pouco mais de tempo do que com Tiola, em grande parte porque Maroly tem mais perguntas sobre cada um de nós do que a filha.

Mesmo assim, estamos quase terminando as apresentações quando a mulher nos leva até a sala de estar e faz com que nos sentemos.

Flint é o último a entrar e está no meio de uma frase revelando a ela que é um dragão quando para de falar no meio de uma palavra. Eu me viro, tentando descobrir o que chamou sua atenção. Contudo, antes que eu consiga descobrir, ele faz um som engasgado e pergunta:

— Me desculpe, mas aquilo é um *santuário* para Hudson Vega?

Capítulo 40

É HORA DO SANTUÁRIO DE HUDSON

— Um santuário? — Jaxon repete, com uma voz aguda de um jeito que nunca ouvi nele antes. — Onde?

Flint aponta para o outro lado da sala com uma expressão de fascinação horrorizada no rosto. Mas já localizei o que ele está mostrando. E ainda que "santuário" possa ser um pouco de exagero, definitivamente há algo de estranho acontecendo por aqui.

— Tiola insistiu. — Maroly dá um sorriso indulgente enquanto me aproximo para poder olhar melhor. — Hudson é tipo um herói por essas bandas, e ela sentia que era correto comemorar a estada dele aqui conosco.

— Tipo um herói? — Flint quase se engasga. — Se vocês fazem isso para Hudson, o que fazem para um herói de verdade?

— Ao que parece, *sou* um herói de verdade — Hudson comenta placidamente. — Não vejo ninguém fazendo santuários para você.

Mas ele está ocupado demais acalentando Smokey e ninando-a para atravessar a sala e investigar o que talvez não seja exatamente um santuário, mas, sem dúvida, uma exposição séria montada — percebo com diversão crescente — bem onde a cadeira favorita de Hudson costumava ficar.

Começo a dizer algo para Flint e Jaxon a respeito, mas então imagino que Maroly vai se perguntar como sei onde ele costumava se sentar.

Mas estou absolutamente fascinada. Já era hora de alguém, além de mim, perceber quão fabuloso Hudson realmente é. E, a julgar pela aparência da pequena mesa púrpura que Maroly montou para honrar Hudson, alguém definitivamente percebeu.

No centro da mesa há uma fotografia imensa de um Hudson sorridente sentado na varanda da frente. Ao redor dessa foto há outras, menores — dele com Arnst e Maroly nos jardins, dele tomando chá com Tiola, dele brincando com Smokey. Há até uma dele sozinho, parado perto do lago, e tenho de apertar os olhos um pouco porque tenho quase certeza de que eu costumava estar nessa foto com ele.

E só posso dizer que essa coisa toda de ter sido apagada da linha do tempo é maluca. Que tipo de magia universal é essa que não só faz as pessoas se esquecerem de que existo, mas também serve para me apagar de fotos e quem sabe de mais o quê?

Acho que é o efeito borboleta — você muda um detalhe e tudo muda. A linha do tempo é diferente agora, e se eu nunca tivesse existido, todas essas coisas teriam acontecido sem mim, então nada precisaria realmente ser apagado.

Só que eu existi — eu ainda existo — e estar parada aqui, nesta sala, com essas pessoas das quais me recordo, mas que não me conhecem, parece mais do que estranho.

Mas não tão estranho quanto a pequena estátua de mármore de Hudson que foi colocada perto da foto dele no lago. Ou a xícara de chá que ele usava, que está ao lado da foto dele e de Tiola. Ou o pedaço de tecido que tenho quase certeza de que veio de alguma coisa dele, ainda que eu não consiga identificar muito bem de onde.

Aparentemente, Jaxon não tem esse problema. Mas é lógico que ele é muito mais fã dos designers italianos do que eu.

— Puta merda — ele murmura ao dobrar o corpo para olhar mais de perto. — Isso é um Armani?

Então caio na risada, porque é óbvio que é. Ah, meu Deus, é sim. É da calça que ele usava no dia em que fugimos do covil. Ele a deixou aqui quando tivemos de fugir para as montanhas porque a Rainha das Sombras estava atrás de nós, e demorou semanas para que ele parasse de choramingar por causa das confecções inferiores das calças com as quais ele estava preso aqui.

Nunca, nem nos nossos sonhos mais loucos, nos ocorreu que um pedaço daquela calça acabaria em uma mesa para que todo o mundo visse.

De repente, a porta da frente se abre e Maroly chama:

— Ah, Arnst! Adivinhe quem veio nos visitar!

Enquanto ela corre para a frente da casa, Flint se vira para Hudson e para mim:

— Ok, não me importo com quão de cabeça para baixo este mundo assustador seja... Não é normal colocar a calça de alguém no meio de um santuário estranho pra caralho feito para essa pessoa!

— Vocês têm que admitir que isso é digno do melhor episódio de *CSI* — Macy concorda. — Sabem como é, tipo *serial killer*.

— Para ser justa, é só um pedaço de uma perna. Nem é a calça inteira — comento.

— Como se isso tornasse tudo melhor? — Jaxon meio sussurra, meio sibila. — Quem diabos são essas pessoas?

— Nossos amigos — Hudson responde, em um tom de voz que não dá espaço para discussões. — Nossos amigos muito gentis e muito prestativos, com quem pretendo passar a noite, confortavelmente, antes de acabar tendo que atravessar metade do maldito Reino das Sombras em busca da velha e querida mãe de Lorelei. Você, no entanto, é mais do que bem-vindo para dar o fora.

— Não estou dizendo isso, cara. Só estou dizendo... — Jaxon olha em volta, como se não conseguisse acreditar que ele, Flint e Macy são os únicos surtando. — Você não está nem um pouco preocupado que eles tentem produzir uma calça da sua pele ou algo do gênero?

É uma imagem tão bizarra que quebra a tensão "mas que merda é essa?" que permeia a sala, e todos caímos na risada. Não só porque a ideia das doces Tiola e Maroly esfolarem Hudson por qualquer motivo é um absurdo completo, mas porque, com a força dele, seria necessário um exército de fantasmas para derrubá-lo. Ele pode não ter seus poderes no Reino das Sombras, mas ainda é um vampiro. E dois fazendeiros e sua filha não têm chance contra ele, muito menos contra todos nós juntos.

Ainda estamos rindo quando Arnst entra na sala.

— Hudson! Você voltou para nós!

Meu consorte mal tem tempo de colocar Smokey no meu colo antes que Arnst envolva os braços ao redor dele em um grande abraço de urso e o levante vários centímetros do chão.

— É tão bom ver você!

— É bom ver vocês também — Hudson diz para ele. — Sinto muito chegar assim, sem avisar.

— Não se preocupe com isso. — Arnst acena com a mão, mostrando que nenhuma desculpa é necessária. — Duas vezes já constituem uma tradição. Então agora sempre esperaremos você, sem nunca saber quando você vai aparecer de novo.

Arnst vira o sorriso para o restante de nós.

— E vejo que trouxe vários amigos com você desta vez. Assim que terminarmos o jantar, já estará tarde. Espero que todos planejem passar a noite.

— Nós adoraríamos — digo para ele. — Se não for incômodo.

— Não é incômodo algum. Qualquer amigo de Hudson é nosso amigo.

Atrás de mim, Flint faz um barulhinho de ânsia de vômito — o qual ele para, felizmente, no instante em que piso em seu pé.

— Sinto muito por não termos espaço suficiente na casa para todos vocês — Arnst diz. — Mas temos um barracão que usamos quando contratamos ajuda extra na época da colheita. Vocês são bem-vindos para ficar lá.

— Qualquer coisa está ótima — Hudson responde, com um sorriso.

— Sim — concordo. — Estamos gratos que tenham lugar para todos nós.

— Não seja bobo, Hudson. Você não vai ficar no barracão. — Maroly dá um tapinha no ombro dele quando passa a seu lado, a caminho da cozinha. — Você vai ficar no quarto de hóspedes, como da última vez que esteve aqui.

— É lógico que ele vai — Flint murmura.

— O quarto de hóspedes é incrível. A cama é tão confortável lá. — Hudson dá um sorriso maligno para Flint enquanto diz a última parte, e mal consigo me conter para não cair na gargalhada novamente.

— Então, Maroly e eu vamos servir o jantar em alguns minutos. — Arnst aponta para as duas direções. — Enquanto isso, há um banheiro no final daquele corredor. Vocês podem se revezar para se arrumarem um pouco, enquanto preparamos tudo para vocês.

Começo a devolver Smokey para Hudson — me arrumar parece o paraíso neste momento —, mas a umbrinha acorda antes que eu possa realmente colocá-la nos braços dele. Fico paralisada quando aqueles grandes olhos púrpura piscam uma vez, depois duas. Eu me preparo para que ela surte completamente, mas, quando ela não grita, imagino que deva estar de acordo com o fato de eu segurá-la e decido tentar embalá-la novamente para dormir.

E isso deve entrar nos anais como o pior erro que eu já cometi. E já cometi alguns erros extraordinários.

Quando Smokey pisca pela terceira vez, ela vê meu rosto diretamente acima do dela, e tudo vira um inferno. Ela solta um grito que quase estoura meus ouvidos, e tenho quase certeza de que quase estourou a barreira do som também. E então ela realmente surta — sibilando e arranhando enquanto se joga para fora dos meus braços.

Cometo o erro de tentar pegá-la — a última coisa que quero é derrubar qualquer tipo de bebê, mesmo um bebê umbra irritado —, mas isso só a deixa mais zangada. Porque ela se vira na minha direção com um rosnado e afunda os dentinhos pontiagudos na minha mão.

— Smokey, não! — Hudson rosna, deslizando um dedo entre sua boca e minha pele e tirando-a de mim. — Não pode morder.

Ela se vira para ele com um rosnado, e então percebe quem é que a está segurando, e o rosnado se transforma de imediato em um arrulho. A umbra se joga contra ele e sobe em seu peito até se enrolar gentilmente em seu pescoço.

— Você está bem? — Hudson pergunta, segurando minha mão.

— Estou bem — respondo, porque é verdade. Os minúsculos dentinhos da bebê de Smokey sequer romperam a pele, ainda que eu tenha quase certeza de que ela tenha tentado. Meu orgulho está ferido, no entanto. Sei que a antiga Smokey nunca gostou de mim, mas pensei que teria uma chance com esse novo bebê Smokey.

Mas, ao que parece, o ódio dela por mim está gravado em seu DNA. Que pilantrinha.

— Tem certeza? — Hudson insiste, erguendo minha mão para poder examiná-la melhor.

— Tenho, sim. — Puxo a mão. — Não vai ficar nem marcada.

— Mesmo assim... — Ele para de falar quando Smokey bate gentilmente as mãozinhas em seu rosto, chilreando para ele enquanto faz isso. — Não pode morder, Smokey — ele reitera enquanto dobra o corpo e a coloca no chão. — E, especialmente, não pode morder Grace.

Smokey solta outro grito agudo no instante em que ele a solta. Só que, desta vez, em vez de morder, ela se joga no chão e começa a soluçar histericamente.

Hudson olha para mim, horrorizado.

— O que eu faço? — ele pergunta.

— Por que está me perguntando? — devolvo a pergunta.

— Coloque-a de volta na mochila, obviamente — Éden sugere, falando pela primeira vez desde que se apresentou para Maroly. — Ela precisa dar um tempo e pensar no que fez.

Quando todos nos viramos para ela, surpresos, ela dá de ombros.

— Por que estão tão chocados? Tenho primos.

Todos rimos novamente — incluindo Hudson —, o que só faz com que Smokey tenha um chilique ainda maior.

— Tudo bem, então. Tiola, posso pegar a mochila da Smokey emprestada? — Hudson meio que grita para ser ouvido por sobre as lamúrias da umbra.

— Deixa que eu cuido disso — Tiola intervém, pegando uma agitada Smokey, colocando-a com destreza na mochila e a fechando lá dentro. Esse obviamente não é o primeiro chilique de Smokey. — Já estou bem acostumada com os ataques dela agora.

— Os ataques dela? — Hudson pergunta, com as sobrancelhas erguidas e um sotaque britânico extremamente polido.

— Ah, sim. Ela tem muitos deles. — Tiola revira os olhos. — Mas o bom é que não duram muito tempo.

— Mesmo assim — digo para Hudson. — Você a conseguiu de volta, e é isso o que realmente importa.

No silêncio abençoado que se segue, simplesmente ficamos olhando uns para os outros. Pelo menos, até que Flint dê um tapinha nas costas de Hudson e diga:

— Cuidado com o que deseja, cara.

— Palavras muito verdadeiras — Hudson responde enquanto encara Tiola com horror óbvio. — Palavras muito verdadeiras.

Capítulo 41

MORRER PODE SER UMA OPÇÃO CATARRENTA

Dez minutos mais tarde, estamos todos sentados ao redor da grande mesa redonda de jantar de Maroly e Arnst, comendo um prato à base de pouspous que é tão delicioso quanto me lembro. Ou pelo menos alguns de nós estão — os vampiros se contentam com água gelada. O belo candelabro iluminado por cristais sobre nós reluz tanto quanto da última vez que estivemos aqui, lançando um brilho sobre nossos rostos.

— Então — Arnst pergunta, depois que todos se serviram —, como todos vocês conheceram Hudson?

A questão parece bem inocente, mas não posso deixar de pensar que o que ele realmente está perguntando é como alguém da estatura de Hudson pode conhecer o restante de nós.

Depois de um rápido gole d'água, Hudson responde:

— Bem, Grace é minha consorte. O restante do grupo veio com ela.

— Fora Jaxon — comento. — Ele *é* seu irmão.

— É sério? — Tiola solta um gritinho animado. — Você é consorte do Hudson?

— Eu sou — asseguro, estendendo a mão para colocá-la sobre o joelho de Hudson, por sob a mesa.

Ele me dá um sorriso e cobre minha mão gentilmente com a sua.

— É difícil? — Maroly pergunta.

Ergo minhas sobrancelhas, surpresa com a pergunta.

— Ser consorte de Hudson?

— Sim, ou ser irmão dele. Hudson é tão corajoso... vocês devem se preocupar com ele o tempo todo. — Maroly parece tão preocupada que quase me engasgo com a última garfada de pouspous.

Jaxon, no entanto, parece embarcar na viagem:

— Ah, definitivamente é uma provação — ele diz para ela.

— Posso imaginar. Mas também uma verdadeira honra, tenho certeza — Arnst comenta.

Agora é a vez de Jaxon se engasgar com sua água.

— É, sim, absolutamente — respondo por ele, apertando o joelho de Hudson, em um pedido de desculpas silencioso por colocá-lo em tal situação. — Ele é a melhor pessoa que conheço.

— Eu também! — Tiola exclama. A garotinha só conhece um volume para falar. — Hudson é o melhor! Ele salvou todo mundo!

— Não acho que seja exatamente o que aconteceu... — Hudson começa a falar, mas eu o interrompo com um sorriso.

— Ora, ora, não seja modesto, querido. Você realmente salvou Adarie sozinho. É a história mais impressionante que já escutei.

Hudson fica vermelho — uma novidade para ele —, enquanto nossos amigos lutam para não cair na gargalhada. E, ainda que a conversa seja hilária, em grande parte por como o deixa desconfortável, recordo a mim mesma que ele precisa saber que, sob toda a brincadeira, falo sério a cada uma das minhas palavras.

— Grace está deixando de fora dessa conversa suas próprias realizações — Hudson diz para nossos anfitriões com suavidade. — Assim como o restante dos meus amigos. Eles são pessoas realmente incríveis.

— Sem dúvida que são — Maroly diz. — Afinal, são seus amigos, não são?

Dessa vez, é Flint quem parece ter dificuldade em engolir — tenho certeza de que ter seu valor com base em sua amizade com Hudson é uma loucura para ele —, mas ele não se pronuncia. No fim, ninguém fala nada. Eles só meio que sorriem para os próprios pratos enquanto Hudson tenta lidar com o próprio constrangimento.

Decido ter pena dele, porque sou generosa a esse ponto, e limpo a garganta para me preparar para mudar a conversa para um assunto diferente, mas igualmente importante.

— Temos uma pergunta para vocês, se não se importam.

— É óbvio que não. Podem perguntar — Arnst diz enquanto se serve de mais uma porção de pouspous.

— Estamos aqui porque precisamos encontrar a Rainha das Sombras. Como vocês...

— A Rainha das Sombras? — Maroly me interrompe, evidentemente horrorizada. — Por que diabos vão querer um encontro com ela? Da última vez que Hudson esteve aqui, ela quase o matou!

— Como se isso tivesse sido a pior coisa do mundo — Flint murmura, baixinho. E então grita: — Ai! — E olha feio para Macy, que parece completamente inocente enquanto dá outra garfada em seu jantar. Ou pelo menos tão inocente quanto alguém com um delineado gatinho bem pesado *pode* parecer.

Ela obviamente levou a sério as palavras "se arrumar para o jantar".

— Ela definitivamente não é nossa primeira escolha de pessoa com quem queremos passar o tempo — afirmo para Maroly. — Mas ela tem informações das quais precisamos, e não há mais ninguém em quem conseguimos pensar que seja capaz de nos fornecer isso.

— Que informação vocês estão procurando? — Arnst pergunta. — Se é algo de Adarie, talvez possamos ajudar vocês.

Não creio que seja verdade — se todo mundo no Reino das Sombras souber a cura para o veneno das sombras, decerto já seria um conhecimento difundido a essa altura —, mas, no fim, imagino que não faça mal perguntar.

— Nosso amigo foi mordido por um dos insetos das sombras da rainha. Estamos tentando achar um jeito de salvá-lo.

— Ele foi envenenado com a magia da Rainha das Sombras? — Maroly pergunta, horrorizada.

Tiola irrompe em lágrimas à simples menção das palavras. E isso não é nem um pouco apavorante.

— Quer dizer que ele vai morrer? Que horríííííível! — ela nos diz entre soluços.

— É por isso que estamos aqui — Heather explica. — Para impedir que isso aconteça.

— Mas ele vai! — ela afirma, descendo de sua cadeira. — Ele vai morrer. — Então, para surpresa de todos, ela vai até Hudson e joga os braços ao seu redor. — Não quero que seu amigo morra.

Por um instante, o vampiro parece perplexo ao contemplar a garotinha que não para de soluçar. Então a abraça e a coloca sentada em seu colo.

— Está tudo bem — Hudson comenta ao embalar Tiola. — Prometo que ele vai ficar bem.

Ela se afasta um pouco e o fita bem nos olhos, com as lágrimas ainda escorrendo pelo rosto.

— Você promete?

— Eu... — Ele para de falar, encarando o restante de nós ao redor da mesa, em óbvia consternação.

— Prometo — digo para ela. — Vamos salvá-lo.

— Sem dúvida — meu consorte concorda. — Estamos aqui para encontrar uma cura para Mekhi, e não vamos embora até termos uma. Isso posso garantir a você.

Tiola parece dividida entre acreditar em seu herói e acreditar no que ela sabe sobre o veneno das sombras — o que aparentemente é muita coisa. Mas, no fim, as palavras de Hudson devem reconfortá-la, porque ela para de chorar. E então limpa o catarro do rosto na camiseta dele.

— Tiola! — Maroly exclama, levantando-se para pegar a filha. — Sinto muito...

— Não se preocupe com isso. É provável que seja uma melhoria na camiseta — Hudson diz, com um sorriso simpático.

— Você acha? — Tiola pergunta.

— Absolutamente! — ele garante. — Eu amei.

— Eu também. — Ela se aconchega nele, então apoia a cabeça em seu ombro não catarrado. — Eu amo você, Hudson.

Meu consorte dá uns tapinhas gentis nas costas dela.

— Também amo você, Tiola.

Ver os dois juntos faz com que eu me derreta por dentro.

— Bem, uma promessa é uma promessa — Arnst observa no silêncio que se segue. — Então é melhor descobrirmos uma maneira de fazer você mantê-la, certo?

Capítulo 42

NÃO TENHO NADA CONTRA

Passamos a próxima hora e meia em busca da melhor forma de chegar à Rainha das Sombras. Ao que parece, ela sofreu várias tentativas de assassinato desde sua última batalha contra Hudson em Adarie.

— Há uma facção crescente que acredita que matar a rainha vai proteger Noromar de suas tentativas de nos libertar — Arnst explica.

Eu me surpreendo.

— Por que diabos pensariam uma coisa dessas?

Arnst levanta uma das sobrancelhas, como se a resposta fosse óbvia.

— Porque Hudson nos disse que ela estava tentando reverter a maldição que criou o Reino das Sombras.

Bem, acho que tecnicamente isso *é* verdade...

— Você e Maroly não querem sair deste reino-prisão? — pergunto.

— Ah, não, querida — Maroly responde, levantando-se para trazer um jarro d'água até a mesa e preencher novamente o copo dos vampiros. Ela se vira para Arnst e sorri. — Por que iríamos querer deixar um lugar que nos traz tanta felicidade?

— Porque é uma *prisão*? — Heather insiste. Ela afasta o prato de si, sua comida há muito esquecida.

— Só é uma prisão se você quer ir embora dela — Arnst intervém. — Para alguns de nós, é nosso lar.

— E é um lar maravilhoso — Hudson concorda. — Mesmo assim, sabem como podemos encontrar a rainha?

— Ela foi se esconder em uma de suas fortalezas espalhadas por Noromar. — Arnst esfrega a barriga, empurrando o próprio prato. — Sinto muito, mas não tenho ideia de como descobrir em qual delas.

Os ombros de todos nós caem ao mesmo tempo, com Mekhi na mente de todos. Como vamos salvá-lo se não conseguirmos encontrar a rainha?

— Nyaz talvez saiba — Maroly sugere.

— Quem é ele? — Macy pergunta.

— Um estalajadeiro em uma cidade na qual Hudson e... — interrompo-me bem a tempo e completo: — ... Smokey ficaram.

— Sabe, o Festival das Estrelas Cadentes *é* esta semana — Maroly lembra, mudando de assunto. — Você vai se apresentar de novo, Hudson?

— Ah, preciso ouvir isso — Jaxon provoca. — Que tipo de *apresentação* Hudson fez da última vez, Maroly?

O sarcasmo de Jaxon passa desapercebido por Maroly.

— Eu perdi, infelizmente, mas ouvi que se formaram fã-clubes desde que...

Arnst interrompe a esposa, gritando, do nada:

— Eles voltaram! — Então, sai da mesa e corre sala de jantar afora, a toda velocidade.

— Quem voltou? — Fico olhando para a porta por onde ele saiu, sem entender nada.

— E Arnst precisa de ajuda com isso? — Hudson se levanta e se dirige para a porta, indo atrás do anfitrião.

— Viu? — Maroly diz para ninguém em particular. — Ele é tão heroico.

Até eu tenho de revirar os olhos ao ouvir aquilo.

— Para onde Arnst está indo, Maroly? — pergunto enquanto seguimos Hudson em direção à saída.

Chegamos lá bem a tempo de ver Arnst pegar uma pá gigante na varanda e sair às pressas pelo caminho ladeado de arbustos que leva até o jardim de Maroly, com Hudson seguindo-o de perto.

Segundos mais tarde, há gritos, seguidos por várias pessoas correndo na direção dos limites da fazenda.

— E não voltem mais aqui! — Arnst grita para eles. — Ou da próxima vez vão ter que lidar com a ponta da minha pá!

— Essas pessoas estão se tornando um problema cada vez maior — Maroly comenta, balançando a cabeça.

— Que pessoas? — pergunto, porque da última vez que estivemos aqui, não vimos uma vivalma. E eu estaria mentindo se dissesse que não estava de repente apavorada com a possibilidade de um caçador ter nos seguido até o Reino das Sombras.

— Ladrões de terra — Arnst quase cospe as palavras quando volta à varanda e deixa a pá em um canto.

Hudson, que voltou com ele, e eu trocamos um olhar perplexo.

— Me desculpe, Arnst. Mas você disse "ladrões de terra"? — ele pergunta.

— Sim, normalmente vêm no meio da noite e roubam terra das plantações. Mas as pessoas hoje à noite foram ousadas de verdade. Que audácia a delas, indo direto para o jardim de Maroly desse jeito. — Arnst balança a cabeça. — Não sei o que este mundo está virando.

— Isso é comum aqui? — Jaxon pergunta à medida que voltamos todos para a sala de jantar. — Roubar terra?

— Não, em geral, não. Mas algumas pessoas acreditam que nossa terra é especial — Maroly explica.

— E sua terra *é* especial? — Heather pergunta.

Arnst e Maroly trocam um longo olhar, antes que Arnst por fim responda:

— Nem um pouco.

Quero questioná-lo — quero perguntar para eles sobre esse novo e estranho acontecimento —, mas, antes que eu possa fazer isso, Maroly diz:

— Não vamos deixar isso nos atrapalhar. Antes desse desagradável incidente, estávamos falando sobre como levar vocês para ver a Rainha das Sombras — ela sussurra "Rainha das Sombras" como se fosse um palavrão.

— Sim, voltemos a isso — Arnst concorda.

Ainda acho muito estranho o fato de que pessoas aparentemente decidiram que roubar terra de uma fazenda produtora de legumes seja algo que devam fazer. Mas, já que é óbvio que Maroly e Arnst não querem mais falar a respeito, resolvo ajudá-los a mudar de assunto. É mais fácil agora que sei que não teremos de lidar com caçadores neste exato segundo.

— Ela costuma aparecer para algum tipo de evento ou celebração? — pergunto.

— Acho que não. Ela anda bem sumida desde o encontro com Hudson... — Maroly para de falar e se vira para olhar Hudson de um jeito estranho. — Embora eu acredite que só o fato de saber que você está de volta, pode fazê-la aparecer por conta própria.

— Concordo. Temos que descobrir um jeito de fazê-la notar nossa presença — Heather comenta. — Tenho quase certeza de que se souber que Hudson está por aí, à sua espera, ela vai prestar atenção.

— Se respirarmos, tenho certeza de que ela vai prestar atenção — digo a Heather. — Da última vez que nos viu, Hudson a arremessou de cabeça em uma parede diante de vários de seus súditos.

— Sério? Jogá-la contra uma parede é o melhor que você consegue? — Jaxon balança a cabeça como se sentisse vergonha do irmão.

— Se acha que pode fazer melhor, sinta-se à vontade para tentar quando a encontrarmos — Hudson retruca. — Talvez haja uma janela pela qual você possa jogá-la. É praticamente a mesma coisa, certo?

— Podemos, por favor, voltar ao assunto? — sugiro, para parar com as provocações fraternas. — A questão toda é conseguirmos ficar diante da Rainha das Sombras com o intuito de firmar um acordo. E, ainda que eu ache que Hudson possa atrair sua atenção com bastante facilidade, ela não me parece o tipo de pessoa que age primeiro e pensa depois. Ela veio atrás de nós quando chegamos a Noromar, mas, quando fugimos dela, levou anos para que ela tentasse novamente... e ela só o fez quando nos percebeu como ameaça aos seus planos. Não temos esse tipo de tempo para desperdiçar.

— Então, precisamos nos assegurar de chamar *mesmo* a atenção dela — Heather conclui.

— Que tal deixarmos assim por hoje? — sugiro quando Maroly começa a tirar a mesa. — Vamos passar a noite aqui e, amanhã, quando partirmos, vamos para Adarie ver Nyaz. Se ele souber onde a rainha está, vamos até lá e agiremos de maneira drástica, se necessário, para chamar a atenção dela.

— Parece o melhor plano que temos até agora — Éden comenta enquanto estica o braço para apoiá-lo no encosto da cadeira de Heather.

Heather arregala os olhos e meio que paralisa, como se não tivesse certeza do que está acontecendo. Mas não se afasta. Na verdade, ela se recosta na cadeira o suficiente para que suas costas rocem o braço de Éden.

— Para mim, parece um pouco entediante — Macy reclama. — Mas responsável, com certeza. Podem contar comigo.

Os demais também concordam, e todos passam os próximos minutos limpando a mesa e ajudando Maroly e Arnst a ajeitar tudo após o jantar.

— Por que vocês não vão para a cama? — digo para os outros. — Hudson e eu terminamos tudo aqui.

— Podemos ajudar... — Éden para de falar de súbito quando inclino a cabeça com o máximo de discrição possível na direção de Hudson, que fica olhando para a mochila de Tiola com expressão triste. — Sabe o que mais? Estou realmente cansada.

— Eu também! — Flint acrescenta, que captou de imediato o que eu estava tentando dizer. Ele boceja de maneira exagerada. — Eu poderia dormir aqui mesmo.

Jaxon bufa.

— Como se isso fosse novidade. — No entanto, segue Flint em direção à porta. — Muito obrigado pelo jantar, Maroly e Arnst. Nós realmente apreciamos isso.

— Você não comeu nada — Maroly diz para ele com um balanço de cabeça e uma expressão divertida.

O vampiro assente com a cabeça, como se dissesse "touché". Então segura a porta aberta para a anfitriã, para que ela mostre o barracão.

Não demora muito para Maroly voltar e Hudson e eu ficarmos a sós com Tiola e sua família. Enquanto terminamos de secar e guardar a louça, agradeço outra vez.

— Vocês foram muito gentis conosco, e somos muito gratos, de verdade.

— Não é necessário nos agradecer — Arnst diz, com um sorriso. — Eu gostaria de pensar que alguém faria o mesmo por Tiola se ela precisasse. Além disso, depois de tudo o que Hudson sacrificou para salvar tantos de nós, isso é absolutamente o mínimo que podemos fazer.

— Ele é uma maravilha — respondo, com um sorriso. Hudson me dá um olhar constrangido e murmura "desculpe" pelas costas deles, mas apenas balanço a cabeça. Porque, agora que superei minha tristeza inicial por não ter o mesmo relacionamento de antes com essas pessoas, estou totalmente a bordo do "Trem dos admiradores de Hudson".

Ele merece muito mais disso do que já recebeu ao longo da vida.

Não posso deixar de notar quando ele olha de relance para a mochila de Tiola mais uma vez, e dou uma cotovelada de leve nele.

— Vá pegá-la — murmuro. — Ela aprendeu a lição.

Hudson não perde tempo e acelera até a mochila, abrindo-a. Ele enfia a mão lá dentro e retira a pequena umbra, acomodando-a em seus braços e sussurrando qualquer coisa em seu ouvido. Quando ela se aconchega mais na curva de seu braço, observo os ombros dele relaxarem e percebo que ele estava com medo de que ela não o perdoasse por lhe ensinar uma lição valiosa.

Morder a mim é uma coisa. É claro que vou perdoá-la. Mas o que acontece se ela morder alguém de verdade? É melhor que ela aprenda a regra de não morder agora — por mais dolorida que a lição seja para Hudson.

Ele se aproxima do restante de nós, balançando os quadris para a esquerda e para a direita enquanto embala Smokey nos braços. Nem sequer tenho certeza se ele sabe que está fazendo isso, o que faz com que meu coração derreta ainda mais.

— Amanhã de manhã Arnst vai desenhar um mapa mostrando o melhor caminho até Adarie — Maroly comenta, quando enfim nos leva pelo corredor até o mesmo quarto que dividimos na última vez que estivemos aqui. — Depois vocês podem pegar a estrada.

Nós a agradecemos mais uma vez, mas ela faz um gesto que indica que não é nada, antes de fechar a porta atrás de si.

Assim que ficamos a sós — ou quase a sós, considerando que Smokey ainda está dormindo nos braços dele —, Hudson se vira para mim.

— Sinto muito — meu consorte diz. — Nem pensei em como seria para você se encontrar com pessoas com as quais se importa, e nenhuma delas se lembrar de quem você é ou de que já a conheceram antes.

— Não há nada o que sentir. Está tudo bem. Nós não sabíamos. — Hudson me lança um olhar desconfiado. — Estou falando sério. Foi um pouco estranho assim que chegamos aqui? Absolutamente. Mas agora estou gostando de verdade.

— Gostando? — Ele parece totalmente incrédulo.

Mas eu sorrio para ele.

— Está brincando? Eu particularmente amo toda essa coisa de santuário de Hudson que fizeram por aqui.

Ele faz um som no fundo da garganta, que significa "pare com isso".

— Você não precisa dizer isso. A coisa toda é muito ridícula, e todos sabemos disso.

— Eu acho *maravilhoso*. Você merece todos os elogios. E aquela estátua é fantástica.

— Onde conseguiram aquela coisa? — ele pergunta, com um gemido, levando a mão ao rosto.

— Não tenho ideia. Será que encomendaram?

— Encomendaram? — Seu sotaque está tão carregado de consternação que as palavras são quase irreconhecíveis agora. — Não acha que essa coisa toda é um pouco forçada? Fiquei pensando se não estavam me enrolando, mas como eles teriam toda aquela mesa já montada?

— Não é nem um pouco forçada! — garanto. — É incrível. Eles copiaram direitinho até esse seu topete.

— Não copiaram, não. — O tom de voz dele não deixa espaço para argumentos, mas quando isso me deteve?

— Ah, copiaram, sim — provoco. — Foi brilhante! Agora apenas preciso que você faça a pose para mim.

Ele levanta uma das sobrancelhas.

— Você quer que eu pose para você. — Não é uma pergunta, está mais para uma expressão de horror, o que dificulta ainda mais para eu não cair na risada.

— Ah, pare com isso! — exclamo. — Faça a pose.

Caso ele finja não saber de que pose estou falando, eu mesma imito a estátua. Cabeça erguida, ombros para trás, peito estufado, mãos nos quadris.

— Esta é sua tentativa frustrada de imitar o Super-Homem?

— É minha tentativa de imitar sua estátua, e você sabe disso! — retruco. — Agora é sua vez. Faça a pose para mim. Só uma vez.

— Acho que não.

— Por favooooooooooor, Hudsy-Wudsy.

Uma expressão de desânimo completo toma conta de seu rosto.

— Do que você acabou de me chamar?

— Hudsy-Wudsy? — Eu lhe dou meu sorriso mais charmoso.

— *Nunca* mais me chame assim.

— Juro que não chamarei... *se* você posar para mim.

Meu consorte balança a cabeça, caminhando até a cômoda e tirando uma das gavetas.

— Não há nada neste planeta que me faça fazer aquela pose para você.

Hudson leva a gaveta até o lado da cama e a coloca no chão. Então pega um dos travesseiros de cama e o coloca na gaveta.

— Nada? — repito, arregalando os olhos o máximo possível.

— Absolutamente nada — ele garante, ficando de cócoras em busca de colocar com cuidado a umbra adormecida no travesseiro. Smokey dá uma fungada, mas se acomoda no travesseiro, dormindo profundamente.

— Está tudo bem — digo com um dar de ombros negligente. — Se eu esperar tempo o bastante, você simplesmente vai fazer naturalmente.

Ele se levanta de novo, com a coluna ereta à perfeição.

— É certo que isso não vai acontecer.

— Ah, tenho certeza de que sim. Quer dizer, seu peito nunca fica tão estufado quanto o da estátua, mas fora isso? É uma xérox da sua... — Paro de falar, perdendo totalmente o fôlego quando Hudson salta pelo quarto e me joga na cama.

— Retire o que disse — exige, com o rosto lindo a poucos centímetros do meu.

— Retirar? — pergunto, com inocência.

Ele estreita os olhos.

— Grace.

Estreito os meus também.

— Hudson.

— É sério que é assim que você quer brincar? — Ele agarra meus punhos com uma de suas mãos.

Luto contra ele, torcendo o corpo e girando os quadris, em um esforço brincalhão de me livrar dele. Mas conseguir tirar um cara grande como Hudson de cima de mim seria difícil em um dia bom. Tirar um vampiro que não tem desejo algum de ir para outro lugar? Praticamente impossível. E isso antes que ele segure meus punhos sobre minha cabeça.

— Retire o que disse — ele repete enquanto monta em cima de mim.

— Ou o quê? — pergunto, negando-me a ceder um centímetro.

Não há resposta, apesar do brilho diabólico em seus olhos. Em vez disso, Hudson simplesmente me lança seu sorriso mais charmoso.

E é quando sei que estou realmente encrencada.

Capítulo 43

UMA NOITE ESCALDANTE EM UM MUNDO DE SOMBRAS

A primeira coisa que Hudson faz é escorregar sua mão livre por baixo do meu corpo.

— Não — imploro, me contorcendo e gargalhando. — Não, não, não, não, não! — Ele me ignora, deslizando os dedos cada vez mais para baixo, pela lateral do meu corpo. — Não se atreva! — grito, e arregalo os olhos.

Mas é tarde demais. Ele já alcançou o ponto no meu quadril direito que não compartilho com ninguém.

O ponto que ele encontrou havia vários meses e que, desde então, gosta de me atormentar com isso.

O ponto que, não importa o quanto eu tente resistir, me faz rir descontrolada e histericamente todas as vezes que ele faz cócegas.

Uma gargalhada me escapa assim que seus dedos roçam o ponto sensível, o que só o faz ir pra valer, fazendo cócegas até que estou chorando de tanto rir.

— Pare! — imploro quando não aguento mais. — Pare, por favor...

Hudson não é um completo demônio, então para de imediato, e me deixa respirar fundo várias vezes. E quando penso que já se cansou, que a tortura está concluída, ele volta para outra rodada.

Pelo lado bom, estou me contorcendo tanto que ele é obrigado a soltar meus punhos, e me estico o suficiente para pegar um travesseiro com a ponta dos dedos. Assim que o agarro, acerto-o em Hudson com o máximo de força possível.

Sou recompensada com um baque satisfatório quando o travesseiro acerta bem o rosto dele. É a vez de Hudson soltar um grunhido surpreso. Quando se encolhe, surpreso, aproveito a vantagem, acertando-o com o travesseiro fofinho no ombro, no peito, no rosto.

Ele se vinga com gargalhadas, me atacando com mais cócegas, mas estou pronta para ele desta vez. Eu o acerto de novo com o travesseiro na lateral do corpo agora, com toda a força.

O ataque não o machuca — o travesseiro é fofinho demais para isso —, mas o faz soltar meus quadris que estavam presos por seus joelhos. É toda a vantagem de que preciso.

Eu o empurro para longe de mim, à medida que continuo batendo nele sem parar. E quando ele rola pela cama e ergue as duas mãos em um esforço para pegar o travesseiro no golpe seguinte, aproveito a oportunidade e monto nele.

Hudson leva as mãos aos meus quadris para tentar me tirar de cima dele, e eu levanto o travesseiro sobre a cabeça em uma óbvia ameaça.

— Tem certeza de que quer fazer isso? — pergunto, com minha voz mais ameaçadora. Que não é muito ameaçadora no momento, porque estou me divertindo demais. Mas é a intenção que conta, ou pelo menos é o que digo para mim mesma.

— Tenho, sim — ele responde, com altivez, ainda que seus dedos se curvem ao redor dos meus quadris.

Estreito os olhos.

— Sabe que vai pagar, certo?

— Estou contando com isso — ele responde, um pouco antes de atacar, rápido, certeiro e mortal.

Meu consorte arranca o travesseiro da minha mão e o arremessa do outro lado do quarto, e rola na cama junto a mim até que estou deitada de bruços na cama e ele está montado sobre mim.

— O que tem para dizer em sua defesa agora, Gracy-Wacy? — ele sussurra em meu ouvido.

— O que quer que eu diga? — eu o provoco, remexendo os quadris contra os dele.

Sua respiração é quente em meu ouvido quando ele murmura:

— Acredito que a palavra que você está procurando seja "gostoso". Mas vou aceitar um "desisto" ou mesmo uma bandeira branca.

— Uau, que consideração a sua.

Ele dá de ombros.

— Não tenho culpa de ser magnânimo.

— Sim, bem, não tenho culpa de ser determinada. — E, dito isso, uso toda a minha força para nos rolar cama afora, direto para o chão.

— Tenho quase certeza de que já estivemos aqui antes — ele me diz quando caio em cima dele.

— Bem, dessa vez sou eu quem está por cima.

Aperto os joelhos nas laterais de seus quadris, seguro seus punhos com as mãos e estico seus braços por cima da cabeça — ou, pelo menos, tão acima de sua cabeça quanto consigo.

— Parece que você me pegou — Hudson sussurra, e seus olhos azuis maliciosos brilham em interesse.

— Parece que sim — respondo. — Agora, a única questão é: o que vou fazer com você?

— Tenho algumas ideias neste confront... — Ele para de falar quando uma recém-desperta Smokey solta um uivo bem alto e irritado de seu lugar dentro da gaveta.

Segundos depois, ela se prepara para sair e chilreia para nós como se tivéssemos roubado o último biscoito do pacote. Então sai pela janela aberta e desliza pela noite.

— Devemos ir atrás dela? — pergunto, começando a me levantar.

Mas Hudson segura meus quadris e me mantém no lugar.

— Tiola me disse que ela sai de casa toda noite. Embora ainda seja um bebê, ela gosta de caçar à noite com as outras umbras.

— Tal como ela sempre fez. — Sorrio.

Hudson sorri de volta.

— Tal como ela sempre fez. — E, neste único instante, tudo parece certo no mundo.

Hudson também deve sentir, porque estende o braço e enfia as mãos em meus cachos antes de puxar meu rosto lenta, gentil e *inexoravelmente* até o seu.

— Você é tão linda — sussurra.

— Não tanto quanto você — sussurro em resposta.

Seus dedos abrem caminho pelos meus cabelos até alcançarem a nuca, para ele me puxar para mais perto e dar beijos pela minha mandíbula.

— Acho que teremos que concordar em discordar a esse respeito.

— Por mim, tudo bem. — Suspiro, inclinando a cabeça para trás a fim de lhe conceder melhor acesso.

Hudson aproveita a deixa, passando as presas sobre a pele sensível abaixo da orelha antes de escorregá-las bem, bem, bem, bem, bem devagar pela minha garganta até a clavícula.

O calor explode dentro de mim como o nascer do sol, atingindo minhas terminações nervosas e me derretendo de dentro para fora. Minhas mãos seguram seus ombros, meu corpo se arqueia contra o dele e o puxo para mais perto.

Parece que faz uma eternidade desde que ele me segurou assim, me tocou assim. E, ainda que tenha sido na nossa última noite na Corte das Gárgulas, várias coisas aconteceram desde então. E, neste instante, não penso em nenhuma delas. Neste instante, tudo em que penso — tudo em que posso pensar — é em Hudson.

Sua boca. Suas mãos. Sua *alma*. Eu o desejo. Mais do que isso, preciso dele.

Mexo-me um pouco para que ele se sente. Então, quando o faz, inclino minha cabeça ainda mais para o lado, em um apelo silencioso por mais dele — por tudo dele.

A única resposta de Hudson é um gemido que vem do fundo da garganta, antes de lamber a pulsação na base do meu pescoço.

Arrepios de prazer percorrem minha coluna, me iluminando de dentro para fora. Espalham-se pelas terminações nervosas, abrindo caminho através de cada uma das minhas células, até que não reste uma única parte de mim que não arda em desejo por Hudson. Que não esteja queimando de desejo, necessidade e amor.

É tanto amor que não consigo mais contê-lo dentro de mim. Tanto amor que transborda em mim e envolve Hudson, puxando-o para cada vez mais perto.

Formando um tecido ao nosso redor que nos preenche até que tudo o que eu sinta é ele. Até que tudo o que eu saboreie, cheire ou ouça é ele.

Ele raspa as presas mais uma vez na base do meu pescoço, repetindo o gesto várias vezes, até que me deixa trêmula e soluçando. Arqueio o corpo contra o seu, tremendo, ardendo, desejando.

— Por favor — murmuro, de maneira entrecortada, as palavras deixando meus lábios como gritos... ou orações. — Por favor, Hudson. Por favor, por favor, por favor, por favor.

Mais uma vez, ele raspa as presas na minha pele. Mais uma vez, estremeço e arqueio o corpo contra o dele em uma tentativa desesperada de me aproximar ainda mais. Neste instante, eu rastejaria para dentro dele se pudesse. É o nível de meu desespero para senti-lo por completo, para tê-lo por completo.

As preocupações de antes se dissipam na estreia da supernova que transforma minha pele em brasas e minhas entranhas em cinzas.

— Por favor — digo mais uma vez, mas agora é muito mais uma ordem do que um pedido.

Hudson deve percebê-lo, porque dá uma risada gutural. Murmura meu nome. E então ataca, as presas atravessando minha pele em um piscar de olhos.

O êxtase explode em mim enquanto ele toma meu sangue, meu corpo em erupção um pouco mais a cada vez que sua boca chupa minha pele.

Ele bebe meu sangue sem parar, até que não sei mais determinar onde eu termino e ele começa. E então ele bebe ainda mais um pouco.

É o que eu queria — o que eu precisava neste momento — e o seguro com o máximo de força pelo maior tempo possível. O futuro é incerto — talvez até os próximos instantes sejam. Mas isso? Nunca tive mais certeza na vida do que sobre o ardor, a conexão e o poder que existe entre meu consorte e eu.

Quando tudo termina, quando Hudson interrompe a conexão e lambe as gotas de sangue que escorrem do ferimento, me mantém enroscada nele ao se levantar e nos levar de volta para a cama.

— Amo você — sussurra, ao passo que me esparramo sobre ele.

— Também amo você. Muito.

Ainda que haja pelo menos uma dúzia de coisas sobre as quais precisamos conversar, uma centena de perguntas que morro de vontade de fazer, não pronuncio nem mais uma palavra sequer. Porque quem sabe o que os próximos dias vão nos trazer? E tudo o que desejo é passar esses momentos nos braços do cara que amo. Tudo mais pode esperar só mais um pouco.

Passamos o restante da noite desse jeito, enroscados um no outro à medida que pairamos no meio do caminho entre a vigília e o sono. Sei que preciso descansar, mas não sei quanto tempo vai demorar até chegarmos a isso novamente, e não quero desperdiçar nem um segundo.

Entretanto, o tempo não espera ninguém. E, quando o mundo enfim começa a se agitar sob o vasto céu azul, Hudson finalmente me solta.

Capítulo 44

NUNCA É TÃO FÁCIL QUANTO PARECE

Quando entro no chuveiro, minutos depois de enfim sair da cama, uma tonelada de perguntas toma conta de mim.

Será que vamos conseguir convencer a Rainha das Sombras a nos entregar o antídoto para Mekhi?

Será que vamos conseguir fazer a coisa impossível que temos de fazer — seja ela qual for — para ajudar a separar Lorelei e sua irmã para sempre?

Será que conseguiremos encontrar o contrabandista que Hudson tem certeza de que existe e conseguir atravessar a barreira para casa?

Digo a mim mesma que seremos capazes de fazer tudo o que viemos fazer aqui. Que tudo vai dar certo. Que, de algum modo, sempre dá.

Mas, conforme a ansiedade aumenta dentro de mim, fazendo meu estômago doer e meus pulmões arderem como se estivessem sem ar, fica mais difícil acreditar que tudo vai ficar bem. E fica mais difícil ignorar o fato de que tanta coisa ainda pende sobre minha cabeça. A Estriga reunindo um exército de caçadores. Hudson sem me dizer o que está acontecendo com ele e com a Corte Vampírica.

Está tudo bem, digo a mim mesma enquanto termino de lavar o cabelo e desligo o chuveiro.

Está tudo bem, repito ao me secar e vestir um suéter magenta e minha calça jeans favorita.

Está tudo bem, digo mais uma vez conforme prendo o cabelo com uma presilha no alto da cabeça a fim de tirá-lo do caminho.

Mas nada disso parece importar quando um ataque de pânico toma conta de mim e caio no chão sem qualquer elegância.

Apoio as mãos nas pernas cruzadas e tento, de maneira desesperada, puxar o ar para dentro do pulmão, como se, de repente, eu tivesse ficado submersa na água por tempo demais.

Não funciona.

Conto até dez de trás para a frente, e tento de novo respirar fundo. Mais uma vez, não funciona.

É como se eu sufocasse agora, e arranho minha garganta, na tentativa de abrir minhas vias aéreas. À procura de um jeito de convencer meu corpo a apenas respirar.

— Grace? — Hudson me chama. Parece preocupado.

— Só um minuto! — obrigo-me a dizer, tentando soar o mais normal possível, considerando o elefante de seis toneladas que acaba de se acomodar sobre meu peito.

Mas não devo ter soado normal o bastante, porque menos de dois segundos se passam antes que a porta do banheiro se abra e Hudson fique parado ali, com uma expressão preocupada no rosto.

Ele só dá uma olhada em mim, sentada no chão e lutando para respirar, e atravessa o banheiro com um único salto.

— Você está bem, Grace — ele me garante ao me colocar sentada, com gentileza. — Você consegue.

Balanço a cabeça, em desespero. Não parece que vou conseguir. Na verdade, neste instante parece de verdade que estou me afogando.

— Sim, você consegue — ele reitera, a mão calmamente posicionada em meu peito. — Faça minha mão subir e descer.

— Não consigo — falo, sem ar.

— Consegue, sim. — Sua voz é estável, firme. — Inspire só um pouco, Grace. Faça minha mão se mover só um pouco.

— Não consigo — digo mais uma vez. Mas tento mesmo assim, forçando meu peito a se erguer. Forçando meus pulmões a aceitarem só um pouco de ar.

— Está perfeito — Hudson comenta quando sua mão sobe e desce bem de leve. — Você consegue fazer novamente?

Assinto com a cabeça, embora não tenha muita certeza se consigo. Mesmo assim, é melhor do que morrer, então inspiro profundamente mais uma vez, antes de soltar o ar bem devagar.

— É isso. Você está indo muito bem. Inspire de novo e, dessa vez, segure o ar, ok?

Faço o que ele pede, inspirando ainda mais profundamente e mais devagar, e seguro o ar e conto até cinco antes de soltar a respiração lentamente. Então inspiro mais uma vez e seguro até contar até sete.

Ao fazê-lo, sinto os batimentos cardíacos diminuírem só um pouco. Sinto o estômago se soltar e os músculos relaxarem. Não muito, mas o suficiente para tornar a próxima respiração — e a seguinte, e a que vem depois dela — mais fácil do que a anterior.

Desta vez, quando conto até vinte de trás para a frente, consigo sentir que está funcionando. Posso sentir minha ansiedade retroceder, e os medos que davam voltas em minha mente desde que acordei hoje de manhã diminuírem com lentidão, até se tornarem mais uma vez administráveis.

Mesmo assim, conto mais uma vez — agora de um a vinte — antes de inspirar de novo, com cuidado e bem fundo, e soltar o ar.

Então me mexo, a fim de apoiar a testa no peito de Hudson.

— Obrigada — murmuro.

Meu consorte balança a cabeça.

— Não há nada para agradecer. Você fez tudo sozinha.

Não é verdade — eu estava descontrolada de verdade dessa vez, e Hudson me ajudou a me controlar quando eu não achava um jeito de fazê-lo. Ele estava ali para mim, como sempre esteve, e quando envolve os braços ao redor da minha cintura e aplica beijos suaves no alto da minha cabeça, digo a mim mesma que isso é o suficiente.

Pelo menos até que ele diz:

— Sei que ainda está preocupada com o que viu na Corte Vampírica, mas prometo para você, Grace, que não há nada com o que se preocupar.

Capítulo 45

NO FUNDO, VOCÊ NÃO PASSA DE UM SENTIMENTAL

— Não é que eu esteja realmente preocupada — digo depois de vários segundos. — É que não consigo entender por que você não conversa comigo sobre nada disso.

Hudson não responde no mesmo momento. Em vez disso, fica olhando fixamente por sobre minha cabeça, direto para o espelho que não mostra seu reflexo ou sua expressão. O silêncio se prolonga tanto que não posso deixar de me perguntar se ele está tentando encontrar as melhores palavras para responder à minha pergunta — ou se está tentando descobrir qual é a melhor mentira.

No fim, não faz nenhuma das duas coisas. Ele simplesmente sorri para mim e afirma:

— "O tempo não nos muda. Ele nos revela".

Por um instante, tenho certeza de que ouvi errado. E então percebo:

— Uma citação? Você está citando uma frase sobre o tempo para mim?

— Sabe de onde é? — Hudson pergunta, e posso ver, pela expressão em seus olhos, que de repente ele está falando bem sério sobre isso, o que quer que isso seja.

— Não tenho ideia — respondo.

Ele dá um passo para trás, e passa a mão pelos cabelos.

— A citação é de um caderno de anotações de um dramaturgo suíço. Max Frisch.

— Ok — respondo ao repassar as palavras mentalmente, à procura de entender o que ele quer dizer. Em geral, sou especialista em desvendar as coisas de Hudson, mas isso já é demais.

— Quero me revelar para você, Grace. Quero te contar tudo o que se passa em minha mente. Mas simplesmente não posso ainda, não importa quanto eu queira.

Não me pronuncio por vários segundos, à medida que tento descompactar o que ele quer dizer. Sei que é algo importante, mas ainda não cheguei lá. Por fim, na falta de um palpite melhor, questiono:

— Isso tem relação com a Corte Vampírica?

— Foda-se a Corte Vampírica — ele responde, de modo seco. — O que eles querem ou esperam não significa absolutamente nada para mim. E não devia importar para você tampouco.

— Sua felicidade importa para mim...

— Nunca estive mais feliz em minha vida do que estou agora — ele anuncia. — Ser seu consorte. Ser o rei das gárgulas. Construir uma vida com você e com nosso povo. Você acredita nisso?

— Acredito — respondo, depois de fazer uma pausa para ter certeza de que é a melhor e mais honesta resposta que posso lhe fornecer. — Só não quero que você se arrependa de algo.

— O que há para eu me arrepender?

— Estamos errados em não pensar em desistir do trono das gárgulas em vez do trono dos vampiros? — pergunto depois que mais vários segundos se passam. — E, se estamos, não devíamos pensar nisso agora? É sobre isso que você não quer me falar?

Se for isso, posso acreditar. Como não acreditar, quando sei que Hudson sacrificaria qualquer coisa, tudo, pela minha felicidade? Será que essa é mais uma coisa de que ele acha que precisa abrir mão para que eu seja feliz? Mais uma escolha que ele não quer me pedir para fazer porque acha que vai perder?

A ideia é simplesmente devastadora.

— A Corte Vampírica é seu legado. Se você quer...

— Aquela abominação não é meu legado — retruca.

É a primeira emoção real que ele demonstra desde que descobri o escritório destruído de Cyrus, e isso faz com que eu recue, surpresa.

Ele percebe — é óbvio que sim — e acaba respirando fundo e soltando o ar bem devagar. Quando recomeça a falar, sua voz é perfeitamente agradável, ainda que a expressão em seus olhos continue um pouco ardente.

— O que você e eu estamos construindo juntos é meu legado, Grace. A Corte das Gárgulas será meu legado. Nossa vida e nossos filhos serão meu legado... nosso legado. E se eu quiser mandar a Corte Vampírica se foder, é exatamente isso o que eu vou fazer. Mas o resto? — Ele balança a cabeça e solta um pequeno suspiro. — Deixar você ver a merda que está na minha cabeça agora, enquanto tento desvelar tudo o que é e foi? Não estou pronto para me revelar para você desse jeito. Não ainda. E talvez eu nunca esteja. Você pode aceitar isso?

Quero lhe dizer que posso — que vou —, mas a verdade é que simplesmente não sei. Não preciso que ele me diga tudo o que tem dentro de si, mas as coisas importantes? A reforma da Corte Vampírica, destruir o escritório do pai com uma marreta, planejar um jeito de compensar, de algum modo, nossos deveres para com o Círculo? Sim, dessas coisas eu quero saber. Mas então penso em tudo o que Hudson enfrentou para chegar até aqui, a este momento. A dor e o trauma que viverão para sempre dentro dele — e que talvez ele nunca revele, para que eu esteja ao lado dele nisso também. E a verdade é que tenho de aceitar o que ele está me pedindo. Ele viveu o inferno naquela Corte — e nas mãos de seu pai, sim, mas também nas mãos de todos que sabiam o que acontecia e também nunca tentaram impedi-lo.

É só natural que lidar com tudo isso — a Corte, a abdicação, a Corte tentando atraí-lo de volta, por falta de outra liderança — faça com que ele se lembre do trauma infernal de sua vida ali. Hudson passou muito tempo enterrando isso, ignorando isso, tornando a si mesmo e sua vida do jeito que ele queria. Mas um trauma nunca permanece enterrado, e só consigo imaginar toda a dor que ele sente agora que não pode mais ignorá-lo. Agora que ele não o pode controlar, de acordo com seus próprios termos.

E, em vez de ajudá-lo a lidar com a questão, em vez de aceitar as partes que ele está disposto a compartilhar, fico forçando a situação, querendo mais. Forço a situação para entender o que acho que nem ele consegue entender ainda.

O que basicamente me torna a cretina nesta situação, e não ele.

Porque ninguém tem o direito de dizer a outra pessoa como, quando ou mesmo se ela deve lidar com seus traumas. Mesmo se for seu consorte.

— Ei. — Caminho até Hudson e passo os braços ao redor de sua cintura. Ele fica tenso, como se todo o seu corpo estivesse preparado para outro ataque, e odeio que se sinta assim. Odeio ainda mais que agora sou mais uma coisa em sua vida contra a qual ele tem de se preparar — Não estou com pressa — afirmo ao desenhar círculos tranquilizantes em suas costas com as mãos.

Ele enrijece o corpo de leve.

— Não sei o que isso significa.

— Significa que estou disposta a esperar o tempo que demorar para você revelar essa parte da sua vida para mim. E, se você nunca conseguir fazer isso, então está tudo bem também. Só quero que saiba que, independentemente do que você fizer, do que disser, do que decidir sobre a Corte Vampírica, estou ao seu lado, Hudson. Nada vai mudar isso.

Meu consorte assente com a cabeça, mas não relaxa, e por um instante temo que seja um pouco tarde demais. Que eu já tenha forçado tanto a situação e duvidado tanto que seus traumas não permitam superação. Mas então ele estremece, e seus braços me envolvem, e sei que, no que se refere a nós, tudo vai ficar bem.

O restante do mundo pode queimar, mas estaremos no centro de tudo isso. À prova de fogo. E, por enquanto, é tudo o que importa.

Penso em lhe falar isso, mas, antes que consiga, Tiola aparece na porta aberta e pede:

— Posso entrar?

— Sim, pode! — Hudson responde, tão desesperado para escapar dessa conversa que quase tropeça no esforço de se afastar de mim.

— Minha mãe preparou o café da manhã, Grace — ela conta. — Então você precisa se apressar, ou vai esfriar.

— Bem, então é melhor eu ir logo.

Hudson olha de relance para mim quando saímos do banheiro, e lhe dou um olhar sério, para que saiba que estou disposta a esperar que ele fale comigo, mas isso não significa que fugimos no meio de uma conversa — não importa quão desconfortável ela seja.

Café da manhã é a última coisa que desejo agora, mas seria rude revelar isso quando Maroly obviamente se esforçou para preparar tudo para nós. Além do mais, quem sabe qual será a próxima vez que teremos de fato oportunidade para comer?

— Vamos, Tiola — chamo-a, estendendo a mão. — Vamos conferir se sua mãe fez rolinhos de parmelão.

— Ela fez, ela fez, ela fez! — Tiola responde, batendo palmas. — E já devem ter esfriado o bastante para serem comidos agora.

— Bem, então vamos nessa. Minha boca já está cheia d'água.

— É porque minha mãe faz os melhores rolinhos de parmelão do mundo.

Penso em dizer que é verdade — e comi vários desses rolinhos doces no café da manhã quando morei em Adarie, então sei do que estou falando —, mas então percebo que não tenho como saber, já que é a primeira vez que estou aqui. Eu não devia nem saber o que são rolinhos de parmelão.

Pensar a respeito causa um peso no meu estômago, mas o ignoro à medida que sigo Tiola até a cozinha. E, em vez disso, digo:

— Não vejo a hora de prová-los!

Quando chegamos à sala de jantar, os demais já estão ali, conversando com Arnst e Maroly ao mesmo tempo que comem. Analiso o rosto dos meus amigos ao me sentar, na tentativa de descobrir como cada um deles está.

Todos parecem bem. Flint e Jaxon estão sentados em lados opostos da mesa, o que infelizmente parece ser o padrão nos últimos tempos, mas, fora isso, estão agindo de um jeito completamente normal, então não sei o que pensar da situação. Éden e Heather estão com a cabeça próxima uma da outra durante uma conversa sobre algo que não consigo escutar. E Macy... bem, Macy parece do mesmo jeito que ontem.

Seu cabelo verde está espetado em todas as direções. Seus olhos têm uma maquiagem pesada, com delineador preto, assim como ontem, e hoje o mesmo tom de preto pode ser encontrado em seus lábios e unhas das mãos.

De algum modo, isso combina com ela tão bem quanto o cabelo colorido como um arco-íris e o glitter que ela costumava usar quando a conheci — ela parece superdescolada desse jeito —, mesmo assim, me deixa triste.

Argh. Não é de estranhar que ela e Hudson sejam tão bons amigos. Por baixo de todas as camadas superficiais, os dois lidam com suas merdas exatamente do mesmo jeito. Trancando tudo bem lá no fundo de si mesmos e colocando sinais de "proibida a entrada" por todos os lados, para que possam sofrer sozinhos.

O fato de que não estão mais sozinhos não parece lhes facilitar o ato de lidar com tudo isso, não importa quanto eu deseje que não seja assim.

Mas para mim importa e, assim que arrumarmos a situação de Mekhi e Lorelei, vou me assegurar de que saibam que sou uma gárgula — posso ser tão paciente quanto uma rocha. E ainda que tenham muita coisa para resolver de seu lado, esperarei o tempo que for necessário, serei o porto seguro para onde eles podem ir quando resolverem deixar alguém se aproximar.

É tal pensamento que me faz pegar um prato e me servir na cozinha antes de me acomodar em um assento ao lado da minha prima.

— Ei — digo quando me sento —, gostei do batom novo.

Ela simplesmente assente com a cabeça, dá uma dentada imensa no rolinho de parmelão e então faz um gesto para indicar que não pode falar com a boca cheia. Tudo o que posso fazer é não revirar os olhos. Mas está tudo bem. Como eu disse, posso ser paciente.

O café da manhã passa rápido, com Arnst e Maroly nos dando conselhos sobre a melhor maneira de ir até Adarie, já que da última vez que estivemos ali — ou, na mente deles, que *Hudson* esteve ali —, tivemos de fugir para as montanhas. Hudson e Smokey se juntam a nós no meio da refeição, e meu coração ainda dá um pulinho só de vê-lo.

Ele está recém-saído do banho, com o cabelo ainda úmido e caindo na testa, um visual natural que é o meu favorito nele. E quando ele se senta na cadeira ao lado da minha, seu cheiro é tão bom. Bom mesmo, como âmbar, gengibre e um toque de sândalo.

Não comento nada com ele, mas quando ele bate com a perna na minha sob a mesa, não posso deixar de fitá-lo de relance. E o sorrisinho torto que Hudson me dá — aquele que usa quando sabe que está encrencado e está pronto para se safar — faz com que eu me derreta, apesar das minhas melhores intenções.

Isso me irrita o suficiente para que eu estreite os olhos a fim de encará-lo. O que só faz com que seu sorriso aumente, porque ele sabe que me pegou. Que babaca.

Mas não me pronuncio. Em vez disso, apenas sorrio de um modo doce à medida que lhe sirvo uma xícara de chá. E faço uma dancinha de comemoração na minha mente quando vislumbro o mais leve sinal de cautela em seu olhar.

Ao que parece, ele me conhece tão bem quanto eu o conheço.

Acho que logo descobriremos se isso é algo bom ou ruim.

Capítulo 46

UMA COMUNIDADE BEM GUARDADA

— Preciso dizer que não ter de atravessar as montanhas definitivamente torna essa viagem bem mais fácil — comento quando chegamos aos limites de Adarie, várias horas mais tarde. Ser capaz de voar torna a viagem *substancialmente* mais rápida e mais fácil do que da primeira vez que Hudson e eu estivemos aqui.

— Não sei. Eu meio que gostava das montanhas — Hudson responde. Sua voz é casual, porém, quando ele me olha de relance, há um fogo em seus olhos que faz meu coração acelerar no peito.

Sei que ele está se lembrando da caverna — e de tudo o que aconteceu lá —, porque também estou. É bom poder lembrar das nossas... primeiras vezes em tudo juntos.

— E agora o quê? — Éden pergunta, encarando a imensa muralha de pedra púrpura que circunda a cidade. O novo portão de aparência elegante, construído depois da invasão da Rainha das Sombras, está bem trancado. Pior ainda, não parece haver ninguém por perto que possa abri-lo para nós.

— Podíamos voar por cima dele — Flint sugere.

— Não, vamos tocar o sino — eu o corrijo, puxando a corda que se conecta à torre de vigia.

O sino toca, e um guarda de aparência sonolenta nos espia lá de cima. O povo de Adarie não vai a muitos lugares e tampouco recebe muitos visitantes, exceto durante o Festival das Estrelas Cadentes.

— Digam o que querem aqui — ele grita para nós.

— Viemos fazer uma visita — Hudson responde.

Os olhos dele se arregalam quando ele ouve o sotaque britânico.

— Hudson? — ele pergunta e, quando se inclina mais, consigo dar uma olhada melhor em seu rosto e percebo que é o filho mais velho de Nyaz.

Hudson deve ter percebido a mesma coisa, porque um sorriso genuíno se abre em seu rosto.

— Oi, Anill. Trouxe alguns amigos para conhecer a cidade.

— Quaisquer amigos de Hudson são nossos amigos! — Anill sai da nossa vista.

Em poucos instantes, um estalo alto corta o ar, e o imenso portão começa a se abrir.

— Só isso? — Flint pergunta, olhando para Hudson e depois para o portão, como se não conseguisse acreditar que foi tão fácil.

— Só isso — Hudson responde.

Quando o portão enfim termina de abrir, Anill já está aos pés da torre, à nossa espera. Ele cresceu um pouco desde a última vez que o vi, e seu grosso cabelo púrpura está curto agora, mas combina com seu uniforme cor de lavanda.

— Como você está? — ele pergunta, estendendo a mão para Hudson apertá-la.

— Estamos bem — Hudson responde, tentando me incluir na conversa, mas balanço a cabeça sutilmente para ele.

Anill não tem ideia de quem sou. Podemos ter conversado quase todos os dias quando eu morava aqui e até mesmo compartilhado refeições, mas isso não importa agora. Pelo menos não para ele.

O sorriso de Hudson some quando se lembra, e ele estende a mão na minha direção, passando um braço pelos meus ombros, de um jeito pouco característico nele.

— Essa é minha consorte, Grace — diz ele para Anill, cujos olhos se arregalam novamente.

— Você encontrou sua consorte? Isso é incrível! Parabéns, cara! — Ele se volta para mim. — E parabéns para você também. Deve ser irreal ser consorte de um cara tão incrível.

Jaxon faz um leve som de náusea ao ouvir aquilo, mas eu o ignoro.

Em vez disso, sorrio para Anill e resisto à vontade de perguntar como vai sua consorte — a doce Stalina.

— Você está certo. Às vezes parece irreal.

Flint bufa ante a reposta, e mesmo Macy ri um pouco. Mas Hudson apenas ergue uma das sobrancelhas para mim antes de voltar sua atenção para Anill.

— Obrigado por abrir o portão, cara. A segurança parece ter aumentado aqui desde que fui embora.

— A nova prefeita insiste nisso. Nós ficamos falando para ela que as chances de a Rainha das Sombras nos atacar novamente são muito baixas, mas ela ainda quer estar preparada. — Ele suspira profundamente. — Preparada demais, na verdade. Mas acho que é melhor prevenir do que remediar.

— Tenho certeza de que lidar com as consequências da batalha foi difícil — comento. — Foi muito brutal.

Anill me olha de um jeito estranho, e me lembro de que, para ele, eu não estava na batalha. Não tive nenhuma relação com a luta contra a Rainha das Sombras ou com a destituição de Souil do governo de Adarie.

— Hudson me contou o que aconteceu — apresso-me em disfarçar. — Ele disse que todos os que lutaram naquele dia foram de fato muito corajosos.

— Ele foi o corajoso. Todo mundo nas redondezas sabe o que ele fez por Adarie.

— Fico muito feliz. Ele merece. — E falo sério. Pensar que aquelas pessoas conhecem de verdade e se lembram de Hudson como o herói que ele é me enche de alegria.

Mas é óbvio que Hudson não se sente da mesma maneira. O sorriso desapareceu de seu rosto ao olhar para Anill e para mim. Posso ver a frustração em seus olhos, posso ver seu desejo de dizer a Anill que eu também estava aqui.

Mas não preciso que ele faça isso.

É chato que Anill não se lembre de mim? Sim. É ainda mais chato que, quando entrarmos na cidade, nenhuma das pessoas com quem me importo vai saber quem sou? Absolutamente. Mas explodir a mente deles com histórias alternativas não vai fazer com que se lembrem de mim — e não vai me devolver as amizades que perdi quando fui arrancada da linha do tempo deles.

E, se isso não vai acontecer, por que importa se eles sabem ou não que eu estava aqui lutando? Não faço as coisas que faço porque quero crédito por elas. Faço porque precisam ser feitas, e porque me importo com as pessoas que vão se machucar se eu não o fizer. Desde que Adarie esteja em segurança, desde que as pessoas com as quais eu me importava quando vivia aqui estejam felizes e saudáveis, nada mais importa.

— Está tudo bem — sussurro para ele. — Prometo, Hudson.

Ele parece querer discutir, seus olhos azuis apertados, concentrados, à medida que seu cérebro gigante tenta achar um jeito de burlar várias leis imutáveis do tempo. Mas são leis por um motivo, e não dá para as burlar — um fato que, em algum momento, ele vai ter de aceitar.

Enquanto isso, dou um sorriso animado para Anill e digo:

— Muito obrigada por nos deixar entrar. Nós realmente agradecemos.

Ele aceita a gratidão pelo que ela é — uma dica de que precisamos ir em frente — e dá um passo para o lado.

— Assegurem-se de passar na estalagem para conseguirem quartos para dormir. Meu pai vai ficar devastado se vocês ficarem em qualquer outro lugar.

"Devastado" parece uma descrição um pouco exagerada, em especial porque o Nyaz de quem me lembro não tem muita profundidade emocional. Mas Hudson assegura para o rapaz que o faremos e atravessamos os portões em massa.

E então paramos de supetão quando damos de cara com uma placa imensa em que está escrito: Bem-vindos à Vegalândia.

Capítulo 47

FANDEMÔNIO

Nenhum de nós se move durante vários segundos. Ficamos apenas parados ali, encarando a placa de madeira gigante com o que tenho certeza de ser o sobrenome de Hudson nela. Vegalândia? É sério que mudaram o nome de Adarie para Vegalândia?

Amo Hudson mais do que qualquer um na Terra, e até minha mente está confusa.

— Mas que merda é essa? — Jaxon faz a pergunta que implora para ser verbalizada.

— Eu achava que vocês tinham dito que este lugar se chamava Adarie. — Macy me dá um olhar questionador.

— E… chamava — Hudson responde enquanto continua a mirar a placa, sem piscar. Por ironia, tenho quase certeza de que ele é o mais chocado de todos nós. — Não sei o que… mudou isso.

— Você, obviamente. — Macy lhe dá um soquinho de "bom trabalho" no ombro, o que de algum modo só aumenta sua confusão.

Eu, no entanto, já superei por completo o choque e estou determinada a não deixar a oportunidade passar em branco.

— Fique parado do lado da placa. Quero tirar uma foto — digo ao mesmo tempo que pego meu celular e o ligo.

Hudson me lança um olhar que não vejo desde que estávamos trancados no covil.

— Acho que não.

Ele se põe a andar — e não passa nem perto da placa.

— Mas que merda é essa? — Jaxon repete, ainda encarando a placa como se esperasse a combustão espontânea dela. Ou talvez ele ache que de repente alguém vai aparecer dizendo "É uma pegadinha". Quando nada disso acontece, ele enfim balança a cabeça e segue Hudson, e todos os demais fazem o mesmo.

Caminhamos pelo quarteirão mais distante de Adarie — desculpe, de Vegalândia — em silêncio, mas então Heather acaba com o constrangimento quando se manifesta:

— Então, Grace, nos fale mais sobre Adarie. Quais são as suas coisas favoritas neste lugar?

— Tenho várias coisas favoritas — respondo quando dobramos uma esquina. — Mas acho que a coisa da qual mais gosto é definitivamente… — Paro de falar quando passamos por uma loja de suvenires… com um pôster gigante de Hudson bem no meio da vitrine.

— Isso é… — Flint se aproxima um pouco a fim de observar melhor o busto esculpido logo abaixo do pôster, e assente com a cabeça para si mesmo. — Sim, definitivamente é o seu rosto, Hudson.

— Realmente é — Hudson concorda, parecendo pelo menos tão preocupado quanto confuso neste momento. A preocupação se torna alarmante quando Macy e eu corremos para a porta. — Ei! Onde vocês vão? — ele pergunta.

— Aonde acha que vamos? — respondo por sobre o ombro.

E sei que Mekhi e Lorelei precisam que nos apressemos, mas já decidimos hoje de manhã que daremos a nós mesmos uma semana para encontrar a Rainha das Sombras. O tempo pode funcionar de maneira diferente no Reino das Sombras — os anos que fiquei aqui com Hudson foram apenas meses em Katmere —, mas não queremos presumir que temos tempo de sobra por esse motivo. Lorelei vai nos mandar uma mensagem de texto com atualizações, quando deixarmos este reino, mas nos garantiu que poderia manter o veneno sob controle por, pelo menos, mais uma semana e meia. Deixando a culpa de lado, esta é uma oportunidade boa demais para perder. Boa demais.

Hudson nos alcança com alguns passos.

— Não acham mesmo isso necessário, acham?

— Está brincando? — Éden exclama enquanto segura a porta aberta. — Nada *jamais* foi tão necessário.

Entramos apressados bem quando um cara na faixa dos vinte e poucos anos sai. Ele dá uma olhada em Hudson e diz:

— Cara, bela fantasia.

— Do que está falando? — Hudson responde, em um tom de voz bem irritado.

— Uau! Você imita até o sotaque! — Quando Hudson continua a fitá-lo sem dizer nada, o rapaz finalmente explica: — A fantasia H.V., cara. Parece bem realista.

— Isso é porque ela *é* realista — Hudson rosna.

— Sim, é o que eu estou falando. Totalmente crível.

— Fantasia H.V.? — Macy pergunta.

— Humm, sim. Obviamente, seu amigo vai arrasar no prêmio de fantasia Hudson Vega. Uma das melhores que já vi, na verdade.

— Fantasia Hudson Vega — Jaxon repete, como se enfim tivesse escutado tudo.

— Sim, é, tipo, a fantasia mais popular em Vegalândia.

— É óbvio que sim. — Jaxon acena com a cabeça na direção da loja. — Ela é vendida aqui?

— Vendem de tudo aqui. É tipo uma adoração a H.V. completa.

— Adoração a Hudson Vega? — Flint quase se engasga com as palavras. — Me desculpem, mas ele acabou de dizer *adoração* a Hudson Vega?

— Tenho certeza de que sim — Éden responde, e a malícia pura faz seus olhos brilharem.

— Eu não... não posso... o que isso... — Finalmente Flint desiste de tentar formular um pensamento coerente e apenas lança as mãos para o ar.

— Conte para eles, cara — o rapaz diz para Hudson. — Você obviamente entende.

— Não sei nada sobre adoração — Hudson rebate, cheio de sarcasmo. — Mas sou o presidente do fã-clube Hudson Vega.

— Mas que merda é essa? — Jaxon murmura baixinho mais uma vez.

O rapaz sorri.

— E eu aqui pensando que o título ia para a minha namorada. É por isso que estou aqui, na verdade. Os itens de colecionador deles são inigualáveis.

— Itens de colecionador? — eu repito.

— Ah, sim. Tem, tipo, todo um corredor só deles. — Ele aponta para o lado esquerdo da loja.

— Mas que merda *sem fim* é essa? — Jaxon diz dessa vez.

Ele começa a falar mais alguma coisa, mas estou ocupada demais me dirigindo para onde o rapaz apontou para escutar. Só espero ser capaz de encontrar o que ele estava falando...

Entro em um corredor e fico paralisada. Porque *não tem como* não encontrar os itens de colecionador sobre os quais ele estava falando. Não existe a menor chance.

Eles ocupam todo o corredor. *Todo o corredor.*

Camisetas com a frase “Hudson Vega Forever” escrita na frente. Canecas com “Sangue bom!” em letras vermelhas. Cadernos com seu rosto sorridente na capa. Panos de prato com presas de vampiro e uma variedade das expressões britânicas favoritas de Hudson bordadas neles. Estátuas — tantos tipos diferentes de estátua que perco a conta lá pela décima segunda pose que encontro.

E talvez, mais surpreendentemente ainda, frascos de terra com o rótulo: “Terra autêntica da fazenda TAM, tocada por Hudson Vega”.

De repente, aquele momento em que Arnst saiu correndo depois do jantar na noite passada e afugentou os ladrões de terra faz muito mais sentido. Assim como o jeito evasivo dele e de Maroly depois. Aquelas pessoas estavam ali para roubar terra que provavelmente foi tocada por Hudson Vega.

E eu preocupada que fossem caçadores. Isso é muito melhor.

Sem mencionar que a pergunta de onde eles conseguiram a estátua de Hudson também está respondida. Eles não precisaram mandar fazer especialmente, no final das contas — eles só precisaram ir até a loja de suvenires mais próxima.

Minha mente está confusa. Na verdade, confusa é pouco. Porque nem nas minhas fantasias mais loucas eu poderia ter imaginado que algo assim aconteceria — com Hudson ou com qualquer outra pessoa.

Exceto, talvez, com Harry Styles.

Espio Hudson para ver como ele está encarando esta mais recente descoberta, e o pego encarando, com uma expressão de fato horrorizada no rosto, a estátua de si mesmo flexionando os músculos do braço perto da cabeça.

Quando ele percebe que o estou observando, seu rosto se suaviza. Mas ele dá outra daquelas bufadas britânicas das quais gosta tanto e diz:

— Tenho quase certeza de que nunca fiz esse gesto na vida.

— Não se preocupe, querido. Parece que aproveitaram bastante a licença artística aqui. — Para provar minhas palavras, mostro um copo com instruções para o "Blood Mary" favorito de Hudson.

— Não posso beber nada dessa receita — ele comenta ao apertar os olhos para ler as letras minúsculas nas laterais do vidro.

— Exatamente. — Dou um sorriso. — Sugiro esquecer as imprecisões de tudo isso e simplesmente aproveitar. Quer dizer, quem mais você conhece que tem todo um corredor dedicado a suvenires de si mesmo?

— Sem mencionar seu próprio fã-clube — Macy provoca e, pela primeira vez, noto um brilho brincalhão em seus olhos. — Acho que devíamos nos inscrever, Grace.

— Concordo completamente — respondo, com uma risada. — Posso contar todos os segredos dele.

Hudson revira os olhos.

— Vocês são hilárias.

— Esta é minha favorita — Éden diz para ele, pegando uma máscara de Hudson da seção de fantasias e colocando sobre o rosto. — Como eu fico?

— Estou no inferno — Jaxon opina para ninguém em particular à medida que se deparar com as prateleiras, horrorizado. — No inferno de verdade.

— Você vai ficar bem. — Flint coloca um chapéu de neve que diz "Eu gosto de Hudson" na cabeça do namorado, e então pega sua câmera. — Aqui, vamos tirar uma selfie.

Nunca vi Jaxon se mover com tanta rapidez na vida, e isso tem um baita significado.

— Só sobre meu cadáver — ele brinca, com um sorriso torto, por fim parecendo enxergar o humor em toda a situação. Mesmo assim, não perde tempo em arrancar o chapéu da cabeça e jogá-lo de volta para Flint antes de correr até a saída da loja.

— Esse é seu jeito de dizer que gosta mais do boné de beisebol? — Flint grita para o vampiro, e todos caímos na risada à medida que também seguimos em direção à saída da loja.

— Mas que diabos está acontecendo aqui? — Hudson murmura para mim enquanto seguimos pelos corredores.

— Não sei, mas acho de verdade que você devia aproveitar.

— Aproveitar? — Ele parece quase tão horrorizado quanto Jaxon com a simples sugestão.

— Sim, aproveitar. As pessoas enfim perceberam quanto você é fabuloso, e eu, por exemplo, dou o maior apoio.

— Existe uma diferença entre não ser xingado e ter pessoas se vestindo como você para festas à fantasia — ele me diz.

— Existe — concordo, passando o braço ao redor de sua cintura, com a intenção de lhe dar um abraço. — Mas elas poderiam se fantasiar de pessoas muito piores.

Ele simplesmente revira os olhos mais uma vez, mas consigo vislumbrar o rubor satisfeito subindo por seu rosto. Ele pode estar completamente envergonhado pelo excesso do que acabamos de ver, mas conheço o garotinho perdido dentro dele bem o bastante para reconhecer que ele também está um pouco satisfeito.

E é por isso que pego um boné escrito "Sra. Vega" no instante em que ele leva Smokey para se exercitar um pouco. Afinal, se todo mundo nesta cidade vai usar um desses, imagino que a consorte verdadeira dele também precise usar um.

E vale totalmente a pena quando ele me vê lá fora, porque ele cai na gargalhada.

— Fica muito bem em você — ele elogia, puxando a aba do boné preto e vermelho deslumbrante ao qual não pude resistir.

— Você fica melhor ainda em mim — murmuro enquanto todos os outros estão ocupados demais vendo Adarie... Vegalândia... para notar.

— Concordo plenamente. — Seus olhos escurecem. — Na verdade, talvez quando... — Ele para de falar quando um fantasma com ar de artista e tufos de cabelos roxos saindo ao redor de uma careca roxa bem brilhante caminha na nossa direção.

— Hudson? Ouvi Anill falando para algumas pessoas que você realmente estava na cidade. Cara, que oportunidade! Está animado, certo? — ele pergunta, estendendo um cartão roxo.

— Animado? — Hudson pergunta, perplexo, com os braços cruzados diante do peito.

— Ah, sim — o homem diz, esfregando as mãos. — Estamos prestes a fazer *história*, cara!

Capítulo 48

VAMOS FALAR DO PODER DAS ESTRELAS (CADENTES)

— Tenho dificuldades em imaginar isso — Hudson responde, evitando com cuidado falar com o cara do cartão. No entanto, eu o aceito com um sorriso, demorando um instante para apreciar as bordas cheias de glitter.

— Meu nome é Aspero, e sou o promotor de shows aqui na cidade. Tenho esperado *uma eternidade* que você voltasse a Vegalândia, e é muito perfeito que tenha sido logo na época em que o Festival das Estrelas Cadentes vai começar. Dá para fazer tanta coisa com isso.

— Promotor de shows? — Jaxon pergunta ao se aproximar, parecendo igualmente fascinado e entretido.

Aspero não tira o olhar ansioso do meu consorte.

— Eu adoraria ter a chance de sentar e conversar com você sobre valores e datas, Hudson. Sua apresentação no festival ainda é a mais falada na história de Noromar, e eu amaria ter a chance de reproduzi-la... com ingressos e um local exclusivo desta vez, para que nós dois possamos ganhar muito dinheiro.

— Não sou cantor — Hudson responde, e vai em direção à estalagem. Ele não está tentando ser rude. Conheço Hudson bem o bastante para saber isso. Ele só cantou para me poupar do constrangimento, e agora parece completamente constrangido com a lembrança. Seguro sua mão e a aperto, mas ele não me olha nos olhos.

— Não seja tão modesto, mano. — Jaxon dá um tapinha nas costas dele.

— Todos sabemos que não é verdade — Aspero diz para Hudson, correndo para alcançá-lo, nem um pouco incomodado com a falta de interesse. — Sua voz é ótima, sua aparência é muito boa e você tem aquela presença de astro que é tão difícil encontrar. Além disso, já conseguiu uma base de fãs leais.

— Sim, Hudson, sua aparência é *muito boa*. — Jaxon está rindo abertamente agora. — Você devia subir no palco e alegrar as crianças. Faça esses lindos genes Vega trabalharem para você.

Jaxon ri como uma hiena raivosa — mas cessa abruptamente quando os olhos de Aspero se estreitam em sua direção, e ele pergunta:

— Você também canta? — Ele olha para Jaxon de cima a baixo. — Ora, você é *realmente* um colírio para os olhos. As fãs ficariam loucas por você.

Não consigo evitar. Dou uma gargalhada misturada com uma fungada e quase me engasgo com minha própria saliva. Hudson e eu nos olhamos — e nós dois reviramos os olhos ao mesmo tempo. Ele balança a cabeça e murmura para mim:

— É o cabelo.

Jaxon olha com uma cara tão feia para o promotor que faz o homem ir rapidinho para o outro lado de Hudson.

— Não fale comigo novamente, se é que você quer manter a cabeça em cima dos ombros — ele ameaça, e então dá um sorriso pateta para Hudson como se o promotor de shows já tivesse sido esquecido. — É mais do que o cabelo, mano, e nós dois sabemos disso.

Aspero assente sem parar com a cabeça e, para ser honesta, não tenho certeza sobre qual declaração de Jaxon a concordância se refere. Pelo menos, até que ele conclui:

— Mas Hudson tem a bravura e a coragem que lhe dá pontos adicionais na sensualidade.

Até Macy ri ao ouvir isso, e comenta com Éden:

— Ei, você escutou isso? Você ganha mais pontos na sensualidade por bravura em Vegalândia.

— Eu sempre quis ser rica — Éden brinca, e Heather se junta às risadas.

Nada disso é dito para tirar sarro do promotor, mas, de todo jeito, duvido que ele perceba a rudeza. Ele parece completamente concentrado em Hudson, e em convencê-lo a repetir a apresentação.

— Vamos, cara — Aspero incentiva. — Imagine só como as fãs vão enlouquecer. — Ele move a mão diante de nós para enfatizar cada palavra: — Uma. Noite. Apenas. — Ele abaixa a mão e sorri. — Vamos fazer história!

Hudson trava os dentes com um clique audível.

— Não temos tempo para isso.

Jaxon se dirige ao restante do grupo:

— O que acham, pessoal? Porque tenho certeza de que devíamos arranjar tempo, se isso significar dar a Hudson a chance de se conectar com sua *base de fãs*, certo? — O irmão caçula se volta para Hudson. — Você pode autografar os braços delas e tudo mais.

— Ah, definitivamente acho que ele devia se apresentar. Vai me dar um motivo para viver — Éden responde.

Flint gargalha e deixa seu comentário:

— Bem, acho que agora você vai ter de fazer isso, Hudson.

— Não tenho interesse. — Meu consorte apressa o passo deliberadamente, em um esforço de se livrar do promotor.

Mas é óbvio que ele subestima a determinação de Aspero, porque não demora até que o homem esteja correndo atrás de Hudson, em um esforço de acompanhar seu ritmo, enquanto o restante de nós segue atrás.

— Você nem... ouviu... minha proposta. — Ele está praticamente sem fôlego, mas consegue manter a compostura à medida que Hudson dobra a esquina e caminha ainda mais rápido.

— Não preciso ouvir sua proposta para saber que não tenho vontade de subir em um palco diante de quem sabe quantas pessoas...

— Milhares! — Aspero arfa. — É o que estou tentando dizer a você. Me dê... cinco minutos... Sei que... posso fazer... você mudar de ideia.

— Não quero que você me faça mudar de ideia. E não quero fazer um show — Hudson responde, em um tom de voz tenso cujo significado sei ser que sua paciência está se esgotando. Aspero, no entanto, ainda não percebeu esse fato.

— Mas suas fãs vão enlouquecer! Um pouco de publicidade, um álbum brilhante... que você já deve estar compondo, não tenho dúvida. Um pouco de atrativo para os fãs. Você vai ficar rico antes mesmo de perceber.

— Eu *sou* rico — Hudson responde enquanto dobra a próxima esquina.

— Não existe essa coisa de ser rico *demais* — o promotor o encoraja. — Posso dobrar sua fama e sua fortuna com poucos dias de preparação.

— Aaaahhhh, vamos, Hudson — Jaxon o provoca. — Todo mundo sabe que você quer fama e fortuna!

Dessa vez, Hudson nem se dá ao trabalho de responder. Ele simplesmente acelera e vai embora — o que é uma resposta em si, suponho.

Aspero por fim percebe que não vai conseguir acompanhá-lo, e grita:

— Me ligue antes de assinar com qualquer outra pessoa. — E então desaparece tão de repente quanto apareceu.

Graças a Deus.

É lógico que seu desaparecimento dá a Jaxon e ao restante da turma a oportunidade de ouro para alcançar Hudson e provocá-lo sem piedade sobre sua base de fãs e sua agenda de shows. Tudo isso enquanto Hudson dá o melhor de si para ignorá-los e conforme nos aproximamos cada vez mais do centro de Adarie — quer dizer, de Vegalândia.

Quando enfim chegamos à rua principal, minha própria animação leva a melhor e saio correndo na frente, ansiosa para ver a praça central sem Artelya e Asuga. Ansiosa para provar para mim mesma que o fato de eu ter sido retirada da linha do tempo não foi a única coisa que mudou.

Racionalmente, sei que não foi.

Eu me encontrei com Artelya na Corte das Gárgulas.

Lutei ao seu lado na batalha final contra Cyrus.

Tomei conselhos várias vezes com ela sobre assuntos relacionados à Corte desde que me tornei rainha.

E a vi interrogar a caçadora na Irlanda havia dois dias.

Racionalmente, sei disso. Eu sei. Mas isso não significa que minha mente não esteja pregando peças em mim. E não significa que eu não precise ver com meus próprios olhos o lugar vazio onde seu corpo congelado costumava ficar.

Desde que descobri sobre o mundo dos paranormais e desde que me apaixonei — primeiro por Jaxon e agora, para sempre, por Hudson —, tive de me basear muito na fé. Tive de acreditar em coisas para as quais não tinha prova e que não faziam sentido quando confrontadas com tudo o que eu tinha aprendido até meus dezessete anos.

Agora tenho de acreditar — e de aceitar — que fui arrancada da linha do tempo aqui. Que todas aquelas lembranças de pessoas, de lugares e de Hudson — são tantas as lembranças de Hudson — são verdadeiras, mesmo que não existam mais na realidade. Pelo menos não em nenhum outro lugar que não seja na mente dele e na minha.

Consigo acreditar nisso. Não importa quanto seja difícil, posso até aceitar que precisou acontecer desse jeito. Mas isso não significa que eu não queira só uma pequena prova. Só uma pequena confirmação de que não sou a única com quem essa coisa estranha, bizarra e inacreditável aconteceu. E que o motivo pelo qual Artelya não se lembra de mim é porque ela foi arrancada da linha do tempo também.

Então, sim, saio correndo em direção à praça, determinada a provar a mim mesma que a estátua da gárgula e do dragão que estava lá o tempo todo em que vivi aqui se foi.

E se foi.

Meu primeiro passo na praça me mostra que Artelya e Asuga realmente se foram.

Tudo de que me lembro aconteceu de verdade. O alívio toma conta de mim, mesmo antes que eu perceba que outra estátua substitui aquela que ficou no centro da cidade por mil anos. E esta aqui é. Muito. Maior.

— Estão de sacanagem? — Jaxon questiona ao chegar à praça também. — Vocês estão me sacaneando com isso, certo, mano? Isso não pode ser real.

Mas até Hudson está perplexo com a nova estátua que parece superar em tamanho cada edifício que beira a praça — até a estalagem de vários andares. Porque essa não só uma estátua gigante qualquer.

Não, esta estátua é *especial*.

Capítulo 49

SE VOCÊ GOSTA DISSO, É MELHOR COBRIR COM UMA TOALHA

Esculpida em mármore púrpura reluzente e com pelo menos dez metros de altura, uma estátua mostra um Hudson *bem* nu e *bem*-dotado.

— Estou tentando não olhar para aquilo. — Macy se engasga com as palavras e, por "aquilo", sei que ela se refere a uma certa parte da estátua que não passa despercebida. — Mas é impossível.

— Realmente é — Éden concorda, parecendo meio impressionada e meio apavorada.

— Está, tipo, bem ali — Heather diz. — Tipo, bem ali, Grace. Bem grande e bem ali.

Concordo com a cabeça, porque ela está absolutamente certa. É *realmente grande* e está *bem ali.*

— Está tudo bem, querido. — Flint dá um tapinha tranquilizador nas costas de Jaxon, ainda que ele também pareça hipnotizado pela estátua. — Ainda acho que fiquei com o melhor dos irmãos.

— Estão *de sacanagem*? — Jaxon repete, e dessa vez não sei se está falando com Flint, com todos nós ou com o próprio universo.

Éden balança a cabeça a essa altura.

— Pobrezinha de você.

— Grace. — É o primeiro som que Hudson faz desde que viu a estátua, e parece realmente tenso.

— Você está bem? — pergunto, porque, embora a estátua seja linda e obviamente uma obra de arte, dá para ver como ela pode parecer uma violação, em especial para alguém como Hudson, que mantém tanto do seu eu verdadeiro escondido do mundo. E ainda que seja só seu eu físico, ainda é muita exposição.

— Não posso... — Ele para de falar, então respira fundo e solta o ar bem devagar. — Como vou passar por essa coisa para chegar à estalagem? Eu me sinto tão...

— Nu? — Macy sugere.

— Sim — ele concorda, baixinho. — Exatamente isso.

Smokey, que dormiu durante a maior parte da viagem e durante toda a nossa caminhada pela cidade, escolhe este momento para colocar a cabeça para fora da mochila que Hudson leva pendurada no ombro. Ela grita quando vê que Hudson ainda a carrega, e chilreia para ele durante vários segundos antes de se esgueirar para fora da mochila e subir até seu pescoço.

Mas ela mal se acomodou quando solta um ruído alto, seguido por um som que parece um arfar. Então, coloca as mãozinhas de bebê sobre os olhinhos de bebê e solta um grito alto e agudo.

— Está tudo bem, Smokey — digo, estendendo a mão a fim de acariciar sua cabeça.

Ela dá uma dentada na minha direção, e seus dentes batem com tanta força que fazem barulho. E então ela reclama comigo e de mim em uma série de ruídos e rosnados. Não tenho ideia do que está dizendo, mas parece muito que ela me considera a única responsável pelo fato de haver uma estátua de Hudson nu na praça da cidade.

— Não é minha culpa! — respondo, com cuidado para manter a mão, e todas as outras partes do corpo, longe de sua boca dessa vez. E de todas as outras partes dela também.

— Smokey, está tudo bem — Hudson diz para a umbra, tirando-a de seu ombro e acomodando-a nas palmas de suas mãos.

Ela fica em pé, para poder olhá-lo bem nos olhos, com as mãozinhas nos dois lados de seu rosto enquanto o observa por vários segundos. Não sei o que ela vê ali — talvez o constrangimento de Hudson por causa da estátua, talvez outra coisa —, mas solta um uivo alto e agudo.

E então desce de suas mãos, escorrega pelo seu corpo e vai para o chão.

— Espere! Smokey! Aonde você está indo? — Hudson começa a acelerar atrás dela, mas seguro seu braço a fim de mantê-lo no lugar.

— Dê um instante a ela — sugiro a ele. — Ela não vai sair da praça, então você pode ficar de olho nela e ir atrás, se precisar. Mas obviamente tem alguma coisa acontecendo com ela.

— Isso é um eufemismo — Macy intervém conforme todos observamos Smokey correr pela praça até a área de grama roxa onde Hudson e eu fizemos mais de um piquenique durante o tempo em que moramos aqui.

Acontece que, bem agora, um casal está no nosso lugar favorito, perto do poço dos desejos, com uma toalha cor de lavanda aberta na grama violeta e uma cesta de piquenique aberta.

Smokey vai direto na direção deles, correndo pela grama e parando bem no meio da toalha. Assim que chega lá, começa a dizer alguma coisa para eles, porque seus bracinhos ficam se mexendo; sua cabeça, balançando; e seus gritinhos enchem o ar enquanto a umbra se aproxima cada vez mais das pessoas.

O casal começa a recuar, sem ter certeza do que fazer com o que parece ser para eles uma umbra irritada e descontrolada. Mas, quanto mais se afastam, mais Smokey avança em sua direção. E, embora seja pequena e adorável, ela parece bem feroz neste instante, e entendo por que as pessoas querem fugir dela.

— Talvez eu devesse... — começo a falar, mas Hudson já chegou à mesma conclusão que eu, e acelera até o outro lado da praça com o intuito de pegar Smokey.

Mas ele chega um segundo tarde demais, porque ela o vê se aproximar e balança e desvia, em uma tentativa de escapar. O casal usa a distração para colocar uma distância maior entre eles e Smokey, o que, ao que parece, era o que a umbra esperava que acontecesse o tempo todo.

Porque, assim que eles saem da toalha, ela solta um grito triunfante. Então agarra a toalha, lançando a cesta e a comida pelo ar e volta correndo pela praça.

— O que ela está fazendo? — Macy indaga enquanto todos observamos, transfixados pela pequena umbra com uma atitude tão gigante.

— Aterrorizando a população local? — Flint pergunta secamente.

— Obviamente — Macy concorda. — Mas ela tem algum tipo de plano... — Minha prima para de falar, pois o plano de Smokey se evidencia quando ela vai direto para a estátua de Hudson.

— Espere um minuto — Heather diz, boquiaberta com a surpresa. — Por acaso ela vai...

— Sim — respondo, com uma gargalhada. — É exatamente o que ela vai fazer.

Hudson quase a alcança na base da estátua, mas ela passa por entre as pernas da escultura com um grito. Então, sob os olhares fascinados de todos na praça, ela sobe pela perna direita da estátua até a altura dos quadris.

Solta outro grito desaprovador quando fica cara a cara com a parte do corpo que causou tanta comoção. Então corre ao redor do quadril várias e várias vezes, até que de algum modo consegue amarrar a toalha na estátua de Hudson como se fosse um sarongue.

— Sou só eu que acho — Jaxon pergunta —, ou meu irmão agora está vestindo a menor toalha da História?

— Talvez não da História — Heather responde para ele. — Mas é bem pequena.

— Mas cobre tudo que é importante — Flint comenta.

Jaxon solta um suspiro de alívio que, não tenho dúvidas, Hudson ecoa do outro lado da praça.

— Graças a Deus.

Observo Smokey descer pela perna da estátua, até onde Hudson a espera. Mas, em vez de saltar em seus braços abertos, ela corre várias vezes ao redor da base da estátua, sacudindo o corpinho, pulando e acenando com as mãozinhas no ar.

Macy parece se divertir tanto quanto está preocupada quando pergunta:

— O que ela está fazendo agora?

— Uma dança da vitória? — Heather sugere.

Percebo que minha melhor amiga está certa. A pequena bebê Smokey está fazendo sua versão muito elaborada e muito complicada de uma dança de comemoração de um *touchdown*. Na verdade, se houvesse uma bola de futebol por perto agora, tenho certeza de que ela a teria arremessado no chão.

Quando enfim termina, a umbra corre de volta para Hudson — que a observa com olhos arregalados e um sorriso gigante no rosto — e mergulha em suas mãos estendidas. Mas já que todos na praça estão encarando-a, toda aquela atenção é transferida de imediato para Hudson.

Só leva um instante para que todos o reconheçam. E então a praça se transforma em um verdadeiro inferno.

Capítulo 50

ESTOU COM OS VAMPARAZZI

As pessoas correm até Hudson de todas as direções — incluindo o casal cuja toalha de piquenique agora garante uma escassa modéstia à estátua dele.

— Precisamos ir até lá e salvá-lo? — Éden pergunta quando a multidão desce sobre Hudson. — Ou isso é uma coisa boa?

— Os caras construíram uma estátua gigante no meio da praça para homenageá-lo — Heather comenta. — Acho que ele vai ficar bem.

— Em algum momento — Éden concorda. — Depois que beijar um punhado de bebês e apertar um monte de mãos.

— Um *monte* de mãos — Flint repete, observando a multidão crescer, crescer e crescer.

— Então, o que devemos fazer nesse meio-tempo? — Jaxon questiona, com um bocejo. — Não me digam que vamos ficar parados aqui, esperando que ele consiga sair dessa confusão.

Jaxon soa cáustico o suficiente para que eu fique na defensiva.

— "Essa confusão", como você chama, é um grupo de pessoas muito legais — anuncio ao reconhecer Tinyati, Nyaz e várias outras pessoas que conhecemos durante o tempo em que moramos aqui. — Elas gostam dele e só querem dizer oi.

Jaxon revira os olhos.

— Não estou dizendo que elas não podem dizer oi, Grace. Estou só falando que não quero ficar aqui enquanto *todos* fazem isso.

É justo.

— Suponho que podemos fazer check-in na estalagem agora — sugiro, embora isso vá usar quase todo o dinheiro que Arnst nos deu. Mas partimos tão abruptamente da última vez, que tudo o que abandonamos pode estar exatamente do mesmo jeito. Não para mim, obviamente, mas para Hudson. Coisas como sua conta bancária.

Faço uma anotação mental para lhe pedir que verifique a questão antes de atravessar a rua em direção à estalagem. Nyaz está na praça, reunido ao redor de Hudson e com os demais, mas ele deixou uma assistente trabalhando no balcão. A plaquinha com o nome preso em seu suéter diz "Amnonda", e seus olhos se arregalam quando me aproximo dela.

— Vocês são o grupo que está com Hudson Vega, não são? — ela pergunta.

— Somos, sim — respondo, com cautela. — Como sabe disso?

— Você diz sem contar o fato de que são uns dos poucos paranormais visitantes que temos por aqui, fora do Festival das Estrelas Cadentes, há um bom tempo? — Amnonda responde, com um dar de ombros.

— Ah, uau, eu não sabia que o ramo do turismo tinha tido um declínio — observo, embora suponho que isso faça sentido, já que a Rainha das Sombras não precisa mais espantar os estrangeiros até Adarie na esperança de que um deles leve um dragão do tempo ao antigo prefeito.

— Está tudo bem. Vegalândia é um ponto turístico para fantasmas de toda a Noromar, que querem ver onde o Herói de Adarie salvou o Reino das Sombras. — A moça nos oferece um sorriso imenso. — Além disso, Anill nos disse para esperar por vocês. Nyaz já separou quartos para todos, e queria que eu dissesse a Hudson que são por conta da casa esta noite.

— Herói de Adarie — repito, e me pego sorrindo. Gosto disso. — Mas Nyaz não precisa fazer isso. Temos dinheiro. — Enfio a mão no bolso e pego as notas que Arnst nos deu antes de deixarmos a fazenda. — Além disso, precisamos mesmo falar com Nyaz. Sabe quando ele volta?

— Se ficarem mais de uma noite, podem falar com Nyaz sobre o assunto — ela pontua, ignorando meu dinheiro. — Mas, para esta noite, as ordens são incontestáveis. Hudson e seus amigos ficam de graça. — Começo a protestar mais uma vez, mas Amnonda levanta uma mão para me impedir. — É o mínimo que podemos fazer.

Aceito com um gesto de cabeça, resolvendo deixar para lá.

— E, respondendo à sua outra pergunta, Nyaz disse que volta hoje à noite, para trabalhar no último turno — ela informa. — Deixarei um bilhete para avisá-lo de que vocês precisam falar com ele. Por enquanto, por favor, desfrutem de seus quartos.

— Isso é muito gentil da parte dele — Flint diz para ela de trás de mim.

— Bem, não podemos deixar que Hudson se hospede em nenhum outro lugar, nem seus amigos. — O sorriso dela fica ainda maior. — Ainda não consigo acreditar que Hudson está aqui. Ele está realmente aqui!

— Ele está! — Jaxon concorda, fingindo entusiasmo, e dou um pisão em seu pé.

Amnonda não parece perceber — ou está animada demais para se importar.

— Eu estava estudando fora quando Hudson morou aqui antes — ela nos conta ao pegar as chaves dos nossos quartos do painel atrás de si. — Mas ouvi todas as histórias.

Quero lhe perguntar de quais histórias ela está falando. Como foram os dias de Hudson aqui se fui apagada da linha do tempo? Será que ele ainda trabalhou como professor? Quantos dragões do tempo ele teve de matar? Como ele eliminou Souil, já que não tem os mesmos tipos de poder que eu tenho?

Há tantas outras perguntas dando voltas na minha mente para as quais quero respostas. Tantas perguntas sobre o que é e o que não é real no tempo em que ele passou aqui — no tempo em que *nós* passamos aqui.

É como aquele velho ditado sobre a árvore na floresta. Se uma árvore cai e ninguém está por perto para ouvi-la cair, ela realmente fez algum som? Se eu estive aqui, mas ninguém se lembra de mim, meu tempo aqui chegou a existir?

Racionalmente, sei que existiu.

Eu me apaixonei por Hudson aqui.

Conheci Arnst, Maroly, Tiola, Smokey, Caoimhe, Lumi e Nyaz aqui.

Matei um dragão do tempo, lutei contra um feiticeiro do tempo e contra a própria Rainha das Sombras. Isso tem de contar para alguma coisa, certo?

Então por que ainda me sinto tão perdida? Por que ainda sinto como se algo importante tivesse sido quebrado e não sei como juntar as peças de novo?

— Obrigada por fazer nosso check-in. — Dou a Amnonda o melhor sorriso que consigo, ao mesmo tempo que distribuo as chaves entre meus amigos. Hudson e eu estamos em um quarto, Jaxon e Flint em outro, e todos os demais têm seus próprios quartos.

— Por que não vão colocar as coisas nos quartos e relaxam um pouco? — sugiro ao nos dirigirmos rumo às escadas. — Vou ver se consigo tirar Hudson do caos lá fora, para que possamos andar pela cidade e tentar descobrir quem é o contrabandista.

O caos agora é total e completo. Mais pessoas se juntaram à multidão original, e ainda que eu consiga ver Hudson — com Smokey empoleirada em seu ombro — tentando abrir caminho na minha direção, meu consorte mal consegue dar dois passos antes que alguém pare diante dele para dizer oi e perguntar como vai.

Se fossem pessoas desconhecidas, penso que ele acharia mais fácil simplesmente acenar e seguir em frente. Mas não são. A maioria das pessoas na praça conhece Hudson — eram pessoas que lhe serviam comida, vendiam roupas e outros itens, ou mesmo que tinham filhos em sua classe durante o tempo em que ele passou aqui.

Abro caminho entre a multidão e espero que haja uma brecha entre as pessoas.

Assim que percebo uma pausa de mais de cinco segundos entre uma pessoa e a seguinte, avanço para matar — ou, neste caso, para resgatar.

— Sinto muito — aviso ao enroscar meu braço no dele. — Mas preciso roubar Hudson só um pouquinho.

Um murmúrio desapontado atravessa a multidão, e levanto uma das mãos.

— Prometo que o trago de volta mais tarde. Na verdade, Hudson quer revisitar todos os seus antigos redutos, então todos vão vê-lo bastante por aqui nos próximos dias.

O desapontamento se transforma em animação com a ideia de Hudson visitar as lojas e restaurantes, e a multidão abre espaço com mais facilidade do que no começo.

Mais alguns apertos de mão, mais alguns ois de antigos amigos, e consigo tirá-lo da praça e levá-lo até a estalagem.

— Está me conduzindo? — ele pergunta conforme o levo na direção das escadas.

Olho Hudson com firmeza.

— Sem ofensa, mas alguém tinha que fazer isso, ou você ficaria lá a noite toda.

— Acredite em mim, não estou reclamando. Aquilo foi...

— Incrível — completo a frase, com um sorriso. — Absolutamente incrível.

— Um pouco sufocante — ele corrige, com expressão divertida. — Mas, se você diz, quem sou eu para discutir?

— Estão tão orgulhosos do que você fez por eles, e obviamente tão felizes em ver que você está bem depois da nossa partida tão abrupta.

— Sim. — Seu sorriso desaparece. — Sinto muito que não se lembrem de você.

— Eu não. — Balanço a cabeça. — Quer dizer, é estranho, quase como se aquele tempo não tivesse acontecido, mas não estou nem um pouco triste por não ser o centro das atenções. Estou mais do que feliz em deixar isso com você.

Estamos em nosso quarto agora e, quando a porta se fecha atrás de nós, Hudson me agarra e me puxa de encontro a si.

— Aquele tempo aconteceu, Grace. Com a linha do tempo fodida ou não, nós *estivemos* aqui juntos. Mesmo que eles não se lembrem, mesmo se você nunca tivesse se lembrado, mesmo assim aconteceu. Sempre vou me lembrar de você.

— Eu sei, Hudson. — Retribuo o abraço, porque meu consorte está um pouco trêmulo agora, seja da sobrecarga emocional do acontecimento recente na praça ou por causa da sobrecarga emocional que ainda atinge um de nós dois ao pensarmos naqueles primeiros meses quando o levei para Katmere comigo. — Amei você quando não me lembrava, e amo você agora que lembro. Nada vai mudar isso.

Hudson se afasta só o suficiente para me olhar nos olhos. E me deparo com todo o amor que tenho dentro de mim por ele brilhando naqueles olhos.

Parte de mim não quer nada mais do que me acomodar naquele quarto com Hudson e ficar ali para sempre. As coisas eram mais simples quando estávamos em Adarie. Mais fáceis. E, neste instante, simples e fácil parecem coisas realmente boas.

Mas não importa quão bom pareça, pois não será. Não quando temos uma Rainha das Sombras para encontrar e uma barreira que ainda precisamos confirmar que *pode ser atravessada* para chegarmos à Curadora — tudo isso o mais rápido possível, para podermos salvar Mekhi da morte certa e impedir Lorelei de sofrer mais do que já sofreu.

— Em que está pensando? — Hudson pergunta um pouco antes de abaixar a cabeça e aplicar um beijo suave em meus lábios.

Quando ele o faz, envolvo meus braços ao redor de seu pescoço, puxo-o para bem perto e roubo mais alguns beijos. Não é o suficiente para fazer com que um de nós espie a cama no canto — a mesma cama que dividimos durante todo o tempo que passamos aqui —, mas definitivamente o bastante para embaralhar meus pensamentos e mandar embora qualquer desconforto que tome conta de mim quando penso em tudo o que espera por nós do outro lado da barreira.

— Amo você — sussurro contra seus lábios, saboreando a maneira como sua boca se curva no mesmo instante em um sorriso.

— Amo você mais — Hudson responde antes de se afastar lenta e relutantemente. — Você não respondeu à minha pergunta.

— E que pergunta era? — Não estou prevaricando. Realmente não lembro o que ele perguntou. Não é a primeira vez que tenho esse problema quando Hudson me toca, e tenho quase certeza de que não será a última.

— Em que você estava pensando um minuto atrás? Você parecia...

— Séria? — preencho o espaço em branco para ele.

Ele balança a cabeça, aqueles olhos azuis atentos como o diabo.

— Assustada, na verdade. Você parecia assustada. Eu só gostaria de saber o motivo.

Capítulo 51

COM AÇÚCAR E COM AFETO, FIZ SEU GELO PREDILETO

— Não estou assustada — garanto, e é verdade. Ou pelo menos quero que seja verdade, e isso é basicamente a mesma coisa, não é? — Só estou nervosa se vamos ou não encontrar um contrabandista para nos ajudar a voltar ao nosso reino. Se não acharmos, então todo o nosso plano estará arruinado antes mesmo de começarmos.

— Nós vamos achar um — Hudson responde, confiante.

Mordo meu lábio.

— Tem mais uma coisa que está me preocupando — continuo.

Hudson levanta uma das mãos para colocar um cacho de cabelo atrás da minha orelha e pergunta:

— E o que é?

— Se os contrabandistas de fato *conseguem* contrabandear coisas para dentro e para fora de uma prisão, então por que o prefeito não os usou para ir embora? Ele ficou aqui durante *mil anos*, Hudson. Enquanto Lorelei estava lá fora, sofrendo sem ele. — Não consigo evitar o tom dolorido na minha voz.

Mas Hudson se limita a me oferecer um sorriso suave.

— Você acaba de responder a qual é o motivo, Grace. Ele viveu aqui por *mil anos*... e não envelheceu, o que descobrimos que ocorreu porque ele absorveu a magia do tempo daquele primeiro dragão. — Ele estende o braço para segurar minha mão. — Jikan disse que esta prisão é instável, mantida apenas por seus dragões do tempo. Acho que isso significa que a magia do tempo é literalmente a gaiola de aço que mantém todo mundo preso aqui dentro... fantasmas, umbras e dragões do tempo.

Ouço sua explicação e reflito a respeito por um instante antes de criar coragem para perguntar:

— Acha que isso significa que não vou poder ir embora?

Ele ergue as sobrancelhas.

— Por que o fato de o prefeito ter ficado preso aqui por absorver magia do tempo... — Ele balança a cabeça e aperta minha mão. — Por causa da seta do tempo que entrou em você, certo?

— Bem, sim — digo e aponto com o polegar em direção ao meu peito, para aumentar o efeito das minhas palavras. — A magia equivalente a *três* dragões do tempo me acertou, Hudson. E posso te assegurar de que ainda não tenho ideia do que está ricocheteando dentro de mim... Está uma confusão aqui.

Meu consorte dá uma risadinha, como eu sabia que faria, antes de responder:

— Bem, eu sei o que há aí, e é tudo lindo. Também acho que foi aquela magia que tirou suas lembranças e reiniciou sua linha do tempo. — Ele gesticula sobre o meu ombro, na direção da praça da cidade do lado externo da nossa janela. — Olhe só para os efeitos. Ninguém se lembra de você. Deve ter sido necessária muita magia do tempo para reiniciar as lembranças de todas aquelas pessoas, não acha?

— Acho que vamos descobrir — comento, mas não consigo disfarçar o ceticismo. — E ainda precisamos conversar com Nyaz.

— Ele disse para eu passar na recepção mais tarde, quando ele estiver trabalhando. Tem algumas tarefas para fazer agora, mas estará de volta à noite.

— Vou com você — aviso Hudson antes de puxá-lo para mais um beijo. Depois, vou ao banheiro para lavar o rosto e tentar domar meus cabelos e deixá-los com uma aparência minimamente arrumada.

Hudson, nesse ínterim, pega um lençol e um travesseiro do armário e arruma uma caminha de aparência confortável embaixo da janela. Então convence a agora exausta bebê Smokey a sair da mochila e se deitar na cama.

— Ela ficou acabada. — Vou até minha mochila e tiro a fita prateada cheia de glitter que compramos para ela na farmácia. — Tome, dê isso para ela.

— Você devia dar para ela — ele sugere, afastando-se para que eu me aproxime da umbra.

Reviro os olhos.

— Uma fita brilhante não vai fazê-la gostar de mim.

— Não, mas pode fazê-la *desgostar* menos de você — ele responde, com um sorriso presunçoso que me faz querer estrangulá-lo com a fita em questão.

Em vez disso, contento-me em lhe mostrar a língua. E isso faz com que a muito cansada Smokey uive para mim como forma de reprimenda mesmo ao arrancar a fita das minhas mãos e envolvê-la ao redor de si.

— É sério? — questiono, olhando para ela e para Hudson. — Você não pode aceitar a fita e ser má comigo ao mesmo tempo.

Ela chilreia em resposta e, embora eu não entenda o que está dizendo, definitivamente entendo o tom — que é completamente sarcástico, da pior maneira possível.

— Ao que parece, ela pode — Hudson comenta, em um tom de voz tão inocente que sei que está fazendo o possível para não cair na risada.

Lanço-lhe um olhar que promete todos os tipos de coisas terríveis se ele não conseguir se controlar, e ele responde com seu sorriso mais suave e charmoso. O fato de que isso me conquista, mesmo quando sei exatamente o que ele está fazendo e por que está fazendo, só me deixa mais mal-humorada.

Mais cedo, o ar começou a esfriar um pouco, então troco meu suéter magenta por um verde-escuro, mais quente e mais fofinho, e o visto por cima da camiseta antes de me dirigir à porta.

Hudson veste um suéter púrpura e então pergunta, ao mesmo tempo que chamamos nossos amigos:

— Aonde você quer ir enquanto esperamos para conversar com Nyaz?

— Eu estava pensando... — Bato à porta de Macy primeiro e não me surpreendo quando ela atende menos de dois segundos depois. Ela pode estar perdida e deprimida no momento, mas Macy ainda é Macy. E isso significa que é sempre a primeira na fila para uma aventura.

Hudson me observa com uma expressão séria.

— Talvez pudéssemos começar com Gillie.

Meu coração acelera ao máximo — e não porque meu consorte acaba de ler meus pensamentos.

— Acha que ela está bem? — sussurro. — Nós a vimos ser atingida por fogo do dragão do tempo, então sua linha do tempo devia ter sido reiniciada. Mas ela parecia tão... — *Morta*. Não consigo tirar da minha mente a imagem dela se jogando na frente do prefeito... de seu corpo desfalecido, bem ali na praça...

Hudson me impede de entrar em uma espiral.

— Smokey está aqui. Acho que Gillie também está. Vamos descobrir, com certeza.

— Quem é Gillie? — Macy pergunta antes de bater à porta de Éden.

— A melhor confeiteira em Adarie — Hudson responde, passando a mão em círculos nas minhas costas, em um movimento tranquilizador. — Embora nem ela tenha sido capaz de ensinar Grace a preparar um simples doce.

Reviro os olhos para Hudson, mas sua provocação funciona. Meu estômago passou da náusea extrema para um simples nervosismo, porque ele está certo — Gillie *estará* na padaria, pronta para servir as guloseimas perfeitas e todas as fofocas da cidade.

A padaria pode não ficar no centro de verdade da cidade, mas é, de todas as maneiras que importam, o real centro da cidade. Hudson pode brincar com o fato de que só durei um dia trabalhando ali — minha massa *choux* era realmente horrível —, mas nós dois passamos várias horas naquele lugar durante nossa primeira estada.

Não só Gillie faz os melhores doces em Adarie, e talvez de todo o Reino das Sombras, mas ela também prepara uma xícara de chá maravilhosa. Uma sem a qual Hudson dificilmente passava o dia durante nosso tempo vivendo aqui.

Assim que reunimos os outros, saímos pela cidade.

— Então, onde os contrabandistas se encontram? — Flint pergunta para ninguém em particular, em um tom de voz baixo.

— Nas docas, normalmente — Heather responde. — Pelo menos na TV.

Balanço a cabeça.

— Pode até ser, mas Adarie não tem litoral. Então tenho quase certeza de que não há docas por aqui.

— Acho que você quer dizer Vegalândia — Flint provoca.

— Como eu poderia esquecer? — Dou uma piscadinha para Hudson. — De qualquer forma, vamos à padaria de Gillie primeiro.

Para chegar ali, temos de atravessar a praça, e passar pela estátua gigante de Hudson. Tento de propósito não olhar para ela, mas está tão na nossa cara que é praticamente impossível ignorá-la.

Pelo lado bom, a toalha de piquenique de Smokey parece aguentar firme no lugar, então é uma preocupação a menos.

— Essa é a padaria da qual você foi despedida no primeiro dia? — Heather pergunta. — Você ainda quer ir lá de verdade?

— Fui despedida porque era completamente incompetente, não porque Gillie fosse uma chefe ruim — explico. — Além disso, nada acontece nesta cidade que alguém na padaria de Gillie não saiba.

Cinco minutos mais tarde, estamos amontoados ao redor de suas pequenas mesas brancas e cor-de-rosa, que se alinham na vitrine da padaria.

Não consigo ver Gillie, mas a padaria em si parece a mesma de quando Hudson e eu morávamos aqui. Isso deve ser um bom sinal, certo?

O lugar está lotado agora e, embora um monte de clientes e funcionários fique olhando para nossa mesa, ninguém se aproxima.

Não tenho certeza se é porque todos tiveram a chance de dizer oi para Hudson antes, ou se são tímidos demais para se aproximarem de todo o nosso grupo. De todo modo, é meio chato, porque é difícil conseguir informações das pessoas se elas não querem falar com você.

No fim, mando Hudson e Jaxon ao balcão para que peçam chá para todos e guloseimas para aqueles de nós que não sobrevivem bebendo sangue.

— Que tipo de doce você quer? — Jaxon pergunta ao empurrar a cadeira para se levantar.

— Qualquer coisa que não seja feita de massa *choux* — respondo. Porque, ainda que os doces feitos com a massa choux de Gillie sejam realmente uma maravilha, ainda vai demorar um tempo até que eu esteja disposta a comer essa massa feita de farinha e açúcar.

Um bom tempo.

— Não sei o que isso significa — Jaxon responde.

Hudson sorri.

— Está tudo bem. Eu sei. — Ele segura minha mão e a aperta.

— Pergunte sobre ela — peço, baixinho, lutando contra o nervosismo que revira meu estômago. Ele assente com a cabeça.

Os irmãos vão para a frente da padaria e são interceptados antes de chegarem na metade do caminho até o balcão. Dessa vez, não por alguém que queria conversar especificamente com Hudson — ou pelo menos, não só por causa disso. Não, pelo que consigo perceber, são pessoas superfascinadas por vampiros.

E era com isso que eu estava contando quando sugeri que nos sentássemos aqui. As pessoas em Adarie de fato têm muita estima por paranormais.

— Consegue fazer aquela coisa de dragão que você faz? — pergunto para Flint.

Ele ergue uma das sobrancelhas.

— Você quer dizer me transformar? Soltar fogo? *Voar*?

— Eu estava falando sobre uma atividade adequada a uma padaria, tipo os miosótis que você fez florescer naquela vez na biblioteca. Você consegue fazer algo *assim* novamente?

— Imagino que sim. Algum motivo em particular para isso? — O dragão se anima. — Por acaso vamos deixar Hudson com ciúme?

— Esse não é meu objetivo, não — respondo.

Ele suspira, desanimado.

— Não se pode culpar um cara por tentar. — Então Flint estende a mão e assopra suavemente nela. Segundos mais tarde, observo uma flor de gelo se formar, pétala por pétala, na palma de sua mão.

— Ah, uau! — exclamo em voz alta, o suficiente para chamar a atenção. — Essa é a coisa mais bacana que já vi. Pode fazer de novo?

— Não sou uma foca amestrada — ele responde, franzindo o cenho.

E pego a florzinha perfeita de sua mão e a seguro.

— Nunca imaginei que fosse — digo, com suavidade. Então, em uma voz muito mais alta, exclamo: — Isso é incrível! É perfeita!

Uma olhada de relance na direção do balcão me informa que a mulher mais velha atrás da caixa registradora — não a conheço, mas ela parece familiar, com cabelo lilás curto e linhas de expressão ao redor dos olhos — presta muita atenção em nós. Exatamente o que eu esperava. Se Gillie estiver lá no fundo, ela vai ouvir sobre os paranormais em pouco tempo.

— Como você faz isso? — pergunto, com um tom de voz muito mais alto do que normalmente uso.

Flint me dá um olhar que mostra que não está entendendo nada. Então replica:

— Porque sou um dragão. É meio o que eu faço.

— Bem, eu adoro isso. Você consegue fazer um buquê inteiro de gelo? Por favor? — Então, em uma voz mais suave: — Pode me ajudar nisso?

— Eu ajudo — Éden intervém antes de abrir a mão e soprar todo um jato de cristais de gelo. Eles se transformam no botão de rosa mais perfeito que já vi, com um longo cabo sem espinhos.

— Que lindo! — exclamo e, dessa vez, nem é fingimento. Aquilo deixa a margaridinha de Flint no chinelo. — Não sabia que dragões conseguiam fazer algo assim.

Éden só me dá um sorrisinho presunçoso, antes de estender a mão para a mesa ao lado e entregar a flor para Heather.

Heather arregala os olhos e olha para Éden e para a rosa como se não conseguisse entender o que está acontecendo. E eu entendo. Toda vez que olho ultimamente, Éden e Macy estão conversando de um jeito que não parece estritamente platônico.

Heather anda chateada e não fala especificamente sobre o assunto, mas seu estado de espírito é óbvio. Pelo menos até esta noite, quando ela se vestiu toda elegante, colocou maquiagem e passou a última meia hora conversando com todo mundo, menos com Éden.

— Obrigada. É linda — minha melhor amiga sussurra, levando a rosa ao nariz, como se ela pudesse ter cheiro.

Éden faz um aceno com a cabeça e a sobrancelha em resposta.

Flint bufa.

— Você age como se isso fosse difícil ou algo assim. — Em uma única soprada, ele cria uma rosa gigante já bem aberta.

— Eu não tinha percebido que era uma competição — Éden retruca. E então sopra um longo jato de cristais de gelo que se unem para formar um buquê de flores: rosas, margaridas, lírios e até umas duas orquídeas, se me lembro direito do nome de todas elas.

— É sério? — Flint diz.

Éden simplesmente dá de ombros, tira um dos lírios do buquê e entrega para o outro dragão.

— Posso fazer o meu, muito obrigado. — Então, ele inspira tão fundo que imagino que será capaz de iniciar uma nova era do gelo bem aqui nesta padaria.

No entanto, antes que comece a soprar alguma coisa, a mulher atrás do balcão para bem diante de nós com duas jarras grandes nas mãos.

— Achei que pudessem precisar disso — ela diz, com os olhos brilhando em admiração. — Seria uma pena desperdiçar essas flores.

Ela oferece uma das jarras a Éden, que a aceita com um sorriso e coloca o imenso buquê de flores de gelo antes de devolver a jarra para a mulher.

— Espero que goste delas.

A mulher suspira de prazer e, ainda que não seja Gillie, sei que encontramos o que estávamos procurando. Uma abertura para fazer perguntas cujas respostas podem nos levar até um contrabandista.

Capítulo 52

UM BEBEZINHO TÃO DOCE

— Esta padaria é sua? — pergunto quando ela deposita o pesado buquê de gelo na mesa.

— É, sim. — Ela me dá um sorriso. — Vocês são novos na cidade?

Meu coração afunda. O que isso significa? Como a padaria de Gillie pode estar aqui, exatamente como era, se ela mesma não está?

— Viemos com Hudson — obrigo-me a responder, acenando com a cabeça para onde ele e Jaxon estão... Ah, meu Deus, quase esfrego os olhos para ter certeza, mas, sim, aquele é realmente meu consorte fazendo cócegas em um bebê em um carrinho parado ao lado da caixa registradora. Acho que as brincadeiras sobre "beijar bebês" que fizemos antes são mais verdadeiras do que pensamos. Jaxon me pega encarando e me olha com uma expressão que significa "não acredito que você está me obrigando a fazer isso", mas não me sinto mal pela situação.

É bom para ele. O que quer que esteja acontecendo com ele e com Flint tem deixado Jaxon mais taciturno do que o normal, e isso precisa parar. Independentemente de se ele vai ser o futuro rei dos vampiros ou o futuro rei dos dragões, em determinado momento ele vai ter de abandonar esse ar tão altivo, sombrio e mal-humorado do qual tanto gosta e de fato falar com as pessoas. Quanto mais cedo se acostumar a ser gentil, melhor vai ser para ele.

— Ah, Hudson é simplesmente maravilhoso — a mulher comenta. — Seus alunos costumavam amá-lo muito. Estavam sempre falando sobre ele.

— Ele é muito adorável — concordo com ela, feliz que meu consorte ainda seja lembrado como professor.

Flint faz um som de descrença na garganta, e então dá o sorriso mais charmoso para a mulher.

— Ela precisa dizer isso. É consorte dele.

— Ah, você é a garota de quem todos estão falando! — Ela olha para o grupo. — Eu não tinha certeza de qual de vocês era a consorte, e pareceu rude perguntar.

— Não é nem um pouco rude — garanto, com um sorriso. — Você gostaria de se juntar a nós por uns minutos? Jaxon e Hudson estão pegando chá...

— Ah, eu adoraria, mas não posso. Todo mundo quer encontrar Hudson, ver como ele está, dar uma olhada nos amigos dele, então as coisas estão bem agitadas aqui hoje à noite. Mas foi muito bom conhecer todos vocês. — A mulher estende a mão. — Meu nome é Marian.

— Meu nome é Grace. — Aperto a mão dela, e então apresento todos os demais. — Mas, antes que você se vá, preciso perguntar. Onde conseguiu essas mesinhas tão adoráveis? Gostei tanto delas, e dá para ver pela cor que não são daqui.

— Não são preciosas? Polo as conseguiu para mim, embora eu não saiba de onde são. Ele tem um talento de verdade para encontrar as coisas mais obscuras em Adarie.

— Polo? — pergunto, buscando em minhas lembranças por alguém que se encaixe nesse nome, mas ninguém me vem à mente.

— Ele tem um estande no mercado da meia-noite. Fica na última fileira... o lugar não passa despercebido, nem ele.

— E por que isso? — pergunto.

Ela sorri.

— Porque ele é o único chupa-cabra na cidade.

Assim que ela menciona isso, lembro-me da última batalha contra a Rainha das Sombras, e do chupa-cabra que lutou ao meu lado e ao lado de Hudson. É lógico que o nome dele era Polo — como posso ter esquecido?

— Se forem atrás dele esta noite, digam que Marian mandou vocês — ela orienta. — E que eu disse para lhes dar um desconto.

— Pode deixar — Flint responde ao pegar o buquê de gelo e entregar a ela.

As bochechas de Marian ganham um tom roxo-escuro quando as aceita.

— Tem certeza de que não se importam?

Flint sorri para ela.

— Podemos fazer mais. Além disso, essas são definitivamente para você.

— Muito obrigada. — Ela cora um pouco mais, e então lhe diz: — Vou colocá-las no freezer para poder desfrutar delas por mais tempo.

Então volta para o balcão e a ouço anunciar que "o que quer que Hudson e Jaxon peçam é por conta da casa".

Flint se recosta em sua cadeira com um sorriso satisfeito.

— Você continua o mesmo — comento secamente para o dragão.

Ele me responde com seu olhar mais inocente.

— Não tenho ideia do que está falando.

— Até parece que não. Vai me dizer que não tentou jogar charme para cima de mim quando nos conhecemos. — Reviro os olhos.

— Tentar? — ele bufa. — Você caiu na minha isca como um peixinho.

— Ah, absolutamente. — Falo em tom inexpressivo. — Porque nada é mais digno do Príncipe Encantado do que jogar uma garota de uma árvore.

— É sério? Você vai trazer isso à tona depois de todo esse tempo? — Ele balança a cabeça. — Você já passou por muita coisa depois disso, *novata*.

— Só estou lembrando você de onde começamos, *Garoto Dragão*. E que seu charme não consegue livrá-lo de tudo, não importa o que você pense.

Ele olha de relance para Jaxon no balcão, e o sorriso some de seu rosto, substituído por uma expressão que só pode ser descrita como pensativa.

— Ah, acredite em mim. Esta é uma lição que aprendi muito bem nos últimos tempos.

Penso em perguntar o que ele quer dizer com isso — e qual o motivo de toda a tensão que continuo sentindo entre ele e Jaxon —, mas aqui não é exatamente o lugar para isso. Sem contar que Jaxon e Hudson escolhem este momento para encher a mesa com duas bandejas bem grandes.

Uma delas contém sete xícaras de chá, e a outra tem quase três vezes mais sobremesas deliciosas. Considerando que só cinco de nós vão comê-las, parece que exageraram um pouco. Pelo menos até dar uma espiada em Flint, que já pegou dois pedaços de bolo e um cookie gigante de chocolate.

Talvez, no final das contas, eles saibam o que estão fazendo.

— Tiveram alguma sorte? — Éden pergunta assim que os vampiros se acomodam em suas cadeiras.

— Quer dizer, além de termos recebido todas as sobremesas no balcão exceto as que não estavam achando? — Jaxon pergunta. — Não. Apesar de usar calça jeans azul e uma blusa rosa, a garçonete com quem falamos não parecia saber nada.

Tenho de me controlar para não rir do jeito que ele confundiu *choux* com *achou*, mas decido não o corrigir. Afinal de contas, ele *é* um vampiro. Com que frequência ele precisa se preocupar em ter de comprar doces?

Além disso, há coisas mais importantes sobre as quais precisamos falar agora do que sobre meu dia fatídico como padeira. Até mais importantes do que encontrar Gillie, embora a preocupação com ela arranhe o fundo da minha mente.

— Acho que conseguimos uma pista — digo.

Hudson apoia um braço no encosto da minha cadeira e sorri para mim.

— Por que isso não me surpreende?

— Porque sou uma gênia?! — sugiro.

— Verdade. — Ele pega uma das xícaras de chá e bebe um longo e cuidadoso gole. — Então, qual é a pista?

— Tem um cara chamado Polo que tem um estande no mercado noturno — Heather conta ao mesmo tempo que pega uma fatia de bolo de cenoura.

— No mercado da meia-noite — eu a corrijo, porque "mercado noturno" implica que ele é aberto quando escurece, mas as coisas não funcionam exatamente assim aqui. — Ele funciona da meia-noite até o começo da manhã, seis noites por semana.

Hudson acena com a cabeça, em concordância, e então indaga:

— Polo? O chupa-cabra?

— Então você se lembra dele?

— É claro que lembro. Ele salvou meu traseiro naquela última batalha com a Rainha das Sombras.

— Ele salvou nossos dois traseiros. Mesmo assim me esqueci por completo de seu nome. — E me sinto muito mal por causa disso.

— Não se sinta tão mal — Flint intervém. — Comparado com esquecer seu consorte por vários meses, esquecer-se de um total desconhecido... mesmo um que ajudou você... não é tão ruim assim.

— Meu Deus, obrigada. Você sabe mesmo como fazer uma garota se sentir melhor — respondo, a voz carregada de sarcasmo.

Mas o dragão simplesmente sorri e me diz:

— Faço o possível.

Os outros desfrutam de seus doces, conversando e rindo. Ainda que esteja feliz por estarem se divertindo, meu estômago embrulha quando me viro para perguntar a Hudson:

— Por acaso viu Gillie lá no fundo? — Tento soar despreocupada, mas minha voz trai meu nervosismo.

— Sim, eu a vi. Ela está bem — ele se apressa a confirmar, e meu coração dispara. — Ela só está um pouco, hummm... babona.

— *Babona*?

Em vez de responder, ele aponta em direção ao balcão — na direção do bebê cor de lavanda que Marian agora tem entre os braços. Meus olhos se arregalam.

— Aquela é...

— Marian é mãe de Gillie — Hudson confirma. — Esta é a padaria dela.

— A linha do tempo de Gillie foi reiniciada para quando ela era um bebê, assim como Smokey — concluo, e meu coração dói quando percebo que não poderei conversar com minha boa amiga. Mas Hudson aperta meu ombro de maneira reconfortante, e respondo com um sorriso.

— Pelo menos está viva. É tudo o que importa. — Meu consorte desfere um beijo em meus cachos.

— Concordo. — Bebo um gole de chá e deixo o calor atravessar meu corpo. — Ainda que, pessoalmente, eu não gostaria de passar pela adolescência novamente nem por todo o dinheiro do mundo.

Hudson sorri, e sorrio de volta.

— Ainda faltam várias horas para a meia-noite — Macy pontua para todo o grupo, consultando o grande relógio em forma de cookie na parede. — E Hudson mencionou que Nyaz começa seu turno da noite ainda mais tarde. Então o que dizem de preenchermos essas horas com um tour pela cidade?

— Sim, mas não faço questão de visitar os pontos turísticos — Heather acrescenta. — Quero ver os lugares que vocês frequentavam quando moraram aqui.

Meu estômago revira um pouco ao pensar a respeito. Não porque não quero mostrar tais lugares aos meus amigos, mas porque a viagem toda está doendo muito mais do que pensei.

Parte de mim está animada por estar de volta, animada em ver a cidade onde Hudson e eu moramos, onde nos apaixonamos.

Mas acabo de recuperar as lembranças em questão. Não tive nem sequer a oportunidade de olhar para cada uma delas com cuidado, de pensar nelas de verdade. Mesmo assim estamos aqui, de volta à "Adarie que se transformou em Vegalândia", e é como se nenhum daqueles eventos tivesse acontecido de verdade. Sequer tive a chance de arrumá-las na minha cabeça, e elas já estão mudando, se transformando, sendo tiradas de mim.

É uma sensação bem estranha.

Mesmo assim, são problemas meus e de ninguém mais, e entendo por que meus amigos querem explorar este lugar. Estavam preocupados comigo e à procura de meios para me salvar durante todo o tempo em que Hudson e eu estávamos aqui — é de estranhar que queiram ver como era nossa vida quando estavam tão convencidos de que algo horrível acontecera comigo?

Então deixo de lado os pensamentos estranhos que ricocheteiam na minha mente e ignoro o desconforto do qual não consigo me livrar. Em vez disso, concentro-me em dar aos nossos amigos o melhor tour por Adarie de que sou capaz.

E talvez, à meia-noite, tenhamos sorte e encontraremos o chupa-cabra apto a responder de uma vez por todas se ainda tenho magia do tempo em mim — e se vou ficar presa para sempre neste lugar que me esqueceu.

Capítulo 53

QUE TIPO DE ARTISTA É VOCÊ?

— Então, o que desejam ver primeiro? — Hudson pergunta depois que conseguimos comer o máximo de doces possível.

Jaxon empurra a cadeira para longe da mesa.

— Não sei. O que vocês faziam para se divertir por aqui?

— As mesmas coisas que fazíamos em Katmere, acho — replico à medida que seguimos para a porta.

— Ah, sério? — Macy ergue uma sobrancelha. — Tem muita guerra de bolas de neve no Reino das Sombras, por acaso?

— Não exatamente. — Dou uma risada antes de olhar para Hudson. — Sei para onde podemos levá-los.

Ele sorri.

— Na Marca, certo?

— Exatamente!

— O que é a Marca? — Heather pergunta conforme nos afastamos da padaria e nos dirigimos até os arredores da cidade.

— Vocês vão ver só — respondo enquanto a animação toma conta do meu corpo.

Hudson e eu achamos este lugar depois de passarmos vários meses em Adarie. Estávamos vagando pela cidade no nosso dia de folga, à procura de algo divertido para fazer, quando demos de cara com o antigo armazém. E ainda que eu não possa afirmar que éramos frequentadores regulares, viemos vezes suficientes para conhecermos o lugar bem o bastante.

Ao atravessarmos a cidade a caminho da Marca, é difícil não sentir uma mistura estranha de nostalgia sobre este lugar, assim como uma vontade de ficar que não entendo muito bem.

Quer dizer, amo a vida que Hudson e eu estamos construindo em San Diego. Amo ir para a faculdade lá e amo a ideia de criar uma nova Corte das Gárgulas na minha cidade natal. E, mais do que tudo, amo estar com Hudson.

Mas há algo que sinto no meio-tempo em que caminhamos por estas ruas, por esta cidade, que simplesmente parece certo. As circunstâncias não eram perfeitas quando morávamos aqui — como poderiam ser, com dragões do tempo nos perseguindo e tentando nos matar? E com Souil planejando todas aquelas coisas horríveis?

Mesmo assim, apesar de tudo isso, era mais fácil do que a vida que temos agora — em especial depois que nos resignamos que ficaríamos aqui para sempre.

Não havia qualquer responsabilidade além de cuidarmos de nós mesmos e um do outro, e dos nossos empregos normais.

Não havia decisão de vida ou morte que afetava não apenas nós dois, mas todas as outras pessoas também.

Não havia medo de cometer um erro que destruiria tudo o que trabalhamos tanto para construir.

Não *desgosto* de ser a rainha das gárgulas. Como poderia, quando recebi a honra e a responsabilidade de servir ao meu povo? Mas não é algo que eu teria escolhido para mim mesma, tampouco. Não é como se a Grace de quinze anos um dia tivesse se sentado em sua cama e sonhado com como seria governar um dia. Ser rainha definitivamente não estava na lista dos meus empregos dos sonhos.

Então, sim, enquanto passamos pela antiga escola de Hudson e apontamos a sala de aula dele para nossos amigos, ou paramos para olhar pela vitrine da boutique onde finalmente arrumei um emprego cujas atividades eu conseguia desempenhar, é difícil não pensar em nossa vida aqui. É difícil não desejar que a vida que estamos construindo juntos agora pudesse ser tão descomplicada quanto aquela.

É uma droga que ninguém se lembre de mim? Sim, bastante. Mas, quanto mais caminhamos, mais percebo que também é meio libertador. Aqui posso ser qualquer um. Posso fazer qualquer coisa. Em casa, estou ocupada demais com a tentativa de equilibrar toda a minha vida — a faculdade, o Círculo e o trono das gárgulas — para me preocupar com minha identidade e minhas aspirações.

— Grace costumava trabalhar aqui também — Hudson explica quando passamos pela loja de ferreiro onde trabalhei por exatos dois dias.

— Você trabalhou como ferreira? — Heather pergunta, arregalando os olhos. — Sério?

— Hum, eu era mais como alguém que estava fazendo um teste para ser aprendiz de ferreira — conto. — Não era para mim, na verdade.

— Sério? Quer dizer que ficar parada diante de um fogo de dois mil graus, forjando metais por horas sem fim não era para você? — Flint pergunta, cruzando os braços com um sorrisinho irônico.

Reviro os olhos para o dragão antes de responder:

— Quero que saiba que eu não me importava com o fogo ou com *forjar* metais. Só que eu era muito ruim nisso. Tipo, eu era mesmo muito, muito ruim.

— Era mesmo — Hudson concorda, e cai na gargalhada quando dou uma cotovelada de leve em seu estômago. — O quê? Você era mesmo.

— Sim, bem, você não precisa parecer tão animado quando diz isso.

— Desculpe, vou demonstrar mais moderação quando estiver documentando uma de suas tentativas fracassadas de trabalho — ele promete, revirando os olhos.

Penso em provocá-lo um pouco mais, mas então viramos a esquina no fim do bairro comercial e a animação toma conta de mim.

— Ali está! — anuncio para meus amigos quando paro para dar uma boa olhada no lugar. — A Marca.

— Huumm, aquilo não é só um armazém velho? — Macy pergunta, contemplando o enorme edifício à nossa frente.

— Morda sua língua! — retruco enquanto faço todos apressarem o passo naquela direção. — É muito mais do que costumava ser.

— Que era um armazém velho — Macy repete.

— Você vai lamentar seu julgamento precipitado assim que entrarmos — aviso, antes de me apressar pelos degraus que conduzem à porta da frente. — Este lugar é incrível!

Então abro a porta e deixo meus amigos entrarem em um dos lugares mais legais que já conheci.

— É um museu? — Jaxon pergunta, fitando as imensas obras de arte penduradas na parede diante da porta de entrada.

— É mais como uma cooperativa de artistas — explico ao mesmo tempo que levo todos para dentro. — Um monte de artistas vive e trabalha aqui, compartilhando o espaço e as ferramentas conforme criam algumas das obras de arte mais incríveis que já vi.

— Você pintava aqui? — Heather pergunta, me lembrando mais uma vez de que ela me conheceu em uma vida diferente... diferente da minha vida aqui, em Noromar, e da minha vida em Katmere.

— Sim. O tempo todo. — Analiso ao redor até encontrar o que estava procurando. Um velho sofá roxo embaixo de uma janela no canto. As molas já estão meio para fora em alguns lugares, o estofado gasto pra caramba, mas Hudson ficava deitado ali por horas, lendo e me observando pintar com a luz que atravessa as imensas janelas.

Ao passo que observo a coleção de arte na parede ao lado, percebo que é mais um santuário do que uma exposição — todas as obras mostram o mesmo tema. Hudson.

E é quando vejo. Pendurada entre o conjunto das outras pinturas.

Meu coração acelera quando me aproximo e fico parada a menos de dez metros de uma das peças, com a vista borrada pelas lágrimas não derramadas.

— Cara. — Flint solta um longo assobio, encarando a parede também.

— É sério — Jaxon fala ao se aproximar mais do que eu com relação à exposição, balançando a cabeça à medida que analisa pintura após pintura. — Entendo que as pessoas ficaram gratas por você tê-las salvado, mas esta coisa já está bem além disso.

Jaxon não o diz com nenhuma ponta de inveja, e eu entendo. Assim que chegamos à "Vegalândia", achei divertido. Maravilhoso. Era incrível que tantas pessoas pudessem ver quão formidável meu consorte é. Mas reconheço agora que é mais do que adoração ao herói.

Há quadros de Hudson jogando *pisbee* com um bando de pessoas no parque, Hudson sorrindo em primeiro plano e os outros mais ao fundo do campo. Há um dele erguendo uma tora de madeira gigante por sobre a cabeça com uma única mão, em uma casa em construção. Hudson tirando pedras gigantes da entrada de uma caverna coberta por um deslizamento de pedra. Hudson acenando de um telhado, com uma criancinha nos braços. Há até uma de Hudson com os braços cruzados, com uma das sobrancelhas erguidas enquanto tenta não rir de um grupo de crianças cobertas de tinta, e o edifício atrás deles também coberto por manchas coloridas aleatórias.

E minha favorita: Hudson parado com um pé no pescoço do dragão morto, joelhos dobrados, mãos nos quadris, com os moradores da cidade ao redor de si, comemorando. A única coisa que falta é a capa...

— Ah, meu Deus — sussurro. — Vegalândia é *Smallville*!

Heather pega a conexão imediatamente, como era de esperar, considerando nosso amor pelas histórias em quadrinhos.

— Hudson não só salvou a cidade quando a rainha atacou, Jaxon. — Ela se vira para ele, e então acena na direção de todas as pinturas, gesticulando para Hudson, que está atrás de nós. — O Clark Kent aqui nunca usou óculos. Ele *viveu* com eles. Manteve todos em segurança. Fez com que se sentissem amados.

Éden sorri.

— Imagine crescer com o Super-Homem morando na casa ao lado? De verdade?

— Bem, uma coisa é ser amado e outra é ser *amado* — Macy acrescenta, encarando a pintura de um por dois metros diante de mim. — Eu me preocuparia que este artista esteja pensando em fazer um vestido com sua pele.

— Ei — chamo-a e dou um soquinho brincalhão em seu braço. — Assim você me magoa.

Cinco cabeças se viram como uma só, da pintura para mim, e meu rosto de repente fica muito, muito quente. Nunca fui o tipo de artista que se sente confortável com pessoas olhando para os seus trabalhos, então estou basicamente em um inferno autoinfligido agora.

— Foi *você* quem pintou isso — Éden conclui, sua voz cheia de orgulho, e confirmo com um rápido aceno de cabeça.

E então ficamos todos parados ali, contemplando o quadro de Hudson.

Eu me lembro exatamente de quando o pintei. Foi no dia depois que ele me falou pela primeira vez que me amava. Quando lhe falei que o amava também. E é evidente em cada pincelada na tela, em cada traço de tinta deixado para trás.

Engulo um oceano de lágrimas que obstrui minha garganta.

Não quero que ninguém veja o que estou sentindo agora, mas Hudson vê. Ele sempre vê. E quando sinto seus braços deslizarem ao redor da minha cintura e me puxarem contra seu peito, passo meus braços ao redor dos dele e seguro com toda a minha força, e nesse meio-tempo uma maré de emoções sobe e ameaça me inundar.

Não é só a vergonha por meus amigos analisarem a pintura que fiz de Hudson que de repente dificulta a respiração.

Não é nem sequer o meu amor por esse garoto, exposto a cada pincelada que dei nas rugas perto de seus olhos e nas manchas azul-marinho em suas íris brilhantes, que faz meu estômago se contrair.

E não é a percepção de que finalmente está diante de mim — bem diante de mim — a prova de que estive aqui, de que *realmente* fiz diferença neste lugar que escolheu me esquecer, que faz com que meus joelhos tremam neste momento.

É que essa pintura representa muito mais do que apenas suas partes. E uma das outras coisas que ela representa, uma das razões pelas quais ela importa tanto, é que o ato de pintar é agora só mais uma das coisas que eu costumava fazer. Mais uma das coisas que eu costumava amar.

Porque, sem contar o que pintei na aula de artes em Katmere, não pego um pincel desde que deixei Adarie. Sim, ainda tenho minhas tintas e pincéis, mas não olhei para eles nenhuma vez nos últimos meses. Na verdade, não tenho nem certeza de em qual armário estão enterrados lá em San Diego.

Meu amor pela pintura é apenas mais uma das coisas que este mundo tirou de mim, só mais uma parte de quem sou que se perdeu sob o peso de ser a rainha das gárgulas.

Heather me encara de um jeito estranho, mas não se pronuncia sobre meu trabalho, e fico grata por isso.

Hudson faz círculos tranquilizadores entre minhas omoplatas enquanto nos leva para a porta. Lanço-lhe um sorriso grato, mas ele não sorri de volta. Em vez disso, apenas me observa com aqueles olhos atentos que enxergam tanta coisa.

E isso me deixa sem qualquer outro recurso a não ser me virar para meus amigos e começar a tagarelar sem parar sobre este lugar.

— Então, por qual andar querem começar? É meio que dividido por formas de arte, para que os diferentes materiais sejam facilmente acessíveis para qualquer um que precise deles.

— De que tipo de equipamentos você está falando? — Éden pergunta.

— De todos os tipos — respondo. — O térreo é onde ficam em geral as pinturas e fotografias, mas no primeiro andar há um estúdio de esculturas com todos os tipos de cinzel que você possa imaginar. Sem contar tornos, fornos de olaria e uma tonelada de barro.

— E o segundo andar tem teares, máquinas de costura e um monte de fios e tecidos — Hudson acrescenta.

— Essa é a coisa mais legal sobre a qual já ouvi falar — Macy comenta com ele, e seus lábios pintados de um tom escuro de cereja se curvam em um leve sorriso enquanto minha prima fica parada no meio do armazém e olha para todos os murais nas paredes ao nosso redor. — Os artistas pagam por isso?

— Na verdade, é o governo de Noromar que paga — respondo. — É por isso que é aberta ao público. É um dos projetos de estimação do conselho da cidade.

Meus amigos são tão fascinados pelas cooperativas quanto Hudson e eu, e passamos algumas horas vagando pelos diferentes andares, olhando as obras e conhecendo os artistas. É um pouco desconcertante, porque mais de um deles trabalha no momento em uma obra cujo tema é Hudson, e isso o incomoda um pouco, em especial quando alguém lhe pede que pose para fotos, para que possam usar em seus trabalhos.

Mas, quando estamos terminando de ver todos os três andares, ele já tira de letra. Saímos para uma das minhas partes favoritas da cooperativa — o gigante jardim de grafite que se entende pelo comprimento do armazém.

Entre duas paredes imensas que correm uma paralela à outra, o jardim se estende com flores, caminhos de pedra e bancos, e forma uma cena diferente em cada lado. Há uma fonte imensa no meio do jardim, com bancos ao redor para que as pessoas se sentem e admirem as paredes grafitadas.

Ambas estão cobertas com pequenos murais, placas e frases aleatórias que me fazem sorrir. Tudo, desde corações com as iniciais das pessoas dentro até frases sobre a vida, tanto positivas quanto negativas, e citações de poemas e canções favoritos.

— O que é isso? — Flint pergunta quando nos aproximamos dos imensos armários de metal colocados em uma das extremidades do jardim. Sinto-me mal ao perceber que ele manca um pouco. Subir e descer as escadarias de metal deve ter piorado sua perna.

— É a melhor parte — explico, com um sorriso.

Mas então Flint tropeça em uma rocha fora de lugar e Jaxon acelera até ele em um piscar de olhos, segurando seu braço para impedi-lo de cair. E, ao que parece, isso é a coisa errada a se fazer, a julgar pelo olhar que Flint lhe dá, e pelo jeito como ele puxa o braço.

Jaxon solta um rosnado gutural, mas não fala nada. Só solta um suspiro exasperado e permanece no lugar ao mesmo tempo que Flint luta sozinho para atravessar o restante do caminho até o armário. O olhar cor de ébano de Jaxon se concentra em Flint, que tropeça pela segunda vez no caminho rochoso, mas dá para ver que está respeitando o limite não declarado, ainda que alto e claro, do namorado — se Flint quiser a ajuda de Jaxon, ele vai pedir.

Não posso nem imaginar como deve ser difícil para os dois. Jaxon, com sua superproteção em alerta máximo, porque deseja impedir Flint de se machucar de novo. E Flint determinado a ser independente e fazer as coisas sozinho.

Sem saber como ajudá-los, exceto tentar aliviar o constrangimento, corro até os armários e abro as portas para que todos vejam o que os espera.

Capítulo 54

UM POUQUINHO DE SPRAY PARA MIM

— Tinta spray? — Flint dá uma gargalhada assim que visualiza os conteúdos dos armários industriais. — E são para qualquer pessoa?

— Absolutamente — respondo ao estender o braço a fim de pegar latas de cores diferentes, as quais lhe ofereço. — Qual cor você quer?

Flint analisa com ar de surpresa as tampas de cores distintas.

— Então elas não são de diferentes tons de púrpura?

Percebo que ele está certo. A tinta spray vem em dezenas de cores, e é por isso que os grafites são tão bonitos. É uma mistura de todas as cores imagináveis, e nunca percebi isso antes. Ou, se percebi, não notei que a tinta spray — e vários dos suprimentos artísticos, como as tintas que usei no retrato que fiz de Hudson — deve ter vindo de algum outro lugar. Que possivelmente não é em Adarie ou mesmo de algum outro lugar de Noromar.

Assim como as mesas da padaria, os sofás na casa de Souil e as roupas coloridas que tantas pessoas na cidade gostam de usar — tudo isso deve ter sido contrabandeado para cá. Mais provas de que realmente há pelo menos um contrabandista — Polo ou alguém que ele conhece — ativo em Noromar. E, se este é o caso, talvez o plano de Hudson de como atravessar a barreira de volta possa de fato funcionar.

Mas ainda faltam várias horas para a meia-noite, então decido pensar no contrabandista mais tarde. Neste instante, só quero me divertir com meus amigos.

Pego duas latas para mim, azul e prata, e então espero que meus amigos façam o mesmo antes de seguir rumo à parede. Nós nos espalhamos e começamos a pintar com o spray em todo espaço vazio que encontramos.

Hudson desenha um coração vermelho gigante e coloca nossas iniciais dentro, porque ele é brega assim. Reviro os olhos para ele, que sorri e acrescenta vários corações extras flutuando ao redor do principal.

— Você é um pouco grudento. Sabe disso, certo? — Macy comenta à medida que pinta uma aranha preta gigante bem ao lado do coração de Hudson.

Hudson funga.

— Prefiro pensar em mim como romântico.

— Sim, bem, prefiro pensar em mim como incrível — ela rebate. — Não faz com que seja verdade.

— É absolutamente verdade — intervenho, interrompendo um desenho de onda para fitá-la. — Você é a pessoa mais incrível que conheço.

— Putz, obrigado — Hudson fala, de maneira inexpressiva.

Reviro os olhos para ele.

— Você é meu consorte. Já sabe que acho você incrível.

— Sim, bem, nunca é demais ouvir de novo. — Mas ele está sorrindo ao acrescentar um "4-ever" no espaço logo abaixo das nossas iniciais.

Macy finge que vai vomitar.

— Acho que vou ter um pico de glicose.

Ela parece tão diferente da Macy que eu conhecia, a ponto de eu precisar lembrar a mim mesma que minha prima ainda está ali. Sob a maquiagem gótica, os piercings e *todo o sofrimento*, Macy está ali. Só preciso descobrir como ajudá-la a superar a dor.

Éden se apressa com uma lata de tinta roxa na mão. Ela mira na aranha de Macy e desenha rapidamente um par de asas de dragões, antes de sair correndo para zoar com Flint e Jaxon.

— Dragões — Hudson diz, com outra fungada muito petulante, mas seus olhos brilham de diversão, mesmo antes que ele acelere atrás de Éden e desenhe um par de presas de vampiros perto do dragão dela.

Macy e eu ficamos sentadas durante a meia hora seguinte, enquanto os outros atacam os desenhos uns dos outros e pintam tudo em que conseguem colocar as mãos. Espero que isso nos dê uma chance de conversar — conversar *de verdade* —, porém, toda vez que tento abordar algo que não seja totalmente superficial, ela muda de assunto.

Até que enfim paro de tentar.

Depois de um tempo, os outros também cansam e vêm se sentar conosco. Hudson se larga ao meu lado, ao passo que Éden, Heather e Jaxon se sentam no chão perto de nós. Flint escolhe a fonte que está bem na nossa frente e, com um suspiro de alívio, estica no banco a perna que contém a prótese.

Dá para sentir uma brisa, que de vez em quando traz um aroma intenso de flores. Ainda que já passe das dez, o sol ainda está a pino e impede que o vento nos deixe com muito frio. Acrescente a isso o barulhinho da fonte e o chilreio gentil dos pássaros nas magnólias roxas, e é muito bom estar aqui.

Mais ainda, é relaxante.

Essa não é uma palavra que associo com os momentos em que estou com meus amigos com muita frequência — pelo menos, não quando estamos quase todos juntos, como agora. Desde que nos formamos em Katmere, só nos reunimos assim, em massa, quando há um problema para resolver ou uma batalha para lutar.

Ainda que eu saiba que há um problema à nossa espera assim que deixarmos este jardim — vários problemas, na verdade —, por ora é muito bom ficar sentada com meus amigos e conversar sobre coisas bobas. Aulas com as quais estamos preocupados, os últimos filmes que vimos e se os ingressos para os shows das nossas bandas favoritas estão caros demais.

Quase me permiti relaxar quando Macy olha para seu relógio de punho e anuncia:

— Falta meia hora para meia-noite. Hora de ver se o chupa-cabra conhece alguém que possa nos contrabandear para casa... ou se o púrpura vai ser minha nova cor favorita. Para sempre.

E é assim que nosso momento perfeito desaparece como cortinas empoeiradas ao longo do tempo, substituído pelo silêncio, pelas responsabilidades e pelo medo implacável que nos segue por todo o caminho até o centro da cidade.

Capítulo 55

SÓSIAS ADOLESCENTES

— Para onde vamos agora? — Flint pergunta conforme voltamos para o centro da cidade.

— Ainda temos um tempinho antes que o mercado da meia-noite abra — Hudson responde. — Alguém está com fo... — Ele para de falar e emite um barulho de engasgado que faz com que todos olhemos para ele, preocupados.

— Você está bem? — pergunto, apoiando a mão em suas costas.

Mas ele está ocupado demais encarando o outro lado da rua para prestar atenção ao que estou dizendo.

Eu me viro para seguir a trajetória de seu olhar e me engasgo também. Porque, caminhando pela calçada, na nossa direção, está um grupo de cerca de dez fantasmas adolescentes, com provavelmente treze ou catorze anos. E estão todos vestidos como... nós.

E quando digo "vestidos", quero dizer totalmente fantasiados.

— Ah, meu Deus! — Heather exclama antes que nos alcancem. — Olhem a Éden pré-adolescente! É adorável.

— Ela tem bom gosto em tatuagens — Éden admite depois de passar vários segundos estudando a garotinha roxa usando calça de cintura baixa e um cropped. Ela usa tatuagens temporárias de dragão e fogo nos braços e prendeu os longos cabelos roxos em dois coques laterais com alguns fios soltos.

— O Flint pré-adolescente também está muito bem — Flint observa quando nos aproximamos um pouco mais. O menino tem o cabelo naturalmente encaracolado, tal como Flint, contudo, ao contrário do que o dragão usa normalmente, o dele está puxado bem para o alto da cabeça.

Também é muito fofo o fato de usar botas gigantes, uma calça jeans surrada e uma camiseta verde com as mangas enroladas para mostrar seus bíceps inexistentes. Sem mencionar a tatuagem de dragão que parece ter sido desenhada por ele mesmo em um dos bracinhos roxos.

A Heather pré-adolescente está com o cabelo preso em um milhão de trancinhas e usa um moletom roxo-vivo, de zíper, e calça de moletom com a cintura virada. Também tem uma toneladas de anéis brilhantes nos dedos lilás, assim como minha melhor amiga costuma usar.

Quanto às *duas* Macys pré-adolescentes... Elas estão vestidas com saias--shorts pretas e minúsculas, botas grossas e meias listradas e rasgadas. Uma delas usa um colar pontiagudo em volta do pescoço, ao passo que a outra tem pulseiras com ilhoses em torno dos punhos. Além disso, as duas pintaram/tingiram os cabelos de verde, ou o mais perto de verde que um cabelo roxo consegue ficar, e aplicaram uma maquiagem gótica bem pesada ao redor dos olhos e dos lábios.

Uma delas carrega o que suponho ser uma varinha mágica.

— São lindas — concordo, quando as crianças se aproximam. — Mas acho que a fantasia de Jaxon é minha favorita.

— Do que está falando? — Jaxon parece confuso. — Não tem nenhum Jaxon.

Todos o encaramos como se ele precisasse de óculos.

— Está brincando? Está bem ali. — Aponto para a miniatura de Jaxon.

— Aquele de jeans e camiseta branca? O cabelo está errado, mas gosto da jaqueta de couro. — Ele acena com a cabeça para si mesmo. — Sim, ok, consigo me ver naquele garoto.

— Aquele ali supostamente sou eu, seu idiota — Hudson lhe diz, revirando os olhos.

— Você é aquele todo de preto, Jaxon — Macy complementa, tentando ajudar.

— Aquele todo de... Sem chance! — Ele parece completamente confuso. — Aquele *não* sou eu.

— Sério? — Heather o analisa de cima a baixo, fazendo questão de parar o olhar na camiseta preta e justa e na calça jeans preta. — Quem mais poderia ser?

— Não sei. Macy? Quer dizer, olhe para o cabelo.

— Exatamente — Flint provoca. — Olhe para o cabelo.

— Meu cabelo não é daquele jeito — Macy rebate.

Jaxon parece furioso.

— Bem, nem o meu! Obviamente. — Ele passa a mão pelos cabelos compridos e ondulados, como se quisesse provar seu argumento.

Mas isso só o torna mais despenteado — e faz com que se pareça ainda mais com o cabelo em questão do pré-adolescente. Que é uma peruca de mulher com cabelos pretos e soltos que obviamente eram muito mais compridos antes que alguém — um amador, pelo jeito — usou uma tesoura para tentar criar o corte bagunçado típico de Jaxon.

— Cara, seu cabelo é exatamente assim — Éden argumenta. — O menino até recriou essa parte caída nos olhos.

— Só espero que ele não tropece. — Macy se preocupa.

Flint dá de ombros.

— Jaxon é capaz de não tropeçar.

— Porque meu cabelo não é daquele jeito! — Jaxon retruca, ultrajado. — Sabem quanto gastei neste corte de cabelo?

— Ah, a verdade vem à tona — Hudson provoca.

— Não sei. — Éden olha para o garoto e para Jaxon. — Ou eles são especialistas em penteados ou você está sendo roubado. Porque... cara. O cabelo é exatamente o mesmo.

— E a calça também — Macy comenta, tentando ajudar.

Jaxon estreita os olhos para minha prima.

— A calça? Sério? Elas têm lantejoulas. Nunca usei uma lantejoula na vida.

— Sim, mas você conhece mais alguém no grupo que use calças tão justas? — Heather pergunta para ele.

— Ela tem lantejoulas! E é uma calça flare! — Jaxon ruge, apontando para a barra da calça.

— Não vejo diferença alguma. — Hudson cutuca o vampiro irritado só porque pode. — O que acha, Grace?

— Quer dizer, elas parecem justas o bastante para cortar a circulação, o que é uma característica do visual de Jaxon. Além disso, alguém aqui sabe o que é uma calça flare? — pergunto para o grupo.

Todo mundo nega com a cabeça.

— Não tenho ideia — Hudson acrescenta.

Éden parece confusa.

— Está falando daquela coisa que dispara luzinhas quando as pessoas estão em apuros?

— Encerramos nossa argumentação — digo para Jaxon, com um pequeno dar de ombros.

— Querem saber? Fodam-se todos vocês — ele rosna. — Eu não me pareço com aquilo.

O Jaxon pré-adolescente escolhe aquele exato momento para correr até o Flint pré-adolescente e fingir morder seu pescoço. A esta altura, todos nós — exceto Jaxon — caímos na risada.

— Bem — Hudson pontua, quando enfim para de rir. — Não dá para ficar mais óbvio do que isso.

— Não importa — Jaxon retruca quando os adolescentes por fim se afastam de nós. — São só crianças.

— Crianças que... — Hudson paralisa no meio da piada, arregalando os olhos.

— Qual é o problema? — pergunto, olhando ao redor. E então quase morro. Porque, vindo na nossa direção, pela esquerda, estão não menos do que seis mini Graces, com idade para estarem no ensino médio, com longos cabelos cacheados, regatas e sutiãs muito, *muito* recheados.

Ah. Meu. Deus.

Agora seria um momento excelente para o chão se abrir e me engolir inteira.

É a vez de Jaxon rir — junto a todos os outros. E isso é antes que a líder das Graces, na falta de um nome melhor, para diante de Hudson e joga os cabelos para trás.

— Olá, garotão — ela cumprimenta , na voz mais ofegante que já ouvi.

Hudson arregala os olhos, e dá dois passos gigantes para trás, para se esconder bem atrás de mim.

— Humm, oi — respondo, porque não sei o que mais fazer. — Você parece muito...

— Não importa. — A garota revira os olhos ao me contornar a fim de se aproximar do meu consorte. — Você está lindo hoje, Hudson.

Ao falar, ela inclina a cabeça para trás, em um esforço de alongar o pescoço o máximo que pode.

— Humm, eu, nós... — Hudson se engasga. Ele simplesmente perde a fala e abandona o barco, deixando todos nós para trás enquanto caminha bem rápido pela calçada.

— Hudson, espere! — uma das outras o chama. E então as seis saem atrás dele pela calçada, como patinhos. Isso se patinhos jogassem os cabelos das perucas para trás, rissem e fizessem o máximo possível para que o grande e malvado Hudson Vega sugasse seu sangue. — Você está indo rápido demais! Não conseguimos acompanhar!

Ele não diminui sua corrida apressada pela rua.

Do nada, mais uma Grace falsa aparece. Só que esta não o persegue pela rua. Ela pula de uma jardineira a um metro e meio de altura, com minúsculas asas de plástico, bem quando Hudson passa.

Seguro a respiração, mas Hudson estende os braços em um reflexo na direção da garotinha e a pega — como se fosse uma noiva.

Todas as pequenas Graces surtam. E gritam como se estivessem em um show de Hudson Vega e correm em sua direção, como se ele estivesse no palco.

Hudson, para seu crédito, coloca a garotinha em pé com todo o cuidado. Até dá um tapinha em sua cabeça. E então acelera mais rápido do que jamais acelerou antes.

Capítulo 56

QUERO EXPERIMENTAR O QUE VOCÊ ESTÁ VENDENDO

O mercado da meia-noite era outra das coisas favoritas minha e de Hudson quando morávamos aqui. Considerando que o sol só se põe em Noromar durante o Festival das Estrelas Cadentes, é fácil perceber por que o mercado é tão lotado, mesmo à meia-noite. Mas não íamos lá com tanta frequência, simplesmente porque em geral estávamos cansados do trabalho e da vida. Mas, nas poucas vezes que fomos, sempre foi divertido.

Mas hoje à noite não estamos aqui pela diversão. Estamos aqui para encontrar Polo e convencê-lo a nos contar quem é a fonte dos produtos que ele vende. Parte de mim acha que ele pode ser a fonte — e o contrabandista —, mas não tenho nada em que me basear a não ser um pressentimento.

Mesmo assim, é um bom pressentimento, o mais forte que tenho em um bom tempo, então não estou pronta para deixá-lo de lado ainda. Não até conversar com Polo e descobrir o que ele tem a dizer — e como ele se comporta ao fazê-lo.

— Sabem a que estande precisamos ir? — Jaxon pergunta quando atravessamos os portões de ferro que impedem o acesso ao mercado ao ar livre quando está fechado.

— Sabemos apenas que fica perto do fundo do mercado — respondo. — Mas as coisas são bem organizadas aqui. Não deve ser difícil encontrá-lo... ou pedir a alguém que indique a direção correta.

— Acha que alguém vai ajudar? — Éden pergunta, e parece surpresa.

E isso me surpreende, pelo menos até que noto o comportamento de todos — não como se procurassem briga, mas definitivamente como se não planejassem fugir de uma. Até Heather parece tensa, como se estivesse a um passo de distância de ativar seu mecanismo de fugir ou lutar.

Só Hudson parece completamente relaxado, como se tivesse saído para um passeio noturno por Adarie. O que, em essência, é exatamente o que estamos fazendo. Só que com uma programação que não podemos nos dar ao luxo de estragar.

Pela centésima vez hoje, conjecturo como Mekhi está se saindo na Corte das Bruxas. Eu gostaria que nossos celulares funcionassem no Reino das Sombras. Lorelei prometeu mandar uma mensagem de texto se houvesse qualquer mudança em Mekhi, mas não vamos receber nada até sairmos daqui. Não temos escolha a não ser confiar na avaliação dela, de que temos mais de uma semana para encontrar o antídoto.

Não temos alternativa, então vou manter os dedos cruzados e torcer pelo melhor. E se esse plano de ação faz meu estômago revirar da pior maneira possível, bem, ninguém precisa saber disso, exceto eu mesma. Além do mais, não adianta tomar emprestado os problemas. Não quando não tenho dúvidas de que eles nos encontrarão por conta própria.

— Então, será que há um mapa de localização? — Heather indaga assim que chegamos ao último corredor do mercado. — Talvez possamos encontrá-lo assim.

— Não precisa — Hudson responde, fazendo um pequeno aceno com a cabeça na direção de um estande repleto de mercadorias de todas as cores imagináveis. Lanternas brilhantes, em tons de vermelho, verde e púrpura pendem de fios que atravessam o alto do estande. Há uma mesa repleta de bijuterias de pedras coloridas, e outra cheia de calças jeans e camisetas de todas as cores do arco-íris. O centro do estande exibe cobertores multicoloridos dobrados em pilhas com mais de dois metros de altura, além de móveis, quadros e vidros coloridos que me fazem lembrar de uma coleção que minha mãe mantinha em seu escritório.

Ela a enchia com as ervas e flores que usava em seus chás e, ao nos aproximarmos do estande, não consigo afastar os olhos dos lindos frascos âmbar de boticário, dos atomizadores carmesim e das jarras cor de jade. Juro que quase consigo sentir o cheiro doce e apimentado que costumava tomar conta de mim a cada vez que ela fazia suas misturas.

É uma sensação esquisita — uma que me deixa triste, ao mesmo tempo que me traz uma quantidade imensa de conforto. É estranho como só o fato de me deparar com aqueles frascos me leva de volta a todas aquelas horas depois da escola quando, sob sua supervisão, eu enchia as garrafinhas com raízes, flores e frutinhas que ela plantava, colhia e secava na nossa mesa de jantar.

— Então, qual é o plano? — Flint pergunta conforme nos aproximamos. — Preciso usar meus músculos?

Hudson dá risada.

— O dia em que eu precisar que um dragão use seus músculos para mim é o dia em que caminharei pelo sol sem meu anel e me deixarei queimar.

— O fato de que o sol pode fazer isso com você deveria ser prova suficiente de que dragões são mais fortes — Flint retruca.

Hudson apenas revira os olhos.

— O fato de que dragões são mortais deveria provar o contrário.

— Qual é o problema dos vampiros, cara? Sempre jogando a carta da imortalidade na nossa cara, como se fosse uma vantagem. — Flint parece totalmente inconformado, o que só diverte Hudson ainda mais.

Em especial quando Jaxon comenta:

— Não precisamos contar vantagens. Somos *imortais*.

— Então, o que ele está dizendo é que não temos um plano — Heather se manifesta para todos nós, e há um riso geral.

— O que estou dizendo é que o plano é simples — Hudson explica para todos, com um suspiro. Então se vira e caminha na direção do estande como se fosse dono do lugar.

Polo atende um cliente que parece muito interessado em uma calça jeans, mas para no meio da negociação quando avista meu consorte. Ele é peludo e não muito alto, mas sei — por causa da nossa luta contra o bando de lobos — que ele esconde muita força por trás daquela camiseta branca e simples. Seus cabelos pretos se enroscam em suas orelhas agora, e há uma nova tatuagem em seu braço, de uma águia com as asas abertas, mas, fora isso, parece exatamente como eu me lembrava dele — até o sorriso de predador que dá para Hudson.

— Hudson Vega! — ele praticamente grita enquanto atravessa o estande a fim de apertar a mão de Hudson. — Ouvi dizer que estava de volta à cidade. Não acreditei, depois de tudo o que aconteceu, mas aí está você.

— Aqui estou eu — Hudson concorda, com um sorriso.

Polo dá um tapa em suas costas, de um jeito amistoso.

— Como diabos você está?

— Estou bem. Bem de verdade. E você?

— Não posso reclamar — Polo responde, com uma gargalhada que se parece muito com um uivo. — Os negócios estão crescendo, minha consorte e eu acabamos de ter um bebê, e aquela Vadia das Sombras não deu mais as caras por aqui desde que você a jogou fora como o lixo que ela é. A vida está muito boa.

— Que notícias fantásticas, cara. — É a vez de Hudson dar um tapa nas costas dele. — Um novo chupa-cabrinha correndo por aí! Menino ou menina?

— Menina. Ela se parece com a mãe, *gracias a Dios*. É linda.

— Aposto que é.

— Qual é o nome dela? — pergunto, porque me sinto constrangida em ficar parada ali. E também porque não quero que Hudson tenha de carregar toda a conversa sozinho. Em especial considerando a direção para a qual ele precisa levá-la.

— O nome dela é Aurora — ele responde. — Porque ela é nossa luz.

— Que lindo. Fico feliz por você e sua consorte. — Depois de tudo o que passou na última batalha, Polo merece toda a felicidade que encontrar.

— Esta é minha consorte, a propósito. — Hudson passa um braço pela minha cintura e me puxa para mais perto. — Grace.

— O quê? O grande Hudson Vega encontrou uma consorte? — Agora ele solta um uivo alto... um que parece ser de natureza comemorativa. — Parabéns, cara. Que incrível. — Então o chupa-cabra se sobressalta, como se acabasse de lembrar que estou parada ali também. — Parabéns para você também — ele me diz. — Conseguiu um dos bons.

— Consegui, mesmo — concordo.

— Então, o que os traz a Vegalândia? — Polo pergunta depois de alguns segundos. — E, por favor, digam-me que não trouxeram nenhum daqueles malditos dragões do tempo com vocês.

— Não trouxemos — Hudson lhe garante. — Mas, na verdade, é sobre isso que queremos falar com você.

— Sobre dragões do tempo? — Polo parece cauteloso.

— Não, definitivamente não é sobre dragões do tempo — intervenho. — Na verdade, esperamos que você possa nos apontar para a direção correta. Estamos à procura de alguém que saiba como atravessar a barreira entre o Reino das Sombras e nosso mundo.

— Bem, você já fez isso três vezes agora, certo? — Ele olha para Hudson. — Veio, foi embora e voltou. Então por que seria diferente desta vez?

— Na primeira vez que vim, trouxe um dragão do tempo comigo... e um encontro infeliz com um dragão do tempo foi o que me fez voltar para casa — Hudson explica. — Mas, considerando o que aconteceu da última vez que trouxe um dragão do tempo para Noromar, eu quis vir de uma maneira um pouco mais discreta desta vez. Então achei um jeito mais fácil de entrar, mas era uma viagem de mão única. E isso significa que meus amigos e eu estamos presos aqui para sempre. A menos que...

— E por que vieram falar comigo? — Polo questiona depois de vários segundos em silêncio. — O que o faz pensar que sei alguma coisa sobre como a barreira funciona?

— Bem, você não é um fantasma, então não nasceu aqui... o que significa que cruzou a barreira, do mesmo jeito que eu.

— Sim. — Ele inclina a cabeça, reconhecendo a lógica de Hudson. — Mas isso não significa que eu saiba como cruzar de volta... ou que conheça alguém que saiba.

— Talvez *você* não saiba — Hudson concorda. — Mas acho que definitivamente conhece alguém que sabe. Estou errado?

Agora Polo só parece irritado.

— Mesmo que eu saiba alguma coisa, e não estou dizendo que sei, você não quer partir desse jeito, cara. Confie em mim.

— Por que não? — Éden pergunta, e Polo se vira para ela.

— Porque a maioria das pessoas que partiram desse jeito não voltaram — o chupa-cabra responde, como se isso explicasse tudo. Quando fica nítido que nenhum de nós entendeu por que isso é uma coisa tão terrível, ele acrescenta: — Tipo, *nunca*.

— Aaaahhh — Éden murmura, e um calafrio percorre minha espinha.

Meu olhar se fixa em Polo, sigo meus instintos e pergunto:

— Mas *você* conseguiu fazer isso todo esse tempo, não foi?

Polo levanta uma das sobrancelhas peludas.

— E se consegui? — ele rebate, o que não é resposta alguma.

— Então sabe como podemos sair em segurança — respondo.

Mas Polo apenas balança a cabeça, com um sorriso largo se abrindo em seu rosto.

— O Polo aqui é especial. — Ele estende os braços para mostrar as mesas cheias de mercadorias. — É por isso que tenho um negócio de tanto sucesso. Mas, infelizmente, o que sei não vai servir para nenhum de vocês, exceto a localização de onde o túnel começa. É o melhor que posso fazer.

— Para mim já serve — Hudson observa, com um aceno de cabeça. — Se puder nos mostrar o caminho em alguns dias, nós seguimos a partir daí, Polo.

O chupa-cabra analisa nós dois por um segundo, como se tentasse descobrir quão sério estamos falando. Não lhe informo de que estamos dispostos a ir até onde for possível. Já fizemos tudo isso — não há muito mais que não faríamos para salvar Mekhi.

— Primeiro vou precisar que você assine todos os produtos de Hudson que tenho antes de irem embora — ele avisa, acenando com a cabeça para uma área de estoque ao lado. — Como pagamento por guiar vocês. Tenho uma reputação como contrabandista a zelar.

— Feito — Hudson responde. — Eu teria assinado os produtos de qualquer jeito, no entanto, por você ter me ajudado naquela última batalha.

— Que nada, sempre me saí bem com as lembrancinhas Vega — ele comenta, com um brilho nos olhos. — Mas agora? Vão valer o quádruplo.

— E por que isso? — Macy pergunta, pronunciando-se pela primeira vez, mas Polo já se afasta à procura de ajudar um novo cliente do outro lado do estande.

Sem diminuir o passo, ele fala por sobre o ombro:

— Caralho, cara, todo mundo sabe que essas coisas autografadas valem uma *fortuna* quando são póstumas.

Capítulo 57

A CAMINHO DA ESTALAGEM

— Isso não parece nada bom — digo, em uma tentativa de acalmar meu coração acelerado. Mas Polo já se afastou a fim de ajudar um cliente interessado em um de seus casacos coloridos à venda.

Viro-me para Hudson à medida que nossos amigos se aproximam

— Isso não parece nada bom — repito.

— Vai dar tudo certo — meu consorte me assegura. Mas há uma expressão extracautelosa em seus olhos, antes inexistente.

— Precisa dar — Flint diz quando saímos do mercado. — Então vai dar... de um jeito ou de outro.

— É um bom jeito de encarar a situação — Heather comenta. — Precisa ficar tudo bem, então vai ficar. Vou usar isso quando estiver surtando por causa de alguma coisa.

— Quer dizer que você não está surtando porque alguém literalmente apostou na nossa morte? — pergunto conforme atravessamos os portões.

Minha melhor amiga dá de ombros.

— Na verdade, não. Imagino que você e Hudson têm tudo sob controle.

— Isso é um pouco exagerado, mas admiro o voto de confiança.

Hudson não se manifesta verbalmente, mas pega minha mão e entrelaça nossos dedos — o sinal de Hudson/Grace para *nós vamos conseguir.*

— Vamos voltar para a estalagem — Éden sugere. — Talvez Nyaz já tenha começado seu turno a essa altura.

— Sem mencionar que minha cama está chamando meu nome — Heather acrescenta. — Não é de estranhar que você não tivesse tempo para responder às minhas mensagens de texto quando estava em Katmere, Grace. Sua vida é exaustiva.

— Você não tem ideia — concordo, com um sorriso. — Mesmo assim, eu devia ter respondido às suas mensagens.

— Quando? Entre uma discussão com um deus e uma barganha com um contrabandista? — Heather balança a cabeça. — Não. Declaro oficialmente que você conseguiu um passe livre por tudo o que aconteceu antes.

Cogito fazer uma piada, mas estou emocionada demais para dizer qualquer coisa. Porque é típico de Heather deixar eu me safar com tanta facilidade, embora é provável que não devesse.

— Sim, bem, de agora em diante, farei questão de responder às suas mensagens de texto, não importa quão perigosa seja a situação — consigo dizer, por fim. — Na verdade, não espere nada menos do que muita bajulação.

— Bem, sempre gostei de ser bajulada — ela responde, com um sorriso.

Éden ergue uma das sobrancelhas.

— Essa é sua filosofia sobre todas as coisas ou só sobre amizade?

Com isso, acelero o passo. Porque há informações que não preciso saber — nem mesmo sobre minha melhor amiga.

Todavia, falando em melhores amigas... solto a mão de Hudson, e ele me olha com ar de surpresa. Pelo menos, até que aceno com o queixo discretamente na direção de Macy, que caminha um pouco na nossa frente, com a cabeça baixa e as mãos nos bolsos. Ela não presta atenção em Éden ou em Heather, então, o que quer que seja isso, não tem relação com elas.

Hudson assente com a cabeça e fica para trás, deixando que Jaxon e Flint o amolem mais um pouco sobre ser um super-herói. Pelo lado bom, pelo menos os dois não estão brigando sem motivo quando têm o objetivo comum de sacanear Hudson.

Mas Hudson é capaz de se defender sozinho, então me apresso para alcançar minha prima.

— Ei — cumprimento-a ao bater gentilmente no ombro dela com o meu. — Como vai tudo?

Macy dá de ombros.

— Aparentemente bem, já que não ficaremos presos aqui para sempre, no fim das contas.

— Sem dúvida, é uma das coisas pelas quais temos que agradecer — concordo com ela.

— Sim, aposto que aquilo a que o tal do Polo estava se referindo vai nos matar logo de cara. — Minha prima me dá um sorrisinho sem graça, para me mostrar que é brincadeira. Mais ou menos.

— Ei, a gente consegue. — Bato de novo com o ombro no dela. — Mas não é disso que estou falando. Você ainda tem coisas, e pessoas, pelas quais agradecer, Macy. Sabe disso, não é?

— Eu sei. — Mas não fala mais nada.

Deixo que se passem alguns minutos em silêncio, antes de tentar outra vez:

— Se quiser conversar sobre...

Ela me interrompe.

— Não quero.

— Tudo bem, então. Talvez "querer" seja uma palavra forte demais. O que eu quis dizer...

— Sei o que você quis dizer, Grace. — Macy me dá outro sorrisinho que *quase* alcança seus olhos.

Dou um suspiro.

— É só que amo você, Mace.

— Eu sei. — Ela engole em seco. — Amo você também.

— Estou aqui para o que você precisar, seja lá o que for — sussurro. — Ei, você cuidou de mim logo que cheguei a Katmere, lembra, colega de quarto? — Uma minúscula fagulha arde em seus olhos, então forço um pouco mais. — Talvez eu devesse comprar para *você* um edredom rosa-choque. — Desta vez, um sorrisinho torto levanta um dos lados de sua boca, e penduro um braço ao redor de seu pescoço. — Com brilhos, lantejoulas e talvez até uma franja de plumas.

Por um segundo ou dois, ela permanece tensa que nem o inferno, porém lentamente — tão devagar que mal percebo —, abaixa um pouquinho a guarda.

Eu gostaria de saber a coisa certa para dizer a fim de fazê-la se abrir. Sei que Macy está em uma posição difícil, sei que está sofrendo. E sei, por experiência própria, que não dá simplesmente para deixar a dor *de lado*... Com o tempo, é preciso superá-la. Mas não tenho o direito de determinar para ela quando isso deve acontecer. É o tempo dela. Mesmo assim, minha prima merece saber que não precisa passar por tudo isso sozinha.

— Você vai dar um jeito de sair dessa, Macy. Nos *seus* termos — sussurro. — Mas preciso que saiba que não está só. Estou aqui com você. Com edredom rosa e tudo mais.

Depois de um tempo, ela assente, virando a cabeça de lado para apoiar o rosto no alto da minha cabeça. Então sussurra:

— Eu sei.

E então se afasta.

Não é muito, mas espero que seja o suficiente por ora. Espero que saiba que estou com ela, não importa o que aconteça.

Chegamos à praça da cidade minutos mais tarde, e, embora já passe da meia-noite, tem gente por todo lado. Nos cafés que se estendem até a calçada, fazendo compras nas lojas que ficam abertas até mais tarde, ouvindo música no meio da praça. É óbvio que o Festival das Estrelas Cadentes se aproxima — os postes de iluminação das ruas estão decorados com cestas de flores em vários tons de roxo, e barracas de comida começam a ser montadas no centro.

Por um segundo, cogito sugerir que fiquemos na praça ouvindo música por um tempo — mas acho que são só as lembranças tomando conta de mim. Não posso acreditar que me esqueci de Hudson sentado diante da multidão, cantando "Little Things" para mim. Deve ser um dos meus dez momentos favoritos do tempo que passamos aqui.

— Nyaz já está na recepção — Hudson informa, acenando com a cabeça na direção da vitrine da estalagem. — Quer tentar conversar com ele agora?

— Quero, sim — concordo. — Precisamos nos assegurar de podermos encontrar a Rainha das Sombras. Porque, se não conseguirmos, todo o plano vai por água abaixo.

Hudson se volta para os demais.

— Podem ir lá para cima se quiserem, para dormir um pouco, enquanto descobrimos se isso vai dar certo.

— E perder tudo isso? — Flint questiona, acenando com a cabeça para indicar o jeito como as pessoas se aproximam cada vez mais de nós, como se o fato de estarem na mesma área que Hudson pudesse fazê-lo se apaixonar por elas. Ou, pelo menos, pudesse fazê-lo oferecer uma ou vinte fotos com ele. — Só espero que um deles ganhe coragem para se aproximar de você. Assim que isso acontecer, aposto que, antes de a noite terminar, você vai acabar no chão e vão fazer montinho em você.

— Sua preocupação comigo é impressionante — Hudson comenta secamente.

Flint dá de ombros.

— Só estou falando o que vejo. E, definitivamente, não vou perder isso.

Seguimos rumo à estalagem, onde nos encontramos ainda na porta com um sorridente Nyaz.

— Vejo que resolveu mostrar para seus amigos as atividades que antecedem o festival, Hudson.

— Eu os levei até o mercado da meia-noite e à Marca.

O sorriso de Nyaz fica ainda maior quando ele se volta para o restante de nós.

— A Marca é um dos lugares favoritos do meu filho mais velho. Gostaram de lá?

— Amamos. A cidade toda é idílica — Heather responde, com um sorriso.

— Trabalhamos duro para mantê-la assim. — Ele nos leva até um agrupamento de mesas vazias no pequeno restaurante no canto do lobby. — Então, ouvi dizer que você precisa de ajuda com alguma coisa. Como posso ajudar?

Capítulo 58

HORA DE ENCARAR A MÚSICA

Antes que um de nós possa responder, Nyaz passa um minuto acenando para o único funcionário no local e pedindo bebidas, pachos e anéis de cebola apimentados.

Assim que o faz, o estalajadeiro se acomoda na cadeira vazia ao lado de Jaxon, e vou direto ao ponto:

— Arnst nos informou que talvez você saiba a localização da fortaleza secreta da Rainha das Sombras.

Ele ergue as sobrancelhas e seus ombros ficam rígidos.

— Por que diabos iriam querer outro encontro com a Rainha das Sombras?

— Temos assuntos para tratar com ela — Hudson responde. — Nada de brigas desta vez.

— Bem, que pena — Nyaz comenta, recostando-se em sua cadeira novamente. — A rainha tem várias fortalezas espalhadas pelo reino, e nunca sabemos em qual está morando. — Ele coloca a mão na lateral da boca, como se dividisse um segredo conosco, e me pego inclinando o corpo para a frente, para ouvir melhor. — Não sei se estão cientes, mas há uma certa inquietação civil em Noromar, com uma facção desonesta mandando assassinos para matar a rainha.

— É por isso que a Rainha das Sombras está se escondendo, certo? — pergunto, e assinto com a cabeça. — Por causa dos atentados à sua vida? Ouvimos os rumores.

— A inquietação ocorre em grande parte de Noromar. Ela não tornou a vida agradável no restante do Reino das Sombras como tornou em Vegalândia, então a maioria dos fantasmas dos outros lugares querem que a maldição acabe para que possam ir embora. — Nyaz dá de ombros, como se não conseguisse entender. — Não sei por que simplesmente não vêm para cá. Ou transformam a própria cidade em um lugar como este.

Não tenho certeza se um lugar confortável para viver é o suficiente para aplacar pessoas que desejam liberdade, mas o que eu sei? Nyaz conhece os fantasmas muito melhor do que eu jamais conhecerei.

— O que sugere que alguém faça para chamar a atenção dela, então? Para atraí-la de sua fortaleza? — Hudson pergunta depois que a pergunta retórica de Nyaz paira no ar por segundos.

O estalajadeiro pestaneja por um instante, então bate na mesa, com um baque retumbante.

— Sem chance. Você não está pedindo meu conselho sobre como trazer a Rainha das Sombras para esta cidade novamente, está? Mal nos recuperamos da última vez que aquele monstro esteve aqui, e agora você quer trazê-la de volta? — Ele balança a cabeça. — Não posso deixá-lo fazer isso, Hudson.

— Ei, acredite em mim, ninguém quer menos confusão com aquela vaca do que nós! — Heather garante, levantando as mãos de um jeito que significa "não mate o mensageiro".

Todos os demais fazem sons de concordância.

— Não temos escolha — Hudson confidencia, baixinho. — E não, não temos interesse algum em provocá-la o bastante para fazer com que ela ataque Adarie. Definitivamente, não é nosso objetivo aqui. Só precisamos conversar com ela. E, se conseguirmos atrair sua atenção, acredito que poderemos fazer uma oferta que ela de fato terá interesse em aceitar... e tudo sem lutar.

— Como planeja fazer isso? — Nyaz cruza os braços e nos lança um olhar nada impressionado.

— O objetivo é atrair a atenção dela... para nós, não para Adarie — asseguro-lhe.

— Ainda não vejo por que querem fazer isso. Ela quer matar você, cara.

Não tenho energia para informá-lo de que ela provavelmente vai querer me matar do mesmo jeito, se é que se lembra de mim. Então observo Hudson, para que ele explique, já que ele *é* o único aqui em quem Nyaz confia.

Conforme Hudson explica detalhes do nosso problema, vasculho meu cérebro em busca de um motivo não agressivo para tirá-la de seu esconderijo.

Depois da explicação de Hudson, Nyaz balança a cabeça de novo.

— Devo admitir que você pode ser a única coisa que a rainha deseja mais do que libertar o Reino das Sombras, Hudson. Acredito que ela *sairia* de seu esconderijo se soubesse onde encontrar você. — Começo a me animar, mas então ele acrescenta: — Lógico, isso não vai acontecer aqui. Temos falsos avistamentos de Hudson todas as semanas, porque os moradores da cidade são muito ansiosos pelo seu retorno, então o rumor de mais um retorno não chamaria a mínima atenção dela.

— Santo Deus — Jaxon murmura. — Ele é como Elvis.

— Com ele é só "*hunka, hunka burnin' love*" — Flint canta, em uma imitação muito boa de Elvis, e todos caímos na risada. Até Jaxon.

A garçonete chega com uma bandeja pesada, repleta de bebidas, e Hudson se apressa em ajudá-la, fazendo-a corar e gaguejar, e ela quase derruba a bandeja toda na cabeça de Macy. Depois de um tempo, todos estamos com nossas bebidas e bebemos nossas águas em silêncio.

Deposito meu copo na mesa e reviro os olhos.

— Vamos lá, pessoal. Precisamos de ideias! Ânimo!

No mesmo momento, todo mundo começa a dar sugestões — a mais louca é a turma toda fazer um sobrevoo e pintar a estátua dela nos jardins do palácio com tinta spray. Vou admitir que seria hilário, mas não tenho certeza se a situação a deixaria no clima para uma conversa tranquila.

É só quando Macy se inclina na minha direção e aponta para a vitrine que um plano de verdade começa a ser formulado.

Enfio a mão no bolso e pego o cartão que guardei ali mais cedo.

— Tenho uma ideia — aviso a todos ao redor da mesa.

— Ah, é? — Nyaz não parece impressionado. Mas sei que ele está com medo de estarmos prestes a trazer a fúria da Rainha das Sombras para sua pequena cidade, então entendo.

Viro-me para Hudson.

— Como anda sua voz?

— Minha voz? — ele me pergunta, cauteloso. Mas então ele vê o cartão na mesa e a cautela se transforma em alarme completo. — Ah, merda, não, Grace.

É óbvio que Jaxon já captou a ideia, porque começa a rir como louco.

— Cara, que perfeito.

— Não vou fazer isso. — Como se para sublinhar sua recusa completa, Hudson cruza os braços e chega a se negar a olhar para mim.

— Fingir que não estou aqui não vai fazer a ideia sumir, você sabe. Em especial não quando é tão boa.

— Não é boa. É completamente terrível — ele rosna.

— Na verdade, é totalmente perfeita — Éden comenta quando também descobre o teor de minha sugestão.

— Alguém pode me explicar o que é tão bom/terrível? — Nyaz pergunta quando a garçonete traz nossa comida. O aroma é delicioso, e, enquanto ela serve a mesa, percebo que não comi uma refeição de verdade desde o café da manhã.

Todo mundo deve ser acometido pela mesma sensação, porque Flint, Éden, Heather e Macy mergulham nos pachos e nos anéis de cebola com vontade.

Tento demonstrar um pouco mais de controle, principalmente porque Nyaz espera uma resposta. Mesmo assim, não consigo resistir e como pelo menos um pacho antes de responder.

— Um promotor de shows quer fazer um espetáculo *amplamente divulgado* durante o Festival das Estrelas Cadentes com Hudson.

Macy sorri — o primeiro sorriso de verdade que vislumbro nela em meses —, acrescentando:

— E não há *nada melhor* em fazer um adulto parar e prestar atenção do que milhares de garotas adolescentes.

Capítulo 59

QUEM CANTA OS MALES ESPANTA

Jaxon solta uma risadinha.

— Hudson Vega: *Hate on tour.* Me soa bem.

— Como é que é? — pergunto, completamente ofendida por meu consorte. — Hudson não é um hater.

Mas Jaxon continua:

— Hudson Vega: *No wonder tour.* Hudson Vega: *Who needs eras when you've got centuries?* Hudson Vega: *I have no faith in the future tour.*

Até Hudson parece insultado agora, mas enfim entendi o que Jaxon está fazendo.

— Você pode tirar sarro dele o quanto quiser, mas *você* é o vampirão malvado e sombrio que sabe o nome de todas as grandes turnês de artistas pop que estão acontecendo agora.

— Então é disso que ele está falando? — Éden ri.

— Shawn Mendes, Taylor Swift, Louis Tomlinson, *Harry Styles.* — Conto cada um deles com os dedos, olhando ainda mais feio para ele quando verbalizo o último nome. Tirar sarro do meu consorte e de Harry ao mesmo tempo? Ele tem sorte de que estou mantendo meu melhor comportamento agora. — Quer dizer, não é como a turnê do Savage Garden, *Of course you don't remember Darren Hayes*, mas dá no mesmo.

— Espere. Eles estão em turnê? — Jaxon pergunta, pegando o celular antes de perceber que não funciona aqui. — Esperta, Grace. Muito esperta.

Todo mundo cai na risada, até Nyaz.

— De todo modo… — Volto-me para Hudson. — É uma boa ideia.

— É uma ótima ideia — Macy concorda. — Você vai lotar o lugar, e ela não vai ter como não notar.

— Em especial, se fizermos da divulgação uma condição para o show — Flint acrescenta, parecendo pensativo. — Sabe, tipo aqueles contratos cheios de exigências que as estrelas fazem em suas aparições. Hudson só vai se apresentar se puderem divulgar o show por toda a Noromar.

— E só se for do lado de fora de Adarie... desculpe, de Vegalândia... para que Nyaz e o povo daqui permaneça em segurança — acrescento.

— Posso ajudar nisso — Nyaz anuncia, concordando. — Minha rede clandestina pode espalhar a notícia também. Vai ficar ainda mais difícil para ela não ver.

— Isso é brilhante — eu o elogio. — Quando falarmos com o promotor do show, veremos se isso funciona para ele também.

— Vai ter que funcionar para ele — Flint pontua, parecendo totalmente o príncipe dos dragões. — Em especial se ele quer tanto fazer isso quanto alega.

— Então temos um plano? — Heather pergunta, contando as tarefas nos dedos como fiz com as estrelas pop, como se fosse tão fácil assim. — Grace vai entrar em contato com o promotor do show e informar as exigências de Hudson. Nyaz vai usar sua rede para nos ajudar a divulgar o evento. O restante de nós vai organizar o local do show. E Hudson...

— Sim, por favor, me explique — a voz do meu consorte é seca como torrada queimada. — O que exatamente Hudson vai fazer enquanto tudo isso acontece?

Para seu crédito, Heather não hesita. Basicamente, ela nem pisca. Simplesmente o encara direto nos olhos e rebate, com um sorriso:

— Vai preparar uma lista de músicas de arrasar quarteirão, é óbvio. De nada vale o talento sem trabalho duro, sabe.

Quando Hudson sorri para ela, sua presa um pouco mais à mostra do que em geral me deixa confortável. Mas, estamos pedindo muito para ele.

Digo exatamente isso, em um esforço de acalmá-lo, e ele vira aquele sorriso cheio de presas para mim.

— Ah, é o que vocês estão fazendo? Pedindo alguma coisa para mim? Eu estava com a impressão de que estavam me falando o que fazer.

E aparentemente o príncipe vampiro/rei das gárgulas/macho alfa que é meu consorte não gosta muito de que lhe digam o que fazer. Quem imaginaria uma circunstância dessas?

— É a melhor ideia que tivemos para a rainha vir até nós. Mekhi não pode esperar muito tempo. Sabe disso, não é?

Hudson franze o cenho, e então admite, mal-humorado:

— Eu sei.

— E você vai se sair muito bem. Sabe disso também, não é?

Ele dá de ombros.

— Talvez.

— Então qual é o problema? — Jaxon intervém. — Faça um sacrifício pela equipe, mano.

Hudson estreita os olhos ao máximo.

— Você fica falando de equipe, mas sou o único que fica levando os golpes em prol dela. Quer me explicar isso?

— Cara, tinha um pombo na minha cabeça. Você não me ouviu choramingar tanto assim.

— Havia um pombo na sua cabeça porque você é um babaca que não consegue manter a maldita boca fechada — Hudson retruca, com o sotaque ficando mais carregado a cada palavra. — Não é precisamente a mesma coisa.

— Ah, coitadinho! — Heather interfere, sem maldade, mas com a voz repleta de sarcasmo. — Todo o Reino das Sombras quer ver seu show, Hudson. Eles amam *tanto* você que construíram *estátuas* para você e renomearam a *cidade toda* em sua homenagem. Como *acha* que vai ser?

— E se ninguém vier? — Hudson pergunta, tão baixinho que tenho quase certeza de que sou a única a ouvi-lo. E as últimas peças se encaixam no lugar.

— É com isso que você está preocupado? — pergunto. — Que ninguém virá ver você cantar?

— Não sou cantor, Grace. Por que diabos alguém pagaria dinheiro para me ouvir cantar?

— Ah, querido. — Seguro sua mão entre as minhas. — Eles virão.

— Você não sabe disso.

— Ah, tenho quase certeza de que sim. — Coloco o dedo no lado de seu queixo e viro-lhe a cabeça para ele ver o que Macy me apontou antes. Basicamente, toda a calçada diante da estalagem de Nyaz está lotada de garotinhas adolescentes espiando pelo vidro, todas vestidas com variações da camiseta "I <3 Hudson Vega", jaquetas, elásticos de cabelo e brincos.

— Eles virão — repito. — Acho que o único problema vai ser mitigar o desapontamento quando os ingressos esgotarem.

Jaxon bufa.

— Mal sabem que vão pagar para ouvir noventa minutos da Invasão Britânica clássica.

A irritação com todas as suas pequenas provocações faz com que eu alcance meu limite, e me volto para ele com uma expressão que faz todo mundo na mesa se calar — até mesmo o próprio Jaxon.

— Sabe o que mais? Acho que finalmente descobri o que você pode fazer. Você tem tanto a dizer sobre Hudson e esse show, então tudo bem. Acabamos de mudar de uma apresentação solo para um duo. Bandas de irmãos são um sucesso.

— O quê? — A voz de Jaxon é tão aguda a essa altura que tenho quase certeza de que só paranormais e cães podem ouvi-la. — Sem chance. Não vou fazer isso.

— Ah, você vai fazer — insisto, apontando um dedo em seu rosto. — "Vega Brothers" tem um ótimo apelo, não acha?

— Que absurdo! Não sei cantar…

— Sim, você sabe — Flint o corrige. — Você tem uma voz incrível.

Jaxon dá um olhar que teria dizimado qualquer outra pessoa.

— Vamos lá, Jaxon — eu o incentivo. — É a sua vez de fazer um sacrifício pela equipe, *mano*.

— Tenho quase certeza de que já fiz isso, considerando que sou o último membro da Ordem ainda em pé — ele retruca, com um tom de voz tão sarcástico, que Flint oscila para trás em sua cadeira como se tivesse levado um soco.

— Sim, você perdeu muito — concordo, levantando-me para poder caminhar até o lado dele da mesa conforme faço meu discurso. — Mas olhe ao seu redor, sim? O mesmo vale para todo mundo sentado em volta desta mesa, exceto talvez Heather. Mas ela é nova aqui, então lhe dê um pouco mais de tempo. Flint perdeu a perna. Hudson perdeu a garota que amou por anos para seu irmão, sem mencionar que quase perdeu a sanidade na Corte das Gárgulas congelada no tempo. Éden perdeu a família. Macy perdeu o namorado e descobriu que mentiram para ela praticamente a vida inteira. Todos nós perdemos alguma coisa ou alguém, mas ainda estamos aqui. Continuamos lutando para garantir que você *não* seja o último membro da Ordem ainda em pé. Então pare com tanta autopiedade, pare de amolar tanto o seu irmão, e venha nos ajudar. Caso contrário, peço que não bata a porta quando sair.

O silêncio total encontra minhas palavras, enquanto cada pessoa da mesa me encara como se não acreditasse em minhas palavras. Para ser honesta, nem eu consigo acreditar.

Em geral, não costumo chamar a atenção de alguém desse jeito — em especial Jaxon, a quem adoro além de qualquer medida —, mas dessa vez ele pediu. Todos sofremos. Todos estamos sofrendo. Só porque ele e Flint estão passando por qualquer que seja o inferno que estão passando neste momento, isso não lhe dá o direito de descontar no restante de nós.

Mesmo assim, não podemos ficar sentados ali nos encarando para sempre, então limpo a garganta e tento descobrir o que dizer para colocar as engrenagens em movimento mais uma vez.

Contudo, antes que eu consiga pensar em alguma coisa, Jaxon limpa a garganta também e fala:

— Tudo bem, mas vou ser o irmão Vega descolado. Ele pode ser o nerd.

— Bem, obviamente você é o "colírio para os olhos" — cito o promotor de show, e aperto a mão de Jaxon em agradecimento por aceitar a situação.

Quando Hudson murmura baixinho "É melhor o cabelo dele não me ofuscar", todo mundo cai na risada. E, rápido assim, é como se voltássemos aos trilhos. Quer dizer, é evidente que pode ser um caminho cheio de buracos e irregular como o inferno, mas estamos nele.

Por ora, vai ter de ser bom o bastante.

Todos precisamos deste momento de leveza e confiança. A sensação de que podemos fazer qualquer coisa, desde que estejamos juntos.

Porque uma coisa que ninguém parece disposto a nem sequer considerar é o fato de estarmos prestes a atrair um tigre faminto para fora de sua jaula com um pedaço suculento de carne… e achamos de verdade que ele vai querer conversar conosco antes de atacar e rasgar nossas jugulares?

Capítulo 60

OS SONHOS MAIS DOCES SÃO FEITOS POR NÓS

Nossa conversa com Nyaz termina minutos mais tarde, e todos vamos para os quartos. Assim que Hudson e eu abrimos a porta do nosso, Smokey corre na nossa direção. Ela tromba com tudo nele, sobe por sua perna e torso, até se sentar em seu peito. Fico à espera de ela o repreender por ficar fora durante tanto tempo, mas ela simplesmente tagarela sobre sei lá o quê. Hudson, concorda com a cabeça e sorri, como se entendesse cada palavra da história da pequena umbra, e ela termina com um floreio que faz com que os dois sorriam.

Então ela estende os bracinhos e dá tapinhas nas duas bochechas dele com as mãozinhas, antes de sair pela porta e se apressar pelo corredor.

— Devemos segui-la? — pergunto. — Ela é meio que jovem demais para ficar sozinha em uma cidade nova.

— Ela está bem — Hudson garante. — Só vai comer e correr um pouco por aí. Deve voltar em algumas horas.

Eu o encaro.

— Não é possível que você saiba disso por causa do que ela falou para você. Você não fala a língua das umbras… ou o que quer que seja que ela fale.

— Não falo — ele concorda. — Mas me tornei muito hábil em entender certos barulhos que ela emite em determinados momentos. Incluindo o significado de comida.

Penso em perguntar que barulho é esse, e então decido que provavelmente ele não tem desejo algum de imitar a umbrinha neste momento. Além do mais, tampouco tenho vontade de ouvi-lo imitá-la. Não quando todo o meu ser deseja dormir como se minha vida dependesse disso.

— Vou tomar banho — aviso depois de instantes. — Você pode pedir alguma coisa para mim, antes que o serviço de quarto feche? Fiquei tão animada lá embaixo que não comi muito.

— Percebi. — Ele passa a mão pelos meus cachos. — Há algo em particular que você queira?

— Comida — respondo, porque a única coisa de que preciso é combustível e fazer com que meu estômago pare de roncar.

Depois de um banho rápido e de algumas mordidas no queijo quente em sua versão Adarie, estou pronta para fechar as cortinas blecaute e subir na cama. Hudson se junta a mim minutos mais tarde, ainda levemente úmido de seu banho.

Não me importo. Quando meu consorte estende os braços na minha direção, eu me viro até ficar quase em cima dele, com os joelhos ao redor de seus quadris.

Ele murmura meu nome à medida que enrosca as mãos no meu cabelo e me puxa com gentileza para um beijo. E então estamos rolando na cama novamente, até que estou embaixo e ele, em cima, apoiado nos cotovelos e me fitando com uma expressão tão intensa que quase dói encará-lo.

— Vá em frente — sussurro, erguendo o queixo e inclinando a cabeça para trás para que ele pegue o que quero tão desesperadamente dar.

Ele não responde, não diz nada. Mas apoia as mãos na minha clavícula, e seus dedos acariciam de leve a pulsação na base do meu pescoço.

Seus olhos estão mais escuros agora, o azul profundo de suas íris quase obscurecido pelas pupilas dilatadas. Posso sentir sua fome, posso senti-la arranhando-o por dentro. Mesmo assim, ele me observa, mesmo assim ele não move nada além dos dedos, bem devagar — ah, tão devagar —, indo de um lado para o outro na minha veia.

— Vá em frente — repito. E, quando ainda não dá certo, deslizo as mãos por suas costas magras e musculosas e enrosco os dedos nos cabelos curtos e sedosos. Tento puxá-lo para mais perto, mas Hudson não cede um milímetro.

Em vez disso, permanece no mesmo exato lugar, olhos, pele e cabelo refletindo a luz fraca do abajur da mesa de cabeceira. E, enquanto me encara, com a boca aberta só o suficiente para que eu veja a ponta de suas presas apoiadas no exuberante lábio inferior, posso sentir a mesma fome em seus olhos ardendo dentro de mim também.

— Hudson — murmuro seu nome à medida que o desejo cresce cada vez mais, tomando conta de mim.

Me fazendo querer.

Me fazendo *necessitar.*

Me deixando desesperada para tê-lo de qualquer jeito — de todos os jeitos.

— Por favor — sussurro, enroscando minhas pernas com as dele ao arquear o corpo em sua direção.

— Por favor o quê? — ele sussurra de volta, e há uma malícia em sua voz que, de alguma forma, faz o desespero arder mais quente ainda dentro de mim.

— Vá logo. Eu preciso... — Minha voz falha, e o controle dele acaba nesse momento.

Os olhos de Hudson pegam fogo e ele ataca com tanta rapidez quanto a batida de um coração, e suas presas afundam na minha pele.

O prazer toma conta de mim ao passo que ele bebe meu sangue sem parar, e não quero que aquilo jamais acabe.

Minhas mãos o agarram, puxando-o para perto.

Meu corpo se enrosca nele, segurando-o no lugar.

E minhas veias se iluminam como um desfile de Carnaval, o barulho, o caos e a alegria atravessando meu corpo a cada gole de sangue consumido.

— Mais — imploro, segurando-o na minha veia. — Mais, mais, mais.

Sinto seus lábios se curvarem contra a pele sensível do meu pescoço pouco antes de ele começar a beber mais profundamente, de maneira mais ávida.

Entrego-me a ele, a isso, oferecendo tudo dentro de mim para o prazer dele e o meu. *Mais* é um cântico bem dentro de mim. *Mais, mais, mais.*

No entanto, é de Hudson que estamos falando, do meu Hudson, e a preocupação dele por mim sempre se sobrepõe ao seu prazer, e ele se afasta cedo demais.

— Não — choramingo, agarrando-me a ele, mas não cede. Porém me abraça com força. Deixa sua língua nas marcas da mordida enquanto as fecha com muito cuidado e bem devagar.

Então desliza pelo meu corpo, deixando uma trilha ardente de beijos onde quer que sua boca toque. O vislumbre de uma presa, uma puxada com os dedos, e minha calcinha desaparece. Então ele desliza para cima do meu corpo de novo. Movendo-se bem devagar e com propósito.

Então eu grito, e ele para, capturando meu olhar com aqueles olhos semicerrados e pupilas dilatadas que, de algum modo, o deixam ainda mais sexy.

— Tudo bem? — ele pergunta, inclinando-se para me beijar de um jeito que faz tudo dentro de mim tremer na direção do êxtase.

— Mais — eu me obrigo a dizer. — Por favor. Mais, mais, mais.

Então Hudson sorri, um leve torcer malicioso dos lábios que me impele a agarrar seus ombros conforme arqueio o corpo de encontro ao seu.

E então ele me dá tudo pelo que implorei e ainda mais ao me levar bem alto, bem alto, bem alto.

Até que não haja ontem nem amanhã.

Até que haja apenas ele e eu, e o calor ardente que toma conta de nós, cada vez mais quente e mais selvagem, consumindo tudo que encontra pela frente a cada instante.

Até que por fim, Hudson me leva mais ainda para o alto e eu mergulho.

Abro os olhos e me deleito no calor sexy de seu olhar, ao passo que ele me encara. Oferto-lhe um sorriso e estendo a mão a fim de passar um dedo por seu lábio inferior durante um segundo, dois.

— Amo você — sussurro quando tudo dentro de mim anseia por ele. — Amo tanto você.

— Grace — ele murmura. — *Minha* Grace.

É um pedido, tanto quanto uma exigência, e só há uma resposta possível.

— Sim.

Depois de um tempo, meu consorte se levanta, desliga o abajur e abre um pouco a janela para que Smokey entre. Tranca a porta e pega uma garrafa de água do frigobar, enquanto o observo com olhos sonolentos.

— Tome — ele oferece, entregando-me a água ao voltar para a cama. — Você precisa tomar isso.

— Acho que você gosta de mandar em mim — provoco ao mesmo tempo que abro a garrafa e sorvo um longo gole.

— Sim, bem, tenho que aproveitar enquanto posso — ele responde, com um sorrisinho torto que me faz querer beijá-lo de novo. — Considerando que é o único momento em que você me deixa fazer isso.

— Por favor — zombo. — Você ficaria entediado se eu facilitasse tudo para você.

Ele ri e puxa as cobertas sobre nós.

— É provável que esteja certa.

Hudson me beija mais uma vez, então nos vira, em busca de se enroscar ao meu redor. Porque ele sempre sabe exatamente do que preciso.

Na maioria das noites, dormimos de conchinha e ele é a conchinha de dentro e eu, a de fora — estar de fora ajuda a manter minha ansiedade sob controle durante o sono —, mas hoje à noite estou preocupada, preocupada de verdade, e a sensação de Hudson se enroscado em mim faz com que eu sinta que está tudo bem. Mesmo se meu cérebro me diz o contrário.

Todavia, às vezes a ilusão de segurança é tudo o que se tem e, quando finalmente caio no sono, digo a mim mesma que, não importa o que aconteça a partir daqui, tudo vai ficar bem.

Seria tão bom se eu conseguisse acreditar nisso.

Capítulo 61

DOIS VEGA SÃO MELHORES DO QUE UM

Passamos os dias seguintes em Vegalândia comendo uma tonelada dos doces de Marian e nos aprontando para o show. Acontece que foi muito fácil rastrear o promotor de shows — e mais fácil ainda convencê-lo a fazer as coisas do nosso jeito. Como Flint imaginou, Aspero está disposto a fazer qualquer coisa para conseguir um show de Hudson Vega — incluindo transformá-lo em um show dos Vega Brothers.

Acredito que suas palavras exatas foram:

— Como pode dar errado? A única coisa melhor do que um Vega são dois deles!

Heather e Éden saem voando a cada manhã à procura de locais, e acabamos fazendo do evento um espetáculo a céu aberto, a poucos quilômetros do lado externo dos portões de Vegalândia. Normalmente, eu estaria surtando com a ideia de colocar a cidade tão perto do perigo — em especial, considerando que tantos moradores planejam comparecer ao show —, mas os outros me asseguram de que vai ficar tudo bem.

Afinal, não temos intenção de lutar contra a Rainha das Sombras. Na verdade, o objetivo todo é nos rendermos e sermos capturados, com o intuito de fazermos um acordo.

Pelo lado bom, o ato de realmente chamar a atenção dela parece estar nos eixos. Há cartazes espalhados por todo o reino, conforme me disseram, e Noromar está fervendo com as conversas sobre o show do século.

Hudson e Jaxon, no entanto, não estão nem de perto tão animados quanto todos os demais. Na verdade, a cada relato do promotor do show, ficam um pouco mais verdes.

— Você disse que isso supostamente seria um *show* — Hudson sibila para mim enquanto nosso grupo caminha/voa para fora da cidade, a fim de ajudar na montagem do palco na manhã do evento. A equipe de organização não precisa da nossa ajuda. Na verdade, ela está um pouco horrorizada que os artistas e sua entourage queiram estar tão envolvidos, mas, se eu tiver de ficar sentada em um quarto de hotel com Hudson rosnando por mais do que cinco minutos, vamos acabar em uma briga gigante, e nenhum de nós quer isso.

É por isso que parece muito melhor colocá-lo — e a seu irmãozinho igualmente surtado — para trabalhar durante o máximo possível de horas. Parece que Hudson foi de um ponto em que estava preocupado que ninguém fosse aparecer — os ingressos se esgotaram minutos depois que as vendas iniciaram — para o fato de o palco ser grande demais.

— *É* um show — digo. — Em um palco bem grande.

— Pois para mim parece mais um circo de três picadeiros — ele responde. — Por que tantas cores? E essas decorações estranhas? Sem mencionar que tenho quase certeza de que metade de Adarie caberia só no palco. Pensei que Jaxon e eu fôssemos cantar só algumas músicas. Meio que de improviso.

Meio que adoro isso — apesar de toda a sua vaidade normal, Hudson é o único que não se acostumou a chamar a cidade pelo seu novo nome. É como se a ideia de ter uma cidade que recebeu o nome em sua homenagem fosse tão exagerada que ele nem sequer consegue entender.

E, ainda que eu queira discutir com ele sobre o palco, a verdade é que Hudson não está errado. É óbvio, não posso lhe falar isso, ou ele vai passar o resto do dia pensando na apresentação desta noite.

Eu estaria mentindo se não admitisse que estou um pouco nervosa com os garotos Vega subindo ao palco juntos, apesar de nunca terem conseguido terminar um único ensaio sem que um deles chamasse o outro de imbecil sem talento — ou algo ainda mais elaborado. Mas conheço bem esses dois e, quando a coisa de fato aperta, eles sempre se ajudam. Ou isso, ou o evento desta noite será uma atração que entretém a multidão tanto quanto a maior de todas as lutas na gaiola: Super-Homem *versus* Batman.

Independentemente disso, o que meu consorte precisa no momento é de uma distração sólida.

— O que foi? — eu o desafio. — Você acha que não tem carisma para dominar o palco?

Hudson entende o significado das minhas palavras, mas saber que estou provocando-o deliberadamente não o impede de responder da exata maneira que espero que faça. Ele levanta uma das sobrancelhas e dá uma de suas bufadas britânicas tão características.

— Até parece.

— Exatamente. Então com o que está preocupado?

Ele me olha meio torto, mas os cantos de sua boca definitivamente estão se erguendo, no início de um sorriso.

— Com a possibilidade de Jaxon estragar tudo, obviamente, e todo mundo me culpar.

— Obviamente — concordo, com o sotaque mais britânico que consigo fazer.

— Bem, eu que devia estar preocupado aqui — Jaxon retruca a vários metros na nossa frente. — Pelo menos meu ego vai caber naquele palco.

— Mas será que esse seu cabelo cabe? — Hudson responde, implacável. — Talvez você devesse fazer um teste, só para ter certeza.

— Não vai ser um teste de verdade, a menos que seu ego esteja lá comigo — ele retruca. — Ainda bem que posso voar... caso contrário, eu poderia ser jogado para fora do palco.

— Você não quer dizer "flutuar como um dirigível"? — Hudson cutuca.

Jaxon não responde — pelo menos, não com palavras. Em vez disso, transforma-se em dragão e levanta voo.

— Para mim, parece que ele está voando — Heather ironiza.

Nesse momento, Smokey tira a cabeça para fora da mochila de Hudson e balança o punho minúsculo para Heather — e Jaxon — enquanto tagarela a plenos pulmões.

E Hudson respira pela primeira vez em horas, porque enfim parou de pensar em seus problemas. Missão cumprida. Em especial quando passa a carregar Smokey nos braços, deixando-a falar com ele, puxar seu cabelo e abraçá-lo o máximo que desejar.

Hoje à noite, durante o show, ela vai ficar no hotel. Se os guardas vierem atrás de nós, é onde ela vai ficar até que possamos voltar para buscá-la — Nyaz prometeu cuidar dela durante o tempo que for necessário. Mas isso torna mais precioso cada segundo que podemos passar com ela, em especial para Hudson, que já está devastado pela ideia de deixá-la para trás mesmo que por um curto período.

Todavia, não tão devastado quanto ficaria se alguma coisa acontecesse com ela na Corte das Sombras, então é uma concessão que não pode deixar de fazer. Não importa o quanto seja horrível.

— O que querem fazer primeiro? — indago ao nos aproximamos do palco, onde grupos de pessoas carregam alto-falantes, cabos e outros equipamentos em carrinhos pelas plataformas.

— Acho que vou ajudar ali — Hudson responde, subindo em uma das torres de iluminação com um único salto. Ali, ele começa a levar os equipamentos de um lado para o outro como se não pesassem nada, levantando com uma mão o que três fantasmas tentavam carregar.

— Tenho que dizer que ser consorte de um vampiro deve ser a coisa mais irada do mundo — Heather comenta, observando-o. — Por acaso ele, hummm, carrega você por aí desse jeito também?

Abro um sorriso.

— Talvez você devesse achar seu próprio vampiro e descobrir.

— Acredite em mim quando digo que estou pensando no assunto. — Mas então Heather acena com a cabeça na direção de onde Éden e Flint sobrevoam as arquibancadas, pendurando fios com luzes de fada ao longo do imenso andaime montado ao redor da arena improvisada. — Embora dragões também sejam bem interessantes.

— Assim como as gárgulas — garanto-lhe ao me transformar apenas para que os demais não fiquem com toda a diversão.

— Bem, é óbvio que as gárgulas também — ela concorda, revirando os olhos. — Achei que já estava implícito.

— Está — Macy concorda, aparecendo atrás de mim. — Então estão todos exibindo como são grandes e maus. O que acha que devemos fazer?

Olho ao redor da enorme arena vazia e decido que pode ser o momento perfeito para ver se consigo tentar a velha Macy a brincar um pouco.

— Que tal se criarmos um pouco de ambiência?

Dado que observo com atenção, noto a minúscula fagulha de interesse no fundo de seus olhos.

— Que tipo de ambiência? — ela pergunta.

— Não sei, mas estou aberta a sugestões. Algo que faça esta noite parecer mágica para todos que vierem?

Macy não responde de imediato, só pensa por um minuto. Mas então ergue as mãos, sacudindo a varinha para trás e para a frente várias vezes, e diz:

— Algo assim? — Segundos mais tarde, milhares de centelhas multicoloridas ganham vida, girando e rodopiando no ar ao nosso redor.

— Bem, isso sem dúvida envergonha as luzinhas de fada, não é? — Heather comenta.

Macy faz ar de pouco caso.

— Só estou começando.

Na sequência, ela executa um pequeno e complicado feitiço com a mão no ar antes de abrir bem os braços. Toda a arena ao ar livre ganha vida em uma explosão de fagulhas de todas as cores do arco-íris.

— Exibida — Heather brinca, com um sorriso gigante, mas dá para perceber que está muito impressionada.

Macy apenas assopra as unhas das mãos e então as seca na saia preta rasgada, no sinal universal que significa "sou muito foda".

Para não ser superado no que obviamente se tornou uma competição — pelo menos a julgar pelo jeito como os dragões agora dobraram os esforços para colocar as luzinhas de fada nos pontos mais altos dos andaimes —, respiro fundo e busco dentro de mim minha magia da terra.

Ela não vem. E é quando me lembro de que não consigo usá-la no Reino das Sombras. Nenhum de nós consegue usar poderes extras — nada de telecinese para Jaxon, nada de fazer coisas desaparecerem para Hudson, nada de magia de semideusa para mim. Só Macy consegue usar sua magia porque é quem ela é — assim como voar ou se transformar para os dragões ou para mim, ou superforça e velocidade para Hudson.

— Bem, lá se vai meu plano de decorar tudo com flores — declaro, com um suspiro. — Eu ia cobrir todo este lugar com elas.

— É uma grande ideia! — Heather se anima.

— Sim, mas... — Estendo as mãos. — Não tenho magia da terra para fazer isso acontecer.

Minha melhor amiga me encara como se eu estivesse completamente fora da caixinha.

— Sim, mas há uma tonelada de flores no viveiro pelo qual passamos na saída da cidade. Podemos fazer como os *humanos* e comprá-las.

Caio na risada, porque ela está certa. Fiquei tão acostumada a usar meus poderes para tudo que me esqueci de como é fazer as coisas do jeito humano. E isso pode ser divertido, agora que penso a respeito — em especial porque o farei com minha melhor amiga.

— Vamos lá — chamo-a, porque isso nos dará tempo para conversar. Além do mais, passei dezessete anos da minha vida fazendo coisas do jeito humano. Quão difícil uma coisa dessas pode ser?

Capítulo 62

VAMOS LÁ, VEGA

No fim, acaba sendo difícil pra caramba. Compramos todas as flores do viveiro e até convencemos os vendedores a nos ajudarem a levar todas para a arena, de modo que não precisemos fazer múltiplas viagens. Mesmo assim, carregar aquele monte de flores para cima e para baixo no palco, criando um anel de flores entrelaçadas por toda a frente do set... Bem, é cansativo.

— Por que a deixei me convencer a fazer isso? — pergunto a Heather quando por fim terminamos.

Estamos suadas e nos deixamos cair no banco de arquibancada mais próximo ao passo que Jaxon e Hudson fazem a passagem de som.

— Porque não existe a menor chance de deixarmos um bando de dragões e vampiros nos superarem — ela assegura , e ergue o punho fechado para que eu bata nele com o meu.

— Sim, você está certa. — Apoio a cabeça em seu ombro enquanto o técnico de som faz Jaxon repetir o mesmo verso várias vezes porque sua voz está muito aguda. E parece mesmo, mas não tenho certeza se é o sistema de som ou o nervosismo. Agora que estou sentada na plateia, entre filas e filas e filas de assentos, começo a perceber como esse show vai ser grande.

— Estou feliz que tenha vindo — digo, baixinho. — Sei que te amolei muito... e fico apavorada com a possibilidade de alguma coisa acontecer com você. Mesmo assim, estou feliz que tenha vindo. É bom fazermos coisas juntas de novo.

Ela ri.

— O quê? Está ficando sentimental para o meu lado a essa altura do campeonato, Grace Foster?

— Talvez esteja — respondo. — Tem algum problema com isso?

— Nem um pouco. — Então ela apoia a cabeça por cima da minha. — Estou feliz por ter vindo também. Mesmo que você precise de um banho. — Ela acena com a mão sob o nariz e indica que estou fedendo.

— Falo o mesmo para você — retruco à medida que me coloco em pé. — Acho que a área dos técnicos atrás do palco tem um trailer com chuveiro para os voluntários que não terão tempo para ir para casa antes do show. Quem chegar lá primeiro toma banho primeiro.

Heather nem sequer perde tempo concordando. Simplesmente sai correndo. Se eu ainda fosse apenas humana, isso seria um problema, porque ela sempre acabou comigo na corrida. Mas a vantagem de ser uma gárgula é que o pacote inclui asas. E se ela vai trapacear ao sair correndo na frente, então é um vale-tudo.

Saio voando por cima dela — e por cima dos demais, que estão assistindo à passagem de som —, e, antes que ela chegue ao trailer, já estou no banho.

— Trapaceira — Heather grita na área de estar diante do trailer.

— É preciso ser uma trapaceira para reconhecer outra — berro em resposta.

Quinze minutos mais tarde, estou vestida com meu uniforme oficial do staff do show dos Vega Brothers e vou para a frente do local com Heather para trabalhar na bilheteria.

Assim que chegamos ali, percebemos *exatamente* como este show é grande, enquanto o público faz fila do lado externo da arena até onde a vista alcança.

— Puta merda — Heather sussurra, seus olhos tão arregalados quanto dois pires. — Vai demorar um ano só para recolher os ingressos.

Suspeito que ela não esteja muito longe da verdade, e faço sinal para o promotor colocar mais integrantes na equipe designada a receber os ingressos.

Enquanto sete novos voluntários se apressam para assumir seus postos na bilheteria, Aspero acena com os braços abertos e grita:

— Quem está pronto para fazer história hoje à noite?

Todo mundo grita, incluindo Heather e eu, com sorrisos gigantes no rosto enquanto entramos no espírito. Quando ele abre as portas da arena para os primeiros fãs animados entrarem, respiro fundo e começo a recolher e a carimbar os ingressos.

Duas horas bem cansativas mais tarde, deixo Heather com o restante do pessoal da bilheteria e corro para os bastidores a fim de dar a Hudson algum apoio moral de última hora. Ele vai precisar, se o número de pessoas que deixamos entrar esta noite indica alguma coisa.

Corro até a tenda de Hudson, que discute com Mila, a cabeleireira, sobre a quantidade ideal de pomada modeladora. Eu diria que é só nervosismo, mas estamos falando de Hudson, e todo mundo sabe que seu cabelo é sagrado.

De todo modo, os dois conseguem se resolver e ele fica lindo no fim — como sempre. Está vestido com sua calça jeans Armani e uma camisa roxa bem escura, com as mangas enroladas até a altura dos cotovelos, e está muito bem. Muito, muito bem.

— Por que está me olhando desse jeito? — ele pergunta ao se sentar no sofá ao meu lado.

— Porque você está lindo de morrer — respondo ao me aproximar do meu consorte e passar os braços ao redor de sua cintura. — Se não estivesse prestes a subir no palco, eu poderia ficar tentada a bagunçar esse seu cabelo maravilhoso.

Seus olhos brilham em interesse.

— Tenho certeza de que posso convencer Mila a voltar aqui e arrumar tudo de novo — sugere, antes de levar a boca até a minha.

É um bom beijo — assim como todos os beijos que compartilhamos —, mas me afasto antes que as coisas fiquem interessantes demais. Em partes porque tenho medo de me deixar levar e de fato bagunçar seu cabelo, e parcialmente porque quero conversar com ele antes que vá para o palco.

Mas Hudson não parece ter as mesmas preocupações que eu, e resmunga um pouco quando me afasto.

— Ei — eu o chamo, colocando uma mão em cada lado de seu rosto, de modo que ele me olhe nos olhos. — Você está bem com tudo isso?

— Contanto que eu não me permita pensar nos capangas da Rainha das Sombras agarrando você enquanto ainda estou no palco, então, sim, estou bem com tudo isso.

— Tem certeza? — pergunto. — Você nem me mostrou a seleção de músicas.

— Acho que algumas coisas precisam ser surpresa — Hudson responde, me puxando para seu colo e me dando outro beijo. — Mas estou bem, juro. Totalmente estável.

— Bem, esta é uma reviravolta impressionante. E, embora eu goste disso, preciso perguntar: o que mudou desde hoje de manhã?

Meu consorte dá de ombros.

— Eu me acostumei com o tamanho do lugar. Durante o ensaio consegui conhecer os músicos que vão tocar conosco e mal pude esperar a semana toda para surpreender você. — Seus olhos brilham ante tais palavras. — Acontece que eles chamaram Lumi e Caoimhe para nos acompanhar, junto a outros amigos.

— Lumi e Caoimhe estão aqui? — pergunto enquanto a animação toma conta de mim, só de pensar em revê-los... pelo menos até que me lembro de que eles não ficarão tão animados em me ver.

Hudson acena com a cabeça.

— Estão. E estarão no palco com Jaxon e comigo. Eles conhecem Vemy, e quando perceberam que ele é o diretor de palco deste show, pediram para participar. Então estarão lá comigo.

— Que fantástico! — Dou-lhe um abraço apertado. — Eu já sabia que vocês iam arrasar hoje à noite. Agora sei que vai ser ainda melhor.

— Eu me contento se Jaxon e eu não passarmos vergonha, mas sem dúvidas. Vamos arrasar. — Seu sorriso desaparece. — Se alguma coisa acontecer... se o exército da Rainha das Sombras nos capturar no palco...

— Estarei lá — asseguro. — Não deixarei que nos separem.

— Agradeço a proteção — ele comenta com um tom de voz um pouco seco. — Mas não era isso que eu ia dizer. — Ele pega minha mão e a segura contra o próprio peito. — Seja lá o que acontecer comigo, quero que se lembre do que estamos fazendo aqui. Do que precisamos fazer para salvar Mekhi.

— Nada vai acontecer com você — rebato no mesmo instante. — Vamos falar com ela e...

— Tenho certeza de que está certa. — Hudson me abraça e me puxa para mais perto, no entanto agora estou tensa demais. — Mas digamos que Nyaz esteja certo, que ela queira vingança e ache que a melhor maneira de conseguir isso é vindo atrás de mim...

— Não vou deixar isso acontecer. Não vamos deixar isso acontecer...

— É o que estou tentando dizer. Não quero que se mate tentando me proteger, Grace. Quero...

Eu o detenho do único jeito que sei — esmagando minha boca contra a dele. E beijando-o, beijando-o, beijando-o até que ele pare de tentar falar e acabe me beijando também.

Ele não se afasta, nem eu, até que alguém pigarreia da entrada da tenda.

— Estamos prontos para você, Hudson — Vemy anuncia, com um sorriso.

Ele assente com a cabeça, se inclina para a frente e apoia a testa na minha.

— Grace...

— Vá — eu o incentivo. — Estarei bem aqui assistindo a vocês o tempo todo. E estarei bem aqui à sua espera quando você terminar.

Por longos segundos, Hudson não se move. Só me encara com aqueles olhos infinitos, de um tom tão escuro de azul. Contudo, depois de um tempo, concorda com a cabeça e se afasta de mim.

— Me deseje sorte.

— Acho que você quer que eu deseje merda pra você.

Ele me dá um sorriso torto.

— Desde que você seja dona do meu coração, por mim tudo bem.

— É sério isso? — Finjo que vou vomitar. — Precisamos chegar a esse nível de breguice?

— Só no que se refere a você — ele responde.

— Fico feliz em saber. Agora, dê o fora daqui, suba naquele palco e depois volte inteiro para mim. Temos muito o que fazer.

Capítulo 63

VIVA LAS VEGAS

Chego à lateral do palco antes de Hudson e Jaxon. Macy e os outros já estão ali, então me junto a eles. Tínhamos pensado em assistir ao show na frente do palco, mas há muitas garotas realmente entusiasmadas ali, e a ideia de sermos esmagados por elas em seu louco desejo de se aproximar dos Vega Brothers não atrai nenhum de nós. Muito menos a ideia de os guardas da Rainha das Sombras virem atrás de nós e pisotearem um bando de adolescentes inocentes.

Basicamente, assistir de onde estamos agora parece a aposta mais segura.

Quando as luzes da plateia diminuem, as faíscas coloridas de Macy se destacam ainda mais, e o local se enche de sons de *oooh* e *aaah* da multidão — pelo menos até que as luzes do palco se acendam e alguém dá a boas-vindas a todos.

A música começa, e Hudson corre pelo palco, parando durante segundos para cumprimentar Caoimhe e Lumi, que já estão tocando seus instrumentos. É uma música que não conheço — talvez uma deles mesmos —, mas a multidão já se pôs a dançar, enquanto Hudson segue pela beira do palco, acenando para os fãs.

Então volta para o microfone no centro do palco e cumprimenta:

— Oláááááááá, Adarie! Como vão esta noite?

As vaias enchem a plateia, e não consigo entender qual é o problema até que a multidão começa a gritar em coro:

— Vegalândia! Vegalândia! Vegalândia!

Hudson parece surpreso por um segundo. Ele disfarça bem, mas consigo notar que está muito impressionado com a resposta do público. E as coisas nem sequer começaram ainda.

— Ok, ok. — Ele levanta uma das mãos a fim de apaziguar os gritos. — Vamos tentar de novo. Olááááááááá, Vegalââââândia! Como estão hoje à noite?

A multidão vai à loucura — as pessoas estão tão enlouquecidas que acho que as ondas sonoras empurram Hudson um ou dois centímetros para trás, porque, quando param de gritar, ele parece em um leve estado de choque.

— Quero agradecer a todos vocês por terem vindo aqui esta noite. A recepção de vocês foi, humm, um pouco surpreendente. — Faz uma pausa, meio que reflete consigo mesmo. — Sim, "surpreendente" é uma boa palavra.

A multidão ri, e, ao meu lado, Macy geme.

— É sério? É assim que ele interage com o público? Esse cara nunca foi a um show antes?

— O que acha que ele devia fazer? — questiono de um jeito um pouco zangado, porque não é o traseiro dela que vejo ali no palco, sacrificando-se pela equipe. — Pedir para jogarem calcinhas para ele?

Como se os deuses dos shows tivessem me ouvido, um sutiã roxo-vivo cai rodopiando no palco, e atinge Hudson bem no rosto. Lumi e Caoimhe não perdem uma nota, e continuam tocando.

Se eu achava que Hudson estava surpreso antes, não era nada em comparação com sua expressão quando tira do rosto a lingerie rendada. Ele a segura longe de si, com uma da tiras presas entre dois dedos, e parece dividido entre jogar a peça de volta ou segurá-la porque não quer magoar os sentimentos de ninguém.

No fim, no entanto, Hudson levanta a peça e diz:

— Acho que uma de vocês perdeu isso. Acene quem foi para que eu possa jogar de volta.

Na sequência, dez mil mãos estão no ar, e cada mulher na plateia grita para Hudson devolver o sutiã.

— Ok, então — ele responde, olhando de um lado para o outro, para todas as fãs que o adoram e gritam. — Parece que vou ter que ficar com isso.

Lumi e Caoimhe tocam um riff particularmente complicado enquanto Hudson amarra o sutiã no pedestal do microfone, como se fosse um dos lenços de Steven Tyler.

— Bacana — Heather elogia quando a multidão explode em gritos de novo. — Eu não achava que ele tivesse jeito para a coisa.

Hudson se inclina na direção do pedestal do microfone mais uma vez e diz:

— Então, hum, acho que provavelmente é hora de, humm, apresentar vocês ao, hum... — Ele para de falar quando o palco é literalmente inundado com sutiãs, animais de pelúcia e estátuas de Hudson Vega. Uma estátua pequena acerta sua perna esquerda, e ele dá um pulo para trás. — Puta merda! — ele exclama, o que só aumenta o frenesi da multidão.

— Ele está bem? — Flint aterrissa após sua patrulha aérea por tempo suficiente para perguntar.

— Não sei. Parece que está mancando um pouco — Macy comenta.

Heather faz uma careta.

— Acho que devíamos ter pedido um adicional de insalubridade por esse show.

— Pobre Jaxon. — Flint parece supertriste enquanto balança a cabeça. — Se estão agindo assim por causa de Hudson, imaginem o que vão fazer quando meu homem subir ao palco?

Penso em fazer um comentário irônico, mas Hudson escolhe esse momento para me encarar, com os olhos arregalados, e acho que ele quer que eu lhe dê algum conselho sobre o que fazer. Mas não tenho ideia, a não ser sugerir a ele que apresse um pouco as coisas. Talvez parem de jogar coisas nele se começar a cantar.

Faço um gesto com as mãos, indicando que agilize, e ele me devolve um olhar indignado, como se dissesse: *Que diabos você acha que estou tentando fazer?*

Mas então ele se volta para o público mais uma vez, pega o microfone e grita:

— Quero apresentar alguém para vocês! Vocês querem conhecê-lo?

A multidão grita, assobia e bate os pés em resposta.

Hudson sorri, um pouco mais confiante agora que tem algo certo para dizer.

— Deixem-me contar algumas coisas sobre esse cara antes de trazê-lo para conhecer vocês.

As luzes ficam um pouco mais fracas e, pela primeira vez desde que Hudson subiu ao palco, Lumi e Caoimhe começam a tocar uma música de fundo um pouco mais emocionante.

Hudson caminha até a beirada do palco e se agacha para tocar em todos os dedinhos roxos esticados na primeira fila da plateia ali em frente.

— Ele é meu irmão caçula, e é um cara muito legal. Quer dizer, ele tem uma obsessão estranha pela cor preta, mas, fora isso, é um cara bem sensato. Pelo menos se não considerarmos o modo como ele costumava roubar meus lápis de cor quando éramos pequenos.

A multidão assobia e faz *aaaaaaahhhhhhhh* ao ouvir isso, e Hudson ergue uma das sobrancelhas.

— Esperem um minuto. Vocês estão aplaudindo porque ele roubou meus lápis? — ele pergunta. E, quando passa o microfone de uma mão para a outra, sei que enfim começa a se sentir um pouco mais confortável.

A multidão responde com aplausos ainda mais altos.

Hudson ri.

— Bem, se estão animados assim com um roubo de lápis de cor, imagino que ficarão bastante animados quando verem a destreza dele com as baquetas.

A multidão ruge em aprovação.

— Vou trazê-lo agora. Mas vocês vão me fazer um favor. De agora em diante, precisam se referir ao meu irmãozinho apenas como... — Lumi toca um riff bem alto em sua guitarra, dedilhando as cordas em uma rápida sucessão para destacar a apresentação. — Jaxon “Cabeleira” Vega! Vamos lá, pessoal, quero uma recepção digna de Vegalândia para o “Cabeleira”!

Capítulo 64

OS MELHORES PLANOS DAS SOMBRAS

Jaxon corre pelo palco à medida que a voz de Hudson ecoa pela arena. A multidão, que já estava frenética, de algum modo consegue se empolgar mais um pouco (ou muito) quando ele se acomoda atrás da bateria e toca um conjunto complicado de batidas.

Ao que parece, Jaxon acumulou muita energia conforme esperava para ser chamado ao placo, porque, quanto mais a multidão aplaude, mais sua introdução dura, até que ele termina com uma batida de pratos e um rodopio de baquetas muito alto no ar.

Espero que ele tire outro par do bolso, mas aparentemente subestimei o carisma do Vega caçula. Em vez disso, ele acelera para a frente do palco e as pega antes de cumprimentar a audiência tirando um chapéu de mentira da cabeça.

— Puta merda! — Hudson exclama, revirando os olhos. — Esqueci de falar para vocês que o motivo para todo esse cabelo é para cobrir o cabeção dele.

A multidão cai na risada, e Jaxon se inclina adiante, sacudindo a cabeça ao ritmo da música, como as bandas faziam na década de 1980, e acelera de volta para seu kit de bateria. Hudson caminha até a beirada do palco, pega sua guitarra elétrica, a pendura sobre o ombro e retorna para o pedestal de microfone com o sutiã roxo ainda balançando ao vento.

Os outros músicos param de tocar quando Hudson corre os dedos pelo braço da guitarra em uma rápida progressão de acordes que culmina com a nota mais melancólica que já ouvi.

O som ecoa pelo palco e pela plateia, tão puro e triste que causa arrepios em minha coluna. Por um instante, imagino que este é o som da alma de Hudson. A tristeza, a beleza e a agonia de viver, tudo reunido em um tom menor perfeito.

Hudson estende a nota, estende, estende, até que finalmente ela começa a oscilar só um pouco no final. Como se sentisse a mesma coisa que eu sobre a música, Jaxon a acompanha com a bateria, e é um *estou contigo, mano* tão óbvio que meu coração quase fica imóvel no peito.

E então diminui o ritmo para uma batida lenta, suave, que oferece ao público as primeiras notas de uma canção.

Hudson começa a tocar novamente, e dessa vez uma melodia toma forma. Uma nota, depois duas e, enquanto os irmãos continuam a jogar as notas de um lado para o outro entre si, arregalo os olhos quando enfim percebo qual música estão tocando. O arranjo dos dois irmãos é um pouco diferente do que o do álbum, e é um pouco mais lento, um pouco mais sentido, mas definitivamente é a mesma música: "My blood", do Twenty One Pilots.

Meu coração se parte em mil pedaços ante a percepção. Porque a música fala sobre família.

Como se tivesse sido escrita especialmente para esses dois irmãos, que cuidam um do outro contra todas as probabilidades e contra todas as merdas do mundo.

Irmãos que fariam em pedaços qualquer um que tentasse prejudicar o outro.

Irmãos que, apesar de suas diferenças, estão juntos até o fim.

Quando Hudson se inclina para a frente e começa a cantar a letra, sinto a verdade que aquilo representa para os dois — o amor, a dor e a determinação — bem no fundo da *minha* alma, enquanto esses dois caras que tanto amo por fim conseguem se reencontrar.

A letra serpenteia pelo palco, mergulha devagar na plateia, e posso ver o exato segundo em que todas as pessoas aos gritos percebem o momento que estão vivendo. O presente que estão recebendo.

Porque Hudson Vega está cantando para cada um e para todos *eles* como se fossem sua família também. E vai manter todos em segurança. Vai protegê-los. Como se fossem sangue do seu sangue.

Quando Hudson chega à parte do falsete que o vocalista, Tyler Joseph, em geral faz... Jaxon se inclina na direção do seu microfone e solta a voz, e a multidão vai à loucura. E meu peito se aperta até que acho que minhas costelas vão trincar quando percebo o sorriso orgulhoso no rosto de Hudson, enquanto observa seu irmãozinho brilhar.

É deste momento — deste exato momento — que trata a música. Mais ainda, é sobre o que Jaxon e Hudson são. Esses dois meninos que foram e voltaram do inferno antes mesmo de aprenderem a ler. Torturados pelos pais, abandonados por seu povo, separados um do outro até que tudo o que ouviam era o eco solitário dentro de si. Mesmo assim, aqui estão eles. Preenchendo a solidão com o amor e a confiança que têm um no outro.

É um dos momentos mais profundos da minha vida e, quando olho para Flint, que permanece ao meu lado, dá para perceber que ele também entende.

Que sabe o quanto esses dois sofreram e que aquilo significa que — apesar de tudo — conseguiram achar um meio de voltar um para o outro.

No meio da canção, a música se transforma em um murmúrio, com os outros músicos tocando bem baixinho ao fundo. Até Hudson para de tocar sua guitarra, soltando o instrumento preso pela alça. Então segura o microfone com as duas mãos — e canta para cada um dos fantasmas diante de si.

Grave, profundo, como se cada palavra fosse parte de sua alma e ele quisesse que fosse parte da deles também.

Hudson Vega tem todos em suas mãos e morreria para mantê-los em segurança.

A plateia se inclina para a frente agora, estendendo as mãos para o céu, como se eles pudessem pegar as notas caso se estiquem o bastante.

Então o falsete de Jaxon se junta a eles. E então Lumi e Caoimhe e toda a banda aumentam o volume e a intensidade, enquanto a música aumenta, aumenta, aumenta, preenchendo cada fenda e rachadura na arena até que não haja nada além de onda após onda sonora, um eco de esperança e promessa no espaço.

Quando a última nota da canção desaparece, toda a arena fica em silêncio.

Hudson se mexe desconfortável diante do pedestal do microfone, mas não precisa se preocupar. Porque o público não perde tempo e explode em um aplauso descontrolado. Palmas, assobios e gritos enchem o ar ao nosso redor, e Hudson se vira para me oferecer um sorriso lento e perfeito.

Respondo com outro sorriso conforme mais sutiãs voam até o palco, e bem quando estende a mão para o microfone novamente, Hudson fica paralisado — e seu rosto se transforma de alegria em uma expressão tão letal, tão concentrada, que estremeço. Ele me faz um aceno rápido com a cabeça — nosso sinal de que começou — e seu olhar volta para a frente do palco, para as centenas de jovens fantasmas que se amontoam logo ali embaixo, para chegarem o mais perto possível.

Então tudo fica escuro.

Até as luzes brilhantes de Macy se apagam.

Segundos depois, um grupo de guardas invade os bastidores. Macy grita quando um deles a agarra e a joga de cara contra a parede mais próxima.

— Ei! — Flint exclama quando tenta interceder, e acaba levando uma cotovelada no nariz por causar problemas.

Éden rosna, começa a responder dando uma rasteira no cara, mas finalmente consigo chamar sua atenção.

— Pare! — sussurro, com urgência, e ainda que pareça querer discutir comigo, ela fica quieta. Porque o objetivo aqui não é lutar contra um bando de guardas, ainda que possamos. O objetivo é sermos capturados e levados até a Rainha das Sombras com o mínimo de rebuliço possível. A última coisa que queremos é que alguém da plateia saia machucado.

Eu me esforço para seguir meu conselho quando me colocam de cara contra uma parede também, mas então correm até o palco e seguram Hudson, e preciso de toda minha concentração para não revidar. Em especial quando o jogam no chão e o chutam algumas vezes.

A plateia começa a gritar quando percebe o que está acontecendo, e alguns até tentam subir no palco, que agora está repleto de guardas. É meu pior pesadelo, a coisa que mais temia que acontecesse, mas, antes que alguém se aproxime demais do palco — ou dos Guardas da Sombra —, membros do submundo de Nyaz iniciam a condução de todo o público para fora da arena improvisada.

Quase soluço de alívio, mesmo quando um dos guardas puxa meus braços para trás das costas e me leva pela escada que desce do palco até o chão rochoso abaixo.

Eles empurram Heather logo atrás de mim, e ela dá um gritinho, algo o suficiente para que eu escute.

— Você está bem? — pergunto, tentando enxergar por sobre os guardas que estão entre nós.

— Cale a boca — um deles resmunga. — E mantenha as mãos para cima. Não vamos tolerar desobediência de nenhum de vocês.

— Dá para definir "desobediência"? — Flint pergunta quando o empurram pelos degraus também. — Só para que eu não cometa um engano e acidentalmente... — Ele para de falar quando a ponta de uma adaga é posicionada perigosamente perto de seu pescoço.

— Imagino que isso seja considerado desobediência — Hudson reclama ao descer a escada.

— Dá para vocês dois levarem isso a sério? — Jaxon rosna. — Vão acabar mortos porque não conseguem calar a boca. — Ele olha feio especialmente para Flint, que revira os olhos em resposta. Mas o dragão não se pronuncia mais para os guardas.

— Vocês todos virão conosco. — O guarda que parece no comando rosna ao passo que, bem acompanhado de sua espada, nos leva em fila indiana até a frente da tenda de Hudson. Aspero corre de um lado para o outro diante de nós, torcendo as mãos e exigindo saber o significado de tudo aquilo.

— Encontrarei ajuda para você, Hudson — ele promete à medida que tenta se colocar entre meu consorte e dois guardas parados ao seu lado. — Vou ligar para alguém e descobrir o que fazer. Não podem simplesmente vir até aqui...

— Está tudo bem, Aspero — Hudson o conforta. Então baixa a voz e sussurra mais alguma coisa, mas não consigo ouvi-lo com toda a gritaria dos guardas, não importa o quanto me esforce para isso.

Aspero é arrastado para longe antes que possa replicar qualquer outra coisa e, ainda que isso seja exatamente o que queremos — exatamente o que procurávamos desde nossa chegada à cidade —, ainda é estranho ficar parada aqui e deixá-los nos levar. É estranho deixá-los ameaçar pessoas que foram tão gentis conosco até agora.

Em especial quando tenho quase certeza de que podemos acabar com eles, mesmo sem nenhum dos nossos poderes extras. Esses guardas não parecem particularmente habilidosos em seu ofício.

Todavia fugir não é o objetivo do plano, então mantenho as mãos atrás das costas e tento parecer o menos ameaçadora possível enquanto me colocam entre Hudson e Macy.

— Belo boné — minha prima elogia assim que vê o boné com os dizeres "I <3 Vega Brothers" em minha cabeça.

Sorrio em resposta.

— É uma afirmação.

— Isso é realmente o que você gostaria de usar nas fotos do seu registro de prisão? Hudson pergunta, balançando a cabeça. Mas posso ver um sorriso ameaçando aparecer nas profundezas de seus olhos azuis.

— Não se preocupe com minhas fotos — respondo. — Você devia pensar é na sua, considerando que provavelmente ela estará estampada em cinquenta produtos diferentes em menos de uma semana.

— Obrigado por me fazer imaginar isso agora — ele agradece, com um gemido.

— À disposição — replico.

— Silêncio! — o chefe dos guardas grita. — Vocês estão sendo presos por crimes contra a rainha. Por favor, juntem as mãos diante do corpo.

Considerando que Hudson é o único de nós que sabem ter estado aqui antes, parece um pouco abusivo prender todos nós por supostos crimes contra a Rainha das Sombras. Mas, como vamos conseguir o que queremos, nenhum de nós se manifesta.

Em vez disso, fazemos exatamente o que nos pedem.

Estendo os braços diante de mim, entrelaçando os dedos e pressionando as palmas das mãos uma contra a outra. Assim que o faço, um dos guardas se aproxima e apoia a mão em meus punhos. Segundos depois, uma corda de sombras aparece do nada, dando várias voltas ao redor do meu punho a fim de amarrar minhas mãos.

Há outro aceno do guarda, e uma venda cobre meus olhos.

— Ei, o quê... — Paro de falar quando algo que se parece muito com uma fita adesiva é colocado sobre minha boca.

E bem quando o pânico explode dentro de mim.

Não tenho problemas em ser presa, porque isso vai nos levar até onde precisamos ir — mais especificamente, até a Rainha das Sombras. Mas ser vendada? Amordaçada? Não concordei com isso.

Ao meu lado, Macy solta um gritinho agudo — o máximo que ela consegue fazer, presumo, com a boca vendada. E então os outros também fazem ruídos, sons abafados e gritos que ecoam no ar.

Posso identificar os rosnados de Flint e de Jaxon, os gritos de Heather, o resmungo abafado de Éden. Mas Hudson não faz barulho algum — nenhum som.

O pavor explode dentro de mim, faz meu estômago revirar em sobressaltos nauseantes e meu coração bater rápido demais. Onde está Hudson? O que fizeram com ele? Será que o machucaram? Levaram-no embora?

Respiro com muita rapidez agora, quase hiperventilando — o que é horrível em quaisquer circunstâncias e triplamente horrível com a boca amordaçada. Tento desesperadamente respirar fundo e me acalmar, mas não há ar suficiente para eu respirar pelo nariz.

E, quanto mais tento, pior fica.

— Hudson! — tento dizer, mas consigo apenas emitir um som abafado e ininteligível. Tento novamente: — Hudson! Hudson!

Nem eu mesma consigo me entender, muito menos esperar que outro alguém me compreenda.

Mas então, lá está ele, a lateral de seu braço roçando meu ombro enquanto ele também emite um ruído sob a mordaça, muito parecido com meu nome.

Porque é evidente que Hudson, herói de Vegalândia e do Reino das Sombras, consegue achar um jeito de falar com um mordaça em sua boca. Se eu não estivesse tão aliviada em saber que ele está bem, daria uma bela risada.

Mas estou aliviada, e quando ele roça o braço contra o meu mais uma vez, posso sentir um pequeno alívio na tensão dentro de mim. Meu estômago relaxa e, embora meu coração continue acelerado, fica muito mais fácil para respirar.

Eu me lembro de um dos truques que Hudson me ensinou para controlar crises de pânico, e começo a fazer contas mentalmente. Um mais um, dois. Dois mais dois, quatro. Quatro mais quatro, oito.

Está tudo bem, digo a mim mesma quando nos levam pela rua. Oito mais oito, dezesseis. *Era isso que queríamos*. Dezesseis mais dezesseis, trinta e dois. *Era isso que precisávamos que ocorresse*. Respiro fundo pelo nariz, seguro o ar e o solto com bastante lentidão.

É óbvio que, se nos vendaram, é porque vão nos levar até a rainha. Assim, não vamos conseguir descobrir a localização que ela tanto se esforça para manter em segredo.

Na verdade, é uma coisa boa, digo a mim mesma enquanto tento me concentrar em respirar mais e mais devagar. Porque, quanto mais cedo conseguirmos encontrá-la, mais cedo poderemos selar o acordo para salvar Mekhi e ajudar Lorelei.

É uma coisa boa, repito, como um mantra. Uma coisa muito boa.

Ainda que, neste instante, pareça qualquer coisa menos isso.

Caminhamos por um bom tempo — mil e vinte sete passos, para ser exata — antes que um dos guardas ordene:

— Parem!

Paro tão de forma tão abrupta que Macy, que está logo atrás, tromba em mim.

Ela faz um barulho que não consigo distinguir muito bem, talvez "desculpe", talvez "ai", mas nós duas conseguimos permanecer em pé, então considero uma vitória. Pelo menos até que escuto o barulho de portas de metal — seguido pelo relincho agudo de um animal que não consigo identificar.

Há outra batida de metal contra metal, e então alguém me empurra para a frente.

— Suba — um dos guardas manda, com um tom áspero. Então subo, quase tropeçando no degrau alto.

Movimento-me bem devagar, tateando à minha frente com os pés, até perceber que há outro degrau. Subo com cuidado e dou mais dois passos antes de enfim chegar... a algum lugar. Mas não consigo determinar onde — ou mesmo o quê — é.

— Mais rápido! — o guarda rosna para mim, dando um empurrão forte entre minhas omoplatas que me faz cambalear para a frente.

Tropeço vários passos, determinada a não cair de cara no chão. Quando não trombo com nada, continuo em frente, hesitante, até que meus dedos roçam algo que parece uma parede de metal frio.

Dou mais um passo adiante e empurro a parede com toda a força, em busca de determinar quão resistente é. Atrás de mim, consigo ouvir meus amigos arrastando os pés e tropeçando também. Tento chamá-los, instar que continuem em frente, mas tudo o que sai da minha boca é um monte de gemidos abafados.

No fim, eu me viro e pressiono as costas na parede, fazendo o máximo para ficar fora do caminho — o que não é a coisa mais fácil do mundo, posto que nenhum de nós consegue enxergar onde os outros estão.

Depois de certo tempo, no entanto, devemos estar todos dentro de uma cela, ou o que quer que seja, porque o mesmo guarda que gritou comigo rosna:

— Não causem problemas, ou a rainha vai ficar sabendo.

Segundos mais tarde, o aviso é acompanhado pelo som de portas de metal se fechando. Depois, há um barulho que pode ou não ser uma corrente e um cadeado.

No instante em que ficamos sozinhos, cada um de nós tenta falar. Não dá certo, é óbvio. Tudo o que sai de nossas bocas é uma série de gritos, exclamações, grunhidos e gemidos, mas pelo menos os sons são identificáveis e facilmente atribuídos aos meus vários amigos.

Até Hudson faz um barulho que é uma mistura de zombaria com pergunta.

Tento lhe responder — ainda que não tenha ideia do que ele está tentando comunicar —, mas minha resposta não é mais inteligível do que as demais. Parece acalmá-lo, porém, a julgar pelo fato de que o som que ele faz é mais parecido com um resmungo.

Ponho-me a caminhar na direção do barulho de Hudson, quando ouço uma série de relinchos agudos fora da nossa cela.

E então começamos a nos mover — bem rápido.

Capítulo 65

TODOS CAPTURADOS

Todos praticamente saímos voando, batendo o corpo contra as paredes de metal e uns nos outros. Dou uma trombada em alguma coisa macia — talvez Heather, a julgar pelo cheiro do xampu —, e acabo de joelhos e de cara no colo de alguma outra pessoa.

Alguém que cheira muito a laranja e água fresca.

Merda.

Começo a me levantar o mais rápido possível, mas isso significa empurrar minhas mãos cerradas na coxa de Jaxon, com toda a força que tenho. O vampiro geme, tenta virar o corpo para me ajudar, e acaba me fazendo cair de novo.

De cara em cima dele. *Novamente.*

Há outro gemido baixo, e ele tenta me empurrar de um jeito muito mais gentil do que eu estava fazendo com ele. Nesse meio-tempo, faz uns barulhos que não tenho esperança de interpretar. Mas concordo, de todo jeito, só para responder com um barulho qualquer.

Depois que fico em pé — uma cortesia de Jaxon —, estendo a mão e reencontro a parede. Então escorrego até me sentar no chão. Se vamos nos mover durante certo tempo, parece bem mais seguro aqui embaixo do que me arriscar a ser arremessada pela segunda vez.

Consigo ouvir ruídos de roupas e de pessoas reclamando ao meu redor, enquanto meus amigos também se acomodam no chão. E então não há nada por um tempo, além do ruído alto das rodas da cela em movimento sobre o que parece uma estrada *muito* acidentada, e o barulho ocasional de um bicho.

Só espero que o lugar para onde estão nos levando inclua a Rainha das Sombras, assim como planejamos. Senão — se forem apenas nos deixar definhando em uma prisão em algum lugar —, estamos todos ferrados, em especial Mekhi.

Solto uma risada abafada e sem graça ante a percepção de que jamais consideramos a hipótese de prisão. Não sei se é porque estou cercada de pessoas que passaram a vida toda pensando em si mesmas como muito fodonas e incontroláveis — ou porque simplesmente somos péssimos em imaginar todos os resultados possíveis. Para ser justa — comigo mesma, pelo menos —, sempre fui terrível em encarar as possíveis consequências. Só fico um pouco surpresa em ver que não estou sozinha neste departamento, já que um de nós, sem dúvida, devia ter considerado a opção de passarmos o resto da vida usando o uniforme da prisão e a relatado para os demais integrantes do grupo.

De tempos em tempos, Macy faz uma série de sons, como se tentasse realizar algum tipo de feitiço. A cada vez que tenta, posso sentir uma onda de esperança passando por mim e pelos demais. E, a cada vez que não dá certo, a esperança se transforma em uma onda de decepção.

Parte de mim quer que ela continue tentando, quer pensar que existe algum feitiço que pelo menos tire essas mordaças, se Macy conseguir encontrar alguma coisa. Não me importo em ser presa. Sequer me importo em estar com as mãos amarradas. Mas essa mordaça de sombras? Eu a odeio tanto que parte de mim quer que ela se vá, e danem-se as consequências.

Mesmo que eu deseje isso, sei que é pedir demais. Se a magia normal pudesse se sobrepor à magia das sombras — a força mágica mais antiga na Terra —, nem estaríamos aqui. Teríamos achado um jeito de quebrar a magia do veneno das sombras há muito tempo, e Mekhi estaria em segurança.

Depois de um tempo, Macy desiste de fazer barulho. Assim como o restante de nós. Em vez disso, seguimos a viagem em silêncio, só com um grunhido ocasional como companhia.

Estou sentada com as costas apoiadas na parede de onde quer que nos tenham colocado e, ainda que faça o máximo para permanecer alerta, em determinado momento acabo apoiando a cabeça na superfície fria de metal. Algum tempo depois, percebo que meus olhos estão se fechando e sinto todo o corpo pesado.

Tento lutar contra a letargia, mas, no fim, simplesmente me entrego. Afinal, se eu adormecer, talvez possa parar de contar cada segundo que passa, como se fosse o último.

Não sei quanto tempo eu cochilo, mas desperto em sobressalto quando o veículo para de repente. Meu coração bate super-rápido agora, e me esforço para escutar qualquer som que signifique que estão vindo nos buscar.

No início, não escuto nada. E então ouço o barulho de sapatos esmagando o cascalho do lado externo do nosso veículo. Prendo a respiração, e sinto que todos ao meu redor fazem o mesmo.

Todavia, durante longos minutos, nada acontece. Ficamos simplesmente sentados ali, em silêncio, esperando e nos perguntando o que vai acontecer quando a porta enfim se abrir.

Quanto mais tempo esperamos, mais apreensiva me sinto. Posso sentir a tensão aumentar nos demais também, até que espero que um de nós exploda a qualquer segundo.

Talvez esse seja o objetivo. Talvez estejam apenas à espera de ver qual de nós vai surtar primeiro. Se for isso, estão fazendo um bom trabalho. A cada minuto, sinto que fico cada vez mais perto de ser a vencedora aqui.

Acho que é a total falta de controle que causa isso. Não é o fato em si de estar presa. Mas ter minha visão tirada de mim? Ter minha capacidade de me comunicar com meu consorte e com meus amigos arrancada?

Sim, isso está me deixando muito nervosa.

Faz com que eu me pergunte como Hudson conseguiu ficar trancado em Descensão durante todos aqueles anos, sem perder por completo a sanidade. Não acho que aguentaria nem dias. E se eu ficasse presa assim ano após ano, década após década?

Balanço a cabeça.

Ao respirar fundo mais uma vez, tenho ainda mais respeito por ele do que tinha instantes antes, e não pensava que isso fosse possível.

De fato, eu...

Ouço um raspão repentino na porta, que me faz inclinar para a frente, com o coração explodindo mais uma vez no peito, à medida que me esforço para escutar o que está acontecendo, o que vai acontecer a seguir.

Mais barulhos de raspado, seguido pelo som do metal batendo contra metal.

Murmúrio de vozes.

Uma chave gira na fechadura.

E então a porta se abre e o ar gelado invade o espaço.

Capítulo 66

NÃO GOSTO DE SER AMARRADA

— Levantem-se! — alguém rosna de maneira rude para nós.

Tento obedecer a ordem, mas não é muito fácil, já que minhas pernas adormeceram há algumas horas, por ficarem por muito tempo na mesma posição.

Os demais devem enfrentar o mesmo problema, porque alguém continua a nos xingar. Então ouço passos rápidos na superfície metálica. Alguém vem até a cela para nos pegar. Várias pessoas, se o número de pés que conto subindo os degraus é algo confiável.

Ouço o farfalhar de roupas perto de mim, e então Heather grita. Segundos mais tarde, Éden rosna baixinho. Tento perguntar qual é o problema, mas antes que consiga fazer qualquer coisa além de um *mmmmmmm*, alguém agarra minhas mãos e me puxa, para que eu fique em pé.

É minha vez de arfar, quando a sensação invade minhas pernas, espinhos e agulhas me atingindo até que meus olhos se enchem de lágrimas. Quem quer que tenha me puxado agora começa a me empurrar na direção da porta, e cada passo é uma agonia.

Recuso-me a demonstrar para qualquer um deles como dói, então fico de boca fechada mesmo conforme me arrastam pelos degraus.

Quando por fim desço, continuo a andar até que dou uma trombada em alguém. Acho que é em Flint, já que as costas que atingi parecem ser muito mais largas e mais sólidas do que as de Jaxon ou de Hudson.

Heather emite um pequeno soluço bem atrás de mim e, por instinto, me viro em sua direção.

— Está tudo bem — tento dizer, mas é lógico que o barulho que faço não é nada parecido com isso.

O guarda que segura minhas mãos me puxa para trás com força.

— Olhe para a frente — ele grita para mim.

Quero lhe responder que meus olhos estão vendados e não consigo olhar para lugar algum, mas não consigo. Então simplesmente travo os dentes e prometo a mim mesma que, assim que nos livrarmos desta situação, terei muito o que dizer. E não importa como isso termine — ou o que teremos de fazer no futuro —, nunca mais vou deixar ninguém me amarrar assim. Não sem lutar pra caramba.

Há muitos guardas conosco agora. Dá para saber pelo ruído que seus... sapatos? botas? fazem enquanto caminhamos pelo cascalho. Além disso, há muitas vozes distintas falando ao mesmo tempo.

Tento diferenciá-las, descobrir quantos guardas foram designados para tomar conta de nós. Mas as vozes somem e retornam, se aproximam e se afastam, e cada vez que acho que contei todo mundo percebo que faltou alguém. Ou então que contei alguém duas vezes.

Acho que na verdade não importa — não estamos prestes a tentar uma fuga agora que, com sorte, estamos tão perto da Rainha das Sombras. Mas eu ainda gostaria de saber. Talvez seja essa coisa de controle. Talvez seja uma coisa do medo. Ou talvez, no fundo da minha mente, esforço-me para descobrir como dar o fora daqui se tudo der errado.

O fato de que não consigo fazer nada a respeito não me cai muito bem. Em especial não quando tantas pessoas que amo estão presas na mesma situação que eu.

Damos quarenta e um passos antes de dobrarmos para a direita. Caminhamos mais cento e doze passos antes de virarmos à esquerda. E então seguimos por dezessete passos, viramos à direita, caminhamos mais cento e quarenta e cinco passos antes que o guarda que segura minhas mãos me faça parar com tanta força que quase desloco o ombro.

— Ei! — tento exclamar, mais pela irritação do que por esperar ser compreendida ou que o guarda se importe. Em vez de uma reclamação enraivecida, sai mais como um grito de dor, o que me deixa ainda mais zangada.

E, quando ele me puxa para a frente com toda a força mais uma vez, consigo me sentir um pouco melhor ao me imaginar dando um soco, com um punho de concreto, bem no meio do que tenho certeza de ser uma cara muito feiosa.

É uma boa fantasia, mas não tão boa quanto ouvi-lo gemer de dor de repente. Duas vezes.

Não tenho ideia do que lhe aconteceu — sei que não fiz nada —, mas o que quer que tenha sido deve tê-lo irritado de verdade, porque ele então sibila:

— Você vai pagar por isso.

Não sei com quem está falando, porém, ao considerar que esteve responsável por mim desde que chegamos aqui, presumo que seja comigo. Então me preparo para o pior, à espera de que ele saia me arrastando pela terceira vez.

Em vez disso, ouço um baque surdo no meu lado direito, seguido por um rosnado abafado que se parece muito com um "Vá se foder". E então o som de uma luta que deixa meu guarda gemendo e, pela localização do ruído, caído no chão.

E é quando sei exatamente o que está acontecendo. Hudson não gostou do meu gemido de dor e — mesmo vendado e com as mãos amarradas diante de si — assegurou-se de que não se repetisse.

Escuto um barulho de briga ainda mais alto atrás de mim, o som de mais botas apressadas em nossa direção. Então há um baque horrível, que se parece muito com o som de alguém sendo atingido por um bastão ou algum objeto rígido. Várias vezes.

— Parem! — tento gritar. — Parem, parem, parem!

Quando isso não funciona — quando o som das pancadas continua —, eu me movo para a frente o mais rápido possível, determinada a me colocar entre Hudson e o que quer que o esteja acertando.

— Parem! — repito ao avançar na direção do som. Levo um golpe duro, de raspão no ombro, do que parece ser uma bengala. Travo os dentes ao sentir a dor e me obrigo a não emitir nenhum outro som que vai deixar Hudson ainda mais agitado.

Mas é tarde demais. Obviamente ele ouviu o golpe me atingir, porque, mesmo com a boca amordaçada, solta um rugido de fúria que me faz ficar imóvel. E, ao que parece, não sou a única, porque a bengala não atinge nenhum de nós dois de novo.

Em vez disso, há outro som de luta que termina com a bengala batendo no chão aos meus pés — e, segundos depois, algo que só posso presumir como a queda da pessoa que a segura.

Alguém solta uma exclamação de dor, logo seguida por dois gemidos altos e agudos. E então o barulho de um corpo atingindo a parede a vários metros de distância.

— Hudson! — grito, apavorada em pensar que ouvi meu consorte ser nocauteado.

Mas Hudson responde com algo que se parece muito com meu nome, e o alívio me inunda. Pelo menos até que ouço alguma coisa se colidir contra ele.

Mais uma vez, tento me colocar entre ele e os guardas. Mas as pessoas se movem com presteza, e as localizações mudam com tanta rapidez que não consigo acompanhá-las sem uma pista visual. O terror toma conta de mim, faz minhas mãos suarem e meu estômago cai praticamente até meus joelhos quando imagino o que um grupo de guardas irritados pode fazer com Hudson.

Não posso deixar isso acontecer. Simplesmente não posso. Em especial não quando ele começou essa luta para tentar me ajudar. Mas não sei para onde ir, não sei como posso ajudá-lo. Tudo o que sei é que alguma coisa tem que acontecer, ou ele vai se machucar de verdade. Todos nós vamos. Porque esses guardas não parecem ser do tipo que aceita insurreição levianamente.

Eu dobro o corpo, prestes a dizer "fodam-se todos vocês" e me transformar em gárgula antes de correr rumo à origem de mais barulho. Contudo, antes que eu possa fazer qualquer coisa, todo mundo para onde está ao som de uma porta se abrindo.

Mesmo antes que uma voz muito afetada e muito elegante declare:

— A rainha receberá vocês agora.

Capítulo 67

COM MORDAÇA, SEM MORDAÇA

Deu certo. Ser presa realmente deu certo.

É a primeira coisa que me vem à mente depois de ouvir que a rainha de fato vai nos receber.

A segunda é que — por favor, Deus — enfim seremos desamarrados. O alívio é tão grande que acho que sou capaz de chorar.

Repito para mim mesma que, quando nos soltarem, não vou fazer o que prometi a mim mesma há minutos. Não vou bater no guarda. Pelo menos, não se Hudson estiver bem. Se, no entanto, aquele desgraçado machucou meu consorte, como parece que aconteceu depois de todos aqueles golpes de bengala ou do que diabos tenha sido aquilo, então a sorte estará lançada.

— O que está acontecendo aqui? — uma voz firme e autoritária pergunta quando a porta se reabre. — Coloquem os prisioneiros em fila e com a melhor aparência que esses tipinhos podem ter.

O desgosto na voz quando ele usa as palavras *esses tipinhos* me deixa incomodada de novo. Mas não há nada que eu possa fazer a respeito a essa altura, então não vale a pena reagir. Apenas permaneço no lugar e espero para ser libertada.

Um dos guardas, obviamente intimidado pela atitude do outro, retruca:

— Vocês ouviram. Em fila, prisioneiros!

Eu não me mexo — e, a julgar pela falta de ruídos vindo dos meus amigos, nenhum deles tampouco o faz. Para ser justa, não conseguimos ver nada. Não temos ideia da direção para a qual supostamente devíamos ir ou mesmo quais são nossos lugares na fila.

— Vocês me ouviram! — o guarda praticamente berra. — Em fila!

Mais uma vez, nenhum de nós se move.

— Qual é o problema de vocês? Acham que não vamos espancá-los antes da audiência com Sua Majestade?

— E eu aqui pensando que o problema deles era que não conseguiam ver — uma voz feminina engraçada diz, a vários metros de distância. — Estão planejando consertar isso antes de trazê-los até meu salão? Ou devo ter uma audiência com eles enquanto parecem um grupo de bandidos?

Fico paralisada quando percebo que não é uma ajudante ou uma dama de companhia que fala agora. É a própria Rainha das Sombras. Meus dedos coçam de vontade de arrancar a venda e a mordaça — tem tanta coisa que preciso dizer para essa mulher —, mas as cordas de sombra ao redor dos meus punhos o impossibilitam.

— É claro, Vossa Majestade — um dos guardas responde.

— Imediatamente, Vossa Majestade — outro diz exatamente no mesmo instante.

Os outros estão ocupados demais tirando nossas vendas e mordaças para responder. As vendas de sombra se desintegram assim que são removidas.

Assim que a minha desaparece — junto às cordas de sombra que amarram meus punhos —, dobro o corpo ao meio e respiro profundamente pela boca, ainda com os olhos fechados. Eu estava conseguindo respirar o bastante com a mordaça para sobreviver, mas ao que parece não era o suficiente para funcionar bem.

Respiro várias vezes pela boca, enfim começo a me sentir normal de novo. Respiro fundo mais uma vez e obrigo minhas pálpebras a se abrirem. Uma dor lancinante me atinge imediatamente, mas pisco mesmo assim. Quanto mais tempo ficar sem conseguir enxergar, mais vulnerável fico. E depois de passar as últimas horas do jeito que passei, estou cansada de me sentir vulnerável.

Assim que consigo distinguir mais do que formas básicas, me viro e procuro Hudson. Ele já está vindo na minha direção, a preocupação marcada em seu rosto recém-machucado.

Estreito os olhos a fim de analisar melhor os hematomas que se formam em suas bochechas e o leve arranhão do lado esquerdo de seu queixo.

— Você está bem? — exijo saber antes que ele possa me perguntar a mesma coisa.

Ele ri.

— É preciso mais de um guarda, ou de três, para me derrubar.

— Não fique tão orgulhoso desse fato — respondo.

Penso em dizer mais coisas, mas, antes que isso seja possível, os guardas nos levam pelas imensas portas duplas até o salão da Rainha das Sombras.

E que salão.

As paredes são feitas de vidro roxo bem escuro, quebrado em pedaços fascinantes e depois reunidos em padrões geométricos incríveis, de todas as formas e tamanhos.

O chão é de jade roxo-escuro também, e do teto pendem esculturas gigantes de ferro em vários tons de violeta, que são ao mesmo tempo lindas e intimidantes pra caralho.

Até mesmo as luminárias são únicas, candelabros imensos de cristal púrpura em formatos abstratos que parecem uma paisagem de sombras ao estilo de Salvador Dalí.

E assustadoras pra caramba.

Espalhados pelo ambiente, há vários grupos de cadeiras e sofás, todos forrados com tecidos roxos com estampas florais, que parecem ser camurça e veludo. Mas talvez a parte mais desconcertante de toda a sala sejam as sombras roxas subindo pelas paredes e dançando no teto.

Sombras compridas, curtas, grandes e pequenas cobrem quase todos os espaços disponíveis. Não são umbras como Smokey e as outras pequenas sombras da fazenda. Não, essas são algo diferente. São algo malévolo e que me fazem recordar a última noite que eu e Hudson passamos em Adarie.

Minha pele se arrepia só de lembrar, mas não tenho tempo para lidar com a reação. Não quando a Rainha das Sombras em pessoa — vestida com uma túnica roxa e uma coroa de diamantes roxos — está sentada em um trono de veludo violeta no meio da sala, comandando tudo.

Quando nos aproximamos dela, não posso deixar de me perguntar se o trono é exagerado ou se ela é menor do que me recordo. Ela não é ridiculamente baixa, mas, a julgar pelo jeito como seus pés mal tocam o chão na frente do trono, tampouco é muito mais alta do que eu.

É uma mudança revigorante, considerando que, no máximo, eu batia no ombro de todos os outros monarcas que conheci no último ano. Pensar em ser capaz de olhá-la facilmente nos olhos quando ela ficar em pé me parece uma vitória. Não que eu ache que teremos muito a fazer juntas além do que precisamos hoje. Mesmo assim...

Os guardas nos levam até uma parte do salão situada a vários metros de distância do trono.

— Em fila — eles sibilam pelo que parece ser a milésima vez desde que a porta deste salão se abriu.

— Estamos em fila — respondo, baixinho, depois que nos posicionamos. Tento descobrir o que dizer à rainha com o intuito de quebrar o gelo, considerando que viemos aqui pedir um favor muito específico.

— Por que voltou ao meu reino? — ela pergunta, em uma voz muito baixa que, de algum modo, se irradia por todo o salão. — Eu tinha certeza de que nunca mais veria você depois daquela noite infeliz em Adarie.

Eu me viro para Hudson, me perguntando como exatamente ele planeja responder a uma questão direta dessas, considerando o que aconteceu na última vez que ele e a Rainha das Sombras se encontraram. Mas ele simplesmente ergue uma das sobrancelhas para mim e, ainda que isso me deixe nervosa pra caralho, sei que ele está certo. Sou eu quem precisa negociar com ela. Sou eu quem precisa vencer essa batalha, uma rainha contra a outra. E não planejo perder.

Capítulo 68

QUE ACORDO É ESSE?

Dou um passo adiante.

— Queremos fazer uma barganha — declaro da maneira mais régia que consigo, e o olhar dela se volta para mim.

— Vai deixar outras pessoas lutarem suas batalhas agora? — a Rainha das Sombras zomba de Hudson, ainda que seu olhar não me abandone. — Nós nos conhecemos?

Eu gostaria de poder dizer *Sim, e nós demos um belo chute no seu traseiro roxo.* Em vez disso, respondo:

— Não nesta vida. Meu nome é Grace Foster e estou aqui para fazer uma barganha com você. E é uma que você vai querer ouvir.

— Uma barganha? — ela repete, com uma risadinha de desprezo. — *Não barganho com amigos de pessoas que tentaram me matar.*

— Talvez você devesse — Macy sugere atrás de mim. — Provavelmente, vai ser muito mais seguro para você.

A Rainha das Sombras estreita os olhos em direção à Macy.

— Talvez você devesse manter a boca fechada. Provavelmente vai viver muito mais tempo assim.

Macy dá de ombros.

— Está presumindo que essa é minha prioridade principal.

— Cuidado com o que deseja. Aqui no Reino das Sombras, os desejos têm um jeito estranho de se tornarem realidade. — A rainha volta o olhar na minha direção. — Vocês devem partir. Não haverá barganha alguma aqui para vocês.

Como se para sublinhar sua afirmação, algumas das sombras na sala despertam, alongando-se e se encolhendo até que todo o teto ondula mediante seus movimentos.

É superassustador de observar, em especial com as lembranças das Provações e de Adarie frescas em minha mente. Meu coração salta até a garganta e minhas mãos começam a tremer tanto que preciso enfiá-las nos bolsos para que a Rainha não as veja.

— Você nem sequer ouviu o que eu quero — digo para ela. — Ou o que estamos dispostos a lhe dar em troca.

— Não importa. Se não é a cabeça daquele vampiro em uma estaca no meio da praça de Adarie, não estou interessada. — A rainha se anima ao mencionar a morte de Hudson, e seus olhos brilham com algum tipo de luz profana que vem bem de dentro de si. — Mas talvez eu devesse fazer isso acontecer de qualquer maneira... nenhuma barganha é necessária.

Ela acena com a mão, e as sombras nas paredes se movem também. Ao contrário daquelas no teto, essas começam a se dividir — algumas pequenas, algumas médias, algumas imensas e algumas extrapequenas.

Não sei por que ela as separa desse jeito, mas sou inteligente o bastante para saber que não é por qualquer motivo do qual vou gostar.

Mas também preciso não recuar diante dessa mulher.

Nem agora nem nunca.

Então, em vez de tentar acalmá-la, colocando-nos à sua mercê, eu a encaro bem nos olhos e digo:

— Ameaças não funcionam conosco.

— Então é óbvio que você nunca foi ameaçada direito — ela responde. Após um estalar de dedos, serpentes começam a pular do teto. Não deslizam pelas paredes, mas caem bem em cima de nós, como se estivessem sob galhos de árvores em alguma floresta tropical.

É uma das imagens mais nojentas que já vi, em especial quando passam a se contorcer e a deslizar no chão aos nossos pés.

Hudson não se abala. Sequer olha para baixo. Na verdade, a única coisa que faz é ficar onde está, com os braços cruzados, e observar a Rainha das Sombras com um ar tão entediado que meio que espero que boceje bem na cara dela.

Não estou nem de perto tão calma quanto ele. Meu coração bate como louco, e parte de mim quer gritar até minha cabeça explodir e sair correndo na outra direção. Mas não posso. Se queremos ter qualquer chance de salvar Mekhi, precisamos convencê-la de que estamos aptos para ajudar suas filhas. E ela jamais vai acreditar que somos fortes o bastante para o fazer se eu sair correndo e gritando deste salão, como quero fazer tão desesperadamente.

Então continuo firme, recuso-me a estremecer ou a me mover um único centímetro, mesmo quando uma das sombras malditas desliza bem por cima do meu sapato.

A Rainha das Sombras ergue uma das sobrancelhas, mas não se pronuncia. Então estala os dedos novamente, e, dessa vez, insetos de sombra caem do teto no chão ao nosso redor.

Um deles cai bem em cima da minha cabeça, e tenho de me controlar ao máximo para não gritar. Hudson estende a mão, rápido como um relâmpago, e o derruba no chão. Só então consigo voltar a respirar.

Quero simplesmente gritar o nome de Lorelei para chamar a atenção da rainha, mas meus instintos me indicam que agora é o pior momento para fazê-lo, quando preciso de sua misericórdia. Ela simplesmente vai achar que é um truque — ou, pior, vai ter um ataque de raiva e encher tudo de insetos.

Felizmente, Macy estende as mãos diante de si e murmura um feitiço que solta fogo em cada uma daquelas criaturas das sombras, incinerando-as ao contato.

Quando me viro para fitá-la, de olhos arregalados, minha prima dá de ombros.

— Estive praticando. Só por precaução.

— Treinou pra caramba — Éden comenta, com admiração.

— Acha mesmo que fez alguma coisa? — a Rainha das Sombras pergunta, com voz gélida. — Há outras milhões de onde essas vieram.

Macy a encara bem nos olhos e responde:

— Digo o mesmo.

Por um instante, acho que a Rainha das Sombras vai ter um treco. Seu rosto ganha uma tonalidade vívida e imprópria de violeta, e seus olhos parecem prestes a sair das órbitas.

Mas então ela respira fundo e se põe em pé, ao mesmo tempo que tudo ao nosso redor volta ao normal.

— Isso está ficando cansativo — ela diz. — Qual é o real motivo para essa imagem de falsa bravata?

Agora que ela está aqui, agora que a rainha de fato parece disposta e me ouvir, minha mente dispara, cheia de incertezas. Devo mencionar Lorelei primeiro, ou Mekhi, ou mesmo o Orvalho Celestial? Sei que só terei uma chance de convencê-la, então preciso escolher bem.

Quando não respondo de pronto, ela me olha com desprezo.

— Vamos lá. Não fique tímida, garotinha. Vamos ouvir o acordo que você veio de tão longe oferecer. — Um sorriso maligno ergue um dos cantos de sua boca, e ela acrescenta: — E é melhor ser uma barganha *excepcional* se espera me impedir de passar para a parte da tortura, a parte pela qual mais espero dos acontecimentos de hoje.

Capítulo 69

UM PROBLEMA DIFÍCIL DE RESOLVER

O jeito como ela fala comigo — tão falsamente amigável e condescendente — me dá vontade de não lhe dizer nada. Todavia, quanto mais cedo tivermos essa conversa, mais cedo podemos dar o fora daqui.

No fim, decido começar com o por que *nós* precisamos *dela,* e não com Lorelei. Imagino que se ela souber quanto precisamos de sua ajuda para salvar Mekhi, talvez seja menos provável que ela pense que mencionar sua filha é um truque para conquistarmos sua simpatia.

— Tenho um amigo, e ele está morrendo por causa do veneno das sombras. Ele foi mordido por um inseto das sombras durante as Provações Impossíveis.

— E você veio até aqui implorar pela vida dele? — A rainha faz um som de decepção. — Que desperdício de tempo tentar salvar outro ser. Importar-se com alguém é uma fraqueza que seus inimigos podem explorar.

— É assim que você governa? — questiono, querendo de verdade saber a resposta. — Sem se importar com o que acontece com seus súditos?

— Não me fale dos meus súditos. Você não tem ideia de como é governar — ela retruca, com altivez.

É condescendência demais.

— Na verdade, eu sei. Sou a...

— Eu sei *exatamente* quem você é. — A Rainha das Sombras interrompe, e meu estômago se aperta de medo que ela tenha me reconhecido, antes que acrescente: — Alguém prestes a passar o resto da vida comendo ratos nas minhas masmorras.

— Na verdade, carne de rato é bem... — Flint começa a dizer, com sua arrogância que lhe é característica em plena exposição, mas Éden pisa no pé não protético dele antes que ele possa dizer alguma coisa que fosse realmente nojenta.

— Basta — a rainha rosna. — Vá direto ao ponto. Afinal, é você quem está aqui para pedir minha ajuda. Não fui até você pedir ajuda para um dos *meus* súditos.

— Não importa se Mekhi é seu súdito. Ele é nosso amigo. E nunca causamos nenhum mal ao seu povo... não do jeito que você causou ao meu.

Ela ergue as sobrancelhas.

— Está se referindo ao veneno das sombras que atualmente percorre a corrente sanguínea dele?

— Você sabe que é exatamente a que me refiro.

— Como vou saber? — Ela dá de ombros. — Vocês, paranormais irritantes, são tão frágeis. Tantas coisas podem dar errado para vocês. É incrível que tenham sobrevivido.

A atitude arrogante dela em relação ao sofrimento de Mekhi me motiva a dizer:

— Está dizendo que isso é incrível, assim como aconteceu com Lorelei? É impressionante que ela tenha vivido tanto tempo. Mas também apavorante pensar que ela tenha passado toda a vida em agonia.

A Rainha das Sombras perde a calma em um instante.

— Mantenha o nome da minha filha longe da sua boca! — ela grita ao estender a mão como se estivesse segurando um chicote.

Segundos depois, uma corda de sombra se enrosca na minha garganta e começa a apertá-la, fechando minhas vias aéreas mais um pouco a cada instante. Eu me transformo lentamente em gárgula, só o suficiente para que a pedra me ajude a impedir que a corda obstrua demais minhas vias aéreas.

Provavelmente, eu devia começar a entrar em pânico agora, mas não me sinto muito assustada. Primeiro porque ainda sinto que estou em vantagem, apesar do fato de estar sendo lentamente estrangulada. Segundo, porque sei que Hudson e o restante dos meus amigos vão interferir no instante em que acharem que preciso deles.

Na verdade, estou surpresa que Jaxon ainda não tenha atacado a Rainha das Sombras e tentado arrancar seu chicote de sombras do meu pescoço. Hudson está pronto para agir, pronto para interferir assim que eu der alguma indicação nesse sentido, mas está se contendo porque não pedi sua ajuda. Jaxon, por outro lado, tende a agir antes de pensar.

Uma rápida olhada na direção dele me informa que estou certa, que ele está usando toda a sua força de vontade para não se intrometer. Estendo a mão na direção de Jaxon, em um gesto para que se contenha, e então olho bem para a Rainha das Sombras e espero.

Porque ela é esperta, e dá para ver que já está pensando, dá para ver que ela tenta desesperadamente descobrir como...

— Como sabe sobre Lorelei? — ela exige saber.

Gesticulo na direção da sombra ainda enrolada no meu pescoço — o sinal universal para *não consigo falar neste momento.*

A rainha estreita os olhos e, por um segundo, a pressão piora, interrompendo minha respiração por completo. Mas então, com um sibilo zangado, ela afasta a mão. No mesmo momento, a corda cai do meu pescoço, e eu respiro fundo várias vezes.

— Como ousa falar da minha filha quando não sabe nada sobre ela? — a Rainha das Sombras sibila, e agora não há nada lento no jeito como ela caminha em minha direção.

Ela não para até estarmos cara a cara, mas por mim tudo bem. Traqueia machucada ou não, estou mais do que pronta para dar um golpe concreto contra a Vadia das Sombras. Pelo que ela fez com Mekhi, pelo que tem feito com meus amigos e comigo desde que fomos presos, e definitivamente pelo que ela permitiu que sua outra filha fizesse com Lorelei.

— Sei muita coisa sobre ela — retruco. — É por isso que estou aqui, no fim das contas. É essa a barganha que quero fazer.

— Não ouse envolver minhas filhas em suas tramoias — ela me diz. Mas sua voz está trêmula, e sua linda pele púrpura ganhou um tom lavanda-acinzentado.

— Não envolvi suas filhas — replico para ela, e minha fúria começa a crescer dentro de mim. — Você fez isso, mil anos atrás. E sua visão limitada quase matou uma espécie inteira. Então não ouse ficar parada aí tentando me dar lição de moral.

Eu não achava que fosse possível, mas de algum modo ela fica ainda mais pálida. Mesmo assim, não há culpa em seus olhos pelas milhares de gárgulas cujo aprisionamento de mil anos é sua responsabilidade, ou pelas milhares de outras que morreram graças ao seu veneno. Não há qualquer remorso pelo sofrimento de Mekhi e de Lorelei, ou pelo sofrimento e mortes dos meus amigos em Adarie causados pelo feiticeiro do tempo maníaco que era seu marido. O mesmo marido a quem ela convenceu a lançar um feitiço que trouxe todos nós até aqui, até este exato momento.

Saber que ela não se sente mal por nenhuma dor que causou, por nenhuma das mortes e destruição aos seus pés, me deixa com raiva. Faz com que eu queira mandar essas negociações para o inferno e deixá-la sozinha em um pesadelo que foi criação dela.

Mas as únicas pessoas que vão sofrer se formos embora agora são as que menos podem suportar tal situação. Mekhi, que se aproxima da morte a cada hora que passa. E Lorelei, que teve de sofrer com uma fração da força vital de uma alma por mais de mil anos.

Então reprimo a fúria que se espalha dentro de mim e digo:

— Sei como separar a alma das suas filhas, que é algo que você, mesmo com todo o seu poder, não consegue fazer. Então vou lhe dar mais uma chance de fazer uma barganha comigo: separá-las em troca da vida do meu amigo. Tudo o que você precisa fazer é decidir se quer aceitar ou não.

Capítulo 70

FERRADA E RECÉM-TATUADA

No início, a rainha não responde, e fico com medo de ter estragado tudo. De ter deixado minha raiva tomar conta de mim e pessoas inocentes sofrerem por isso.

Mas então Hudson apoia a mão na parte de baixo das minhas costas, e posso senti-lo me emprestando sua força e seu propósito. Macy se aproxima de mim do outro lado, até que seu braço se encoste no meu, e, apesar de toda a dor dentro da minha prima, posso sentir sua firmeza e determinação de estar ao meu lado.

Juntos — somados à confiança que posso sentir emanando de todos os meus amigos —, eles me dão força para manter os olhos fixos na rainha.

A força para não me desculpar nem recuar.

A força para dobrar a aposta sobre o blefe dela.

E é o que eu faço, enquanto longos segundos se transformam em longos minutos e a tensão no ar fica tão nítida que parece que qualquer movimento em falso vai estilhaçá-la. Então a dor e o remorso cairão em mim como as lascas mais afiadas de um vidro quebrado.

Mas então, quando acho que a rainha não vai mudar de ideia, ela cede.

— Venha se sentar comigo — ela convida, em uma voz tão vazia quanto os olhos que estive encarando todo esse tempo.

Ela retorna ao seu trono, e seus passos são um milhão de vezes mais difíceis do que quando veio nos receber.

Não há lugar para eu me sentar — o trono dela é isolado e fica sozinho bem no meio do salão —, mas não vou me dobrar o bastante para mencionar tal fato. E isso termina funcionando bem, porque dois membros da Guarda das Sombras cuidam disso antes que cheguemos lá.

Em questão de segundos, eles posicionam uma segunda cadeira diante do trono, com uma mesa entre nós duas.

A Rainha das Sombras assume seu trono com muito cuidado — mais uma vez se movendo mais devagar do que jamais a vi fazer — e me acomodo na cadeira diante dela.

Vários membros da Guarda das Sombras formam um semicírculo atrás de sua rainha, e meus amigos se aproximam e fazem o mesmo atrás de mim.

— Onde está minha filha? — ela pergunta assim que todos assumem suas posições.

— Em segurança, na Corte das Bruxas — respondo.

Ela estreita os olhos até quase fechá-los.

— Se você a machucou...

— Eu jamais machucaria Lorelei — garanto. — Nenhum de nós faria isso. Estamos aqui porque queremos ajudar Mekhi, Liana *e* Lorelei. Só temos que trabalhar juntos para que isso aconteça.

— Separando a alma das minhas filhas — ela conclui.

— Sim — respondo. — Nós sabemos como fazer isso...

— Por que devo acreditar em você quando diz que pode fazer uma coisa dessas? Acha que não tentei? Fiz de tudo, perguntei para *todo mundo*. E ninguém soube como separá-las. Todo mundo me disse que era impossível.

— Isso ocorreu porque você perguntou para as pessoas erradas.

— E supostamente tenho de acreditar que você... uma simples garota... sabe quem é a pessoa certa para se perguntar, assim do nada? Virei o mundo de cabeça para baixo à procura de uma resposta.

Um jorro de simpatia brota dentro de mim, mas o empurro para bem longe. Essa mulher pode ser mortífera, e não posso me dar ao luxo de me desviar do foco ao sentir pena dela. Apesar de o infortúnio entre ela e as filhas ser horrível.

— Posso ser jovem, mas tenho recursos. E perguntei para a pessoa *certa*: minha avó, que é muito, muito velha e ainda mais sábia do que isso. Ela nos disse exatamente o que precisamos fazer. Mas é perigoso... extremamente perigoso. Meus amigos e eu já concordamos que estamos dispostos a correr o risco, desde que você concorde em ajudar meu amigo se tivermos êxito... se conseguirmos o que é necessário para libertar suas filhas.

Por um instante, ela parece tentada. Muito tentada. Mas então balança a cabeça como se quisesse desanuviar os pensamentos e indaga:

— Por que eu ajudaria um vampiro? Ele não significa nada para mim.

— Não se trata de ajudá-lo. Trata-se de ajudar sua filha — respondo. — Você não pode sair do Reino das Sombras. E isso significa que não pode consertar o erro que você e Souil cometeram todos aqueles anos atrás.

— Acha que não sei disso? — ela rosna e, por um segundo, parece tão zangada, tão atormentada, que acho que vai me estrangular de novo, desta vez de verdade. — Meu marido esteve muito perto de reverter nosso erro antes que Hudson o impedisse.

A voz dela é triste e amargurada, mas não há malícia. Novamente, deixo meus instintos me guiarem.

— Aposto que o plano foi dele, não seu.

Ela ergue uma sobrancelha régia.

— Acha mesmo?

É um blefe. Não sei como sei disso, mas é. Então forço um pouco mais.

— Se ele tivesse conseguido reverter a linha do tempo, muitos dos seus súditos jamais teriam nascido. — Levanto o queixo. — Não acredito que você causaria em outra mãe a mesma dor que sente, tirando os filhos dela, quer ela se lembrasse deles ou não.

A rainha me analisa com firmeza, mas não discorda.

— Não estou pedindo que confie em mim — continuo. — Não sou tão ingênua a ponto de achar que esse acordo requer que você dê o antídoto antes.

— Ótimo — ela retruca. — Porque isso definitivamente não vai acontecer.

Concordo com a cabeça.

— Nem farei uma barganha que me dê falsas esperanças indefinidamente.

Concordo com a cabeça mais uma vez.

— Não, isso seria cruel. Ou trazemos a resposta que você busca antes do fim desta semana, ou Mekhi terá morrido, e a barganha não será necessária.

— Esse é um período aceitável — ela pontua, com tom imperial.

— Quer dizer que temos um acordo? — Não posso evitar que a animação transpareça em minha voz.

Ela me analisa por vários segundos, como se tentasse descobrir se estou dizendo a verdade. Mas depois de um tempo, diz:

— Se cumprir a sua parte da barganha, ou seja, fazer tudo o que precisa fazer exatamente na ordem que precisa ser feito *e* isso resultar na liberdade das minhas filhas... então, sim, temos um acordo.

Ela estende a mão para selar o acordo e, ainda que eu esteja determinada a cumprir com minha parte, preciso de toda a minha força de vontade para não me afastar.

Prometi a mim mesma que nunca mais faria isso novamente — fazer uma barganha com alguém tão indigno de confiança. Contudo, se eu não o fizer, Mekhi morre. Então não se trata mais de querer fazê-lo. Trata-se do fato de que tenho de fazê-lo.

Então respiro fundo, uso isso para controlar a náusea e o enjoo, e então estendo a mão para apertar a dela.

Assim que nossas palmas se tocam, um clarão quente sai da mão dela. Uma trepadeira de sombra roxo-escura brota da faísca, se enrola nas nossas mãos e punhos, amarrando-as. Enquanto isso, o calor continua a aumentar, aumentar até que, de repente, há um segundo clarão.

A trepadeira desaparece e, quando olho para baixo, vejo que há outra tatuagem no meu braço. E enquanto olho a árvore de um tom vívido de roxo na parte interna do meu punho, sei que qualquer chance que eu tinha de recuar agora se foi.

A barganha foi selada.

Capítulo 71

VÁ SE SUJAR SOZINHA

— E agora? — a rainha pergunta, conforme afasto a mão o mais rápido possível.

— Agora nós vamos embora — Hudson responde. — Assim que tivermos o que precisamos para separar a alma de suas filhas, nós voltamos, e você pode cumprir sua parte da barganha.

— Não posso deixar vocês simplesmente irem embora daqui — a Rainha das Sombras retruca. — Ninguém sabe onde estou.

— É assim que quer passar o resto da sua vida? — Macy fala pela primeira vez desde que a negociação começou. — Escondendo-se de seu próprio povo?

A Rainha das Sombras desliza pela sala até um bar de cristal encostado na parede dos fundos. Pela primeira vez, percebo que toda a parede é feita de um amontoado de murais que mostram cenas de batalhas. E, embora não possa jurar, tenho quase certeza de que uma parte, diante da qual ela parou agora, mostra a luta que ela teve contra Hudson e contra mim na nossa primeira vez em Adarie. Óbvio, na sua versão, ela e suas criaturas estão lhe dando uma surra — o que, para ser honesta, não é muito distante de como a maior parte da batalha se deu. Mas bem que eu gostaria de que ela tivesse incluído uma representação de Hudson a jogando pela muralha.

Se fôssemos ficar aqui mais tempo, eu me sentiria tentada a me esgueirar até aqui e pintar por cima dos pedaços de vidro — só para ver a cara dela. Mas, sem dúvidas, fazer com que ela se lembre desse momento provavelmente não é o melhor jeito de conseguir dar o fora daqui em segurança.

— Estou me escondendo porque tentei libertar a maior parte do meu povo desta prisão e reunir minhas filhas — ela sibila enquanto serve uma taça de vinho para si mesma, e ignoro o fato de que não é inteiramente verdade — e fracassei. Cortesia do seu amigo aqui, então não seja tão hipócrita.

— Se preferir que os guardas nos escoltem para fora, não temos problema com isso — Hudson avisa. — Mas não iremos amarrados.

Ela toma um gole de seu vinho, encarando-o por sobre a borda da delicada taça de cristal.

— Caso contrário?

Hudson apoia um ombro na parede mais próxima, parecendo entediado.

— Caso contrário teremos problemas.

É uma declaração simples, em vez de um desafio, mesmo assim a Rainha das Sombras estreita os olhos na direção dele.

Contudo, antes que possa dizer qualquer coisa, a porta lateral do salão se abre.

Meus amigos e eu nos viramos ao mesmo tempo e damos de cara com uma jovem mulher caminhando na nossa direção, sem demonstrar pressa, carregando uma imensa tigela de pipoca roxa.

Meu primeiro pensamento é que ela é o completo oposto de Lorelei em todos os sentidos.

Meu segundo pensamento é que ela é linda, mas, de algum modo, completamente desinteressante.

E meu terceiro pensamento é mais um aviso do que um pensamento. Eu nunca, nunca, devia lhe dar as costas.

Se os olhos são as janelas da alma, então algo realmente perturbador ocorre dentro desta mulher. Fitá-la nos olhos é como contemplar um abismo — obscuro, vazio, totalmente devastado.

Ela é alta, enquanto Lorelei é baixa.

Dura, enquanto Lorelei é suave.

E sombria de um jeito que Lorelei é pura luz.

Sua pele é lavanda aqui no Reino das Sombras, seus olhos exibem um tom profundo de berinjela. Seus cabelos longos e escuros têm um belo tom de violeta, em vez do preto dos olhos de Lorelei, e é como se houvesse alguma coisa amarrada na ponta de cada mecha, embora eu não consiga descobrir o quê.

Pelo menos não até que ela se aproxime e eu ouça o chacoalhar a cada passo.

Joias. Ela tem minúsculas joias roxas presas nas pontas dos cabelos, que balançam com seu movimento, fazendo o mesmo som das cascavéis que cresci observando em San Diego.

Não tenho certeza se fico intrigada ou revoltada. Quer dizer, quem se esforça para soar deliberadamente como uma cascavel? E isso é um aviso para sua mãe e para o restante do mundo?

Mas isso importa? De qualquer maneira, alguma coisa não parece certa, mesmo antes que eu tenha o primeiro vislumbre de seus olhos — e da tristeza sombria que ela nem sequer tenta esconder.

Ela é de fato muito bonita, porém, de algum modo, isso só torna mais proeminente a escuridão de sua energia sombria.

Ela não para até estar bem diante do trono da Rainha das Sombras. Espero que a jovem mulher fale, mas ela apenas fica parada ali, analisando cada um de nós.

A julgar pela expressão no rosto dos meus amigos, eles não estão mais impressionados do que eu em conhecê-la. Éden parece irritada. Macy parece revoltada. E Hudson — Hudson parece muito, muito cauteloso.

Poucas coisas agradam mais meu consorte do que competir intelectualmente com alguém que ele acaba de conhecer, então sua preocupação me deixa ainda mais nervosa de que algo dê errado aqui. Em especial porque é óbvio que a Rainha das Sombras ama muito, muito essa garota.

Dá para percebê-lo no jeito como contempla a filha e como se move silenciosamente — bem silenciosamente — para se colocar entre a garota e o restante de nós, quase como se *nos* considerasse uma ameaça para *ela*. A ideia é absurda, dadas algumas coisas que ouvimos sobre Liana, mesmo assim... mesmo assim, quase faz sentido também, depois que dou minha primeira boa olhada nela.

— O que está fazendo aqui? — a Rainha das Sombras pergunta.

Liana estende a tigela de pipoca como se fosse a coisa mais óbvia no mundo.

— Parei para dar oi antes de ir assistir a um filme agora à noite. — Sua voz é gélida e desdenhosa, e piora quando Liana olha para nós. — Estes são os paranormais que você estava procurando? Tenho que ser honesta, mamãe. Eles não me parecem nada assustadores.

A Rainha das Sombras bloqueia o caminho da filha, a fim de impedi-la de se aproximar de nós. Quando os olhos de Liana brilham, não posso deixar de ponderar se é para a proteção dela — ou para a nossa.

— Volte para seu quarto, querida. Irei para lá assim que puder.

Ela ignora a mãe, contornando-a com o intuito de nos observar melhor.

— O que você quer com eles?

Quando a Rainha das Sombras não responde, ela repete a pergunta, desta vez destinada a nós.

Só que nenhum de nós lhe responde tampouco. Fazer um acordo com a Rainha das Sombras é uma coisa — entrar no meio do que parece um relacionamento muito delicado entre ela e a filha é outra completamente diferente.

— Guardas! — a Rainha das Sombras chama.

Há uma urgência em sua voz que é tão surpreendente de testemunhar quanto a suavidade anterior, direcionada a Liana.

— Vocês podem ir — ela nos avisa, em um tom de voz desesperado, enquanto os guardas formam um semicírculo ao redor do trono, agora uma barreira entre nós e Liana.

— É só isso? — Flint pergunta, parecendo tão surpreso quanto me sinto. Até então era como se ela quisesse brincar de gato e rato conosco, antes de nos deixar ir.

Liana olha para a mãe e para nós, e dá para ver o momento em que ela percebe que isso tem alguma coisa a ver com a irmã. Ela aperta os lábios, fica corada, e seus olhos se transformam em piscinas escuras de ódio e raiva.

— Você vai atrás de Lorelei *de novo*? — ela pergunta, com um tom de voz ríspido. — Depois do que aconteceu da última vez, você prometeu que pararia.

— Não sou eu quem vai atrás dela...

— Pior ainda, você os está contratando para fazer isso — ela desdenha. — Mais tempo, dinheiro e esperança desperdiçados porque, como sempre, nada importa tanto para você quanto sua preciosa Lorelei.

A Rainha das Sombras acena para que os guardas mantenham posição, então se volta para a filha.

— Já chega, Liana. Vá para a sala de cinema, e me encontro com você lá assim que puder.

— Nem se incomode. — Liana dá um olhar de completo e total desdém para a mãe, antes de virar a tigela de cabeça para baixo e espalhar pipoca por todo o chão. — Prefiro passar outra noite nas masmorras a ficar com você.

E então vai embora, nos deixando sozinhos com um punhado de Guardas das Sombras e uma Rainha das Sombras muito abalada. Se fosse qualquer outra pessoa, eu teria pena dela. Na verdade, sinto pena em geral de toda essa situação horrível. E do restante de nós, que teremos de arriscar nossa vida por pelo menos duas pessoas que não parecem merecer o sacrifício.

A Rainha das Sombras não tem muito mais a dizer depois que conhecemos Liana, embora eu estivesse mentindo se dissesse que toda a interação não me incomodou pelo menos um pouco. A última coisa que quero é me sentir mal pela Rainha das Sombras, mas observá-la com Liana e notar quão desesperada ela está para se reencontrar com Lorelei... Fica difícil não sentir certa simpatia por ela.

Mesmo assim, estou mais do que pronta para ir embora quando a Rainha das Sombras se vira para nós e diz:

— Meus guardas estão à espera para levá-los aonde quer que queiram ir. — Ao falar isso, o fato de parecer muito mais velha do que poucos minutos antes não passa desapercebido.

A ideia de voltar àquela carroça que nos trouxe até aqui faz o pânico crescer dentro de mim. Não existe a menor chance de eu permitir que nos amarrem de novo. E *sem chance* também de eu permitir que vedem nossos olhos e nos amordacem uma segunda vez.

Meus pensamentos devem estar evidentes em meu rosto, porque a Rainha das Sombras nos dá um sorrisinho sem graça.

— Vocês têm minha garantia de que será uma viagem muito mais confortável desta vez.

— Pode ser um pouco mais específica? — Éden pergunta.

No início, parece que a Rainha das Sombras vai bater nela — ou o que quer que fantasmas com tanto poder costumem fazer. Mas, no fim, ela força aquele sorriso assustador novamente e cede.

— Pedirei que coloquem a carroça na masmorra. Isso vai evitar a necessidade de vendas. E, já que chegamos a um acordo, não há motivo para restringir vocês tampouco.

— É assim que você chama o que fizeram conosco? — Jaxon rosna. — "Nos restringiram"?

Ao mesmo tempo, Heather sussurra para mim:

— Tem uma masmorra de verdade?

— Sempre tem uma masmorra — respondo, com um suspiro.

Ela balança a cabeça.

— O mundo paranormal é *tão* estranho.

— Você não tem ideia.

— Bem, é isso — Hudson diz enquanto segura minha mão.

Os guardas parecem mais do que prontos para nos fazer sofrer por incomodar a Rainha das Sombras, mas no estilo típico de Hudson Vega, ele não está disposto a lhes ceder um centímetro — mesmo que custe um quilômetro.

— Ótimo, estou feliz que esteja aqui, cara — ele diz para um dos guardas com a maior patente no uniforme. — Pode nos mostrar a carroça que vai nos levar até Adarie?

— Aquela cidadezinha? — A Rainha das Sombras parece surpresa. — Por que diabos vocês voltariam para *lá*?

— Suponho que eu seja sentimental — meu consorte responde, com um sorriso que não alcança seus olhos. Então dá um tapa no ombro do guarda com a patente. — Vá na frente, cara. A masmorra não espera ninguém.

Capítulo 72

PRONTA PARA UM GOLPE BAIXO

Estamos todos exaustos quando chegamos a Adarie — ou Vegalândia, como me acostumei a chamá-la.

Os Guardas das Sombras levam seu veículo até os portões da cidade e nos colocam para fora antes de seguirem rumo ao sul, pelo terreno rochoso. Por sorte, alguém ainda está de vigia na torre, e — depois de uma recepção muito aliviada — retornamos à estalagem vinte minutos depois de termos sido deixados ali.

Foi um dia dos infernos, e não respiro com facilidade até que damos boa-noite aos demais e Hudson fecha a porta do nosso quarto assim que entramos. Mesmo nesse momento, tenho quase certeza de que vou acabar dormindo com um olho aberto. Podemos ter combinado uma barganha com a Rainha nas Sombras, mas isso não significa que eu confie nela mesmo que Hudson seja capaz de arremessá-la para longe. Não agora, quando ainda temos um longo caminho pela frente.

— Você se saiu muito bem na Fortaleza das Sombras — Hudson elogia, puxando-me para um abraço que tira meus dois pés do chão.

— *Nós* nos saímos muito bem — respondo. — Não consigo acreditar que a convencemos a ajudar Mekhi.

— *Você* a convenceu — ele me diz à medida que escorrego por seu corpo até que meus pés enfim tocam o chão de novo.

O calor familiar cresce dentro de mim quando meu consorte pressiona o corpo contra o meu, mas não embarco nessa. Não do jeito como normalmente faria. Estou suada, suja e mais exausta do que estive em muito tempo, e tudo o que quero é banho e cama.

Amanhã de manhã, vale tudo, mas hoje me contento com um beijo longo e lento que deixa nossos corações acelerados. Afasto-me primeiro e sorrio quando ele faz um som de protesto bem no fundo da garganta.

— Aonde você vai? — ele pergunta quando começo a mexer na minha mochila.

— Tomar um banho. E depois dormir o máximo que conseguir, supondo que não terei pesadelos com aquela mulher me envenenando... ou com todas as milhares de coisas que podem dar errado entre agora e o momento em que eu cumprir a maldita barganha.

Assim que a menciono, a tatuagem no punho arde — como se eu precisasse de algum lembrete da tolice que fui obrigada a fazer.

— Ela não vai envenenar você — ele afirma. — E nada vai dar errado.

Faço uma pausa na busca pelo meu pijama e pela minha escova de dente para olhar para ele com ceticismo.

— Você parece seguro demais a respeito para que eu possa acreditar.

Ele dá de ombros.

— Me deixe reformular a frase. Nada disso vai acontecer *hoje à noite*.

— Repito: você não tem como saber.

— Lógico que tenho. A Rainha das Sombras precisa manter sua parte na barganha, o que significa esperar para ver se fracassamos antes que ela nos mate.

— Não vamos fracassar — garanto.

— Tenho de concordar. — Hudson sorri. — E, se não fracassarmos, você não terá que se preocupar com ela envenenando nenhum de nós. Ela ficará tão feliz em ter as filhas reunidas e inteiras que não terá tempo para envenenar ninguém.

Eu o observo por um momento.

— Escolho acreditar em você.

— Porque sabe que estou certo.

— Porque estou suja e exausta, e tudo o que mais quero agora é banho e cama. O amanhã vai ter que se virar sozinho.

Hudson me dá um sorriso triste.

— É bom saber que você confia em mim.

— Eu confio em você — respondo ao mesmo tempo que sigo para o banheiro. — É nela que não confio.

Trinta minutos depois, estou sentada na cama comendo um dos meus biscoitos de cereja para emergências ao passo que Hudson termina seu banho. Enquanto como, não posso deixar de repassar tudo o que aconteceu com a Rainha das Sombras.

Sei que falei para Hudson que tinha medo de a Rainha das Sombras nos envenenar, mas a verdade é que sei que ele está certo. Ela não acredita no nosso acordo — não acredita no que podemos fazer —, mas também está desesperada para acreditar que somos capazes de fazer tudo o que dissemos ser possível. E isso significa que ela não vai tentar nos ferir, a menos que terminemos em um fracasso.

Não posso acreditar, mas acho que temos uma chance mais do que boa para salvar Mekhi e cumprir nossa parte da barganha com todos nós vivos no final.

Vai ser fácil? Não. Mas acho impossível? Absolutamente não. E, neste instante, é tudo o que importa.

— Por que está sorrindo? — Hudson pergunta quando volta do banheiro, com uma toalha enrolada nos quadris e outra pendurada nos ombros. — Quando fui tomar banho, você estava com medo de ser assassinada durante o sono. Agora parece pronta para conquistar o mundo.

— É o poder desse biscoito — respondo, colocando o último pedaço na boca.

— Então esse é seu superpoder? — Ele ergue uma sobrancelha. — Biscoitos?

— Você é meu superpoder. Biscoitos são apenas algo muito, muito gostoso.

Hudson para de secar o cabelo e, quando olha para mim, percebo que não há mais diversão em seu olhos. Em seu lugar está... seu coração. E é a coisa mais bonita que já vi.

Tão bonita que faz com que me esqueça das dúvidas em relação à Corte Vampírica e a tudo o que ele não está me contando, pelo menos por um tempo.

— Ei — digo, descendo da cama para me aproximar dele. — Você está bem?

— Estou muito bem — ele responde, puxando-me para mais perto e encostando a testa na minha. — Sabe que vamos ficar bem, certo?

Não sei se ele está falando da missão que estamos prestes a iniciar ou se está falando sobre algum outro assunto — algo que tem relação com ele, comigo e com o peso das cortes e dos mundos que carregamos sobre os ombros. No fim, decido que ele está falando de ambos.

— Vamos ficar mais do que bem — concordo, com um sorriso. — Vamos encontrar a tal Árvore Agridoce e salvar o dia. Fim da história.

— Exatamente. — Ele sorri. — Quer dizer, quão difícil deve ser? É uma *árvore.*

— Ah, meu Deus — exclamo, quando percebo o que ele acaba de dizer. — Hudson! Você acaba de nos dar azar!

Ele parece ofendido.

— Eu não fiz isso.

— Fez, sim! — rebato. — Você precisa retirar o que disse.

— Retirar o quê? — Agora ele simplesmente parece perplexo. — Não fiz nada.

— Você perguntou "quão difícil pode ser?". Isso é basicamente implorar para o universo se assegurar de que vai dar tudo errado.

Ele faz um barulho no fundo da garganta, como se dissesse "até parece".

— Não, não é.

— É, sim! — Dou uma daquelas fungadas desdenhosas nas quais ele é tão bom. — Você está provocando o destino.

— Que ridículo isso, Grace. — Seu sotaque fica mais pronunciado a cada sílaba, um sinal certeiro de que está ficando mais agitado.

— Não é ridículo. E você precisa retirar o que disse.

Hudson parece querer discutir mais, mas, quando o encaro com aquele meu ar característico que significa "estou falando sério", ele simplesmente joga as mãos para cima.

— Tudo bem. O que preciso fazer para retirar o que falei? Falar que as coisas vão ser muito difíceis?

— Ah, tá. — Agora meu olhar quer dizer "você está me zoando, né?". — Como se isso fosse o bastante para consertar a situação com o universo.

Hudson devolve meu olhar com interesse, porém, quando não afasto o olhar, ele apenas suspira.

— Tudo bem, então. Tudo bem. O que preciso fazer para deixar você feliz?

— Não sou eu quem precisa ficar feliz, Hudson. É o universo.

Ele revira os olhos.

— Com certeza. Então, o que preciso fazer para deixar *o universo* feliz?

— Você pode começar rodando cinco vezes no lugar e jogando um pouco de sal por sobre o ombro. Não é a solução perfeita, mas é um começo.

— Não posso fazer isso, Grace. Não tenho sal.

Ele usou meu nome duas vezes em poucos minutos — um sinal definitivo de que está completamente irritado comigo. Não deixo que a constatação me abale.

— Bem, vai ter que encontrar um pouco. Não dá para fazer a coisa sem isso.

— Fazer a coisa? — Ele ergue uma das sobrancelhas, em uma expressão irônica. — Isso parece tão científico. E exatamente onde você espera que eu encontre sal? Não estamos em uma cozinha.

— Não sei. — Finjo pensar enquanto fico cada vez mais absurda com minhas exigências. — Não há sais de banho perto da banheira?

— Sais de banho? — ele repete, parecendo além de irritado. — É sério, Grace? Por acaso está querendo me zoar?

— Estou, com certeza.

— Você quer que eu gire e jogue sais de banho por cima do ombro? Sou um vampiro, não uma maldita bruxa. O que acha que… — Ele para de falar, e estreita os olhos na minha direção. — O que você acabou de dizer?

— Você perguntou se eu estava zoando com você — repito, com um ar afetado. — Respondi que, definitivamente, estou. Com certeza.

— É sério? — Ele parece em choque total, o que é meio que o objetivo de toda a situação. Quer dizer, uma garota precisa manter seu consorte esperto, não é? Além disso, zoar com ele mantém minha própria ansiedade sob controle.

— Sério — confirmo e ainda aceno.

Hudson balança a cabeça e começa a dar meia-volta. E então pula pelo quarto e me prende na cama.

Caio na risada a ponto de chutar o ar, em uma tentativa de tirá-lo de cima de mim. Mas estou gargalhando demais para conseguir lutar, e por fim ele desiste e se deita ao meu lado.

— Vai me pagar por isso um dia — avisa, encarando o teto com o cenho franzido em uma expressão divertida.

— Vou? — pergunto ao me virar e ficar em cima dele. — Vou mesmo?

— Você me falou para rodar cinco vezes no lugar e jogar sal por cima do ombro — ele lembra, com uma fungada de irritação que me deixa com muito mais calor do que deveria.

— Melhor do que falar para você sair correndo pelado por Vegalândia. — Faço uma pausa enquanto imagino a cena. — Apesar de eu achar que talvez tenha sido um erro da minha parte.

— Ah, foi mesmo, é? — Ele estende a mão e enrosca os dedos nos meus cachos.

— Sem dúvida — respondo, e o beijo até que o sorriso torto e irritado desapareça e ele comece a me beijar também.

Depois de um tempo, ele se afasta e pergunta:

— Então, você está bem com tudo? Está se sentindo bem?

— Eu me sinto ótima — respondo, com um sorriso. Então, de forma totalmente irônica, acrescento: — Afinal, só temos que encontrar uma árvore. Quão difícil *isso* pode ser?

Hudson dá um gemido irritado, e então me puxa para outro beijo. E, por enquanto — neste quarto, neste momento —, é mais do que suficiente.

Capítulo 73

UMA PLAYLIST BRITÂNICA BEM A CALHAR

Uma batida à porta faz Hudson se levantar da cama de repente.

— Você está bem? — ele pergunta, estendendo a mão na minha direção, como se eu tivesse nos acordado.

— Sim. — Sento-me na cama, com os cabelos despenteados caindo no rosto e os olhos pesados de sono. — O que está acontecendo?

— Não sei.

Ouvimos outra batida, dessa vez mais forte.

— Que horas são? — pergunto enquanto Hudson se dirige à nossa porta trancada.

Não que eu esperasse que uma fechadura pudesse impedir o retorno dos Guardas das Sombras quando a tranquei, na noite passada, mas pelo menos isso nos dá *algum* aviso.

— Seis da manhã — ele responde antes de perguntar. — Quem é?

Quase não consigo evitar o grunhido. Não fomos dormir antes das três, e três horas de sono não serão suficientes para os vários dias que temos diante de nós. Em especial quando esses dias tendem a ser velozes e furiosos, sem intervalos entre si.

Mas então a pessoa do outro lado responde.

— Macy.

Todos os pensamentos sobre o sono me abandonam de imediato, e jogo as cobertas de lado enquanto Hudson abre a porta.

— Você está bem? — pergunto conforme cambaleio de pijama na direção da porta. Ainda estou meio adormecida, mas determinada a acordar. É a primeira vez que Macy realmente me procura desde que se juntou a nós nesta viagem.

— Sim. Desculpe — ela pede, entrando no quarto. Então percebe que nós dois ainda estávamos na cama. — Não percebi que era tão cedo. Posso voltar mais tarde.

— Não se incomode — Hudson diz para ela, com um sorriso gentil. — Estamos acordados agora.

— Eu não conseguia dormir. — Ela passa a mão pelo rosto, e não posso deixar de notar que estamos vendo a verdadeira Macy pela primeira vez em meses.

Sem a maquiagem gótica pesada.

Sem as bijuterias pontudas ao redor do pescoço e saindo dos vários furos novos que ela fez nas orelhas.

Sem placas de "dê o fora!" gritando para mim de todas as direções.

Ela parece muito mais jovem desse jeito. Muito mais como me lembro dela — e muito mais vulnerável. E suponho que seja esse o objetivo de todos aqueles acessórios que ela usa. Está cansada de ser vulnerável.

Não posso dizer que a culpo — não com tudo o que ela tem passado.

Se eu não tivesse Hudson para manter minha cabeça no lugar e me ajudar a me sentir em segurança quando os pesadelos aparecem às três da manhã, eu poderia fazer a mesma coisa que ela está fazendo agora.

— Quer conversar sobre o assunto? — pergunto, ajeitando-me bem no meio da cama para que ela se acomode de um lado enquanto Hudson se senta do outro. — Ou quer simplesmente assistir à TV ou alguma outra coisa?

— Não sei — ela responde, e não se move do lugar em que está, no meio do quarto. — Eu não queria mesmo incomodar vocês dois.

— Você é minha prima favorita — digo. — Você nunca incomoda.

Aquilo a faz dar um sorrisinho, ainda que ela balance a cabeça e olhe para o chão.

— Acho que vou tomar um banho — Hudson anuncia para o quarto em geral.

Lanço-lhe um olhar agradecido, e meu consorte pega roupas limpas em sua mochila. São seis da manhã, e ele está disposto a se trancar no banheiro por Deus sabe quanto tempo só para que Macy e eu tenhamos a conversa da qual ela parece precisar tão desesperadamente.

— Você não precisa fazer isso — Macy diz, parecendo alarmada. — Eu sinto muito. Vou embora.

— Bobagem — Hudson responde, com uma piscadinha. — Eu não estava dormindo mesmo.

É uma mentira óbvia, facilmente desmentida por seus olhos azuis sonolentos e seu cabelo arrepiado de um lado da cabeça. Mas nem Macy nem eu questionamos nada — não quando ele está sendo tão gentil.

Depois que a porta do banheiro se fecha atrás dele, nenhuma de nós se mexe por vários segundos. Todavia, quando fica óbvio que Macy não virá até mim — e não dirá mais nada de onde está —, desço da cama e vou até ela.

— Ei. — Puxo-a para um abraço, bem quando Hudson começa a cantar "Start me up", dos Rolling Stones, a plenos pulmões. — O que posso fazer?

Ela não responde, apenas balança a cabeça. No entanto, se agarra em mim como se eu fosse sua tábua de salvação. A cena parte meu coração, e dou-lhe um abraço bem apertado.

Macy não me solta, nem eu a ela. Eu simplesmente a abraço pelo tempo que ela me deixar, fazendo círculos relaxantes em suas costas.

Depois de um tempo, minha prima se afasta e está com os olhos cheios de lágrimas. Pestaneja bem rápido, em uma tentativa de fazê-las desaparecerem antes que eu as veja, mas é tarde demais. Não posso fingir que não estão ali, assim como não posso fingir que ela não está sofrendo.

— Ah, Mace — sussurro, puxando-a para outro abraço.

E então ela começa a chorar. E chora. E chora.

Eu a abraço durante todo o tempo.

Leva muito tempo para seu choro cessar, e o chuveiro fica ligado o tempo todo. A audição de vampiro de Hudson o mantém exatamente no mesmo lugar, cantando desde "Creep", de Radiohead, até "Rocket Man", de Elton John. Uma culpa ecológica faz com que eu me sinta mal pelo desperdício de toda aquela água, mas felizmente Adarie não tem o mesmo tipo de racionamento de água que em nosso mundo.

Mas, em determinado momento, os olhos de Macy secam, e seus soluços se tornam fungadas.

— Sinto muito — ela diz pela terceira vez desde que entrou no meu quarto hoje de manhã.

— Não há pelo que você se desculpar — conforto-a. — Mas quem sente muito sou eu. Sinto de verdade.

— Pelo quê?

— Por tudo o que a fez se sentir desse jeito — explico. — Você passou por tanta coisa nos últimos meses, e eu estive em San Diego durante a maior parte disso.

Macy dá de ombros.

— Não tinha nada que você pudesse fazer para consertar.

— Exceto isso. — Afasto seus cabelos dos olhos. — Senti sua falta, Macy.

— Eu também. — Ela respira fundo, uma respiração ainda trêmula. — Estou tão sozinha, Grace. Estou tão sozinha e não sei o que fazer.

Suas palavras me atingem como um tiro, deixando um buraco onde meu coração costumava ficar, e levo uma mão trêmula ao estômago. Quase me engasgo com a bile que sobe até a garganta, e minha mente se acelera em busca das palavras certas que Macy precisa ouvir agora.

Mas, no fim, só posso dizer a verdade:

— É tudo minha culpa.

Capítulo 74

CRUEL DEMAIS PARA ACONTECER NA ESCOLA

Macy se surpreende.

— Isso *não* é culpa sua, Grace.

— Ah, querida. — Eu a abraço novamente, o mais apertado que posso. — Não estive ao seu lado do jeito que deveria ter estado. — Do jeito que ela esteve do meu quando eu estava perdida, sozinha e em um lugar desconhecido sobre o qual não sabia nada.

A culpa toma conta de mim só de pensar no assunto. Tentei manter contato com ela desde que Hudson e eu nos mudamos para San Diego, a fim de que frequentássemos a faculdade. Mandei mensagens de texto quase todos os dias, e tentei conversar com ela via FaceTime pelo menos uma vez por semana.

Mas não é a mesma coisa do que estar ao lado dela. Sei que não é, assim como sei que ela disfarçava muita coisa quando conversávamos. Eu simplesmente não sabia quanto ela estava guardando para si — e isso é culpa minha.

Eu devia saber, devia ter lido nas entrelinhas.

— O que posso fazer? — pergunto. — Do que você precisa?

— Que meu pai não tivesse mentido para mim. Que minha mãe não tivesse ido até a Corte Vampírica, sabendo como provavelmente tudo ia terminar. Que Xavier ainda estivesse vivo. Que Katmere ainda estivesse em pé... e que meus amigos ainda estivessem lá comigo. — Ela dá uma gargalhada chorosa. — Coisa simples, sabe?

— Supersimples — respondo, com um sorrisinho.

— E essas escolas para onde estão me mandando. São ridiculamente horríveis.

— Todas elas? — pergunto, erguendo uma sobrancelha.

— Sim, *todas* elas. — Minha prima balança a cabeça. — Os outros alunos ou querem me bajular porque sabem de quem sou amiga ou tentam me sabotar assim que chego lá... também por causa de quem sou amiga. Ou porque eles e seus pais são leais a Cyrus e estão irritados com o que aconteceu no último verão.

— Ah, Macy. — Hudson e eu estamos lidando com as consequências também... todo o mundo paranormal está... mas, de certo modo, estamos mais isolados. Sim, nós dois estamos tentando descobrir como ser bons governantes na Corte das Gárgulas, e Hudson está fazendo... o que quer que esteja fazendo na Corte Vampírica, então de certa forma já estamos com a corda no pescoço. Mas, também de certa forma, não estamos.

Nunca pensei em como devia ser para Macy, que não tem uma posição de poder. E que está sendo jogada em escolas onde não tem relacionamento com ninguém. Certo que algumas pessoas são leais a Cyrus. Certeza que algumas querem nos ver fracassar na tentativa de libertar a Corte Vampírica de seu governo abusivo. E sem dúvidas que algumas dessas pessoas vão ficar bem felizes em descontar tudo em uma garota que mal completou dezessete anos.

Aparentemente, os seguidores não são muito diferentes dos líderes.

Procuro alguma coisa para dizer, para tentar fazer esse pesadelo parecer melhor, mas não encontro nada.

O que na verdade pode ser a melhor coisa, porque Macy considera meu silêncio um encorajamento e continua:

— E os professores deixam acontecer, porque eles têm seus problemas com as Cortes, ou com o Círculo, ou com meus pais, ou com seus pais ou comigo. Não sei. — Ela passa as mãos pelos cabelos, no gesto universal de frustração. — Não sei o que devo fazer. Minha mãe me aconselha a manter a cabeça baixa e não causar problemas, mas como vou fazer isso quando estão o tempo todo roubando minhas coisas, lançando feitiços para me ferrar ou vindo atrás de mim em grupo atrás das arquibancadas? Eu não devia ter que passar por isso.

— Não, não devia. — O ultraje toma conta de mim só de pensar em Macy sofrendo bullying desse jeito. Ou sendo encurralada atrás das arquibancadas ou em qualquer outro lugar da escola, com um bando de babacas ferrando-a. — Eu não sabia que as circunstâncias estavam assim.

— Eu não queria que você soubesse. É humilhante.

Meu coração se parte por ela, e tenho de lutar contra a vontade de ir até a escola da qual ela foi expulsa a essa altura do ano e ensinar para todo mundo como é um verdadeiro desequilíbrio de poder.

Mas, já que partir para a baixaria não é exatamente uma opção, começo por dizer:

— Não tem nada de humilhante em estar sozinha e sofrer bullying, Macy.

— Tem, sim, quando há cinco meses você estava ajudando a salvar todo o mundo paranormal. E agora você nem sequer consegue ir aos Portais Avançados sem ser encurralada e trancada dentro de um deles.

— Mas que diabos? Fizeram isso com você? — Dane-se ensinar uma lição. Quero aniquilar a escola inteira, bani-la da face da Terra. — O que o diretor falou depois que você conseguiu sair?

— Que usar um feitiço para tacar fogo em todas as coisas deles não era uma resposta proporcional.

— É óbvio que não era — rosno. — Tacar fogo *neles* teria sido bem mais proporcional, na minha opinião. Esses portais machucam pra caramba.

— Machucam mesmo — ela concorda, com uma risada. Ainda é um som triste, mas pelo menos não está mais chorando.

Eu, por outro lado, estou prestes a começar a chorar. Não consigo acreditar que essas coisas aconteceram com Macy e eu não sabia. Sim, ela não me contou nada disso, mas mesmo assim. Eu sabia que havia alguma coisa errada, e não me esforcei para descobrir o que era.

Eu não queria chateá-la, e não queria que ela sentisse que eu a estava esperando lidar com tudo o que tinha acontecido em algum tipo de linha do tempo truncada. Sei como é tentar processar sua perda quando todas as pessoas ao redor acham que você devia simplesmente seguir em frente. Eu não queria que ela pensasse que eu esperava isso dela.

Então não forcei a situação. Tentei ser delicada, tentei respeitar seus sentimentos. E, em vez disso, fui bem para o outro lado e a deixei se sentir abandonada. Deixei que ela fosse atormentada e torturada por outros paranormais e não tinha ideia do que estava acontecendo.

Sinto-me uma babaca e tanto.

— É por isso que você foi expulsa de tantas escolas desde o começo do ano? — pergunto. — Que tal ficar em casa até Katmere ficar pronta?

Macy dá de ombros, e nós duas paramos para ouvir Hudson terminar "Yellow", do Coldplay, e começar a cantar "Bad habits", de Ed Sheeran.

— Pelo menos ele conseguiu terminar o show — Macy comenta, com uma fungada.

— É sempre assim quando ele está no chuveiro — brinco. — Hudson é um verdadeiro adepto do karaokê de um vampiro só. Certamente, nos dias em que ele resolve fazer um tributo aos Beatles as coisas ficam realmente interessantes.

Mas não estamos aqui para falar de Hudson — ou de suas tendências musicais.

— Você não respondeu à minha pergunta — recordo Macy depois de segundos de silêncio. — Sobre Katmere.

— Ah, Katmere não vai estar pronta para abrir as portas até o próximo semestre, no mínimo. — Macy me oferece um sorriso triste. — É basicamente uma reconstrução, mas há muita política rolando por aí agora, com todos os diferentes grupos de paranormais. E, em vez de ditar a lei, meu pai quer tentar agradar a todos eles.

— E isso não é nem um pouco uma receita para o desastre — comento secamente. Se ser rainha das gárgulas me ensinou algo, é que esse tipo de coisa não dá certo.

— Exatamente.

— Então o que vão fazer? Vão mesmo mandar você para *outra* escola? — pergunto.

Ela dá de ombros.

— É o que parece.

— Mas como isso vai resolver o problema?

— Não vai. Mas meus pais não parecem se importar. — Macy abaixa a cabeça, de modo que sua franja verde-musgo caia no rosto, impedindo-me de ver seus olhos.

— Ah, Macy. Isso não pode ser verdade. Sei que certos funcionários de escola podem ser babacas, mas certamente tio Finn pode falar com eles...

— Meu pai não quer falar com eles, Grace. Está muito ocupado fazendo de tudo para tornar minha mãe feliz, e não dá a mínima se estou feliz ou não. E ela não quer ouvir meu lado... tudo o que ela quer é me punir por ter sido expulsa.

Minha prima se levanta e começa a andar de um lado para o outro, bem quando Hudson começa uma versão empolgante de "Should I stay or should I go", de The Clash. Por um segundo, simplesmente nos encaramos, e então caímos na risada. Porque o timing de Hudson é impecável, como sempre.

Assim que paramos de rir, Macy se larga na cama e cobre os olhos com as costas da mão.

— Eles não entendem, sabe? É a coisa mais estranha. Minha mãe volta, e de repente querem me falar como devo me vestir, aonde devo ir, com quem supostamente devo fazer amizade e como tenho que me comportar na escola. — Ela balança a cabeça como se não conseguisse acreditar. — Eu achava que minha mãe tinha *me abandonado* anos atrás, e entre seus deveres como diretor e o tempo que supostamente meu pai passava procurando minha mãe, ele foi quase ausente. Agora querem fingir que nada aconteceu e continuar de onde as coisas estavam todos aqueles anos atrás. Não funciona desse jeito. Não sou mais criança.

— Não, você não é. — Cubro sua mão com a minha. — Você é a melhor pessoa e a bruxa mais durona que já conheci. Eles têm que saber disso.

— Eles não sabem nada — ela replica. — Esse é o problema. Dizem que me amam, mas quem realmente amam é a garotinha boazinha que eu costumava ser. Aquela que nunca causava problemas e fazia tudo o que eles queriam.

Aquela garota morreu na Corte Vampírica, e esta Macy... aquela que é um desastre e não consegue se recompor... é a que assumiu seu lugar.

Só de pensar que ela pode estar certa me deixa furiosa. Porque Macy ainda é uma das melhores pessoas que conheço e não merece toda a dor que lhe está sendo imposta. Tenho certeza de que ela não merece dois pais que estão tão preocupados que ela vá estragar a própria vida que não percebem que a vida é que está acabando com *ela*. E muito. É enlouquecedor.

— Antes de mais nada, *você* não é um desastre — corrijo-a, em um tom de voz que indica que estou falando muito sério. — Houve uma sequência de coisas ruins que lhe aconteceram, e você aprendeu a não se render e aceitar simplesmente. Nós duas aprendemos... e, na verdade, acho que isso é uma vitória nossa, não uma derrota. Segundo, para mim você parece estar lidando com as situações muito bem. Você passou por coisas realmente muito difíceis? Sim. Chegou do outro lado? Caramba, sim, você chegou. Pode precisar de ajuda para lidar com isso? É provável que sim. Não há nada errado com isso. Talvez alguém precise dizer isso para seus pais.

— Talvez eu diga — Macy responde, e há tanto alívio em sua expressão que chega a partir meu coração. Alívio pelo fato de eu acreditar nela. E mais, alívio por eu acreditar em sua *capacidade*. E com certeza estarei ao seu lado de agora em diante, esteja eu em San Diego ou não.

Penso em lhe comunicar isso, mas Hudson começa a cantar "We will rock you", do Queen, e parece um tanto rouco a essa altura.

— Ah, meu Deus. — Macy geme e revira os olhos. — Você pode, por favor, acabar com o sofrimento daquele garoto antes que ele passe por todo o léxico da música britânica? Até onde sabemos, ele vai começar a cantar Spice Girls daqui a pouco.

— Ei! Aposto que ele ia arrasar cantando "Wannabe", se quisesse. — Mesmo assim, fico em pé.

— Ei, por acaso vampiros ficam enrugados que nem uvas-passas quando passam muito tempo na água? — Macy pergunta. Quando me viro para fitá-la com uma expressão que significa "do que você está falando?", minha prima dá de ombros. — Só estou perguntando. Mentes curiosas querem saber essas coisas.

— Consegue imaginar Hudson Vega parecendo uma uva-passa? — Ergo minhas sobrancelhas.

— Bem, não. Mas é por isso que estou perguntando a você. Você o conhece melhor do que ninguém.

Penso novamente nas mudanças na Corte Vampírica. E me pergunto se isso é mesmo verdade. Ou talvez seja, e conheço Hudson tão bem quanto qualquer pessoa pode conhecê-lo. Só não o bastante para saber o que se passa em sua cabeça agora.

Quando bato à porta do banheiro, digo a mim mesma que estou sendo ridícula.

— A conversa acabou — aviso. — Pode sair agora.

O chuveiro é desligado no mesmo segundo.

Dez minutos depois, Hudson sai do banheiro completamente vestido e talvez — apenas talvez — um tiquinho enrugado, embora sem dúvida não serei eu a lhe contar isso.

— Precisamos encontrar Polo — ele observa ao calçar as botas. — E quero contar a Nyaz que voltamos e ver Smokey. Para que ela saiba que estamos bem.

— Por que não faz isso enquanto Macy e eu arrumamos alguma coisa para comermos? — sugiro ao mesmo tempo que me dirijo para o banheiro a fim de me arrumar também. — Estou com *tanta* fome.

— Ah, Deus, eu também — Macy concorda. — Uma mulher não pode viver só de barras de Snickers perdidas. Em parte porque nutrição é importante, mas principalmente porque comi na noite passada, quando voltei para o quarto, a última que tinha.

— Vou acordar os outros enquanto vocês se vestem — Hudson me avisa.

— Acho que preciso de um pouco de maquiagem — Macy diz, baixinho, como se estivesse envergonhada. — Não sei se... — E sei exatamente o que ela quer dizer: ela pode ter abaixado a guarda para mim, ainda que só um pouco, mas não quer dizer que esteja pronta para sair por aí sem a proteção de seu delineador.

E meu consorte perfeito a poupa de ter de explicar isso, dizendo:

— Eu acompanho você até seu quarto antes de acordar os outros, então. Grace, encontro você no hall de entrada.

— Parece perfeito — respondo, ficando na ponta dos pés com o objetivo de beijar seu rosto, porque, ainda que Hudson já tenha escovado os dentes hoje de manhã, ainda não o fiz.

— Você não precisa me acompanhar até meu quarto — Macy argumenta enquanto se dirigem para a porta.

Hudson simplesmente a abre e gesticula para que minha prima saia primeiro.

— Considere isso serviço completo. Você ganhou companhia e um show.

— Gostei bastante da sua interpretação de "Start me up" — ela comenta, com uma risada. — Ainda que Grace e eu achemos que você arrasaria em "Wannabe".

— Me diga o que você quer de verdade — Hudson responde, seco.

Macy faz beicinho.

— Ei, a letra não é bem assim...

— Estou bem ciente de como é a letra — ele responde. — Esse é meu jeito de dizer a você que não vai rolar.

— Aaahhh, por favor. Você seria uma ótima Posh Spice.

Quase consigo ouvir Hudson revirar os olhos quando ele responde:

— E eu achando que fazia mais o tipo da Scary.

A porta se fecha atrás deles, então não escuto mais nada. Mesmo assim, não posso deixar de sorrir enquanto tiro as roupas e entro no banho. Talvez eu devesse ter deixado Hudson me ajudar a lidar com a crise de Macy. Os dois têm um jeito de fazer um ao outro se sentir bem, que desafia a lógica, mas que funciona mesmo assim.

Na superfície, a moda é a única coisa que eles têm em comum. No entanto, desde o início os dois meio que se entenderam, apesar das péssimas habilidades de Macy no xadrez. Fico feliz em ver as duas pessoas mais importantes da minha vida gostarem e respeitarem uma à outra, como Hudson e Macy fazem.

Imagino que meu consorte tenha usado água suficiente para todos nós, então tomo o que deve ser o banho mais rápido da minha vida. Quando saio, visto a última calça jeans limpa — acho que vai ser bom sair hoje — e prendo o cabelo com uma presilha na parte de trás da cabeça.

Então sigo até o pequeno restaurante no hall de entrada. Um muffin de parmelão e uma fruta vão cair muito bem agora.

Quando desço, Hudson já está sentado em uma cadeira com Smokey. Há uma xícara de chá diante de si, e Smokey observa cada um de seus movimentos, como se temesse que ele fosse desaparecer novamente — ou, pior, como se já soubesse que é o que vai acontecer, o que significa que acho que já tiveram "a conversa".

Em vez de me sentar perto dela, coloco uma cadeira do outro lado da mesa, o mais longe possível da umbrinha irritada. Smokey nunca me machucou de verdade, mas tenho quase certeza de que adoraria a chance de tentar agora. Então um pouco de distância parece a melhor opção no momento.

A garçonete vem anotar meu pedido assim que me sento, e nossos amigos aparecem no instante seguinte. Entretanto, antes que minha comida chegue, olho pela janela bem a tempo de encontrar um rosto familiar caminhando na nossa direção, com uma embalagem de doce com massa *choux*, feito por Marian, nas mãos.

— Ora, ora, se não é pela primeira vez o timing perfeito — murmuro quando a porta da estalagem se abre. Talvez nossa sorte enfim esteja mudando.

Hudson se vira para ver de quem estou falando, e um sorriso imenso se abre em seu rosto.

— Exatamente a pessoa que precisamos ver.

Capítulo 75

MAS QUE FONTE É ESSA?

Cinquenta e seis minutos mais tarde, fazemos o check-out na estalagem e seguimos pela praça até a fonte dos desejos no meio do parque. Está estranhamente vazia esta manhã — talvez tenha sido por isso que Polo insistiu tanto que nos encontrássemos com ele agora. As moedas roxas e brilhantes que enchiam o fundo da fonte sumiram, substituídas por um buraco negro *extremamente* sinistro, que parece não ter fim. É óbvio que isso não é nem um pouco assustador.

— Lembre-se de ficar perto de mim — digo a Heather, que parece surpreendentemente despreocupada, apesar das advertências que dei a todos eles assim que terminamos o café da manhã.

— Deixa que eu cuido dela — Éden avisa, baixinho. Pela primeira vez, o sorriso arrogante que considero ser sua marca registrada desapareceu. Ela parece séria e mais do que pronta para o que quer que apareça no nosso caminho.

Ou talvez seja apenas um desejo da minha parte.

Estamos quase na fonte quando Polo aparece do nada. Ficamos completamente surpresos quando ele foi atrás de nós na estalagem, mas ele insistiu que, se queríamos uma chance de sobreviver à fuga de Noromar, tínhamos que partir agora mesmo.

— Estão atrasados — ele comenta quando paramos diante dele, segundos mais tarde.

— Na verdade, estamos um minuto adiantados — retruco.

Mas Polo não presta atenção. Seus olhos castanhos estão fixos em Heather, e quase consigo vê-lo avaliando as fraquezas da "humana".

— Ela não vai conseguir — ele conclui depois de um instante. — Vocês deviam deixá-la aqui.

— E obrigá-la a passar o resto da vida em Noromar, sozinha? — pergunto, ofendida.

Ele dá de ombros.

— Acho que sim. Ela é só um peso. Vai fazer com que vocês sejam mortos.

— Ela vem conosco — Hudson determina, em uma voz de aço que raramente o ouço usar. — Vamos fazê-la passar.

— Obrigada — Heather murmura, com os olhos arregalados.

Polo parece querer discutir, mas, no fim, simplesmente joga as mãos para o ar.

— Como quiser, cara. Mas estou avisando: se as coisas derem errado, vou largar todos vocês e dar o fora. Minha filha não vai crescer sem pai.

— É isso mesmo. Não espero nada diferente — Hudson lhe garante. — E obrigado. Nós ficamos mais gratos do que somos capazes de expressar.

— Sim — concordo. — Nunca conseguiremos agradecer o suficiente.

— Agradeçam-me quando chegarem ao outro lado e não estiverem mortos. — É sua resposta enigmática.

— Agora que estamos todos aqui, pode pelo menos nos dizer o que esperar? — pergunto, porque o mistério vai me matar mais rápido do que o que nos espera, seja lá o que for.

— Ouvi dizer que é um pouco diferente a cada vez — Polo responde, balançando a cabeça.

— Espere, você não sabe? — Éden pergunta, e suas sobrancelhas quase somem sob a franja.

— Sou um chupa-cabra — ele responde, e seu peito cresce um pouco. Quando fica nítido que nenhum de nós entendeu, ele balança a cabeça e explica: — Vamos dizer que o que existe lá embaixo, seja lá o que for, não quer nada disto — ele gesticula pelo comprimento de seu corpo e depois dá um tapinha na própria testa —, e, definitivamente, nada disso.

— Essa é a exibição mais estranha que já vi — Flint murmura para Jaxon, que dá um sorrisinho de leve, mas não se pronuncia.

— Basicamente, o que quer que *esteja* lá embaixo, deixa o velho Polo em paz. Mas isso significa que são espertos e astutos. — O chupa-cabra encara cada um de nós. — Mas já vi… *alguma coisa* com outros que tentei contrabandear para fora e, se relaxarem por um instante, eles pegam vocês. O que quer que vocês façam, não deixem que te engulam.

"Não deixem que te engulam"? Esse é o melhor conselho que ele tem para nos dar? Tipo, isso não é autoexplicativo?

Troco um olhar com meus amigos, um que significa "mas que merda é essa?", e a tensão no meu estômago se multiplica por dez. Não deixem que te engulam? Qual o tamanho dessas coisas?

— Sem ofensa, Polo, mas acho que é um conselho meio genérico — Flint comenta. — Por acaso alguém quer ser engolido por alguma coisa?

— Não estou dizendo que vocês *não vão querer* ser engolidos por eles — Polo responde, dando de ombros. — No fim, talvez vocês implorem por isso. Já vi acontecer outras vezes.

Não tenho nada a dizer em relação a isso e, a julgar pela expressão no rosto dos meus amigos, nem eles. Sei, no entanto, que, quanto mais tempo ficarmos parados aqui, mais assustada ficarei. Não sei se é o que Polo quer que aconteça — uma última tentativa de nos fazer mudar de ideia —, mas sei que esse tipo de nervosismo nunca ajuda em nada.

É hora de encarar a situação ou sair de campo. E já que a última opção não está posta para nós, preparo-me para partir. E questiono:

— Vamos fazer isso ou não?

— Que assim seja — Polo concorda. Então gesticula para a fonte dos desejos. — As damas primeiro.

— Espere. É isso? — Jaxon pergunta. — Precisamos pular na fonte?

— *Não* é isso. Mas é o começo. — Polo ergue uma das sobrancelhas para mim, como se perguntasse se tenho coragem suficiente para ser a primeira a descer.

Verdade seja dita, não acho que coragem tenha algo a ver com isso. Mas um bom líder nunca pede para alguém fazer o que ele não faria. E, ainda que eu não tenha ideia se sou uma boa líder ou não, sei que quero ser.

Além disso, vou ter de encarar o buraco escuro e assustador independentemente de qualquer coisa. Posso muito bem ser a primeira e acabar logo com isso. E se alguma coisa estiver esperando lá embaixo para me engolir, talvez isso dê aos meus amigos uma chance melhor de não serem devorados.

— O que faço? — pergunto, aproximando-me da fonte. — Simplesmente pulo?

Mas Hudson já está ali.

— Eu vou primeiro — ele me diz.

Até parece que eu quero que ele seja o primeiro a ser engolido se alguma coisa estiver nos esperando no fundo. Não, muito obrigada.

— Porrr favooorr — digo, de forma sarcástica, e me transformo em gárgula. — Acredito que, na corrida dos monstros que podem nos devorar, a garota feita de *pedra* tem uma vantagem sobre o vampiro mastigável.

Hudson ergue uma sobrancelha arrogante e gesticula na direção da fonte como se mostrasse o caminho para meu trono. Bastardo atrevido.

Viro-me para Polo e pergunto de novo:

— É só pular, certo?

Ele confirma com a cabeça.

— Sim. Só pular.

Como se quisesse provar para mim, ele assume sua forma de chupa-cabra — que meio que parece um coiote, se ao dizer "coiote" você estiver falando de um cão dos infernos gigante com espinhos de trinta centímetros, ameaçadores, por toda a sua espinha, além de imensas presas afiadas feitas exclusivamente para separar carne e ossos aos rasgos, como papel de presente no Natal.

— Agora entendo a exibição — Flint murmura para Jaxon, que dessa vez revira os olhos.

— Por que ele não fez isso quando lutamos juntos? — murmuro para Hudson, que simplesmente dá de ombros como se dissesse que não devemos questionar nosso impressionante guia chupa-cabra.

O animal solta um rosnado sinistro, que faz meus amigos darem um saudável passo para trás, e então pula dentro da fonte.

Ficamos parados ali, mirando a fonte, e não posso deixar de ponderar se todos estão pensando no mesmo que eu — estamos ferrados se *esse* é o nível de monstro que mantém os outros monstros afastados.

Depois de um tempo, no entanto, eu me viro para Hudson e digo:

— Tudo bem, então. Vejo você lá no fundo.

Ele confirma com a cabeça e dá um passo na direção da fonte. Mas é tarde demais. Antes que ele consiga chegar na mureta de tijolos, envolvo minhas asas ao redor do corpo, o mais apertado que consigo, e me jogo pela beirada.

E começo a cair, cair, cair.

Capítulo 76

GÁRGULAS SÃO AMIGAS, NÃO COMIDA

O vento passa por mim à medida que mergulho na escuridão... cada vez mais fundo, mais fundo, *mais fundo.*

Por um instante, penso em Heather — me preocupo se ela vai sobreviver a esta queda e em como posso pegá-la quando a escuridão ao meu redor é completa — e então, sem mais nem menos, caio na água.

Porque é uma fonte. É lógico que tem água no fundo.

O que é ótimo para Heather e para os outros. Não tão bom para mim, já que tive a brilhante ideia de me transformar em tijolo.

Assim que atinjo a água, afundo como a rocha que sou, indo cada vez mais fundo, como uma flecha em busca do seu alvo. E ainda que só precise de um instante para retornar à forma humana, muito mais dinâmica, preciso de um tempo bem maior para alcançar a superfície e respirar novamente. Infelizmente, meus pulmões estão totalmente despreparados para a imensa quantidade de água que engulo assim que submerjo.

Passo os vários instantes seguintes lutando para ir até a superfície — braços e pernas curtos são muito irritantes em situações como esta — e enfim consigo emergir, bem quando alguém cai na água ao meu lado.

O corpo joga água para todo lado, acertando meu rosto e fazendo meus pulmões, já em espasmos, terem outro ataque de tosse.

— Ei, você está bem, Grace?

Então foi Flint que quase me afogou pela segunda vez em poucos minutos. Que grande surpresa.

— Sim, estou bem — respondo na direção de sua voz. Não consigo enxergá-lo na escuridão, porém, antes que me mova em sua direção, mais duas pessoas caem perto de nós, seguidas por mais três.

Depois de verificarmos uns aos outros e nos certificarmos de que estamos bem — em especial Heather, graças a Deus —, tentamos nos orientar.

— E agora? — Éden indaga.

É uma boa pergunta, considerando que estamos todos a navegar no escuro, sem qualquer ideia do que fazer a seguir.

— Por acaso alguém está vendo o chupa-cabra? — Hudson pergunta, e nunca me senti mais grata pelo fato de vampiros e dragões poderem ver com nitidez na escuridão. Ou mais irritada pelo fato de gárgulas não conseguirem fazê-lo.

— Acho que tem alguma coisa adiante, à direita — Jaxon avisa, e consigo ouvir mais barulho de água sendo jogada para todo lado enquanto nos posicionamos nessa direção.

Mas alguns de nós não conseguem ver os outros — para ser mais exata, a humana, a bruxa e a gárgula —, então nossa direita acaba sendo a direita *errada*. Macy e eu trombamos uma na outra, já que aparentemente nossas direitas estão em contraste direto uma com a outra.

— Dá para ser um pouco mais específico? — Heather pergunta quando também acaba toda embananada. — Para os simples mortais entre os deuses?

— Então está dizendo que sou um deus, Heather? — Flint provoca.

— Se me tirar desta encrenca, chamo você do que quiser — ela responde.

— Deus é o suficiente — ele responde, animado. E então cumpre o que prometeu, porque sinto Heather passar bem rápido do meu lado, como se alguém de repente a tivesse puxado.

— Eu ajudo vocês — Hudson fala quando Macy e eu nos desvencilhamos. Ele não nos puxa de maneira tão agressiva quanto Flint fez com Heather, mas fica conosco enquanto abrimos caminho pela escuridão.

Depois de minutos nadando, dobramos uma espécie de esquina, e o mundo diante de nós fica um pouco mais nítido. Ainda é uma escuridão quase completa para a pequena gárgula, mas pelo menos há luz suficiente para distinguir uma praia ao longe — e o chupa-cabra saindo da água e se sacudindo como um cachorro na areia.

— É isso? — Flint pergunta. — É sério? Um pouco de água, um pouco de natação, e ele acha tudo isso tããããããão perigoso? — O dragão nada em direção à praia sem mais uma palavra, e seus poderosos bíceps percorrem a distância como se não fosse nada.

Heather o segue. Como membro vitalício da equipe de natação, ela está basicamente em seu elemento na água, e Éden a segue logo atrás.

— Exibidos — Macy murmura, e tenho de concordar com ela.

Adoro nadar — o que é uma coisa boa, já que cresci a poucos metros do Pacífico —, mas adorar e ser boa nisso são duas coisas bem diferentes. Em especial quando todo mundo ao meu redor é praticamente trinta centímetros mais alto do que eu, até Macy.

Não demora muito para ela me deixar para trás, o que não é grande coisa. Quer dizer, eu nunca deixaria ninguém para trás em uma situação difícil, mas o que são oitocentos metros de distância entre amigos… ou consortes, neste caso?

Jaxon e Hudson decidiram apostar corrida, e se acreditarmos em sua conversa-fiada — ainda não consigo ver direito —, eles nadam mais rápido do que aceleram e vão deixar o restante do grupo votar e declarar um vencedor. O que, sem dúvidas, significa que todo mundo agora está na praia, exceto a garota baixinha que ainda está na água assustadora, na *maldita escuridão* mais assustadora ainda.

Nada de mais. Não estou aqui sozinha com as cenas do filme *Mar Aberto* sendo reproduzidas de súbito na minha mente. Não, não é nada de mais.

Ainda que eu tenha de dizer que, depois das advertências de Polo sobre quão terrível e precária é esta jornada, eu estaria mentindo se não dissesse que isso parece meio anticlimático. Um pouco de água fria, um percurso desconfortavelmente longo para nadar… Nada disso parece o terror que Polo nos levou a acreditar que seria.

A pior coisa em tudo isso é a escuridão, todavia, quanto mais me aproximo da costa, mais iluminado fica. Não só o sol atravessa algum buraco sobre a praia, mas um bando de vaga-lumes flutua livremente pela água, e é lindo. Lindo de verdade.

Talvez eu tente pintar esta cena quando voltar a San Diego, ver se consigo acertar a cor. São tão lindos, com um tom de roxo brilhante que nunca vi antes. Na verdade…

— Grace! — De repente, Flint grita meu nome e começa a pular e acenar com os braços na praia.

Aceno de volta e continuo nadando, embora estivesse mentindo se dissesse que não estou indo bem devagar a essa altura. Quer dizer, por que não? Os outros vão ficar se secando, e é bem bonito aqui. Além disso, é bem-feito para eles ficarem parados ali, com as roupas molhadas, esperando *a amiga que deixaram para trás*.

— Grace! — Acho que é a vez de Macy gritar, para que eu me apresse.

Começo a acenar de volta, mas ela não está pulando como Flint. Em vez disso, aponta para alguma coisa atrás de mim, com um olhar de pavor abjeto no rosto.

O que, agora que penso bem, não é diferente da expressão de todos na praia. Mas que diabos?

Paro de nadar e giro em um círculo, na tentativa de descobrir o que os assustou tanto, mas não enxergo nada além da maldita escuridão implacável em uma direção e aquelas luzes roxas na outra, quando me viro de novo para a costa.

Normalmente, eu não me preocuparia muito, mas sou uma garota do oceano — mesmo que eu não tenha visto nada, isso parece muito com aqueles momentos do filme *Tubarão*, quando se vê que o personagem precisa dar o fora dali, então começo a nadar o mais rápido que consigo, enquanto imagens de tubarões, lulas gigantes e do maldito monstro do Lago Ness de repente dançam na minha mente. E isso antes de Hudson dar um salto correndo de volta para a água — mirando bem na minha direção.

Meu coração bate como um tambor em meu peito agora, e puxo o máximo de ar que consigo entre uma e outra braçada, conforme nado sem parar. Mesmo assim, a costa parece estar a quilômetros de distância, ainda que logicamente eu saiba que faltem menos de cem metros.

— Grace! — Macy grita a plenos pulmões agora. — Rápido, Grace!

Que diabos está acontecendo?

Digo a mim mesma para não olhar para trás, para simplesmente seguir em frente, mas preciso saber que o que está ali. Tenho de saber.

Então viro mais uma vez para trás — enquanto meus amigos começam a gritar tão alto que acho que um deles vai ter um aneurisma. E é quando eu vejo.

O pavor tira o ar dos meus pulmões quando percebo que aqueles lindos vaga-lumes roxos não eram vaga-lumes. Eram iscas. Penduradas diante de mim, na cauda da versão do Reino das Sombras do mais feio e nojento tamboril, um monstro maior do que uma maldita *casa*.

E sou a ridícula peixinha azul, Dory, que ele tem em vista.

Merda. Merda, merda, *merda*.

Ele pula em cima de mim, e eu grito. Graças a Deus, depois de um ano com tudo querendo me matar, fiquei com instintos bem afiados de fuga ou luta, porque, mesmo sem pensar, mergulho bem fundo a fim de tentar escapar. O único problema é que o peixe tem mais de seis metros de altura e uma boca gigantesca, então fico bem no meio de todos aqueles imensos dentes afiados.

Na primeira vez que ele tenta me pegar, consigo desviar no último instante, mas sei que não vai durar. Na segunda vez, ele chega tão perto que a ponta de um dente encosta no meu quadril. E na terceira vez... na terceira vez tenho quase certeza de que estou ferrada.

Não há muitas maneiras de escapar de um peixe-monstro colossal, caçador de gárgulas, e tenho quase certeza de que já usei todas elas. Então faço a única coisa na qual consigo pensar. Paro de tentar nadar para longe do peixe, e, em vez disso, dou meia-volta e bato as pernas o mais rápido possível — direto para sua boca gigante.

Mal tenho ciência dos gritos quase desesperados dos meus amigos na praia. Estou concentrada demais nesta besta. O timing vai ser tudo, e ele está cada vez mais perto de mim.

Assim que consigo vislumbrar o branco de seus olhos, viro o corpo para a esquerda no último instante, conseguindo por pouco ficar fora do alcance de suas mandíbulas, que se fecham com um barulho horrível. Quando o monstro passa por mim, dou um chute com as duas pernas bem no meio da sua bochecha, usando toda a minha força — e o próprio impulso dele — no intuito de me afastar o máximo que posso. Não causa qualquer dano ao peixe, mas *consigo* impulsionar meu corpo cerca de um metro para fora da água.

É tudo de que preciso.

Vou para dentro de mim e pego meu cordão de platina, transformando-me durante o voo. Assim que consigo minhas asas, saio em disparada para o alto — bem a tempo de evitar mais uma tentativa de a besta me pegar com a boca.

Mas é por pouco, muito pouco, e puxo as pernas de encontro ao peito o máximo possível, fora do alcance daqueles dentes malignos. Um deles ainda consegue me acertar, causando um arranhão na parte externa da perna, da coxa até o tornozelo, mas nem perco tempo em olhar. Em vez disso, corro até a praia com o peixe saltando atrás de mim, várias e várias vezes.

Até que ele para.

Estou quase respirando fundo pela primeira vez desde que percebi que estava prestes a virar comida de peixe, quando me ocorre que todos os meus amigos continuam a gritar como se a vida de alguém dependesse disso. Mas se não é a minha, então...

Meu estômago sobe até a garganta quando me inclino para a direita e tenho um vislumbre do meu consorte avançando pela água — diretamente no alcance do imenso e irritado peixe. Ainda que Hudson seja rápido, não tenho certeza se ele é páreo para um peixe paranormal.

Nem hesito. Aproximo as asas do corpo e mergulho direto na direção de Hudson. Estou sobre ele em questão de segundos, estendo os braços, agarro a parte de trás de sua camiseta ao mesmo tempo que abro bem as asas para subir novamente — e uso todo o impulso da minha velocidade e toda a força trazida pelo desespero, pelo pânico e pela adrenalina causada por estresse, para conseguir tirá-lo da água. E então voo rumo à praia com Hudson embaixo de mim, como um Super-Homem voando de costas.

Mas nem mesmo sendo uma gárgula com um monte de adrenalina no corpo consigo carregá-lo muito longe, e ele escorrega das minhas mãos assim que chegamos à praia e cai de pé, cambaleando até atingir Flint, que grita e xinga.

Os dois saem rolando na areia e aterrisso com tudo no primeiro espaço disponível.

Fico deitada de costas, com sangue escorrendo pelo corte na perna. Polo se inclina sobre mim e diz:

— Falei para você não ser engolida.

Capítulo 77

INVASORES DO PARTENON

— Vou ficar aqui só um pouco — digo para ninguém em particular, e sinto meus pulmões arderem tanto quanto o arranhão na perna. Afundo um pouco mais meu traseiro de pedra na areia fria da praia, o que ajuda a diminuir um pouco a dor do ferimento.

Hudson acelera até mim em um piscar de olhos, pondo-se de joelhos ao meu lado. Ele dá uma olhada no sangue que forma uma poça na areia ao redor da minha perna e parece prestes a desmaiar.

— Nunca vou perdoá-lo se você desmaiar ao ver um pouco de sangue — resmungo, enquanto tento acalmar minha respiração.

— Um vampiro que desmaia ao ver sangue — Jaxon zomba... mas então algo o faz virar a cabeça na direção de Flint, e todo o humor desaparece de sua expressão.

— Ei — Flint murmura para si mesmo, erguendo a camiseta. — Acho que seu cinto me cortou.

Viro a cabeça só o suficiente para ver um corte imenso no abdômen de Flint — e Jaxon acelerando até o lado *dele*, parecendo prestes a desmaiar também.

— Vampiros são tão fracos. — Éden revira os olhos para Heather e Macy, e as três dão boas risadas às custas dos irmãos Vega.

Hudson segura minha mão na sua, trêmula, e meu olhar se suaviza quando sussurro para ele:

— Vou ficar bem, querido. Prometo.

Meu consorte assente com a cabeça, pestanejando para dissipar as lágrimas que se formam em seus olhos, mas não deve confiar em si mesmo o bastante para falar qualquer coisa ainda. Ele simplesmente acena de novo com a cabeça e aperta minha mão.

Normalmente, eu ficaria deitada ali por um minuto, deixando que a magia da terra cure lentamente meu corpo de pedra — meus poderes retornaram no segundo em que atingi a areia, então acho que estamos oficialmente fora do Reino das Sombras —, mas dá para perceber que Hudson está se contendo por um fio. Mas não quero que meu consorte sofra um instante de ansiedade por causa da minha saúde, assim como não quero ter de sofrer pela dele, então viro de lado, apoiando-me sobre meu ferimento, seguro seu rosto entre minhas mãos e passo os dedos em sua mandíbula forte.

— Está tudo bem — reitero. E, para prová-lo, dreno energia da terra até meu ferimento, agora recoberto de areia. Só leva um momento, e então lhe dou um sorriso de orelha a orelha. — Mas você pode me ajudar a ficar em pé.

Hudson fica de pé em um pulo, e me puxa consigo. Retorno à forma humana.

— Viu só? — pergunto, e então gesticulo na direção do rasgo gigante na minha calça jeans e da pele intacta logo abaixo. — Bem melhor.

Leva um instante, mas então ele arregala os olhos e me puxa para um abraço que parece tão tranquilo quanto observar uma tempestade de verão.

— Graças ao céus — ele sussurra, dando vários beijos em meus cachos, antes de levar a mão sob meu queixo e roçar os lábios mornos contra os meus várias e várias vezes.

E eu entendo — entendo mesmo. Se eu tivesse acabado de testemunhar Hudson ser quase devorado por um peixe-monstro e depois visto seu sangue empoçado ao redor de seu corpo, eu ia querer me assegurar de que ele realmente estivesse bem, que tudo ia ficar bem. É por isso que me recosto em seu calor e lhe dou o que ele precisa para acalmar seu coração acelerado.

Alguém tosse de lado, e lentamente, bem lentamente, viramos nossa cabeça para olhar feio para Jaxon, que ao que parece superou sua preocupação com Flint e está pronto para voltar à estrada.

Eu, por outro lado, me recuso a me mexer. Pelo menos ainda não. Porque:

— Não vou a lugar algum até que *alguém* me dê uma calça nova para vestir.

— Deixa comigo, novata — Flint prontifica-se e pega um calção de basquete molhado mas usável de sua mochila.

Hudson rosna baixo para ele, e Flint guarda a peça na mochila de novo.

— Hud-son — choramingo, mas felizmente minha melhor amiga vem ao meu resgate e me oferece uma de suas calças.

Todos se viram enquanto eu me troco rapidamente, virando várias vezes a barra para compensar a grande diferença de altura. Embora a calça ainda esteja bem molhada, não está cheia de sangue, então vou considerar um ganho.

— Estamos prontos para seguir em frente? — Polo questiona depois de um tempo, e todos concordamos. Ele se vira e segue por um longo túnel que se afasta da praia, esculpido em uma parede íngreme de rocha negra que se ergue até onde posso ver.

Minutos passam antes que paremos novamente.

— O que está acontecendo? — indago conforme espio ao redor dos ombros de Hudson, para tentar descobrir por que não estamos nos movendo. Por favor, que não seja outra travessia de lago. Por favor, por favor, que não seja isso.

Mas acontece que estamos em uma imensa encruzilhada no meio do túnel — o que nos permite seguir em duas direções distintas.

— O que é isso? — Flint pergunta a Polo. — Como sabemos que direção tomar?

— Eu só costumo pegar a da direita — Polo responde. — Todas as vezes que tentei seguir pela esquerda, as coisas ficaram realmente estranhas.

— Mais estranhas do que lagos cheios de peixes-monstros tentando nos matar? — Heather pergunta, meio em dúvida.

— Sim. — Esperamos que ele dê alguma explicação, mas Polo simplesmente nos olha com uma expressão de quem já viu coisas demais.

— Oooook, então — Éden concorda. — Vamos pela direita.

— Lembre-me de agradecer a Jikan por criar um túnel cheio de algo que assusta tanto o chupa-cabra a ponto de ele não ser capaz nem de falar no assunto — Hudson comenta, com uma certa ironia.

Flint dá risada em resposta.

— Eu pagaria para ver isso.

— Ah, vou me assegurar de que você tenha um lugar de graça.

Coloco uma das mãos nas costas de Hudson, em busca de reconfortá-lo. Ninguém mais pode perceber o que acontece, mas para mim é muito óbvio que, por trás desse humor britânico seco, Hudson está *morrendo de raiva.* Sei que é porque quase me viu reencenar minha versão de *Moby Dick* — e não pode fazer absolutamente nada a respeito.

Hudson acredita em lutar nossas próprias batalhas e fazer o necessário para cumprir a tarefa em mãos. Mas ele não vai perdoar Jikan por não nos avisar sobre esse mundo que ele criou antes de nos soltar ali.

Tenho de concordar que parece mesmo babaquice da parte de Jikan. Sei que o Deus do Tempo nos disse para não vir para cá, mas ele também nos conhece bem o bastante a essa altura para saber que não íamos seguir seu conselho. Não estou pedindo muita ajuda — apenas alguns conselhos que nos dessem uma chance de cinquenta por cento de não morrer ao atravessar a barreira teriam sido bons.

Tenho certeza de que, quando Hudson reencontrar Jikan, não levantará sua objeção nem de perto de maneira tão diplomática. Só o fato de que Polo tem atravessado a barreira todos esses anos em uma forma que não é atraente para o peixe — provavelmente por causa de todos aqueles espinhos em suas costas, agora que penso a respeito — impede que Hudson fique irritado com ele também.

Sem outra palavra, Polo nos leva pelo túnel escuro, que sobe uma ladeira íngreme até a superfície. Conforme avançamos para a luz, falo:

— Obrigada. Sei que você não precisava ter feito isso por nós, e serei eternamente grata por tê-lo feito.

— Ei, no fim sou eu quem teve sorte. Vocês me ensinaram algo sobre a barreira que vai facilitar muito a minha vida nos próximos meses e anos. — O chupa-cabra me oferece um sorriso torto. — É só nadar mais rápido.

— É muito cedo para piadas, Polo — respondo, com um arrepio, e ele cai na risada.

— Onde estamos? — Macy pergunta enquanto todos apertamos os olhos contra a luz brilhante. — Aqui não se parece com a Itália.

— Itália? — O chupa-cabra ri. — Vocês estão o mais longe possível de Turim. Estão no Kansas, querida.

— Kansas? — Heather parece incrédula. — Tipo "não há lugar como nosso lar" da banda?

— O Kansas não é meu lar. Nem estas plantações aqui. — Flint dá um tapa em uma das plantas, para provar seu argumento.

— Isto é trigo — informo ao me inclinar para a frente a fim de resgatar o talo de suas mãos.

Ele estremece.

— O que quer que seja, não estou impressionado. Não há uma cidade aqui por perto, em algum lugar?

— Relaxe, garoto da cidade. A comida não vai machucar você. — Hudson revira os olhos antes de se dirigir para Polo: — Farei algumas ligações. Até você chegar na Piazza Castello para voltar para o Reino das Sombras, terei uma pilha de calças jeans à sua espera na Corte das Bruxas.

— Obrigado, cara. Fico muito grato. — O chupa-cabra acena com a cabeça antes de se virar para mim e estender a mão.

Eu a aperto, murmurando.

— Obrigada, Polo, por tudo.

Ele me puxa para um abraço rápido, e então sussurra:

— Cuide-se, Grace. Hudson é um cara gente boa, e acho que ele não ficaria muito bem se algo acontecesse com você.

Antes que eu possa reagir, ele se afasta. Então, com um aceno e um "adiós, amigos", ele se transforma e sai às pressas pelo imenso campo de trigo no meio do qual estamos atualmente.

— Então, o que fazemos agora? — Heather pergunta, parecendo perplexa.

Mas Macy já está em ação, abrindo um portal bem no meio da plantação.

— Já esteve em Alexandria? — pergunto para minha prima quando faíscas coloridas e escuras começam a voar. Contei a todos eles sobre o alfinete que

Remy colocou em cima da posição da Curadora no mapa, em um momento que parece ter sido em uma vida passada.

— Não, mas estive em Atenas. Eu pesquisei. Está a uns mil e seiscentos quilômetros de Alexandria, mas é o mais perto que consigo nos levar.

— Atenas? Sério? — Éden parece impressionada.

Macy dá de ombros.

— Teve algum tipo de encontro de educação lá quando eu tinha seis ou sete anos, então meus pais transformaram isso em uma viagem de família. Não me lembro de muita coisa, exceto do Partenon.

— O Partenon? — É minha vez de ficar impressionada. — Sério?

Ela simplesmente acena com a cabeça na direção da porta.

— Próxima parada, a Acrópole.

Capítulo 78

O FEITIÇO MARCA O LUGAR

No fim, o Partenon se parece exatamente como nos livros e nos filmes da Disney. Localizado no alto da Acrópole, nos arredores de Atenas, os restos do antigo templo são muito impressionantes — em especial quando penso no fato de que foram construídos no século cinco a.E.C. Feito com altas colunas de mármore e construído no formato de um retângulo enorme, não parece algo que devia ser tão inspirador, mas é. No entanto, existe um quê incrivelmente especial na sensação de estar no alto de uma montanha repleta com algumas das ruínas mais antigas do mundo.

Mesmo antes que Hudson chegue por trás de mim e envolva os braços ao redor da minha cintura.

— É uma vista e tanto, não?

Concordo com a cabeça, à medida que encaro as luzes de Atenas que se espalham sob o topo da montanha escura.

— Eu gostaria de ter mais tempo para aproveitar tudo isso.

— É a história da nossa vida, não é?

— Sim. — Viro-me junto a ele e o abraço do jeito mais apertado que consigo. — Precisamos voltar aqui algum dia para explorar tudo de verdade... quando a vida de Mekhi não estiver em jogo.

— Combinado — Hudson me promete, com um sorriso suave. — E não, isso não vai azarar nada. — Então recua um pouco, a fim de deixar espaço para eu me transformar.

— O último a chegar em Alexandria vai ter de descobrir onde está a Curadora — aviso antes de pegar o cordão de platina e assumir minha forma de gárgula.

— Já compartilhei a localização que Grace recebeu de Remy no nosso grupo de mensagens de texto — Heather avisa, segurando seu celular com ar triunfante. — Só precisamos voar em linha reta entre aqui e lá e encontrar o porto. Aviso quando chegarmos lá.

Jaxon ergue suas sobrancelhas, obviamente impressionado pela meticulosidade dela.

Até Flint sorri para Heather e declara:

— Vamos fazer o que diz a humana.

Heather fica corada de orgulho, e não posso deixar de sorrir com ela. Fico mais feliz do que posso explicar em ver minha amiga mais antiga se dando bem com meus mais novos melhores amigos. Até agora, ela atravessou as partes mais perigosas deste mundo melhor do que eu teria imaginado. Só rezo para que continue assim, porque a última coisa que quero é que ela se machuque, em especial fazendo algo do qual eu a fiz se tornar parte.

Dou a todos um momento para rir, e então faço todos se calarem com uma frase bem colocada:

— Precisamos ir.

Todos concordam, e então os dragões se afastam com a intenção de se transformarem, em uma confusão de faíscas coloridas que iluminam a noite toda.

Depois de minutos de preparação, os outros sobem nas costas dos dragões. Hudson em Jaxon, Heather em Éden e Macy em Flint.

Quando as primeiras estrelas começam a aparecer no céu noturno, nós partimos em direção ao Egito, e espero que o alfinete de Remy esteja na localização certa.

Embora tenhamos problemas ao longo do caminho, conseguimos chegar a Alexandria, no Egito, lá pelas três da manhã. É o lado ruim de viajar através de portais e nas costas de dragões, mas já que estamos prestes a pedir um favor bem grande à Curadora, chegar à casa dela às três da manhã parece uma ideia particularmente ruim.

Em vez disso, paramos em um café 24 horas na praia e, aqueles de nós que consomem comida devoram pão egípcio, queijo e legumes recheados — um prato que eles chamam de *mashi.* É delicioso e exatamente o que precisamos. Mas não posso deixar de pensar que precisamos mandar as sutilezas sociais para o inferno. Precisamos encontrar a Curadora *agora.* Quem se importa que estamos no meio da noite quando alguém está *morrendo*?

É por isso que resisto à vontade de mandar mais uma mensagem de texto para Lorelei. Ela nos escreveu mais cedo, comunicando que Mekhi ainda estava aguentando firme, mas algo na brevidade de sua mensagem não me caiu muito bem.

Consulto rapidamente meu celular mais uma vez e me convenço de que Mekhi vai ficar bem por mais algumas horas. *Por favor,* imploro ao universo conforme leio a resposta para a mensagem que enviei assim que chegamos ao Kansas. *Por favor, ajude-o a aguentar só mais um pouco.*

Com mais nada para fazer depois do nosso café da manhã no meio da noite, caminhamos pelo quebra-mar que corre ao longo do porto de Alexandria.

É uma linda vista, e a área está surpreendentemente agitada, considerando a hora. Ao que parece, Alexandria é como Nova York, uma cidade que nunca dorme.

Mesmo assim, é agradável caminhar pelo porto e contemplar o Mediterrâneo. É divertido pensar em como a região devia ser milhares de anos atrás, quando o Farol de Alexandria ainda podia ser visto na Ilha de Faros. Agora há uma cidadela gigante lá — também bacana, mas não tão bacana quanto o farol.

Mas é nítido que talvez eu tenha uma queda por eles.

Em determinado momento, todos nós acabamos parando, encontrando lugares para descansar e esperar ao longo do quebra-mar. Hudson se senta em uma abertura na muralha e faz sinal para que eu me junte a ele. Quando o faço, ele passa um braço ao redor da minha cintura e murmura:

— Descanse. — E me puxa para mais perto de si.

Pela primeira vez desde que voltamos do Reino das Sombras, seu celular está no bolso. Eu me recosto em Hudson — é tão gostoso que é impossível resistir.

Depois do longo voo até aqui e de tudo o que aconteceu antes, parte de mim está surpresa por eu não estar me arrastando mais do que estou. Mesmo assim, no instante em que apoio a cabeça no ombro dele, desmaio de sono.

Acordo cerca de uma hora mais tarde, ao som da chamada para a oração soando ao meu redor. É bonito, rítmico e melodioso, e vai do que parece uma ponta da cidade até a outra.

— Oi — Hudson murmura ao acariciar meu rosto.

Viro meu rosto na direção de sua mão e pressiono os lábios em sua palma. Meu consorte sorri para mim sob a luz do início da manhã e, por um instante, somos apenas nós dois. Nenhuma missão a cumprir, nenhum medo, nenhum Círculo à espera para nos prejudicar quando menos esperarmos. Somos apenas ele e eu neste momento perfeito.

Planto outro beijo em sua mão, e então viro o rosto a fim de observar o amanhecer pintando o céu além do porto com uma combinação feroz de tons de laranja, vermelho e amarelo. As cores se refletem na água, transformando toda a área em um inferno ardente.

— Amo você — sussurro, porque não importa o que esteja acontecendo, não importa quão frustrada, irritada ou preocupada eu esteja com o que ocorre dentro dele, isso sempre será verdade.

— Eu amo *você* — Hudson responde, e seus brilhantes olhos azuis ardem com a mesma ferocidade que o céu ao nosso redor.

Quero permanecer assim para sempre, quero mandar para o inferno todas as nossas responsabilidades — e, mais importante, todas as maquinações políticas que vêm com nossa posição. Quando somos apenas nós, apenas Hudson e Grace, tudo fica tão perto da perfeição quanto pode ficar quando duas pessoas cabeças-duras são consortes. É quando todas as outras coisas são acrescentadas que tudo fica de fato difícil.

Mas é quem somos. Quem sempre seremos, não importa se eu quero ou não que seja diferente. O bom, o mau e o às vezes realmente fodido.

Parte dos meus pensamentos deve ter aparecido em minha expressão, porque os olhos de Hudson ficam nebulosos.

— Você está bem? — ele pergunta, passando o polegar pelo meu lábio inferior, em um gesto que sempre faz com que eu me derreta toda.

Já que hoje não é exceção, simplesmente assinto com a cabeça e fecho os olhos, na esperança de que ele continue a me tocar para sempre. Ou pelo menos por mais algum tempo.

Mas Éden escolhe esse momento para dizer:

— Acho que precisamos ir.

— Sim — Jaxon concorda, levantando-se e se alongando. — Devemos sair antes que a cidade acorde de verdade e comece a se agitar.

Sei que ele está certo, mas a decepção toma conta de mim conforme me afasto de Hudson. Uma rápida espiada nele, no entanto, me diz que ele já pegou o celular e está seguindo em frente.

Quando pego meu próprio telefone, digo a mim mesma que não posso culpá-lo por isso. Cada um de nós está procurando alguma coisa neste instante. Incluindo eu, ainda que, depois de confirmar que não tenho novas mensagens de texto de Artelya ou de Lorelei, só estou acessando as direções até o Serapeu de Alexandria que Heather compartilhou comigo enquanto estávamos no café.

Pelo lado bom, não fica longe da nossa localização atual, já que foi por isso que decidimos passar as primeiras horas da madrugada aqui, em vez de tentar voar pela cidade lotada que começa a se preparar para mais um dia.

Cinco minutos navegando no Google quando estávamos no café me ensinaram que o Serapeu é um templo construído em homenagem a Serápis, que em determinado ponto foi o guardião da cidade. Todavia, acho que o mais importante para nossos propósitos é o fato de que, na época de sua construção, o Serapeu era conhecido como filho da Biblioteca de Alexandria. Era um edifício satélite, abrigando parte do excedente da Biblioteca e, ao contrário da Biblioteca, o Serapeu nunca pegou fogo.

Está destruído agora, percebo quando aterrissamos a vários metros da única coluna restante no lugar, e meu estômago afunda.

Exceto algumas paredes em ruínas e as catacumbas que se estendem sob o chão do qual estamos, não sobrou nada. Os egípcios usaram parte do lugar, distante das ruínas, para montar um cemitério. Mas, fora isso, não há nada aqui.

Mando uma mensagem de texto rápida para Remy, mas não tenho ideia de quando ele vai responder. Solto um gemido. Nunca me ocorreu que Remy pudesse estar errado.

— É *aqui* que a Curadora está? — Jaxon pergunta, avaliando as ruínas ao redor com ar cético. — Será que estamos no Serapeu errado?

— Este é o único em Alexandria — Heather responde, com o celular na mão, lendo as informações sobre a cidade. — Há outro no sul do Egito, mas, tipo... ele colocou um alfinete no mapa. Tem que ser este.

— Definitivamente é aqui — Macy afirma, caminhando em direção às ruínas. — Vocês não sentem?

— Sentir o quê? — Flint pergunta, parecendo intrigado.

— A magia. — Macy estende as mãos diante de si, como se as ruínas fossem uma fogueira a aquecê-la. — Está em todo lugar por aqui, mas... — minha prima faz uma pausa ao andar pelas relíquias — ... especialmente aqui.

O lugar onde ela está não parece ter nada de especial. As ruínas não são mais impressionantes ali do que em outros lugares — só grandes tijolos brancos marcados pelo tempo, pelo clima e por mais de dois mil anos de pessoas tocando e se maravilhando com eles.

São muito legais de se ver, sem sombra de dúvida, mas não há nada de mágico neles que eu possa perceber. Nada que reste do antigo poder e potencial deste lugar.

Mas isso não significa que Macy esteja errada. Sua magia é muito diferente da minha magia da terra, e quem sabe o que ela está captando aqui? Espero que seja algo, espero que de algum modo possamos segui-lo — o que quer que seja — até onde precisamos ir. Porque, caso contrário, será um fracasso.

Testemunhei como a Carniceira e a Estriga vivem, em casas que refletem sua real identidade. Até a caverna de gelo na qual minha avó se trancou por mil anos estava repleta de sua personalidade. Não tenho ideia de onde Jikan mora, mas tenho certeza de que isso também acontece com ele. Então, por que diabos a Curadora escolheria morar aqui?

Além disso, em um nível puramente logístico, onde? Não há uma construção à vista que de fato sirva de casa para alguém.

— Têm alguma ideia de onde devemos bater? — Éden pergunta, parecendo tão pouco impressionada pelo lugar quanto eu. — Porque não estou vendo uma porta principal, muito menos um capacho de boas-vindas.

— Bem, precisamos fazer alguma coisa — Heather sugere, seu lado prático habitual em evidência no tom de voz, enquanto ela rola a tela do celular. — Porque, segundo o site em que estou, é isso. Essas ruínas aqui, o Pilar da

Vitória que está ali, e as catacumbas logo abaixo. O templo desapareceu há muito tempo, assim como as estátuas dos doze deuses olímpicos que ficavam aqui. Não vamos encontrar mais nada, porque não há mais nada aqui. Alguns dos historiadores mais notáveis do mundo assinalam esse fato.

— Eles não sabem do que estão falando — Macy contrapõe-se. — Não podem sentir a magia como eu sinto.

— É possível que a magia que você está sentindo venha das ruínas? — Éden questiona. — Lugares como este, onde tanta coisa aconteceu ao longo da História, tem sua própria energia impregnada neles. Mas é a energia de tudo o que aconteceu aqui, em vez de...

— Não é isso. — Macy balança a cabeça em um sinal negativo, e então caminha em um pequeno círculo bem diante do pilar. E faz a mesma coisa novamente. E de novo. E de novo.

— É isso — ela repete, depois de vários e longos segundos.

— É isso o quê? — pergunto, espiando Hudson de relance para ver sua opinião sobre toda essa circunstância.

Mas o olhar dele está concentrado em Macy, que agora estende as mãos diante de si ao murmurar coisas que não consigo entender.

— O que ela está fazendo? — Heather sussurra para mim.

Mas eu simplesmente balanço a cabeça, porque não tenho ideia. Essa é a primeira vez que vejo Macy fazer algo assim.

Segundos se transformam em minutos conforme Macy continua a proferir baixinho o que só posso presumir ser um feitiço. Mas nada acontece durante um tempo que parece uma eternidade, e estou prestes a desistir. Quero tentar descobrir onde o outro templo para Serápis foi construído, no sul do Egito, e ir para lá. Talvez de fato tenhamos vindo para o lugar errado.

Só que, quando estou prestes a admitir a derrota, o ar diante de nós treme com o que se assemelha muito a uma nuvem de pó dourado.

Capítulo 79

UMA ENTRADINHA PARA MIM

— Que diabos é isso? — Jaxon pergunta enquanto todos damos um passo para trás ao mesmo tempo. Todos, exceto Macy e Éden, que se aproximam da nuvem dourada.

— Eu diria que é uma miragem — Éden comenta , baixinho. — Mas não estamos no meio do deserto.

— Não é uma miragem — Macy explica, ao mesmo tempo que a poeira se solidifica em uma linda construção. — As ruínas que vocês viram quando entramos aqui é que são a miragem. *Isto* é o que realmente está aqui.

"Isto" é um imenso edifício circular, feito quase inteiramente de ouro e prata. À primeira vista, meio que parece uma arena ou um coliseu, com paredes altas e formato redondo.

Mas a similaridade termina aí. Uma inspeção mais de perto torna óbvio que nada neste edifício é feito para lutas — ou para o comércio.

Não, tudo aqui denota pura arrogância artística e erudita.

As paredes externas são revestidas de murais e mais murais feitos com sobreposição de ouro e finalizado com pedras preciosas brilhantes. Os próprios murais são obras de arte, mesmo antes de levarmos em consideração as cenas históricas que representam — tudo, desde o incêndio da Biblioteca de Alexandria até o que tenho quase certeza de ser o pouso na lua.

Dentro das paredes há um jardim elaborado, repleto com todos os tipos e cores de flores imagináveis. É projetado no estilo de um jardim inglês, com abundância de arbustos floridos plantados ao longo de caminhos revestidos de pedras preciosas e com vasos de plantas agrupados a cada poucos metros. Escadas levam a pequenas pontes pitorescas sobre lagos ainda mais pitorescos com peixinhos dourados, pretos e brancos, ao passo que arcos florais e treliças situadas a cada poucos metros estão recobertos de rosas, jasmins e glicínias, só para citar as que reconheço.

Também no jardim, posicionados em locais significativos ao redor do edifício, estão estátuas de nove mulheres em vários tipos de vestimenta histórica. *As musas através dos tempos?*, conjecturo ao me aproximar para analisar melhor. Então percebo que, sim, é exatamente para isso que estou olhando.

Urânia com um traje espacial e um capacete sob o braço.

Terpsícore com uma sapatilha de ponta e um tutu elaborado, o cabelo preso em um coque perfeito, executando algum movimento de balé cujo nome eu não saberia dizer, mesmo se tentasse.

Euterpe sentada diante de um kit de bateria, com o cabelo solto e o rosto com uma expressão de profunda concentração, no instante em que suas baquetas encontram o tambor.

Posso vislumbrar as outras estátuas de onde estou, mas estou distante demais para dar uma boa olhada nelas. Faço uma anotação mental para fazer um tour pelo jardim mais tarde, se tiver tempo — Calíope sempre foi minha musa favorita, e mal posso esperar para me deparar com o modo como a Curadora a retratou.

— Este lugar é louco — Flint comenta, seguindo pelo longo e sinuoso caminho que vai até a porta da frente, que, daqui, parece feita de ouro. As aldravas de cabeça de leão nas portas também são feitas de ouro, como esmeraldas tão grandes quanto meu punho entre seus dentes ferozes.

Nós o seguimos em silêncio, desfrutando da completa opulência do jardim.

— Irado — Flint sussurra ao puxar a esmeralda e depois a empurrar contra a porta, a fim de bater três vezes, em rápida sucessão.

— Eu não sabia que já estávamos prontos para fazer isso — repreendo-o, tirando sua mão da aldrava, antes que ele possa fazer mais alguma coisa. — Pensei que precisássemos de um plano.

— O plano é chamar a atenção da Curadora e depois pedir a ajuda dela com o feitiço, certo? — Flint pergunta. — O que mais há para falar?

Tantas coisas. Mas agora é tarde demais, porque a porta está se abrindo. E a pessoa parada do outro lado não é nada como eu esperava que a Curadora fosse. Ao mesmo tempo, no entanto, parece exatamente o tipo de pessoa que projetaria um lugar assim.

Para começar, ela é minúscula — mais baixa até do que eu. Seu cabelo preto, na altura do queixo, se enrola em cachos soltos ao redor de seu lindo rosto, e sua pele marrom brilha sob a luz do sol.

Seu septo e a sobrancelha direita têm piercings, e anéis decoram cada um de seus dedos das mãos, e também dos pés. Além disso, ela tem uma dúzia de finas pulseiras de ouro e braceletes de amizade tecidos em ambos os braços. Elaboradas tatuagens de henna decoram as palmas e as costas de suas mãos, e brincos de penas multicoloridas pendem de suas orelhas. Ela usa uma calça jeans com buracos nos joelhos e uma camiseta vintage de Joan Jett & The Blackhearts que complementa seus óculos de aros dourados.

Parte boho, parte punk rock, ela definitivamente está na lista das pessoas mais descoladas que já conheci. Sem mencionar o fato de que seus olhos denotam que ela é alguma coisa mais do que humana — íris pretas como a meia-noite com minúsculos pontos prateados que, de onde estou, se parecem muito com estrelas.

— Entrem — ela convida, abrindo por completo a porta para nos deixar passar. — Estava esperando vocês desde a noite passada. Parece que tiveram mais dificuldade de chegar até aqui do que previ.

— Você sabia que estávamos vindo? — falo antes mesmo de saber o que vou dizer.

Ela ri.

— Sim, Grace. Tudo parte da minha divindade. Você vai precisar de muito mais truques na manga se não quiser que eu saiba sobre sua chegada iminente.

Meu olhar procura o de Hudson, e gesticulo com a boca: *Outra deusa?* Meu consorte dá de ombros, mas sei que está pensando exatamente o mesmo que eu: como diabos não percebemos *essa* possibilidade?

Ela nos leva por um imenso hall, cujas paredes estão repletas de pinturas originais de Rothko, Pollock e Haring, que deixam tanto Hudson quanto a mim de olhos arregalados e ligeiramente atrás dos outros.

— Foi muito divertido assistir enquanto essas obras eram pintadas — a Curadora revela por sobre o ombro. — Vocês podem voltar e observá-las mais tarde. Mas acabei de preparar o café da manhã. Vocês devem estar famintos.

Como se fosse uma deixa, o estômago de Flint ronca bem alto, e o restante de nós cai na risada.

Ele dá um sorriso charmoso para a Curadora e um dar de ombros meio autodepreciativo que a faz sorrir em resposta, mesmo antes que ele diga:

— O café da manhã é minha refeição favorita.

— Eu sei. Preparei muffins de laranja com mirtilo especialmente para você.

O dragão arregala os olhos.

— Como sabe que são os meus... — Ele para de falar quando se lembra do que ela disse antes.

A Curadora dá uma piscadinha em resposta, e nos leva rumo à sala de jantar.

— Vocês podem usar a fonte para se lavarem — ela orienta, acenando com a cabeça na direção de uma fonte de ouro com quatro níveis no canto, decorada com mais pedras preciosas e borbulhando com água e sabão. Ao lado há uma pilha de toalhas de algodão egípcio, brancas como a neve.

Formamos uma fila para fazer exatamente isso — depois de tudo o que passamos desde que deixamos Adarie, imagino que todos se sentem tão sujos quanto eu. Embora eu goste do estilo da Curadora — e muito —, tenho de admitir que estou um pouco cética com a fonte. Pelo menos até colocar as mãos embaixo d'água. Em poucos segundos, tudo, desde minhas mãos, até meus dentes e meu corpo e cabelo, parece totalmente limpo.

É uma das experiências mais bizarras que já tive, mas simplesmente amei, e não posso deixar de ponderar se ela tem uma dessas em tamanho para viagem, que eu possa pegar emprestada.

Assim que nos limpamos, nos sentamos à mesa, arrumada com uma miscelânea de porcelanas de padrões diferentes, uma mistura eclética de copos de cristal e vários vasos de flores multicoloridas que, tenho certeza, vieram do jardim.

Um aceno da mão da Curadora faz com que uma seleção de pratos típicos do café da manhã apareça na mesa — tudo, desde os muffins de Flint, passando por quiches florentinos, uma bandeja de sanduíches caseiros e uma travessa gigante de frutas tão bonitas que parecem artificiais. E, perto de onde estou sentada, há uma caixa de biscoitos de cereja.

Quando a Curadora me pega encarando a caixa, simplesmente balança as sobrancelhas para mim antes de tomar um longo gole do que tenho quase certeza de ser a maior mimosa que já vi. Porque, ao que parece, todos os deuses gostam disso.

Assim que nos servimos e começamos a comer, ela apoia um cotovelo na mesa e olha para cada um de nós com aqueles olhos fabulosos do espaço sideral. Então pergunta:

— Então, acham mesmo que querem fazer a jornada até a Árvore Agridoce? Porque, preciso dizer a vocês, os celestiais não estão para brincadeiras.

— Ah, é? — Flint pergunta, com a boca cheia de muffin. — E por que isso?

A Curadora o encara como se o dragão tivesse feito a pergunta mais boba que ela já ouviu.

— Como regra geral, quanto maior o poder, maior a destruição e a morte que o cercam.

— Você tinha que perguntar, não é? — Jaxon murmura.

Capítulo 80

NÃO QUERO QUE O BRUNCH TERMINE

— Acho que "querer" é uma palavra forte — Hudson responde à pergunta original da Curadora, ignorando como um campeão o terrível aviso de morte. — Mas é para onde precisamos ir se queremos ter qualquer esperança de manter nossa parte na barganha com a Rainha das Sombras.

A Curadora estremece.

— Cliassandra quer tentar novamente? — Ela balança a cabeça. — Suponho que a esperança seja eterna.

— Cliassandra? — repito, perplexa. — O nome da Rainha das Sombras é *Cliassandra*?

— O que estava esperando? — Éden pergunta, mas ela também parece surpresa.

— Não sei. Medusa, talvez? — Flint brinca.

— Medusa era uma mulher adorável. Sua reputação é completamente imerecida — a Curadora responde. — Ao contrário da de Clia.

— Você está sendo generosa — Heather comenta, seca.

— Não é? — Jaxon concorda, com um balanço de cabeça irritado. — Eu definitivamente diria que a reputação da Rainha das Sombras é bem-merecida.

Éden pega um dos muffins de Flint e ganha um olhar feio seu em resposta — o que a faz pegar dois.

— Aquela mulher tem uns probleminhas gigantes.

— Todos temos problemas. Só que alguns de nós escolhem não descontar nos demais — observo, baixinho.

Olho de relance para Hudson, para ver o que ele pensa da conversa, mas ele está de novo compenetrado no celular e franze o cenho para qualquer que seja a mensagem de texto que recebeu. É bom estar de volta ao nosso mundo, mas posso afirmar que sinto falta da inexistência de serviço telefônico que enfrentamos no Reino das Sombras. Pelo menos ali eu podia fingir — por um tempinho, pelo menos — que Hudson não tem uma série de problemas com a Corte Vampírica, os quais por enquanto está guardando para si.

— Então vocês fizeram um acordo com Cliassandra, hein? Um pouco de Orvalho Celestial em troca do antídoto para o veneno das sombras. É uma troca intrigante, mas vocês não estão preocupados por brincarem com fogo? — A Curadora toma outro gole de sua mimosa. — Que, por coincidência, é o nome de uma canção muito boa dos Rolling Stones, agora que penso a respeito. Lançada em 1965, acredito.

— Não encontramos outro meio de ajudar Mekhi — Hudson responde, erguendo os olhos do celular. — Você tem alguma sugestão melhor?

É uma pergunta sincera, mas a expressão dele é cautelosa enquanto espera para ver o que ela tem a dizer.

A Curadora volta sua atenção para ele, e os dois se encaram. Não tenho certeza se é alguma competição estranha para ver quem desvia o olhar primeiro, ou se ela tenta descobrir o que se passa na cabeça dele. Mas, quando Hudson não afasta o olhar, ela parece impressionada.

Mas é nítido que Hudson é um cara muito impressionante. E não estou dizendo isso só porque ele é meu consorte.

— Você não é nada parecido com o último rei dos vampiros — ela comenta, afinal.

— Pequenos favores — ele responde, com um sorriso sarcástico.

Ela responde com outro sorriso.

— Os favores raramente são.

— Não sou o rei dos vampiros. — Ele inclina a cabeça na minha direção. — Na verdade, sou o rei das gárgulas.

— É mesmo? — Mas a Curadora não olha para ele ao responder, e sim para mim.

O fato de uma deusa fazer essa pergunta retórica faz com que a mordida que acabei de dar em uma maçã se torne papelão na minha boca. Em especial, porque a mesma pergunta está dando voltas e mais voltas na minha mente desde que conversei com meus avós.

Estou errada em aceitar a Coroa? Em me tornar líder do Círculo e governar a Corte das Gárgulas? Será que nosso mundo — e nosso povo — não seria mais bem servido se aceitássemos o trono dos vampiros?

Meu estômago se enche de nós ao passo que espero para ver o que Hudson vai dizer a ela, mas ele permanece parado. Na verdade, meu consorte não diz absolutamente nada, e isso só piora os nós no meu estômago.

— A Árvore Agridoce nunca está no mesmo lugar duas vezes — a Curadora explica depois de vários segundos de silêncio desconfortável. — Assim que alguém vem procurar por ela, ela se move novamente.

— Quando foi a última vez que alguém veio procurar por ela? — pergunto.

Ela responde sem parar para pensar.

— 1966. Foi quando a versão de Frank Sinatra para "Yes sir, that's my baby" foi lançada. Já escutaram?

Ela olha direto para mim ao dizer isso, e tenho quase certeza de que já sabe a resposta.

— Meu pai costumava cantar o refrão para mim quando eu era pequena.

Hudson ergue os olhos de seu telefone, surpreso. O que deve significar que, de algum modo, ele nunca encontrou essa lembrança enquanto estava em minha mente. Não sei como isso aconteceu — meu pai costumava cantar muito essa música para mim.

Mas a Curadora deve ter ficado satisfeita, porque termina de tomar sua mimosa com um floreio. Então continua:

— A Árvore Agridoce está atualmente na América do Sul.

— Na América do Sul? — Flint repete. — Tipo, lá pra baixo da América do Norte?

— Geralmente é onde a América do Sul fica — Heather comenta.

— Só estou comentando. Júlio Verne não conseguiu nada nessa viagem. — Quando Jaxon se vira para fitá-lo, obviamente surpreso, Flint faz uma careta. — O que foi? Grace não é a única que sabe ler, sabia?

A Curadora afasta sua cadeira da mesa e se levanta.

— Com isso, se todos terminaram de comer, mostrarei a vocês seus quartos.

— Nossos quartos? — pergunto, confusa. — Não estávamos planejando ficar. Jamais sonharíamos em impor...

— Não é uma imposição — ela responde, com um sorriso. — Adoro ter companhia.

— Ah, bem... — Observo os demais em busca de ajuda, mas estão todos olhando para qualquer outra coisa, exceto para mim.

Exceto Hudson, que diz:

— Não temos certeza se há tempo. Mekhi não está muito bem...

— Sim, bem, a América do Sul é bem grande. Se querem uma localização mais precisa, virão comigo. Não tenho muito tempo a perder. Esperei *eras* pelo dia de hoje. — E, com isso, a Curadora dá meia-volta, com seus tênis brancos muito descolados, e sai da sala.

Capítulo 81

APAIXONADA PELO VAMPIRO

— Que diabos foi aquilo? — Flint murmura para a sala em geral.

Macy dá de ombros e se levanta a fim de seguir a Curadora.

— Ela pode ser a deusa mais descolada que conhecemos até agora, mas definitivamente é uma deusa.

— Palavras muito verdadeiras — Hudson concorda enquanto coça o peito.

Heather olha para eles, confusa.

— O que isso significa?

— Significa que os deuses têm seu próprio jeito de ser — respondo ao seguir Macy para fora da sala de jantar, rumo a um corredor repleto de programas de musicais. Tudo, desde *Hamilton* e *Kink Boots* até programas contendo apenas a parte escrita, de *The Elves* e de *The Black Crook*, datados do século dezenove.

Hudson para diante de um programa de *Hadestown*.

— E todos eles têm seus interesses.

Penso no jogo de xadrez que minha avó passou quase mil anos montando — muito em detrimento de várias pessoas de quem eu gosto, incluindo eu mesma.

— Isso é totalmente verdade.

— Bem, o que é o pior que poderia acontecer? — Éden comenta, e todos nos surpreendemos.

— Você *não* acabou de nos dar azar com uma deusa, né? — Macy questiona, e faz vários gestos de varredura, como se quisesse limpar o espaço.

Todo mundo simplesmente mantêm a cabeça baixa e a boca fechada enquanto seguimos a Curadora pelos corredores curvos que se estendem pelo perímetro de sua casa circular, e depois por dois lances de escada.

— Você esteve em todos esses musicais? — pergunto, conforme o desfile de programas continua.

A Curadora olha para mim por sobre os óculos.

— Eu registro a História, Grace. Eu não a vivo.

A Curadora parece muito objetiva ao proferir tais palavras, mas isso não impede que seja uma das coisas mais tristes que já ouvi na vida.

— Então nunca viu nenhum deles? — pergunto.

— Vi todos eles — ela responde. — Mas você perguntou se eu estive em todos eles. É uma pergunta bem diferente.

Agora estou confusa.

— Mas como os viu se não esteve neles?

— Como acha que faço o registro da História por todo o mundo? — ela pergunta. — Não posso estar em todos os lugares ao mesmo tempo.

— Você registra a História? — Macy parece tão fascinada quanto me sinto. — Como?

E Hudson também parece fascinado.

— E quem está registrando a História na última hora que passou conosco? E se alguma coisa importante aconteceu enquanto preparava o café da manhã?

— Uma das musas fica aqui por algumas horas, a cada dois dias, para que eu possa dormir, tomar banho ou mesmo, ocasionalmente, receber alguém.

— Algumas horas a cada dois dias? — Heather repete. — Essa é toda a folga que você tem?

— A História não para de acontecer para nenhuma mulher. — É a resposta obscura da Curadora. — E, por falar nisso, preciso mesmo voltar.

Dobramos uma última esquina e seguimos por um corredor bem amplo, com portas de ambos os lados.

— Nesse ínterim, há doze quartos neste andar. Escolham aquele que preferirem — ela nos informa ao fazer um aceno magnânimo com o braço. — E, é óbvio, sintam-se livres para explorar os dois andares e o restante do térreo. Temos uma piscina, salas de jogos, várias galerias de artes. Só peço que fiquem fora do terceiro andar, que é onde ficam meus aposentos pessoais. Ah, e se alguém precisar, temos uma lavanderia no fim deste corredor.

Com um sorriso amigável, mas com um quê intimidador, ela retorna à escada, mas faz uma pausa depois de descer alguns degraus.

— Quase me esqueci. O almoço será servido às duas, na varanda do primeiro andar.

— Às duas? — repito. — Mas precisamos...

Paro de falar quando ela desaparece. E não é um desaparecimento tipo *continuou descendo a escada.* É do tipo *estava ali em um segundo, e no outro não estava mais.*

Heather dá um gritinho quando isso acontece, arregala os olhos e parece quase surtar. Mas o restante de nós nem liga. Afinal, a Curadora é uma deusa, e as leis da física tendem a funcionar de maneira diferente para eles.

Passamos os minutos seguintes explorando todo o andar. Hudson vai até a varanda a fim de atender a uma ligação de alguém da Corte Vampírica, então escolho nosso quarto sozinha. Fico com o que está mais próximo da lavanderia, porque a decoração é temática de *O exterminador do futuro*, e porque só faz alguns dias desde que Hudson citou a frase mais brega — e mais romântica — daquele filme para mim.

Ele não é o único romântico no nosso relacionamento.

Embora eu estaria mentindo se dissesse que não fiquei meio tentada a pegar o quarto com o tema de *Apocalypse Now*, mas do jeito que foram as últimas vinte e quatro horas, preciso admitir, por que procurar problemas? Em especial quando estamos *tão perto* de enfim conseguir o que precisamos para salvar Mekhi.

Hudson continua ao telefone, andando de um lado para o outro na varanda durante a ligação. Cogito ir até lá ver como ele está, mas ele parece mais do que um pouco frustrado no momento. E, já que não adianta querer que ele fale comigo sobre o motivo que o deixa assim — afinal, prometi que o deixaria processar e me contar tudo em seus termos —, mando-lhe uma mensagem de texto dizendo qual é o nosso quarto, pego nossas roupas sujas e vou até a lavanderia.

Meu telefone toca e, quando olho para a tela, encontro uma nova mensagem de Remy.

Remy: Estarei lá.

Digito uma resposta:

Eu: Onde? Quando? O quê?

Ele responde no mesmo instante, com um emoji de joinha: *Quando você mais precisar de mim, cher.*

É só um dos muitos motivos pelos quais tenho um fraco pelo feiticeiro do tempo. Ele sempre, *sempre* está ao nosso lado.

E, ao contrário do que acontece com Hudson, entendo totalmente por que ele prefere ser vago e misterioso. Remy me explicou certa vez, ainda na Corte das Bruxas, que o futuro sempre muda. Quanto mais ele é capaz de não o influenciar, melhor pode vê-lo — e ajudar quando eu mais preciso.

Mando meus próprios joinhas em resposta, e então sigo para o jardim com que nos deparamos mais cedo. Se tivermos de desperdiçar algumas horas aqui, posso muito bem satisfazer minha curiosidade sobre o restante das musas — e tudo mais que a Curadora colocou neste jardim.

No fim, o passeio vale a pena, porque Calíope está vestida como uma poetisa de slam no palco. Usa calça baggy, uma blusa cropped, boné de beisebol virado para trás na cabeça, tem um diário nas mãos e se inclina na direção de um microfone. Melpômene está vestida como o Fantasma de *O fantasma da ópera*, e Érato está sentada diante de um notebook, com o cabelo preso em um coque bagunçado, e escreve o que tenho quase certeza de ser um romance, com base nas palavras na tela do computador.

Essa deusa pode ser tão temperamental quanto todos os outros deuses que conheço, mas é muito mais descolada.

Passo vários minutos à procura de Clio — minha outra musa favorita, e uma que eu achava que merecia um lugar de honra aqui —, mas não a encontro em lugar algum.

Depois de verificar meu celular para ver se Hudson me mandou alguma mensagem — que grande surpresa, ele não mandou —, continuo a explorar o restante do jardim. Durante a caminhada, fico surpresa de novo ao perceber como este lugar é realmente incrível.

O fato de que a Curadora conseguiu esconder tudo isso em plena vista, nas ruínas do Serapeu, é realmente impressionante. Mas, mais do que isso, o fato de ela ter pensado em fazer tudo isso, para começar, é incrível.

Além das flores e das árvores — variedades de todas as partes do mundo que, de algum modo, florescem aqui, em um dos climas mais quentes do planeta —, o jardim é repleto de outras surpresas caprichadas.

Gaiolas pintadas e repletas de flores.

Caminhos pavimentados com pedras preciosas e coloridas.

Banheiras de pássaros, dignas de contos de fadas, para atrair lindas aves de mais espécies do que consigo enumerar.

Sino dos ventos elaborados, com formatos de criaturas fantásticas.

E arte — muita arte, espalhada por todo o jardim. Desde uma parede de hieróglifos até um santuário da Roma antiga, passando por belos vitrais apoiados na superfície de um lago de carpas. Para todo lugar que olho, há algo incrível para se ver.

Conforme sigo por uma série de caramanchões circulares, não posso deixar de pensar que Hudson amaria este lugar. Não só a arte, mas a sensação de absurdo. Ele é totalmente o tipo de pessoa que apreciaria o trio de sapos coloridos pintados que espiam por debaixo de um arbusto florido ou o jeito como o vento assobia ao passar por uma série de aros de formas, parecendo música.

Talvez, se tivermos tempo mais tarde, posso trazê-lo para cá e ver quais são suas coisas favoritas.

Nesse meio-tempo, preciso voltar e colocar nossas roupas na secadora. Não tenho dúvida de que alguns dos outros precisam lavar suas roupas tanto quanto eu.

Contudo, quando me viro para atravessar a série de caramanchões circulares pelo que sei ser a segunda vez, não posso deixar de notar a estátua da musa da História sentada em uma escrivaninha ornamentada diante de um globo de vidro com as cores do arco-íris, escrevendo em um livro gigante. Fico parada ali, encarando-a por vários segundos, porque acabei de passar por aqui. E, ainda que tenha percebido o globo gigante — até me aproximei para ver meu reflexo nele —, simplesmente não percebi que Clio estava ali.

Ela deve ter estado ali — estátuas não saem por aí por vontade própria —, porém, de algum modo, não a avistei. Não a notei. Acho que estava ocupada demais pensando em Hudson, na Corte Vampírica e no Círculo para percebê-la.

Minutos mais tarde, quando passo pelo lago de carpas — também pela segunda vez —, não posso deixar de ver algo que tampouco percebi antes. Flint, sentado em uma pedra na beira do lago, encara a água como se, com muito esforço, ela pudesse lhe revelar os segredos do universo.

Ou talvez apenas os segredos de si mesmo.

De qualquer modo, parece que ele precisa de uma amiga.

— Ei, o que está fazendo? — pergunto ao me aproximar do dragão. — Além de sua melhor imitação de Narciso?

— Definitivamente, não estou apaixonado pelo meu reflexo — Flint responde, com uma bufada. — Embora talvez fosse mais fácil se estivesse.

— Mais fácil? — Ergo minhas sobrancelhas, curiosa.

— Ah, pare com isso, Grace. — O sorriso habitual de Flint está marcado por uma tristeza impossível de ignorar. — Você sabe como é amar um Vega.

— Você diz isso como se fosse algo ruim.

O dragão dá de ombros.

— Não sei se é.

— Não sabe? — Tudo dentro de mim fica atento quando faço essa pergunta. — O que isso significa?

— Significa que você também está aqui sozinha neste maldito jardim. — Flint se move um pouco para o lado e dá um tapinha na pedra ao seu lado. — Sente-se e conte para o tio Flint tudo sobre isso.

— É tão óbvio assim? — Dou uma risada que termina com um suspiro.

— Sou apaixonado por um Vega desde os catorze anos. — Ele balança a cabeça. — Se serve de consolo, não fica mais fácil.

— Nem um pouco? — questiono, mais do que um pouco horrorizada por suas palavras.

— Nadica de nada — ele admite. Então, sem erguer os olhos, pergunta: — Sabe dos planos de Jaxon para aceitar o trono vampírico?

— Sim — respondo, sem pestanejar. — Embora não tenha certeza se isso vai acontecer... e definitivamente acho que ele não devia fazer isso.

O olhar do dragão então encontra o meu.

— Você não acha? Mas pensei...

— O quê? — eu o interrompo. — Que Hudson ou eu queremos que Jaxon sacrifique a própria felicidade por uma corte que nunca se importou com ele?

Flint volta a encarar o lago, e ficamos ouvindo o canto dos pássaros ali perto pelo que parece uma eternidade.

Depois de um tempo, ele diz baixinho:

— Sabe qual é o real problema de amar um Vega?

— Eles sempre acham que estão certos? — sugiro, erguendo uma das sobrancelhas.

Flint dá risada, mas nega com a cabeça.

— Isso é sério, tenho que concordar com você. Mas não é a *pior* coisa em se amar um Vega.

— Ah, meu Deus, é a obsessão deles com o cabelo. — Dou uma cotovelada brincalhona nele. — Estou certa?

Dessa vez, ele dá um gargalhada, antes de acrescentar:

— Eles realmente deviam mudar a cama para o banheiro, considerando a quantidade de tempo que passam diante do espelho...

Flint se vira para mim, para que eu possa terminar a piada, o que faço com satisfação:

— E vampiros sequer têm reflexos!

Nós dois caímos na gargalhada agora, e é bom ter meu velho amigo de volta. Aquele que adorava provocar quase tanto quanto adorava ser provocado. O senso de humor de Flint é uma das características que mais amo nele. Um dos aspectos que Cyrus e este mundo parecem tirar lentamente dele, colocando um peso sobre seus ombros que nem sequer consigo imaginar.

Ele chuta uma pedrinha para dentro do lago, que então cai na água com um *ploft*, antes de afundar.

Sua voz é tão áspera quanto o caminho de pedregulhos diante de nós quando conclui:

— A pior coisa em amar um Vega, Grace, aquela que não sei se consigo superar, é que eles acham que são os únicos que têm o direito de sacrificar qualquer coisa. — Flint ergue o olhar e me encara, e seus olhos cor de âmbar brilham com as lágrimas não derramadas. — Só espero que isso não acabe com você como está acabando comigo.

Capítulo 82

FICOU COM A LÍNGUA PRESA?

Quando Flint se afasta, permito que vá. Odeio o fato de ele estar tão chateado e odeio mais ainda não saber o que dizer para ajudá-lo.

Mas é Jaxon quem precisa tomar uma atitude.

Na verdade, Hudson também. Sobre o que está acontecendo na Corte Vampírica — seja lá o que for —, sobre aquelas mensagens de texto constantes — seja lá a que se refiram. Ou somos parceiros ou não somos. É simples assim. Não estou pedindo que processe seu trauma ou me revele o que se passa em sua mente — só que compartilhe os fatos que afetam não só nosso relacionamento mas também a Corte dele, a minha Corte e todo o mundo paranormal.

Com tal pensamento em voga, retorno ao nosso quarto, mas percebo que Hudson não está em parte alguma.

Começo a lhe escrever uma mensagem de texto — ele não pode estar em outra ligação da Corte Vampírica, pode? —, mas, antes de enviar, Hudson entra pela porta, com os braços cheios da nossa roupa dobrada.

— Você voltou — ele saúda, com um sorriso.

— Você lavou nossa roupa. — É meio que uma coisa ridícula de se falar depois de tudo em que estive pensando, mas é o que me ocorre. Provavelmente porque presumi que ele estava tão envolvido com o que quer que esteja acontecendo na Corte Vampírica que nem devia ter percebido que coloquei nossas roupas na máquina de lavar.

Mas eu já devia saber. No que diz respeito a mim, Hudson percebe tudo.

— Acho que foi mais um esforço conjunto — ele replica, colocando as roupas em uma pilha organizada para poder me envolver em seus braços. — Você fez a primeira metade. Só apareci para a segunda. Como foi sua caminhada?

— Elucidativa.

Ele ergue uma das sobrancelhas.

— É uma resposta interessante. Pode elaborá-la melhor?

— Na verdade, sim. — Todavia, antes que eu possa continuar a resposta, soa o alarme que coloquei no celular. Eu suspiro. — Mais tarde. Temos cinco minutos para ir à varanda. Algo me diz que a Curadora não tolera atrasos.

Seguro a mão de Hudson e começo a puxá-lo em direção à porta.

Meu consorte não se mexe.

— Qual é o problema? — pergunto.

— Acho que essa pergunta devia ser minha. — Seus olhos analisam os meus. — Sobre o que você quer conversar?

Penso em lhe dizer que não é nada, mas não é verdade. E Hudson e eu não mentimos um para o outro, mesmo sobre coisas pequenas. Passei tempo demais mentindo para mim mesma — e, portanto, para ele — no começo do nosso relacionamento. E isso não serviu de nada, além de nos ferir. Jamais quero machucá-lo daquele jeito outra vez. Então, em vez disso, respondo:

— Nada que não possa esperar até mais tarde.

Agora suas duas sobrancelhas se erguem.

— Tem certeza?

E só aquela pequena necessidade de confirmação de algum modo faz com que eu me sinta melhor.

— Tenho certeza — garanto. — Agora vamos, antes que ela transforme um de nós em sapo.

— Não acho que seja possível — Hudson diz enquanto seguimos pelo corredor.

— Você não tem como saber. Ela é uma deusa. E se ela transformar um de nós em um sapo metamorfo?

— Não acho que existam sapos metamorfos — ele responde, com um sorriso divertido.

Reviro os olhos e repito:

— Você não tem como saber.

— Tenho quase certeza disso. Estou vivo há duzentos anos e nunca encontrei um.

— Você diz isso como se fosse algo bom — comento. E, sim, estou ciente de que estou sendo ridícula. Entretanto, se não temos tempo para conversar sobre o que de fato quero falar agora, então é melhor falar de algo ridículo. É melhor do que ter uma conversa normal, na qual Hudson tenta abordar um novo assunto a cada dez segundos, em um esforço de descobrir o que está me incomodando de verdade. Conheço meu consorte muito bem.

— Que nenhum de nós seja um sapo? — Hudson pergunta, ainda com as duas sobrancelhas erguidas. — Sim, tenho que admitir que penso ser uma coisa boa.

— Você não sabe disso. Vai que você poderia gostar de uma garota capaz de pegar moscas com a língua. — Estico minha língua para fora para demonstrar.

Hudson franze o cenho.

— Você bateu a cabeça enquanto estava no jardim?

— Todo mundo tem a própria opinião — reclamo enquanto começo a descer pela escada, com ele logo atrás de mim.

— Não é uma opinião. Só quero que fique registrado que estou dizendo que gosto de você e da sua língua exatamente do jeito que são.

— Ora, ora, essa é uma conversa que não encontro todos os dias — Heather brinca quando se aproxima de nós. — Está se sentindo insegura sobre sua língua, Grace? Ou só sobre alguma coisa que você faz com ela?

— Acho que sabemos o que vocês andaram aprontando — Éden observa ao se juntar a nós na escada *e* na conversa. — É definitivamente um bom jeito de passar algumas horas.

— Lavando roupa — informo ao mesmo tempo que sinto meu rosto arder. — Estávamos lavando roupa.

— Então é assim que os jovens chamam hoje em dia. — Macy sorri quando se une à diversão.

Faço uma careta para Hudson.

— Está vendo o que você fez?

— O que eu fiz? É você quem acha que um de nós podia ser um sapo metamorfo. — Só de pensar a respeito, meu consorte estremece de maneira zombeteira. No entanto, para ser honesta, não tenho certeza de quão zombeteiro o gesto é de verdade.

Éden cai na risada.

— Não quero nem saber como a conversa começou.

— Acho que sou jovem demais para saber como começou — Heather acrescenta, fazendo de conta que está tampando os ouvidos com as mãos.

— Por acaso alguém aqui sabe onde fica a varanda? — pergunto, em voz mais alta do que o normal, determinada a mudar o rumo da conversa antes que piore. Posso ter começado, mas já chega.

— Está à procura de moscas para capturar? — Macy sugere.

Até eu preciso rir dessa vez. Todo mundo cai na risada, exceto Hudson, que me olha com aqueles olhos oceânicos que já viram coisas demais. *Em breve*, prometo a mim mesma quando encontramos a porta da varanda e saímos. Em breve terei com ele a conversa necessária.

Por enquanto, precisamos nos concentrar em extrair da Curadora os detalhes sobre a localização da Árvore Agridoce e de seu Orvalho. Porque há um zilhão de árvores na América do Sul, e realmente não temos tempo para verificar cada uma delas.

Capítulo 83

ESCONDA-SE E FALE

Quando chegamos à varanda, que oferece uma vista maravilhosa dos jardins que acabo de passar horas explorando, a Curadora não está em lugar algum.

— Será que erramos o horário? — Heather pergunta à medida que nos espalhamos ao redor da mesa lindamente decorada.

— Não, ela falou duas horas — Jaxon afirma, verificando o horário em seu celular. — E agora são duas.

Como se suas palavras colocassem algo em movimento, as portas francesas que culminam na varanda — portas que acabaram de se fechar atrás de nós — abrem-se.

Duas pessoas vestidas com uniformes domésticos preto e branco entram, carregando bandejas cheias de comida — sanduíches, pãezinhos doces, doces, frutas e lindas jarras de vidro, algumas das quais contém chá gelado, e outras repletas do que tenho quase certeza de ser sangue.

Observamos, constrangidos, enquanto elas colocam a comida na mesa com antigos candelabros de prata e buquês de flores elaborados. Elas partem com tanta rapidez quanto chegaram, sem proferir nem uma palavra para qualquer um de nós, que nos acomodamos à mesa. Contudo, assim que se vão, olhamos uns para os outros e ponderamos se a Curadora vai aparecer ou não.

— Quanto tempo acham que devemos esperar? — Flint pergunta, e é difícil deixar de notar que ele está sentado a várias cadeiras de distância de Jaxon. É ainda mais impossível não notar o jeito como o dragão se recusa a olhar para o namorado, ainda que Jaxon fique tentando chamar sua atenção.

— Até ela aparecer? — Macy sugere, mas parece um pouco em dúvida a essa altura.

— Talvez ela tenha recebido uma ligação importante — Heather sugere.

Jaxon passa a mão pelo cabelo, obviamente irritado.

— Ou talvez ela não venha. Não seria a primeira divindade a nos enrolar.

— Falando no fato de ela ser uma deusa… — Macy começa a dizer. — Alguém já se perguntou o que uma deusa chamada "Curadora" coleciona, na verdade?

— Pensei o mesmo — digo, e batemos nossas mãos erguidas. — Pôsteres de filme? — sugiro, pensando nos pôsteres que enfeitam as paredes lá embaixo.

— Vampiros? — Flint sugere, e Jaxon o encara… o que não é nem um pouco constrangedor.

Apresso-me em mudar de assunto.

— Então, hummm…

O telefone de todo mundo toca, e todos arregalamos os olhos — deve ser uma mensagem de Lorelei. A varanda se transforma em um pandemônio quando todos nos apressamos em pegar nossos celulares. Bem, todos exceto Hudson, que já está com o dele na mão e, por isso, é o primeiro a ler a mensagem.

— Merda. — Seu sotaque é tão acentuado que meu estômago vira um nó.

Minhas mãos tremem quando destravo a tela e leio a mensagem também:

Lorelei: Por favor, se apressem.

Mesmo com poucas palavras, meu coração se estilhaça. Parte-se em um bilhão de pedaços.

Lorelei vem mandando atualizações constantes, dizendo que Mekhi está indo bem, aguentando firme. Mas, bem no fundo, eu sabia que ele estava piorando, e ela não queria nos pressionar ainda mais, a menos que fosse obrigada a fazê-lo. E isso significa… que ele deve estar bem perto da morte, para ela nos mandar *essa* mensagem.

Levanto-me.

— Precisamos de respostas. Agora.

— Sim — Macy concorda. — Mas não podemos caçá-la em sua própria casa e obrigá-la a falar conosco.

Hudson olha para Macy.

— Tem certeza disso?

— Eu posso — Jaxon intervém, com uma calma mortal, empurrando a cadeira para trás de maneira barulhenta ao se levantar.

— É exatamente o que eu estava pensando — respondo. — Ela disse que o terceiro andar é proibido, certo?

— Sim, ela disse que era seu espaço pessoal. — Macy empurra sua cadeira para trás enquanto olha na direção da casa e da escadaria circular a poucos metros da varanda na qual estamos atualmente. — Devemos?

Não é uma pergunta, mas respondo mesmo assim:

— Devemos.

— Com certeza — Flint comenta antes de empurrar a própria cadeira para longe da mesa e ficar em pé, ao mesmo tempo que Éden e Heather. — Qual é a pior coisa que pode acontecer?

— Estou com um pouco de medo de descobrir — Heather responde, mas é a primeira a se dirigir às escadas. E quando falo isso, quero dizer que ela sai marchando, como um general.

— Todos nós estamos — Macy contribui, alcançando-a em duas passadas. — Mas qual é a alternativa? Ficar aqui esperando que ela se lembre de que existimos, até que Mekhi morra? Não vamos fazer isso.

— Não, não vamos. Mas também não vamos em massa confrontá-la. — Olho para Macy e para Heather, que pararam ao pé da escada. — Por que não vamos nós três falar com ela? Chamaremos reforços só se precisarmos.

— Tem certeza de que não quer que eu vá? — Hudson pergunta.

— Se eu quero que você vá? Sim, com certeza quero. Mas acho que, se vamos aparecer no espaço pessoal dela sem sermos anunciados, provavelmente não devemos levar um grupo grande conosco, não acha?

Quando por fim entende o que quero dizer, Hudson parece completamente horrorizado pela perspectiva de pegar a Curadora de calcinha — e os demais também parecem horrorizados.

Jaxon parece não dar a mínima se ela estiver pelada, desde que ela nos dê as respostas de que precisamos, mas me apresso em balançar a cabeça. Ele sustenta meu olhar e delibera:

— Cinco minutos.

Fico impressionada com esse autocontrole recém-conquistado dele.

Heather, Macy e eu subimos a escada, dois degraus por vez, até o andar da Curadora. Quando chegamos lá, descobrimos que o andar se abre em duas alas, ambas atrás de portas de madeira entalhadas de maneira elaborada.

— Para que lado vamos? — Macy pergunta, contemplando as duas alternativas.

— Para onde for possível — respondo. — Verifique se aquela porta está destrancada, que farei o mesmo com essa.

Viro-me para a esquerda e tento abrir as duas portas, que não cedem. Olho para Heather bem a tempo de vê-la empurrar uma das portas do outro lado e conseguir abri-la um pouco.

— Então vamos pela direita — decido, aproximando-me dela.

— Não devíamos bater antes? Pelo menos para dar uma chance à Curadora de nos dizer para não entrar? — Macy pergunta.

— Não quero dar essa opção a ela — respondo. — Mas, sim, provavelmente é o que devíamos fazer.

Nós batemos, porém quando não há resposta, decido que não estou a fim de esperar mais. Cada segundo desperdiçado é um segundo que Mekhi se aproxima da morte.

Empurro a porta para abri-la de vez e chamo:

— Com licença? Preciso falar com a Curadora?

Quando não há resposta, olho para Macy, dou de ombros e entro no aposento.

Não tenho certeza do que espero, mas não entramos em uma sala de estar qualquer. Com paredes rosa-bebê, sofás cor de creme, mesinhas de centro e de canto claras. Há também livros antigos em estantes que ocupam uma parede. E algumas quinquilharias espalhadas em diferentes superfícies.

— É aqui que a Curadora passa todo o seu tempo? — pergunto, de maneira cética.

— Não — a Curadora responde quando uma das estantes se move para a frente e, de repente, está parada diante de uma porta que acaba de ser criada. — Passo todo o meu tempo *aqui*. Embora eu precise perguntar o que vocês estão fazendo na minha suíte, quando me lembro de ter dado instruções bem claras para permanecerem longe daqui.

A expressão em seu rosto nos adverte de que é melhor a nossa resposta ser boa.

Capítulo 84

NÃO HÁ MELHOR MOMENTO DO QUE O AGORA

— Nós tentamos bater — Macy explica.

A Curadora ergue uma das sobrancelhas.

— E sua resposta-padrão quando alguém não atende é entrar no aposento mesmo assim?

— Sinto muito — intrometo-me, antes que a rispidez de seu olhar e de seu tom de voz atinja minha prima diretamente. — Mas precisamos muito falar com você sobre a Árvore Agridoce.

Seu olhar do espaço sideral infinito se volta na minha direção.

— Entendo que estejam preocupados com seu amigo. Posso ver que a situação dele é ruim, mas ele ainda tem tempo. Eu, por outro lado, não tenho. Por favor, agora saiam. — E, com isso, ela retorna para seu santuário e a estante/porta se fecha atrás de si.

— Parece que estragamos tudo — Macy me diz, com um suspiro gigante. — E agora, o que faremos? Só esperar que ela saia?

— Acho que sim — respondo. Mas, mesmo enquanto digo isso, caminho na direção da estante. — Isso é meio que a porta da sua passagem secreta, certo? Deve haver um jeito de acioná-la dos dois lados.

— Não está pensando em entrar aí, está? — Macy pergunta, com os olhos arregalados de surpresa. — Depois que ela parecia prestes a acabar conosco?

— Deuses não acabam com semideuses — afirmo, com um aceno de mão despreocupado. Não sei se isso é verdade, mas escolho acreditar que sim.

— Sim, bem, elas acabam com bruxas? Ou humanas? — Heather retruca, me olhando como quem diz "está falando sério?" — Considerando que nem todos somos semideuses aqui.

— Você trouxe um bom argumento. — Mesmo assim, não posso deixar de empurrar os livros da estante, um de cada vez, só para ver se a porta vai se reabrir. Não abre.

— Oi? — Heather acena com a mão diante do meu rosto. — Você não acabou de dizer que eu trouxe um bom argumento sobre o fato de ela acabar conosco?

— Acabei. — Pego um livro rosa-choque sobre bandas de rock e o inclino para a frente. Nada acontece.

— Então por que ainda está tentando abrir a maldita porta? — ela pergunta, exasperada.

Puxo outro livro, dessa vez de letras das músicas dos Beatles.

— Porque estamos sem tempo — Macy responde, e isso realmente explica tudo. Elas trocam um olhar e então começam a puxar livros comigo.

Depois de terminar as três primeiras prateleiras, eu me agacho e começo a puxar livros das duas de baixo. Deve haver algum meio de entrar naquele maldito quarto, e estou determinada a encontrá-lo.

— Podíamos pedir a Hudson que desintegre as prateleiras — Macy sugere. — Embora isso pudesse terminar com alguém sendo destruído.

— E se ela realmente *estiver* ocupada, com tarefas dignas de deuses? — Heather pergunta, mas continua puxando mais livros. — Quer dizer, nós nem sabemos quais são as atividades de deusa que ela fez. A Curadora pode estar salvando um vilarejo de um vulcão neste instante.

Naquele momento, a porta se reabre, e comemoro internamente o triunfo. Devo ter encontrado o livro certo — até que percebo que a Curadora está parada ali, me olhando feio.

— Sim, Grace. Talvez ela esteja realmente ocupada — ela diz, em um tom de voz bem irritado.

— Sei que você está ocupada. Tenho certeza de que o que quer que você faça, ocupa muito tempo...

— Ocupa muito tempo? — ela repete, erguendo uma das sobrancelhas. — É assim que você quer chamar? Quantas pessoas há no mundo, Grace?

— Quase oito bilhões, acho.

— Na verdade, agora já são mais de oito bilhões. Há mais do que oito bilhões de pessoas neste planeta, e tenho que observar *cada uma delas* e decidir o que importa e o que não. Então, sim, Grace. Estou um pouco ocupada.

— Você observa todos nós? O tempo todo? — Macy parece igualmente fascinada e horrorizada.

— "Todo o tempo", ou "All the time", é uma música de Barry Manilow, de 1976 — ela diz e não parece mais zangada. Apenas exausta. — Mas, sim, faço esse trabalho quase todo o tempo que consigo.

Parece impossível. Sem contar que deve ser absolutamente horrível. E um pouco invasivo, para ser honesta. Meus olhos se arregalam. Será que ela estava me observando hoje de manhã quando decidi entre minha calcinha de corações roxos e a que tem coelhinhos brancos?

— Que tipo de deusa você é? — Heather pergunta, com uma das sobrancelhas erguida. — Porque, para ser sincera, não fico confortável com a ideia de você me observando no chuveiro esta manhã.

A deusa em questão estreita os olhos para encarar Heather, e dou um passo mais perto da minha melhor amiga.

— *Não* observei você no chuveiro esta manhã nem em nenhuma outra. — A Curadora ergue o queixo, endireita a coluna para parecer mais alta, embora ainda seja só da minha altura. — Quero que você saiba que *eu* sou a Deusa da História, e é minha responsabilidade registrar cada acontecimento histórico... e seu banho não é um deles.

No mesmo instante, minha mente se recorda dos *meus* banhos recentes — alguns dos quais Hudson pode ou não ter feito parte — e meus olhos se arregalam ainda mais.

A deusa volta seu olhar para mim e declara:

— Nem os seus. — Então balança a cabeça. — Tenho trabalho o suficiente só de atentar aos grandes acontecimentos do dia. Estou exausta... e acabo por desistir de momentos menores que também gostaria desesperadamente de registrar.

— Como você faz isso? — pergunto depois de um segundo. — Quer dizer, como você dorme? Como encontra tempo para ir ao banheiro?

— E quem estava observando o mundo quando você estava no café da manhã conosco hoje cedo? — Macy acrescenta. Espero que a Curadora não perceba o fato de que ela parece um pouco acusatória.

Ao que parece, a deusa não o percebe — ou não se importa —, porque simplesmente suspira.

— Falei para vocês hoje de manhã. Clio me cobre durante algumas horas do dia. Ela estava aqui enquanto eu estava com vocês mais cedo. Mas ela não pode ficar no meu lugar tão cedo, então vocês estão por conta própria durante o almoço e o jantar de hoje.

— Clio? — Macy pergunta, e não posso deixar de notar que ela tenta descobrir onde ouviu esse nome antes. — É uma deusa, também?

— É uma musa — respondo, pensando em como não consegui encontrar a estátua da musa hoje de manhã, até que de repente ela apareceu do nada. Parece rebuscado demais para ser verdade. Mas é óbvio que há várias coisas neste mundo sobre as quais posso usar a mesma lógica. — Mas você está falando de alguém de verdade ou só da estátua do seu jardim?

A Curadora ergue uma das sobrancelhas para mim.

— *Você* vai mesmo me falar sobre estátuas que ganham vida?

— Eu me transformo *em* estátua, não ao contrário. Não é a mesma coisa.

A Curadora inclina a cabeça.

— Tudo bem, ou "Fair enough", que é o título de uma música de 1997, de Beth Nielsen Chapman.

Não sei se devo comentar algo sobre isso ou não. Ela continua a recitar nomes de músicas e datas como se estivesse na categoria musical do programa *Jeopardy!* ou algo do gênero, mas não sei se é porque ela adora curiosidades ou porque é uma musicista frustrada. A eternidade parece um tempo longo o bastante para ela aprender a tocar um instrumento — ou, pelo menos, se não precisasse trabalhar o tempo todo. Eu me pergunto se ela esteve mesmo em alguns dos espetáculos cujos pôsteres coleciona, ou se simplesmente os visualiza em sua bola de cristal ou o que quer que ela use para registrar a História.

Pensar na questão me deixa triste — toda essa situação me deixa triste — e, pela segunda vez em tantos minutos, começo a pensar em como nós duas podemos conseguir o que queremos nesta situação.

— Então como Clio ganha vida? — Macy indaga, ainda admirada com a ajudante de mármore da Curadora. — Se ela não é uma gárgula...

— Ela não é. Um amigo a encantou para mim anos atrás, para que eu tivesse uma folga ocasional. Mas o encanto só funciona durante algumas horas por vez. Assim que Clio retorna à forma de estátua, não consegue assumir a forma humana até que o sol se ponha e se levante.

— Então, só para deixar claro — intervenho —, durante várias horas por dia, uma estátua que não é realmente uma pessoa decide o que ficará registrado na História e o que não ficará?

Heather estala os dedos.

— Ahhhh.... você faz a *curadoria* da história.

A Curadora revira os olhos, mas continua:

— Você faz parecer pior do que é.

— Parece bem ruim — Macy diz. — Pior ainda do que o fato de que uma pessoa foi encarregada de registrar toda a História do mundo. Para sempre.

— Uma *deusa*. E não é como se mais alguém tivesse se oferecido para fazer o trabalho — a Curadora responde, e há mais do que um toque de amargura em seu tom de voz. — Jikan conseguiu tirar férias há alguns meses. Cássia passou os últimos mil anos de férias. E Adria... — ela bufa. — Por acaso ela faz *alguma coisa*?

— Você quer dizer, além de tornar miserável a vida das pessoas? — pergunto enquanto olho de relance para a tatuagem da impossibilidade da Estriga em meu punho.

A Curadora solta uma risada.

— Esse *é* o talento singular dela.

— Como se não soubéssemos — Macy murmura.

— Mas, falando em registro da História, e em se sentir miserável, preciso retomar o trabalho — a Curadora diz. — Podemos falar mais amanhã, durante o café da manhã.

Ela dá meia-volta e começa a fechar a porta/estante que leva até seu domínio secreto da História, mas estendo a mão e a seguro, antes que isso aconteça.

— Importa-se se formos com você? — pergunto.

Ela parece surpresa — e mais do que um pouco desconfiada.

— Não deixo pessoas entrarem neste quarto.

— Sim, toda a coisa da porta trancada que leva a uma passagem secreta meio que indica esse fato — Heather ironiza.

Isso faz com que a Curadora estreite os olhos na direção dela.

— Já faz um tempo desde que acabei com alguém. Não me faça lamentar esse fato.

Como a ameaça é real, entro no meio das duas. Então olho para minha melhor amiga com uma expressão que significa "que diabos você está fazendo"?

Heather apenas dá de ombros e parece entediada, o que faz a Curadora resmungar baixinho.

Não é exatamente o humor em que espero que ela esteja quando tento de maneira desesperada juntar as peças para conseguir um acordo aqui.

— Sei que é seu espaço privado — declaro, do jeito mais apaziguador (e espero que não muito óbvio) que consigo no momento. — Mas eu esperava que você pudesse fazer uma exceção só desta vez?

As sobrancelhas da Curadora se levantam.

— Porque a rainha gárgula é muito especial?

— Porque tenho uma ideia que pode ajudar nós duas — respondo.

A Curadora parece cética — e mais do que um pouco intrigada, o que é com exatidão o que eu queria. Todavia, antes que ela diga mais alguma coisa, um grito agudo vem do aposento atrás dela.

— Merda! — ela murmura, antes de dar meia-volta e desaparecer em seu quarto de gravação da História.

Mas deixa a porta aberta.

Não sei se é por estar com muita pressa para averiguar o que está acontecendo ou se de fato é um convite para nós. Mas há um antigo ditado que diz que é melhor pedir perdão do que permissão, e esta definitivamente parece ser uma dessas ocasiões.

Olho de relance para Macy, para verificar se ela concorda comigo, e ela já está se inclinando de lado, à procura de vislumbrar o que há no quarto.

— Então, vamos fazer isso, certo? — ela pergunta, e obviamente estamos na mesma vibração aqui.

— Que diabos. Sim, vamos fazer isso — replico.

E então abro totalmente a estante e entro, com Macy e Heather seguindo-me de perto. Porque é necessário realmente ver algumas coisas para que acreditemos nelas.

Capítulo 85

O MUNDO TODO É ~~UM PALCO~~ UMA TV

— Puta merda — Macy sussurra quando a estante se fecha atrás de nós.

— Puta merda — Heather e eu ecoamos.

Não passei muito tempo imaginando como o quarto seria — afinal, acabo de saber da sua existência —, porém, mesmo se tivesse, jamais teria sonhado com algo assim. Acho que imaginava algum tipo de orbe nublada que permitisse à Curadora entrar em qualquer momento atual da existência humana que desejasse.

E acho que, em certa medida, é exatamente o que este lugar é.

Mas não há apetrechos mágicos aqui, nenhuma bola de cristal mística que lhe permita assistir ao presente em todo o mundo. Em vez disso, há paredes e mais paredes repletas de aparelhos de *TV*.

Só que são televisões como jamais vi antes.

Não, essas não são as telas grandes e retangulares com as quais estou acostumada — aquelas que penduramos na parede e nos dão a mais nítida e perfeita imagem em HD imaginável.

Não, elas são TVs minúsculas e quadradas, que parecem ter saído direto da década de 1950.

Pintados de dourado ou prateado, com botões de liga/desliga e volume sob as telas curvas em branco e preto, esses aparelhos são definitivamente relíquias de um passado não tão distante. E estão por toda parte.

Por toda parte.

Porque, neste quarto, não há janelas com vista para o quintal.

Nenhuma obra de arte moderna pintada pelos mestres.

Nenhum pôster dos espetáculos mais famosos da História.

Não, nada neste quarto se assemelha à estética de decoração normal da Curadora. Como poderia, quando ela tem TVs empilhadas uma sobre a outra e uma ao lado da outra de canto a canto e do chão ao teto? Milhares e milhares de televisores, todos ligados. Todos em branco e preto. Todos mostrando alguém em algum lugar do mundo fazendo alguma coisa.

E a Curadora fica sentada em uma cadeira giratória no meio de uma mesa circular no centro da sala. Ela tem um diário grosso aberto diante de si e uma grande xícara cheia de canetas perto da mão direita. Quando se inclina e começa a escrever no diário, uma das milhares de TVs na sala deixa de transmitir em preto e branco para transmitir a cores.

— Puta merda — Macy murmura de novo. Não a culpo, dado que estou pensando exatamente a mesma coisa.

Eu me aproximo da TV em cores, em busca de descobrir o que ela mostra — e onde a filmagem acontece. Mas, antes que isso seja possível, a imagem muda para algum outro lugar e fica novamente em preto e branco.

É quando percebo que todas as imagens mudam praticamente ao mesmo tempo. Elas transmitem alguma cena acontecendo em algum lugar, mostram a gravação por segundos, e então passam para outra coisa acontecendo em outro lugar. Isso acontece em cada uma das TVs várias e várias vezes, sem parar.

Outra TV fica com a imagem colorida por três segundos, e me viro em sua direção — bem a tempo de vê-la desaparecer e ficar preto e branco novamente. Ao mesmo tempo, a Curadora gira em sua cadeira — espere, não! A mesa inteira gira com ela, em algum tipo de plataforma circular — e começa a observar uma parede diferente. Cerca de dois segundos mais tarde, ela começa a escrever em seu diário, e a imagem de uma das TVs dessa parede fica colorida nesse ínterim.

É a imagem mais estranha que já vi.

É óbvio que a transmissão a cores se relaciona com o que quer que a Curadora considere importante o bastante para ser registrado em seu livro. Se decidir que algo importa, o momento ganha cores antes de ser retransmitido em preto e branco, assim que ela termina.

Mas como isso funciona? E os três segundos são realmente tempo suficiente para descobrir o que está acontecendo em qualquer uma dessas situações selecionadas?

Deve ser, porque outra TV começa a transmitir a cores bem diante de mim. E depois outra. E mais outra. E mais uma, enquanto a Curadora continua a registrar em seu livro.

É impressionante o quanto ela vê e consegue escrever. Mas, ao mesmo tempo, não posso deixar de me perguntar o que mais está sendo perdido. Porque decerto alguma coisa importante acontece em mais de um lugar no mundo ao mesmo tempo.

Como ela assiste aos dois? Ou será que escolhe o que acha mais importante? E se demorar mais do que três segundos para descobrir o que está acontecendo em determinada situação? Será que alguma informação fica perdida?

A situação inteira me parece muito bizarra. Mas é certo que uma bola de cristal ou um espelho falante seria igualmente bizarro, e nada disso me faria surtar. Por que isso faz?

— Então, qual é a sua ideia? — a Curadora pergunta depois de minutos.

— Minha ideia? — repito, ocupada em observar um garotinho cair da bicicleta em algum lugar perto do oceano Pacífico.

Ele chora, e então a transmissão muda, substituída pelo que parecem dois homens em um encontro elegante. Um deles pega uma caixinha de aliança do bolso, porém, antes que eu possa ver se o outro homem aceita, a transmissão muda de novo. Dessa vez, para uma sala de aula cheia de crianças aprendendo o que acho ser pré-álgebra.

— Você está atrapalhando minha vista, Grace — a Curadora anuncia de repente, e percebo que, a cada momento que assisti, me aproximei mais e mais das telas dos televisores, até ficar parada diante de vários deles.

— Desculpe! — peço, aproximando-me de onde ela está. — Só fiquei...

— Interessada — ela completa para mim quando começa a escrever outra coisa em seu livro gigante. — Acredite em mim, entendo. Coisas fascinantes acontecem por todo o mundo, todos os dias.

— Mas como você lida com o fato de não saber como alguma coisa termina? — questiono. — Em especial se acha que é um momento histórico importante?

— Presumindo que vão acabar mal — Macy intervém, com um tom astuto. — É óbvio.

— A maioria das coisas termina assim — a Curadora concorda. — Mas posso ficar mais tempo nas situações, se eu quiser. Mas, neste instante, só pequenos momentos estão acontecendo... — Ela para de falar quando a TV à minha esquerda começa a transmitir a cores, e permanece desse jeito por quase um minuto enquanto a Curadora observa e registra o evento ao mesmo tempo. É algum tipo de disputa política em um país que fala espanhol, a julgar pelo conteúdo das placas que as pessoas carregam.

— Pode me fazer um favor? — a Curadora pergunta enquanto continua a escrever em seu livro.

— Com certeza. Do que precisa?

— Ali... — Ela acena com a cabeça na direção do único espaço em uma das paredes do quarto que não está coberto de TVs porque, na verdade, trata-se de uma porta estreita. — Ali tem uma prateleira cheia de diários em branco. Fica na estante bem à direita da porta. Pode pegar um para mim, por favor?

— Sim.

Sigo até a porta e a abro. Uma luz emana de dentro do outro aposento assim que o faço, e não posso deixar de me surpreender com o que vejo.

Porque é outro quarto imenso — talvez até maior do que aquele com as TVs — e todo o espaço disponível está recoberto com esses livros.

Todo. O. Espaço. Disponível.

Não apenas as estantes nas paredes — e há dezenas delas —, mas cada centímetro de espaço no chão também. Há pilhas e mais pilhas e mais pilhas de diários repletos de registros que vão do chão ao teto por todo o quarto, ocupando tanto espaço que o único disponível é em frente à estante à direita da porta, onde a Curadora me disse que eu encontraria os diários em branco.

Pego um deles, pestanejando quando outro aparece magicamente para substituí-lo, e saio correndo do quarto lotado, indutor de claustrofobia, o mais rápido possível.

— É isso que você está procurando? — pergunto, colocando-o na mesa perto de onde a Curadora permanece escrevendo.

Só faltam poucas páginas para ela terminar o diário atual.

— Com licença — Heather pede de onde continua imóvel, no outro lado do quarto. — Mas isso parece importante.

— Já faço isso há muito tempo — a Curadora retruca, com um tom de voz condescendente. — Acho que sei o que é import... — Ela para de falar ao mesmo tempo que a TV para a qual Heather aponta ganha cor. Bem a tempo de ver um carro colidir com um caminhão em um cruzamento. Perco o fôlego. Ninguém consegue sobreviver a um acidente assim.

A Curadora murmura alguma coisa em um idioma que não entendo. Então começa a escrever de maneira furiosa.

Segundos mais tarde, a TV volta a transmitir em preto e branco, e ela passa para outra questão.

Isso continua por mais alguns minutos e, ainda que eu esteja fascinada pelas imagens nas telas, mantenho-me preocupada com o desperdício de tempo. Todos os segundos, minutos e horas passam, enquanto Mekhi fica mais e mais doente. Ainda que eu saiba que minha mais recente ideia só vai acrescentar mais horas até conseguirmos ajuda para ele, acho que pode acelerar as coisas em longo prazo. Porque a Curadora não parece ter pressa alguma em nos dar a informação de que precisamos, e se só conseguirmos conversar com ela uma hora por vez, talvez levem dias antes que ela nos informe tudo o que precisamos saber.

E não temos dias.

Na verdade, não sabemos quanto tempo nos resta — embora eu suspeite de que minha ideia vá resolver esse problema também.

É por isso que, quando a Curadora enfim fecha o diário diante de si — depois de preenchê-lo até a última página, de alto a baixo — e o deixa de lado, aproveito a pausa em sua concentração.

— Então... tenho uma proposta para você — declaro antes que ela pegue o diário em branco.

— Uma proposta? — ela repete, afastando os olhos das telas das TVs por um milésimo de segundo em busca de me encarar, antes de voltar novamente para as telas. — O que a faz pensar que estou interessada em alguma coisa que você queira me propor?

— Porque você não tira férias há muito tempo — respondo. — E posso mudar isso.

— Pode? — ela pergunta, parecendo cautelosa.

— Pode? — Macy pergunta exatamente ao mesmo tempo.

Ignoro a pergunta delas, continuando concentrada na Curadora.

— São mais miniférias do que férias de verdade, mas imagino que você tem que começar em algum lugar, certo?

A Curadora ri. E ri. E ri.

— Deixe-me ver se entendi. Acha mesmo que *você* pode fazer meu trabalho?

— De jeito nenhum — rebato. — Mas acho que *sete* de nós podem.

A Curadora estreita os olhos.

— De quão mini estamos falando?

— Primeiro me deixe perguntar... — Faço um sinal na direção das TVs. — Se a situação do nosso amigo Mekhi piorasse ainda mais, uma dessas TVs mostraria? Ou você pode fazer com que isso aconteça?

Isso chama a atenção da Curadora, e sua caneta para pelo mais breve dos segundos, antes que continue a escrever.

— Eu poderia — é tudo o que ela diz.

— Então podemos lhe dar vinte e quatro horas — digo. Macy começa a protestar, mas levanto um dedo, o símbolo universal de "com uma condição", e ela fica quieta. — Mas você precisa concordar em nos contar, no *segundo em* que retornar, *exatamente* como encontrar a Árvore Agridoce... e precisamos ter uma dessas TVs — viro o braço para apontar para a parede cheia de telas — permanentemente em Mekhi, para termos certeza de que ele vai ficar bem até você voltar.

Ela ergue uma das sobrancelhas.

— Um homem doente não pode ser o foco principal de uma geração, minha querida.

— Este pode — Macy responde, e seu tom de voz determina que não há discussão sobre esse ponto.

Apresso-me em acrescentar:

— Não conseguiríamos nos concentrar em registrar a História para você se estivéssemos preocupados com nosso amigo.

A mesa gira mais várias vezes, com a Curadora escrevendo de modo furioso, mas posso afirmar, pela expressão em seu queixo, que ela está cogitando minha oferta.

Depois de certo tempo, ela me diz secamente:

— Realmente, são férias bem mini. — Ela para de falar e escreve no novo diário enquanto a TV bem diante dela transmite a cores. Ela registra a História que vê ali, então mais de outra TV. E outra. E outra. E outra.

Começo a pensar que a Curadora vai simplesmente ignorar a proposta quando, de repente, afasta os olhos da parede de monitores e diz:

— Acha mesmo que você e seus amigos podem fazer isso por vinte e quatro horas?

— Com certeza — garanto, ainda que Macy balance a cabeça e gesticule com a boca para formar as palavras "sem chance", bem atrás dela.

— Vinte e quatro horas? — ela repete.

Tiro o celular do bolso e mando uma mensagem de texto rápida para Lorelei.

Eu: Temos mais do que 24 horas?

Os três pontinhos aparecem, e seguro a respiração. Por favor, por favor, por favor, permita que Mekhi tenha mais do que um dia restante.

Lorelei: Na melhor das hipóteses? Sim. Provavelmente.

Suspiro e respondo com um rápido "estamos firmes" antes de guardar o telefone no bolso e encarar a Curadora outra vez. Dou o sorriso mais confiante possível.

— Vinte e quatro horas.

— Vocês precisam assistir às televisões a cada minuto dessas vinte e quatro horas — ela instrui. Então para de falar a fim de registrar mais alguma informação antes de se voltar novamente para mim. — A cada minuto. E vão registrar tudo nesses livros usando apenas essas canetas.

Ela aponta para a caneca de *Moulin Rouge!* cheia de canetas sobre a sua mesa.

— Apenas com *essas* canetas — ela reitera.

— Sim, senhora — asseguro, enquanto pego uma delas para verificá-las.

Para minha surpresa, não o objeto não parece ter nada de especial, como eu esperava do único tipo de caneta que pode registrar a História. Na verdade, parece muito como uma esferográfica qualquer. Mesmo assim, tenho de perguntar.

— Elas têm alguma magia ou...?

— Sim. — Mas ela não explica mais nada. — Além disso, gosto delas. Gosto de como ficam quando escrevo e gosto de como ficam na página. Só com essas canetas. Ok?

— Ok — concordo.

— Quando estiverem em dúvida... — Ela para de falar em busca de registrar mais alguma coisa. — Escrevam tudo. Posso revisar o que vocês fizeram depois que eu voltar. Encantei as TVs para se iluminarem como um guia, embora haja uma discrição óbvia no gravador, já que alguns dos momentos mais importantes da História da humanidade pareciam inconsequentes na época. Se registrarem algo que não devem, cuidarei disso. Mas se deixarem algo de fora...

— Não há nada o que você possa fazer para registrar isso depois — Macy completa para ela.

— Exatamente. — A Curadora move a mão para um dos pequenos aparelhos, e uma visão ainda menor de Mekhi aparece, com Lorelei sentada à beira de sua cama, segurando uma de suas mãos. Meu coração se aperta ao ver nosso amigo com aparência tão doente e indefesa, mas pelo menos ele parece repousar.

— Agora... — A deusa se levanta e me entrega a caneta com um floreio. — Não há momento melhor do que o presente para começarmos. Enquanto isso, vocês duas chamam seus amigos e pegam mais diários. Ela vai precisar deles. Todos vocês vão.

— Que sorte a nossa — Macy murmura ao me fitar com uma expressão que indica "mas que merda é essa?". Pelo menos é o significado que acho que seu olhar tem. Estou concentrada demais em pegar a caneta e me sentar em uma das novas cadeiras que apareceram magicamente, cada uma de frente para uma porção das TVs. Heather pega a terceira cadeira do nosso trio e começa a escrever com fervor.

— Cada cadeira está conectada à sua própria mesa, então elas se movem juntas. Este botão impede a mesa de girar, o que presumo que não vão precisar fazer, já que são sete — explica, mas não tenho tempo de ver para onde ela aponta agora.

Estou ocupada demais com o registro de um incêndio em um pequeno museu na França para prestar muita atenção.

Minutos mais tarde, a Curadora sai pela porta com um aceno e avisa:

— Vejo vocês em vinte e quatro horas.

Não respondo. Não posso. Estou com uma batalha em curso na Ucrânia, um roubo de banco em Praga e um prêmio de música entregue na Itália. Não tenho tempo de fazer mais nada além de escrever.

Mesmo assim, no segundo em que a porta se fecha atrás da Curadora, Macy — que também está registrando — se vira para mim com uma queixa.

— Que diabos há de errado com você?

— Vinte e quatro horas e saberemos exatamente onde a árvore está — apresso-me em responder. — Confie em mim. Lidar com deuses é uma droga, e ela parece solitária. Ela teria arrastado isso durante semanas... e Mekhi tem horas.

— Por acaso ele tem vinte e quatro horas...? — Ela para de falar e começa a escrever furiosamente no diário.

Estou escrevendo também. Um cientista em Dacar acaba de publicar suas descobertas em um periódico de microbiologia, e alguém menos conhecido da realeza norueguesa acaba de morrer.

Passam-se vários minutos — tem muita coisa acontecendo agora — antes que eu me lembre de dizer:

— Podemos observá-lo. Ele está bem. — Aponto para a TV que mostra Mekhi. — Vamos conseguir. Além disso, qual a dificuldade de escrever essas coisas?

Macy não responde. E quando olho para ela, é porque ela também está escrevendo rápido demais para fazer qualquer outra coisa além de bufar.

Capítulo 86

VOCÊ ESCOLHE: ESCREVER OU FUGIR

Depois de cinco minutos, quero pedir ajuda, mas estou ocupada demais escrevendo o mais rápido possível — no fim, as canetas *são* especiais e escrevem em velocidades inumanas — a ponto de não conseguir um tempo para pegar meu celular.

Depois de dez minutos, enfim consigo tirá-lo do bolso, porém logo o abandono quando um edifício explode no sul de Chicago.

Quinze minutos depois, esqueci que a ajuda de fato existe, e estou em modo "escrever ou fugir". Registro uma morte na Etiópia, um autor que escreve livros sobre mudanças climáticas em uma sessão de autógrafos em São Paulo, o nascimento de uma criança nas Filipinas. TV após TV ganha vida em tecnicolor, e tento escrever o mais rápido que uma caneta enfeitiçada por uma deusa é capaz de escrever. Presumo que seja do mesmo jeito para Macy, mas estou tão apavorada com o que vai acontecer a seguir que não me arrisco a afastar os olhos do monitor por tempo o suficiente e ver como ela está. Mas há barulhos realmente estranhos vindo do lado dela da sala — gritinhos, suspiros e até umas exclamações agudas que causam arrepios pela minha coluna.

— Você está bem? — consigo dizer quando ela solta outra exclamação tristonha. E então no mesmo momento escrevo as mesmas palavras no registro que faço neste momento sobre a última resolução da ONU.

— Maldição — murmuro enquanto risco o que escrevi, ponderando se posso riscar coisas enquanto registro os acontecimentos, mesmo que seja obviamente um erro. A última coisa que quero é mexer com a História, em especial quando tudo o que estou tentando fazer é registrar tudo o que importa. Aliás, será que pode ser considerado adulteração se eu riscar palavras que nunca deviam ter estado ali?

Mas é óbvio que talvez o fato de Macy e eu estarmos sentadas aqui, com essa tarefa em mãos, seja adulterar a História em si. Não pretendemos fazê-lo, é óbvio. Na verdade, estamos trabalhando o mais duro que podemos a fim de escrever o máximo de eventos importantes.

Mas quem somos nós para decidir o que é importante e o que não é?

Talvez aquela premiação do cinema indiano em cujo registro acabo de gastar dez segundos — as canetas mágicas também permitem ao catalogador entender *e* escrever em todos os idiomas — não mereça mais atenção do que os seis segundos daquele sequestro na Inglaterra que anotei meio por cima. Ou talvez a explosão em Chicago não seja nem de perto tão importante quanto o acidente de carro que acaba de acontecer em Belize.

Como vamos saber?

Heather, Macy e eu temos entre dezessete e dezoito anos, e isso não é nem de perto tempo de vida suficiente para ter a perspectiva necessária para executar esse trabalho — para tomar tais decisões. E mesmo nossos vários pontos de vistas e origens não são suficientes de verdade para elaborar uma descrição precisa e justa *do mundo*, certo?

Mas será que nossas lentes são tão piores do que as da Curadora? Ela é uma deusa que está trancada aqui desde o início do mundo. Sim, é deste quarto que ela vê tudo, mas será que realmente experimentou alguma coisa?

Pensar a respeito me deixa triste e até mesmo frustrada — e me preocupa. Há um velho ditado que alega que a História é registrada (injustamente) pelos vencedores. Mas, de algum modo, isso ainda parece pior. Parece que a História é registrada por pessoas que jamais estiveram em campo.

Como é a História real?, conjecturo à medida que continuo a escrever as informações — desta vez uma missão de resgate em uma mina chilena.

Mas meus pensamentos são interrompidos quando Heather faz um som agudo — e então cai aos prantos.

— Heather! O que foi? — largo minha caneta e me ponho a correr até ela. Mas, antes que eu possa dar mais do que um ou dois passos, outra coisa explode nas minhas telas. E como tirei os olhos delas por segundos, não tenho a mínima ideia do que é.

Quero mandar isso para o inferno, pois Heather precisa de mim, mas a explosão parece importante. Assim como o furacão que se forma no Atlântico.

Maldição!

— Você está bem? — pergunto-lhe, enquanto me inclino adiante para tentar ver o que ocorre depois da explosão em curso na tela repentinamente em cores da TV diante de mim.

Heather não responde, e quando a olho de relance, vejo que continua a escrever à medida que lágrimas escorrem por seu rosto.

Aproveito mais um segundo que não deveria desperdiçar para espiar as telas dela — e ao me concentrar naquela que neste instante tem a imagem colorida, é fácil ver o que a deixou tão chateada. Aconteceu um acidente muito horrível com um ônibus escolar no Marrocos — e dezenas de criancinhas acabaram muito feridas ou mortas.

— Ah, Heather — digo. — Eu sinto muito. Sinto muito mesmo.

— Esse trabalho é uma droga — ela rosna. — Esse mundo todo é uma droga! Por que diabos estamos sempre nos esforçando tanto para salvá-lo?

Ela acena com a mão na direção das telas para enfatizar seu argumento. E entendo o que ela diz. Meu Deus, como entendo. Sentada aqui, observando todos esses momentos, lembro-me de uma época quando eu era criança, talvez com doze ou treze anos.

Meus pais me levaram a Washington, D.C., para ver o museu Smithsonian e vários outros lugares muito legais. Um deles se chamava Newseum, dedicado a tudo relacionado a notícias. Havia várias exposições bacanas, mas aquela de que mais me lembro era a que mostrava todas as fotografias vencedoras do Prêmio Pulitzer. O melhor e o pior da humanidade estavam naquelas paredes para todo mundo ver.

Essas TVs — todos esses momentos à mostra, de várias pessoas distintas, de todas as partes do mundo — são a mesma coisa. O melhor e o pior absoluto do que acontece no mundo, e as pessoas que fazem isso acontecer, na parede diante de nós, à espera para serem registradas... ou não.

É devastador. Não só aquilo que é mau, mas o bom também. O melhor de que as pessoas são capazes, justaposto com o pior. Como não ser totalmente avassalador?

Não é de admirar que Heather esteja chorando. Tenho quase certeza de que não vou demorar muito para chorar também.

Só que não há tempo para isso. Um avião acaba de despencar nas águas perto de Porto Rico. E uma reportagem foi publicada sobre um líder da América do Norte que das duas uma: ou vai sacudir o país com o escândalo ou ser completamente ignorado. E isso me deixa insegura sobre o que fazer a respeito.

A reportagem é seguida pela exuberante festa de aniversário de um menino de sete anos, em Berlim.

Que é seguida por um paciente em um hospital na Guiné Equatorial, que acaba de se contaminar com o vírus Marburg.

Uma enchente imensa no porão da casa de uma jovem família em Istambul os deixa desabrigados.

E um grande pedaço da plataforma de gelo no Antártico se desprende.

E literalmente um milhão de outras coisas, apenas na minha parede de telas de TV. Macy está mais do que ocupada com suas duas paredes também.

E não há nada que possamos fazer a respeito, exceto continuar escrevendo, escrevendo, escrevendo.

Minha mão já dói, e sinto como se ficasse cada vez mais para trás.

Macy se sobressalta com alguma cena em suas TVs, e levo um segundo para analisar ao redor, em uma tentativa desesperada de descobrir onde meu celular caiu. Porque, se não conseguirmos alguma ajuda logo, vamos acabar nos afogando... e tenho quase certeza de que a Curadora não vai ficar muito a fim de barganhar se acabarmos por implodir todo o seu sistema.

Infelizmente, o tempo que levo à procura do telefone só me deixa ainda mais atrasada. A imagem nas telas muda com rapidez, e não tive a chance de olhar para nenhuma delas. Só tenho um segundo para desejar não ter perdido nada de muito importante antes de ter de recomeçar a escrever, e *ainda não encontrei o maldito celular!*

Apesar disso, alguém precisa salvar os dados do mais recente surto viral, então acho que meu telefone vai ter de esperar. Assim como a ajuda da qual precisamos desesperadamente.

Mas bem quando começo a escrever os últimos números, a porta secreta na estante se abre. E Flint está parado ali, segurando uma bandeja de café, com o restante de meus amigos atrás de si.

— Alguém quer fazer uma pausa para o café?

Capítulo 87

SUSHI É BOM DEMAIS

— Pausa para o café? — Macy exclama, afastando o olhar das telas pelo que tenho quase certeza de ser a primeira vez. — Ninguém tem tempo para café aqui!

— Opa! — Flint exclama ao depositar a bandeja de café perto da minha mesa. — Alguém está um pouco mal-humorada.

— Não é mau humor... é desespero — corrijo, sem tirar os olhos das consequências de um tiroteio em massa na Flórida que faz meu estômago revirar e meus olhos arderem em lágrimas. — O que estão fazendo aqui?

Jaxon ergue uma das sobrancelhas.

— Huumm, podemos ir embora, se preferirem.

— Por favor, Deus, não. Não façam isso! — Macy praticamente choraminga.

— A Curadora passou na varanda minutos atrás, e nos contou que você trocou um pouco de trabalho pela ajuda para Mekhi, e mencionou que talvez precisassem de alguma ajuda. — Hudson olha para mim e depois para Macy. — Ao que parece, ela é a mestre nos eufemismos.

— Você não tem ideia — respondo enquanto registro o nome do jogador que fez o último gol em uma partida de futebol vietnamita extremamente popular. — Pode ir até aquele quarto ali e pegar mais diários? E depois escolher uma seção das TVs sobre a qual começar a escrever?

— Este lugar é muito foda — Jaxon comenta, parado em um canto e observando telas em preto e branco. — Essas TVs realmente mostram tudo o que está acontecendo ao redor do mundo agora?

— Tudo — reitero. — Deixam de transmitir em preto e branco e passam a transmitir em cores nos acontecimentos importantes.

— Que foda — ele repete, baixinho.

— Não precisa parecer tão impressionado — Heather retruca enquanto continua a escrever. — Simplesmente vá pegar aqueles malditos diários e comece a ajudar. Ou juro que vou deixar vocês fazendo isso aqui sozinhos.

— Ei. — Éden vai para trás dela e começa a massagear seus ombros. — Vai ficar tudo bem.

— Sério? — Ela acena com a mão livre na direção das TVs. — Um barco a vela está afundando em uma tempestade no meio do Pacífico, e ninguém está ouvindo seus pedidos de ajuda. Aquela família vai estar na *água* no meio de uma *tempestade* em menos de dez minutos, e ninguém vai saber que eles estão ali. Então me diga como, exatamente, vai ficar tudo bem?

É quando minha melhor amiga desmorona, e soluços intensos tomam conta dela, enquanto Heather — mais uma vez — continua a escrever por entre as lágrimas.

— Ei, ei. — Éden passa os braços ao redor dela por trás, e a abraça com força. — Pare um segundo. Respire um pouco.

— Não posso. Tenho que manter...

Hudson se aproxima e tira o livro de suas mãos.

— Eu fico com isso. Por que não faz uma pausa por alguns minutos?

— Não posso...

— Pode, sim — ele responde, com firmeza, tirando a caneta de sua mão. — Éden, leve-a lá fora para tomar um pouco de ar.

— Mas...

— Sem "mas". — Hudson se inclina, para poder olhá-la direto nos olhos. — Nós vamos conseguir, Heather.

Preciso voltar a registrar — tem algum tipo de escândalo noturno acontecendo no Parlamento da Austrália que preciso descobrir o que é —, então não escuto o que Hudson diz para ela. Mas, o que quer que seja, dá certo, porque, minutos depois, Éden leva uma desanimada Heather para fora do quarto.

— Então — Jaxon diz assim que a porta se fecha atrás delas —, o que podemos fazer para ajudar?

— Pegue um maldito caderno — Hudson rosna, já anotando alguma coisa da parede de TVs bem diante de si. — E descubra o que diabos está acontecendo na Ásia. O Japão está pegando fogo agora, e não tenho tempo de olhar.

— Os cadernos estão naquele quarto ali. — Aceno com a cabeça na direção da porta fechada. — Assim que os pegar, escolha uma parede e ocupe-se, porque não estou dando conta aqui.

Jaxon e Flint fazem o que peço, e cada um se acomoda diante de uma parede diferente daquelas que Hudson e eu estamos observando com cuidado. Nesse ínterim, Éden volta e assume o lugar com Flint, que começa a atuar como um jogador reserva, correndo de um lado para o outro, entre as diferentes paredes e chamando a atenção para qualquer coisa que pense estar ficando de fora.

E isso funciona muito bem — até não funcionar mais.

Em um minuto escrevo sobre os pontos-chave de um debate tenso na ONU e, no instante seguinte, Flint grita à minha direita:

— A criação de perus!

Estou tão concentrada nos pontos levantados pelos chanceler alemão sobre as mudanças climáticas que dou um pulo de quase três metros no ar.

— Mas que diabos, Flint? — Olho para ele com uma expressão perplexa e incomodada, que só o faz gritar mais alto.

Ele aponta para um monitor na fileira de baixo.

— A criação de perus, Grace! A criação de perus!

— Ok, certo. — Confirmo com a cabeça para que se cale e volto à resolução referente à mudança climática, prestes a ser votada. O primeiro-ministro francês acaba de aceitar o argumento do chanceler alemão, quando Flint coloca o rosto entre mim e meu diário e grita, alto o suficiente para sacudir as fundações do prédio:

— A criação de perus!

— O que tem a criação de perus? — Acabo rugindo em resposta, alto o suficiente para todo mundo se virar e olhar para mim, como se eu tivesse acabado de me transformar em um peru de verdade.

Então Flint recua um pouco, parecendo completamente magoado.

— Que diabos, Grace. Eu só estava tentando ajudar.

— Sei que estava. — Respiro fundo e solto o ar bem devagar. E será que posso perguntar como diabos virei a errada da história quando era ele quem estava *gritando sobre perus a plenos pulmões*?

Mas descobrir culpados não vai resolver o problema, então respiro fundo mais uma vez e pergunto na voz mais doce que consigo produzir:

— O que preciso saber sobre a criação de perus, Flint?

— Está em chamas. E é *novembro.*

No início, não tenho ideia por que o mês importa — mas então a ficha cai. Ainda não acho que valha a pena todo o escândalo quando a ONU está literalmente no meio de tentar aprovar a resolução a respeito das mudanças climáticas mais agressivas da História, mas, a essa altura, não vou discutir.

Em vez disso, pego minha caneta mais uma vez e escrevo:

— Criação de perus em chamas em... — Ergo o olhar para lhe perguntar, mas ele já está lendo por sobre meu ombro.

— Minnesota — ele complementa, na tentativa de ser útil.

— Obrigada — respondo ao escrever o nome do estado. — Mais alguma coisa que eu precise saber?

— Não, é isso. — Ele sorri para mim. — Parece que já resolveu isso, Grace. Então agora vou verificar como vão as coisas na Ásia.

— Fantástico! — Dou um suspiro de alívio.

— Fantástico — Hudson murmura, baixinho.

Segundos depois, Flint está surtado de novo, dessa vez por causa de uma grande cadeia de restaurantes de sushis que fechou no Japão.

— Mas são meus favoritos — ele reclama, apontando o dedo para a tela que mostra uma das localidades sendo fechada. — Você está registrando isso, certo, Hudson?

— Pode apostar — meu consorte responde, sem afastar os olhos de uma das telas que transmite atualmente em cores.

— Não *parece* que você está anotando — Flint acusa.

Hudson revira os olhos.

— Estou anotando.

— Porque isso é superimportante. É a história do sushi bem aqui.

— Foi o que você disse. — Hudson passa para uma tela que mostra um nascimento na China.

— Tem certeza de que está registrando? — Flint parece bem mais desconfiado agora. — Porque não acho que eles tenham restaurantes na China.

— Ah, acho que têm — Hudson responde, sem convicção, enquanto continua a escrever.

— Não tenho tanta certeza. — Flint estreita os olhos, desconfiado, enquanto olha para Hudson e para a tela da TV alternadamente. — Ei! Qual é o nome do restaurante do qual estou falando?

Hudson o ignora.

— Não se preocupe em pronunciar certo. Sei que você não fala japonês.

Ainda assim, Hudson não se manifesta.

— A menos que não saiba o nome... porque não está registrando! — Flint aponta um dedo acusador para meu consorte, o que faz com que Jaxon e eu percamos preciosos segundos para virar nossas cadeiras e trocarmos olhares levemente preocupados.

Em geral, Hudson não gosta que lhe apontem o dedo.

Mas meu consorte apenas suspira.

— Já falei que ia registrar, Flint.

— Não, você disse que *estava* registrando. Não é a mesma coisa.

Hudson bate os dentes com um estalo audível — normalmente, isso me faria ficar entre ele e quem quer que tivesse causado a reação. Mas há algum tipo de vazamento de gás venenoso em uma fábrica em Waco, no Texas, e *tenho* de registrar essa informação.

Flint, no entanto, não parece notar o estalo de advertência — ou talvez apenas não se importe. De todo modo, ele pergunta novamente:

— Então, qual é o nome do restaurante, Hudson?

Quando Hudson não responde, ele pergunta mais uma vez:

— Qual é o nome do...

— Foda-se! — Hudson rosna de repente. — O nome do restaurante é *foda-se.*

— Opa, opa. Cara! — Flint parece chocado ao erguer as mãos em um movimento em câmera lenta. — Dormiu com o traseiro descoberto?

— Não dormi com nada descoberto, seu dragão bundão. Mas, se não sair da minha cola agora mesmo, vou beber cada gota de sangue do seu maldito corpo e depois vou pendurar sua carcaça sem futuro no jardim para as formigas, os ratos e quem mais quiser devorar um pedaço seu.

Cada palavra é proferida em uma voz baixa e calma que fica mais apavorante a cada segundo — mesmo antes que ele termine com um sorriso tão gelado que, de repente, Alexandria parece ser Denali. E isso antes que eu perceba as pontas de suas presas brilhando contra o lábio inferior.

— E se não acredita em mim — ele prossegue —, por que não me pergunta mais uma vez qual é o nome do maldito restaurante de sushi?

Normalmente, esse seria o tipo de ameaça que faria Flint dobrar a aposta, mas até ele deve perceber que forçou demais a situação com meu consorte, em geral inabalável, muito além do ponto de retorno.

Porque, sob o olhar atento de Jaxon, Flint dá passos gigantes para trás, estreita o olhar e diz:

— Tudo bem. Vou ver se Éden precisa de alguma ajuda especializada.

Capítulo 88

A HISTÓRIA VISTA POR ELA

Éden fica paralisada, com a caneta no ar, e se vira para mim, com olhos arregalados.

Não, não, não, ela mexe a boca para mim, balançando a cabeça sem parar.

Apenas dou de ombros e lhe ofereço meu sorriso mais animador, porque às vezes é bom compartilhar nossa sorte na vida — e este é definitivamente um momento do tipo. Em especial porque, se estiver incomodando Éden, Flint não vai me incomodar… nem vai incomodar Hudson. E, a julgar pelo fato de Hudson ter acabado de quebrar uma das canetas da Curadora ao meio só de segurá-la, acho que um pouco de respiro vai lhe fazer bem.

Sei que faria para mim.

— Sabe, Flint — Éden começa a dizer, já se precavendo —, estou indo muito bem por enquanto. Tem umas coisas bem bacanas acontecendo na África do Sul com resoluções contra caça ilegal e doações para um museu gigantesco. Pode deixar comigo. Talvez fosse bom você dar uma olhada em Heather, para ver se está tudo bem com ela.

— Está me zoando? — Flint se senta diante de uma escrivaninha ao lado dela e apoia os pés no tampo. — Só nessa parede há centenas de TVs. Como vai ver todas elas?

— Estou indo muito bem até agora — ela murmura. Não posso olhar para sua expressão para determinar qual é seu estado de espírito, porque estou registrando um resgate heroico após o descarrilhamento de um trem em Portugal, mas a dragão não parece nada impressionada.

— Bem não é bom o bastante — Flint retruca. — Juntos, faremos os melhores registros que a Curadora já viu.

— Ooooooooooou você pode ver como Jaxon está indo — Macy sugere, ainda escrevendo sem parar. — Ele parece estranhamente quieto. Deve estar com dificuldades.

— Que nada. Jaxon gosta de fazer essas coisas sozinho — Flint diz, com um sorriso imenso.

Ninguém quer comentar nada sobre isso — exceto Jaxon, cuja caneta para por meio segundo antes de continuar a se mover pela página.

— Você não precisa parecer tão desapontado — Jaxon diz, com suavidade.

— Por que eu ficaria desapontado? — Flint pergunta. Seu sorriso desaparece. — Só porque não precisa de mim, não significa que ninguém precise.

E nesse momento Flint faz com que eu me sinta uma babaca completa. Desde o instante em que entrou neste quarto, ele está tentando facilitar as coisas para nós. Está conseguindo? Talvez sim, talvez não. Mas está tentando, apesar de sua própria dor, e isso conta muito.

— Você pode me ajudar, Flint. Tenho muitas TVs para acompanhar — digo, percebendo que Jaxon começa a escrever ainda mais rápido. Aponto para um grupo de TVs à minha esquerda. — Pegue um caderno, e você pode ficar com aquela fileira ali.

— É pra já! — ele exclama, correndo até o armário para pegar um dos diários especiais da Curadora.

Assim que Flint começa a se dedicar a um conjunto de aparelhos de TV, as coisas ficam muito mais tranquilas. Mas ainda é um trabalho exaustivo. Não consigo imaginar como a Curadora faz isso quase completamente sozinha — sendo ou não deusa. Sem mencionar o fato de que ela faz isso basicamente durante uma eternidade, se o armário cheio de diários serve de testemunho, sem um único dia de folga.

É inimaginável.

Em dado momento depois das seis, Heather volta para liberar alguns de nós. Então passamos o restante da noite nos revezando.

Quando chega a nossa vez — minha e de Hudson — de fazer uma pausa, lá pelas cinco da manhã, cambaleamos até nosso quarto e caímos na cama para algumas horas de descanso. Mas, assim que me afasto daquelas imagens incessantes, não consigo dormir — nem mesmo depois que passo um braço pela cintura de Hudson e me aconchego nele.

Quando fecho os olhos, só consigo ver tudo o que está acontecendo no mundo — de bom e de ruim. Sei que a vida é assim, sei que coisas ruins acontecem no mundo todos os dias, ainda mais depois de passar as últimas doze horas sendo bombardeada com tanto de tudo.

Tudo de ruim. Tudo de bom. Tudo de... tudo.

Achei que estava me controlando bem, mantendo a tarefa em perspectiva. Mas agora que fecho os olhos, tudo o que consigo vislumbrar são as imagens em sucessão ininterrupta em minha mente.

É muito. Talvez demais.

Todo mundo parece lidar bem com isso — até Heather, depois que voltou de seu intervalo —, mas os outros não são gárgulas.

Durante toda a minha vida, meus pais me disseram que eu tinha empatia demais, que eu tinha de aprender a deixar determinadas coisas para lá. Mas nunca fui boa nisso — nem mesmo antes de descobrir que era uma gárgula. Sei que algumas pessoas conseguem seguir em frente enquanto lidam com situações ruins, e não as julgo por isso. Afinal, na maior parte do tempo, é assim que elas sobrevivem.

Mas não consigo fazer isso. A gárgula em mim quer corrigir tudo o que está errado. Quer proteger as pessoas que não podem proteger a si mesmas e equilibrar os pratos na balança da justiça para cada pessoa no mundo que precisa disso.

Sei que a ideia é impossível — e, se eu o fizesse, acabaria desequilibrando a justiça do mundo de outras formas. Entendo isso. Entendo mesmo. Mas também não é possível fingir que não está acontecendo, em especial depois de ter passado tantas horas sentadas naquele quarto, anotando tanta coisa ruim — e não anotando muito mais coisas ruins.

Definitivamente, é uma das tarefas mais difíceis que já tive de fazer.

Apesar do calor que entra pela porta da sacada, estou gelada até os ossos, e me aconchego ainda mais em Hudson. Ele está semiadormecido, mas deve perceber meus tremores, porque se vira para meu lado e me puxa para mais perto, até que minha cabeça fica apoiada em seu bíceps, e estou meio encurvada em seu peito.

Seu coração bate lenta e constantemente sob meu ouvido, seu peito sobe e desce em um ritmo lento e hipnótico que, enfim, atravessa a dor e o horror e permite que eu durma.

Pelo menos por um tempinho. Porque não cochilei durante muito tempo quando, de repente, percebo que algo está errado. Não sei o que é — estou com sono demais para descobrir —, mas definitivamente há algo errado.

Eu me sento bem devagar, esfregando os olhos para tentar banir o sono que pesa em mim como uma âncora. Olho ao meu redor, tentando descobrir o que está errado. Mas não vejo nada.

O quarto ainda está mal iluminado, e o céu lá fora permanece escuro. Meu celular não tem nenhuma mensagem de texto ou ligação perdida, e Hudson dorme pacificamente ao meu lado. Por fim, eu me deito, determinada a voltar a dormir. E é quando — do nada — Hudson grita e sacode o corpo contra o meu, com força.

E então faz isso de novo. E de novo. E de novo.

Será que ele está doente?, conjecturo ao me sentar novamente. Mas vampiros não ficam doentes, pelo menos não assim. Então acendo a luz do abajur na mesinha de cabeceira — só para perceber que Hudson está tendo um pesadelo.

E não é qualquer pesadelo, a julgar pelo jeito como ele se agita e treme ao meu lado. Está tendo o maior de todos os pesadelos.

— Hudson? — sussurro e coloco a mão com suavidade em seu peito. — Está tudo bem, querido. Você está bem.

Ele não responde, não indica nem com um movimento das pálpebras que me ouviu. Em vez disso, continua deitado ali, tenso e completamente imóvel enquanto passo a mão pelo seu braço.

Quando ele continua sem dar resposta, acho que deve ter adormecido de novo. Espero mais alguns minutos, porém, quando mais nada acontece, fecho os olhos e me acomodo ao seu lado — e então quase dou um pulo até o teto quando ele grita com toda a força de seus pulmões.

— Hudson! — Estou tão assustada que começo a gritar também. — Hudson, você está bem?

Mas ele continua dormindo. Está respirando pesado, o peito arfando e o corpo tremendo, enquanto encara ao longe, sem enxergar.

— Qual é o problema, meu amor? O que está acontecendo? — pergunto, mas, à medida que ele treme e estremece, levo mais um segundo para perceber que *ainda* não despertou. Ainda está preso em qualquer que seja o pesadelo que o pegou.

Tento permanecer calma, continuo a acariciar suas costas enquanto murmuro para ele. Mas, em determinado momento no meio disso tudo, um soluço gigante emerge de seu peito — sacudindo-lhe o corpo —, e é tão pouco característico de Hudson que me apavora ainda mais, ao mesmo tempo que parte meu coração.

— Hudson! — chamo, com mais força agora, ficando de joelhos ao seu lado para poder chamar melhor sua atenção. — Hudson, acorde!

Barulhos roucos e apavorantes continuam a extravasar de seu peito e de sua garganta. E decido que não é hora de ser delicada e começo a bater com força em seu braço, para tentar arrancá-lo do pesadelo.

Quando isso não funciona, e os barulhos torturantes continuam, eu o sacudo com toda a minha força.

— Hudson! Acorde! Acorde!

Quando isso também não funciona, dou um jeito de sacudi-lo com mais força ainda.

— Hudson, porra. Acorde!

Ele desperta com um rugido, com as presas começando a despontar, e leva as mãos cerradas em punhos para a frente do rosto, no que obviamente é um movimento defensivo. E meu coração se estilhaça mais ainda.

— Hudson, querido — sussurro, acariciando seu cabelo. — Prometo que você está bem.

Por longos segundos, meu consorte não se mexe. Fica exatamente na mesma posição, congelado em qualquer que seja o terror que atravessa seus sonhos.

E não sei se ele está envolvido em todas as cenas horríveis que vimos na sala da Curadora, ou se é outra coisa. Algo mais profundo. Algo que tem muito a ver com a marreta que ele levou para o escritório de Cyrus e os duzentos anos que passou afogado na escuridão.

— Grace? — ele pergunta finalmente, passando a mão pelo rosto.

— Ei — sussurro, segurando sua outra mão e levando-a aos meus lábios. — Você voltou.

Hudson balança a cabeça, e dá um sorrisinho sem graça.

— Não acho que fui a nenhum lu... — Ele para de falar antes de terminar a piada que pretendia fazer, e meu coração despenca em uma espiral de raiva, dor e amor.

— Está tudo bem — eu o conforto enquanto o abraço. — Você está bem.

— Não sei nada sobre isso. — Ele chuta as cobertas, sai dos meus braços e desce da cama.

Em outro momento, eu teria ficado magoada ao vê-lo rejeitar meu toque, mas não se trata de mim. Não se trata de nós. Trata-se de todas as coisas terríveis e horrendas que aconteceram com Hudson antes que houvesse um "nós". E no trauma profundo que veio com todas elas.

De repente, percebo que o pedido mais difícil que meu consorte já fez para mim é deixá-lo lidar com tudo isso em seu próprio ritmo. Mas é disso que se trata o amor, certo? É oferecer tudo o que a outra pessoa precisa para sua própria felicidade — mesmo que seja se afastar um pouco de você.

Então, em vez de tentar prendê-lo em meus braços ou oferecer conforto de qualquer tipo, eu o deixo se afastar sozinho.

Capítulo 89

UM ESFORÇO CONCENTRADO

Mais tarde, depois que Hudson tomou banho e se lembrou de como respirar, voltamos ao escritório da Curadora.

Já são quase dez da manhã, e só temos mais algumas horas antes que ela retorne das miniférias. Eu estaria mentindo se dissesse que não estava pronta para lhe devolver tudo aquilo. Bem, talvez para ela e um ajudante, porque definitivamente ela precisa de um, mas mesmo assim.

Esse trabalho é difícil, brutal, e sou inteligente o bastante para saber que não tenho capacidade emocional para fazer isso por um período muito longo. Fico feliz que existam pessoas capazes de atravessar o sofrimento e a depravação humanos e ainda encontrar a bondade do outro lado. Só não sei se sou essa pessoa.

Estamos na escada quando meu telefone vibra com uma mensagem de texto. Consulto a tela e encontro uma única palavra, enviada por Heather: *Socorro.*

— O que isso significa? — Hudson pergunta quando seguro o celular para que ele leia. Mas ele já acelera pela escada, e estou voando logo atrás, tendo me transformado durante a corrida.

Entramos com tudo na sala das TVs cerca de trinta segundos mais tarde, e encontramos Flint, Jaxon, Heather, Éden e Macy parecendo terem sido atropelados por um caminhão gigante.

— Vocês estão bem? — pergunto, correndo até o meio da sala, onde estão todos largados nas cadeiras, sobre as mesas e no chão, com as canetas penduradas entre os dedos.

— Não acho que ficarei bem de novo algum dia — Jaxon murmura ao se deitar de lado no chão. — Não acho que alguma coisa vá ficar bem algum dia.

— O que houve? — pergunto, virando-me para as telas em busca de uma explosão nuclear ou algum outro acontecimento cataclísmico de proporções existenciais.

Mas todas as TVs parecem exatamente como estavam quando as deixamos. Horríveis, maravilhosas, brutais, lindas e absolutamente tudo o que pode acontecer entre essas coisas, mas, mesmo assim... normais. Ainda exatamente como o mundo costuma ser.

— A América do Sul — Flint sussurra por fim.

— A África — Jaxon diz ao mesmo tempo.

Macy balança a cabeça.

— A América do Norte e a do Sul.

— É pior na Europa — Éden bufa.

— Não sei do que estão falando — Heather diz enquanto cobre o rosto com as mãos. — Mas o que aconteceu foi a *Ásia*. Definitivamente todas as quatro ponto sete *bilhões* de pessoas que vivem lá.

Os outros parecem querer discutir, mas só de se depararem com o olhar assombrado de Heather e o jeito como suas tranças praticamente saltam de sua cabeça, como se ela tivesse passado as últimas três horas puxando-as sem parar faz com que todos se retraiam.

— Ok — Éden finalmente concorda, com um gemido. — Talvez seja a Ásia.

— Não tem nada de "talvez" nisso — Heather reclama ao se colocar em pé, suspirando como se todos os ossos de seu corpo doessem.

Encaro cada um dos meus amigos, confusa. Mas vamos uma coisa por vez...

— Como sabem tudo o que aconteceu *por continente*? — Aceno para as paredes cheias de telas. — As TVs não estão organizadas geograficamente.

— Agora estão — Heather relata como se lamentasse todas as suas escolhas de vida. — Há um botão ao lado daquele que faz as mesas girarem que reordena as telas de todas as maneiras.

Éden geme.

— Achamos que seria mais fácil se cada um pegasse um continente.

— Que grande erro — Jaxon declara.

— Oook. Bem, o que podemos fazer para ajudar? — pergunto, consciente do fato de que todas as telas continuam a transmitir e ninguém registra os fatos que estão acontecendo.

— Você não escutou nada? — minha melhor amiga pergunta, em um tom de voz que só pode ser descrito como um grito e aponta para a sua direita. — Ásia. Você pode começar com a Ásia!

— Então que seja a Ásia — falo, tirando o caderno de suas mãos e seguindo para a parede de telas que mostram o continente em questão. — Qual foi a última coisa que você escreveu?

— Não sei — ela responde, com os olhos vidrados. — Houve uma cúpula de comércio que parecia bem importante e um festival de K-pop que supostamente teria a maior audiência do mundo.

— K-pop? — Flint resmunga. — Eu podia estar registrando coisas incríveis sobre K-pop em vez de um terremoto que matou quase quinze mil pessoas. Não me parece justo.

Heather o encara com os olhos semicerrados.

— Não me venha com essa, Bafo de Dragão. Se queria K-pop, você bem que podia ter pedido para...

— Ei! Aquela pessoa ali é quem eu penso que é? — eu o interrompo quando vejo um grupo subindo ao palco em um festival de música na Coreia do Sul.

— Esse é o Blackpink — Flint diz, mostrando o primeiro lampejo de entusiasmo desde que entramos no quarto. — São ótimas.

— Eu sei disso, mas estou falando... — Aponto para duas pessoas na fileira da frente. — A Curadora está no show. Com *Jikan.*

— Sério? — Éden pergunta enquanto todos lutam para ficar em pé e se aglomeram atrás de mim diante da TV que mostra o Blackpink.

— É ali que ela resolve passar as férias? Em um show? — Jaxon pergunta.

— Isso realmente surpreende você? Já viu esta casa?

Ele inclina a cabeça.

— Bem lembrado.

— Por que não fazem uma pausa? — sugiro para ele e para Flint. — Vão descansar um pouco. Nós assumimos a partir daqui.

— Assumimos? — Éden pergunta, parecendo em dúvida. — Acho que estou acabada.

Assumimos, sim — reforço. — São só mais algumas horas. Nós conseguimos. Certo?

— Certo — Macy concorda, ainda que pareça preferir ter as unhas das mãos e os cílios arrancados um a um. — Nós cuidamos disso.

Jaxon e Flint trocam um olhar. É a primeira vez que vejo os dois se olharem *de verdade* o dia todo, e, pela primeira vez, não parecem irritados.

— Vamos ficar — Flint declara, com um aceno magnânimo de mão. — Sete de nós vão cuidar disso melhor do que cinco.

— Vocês não precisam... — começo a dizer.

— É lógico que precisam — Éden interrompe conforme pega mais dois cadernos e os entrega a cada um deles. — Vamos lá, rapazes. Em frente.

A dragão bate palmas, e o restante de nós cai na risada.

Pelo lado bom, a crise parece ter se esvaído, e passamos as horas seguintes trabalhando muito bem juntos. Até que a Curadora enfim entra pela porta usando uma camiseta do Blackpink e uma coroa de flores, e carregando uma flâmula do Manchester United.

Capítulo 90

A ÁRVORE DA RETRIBUIÇÃO

— Obrigada por cuidarem do forte — a Curadora anuncia uma hora mais tarde. Ainda estamos todos almoçando, ao passo que Clio assume a sala das TVs.

— Não nos agradeça ainda — digo-lhe. — Fizemos o melhor possível, mas há muita coisa acontecendo no mundo a todo instante.

A Curadora abre um sorriso indulgente.

— E não é que é verdade? Mas tenho certeza de que vocês se saíram muito bem. Aqui, coma mais macarrão. — Ela pega a travessa no meio da mesa e empurra na minha direção, como se distribuísse cervejas em um bar. — Além disso, se vocês fizeram alguma bobagem, quem vai saber?

— Bem, esse é um pensamento aterrorizante — Hudson diz, baixinho.

— Obrigada — murmuro para a deusa antes de colocar mais macarrão no meu prato.

— E esse *fatayer* de espinafre? Está delicioso — ela comenta. Outra travessa vem na minha direção pela mesa.

Pego um dos pequenos triângulos de massa e como.

No fim da refeição, estou ao mesmo tempo estufada e frustrada, porque, não importa quantas vezes tentemos conduzir a conversa até a Árvore Agridoce, ela continua a mudar de assunto.

A única coisa que faz com que nem eu nem Jaxon percamos totalmente as estribeiras com ela agora é o fato de que Mekhi parecia mesmo um pouco melhor na última vez que o vimos pela tela da TV. Ele tinha acabado de se alimentar do sangue de Lorelei — cena que nenhum de nós viu, porque, mesmo que não seja entre consortes, continua sendo algo íntimo — e estava sentado na cama.

Contudo, quando a Curadora desvia do assunto de novo, conjecturo se ela de fato sabe a localização da Árvore Agridoce. Não seria a primeira deusa a enganar alguém.

Depois de um tempo, não consigo mais me segurar e questiono de cara:

— Pode nos dizer agora onde está a Árvore Agridoce? Estou feliz que tenha tido um dia incrível e ficaria mais feliz ainda em voltar aqui e lhe dar outro dia de folga, depois...

Todos os meus amigos se engasgam ao mesmo tempo com qualquer que seja a comida/água/saliva que estão engolindo no momento e me encaram como se tivesse nascido outra cabeça em mim. Eu os observo com expressão suplicante. A essa altura, estou disposta a fazer qualquer coisa para conseguir a localização dessa árvore, para que possamos ajudar Mekhi — até mesmo encarar outra rodada na Sala das TVs do Tormento. Mas só depois que encontrarmos a Árvore Agridoce.

A Curadora para, o copo de água a caminho de seus lábios.

— Você está certa. Desculpe. Estava muito envolvida no meu dia. Preciso deixá-los partir. Afinal, trato é trato. — Ela parece tão abatida que a culpa toma conta de mim.

— Não é que não queremos ficar e conversar com você — justifico. — É só que...

— Seu amigo. Eu sei. Mas vocês todos são bem-vindos a voltarem aqui a qualquer momento... mas prometo não os colocar para trabalhar na próxima visita. — Então ela oferece um sorriso triste. — A árvore que estão procurando está nos arredores de uma cidade chamada Baños. Fica no Equador, perto de Las Lágrimas del Ángel.

— Las Lágrimas del Ángel? — repito, já procurando a localização no Google.

— Sim. É uma cachoeira. — Ela empurra a cadeira para longe da mesa antes de continuar: — Obrigada, Grace, por me conceder isso. Às vezes é solitário saber *quase* tudo.

Ela se dirige até o outro lado da sala de jantar e abre a porta de um armário.

— Vão precisar disso para guardar o Orvalho — ela explica. Quando se vira, está segurando alguns dos frascos de vidro pintado mais bonitos que já vi. — Levem alguns, por precaução... Bem, nunca se sabe o que pode acontecer.

— Obrigada — agradeço conforme aceito os frascos dela. — Realmente ficamos gratos.

— Com certeza. — Ela coloca a mão no meu rosto, e acho que vai dizer mais alguma coisa. Mas ela para e acena com a cabeça na direção da porta. — Precisam pegar suas coisas. Acho que sua carona logo estará por aqui.

— Nossa carona? — Jaxon pergunta, falando pela primeira vez. — Pensei que esse era nosso trabalho. Nós... — Ele para de falar quando um portal se abre no meio da sala de jantar, e Remy Villanova, com seus mais de um metro e noventa, aparece, vestindo camiseta branca, jeans surrado e um tênis Dr. Martens de arrasar.

Ele sorri quando me vê, e então olha para Jaxon e capricha no sotaque típico de Nova Orleans.

— Ora, ora, Jaxon. Quem vai mandar um dragão fazer o trabalho de um feiticeiro?

E, com um estalar de dedos, o portal se fecha atrás dele.

Capítulo 91

SORRIA E AGUENTE O URSO

— Então, exatamente onde preciso abrir esse portal? — Remy pergunta para a sala em geral, e a Curadora se inclina e lhe sussurra alguma coisa. O feiticeiro faz um aceno rápido de cabeça e entra em ação, criando, do nada, uma porta para a América do Sul.

Em geral, *amo* ser uma gárgula. E ser uma semideusa do caos também é interessante de vez em quando. Mas eu estaria mentindo se não admitisse a inveja que sinto quando Remy simplesmente dobra o tempo-espaço como um mágico sempre que deseja. Eu me presentearia com várias idas a museus de arte ao redor do mundo se pudesse fazer o mesmo.

— Como você está aqui? — Flint pergunta quando Remy faz outro floreio no ar. — Pensei que estivesse preso naquela escola, sem férias por causa de mau comportamento.

— Sim, bem. Existem níveis distintos de "estar preso". — Ele dá de ombros. — Desde que eu volte para minha prova em três horas, vai ficar tudo bem.

— Três horas? — Macy coloca um timer em seu celular. — Então precisamos nos apressar.

Flocos dourados começam a brilhar e a se mover no círculo que Remy está fazendo e, em poucos segundos, o portal já é um círculo imenso que rodopia bem diante de nós.

— Pronta para partir, *cher*? — ele pergunta, com uma piscadela. — Farei o melhor possível para não colocar vocês no meio da cachoeira.

— De algum modo, isso não me inspira muita confiança — Jaxon murmura.

Eu poderia levá-lo mais a sério se Jaxon não parecesse estar no meio de uma nuvem de tempestade agora — cinza, sombria e pronta para chover em cima de tudo e de todos.

— Isso é porque não estou prometendo nada que dependa de você — Remy retruca.

Jaxon lhe mostra o dedo do meio, mas não há maldade no gesto — provavelmente porque ele parece muito infeliz. Remy deve pensar a mesma coisa, porque apenas ri.

— É desagradável ver como você é bom em fazer portais — Macy desabafa para Remy.

Ele a olha de lado, com ar de divertimento.

— E eu achando que um "muito obrigado" seria o mais adequado.

— Sem dúvidas, obrigada — ela diz. — Mas, além disso, você é um saco.

— Acho que você me confundiu com um vampiro — ele diz para minha prima, e então dá um passo para trás, faz um gesto galante com a mão e declara: — Primeiro as damas.

Começo a pensar que "primeiro as damas" é só outro jeito de dizer para os rapazes esperarem para ver em que tipo de encrenca estão se metendo. Mas para o inferno com isso. O relógio está correndo e estamos perto demais para desperdiçar mais tempo.

Então, sem mais delongas, aperto a mão de Hudson e entro no portal... e saio no alto de uma montanha.

Posso ouvir o rugido da cachoeira ali perto, mas, já que não estou parada ali na beirada — nem boiando na água lá embaixo —, definitivamente considero isso uma vitória para Remy.

Enquanto espero pelos demais, giro em círculo, à procura de avaliar a configuração do terreno — e me sobressalto quando dou de cara com um urso, que parece tão surpreso em me ver aparecer do nada quanto eu mesma estou em ver tudo aquilo.

Capítulo 92

AO CLARÃO, PREPARE-SE E VÁ!

Mas é claro que pode ser o círculo dourado que deixou o urso tão surpreso. Não tenho tanta certeza se o mesmo pode ser dito sobre mim.

— Hummm, oi — saúdo ao recuar vários passos... e trombar em Macy, que acaba de atravessar o portal também.

— Ah, ei! — ela resmunga, mas paralisa quando vê o urso também. — Hum. Acho que não pensamos que isso podia acontecer.

— O que devemos fazer?

— Por que pergunta para mim? — ela reclama. — Por acaso pareço uma encantadora de ursos?

— Você mora no Alasca. Existem ursos lá — lembro.

— Seguindo essa lógica, você mora na Califórnia. Tem um urso na bandeira do seu estado, pelo amor de Deus.

É um argumento válido.

— Devo me transformar em gárgula? Ou acha que isso vai fazê-lo surtar?

Antes que Macy possa responder, o urso se inclina na nossa direção e fareja. E isso faz com que nós duas nos inclinemos para trás, bem para trás. Tão para trás que acabamos por colidir com Heather, que grita no instante em que sai do portal.

O urso recua e ruge para ela. Então dá meia-volta e corre para longe de nós.

— Hum — Macy comenta. — Então era só isso que tínhamos que fazer?

— Acho que sim.

— O que era aquilo? — Heather pergunta.

— O que você acha que era? — Macy retruca, caminhando na direção do som da cachoeira. — Ei, então a tal árvore supostamente está nas margens da cachoeira?

— Não sei — respondo, antes de assumir minha forma de gárgula. — Mas vou voar um pouco pelas redondezas para ver o que consigo descobrir.

Jaxon ultrapassa o portal assim que me lanço no ar, e aceno para ele antes de levantar voo por sobre um imenso bosque de árvores e para ter uma vista melhor daquele lugar desconhecido.

É uma vista de tirar o fôlego. O céu tem um tom azul maravilhoso, sem nuvem alguma. As montanhas ao fundo são deslumbrantes, incluindo uma que, tenho quase certeza, deve ser um vulcão, o qual espero não resolver dar trabalho bem agora.

E a cachoeira em si parece ter mais de sessenta metros de altura, descendo pela encosta da montanha. Há vegetação crescendo dos dois lados da queda d'água, mas o fundo é formado apenas por rochas afiadas e termina em uma área quase completamente cercada pelas montanhas vizinhas, formando o que parece uma imensa piscina natural.

É outra vista incrível que eu gostaria de ter tempo para apreciar por inteiro. Mas, neste momento, estou menos interessada na cachoeira do que nas árvores que crescem ao redor.

E, quando digo "ao redor", falo sério. Como diabos vamos encontrar a Árvore Agridoce em um *montanha* cheia de árvores? Não posso acreditar que só agora percebo que devia ter pedido para *alguém* descrever essa maldita árvore antes.

Dou outra volta sobre a cachoeira e as árvores nas redondezas, na esperança de me deparar com algo que não percebi antes. Mas nada chama a atenção, então volto para o lugar onde está o portal — e descubro que fiquei fora tempo o suficiente para que todos atravessassem.

— Encontrou alguma coisa? — Hudson pergunta, e estende a mão para mim quando aterrisso.

— Árvores — respondo, desanimada. — Várias, várias e várias árvores.

— Vamos encontrar — ele garante ao mesmo tempo que acaricia meu cabelo. — Nem que tenhamos que olhar uma árvore de cada vez.

Meu Deus, só de pensar no assunto já fico exausta.

Abraço Hudson com toda a força e espero que ele faça o mesmo, antes de me afastar a fim de averiguar como estão os demais.

Jaxon está parado na beira da cachoeira, contemplando suas profundezas turbulentas.

Flint se transformou em dragão e está preparado para alçar voo e fazer a mesma volta de reconhecimento que acabei de fazer, enquanto Éden já se aproxima das árvores que estão mais perto de nós.

Eu me preparo para voar de novo. Mas Macy, que teve uma conversa intensa com Remy durante os últimos minutos, chama Hudson e a mim para falarmos com eles.

— O que foi? — pergunto assim que nos aproximamos.

— Queremos executar um feitiço de localização. Pode ser que diminuamos um pouco o palheiro onde está a agulha — Remy anuncia enquanto Macy lhe entrega um pingente que estava em sua bolsa. Ele o pendura em um pequeno galho.

— Que ideia brilhante! — Hudson celebra.

Macy balança a cabeça.

— Não comece os elogios ainda. Uma árvore no meio de tudo isso não é exatamente fácil de ser achada... nem mesmo com um feitiço.

— Mesmo assim, fico impressionada por terem pensado nisso — enfatizo. — O que podemos fazer para ajudar?

— Visualize a árvore — Remy me instrui conforme manda uma pulsação de poder direto no pingente, que começa a balançar bem de leve, para a frente e para trás.

O calor toma conta do meu rosto, e abaixo o queixo ao admitir:

— Não tenho ideia de que tipo de árvore visualizar. Não pedi que ninguém me fizesse uma descrição.

— Ei, está tudo bem, *cher* — Remy conforta. — A Curadora me deu um feitiço para nos colocar perto da árvore. Só precisamos encontrar a direção certa e seguir em frente.

Dou um gemido.

— Mas nem pensei em perguntar para *uma única* pessoa como era a aparência dela.

Ele me dá um sorriso torto.

— Então é uma boa coisa que o velho Remy aqui não precisa de coisinhas bobas como detalhes para fazer sua magia funcionar. — Ele me dá uma piscadela. — Só pense *no que* é. No que ela representa para você.

Aceno com a cabeça e fecho os olhos enquanto penso em Mekhi. Em Lorelei e Liana e na dor das almas unidas por uma eternidade. E então espero — não, faço uma prece — que chegar até aqui não seja apenas um exercício de arrogância e uma perda de tempo.

Remy adiciona mais poder, mais pulsações de energia que saem de seus dedos. Mas nada acontece. O pingente não se desvia de seu vaivém ritmado.

Depois de mais ou menos um minuto, o pingente muda de direção, agora girando da direita para a esquerda — de leste a oeste. Remy envia uma carga extra, e a energia mais uma vez pulsa de seus dedos. Mesmo assim, nada acontece.

Até que, por fim, acontece.

De repente, faíscas de luz saem do pendente a cada vez que ele balança em uma direção, cada ponto de luz flutuando no ar como uma constelação de estrelas, agrupando-se em linha reta. Nunca vi algo assim.

— Então, é para lá? — pergunto, seguindo a direção da linha de luz, que aponta para uma imensa aglomeração de árvores.

Jaxon olha para as árvores e para nós novamente.

— Ainda tem muita árvore para procurarmos ali.

— Você é muito observador — Hudson comenta, seco.

— Mesmo assim, é melhor do que toda uma área...

— Relaxe — Remy me interrompe, com uma risada. — Ainda não terminamos.

Agora que temos a área geral, Macy começa a fazer uma série de movimentos rápidos com as mãos, girando os dedos em círculos cada vez menores, até que, de repente, os afasta como se abrisse um presente — e o agrupamento de luzes flutuantes sai voando em uma direção.

— Vamos! — Macy grita, e todos saímos correndo atrás das luzes.

Capítulo 93

NÃO MEXA COM QUEM ESTÁ QUIETO

Só precisamos correr uns cinquenta metros pela mata fechada antes de darmos de cara com um prado gigante. Ali no meio há uma árvore imensa, com centenas de galhos compridos e grossos que saem da base de um tronco grande o bastante para rivalizar com aquele da Cidade dos Gigantes.

Nós achamos.

Nós achamos a Árvore Agridoce.

— Puta merda! — Flint exclama enquanto os outros chegam correndo. — Conseguimos. Realmente achamos a árvore.

— Quem diria que teríamos que vir até o Equador para encontrar a Árvore Agridoce, e acontece que ela é só um simples olmo? — Heather diz, balançando a cabeça em admiração.

— É isso o que ela é? — pergunto. — Um olmo?

— Tenho quase certeza de que sim. É mais alta do que a maioria dos que já vi, mas o formato é o mesmo. Veja como os galhos são baixos e largos. Sem mencionar que as folhas são típicas. Percebe como têm um formato oval torto, com um lado maior do que o outro? Definitivamente, é um olmo.

Hudson se aproxima de mim e enlaça minha cintura com o braço, enquanto observamos a cena.

Há uma pequena cachoeira que deságua em um lago azul cristalino, a metros da árvore, e vários de seu galhos compridos mergulham e balançam na água com a brisa. Atrás da árvore parece haver uma pequena caverna rochosa, e à esquerda, mais mata fechada. Mas, pontilhando o prado em todas as direções estão montes e mais montes de terra com as flores silvestres mais bonitas que já vi, em todas as cores imagináveis, alcançando qualquer ponto de luz solar que consiga atravessar os grossos galhos da árvore.

O lugar todo é idílico, e uma sensação de calma percorre minha pele com o vento gentil. Respiro fundo, e percebo que tudo vai ficar bem. Só temos de recolher o — como é que minha avó chamou? — Orvalho Celestial, ou néctar da árvore...

— Por acaso olmos têm seiva? — pergunto a Heather.

Ela não responde. Está ocupada demais olhando para a árvore. Ela olha, olha, olha.

Na verdade, todos parecem hipnotizados pela árvore, com os olhos arregalados e a boca entreaberta, maravilhados. E entendo a reação. Este lugar é mágico.

Um dos cantos da minha boca se ergue em um sorriso suave, e volto a olhar à árvore também, me recostando em Hudson ao passo que observo os longos galhos que se curvam no prado, sobrecarregados de...

Eu me endireito.

— Por acaso todos os olmos têm tantos favos de mel assim? — pergunto, aproximando-me da árvore a fim de analisar melhor. — Deve haver centenas deles aqui.

— Ou talvez milhares — Macy comenta.

Ela está certa, percebo enquanto circulo pelo prado. Há centenas e mais centenas e mais *centenas* de favos de mel pendurados de todos os pontos disponíveis nos galhos da árvore. E, se tanto a árvore quanto os galhos são absolutamente gigantescos, os favos são de todos os tamanhos.

Alguns deles são pequenos como uma baga. Outros são maiores do que uma bola de praia, pendurados nos galhos mais compridos e mais grossos. E há outros de todos os tamanhos intermediários.

Nunca vi nada assim na vida.

— Odeio ser estraga-prazeres — Jaxon fala para mim enquanto continua a encarar a árvore imensa. — Mas temos certeza de que essa é a Árvore Agridoce? Olmos não são nativos deste país.

— Exatamente — Hudson lhe diz. — A Curadora disse que ela nunca fica duas vezes no mesmo lugar... o que significa que provavelmente não é desta floresta, certo?

— E agora ela quer ficar aqui — Heather suspira. — Cercada de flores silvestres de todas as cores e às margens desta cachoeira incrível. É bem bonito quando se pensa a respeito, não é?

— Sim — Éden concorda. — Mas estou pensando que precisamos nos apressar antes que a árvore decida se realocar novamente.

— Acha que o néctar do qual precisamos é mesmo o mel? — Flint pergunta, cruzando os braços sobre o peito largo enquanto observa a grande quantidade de favos de mel que podemos pegar.

— Eu achava que era a seiva — admito. — Mas acho que você está certo e, na verdade, é o mel.

— Por que a Curadora nos disse que precisaríamos de um frasco para coletá-lo? — Jaxon questiona. — Não podemos simplesmente pegar um pedaço do favo?

— Talvez seja frágil — Éden sugere. — Além disso, quanto mel vai vazar se você simplesmente guardar o favo no bolso e o levar daqui até o Reino das Sombras?

— Não pode ser tão fácil assim, pode? — Flint pergunta, apontando para um favo especialmente grande pendurado a menos de um metro do chão. — O favo está logo ali, à espera de que alguém passe por perto e o pegue.

— Por acaso tudo precisa ser difícil? — Heather contrapõe.

— Na minha experiência? — Flint balança a cabeça. — A vida me ensinou que a única resposta para essa pergunta é "sim, precisa".

Ele tem razão. E é óbvio que não sou a única que pensa assim, já que Éden olha para a árvore tão fixamente quanto eu.

— Não pode ser — ela diz, concordando com Flint... e comigo.

— Poderia — Heather insiste, avançando um passo.

— Duvido — Hudson diz, mas também se move em direção à árvore.

A cautela em seu tom de voz me instiga a analisar a árvore com ainda mais escrutínio.

— O que você vê que eu não vejo? — pergunto.

— Não é o que vejo — ele responde. — É o que ouço.

— Meeeeeeerda — Flint sussurra, arregalando os olhos, alarmado, e percebo que, o que quer que Hudson esteja escutando, ele também ouve.

Assim como Jaxon e Éden, a julgar pelas expressões idênticas de preocupação em seus rostos também.

O pânico sobe pela minha coluna — é preciso muita coisa para intimidar um paranormal, em especial quando são tão poderosos quanto meus amigos. Então, se estão tão preocupados assim, o que quer que estejam ouvindo deve ser bem ruim.

— O que é? — Macy pergunta, porque ela tampouco tem uma audição especial.

— Abelhas — Jaxon responde. — Milhares e milhares de abelhas.

— Sério? É isso que deixou vocês tão preocupados? Eu nem sequer consigo ouvi-las — Heather rebate.

— Você não consegue ouvi-las porque estão produzindo um som muito agudo neste momento — Hudson explica. — Meio como se fossem dez mil apitos para cachorro tocando ao mesmo tempo.

— Dez mil? — Heather pergunta, de repente parecendo bem mais do que um pouco surtada.

— No mínimo — Éden responde, balançando a cabeça como se tentasse limpar a mente. — Acho que são mais.

— Bem, não acho que dez mil abelhas sejam páreo para um bando de paranormais — eu os incentivo. — Quer dizer, o que de pior pode acontecer? Levarmos algumas ferroadas?

— Só tem um jeito de descobrir — Jaxon intervém e avança cerca de três metros na nossa frente. Então usa sua telecinese para partir um canto do favo de mel mais próximo e o faz flutuar pelo prado, na nossa direção.

Capítulo 94

TUDO AQUILO QUE NÃO DEVE SER FEITO

Nada acontece.

Nenhum enxame de abelhas sai dos favos e nos ataca por pegar seu mel. Nenhum relâmpago cai do céu e nos atinge. Nenhuma força celestial tenta proteger a árvore das nossas mãos.

Mas, quando um triunfante Jaxon ergue a palma da mão para pegar o pedaço de favo de mel, é difícil não perceber que *alguma coisa* está errada com ele. Para ser mais exata, Jaxon de repente está se movendo em câmera lenta — não, em câmera *superlenta*.

Fico olhando para ele, com os olhos arregalados, enquanto ele começa a baixar a mão.

E continua baixando.

E continua baixando.

E continua baixando.

Assim que seu braço chega na *altura do ombro*, um zumbido alto e agudo preenche o ar ao nosso redor. Até eu consigo escutar agora. E cerca de dois segundos depois — antes que Jaxon consiga abaixar o favo mais um centímetro —, as abelhas aparecem em todas as superfícies do favos de mel. Algumas também zumbem ao redor dos favos.

Mesmo assim, não é nada que me cause pânico. Quer dizer, não estávamos esperando o Jaxon em câmera lenta — e não me agrada fazer a viagem de volta para casa com ele assim —, mas sem contar um pouco de atividade extra de abelhas ao redor da árvore, os insetos parecem nos deixar em paz.

Solto um longo suspiro. Finalmente, o universo vai nos dar uma vitória, e estou mais do que disposta a aceitar.

Flint e Éden se revezam nas piadas sobre Jaxon — que agora conseguiu abaixar a mão mais um centímetro —, e percebo uma imensa gota de mel se formando na parte de baixo do favo.

Olho ao redor, em busca de Hudson, para lhe comunicar que acho que tenho um jeito de capturar o néctar, mas ele, Macy e Heather começaram a andar ao redor do perímetro da árvore, acho que para dar uma olhada melhor nela. Dou de ombros.

— Não há momento melhor do que o presente — digo para ninguém em particular, enquanto tiro a mochila do ombro. Abro a parte de cima e remexo lá dentro até achar a bolsinha que contém os frascos que a Curadora me deu. Pego dois, só por precaução, e recoloco a mochila nas costas.

Tiro a rolha de um dos frascos, caminho até Jaxon, e posiciono o vidro logo embaixo da gota de mel, com cuidado para manter a bolha que se forma bem no meio da abertura. Definitivamente, não quero ter de passar por essa coisa de câmera lenta que atingiu Jaxon.

— Ei, será que vocês podem parar de zoar Jaxon e procurar um graveto ou algo assim para eu poder tirar o favo da mão dele? — peço, mirando diretamente para os dois dragões que dão de ombros e vão para a entrada da floresta, em busca de gravetos.

Percebo que Hudson, Macy e Heather continuam a encarar a árvore, e sigo a linha de visão deles até encontrar um grupo de abelhas zumbindo ao redor de um dos maiores favos. As abelhas não se parecem com nada que já vi antes, e tenho de engolir a vontade de gritar: "CORRAM!"

Em primeiro lugar, as abelhas menores — que não são maioria — têm o tamanho de uma noz. As maiores são quase do tamanho do meu punho — maiores ainda, se medir a partir das antenas compridas que saem de suas cabeças, das asas imensas que mantêm seus corpos gordos balançando no ar, e do ferrão ridiculamente comprido que sai da bolsa de veneno.

Ao me deparar com as imensas criaturas com enormes olhos pretos e carinhas indistinguíveis, tudo em que consigo pensar é que tinha achado os insetos de sombra ruins. Porque, embora eu não tenha nada contra abelhas normais, essas são coisa de outro nível.

E, ah, céus...

Engulo em seco.

Elas nos viram.

Esse foi meu primeiro pensamento.

E o segundo?

As asas gigantes significam que não há absolutamente nada de lento nelas.

E o enxame segue direto para Jaxon.

Capítulo 95

COM ABELHA OU SEM ABELHA

Flint deve ter escutado um de nós gritar, porque ele não hesita. Corre na direção de Jaxon e o envolve com seu corpo imenso — e, sem querer, encosta no favo de mel.

Flint, cujo instinto de autopreservação nem sempre é dos melhores, deve perceber exatamente quanto está ferrado, porque começa a mudar para sua forma de dragão. Imagino que seja porque a pele de dragão é muito mais grossa do que nossa pele humana.

Mas agora ele também se move em câmera lenta.

Observar um dragão — ou mesmo um lobisomem — se transformar geralmente é uma coisa linda, cheia de reflexos de arco-íris, luzes místicas e uma mudança que acontece em pouco mais do que um piscar de olhos.

Ver Flint se transformar agora não é nada disso. Nada bonito. Nada místico. E, sem dúvida, nada rápido. Em vez disso, é superdesajeitado, sem mencionar assustador, porque, ao contrário do que acontece quando ele se transforma normalmente, conseguimos observar cada alteração que ocorre em detalhes.

A pele começa a mudar primeiro, passando de quente, macia e marrom para fria, cheia de escamas e verde, uma camada excruciantemente lenta por vez. E depois uma segunda. E, ainda que as escamas dos dragões sejam lindas, em especial as de Flint, escamas de dragão parcialmente formadas se acomodando devagar umas sobre as outras são horríveis de ver.

Acrescente a isso o fato de que sua cabeça se transforma ao mesmo tempo que sua pele, e o resultado é verdadeiramente monstruoso. A estrutura óssea começa a alongar, a mandíbula fica mais larga, os dentes se afiam, e a pele sob as têmporas, olhos, boca, queixo e maçãs do rosto forma cristas duras e afiadas.

Em outras palavras, sua cabeça humana se transforma em uma cabeça de dragão — só que isso acontece tão devagar que ele se parece mais com um demônio do que com um humano ou um dragão.

A mesma coisa se passa com suas garras e sua cauda também, até que cada parte dele o faz parecer algum tipo de humano/monstro feito para assustar criancinhas — e todas as outras pessoas.

Exceto, aparentemente, as abelhas, que dão uma olhada nele — e no mel que agora vejo em sua mão — e seguem direto na direção de Flint, como se seus ferrões pegassem fogo.

Preso como está, entre sua forma humana e de dragão e obrigado a se mover com tanta lentidão quanto o mel frio, ele é alvo fácil para as abelhas e qualquer que seja o terror que elas pretendem lançar sobre ele.

Espio o frasco em minha mão, que agora tem uma gota do mel escorrendo por dentro do vidro, tampo-o com a rolha e mudo para minha forma de gárgula. Na minha forma de pedra, estou completamente imune às ferroadas, então me jogo na frente de Flint para deter as abelhas que atacam.

O barulho é horrível, o zumbido tão incessante que impossibilita a concentração ou até mesmo o pensamento. Isso não me impede de tentar afastá-las com as palmas das mãos abertas, mas me impede de planejar qualquer estratégia para lidar com o ataque. Acrescente a isso o fato de que Flint também está tentando bater nelas — sem o benefício de ser pedra — e nós três estamos em um mundo de dor, algo que Hudson deve notar de imediato.

Porque, no instante seguinte, todas as abelhas que nos atacam se desintegram em um momento. Mal processo a informação de que estamos livres antes que Hudson grite — um som horrível, de gelar a espinha dorsal, e que faz meu coração falhar no peito — antes de cair no chão a poucos metros da beira d'água, segurando a cabeça entre as mãos.

Capítulo 96

DÁ PARA CORRER, MAS NÃO PARA ESCAPAR DA COLMEIA

— Hudson! — grito, dando a volta na árvore, na direção dele. — Hudson, você está bem?

Mas ele não responde. Está ocupado demais agarrando a cabeça e se debatendo no chão.

No início, não entendo o que está acontecendo com ele — ele destruiu estádios, fez desaparecer milhares de insetos de sombra nas Provações, lutou contra esqueletos de gárgulas noite após noite e nunca teve essa reação. Sempre sai machucado por usar seus poderes, por ter de passar pela experiência de todas aquelas vidas — um dos muitos motivos pelos quais odeio que ele precise fazer isso —, mas não desse jeito. Nunca desse jeito.

Então, o que há de diferente em um enxame de abelhas? O que torna tão impossível para ele o fato de entrar nelas?

— Hudson. — Quero me jogar no chão ao lado dele, segurar sua cabeça em minhas mãos, mas ainda estou com os dois frascos, e ele se contorce demais para que eu me aproxime.

Meu consorte só fica gemendo, sem parar.

— Almas. Almas. Almas. Almas. Almas.

E é quando a ficha cai. Essas abelhas fazem mais do que proteger os favos. Elas fazem o mel. O mel é o que viemos buscar, o Orvalho Celestial, a coisa que, de algum modo, vai partir duas almas unidas. E se o mel é celestial, então não é forçar demais pensar que as abelhas que o fazem também são.

— Ah, meu Deus — suspiro, e meu estômago se contorce como uma corda amarrada. Ao desintegrar as abelhas, Hudson se colocou dentro da mente de um antigo ser celestial.

O medo toma conta de mim à medida que me pergunto se é possível superar uma situação assim. Tem como a mente de Hudson deixar de lado o que viu? O que sentiu? Ou ele vai sofrer com esse tipo de dor para sempre?

Só de pensar a respeito, meu estômago se contorce de novo, mas faço o melhor possível para não demonstrar ao observar o prado. Hudson não é o único em sofrimento agora.

Jaxon ainda não conseguiu soltar o favo de mel, e um novo enxame de abelhas gigantes o ataca por todas as direções. Flint tenta ajudá-lo, mas também está sendo atacado. Os dois têm vergões gigantes formados pelas ferroadas em toda a pele exposta, os olhos inchados e quase fechados, as mãos parecem luvas de apanhador no beisebol. Mesmo assim, as abelhas continuam ferroando sem parar, até que Flint cai de joelhos.

Apresso-me para ajudá-lo a espantar os insetos, com cuidado para não encostar no favo de mel na mão de Jaxon, mas há abelhas demais.

Macy e Remy correm até nós e começam a tecer encantos no ar. Encantos que formam barreiras protetoras ao redor de Flint e Jaxon, mas que se estilhaçam quase no mesmo instante. Feitiços que arremessam as abelhas metros para trás, mas nunca acertam muitas, e as que são pegas só parecem ficar ainda mais zangadas quando retornam voando. Na verdade, nada do que fazem parece ter qualquer efeito real nos insetos.

Éden usa seu hálito de gelo para tentar congelar o máximo possível de abelhas. E, ainda que o frio pareça repeli-las por alguns segundos, no instante em que conseguem se livrar da rajada gelada, elas voltam a atacar.

Heather pega um galho e coloca em prática seus anos no time de softbol do ensino médio, acertando o que pode. Porém, mais abelhas atacam do que ela é capaz de afastar com seu bastão.

Como eu já disse, não parece haver muita coisa que qualquer um de nós possa fazer contra essas abelhas.

Pior ainda, diante dos meus olhos horrorizados, as abelhas que antes atingiam só Jaxon e Flint começam a ferroar todos os meus amigos, e seus gritos torturados enchem o ar.

Hudson permanece no chão, o rosto pálido e a mandíbula travada de dor. Não grita mais, porém não sei se é porque a agonia diminuiu ou porque ele não tem mais energia para gritar.

Um olhar de relance para Flint me deixa com um grito preso na garganta, e me apresso para espantar mais abelhas. Ele parou de se transformar, e seu rosto inteiro está inchado com vergões imensos que o deixam quase irreconhecível.

Seu casaco e sua camiseta estão rasgados pelos longos minutos em que partes de abelhas gigantes — patas, asas, antenas, ferrões — os acertam. Todas essas partes são tão imensas e afiadas que causam danos onde quer que encostem — ou seja, em toda parte, a julgar pelo fato de que todos os lugares em que sua pele está exposta ficaram inchados, com enormes ferroadas cheias de pus.

Seu pescoço, suas mãos, seu peitoral, seu abdômen, e até sua perna sem a prótese estão três ou quatro vezes o tamanho normal, cheios de pus. Solto um grito quando nem mesmo seus joelhos conseguem mais aguentar, e ele cai de lado, imóvel.

Estou chorando de soluçar agora, à medida que espanto as abelhas que continuam em Jaxon, mas ele parece estar em pior forma do que Flint, ainda que eu não acreditaria que isso fosse possível, se não visse com meus próprios olhos.

Quando Jaxon pegou o favo de mel, obviamente seu metabolismo vampírico também ficou muito mais lento, porque nenhuma das ferroadas estão sarando, e ele está tão irreconhecível quanto Flint. Talvez esteja até pior do que Flint.

E isso só é reforçado quando ele tropeça e — assim como Hudson — cai de cara no chão. Com força.

Mas, ao contrário de Hudson, ele não grita em agonia. Na verdade, ele não emite som algum e, de algum modo, isso é ainda muito pior.

Viro-me para Éden e grito:

— Tire Macy e Heather daqui. Agora!

Remy já está no chão. Imóvel.

Quando Éden decola em direção ao céu, parte de mim deseja simplesmente ficar parada ali e gritar de terror, enquanto outra parte sabe que não é hora de perder o juízo.

Preciso permanecer calma. Todo mundo conta comigo. E sou a única que é imune às abelhas, e não me importo que os rapazes não estejam se mexendo. Eles não estão mortos. Recuso-me a acreditar nisso. Não ainda.

Olho de relance para Jaxon, que sucumbiu à dor e ao veneno. As abelhas também saíram de cima dele — todas, exceto duas imensas que pousaram ao seu lado e devoram o favo de mel que enfim seus dedos relaxados soltaram.

Elas não o ferroam mais. Na verdade, não fazem mais nada com ele, Flint, Remy ou Hudson, como se soubessem que não há mais sentido nisso. Logo estarão acabados, suas respirações difíceis ficando mais e mais lentas.

O pânico que tenho tentado conter me atropela como um trem descarrilhado agora. Abro a boca e grito, grito e grito. Grito até minha garganta arder.

Grito até que cada uma das abelhas retorne para seus malditos favos de mel, deixando meus amigos, meu *consorte*, sozinhos para finalmente morrerem em paz.

Capítulo 97

PRECISO DE UM PLANO DE FUGA

Não. Eu posso salvá-los. Eu *vou* salvá-los.

Guardo os frascos no bolso e corro para o lado de Hudson. Coloco uma das mãos no prado verdejante e a outra no ombro do meu consorte — e inspiro a magia da terra para dentro do meu corpo, e depois para o de Hudson.

Acesso o interior dele, procurando os piores efeitos do veneno das abelhas, e mando energia de cura para sua traqueia, que está quase completamente fechada. Sinto a magia branca e quente retirar o veneno de sua corrente sanguínea, devagar, bem devagar, e sinto suas vias aéreas se abrindo milímetro por milímetro.

Quando ele consegue respirar fundo, ainda trêmulo, deixo que as lágrimas escorram livremente por meu rosto. Ele vai ficar bem. *Ele vai*, convenço a mim mesma.

E sei que ele precisa de mais cura, mas ainda não posso me concentrar em curá-lo por completo.

Uma sombra passa por cima de mim, e percebo que Éden sobrevoa as árvores, fazendo círculos no ar. Ótimo. Com ela, Heather e Macy estão em segurança. Posso me concentrar no que preciso fazer aqui.

Na sequência, volto-me para Remy, envolvendo seu tornozelo com minha mão e mandando o máximo de magia da terra que consigo canalizar em seu corpo. Flint e Jaxon estão a poucos metros de distância e tento empurrar a magia da terra pelo solo até eles também. Estão todos em estado crítico, e minhas mãos tremem conforme dreno mais e mais energia e a mando para o corpo dos meus amigos.

Quando os três começam a gemer e a respirar fundo, olho de relance para o céu e grito.

— Eles estão bem! Eles vão ficar bem!

Mas Macy e Heather acenam com as mãos e gritam em resposta:

— Cuidado!

Não tenho tempo de me virar para ver o que as assustou tanto antes que algo pesado me acerte e eu saia voando.

Puta merda. O que me atingiu — seja lá o que for — pula no meio do meu peito. E pesa uma tonelada. Acho que trincou meu peito — e minhas costas —, quando me atingiu e, ainda que eu queira sair de baixo daquilo, não consigo. Pesa uma tonelada, e estou presa como uma barata sob a sola de um sapato.

Luto para respirar — parece mesmo que quebrei o esterno e perfurei o pulmão — e consigo o primeiro vislumbre do que me atacou.

E a resposta é — um urso.

Um maldito urso.

E ele parece irritado pra caramba.

Com um rugido, ele começa a tentar arranhar meu peito de pedra, raspando as garras sem parar. Consegui colocar os braços sobre o rosto, mas é tudo o que posso fazer a fim de me proteger. O pânico aperta meu coração e me encolho ao máximo, considerando o maldito urso gigante acampado em cima do meu peito.

Hudson deve sentir meu desespero, porque o ouço grunhir dolorosamente, arrastando uma perna pelo chão, depois a outra, até conseguir ficar de joelhos. Infelizmente, seus olhos ainda estão fechados de tão inchados, então ele não tem ideia de onde estou — nem que há um urso sobre o meu peito.

Cogito gritar para que ele me ajude, mas me contenho, com medo de que ele tente desintegrar este urso que, dado que aparentemente mora perto de uma árvore Celestial, pode ser um ser celestial também. Se o fato de usar sua habilidade em abelhas Celestiais deixou Hudson de joelhos, não posso imaginar o dano em sua psique se ele entrar na mente desse urso.

Por sorte — a depender do que considero sorte a essa altura —, o urso deve decidir que não valho muito esforço. O animal para de me arranhar e sai de cima do meu peito com uma cambalhota impressionante para o lado, e se afasta.

— Estou bem, Hudson — consigo falar depois de um minuto, e espero mesmo que ele não perceba se tratar de uma mentira. Sem dúvida, tenho cem por cento de certeza de que *não* estou bem. Mas não estou morta, tampouco, e isso vale algo.

— As abelhas... — Hudson começa a dizer com a respiração irregular. — O mel... — Ele balança a cabeça e tenta de novo. — O urso... é um... devorador de almas.

Sim. Devo concordar com isso. Ele já quase devorou a minha duas vezes até agora.

Luto em busca de me sentar, mordendo o lábio para não fazer algum ruído que provoque de novo o interesse do urso. *Deus, por favor, não o urso,* gemo mentalmente, alternando meu olhar entre o urso e Hudson, que afundou na terra, exausto. Depois de um tempo, apoio o peso do corpo nos cotovelos, conforme fico de olho no urso, que está embaixo da árvore agora.

Meus olhos se arregalam quando percebo que ele é ainda maior do que eu pensava. E seu pelo é dourado e reluzente, cada pelo brilhando tanto quanto a lua cheia sobre o oceano em uma noite clara. Se ele não tivesse acabado de partir minha caixa torácica ao meio, eu o consideraria majestoso.

De repente, o urso se vira para fitar Hudson, e meu coração dá um salto triplo carpado.

Fico em pé o mais rápido que consigo, que não é tão rápido quanto eu gostaria, e grito:

— Sou eu quem você quer! — E começo a mancar na direção da árvore e dos favos de mel, o mais rápido que meu corpo maltratado consegue. Não existe a menor chance de eu deixar esse urso sozinho com Hudson. Sem chance. Vou morrer antes de permitir que ele pegue meu consorte.

O urso me encontra no meio do caminho, saltando com um urro que balança os favos nos galhos. Mas não me importo, porque, desde que esteja concentrado em mim, ele não irá atrás de Hudson, de Jaxon, de Flint ou de Remy.

Logo atrás dele, dou de cara com Heather, sentada na frente de Macy, nas costas de Éden. Éden mergulhou na direção do urso, assim como eu, e o galho de Heather está erguido como um bastão.

— Não! — grito para ela, erguendo a mão para impedi-la. — Não faça isso!

Mas é tarde demais. Ela balança o galho, acertando o urso na parte de trás do ombro. O animal se vira com um rugido e acerta Éden com força o bastante para mandar as três a vários metros de distância. Heather cai de cabeça no chão. E então fica imóvel.

— Heather! — berro. Hudson, de algum modo, conseguiu distinguir o corpo de dragão de Éden caído, assim que vejo Macy presa embaixo dela, porque ele acelera até elas e empurra o dragão pesado até conseguir tirar Macy.

O horror e a raiva tomam conta de mim, e ataco com meu punho de pedra, atingindo o urso no focinho com o máximo de força que consigo.

Ele grita em fúria quando sua cabeça é lançada para trás e, quando seus olhos encontram os meus, há uma raiva profana ali. O urso se ergue nas patas traseiras e, quando me ataca, me atinge com tudo o que tem.

Eu voo para trás, batendo com força na encosta da montanha ao lado da cachoeira. E então tudo fica escuro.

Capítulo 98

SÓ O AMARGO, NADA DO DOCE

Volto a mim com vagarosidade. Meus ouvidos estão zumbindo, e meu corpo todo parece ter sido atropelado por um tanque — várias vezes.

Pestanejo, tento clarear meu cérebro nebuloso e descobrir onde estou. É quando vejo Remy caído no chão perto de mim, quase irreconhecível por causa do dano infligido pelas abelhas, mas, pelo menos, respirando. Eu acho. Por favor, por favor, por favor, não permita que ele esteja morto.

— Remy! — sussurro, com urgência na voz. Ele não se mexe, então chamo novamente. — Remy...

Paro de falar quando ele geme, um som baixo e falhado que me atinge como um canivete. Estendo a mão na direção dele — só para sentir o calor de seu corpo e me assegurar de que continua vivo — e, ao fazê-lo, percebo que estou olhando para minha própria pele.

Minha pele humana, ensanguentada e machucada. Em algum momento entre aquele último golpe do urso e atingir o chão, perdi minha gárgula.

Vou bem para o fundo de mim mesma, tento colocar a mão ao redor do cordão de platina tão familiar, mas não o sinto ali. Não sinto nada além da dor pelo que aconteceu aqui hoje.

É quando viro a cabeça para procurar Hudson e o medo toma conta de mim, fazendo meu coração ir para a garganta e o gelo percorrer minha coluna.

Não o encontro de imediato. Em vez disso, deparo-me com Jaxon e Flint no chão, nas mesmas posições desde que a luta começou. Não consigo distinguir se o peito deles está em movimento.

A dor aumenta e pressiona meu peito com mais força do que qualquer urso jamais poderia fazer. Rouba o ar dos meus pulmões e torna cada vez mais difícil respirar. Mesmo antes que eu vire a cabeça um pouco mais e encontre Macy e Éden mais perto da árvore.

Macy está em posição fetal, todo o corpo tenso, mesmo inconsciente, preparada para receber mais um golpe, ao passo que Éden, em sua forma humana novamente, está deitada de lado perto dela. A dragão também está inconsciente — ou pior. Também está cheia de hematomas, espancada e quebrada. Mas ainda estende a mão na direção de Macy, mal conseguindo encostar os dedos nos cabelos da minha prima, verdes como o mar.

Heather está a vários metros dali, seu corpo largado exatamente onde aterrissou quando o urso a atingiu. E, ao seu lado, de bruços e completamente imóvel, está Hudson.

Meu Hudson.

Um soluço sobe pela minha garganta quando noto seu corpo inchado e machucado em um ângulo nada natural. Ah, meu Deus, o urso deve ter ido atrás dele, ou ele atrás do urso, depois que fiquei inconsciente.

Tento chamá-lo, mas seu nome fica preso em meu peito, sufocante. O horror, o terror e a agonia tomam conta de mim, e uso toda a força que me resta para me colocar de joelhos. Tento rastejar pelo espaço que nos separa, quero ficar perto dele. Mas meu corpo está quebrado demais — eu estou quebrada demais — e desabo no chão com o primeiro movimento que faço para avançar.

— Hudson! — sussurro seu nome agora. — Hudson, por favor.

Ele não se mexe, e tudo dentro de mim é envolvido pela escuridão. Porque Hudson jamais me deixaria sofrer, se pudesse impedi-lo. Hudson me responderia, se pudesse. Hudson, meu Hudson, acharia um jeito de vir até mim.

E ele não faz isso desta vez. Está simplesmente deitado ali, uma casca vazia do homem que amarei pela eternidade. E isso significa que ele se foi. Ele se foi de verdade.

Uma dor diferente de qualquer coisa que já senti se acumula dentro de mim. Toma conta de mim como o oceano, passando por mim com ondas contínuas e implacáveis. Arrasta-me para baixo como se fosse uma ressaca e me enterra mais e mais fundo até que estou afogando... e nem me importo.

Eu causei isso. *Eu causei tudo isso.* A verdade dessas palavras ricocheteia dentro de mim.

Fui eu quem não fez mais perguntas sobre a árvore. Sobre o Orvalho Celestial. E *todo mundo* tentou me avisar que os celestiais não estavam para brincadeira. Mas ignorei toda essa informação, escolhi não ouvir nada, não perguntar, não formular uma única questão que pudesse nos impedir de tentar salvar Mekhi.

Enterrei a cabeça na areia, como sempre faço quando não quero encarar algo difícil, e simplesmente segui adiante.

E todos os meus amigos pagaram o preço.

Minha valente e implacável melhor amiga pagou o preço.

Minha doce, triste e estilhaçada prima pagou o preço.

Meu teimoso ex-consorte e seu namorado leal até o fim, meu amigo, pagaram o preço.

Até meu amigo que pode ver o futuro, que colocou seu destino em minhas mãos quando veio mesmo assim, só porque sabia que eu precisava dele, pagou o preço.

E meu consorte, meu lindo, torturado, capaz de remover montanhas por mim, e que já sofreu mais do que qualquer um deveria ter sofrido, pagou o preço.

Porque acreditei na minha própria propaganda em vez de cuidar deles.

Porque não parei um momento para pensar, para planejar, antes de pular de cabeça no perigo.

Porque decepcionei cada um deles.

Nunca me senti tão envergonhada na vida — ou tão fracassada. Eu devia ser uma líder; em vez disso me tornei o carrasco de todos aqueles a quem eu amava.

Meus pais morreram tentando me proteger.

Xavier morreu porque não fui forte o bastante.

Luca morreu porque não consegui salvá-lo.

Rafael, Byron, Calder e até o pobre Liam morreram porque não consegui impedir uma guerra.

E agora isso.

Machuquei ou matei todos a quem eu amava, porque não fui forte o bastante, inteligente o bastante ou boa o bastante para salvá-los.

A agonia me estilhaça, e dessa vez não sussurro o nome de Hudson. Eu grito. Grito e grito sem parar.

Ele não responde, mas continuo gritando. Não consigo parar.

Se eu parar, significa que ele se foi de verdade. E isso não pode acontecer.

Não agora. Não ainda. Não meu Hudson. Não meu coração.

Não meu consorte.

Grito até ficar rouca.

Grito até que a última fagulha de esperança que arde dentro de mim se apaga.

Grito até não restar nada. Dele. De mim. De nós.

E então grito ainda mais.

Depois de um tempo, minha voz falha com o estresse e fecho os olhos, permito-me ser levada em um tsunami de dor tão imenso que não acho que conseguirei achar meu caminho para a superfície novamente.

Lutei contra essa sensação, lutei contra essa onda tantas vezes antes, mas não posso lutar mais. Não agora, quando a escuridão se fecha ao meu redor, puxando-me em seus braços — até o esquecimento —, que é o lugar ao qual eu pertenço.

Capítulo 99

SÓ PENSE NO ORVALHO

Não sei quanto tempo permaneço assim.

Tempo suficiente para o zumbido parar e as abelhas desaparecem novamente.

Tempo suficiente para um tom de lavanda suave do anoitecer pintar o céu.

Mais do que suficiente para que o urso pegue um favo de mel e o arraste para debaixo da árvore consigo.

Enquanto permaneço na escuridão, presa em algum lugar entre a angústia e a apatia, o mundo ao nosso redor muda. O vento sopra mais forte. O mato cresce. E as milhares e milhares de flores silvestres que cobrem a área ao redor da árvore ficam mais e mais altas.

Elas crescem por baixo de nós e depois crescem sobre nós, enrolando-se em nossos braços e pernas. Enroscando-se em nossos corpos. Cobrindo nossas mãos, pés e cabeças até que não sejamos mais visíveis. Até que as flores silvestres, o mato, a árvore e a água são tudo o que existe naquele lugar.

No início, não percebo nada daquilo — não percebo seu significado. Mas então as puxadas começam, as flores me puxam cada vez mais para o fundo da terra sobre a qual estou deitada, e então entendo. Aquelas não são apenas flores. São nossas coroas fúnebres — em um prado coberto de túmulos.

Os primeiros sinais de pânico aparecem quando noto o que está acontecendo. Com Remy. Com Jaxon. Com qualquer um dos meus outros amigos cujas vidas estão por um fio. Comigo.

A terra está nos absorvendo, aqui neste jardim de almas. Levando-nos de volta para o lugar de onde viemos.

O pânico se transforma em raiva, porque isso não está certo. Esta não é a nossa hora. Mais uma vez, viro a cabeça e olho para meus amigos. Mas nenhum deles se mexeu. Até Remy está deitado exatamente onde caiu. Mas, pelo menos posso ver o subir e descer leve — tão, tão leve — de suas costas durante sua respiração.

E então me recordo do que eu devia ter lembrado todo esse tempo. Dos meus cordões, tão vibrantes e coloridos quanto qualquer canteiro de flores silvestres.

Respiro fundo, solto o ar bem devagar e me preparo para o que quer que eu possa encontrar. E então faço o que devia ter feito horas atrás. Mergulho bem fundo, dentro de mim mesma, e procuro os cordões que se tornaram tão parte de mim quanto minha gárgula.

Estão ali. Ah, meu Deus. Estão todos ali. O cordão rosa-choque de Macy é um fio fino, mas está ali. O cordão de Remy, um verde-floresta profundo — tão diferente do cordão verde e ardente da minha semideusa —, está mais espesso, mais forte, mas ainda esfarrapado em determinadas partes. O cordão preto de Jaxon, o cordão âmbar de Flint, o cordão roxo de Éden. O cordão vermelho de Heather. Ainda estão todos ali. Arranhados, gastos e quase arrebentados em alguns lugares, mas continuam ali. O cordão amarelo de Mekhi está tão translúcido que é quase imperceptível, mas ainda está ali também.

Assim como o de Hudson. Ah, meu Deus, assim como o de Hudson. O elo entre consortes ainda está ali. Seu brilho está apagado, o azul um tanto opaco, mas há um ponto — um ponto aterrorizante, que faz meu coração ficar preso na garganta — que está tão estraçalhado que parece que a qualquer momento vai se partir para sempre. Mas está ali, sustentado — agora vejo — pelo meu cordão de platina que faltava.

No fim das contas, minha gárgula não se foi. Ela estava logo ali, embaixo do elo entre consortes, mantendo Hudson e eu juntos até que eu pudesse fazer isso eu mesma.

E isso significa que temos uma chance. Todos ainda temos uma chance. E preciso fazer dessa chance uma realidade. Preciso achar um jeito de aproveitar toda a força, todo o coração, todas as almas que essas pessoas compartilharam comigo neste último ano e achar um jeito de tirá-las daqui e levá-las para casa.

Meu cérebro permanece lento, meu corpo ainda está muito maltratado. Todavia, respiro fundo e me obrigo a pensar por meio da dor e do entorpecimento. Deve haver um jeito. Só preciso encontrá-lo.

Viro a cabeça a fim de olhar para Remy de novo, e não posso deixar de notar o urso sentado confortavelmente ao lado do lago, sob a sombra do olmo. Ele colocou o favo de mel no chão, diante de si, e observo enquanto ele devora pedaços cheios de mel.

Ainda estou perto o bastante dele para ver o mel escorrer por seu queixo e entre suas garras que mais parecem lâminas. Ele lambe os dedos por um momento, antes de mergulhar a pata no favo e tirá-la com mais um punhado de mel.

Quando termina, ele agita a pata em busca de limpá-la, e pequenas gotas voam em todas as direções. E então ele faz isso várias e várias vezes. Sempre que isso acontece, pequenas gotas de mel voam de sua pata e flutuam com a brisa.

O urso é um devorador de almas. Foi o que Hudson disse.

Observo enquanto outro fio de mel se estica dos lábios do urso até suas garras, ficando mais e mais fino, conforme ele afasta a pata da boca, até que por fim se rompe. O fio de teia reluzente brilha tanto quanto o pelo do urso, e é capturado pelo vento e levado para longe.

E tenho o pensamento ridículo de que é daqui que nossas almas realmente vêm — as almas de todos nós, apenas pequenas gotas de mel lançadas da garra deste urso Celestial e inflamadas com saliva Celestial.

Quero rir de tal absurdo, mas dói demais respirar. Em vez disso, continuo largada ali, observando este urso ridículo comer mel, com pequenos fiapos flutuando de sua boca sem parar. De vez em quando, suas garras ficam muito melecadas com os fios de mel que se recusam a flutuar para longe, e ele enfia a pata no lago ao seu lado. O mesmo corpo d'água que está a poucos centímetros de mim.

E é quando um pensamento bizarro *de verdade* me ocorre. E se, no fim das contas, o mel nunca foi aquilo do qual estamos atrás? Ao observar o urso enxaguar a pata na água mais uma vez, não posso deixar de me perguntar se não cometi um engano. Minha avó me disse que precisávamos do *Orvalho* Celestial. E orvalho é *água*, não mel.

Se este urso é um devorador de almas, como Hudson disse, e a água do lago enxágua o mel... Será que não precisamos da água deste lago para separar as almas de Liana e Lorelei, assim como o mel que é enxaguado da pata do urso?

Remy geme, e meu coração começa a bater com força no meu peito. Ele está acordado.

Chamo seu nome e, dessa vez, quando ele geme meu nome em resposta, respiro bem fundo, aliviada pelo fato de ele estar vivo.

Se Remy está vivo, há uma chance. Temos uma chance.

Tento não atrair a atenção do urso novamente, e falo o mais baixo possível, para que Remy me ouça:

— Consegue nos tirar daqui?

Ele balança a cabeça.

— Não consigo andar — ele responde, em uma voz alquebrada pela dor. — Ou ficar em pé.

— Sei disso — retruco. — Mas você precisa aguentar firme e nos tirar daqui. — Tento imbuir em minha voz a urgência que sinto. Sobra tão pouco tempo para Hudson e para Mekhi que isso tem de funcionar.

Os olhos de Remy estão fechados, e por um instante acho que ele voltou a dormir. Mas então ele sussurra:

— Tenho uma ideia.

— Ótimo — respondo.

Estou juntando energia para conseguir enfiar a mão no bolso quando sinto o chão embaixo de mim começar a tremer. Meu olhar se volta para o urso, e meu estômago já está na garganta, mas o tremor não deve ser por causa dele, porque ele ainda está comendo.

— Não tenho certeza se consigo levar todos nós — Remy sussurra, mas me recuso a aceitar.

— Todos nós vamos, Remy. Todos nós. — E então tenho uma ideia. — Você me leva, e eu levo todos eles. — E então olho bem dentro de mim mesma e seguro os cordões deles na mão. Porque *vou* segurar todos eles, custe o que custar. Nada me fará soltá-los. Não agora. Não nunca. — Falo para você quando estiver pronta.

Ele geme o que me parece um "sim". Enfio a mão no bolso e pego o frasco vazio que a Curadora me deu. Devagar, bem devagar, aproximo minha mão da água, centímetro após centímetro, mantendo os olhos grudados no urso. Mas ele está concentrado em seu jantar, e mergulho o frasco na água, enchendo-o até a borda. Então o fecho com a rolha o mais rápido que consigo.

Mesmo assim, não sou silenciosa o bastante. Porque, de repente, o urso ergue os olhos, um rosnado baixo vem do fundo de sua garganta, e ele sai em disparada na minha direção.

Estendo um braço para segurar a mão de Remy, e com a outra mão aperto os cordões dos meus amigos.

— Agora, Remy, agora! — anuncio.

O chão embaixo de nós se dissolve em um poço rodopiante de estrelas e cores. E então caímos.

Capítulo 100

VOCÊ GANHOU UM CARTÃO "PASSE LIVRE DA PRISÃO"

Quando aterrissamos, acertamos o chão com tanta força que o piso todo balança sob nós. Meu corpo dói de novo por causa do impacto — embora, para ser honesta, seja difícil determinar quais dores resultam desta queda e quais foram causadas por todas as coisas que aconteceram antes.

Preciso de um segundo para recuperar o fôlego — é como se eu tivesse levado um coice no esterno já machucado. Mas, assim que consigo, mergulho no mesmo instante dentro de mim mesma a fim de verificar os cordões. Continuam todos ali, até mesmo os de Heather e de Hudson.

Então me obrigo a abrir os olhos, determinada a encontrar meu consorte.

A primeira coisa que noto é como está iluminado aqui. As luzes do teto quase me cegam com tamanha intensidade. A segunda coisa é que o chão no qual estou deitada parece familiar, mesmo que eu não seja capaz de identificá-lo ainda. E a terceira coisa é um desenho infantil entalhado na parede de metal bem diante de mim.

É o desenho de um boneco palito, obviamente feito por alguém muito jovem, mas é algum tipo de quadrúpede. O animal tem uma cauda estranha em forma de gancho e uma cabeça de leão, como se o artista tivesse tentado capturar a imagem no meio do movimento.

Percebo que é uma manticora, à medida que pisco para enxergar com mais nitidez. Ela usa uma camiseta com um C gigante. Então não é qualquer manticora. É Calder.

Meu coração acelera de novo ao perceber exatamente onde estamos e que um jovem Remy deve ter feito aquele desenho, ciente de que, em algum momento, a conheceria aqui.

O pânico ameaça tomar conta de mim, porém, antes que isso aconteça, Remy estende o braço e cobre minha mão com a sua.

— Estamos em casa — ele declara, simplesmente.

E entendo. Machucado, espancado, arrebentado quase sem conserto, Remy nos levou para o único lugar que conseguiria — a prisão que foi sua casa por mais de dezessete anos de sua vida. O Aethereum.

— Você sempre consegue encontrar o caminho para casa — respondo. — Mesmo no escuro.

— Exatamente. — Ele abre um sorriso fraco.

Então viro a cabeça, em busca do *meu* lar, e encontro Hudson deitado de costas a vários metros de distância. Ele não parece bem, mas ainda consigo visualizar nosso cordão bem dentro de mim. Seguro-me nele enquanto cambaleio para ficar em pé e atravesso o chão liso da cela até meu consorte.

Sento-me e afasto o cabelo de seu rosto. Ele geme, segurando minha mão com uma de suas mãos inchadas, conforme vira de lado. Então leva minha mão ao peito e se curva ao redor dela.

— Achei que tinha perdido você — ele sussurra.

— Que engraçado — respondo enquanto continuo afastando o cabelo de seu rosto com minha mão livre. — Pensei o mesmo sobre você.

— Você gritou pra caramba, não foi? — Ele ri um pouco ao dizê-lo, mas logo o riso se transforma em um ataque de tosse.

— Sim, bem, eu teria parado se você tivesse me respondido. — Finjo estar ofendida. — Obrigada por isso, a propósito.

— Sinto muito por incomodar você. Eu estava tentando não morrer.

Faço um som de desaprovação no fundo da garganta, embora a felicidade borbulhe dentro de mim.

— E, ao que parece, não está fazendo um trabalho muito bom.

— Parece que não — ele concorda, inclinando a cabeça ante meu toque. — Que merda, Grace. Como dói.

— É só mais uma prova de que você está vivo — respondo, com naturalidade.

— Acho que eu poderia ficar com um pouco menos de provas — ele comenta secamente.

Balanço a cabeça.

— Nada disso. Depois daquelas malditas abelhas, quero toda a prova, todo o tempo.

Sua risada é fraca, mas está ali, mesmo assim.

— Você tem um argumento convincente.

— Pensei que estivesse morto. — Tinha a intenção de falar isso de um jeito um pouco irreverente, uma resposta casual a seu comentário provocador. Mas não é assim que soa. Em vez disso, sai de um jeito trêmulo, apavorado e devastado. Muito, muito devastado.

— Ah, Grace.

Hudson se obriga a se sentar e, ainda que não tenha nada de sua elegância habitual, ainda que esteja inchado com as ferroadas das abelhas e golpes do urso, ainda é lindo para mim. E ele está olhando para mim exatamente do mesmo jeito, e sei que minha aparência é um desastre ainda maior do que a dele. Mesmo assim, se eu não tivesse certeza de que o machucaria, eu me jogaria em seu braços e o abraçaria com toda a força.

Apoio com gentileza a testa em seu peito — não para ouvir seu coração bater desta vez, mas só para senti-lo perto de mim. Só para sentir seu peito subir e descer com a respiração.

Ao nosso redor, os outros começam a se mexer. Não estão fazendo nada tão intrépido quanto ficar em pé ou mesmo se mover por aí, mas estão despertando.

Flint xinga ao retornar à forma humana, abandonando o híbrido dragão/humano em que esteve preso durante todo esse tempo.

Jaxon, que estava de bruços, vira de costas, com gemidos.

Heather arfa ao voltar a si, balançando os braços como se ainda tentasse acertar uma daquelas malditas abelhas, enquanto Éden e Macy não se mexem. O único jeito que sei que estão despertas é porque seus olhos estão abertos — e as duas gemem de dor.

Remy está sentado, assim como Hudson e eu, mas não parece bem. De algum modo, seu olho está ainda pior — ainda que eu não soubesse que isso era possível —, com pus e sangue escorrendo como se fosse um rio.

Ele precisa de cuidados médicos. Todos precisamos de cuidados médicos, mas essa não é exatamente uma opção agora. Não quando precisamos descobrir como dar o fora desta prisão de novo.

O lado bom é que a porta da cela está escancarada, então não somos inteiramente *prisioneiros*. Mas não estamos no andar de baixo, onde podemos simplesmente caminhar para fora, tampouco. Pelo menos, não se as regras deste inferno ainda são as mesmas, e tenho quase certeza de que são. Caronte não me parece o tipo que gosta de mudanças, e muito menos a Estriga, que foi quem construiu este pesadelo.

Todo esse maldito mundo paranormal parece ter problemas com mudanças. Sem mencionar um milhão de regras diferentes para um milhão de coisas diferentes sobre as quais ninguém quer falar. No momento, estou bem irritada com a Carniceira por suas instruções muito abreviadas sobre toda a coisa da Árvore Agridoce. Não estou dizendo que ela *tinha* de nos contar que o orvalho não vinha dos bilhões de favos de mel gigantes, mas pelo menos mencionar as abelhas teria sido bom. Ou pelo menos o urso. Alguma coisa, qualquer coisa para nos preparar para o que íamos encarar.

Mas não.

Nem mesmo a Curadora se ofereceu para dar alguma informação útil — só que *os celestiais não estavam para brincadeira*. É o eufemismo da porra do milênio.

Ela nos mandou embora alegremente, com um frasco bonitinho, e esperou que sobrevivêssemos. Ou talvez não esperasse. Quando se trata de deuses, quem é que sabe?

Tudo o que sei é que se alguém que não tem ideia do que está fazendo vem até mim, uma pequena semideusa de nada, a fim de pedir ajuda para resolver um problema, minha missão é ser o mais clara possível. Nada de dicas obscuras, nada de meias histórias prolixas que deixam de lado as partes mais importantes, nada de um aceno e "boa sorte", antes de mandar a pessoa seguir inocentemente seu caminho. Só respostas diretas que a ajudem a fazer o que precisa ser feito. E, *pelo menos*, eu mencionaria um bilhão de abelhas Celestiais e um maldito *urso* Celestial.

Respiro fundo. Minha avó e eu *teremos* uma boa conversa depois.

Mas, neste momento, só estou feliz por estarmos bem. Sobrevivemos *e* conseguimos o Orvalho Celestial. Tudo vai ficar bem agora. Mekhi vai ficar bem.

Flint tosse, e então geme imediatamente depois, porque a dor é muito grande. E apenas estou sentada aqui, ao lado de Hudson, tentando descobrir o que fazer. Como conseguir ajuda médica para meus amigos e para mim.

Sei que os paranormais saram rápido, em especial vampiros e metamorfos, mas não tenho certeza se vão se curar rápido bastante. Não com o tipo de ferimentos que sofreram. E, mesmo se forem capazes de se curar, isso não ajuda o restante de nós.

Então, que diabos vou fazer?

Simplesmente esperar até que alguns de nós se sintam bem o bastante para enfrentar o desafio de Caronte? Mas, nesse caso, corremos o risco de sermos colocados na Câmara, e ninguém aqui consegue lidar com isso agora. Sem mencionar o fato de que o tempo de Mekhi diminuiu para o que espero que sejam horas, e não dias ou minutos.

— Precisamos dar o fora daqui — Hudson me diz, como se lesse minha mente.

— Eu sei — respondo. — Só não tenho ideia de como fazer isso acontecer. Não conseguimos nem andar.

Ele concorda com a cabeça, e então se deita de novo no chão, como se ficar sentado exigisse esforço demais. E fico mais apavorada do que nunca. Se Flint e Hudson estão fracos demais até para se sentarem, como diabos vou tirar o restante de nossos amigos daqui antes que algo terrível aconteça?

Mas antes que *eu mesma* consiga me levantar, muito menos meus amigos, um tilintar baixinho e ritmado vem do corredor que passa diante das celas deste andar, como se alguém batesse uma chave contra barras de metal.

É um som ameaçador — que faz os pelos da minha nuca ficarem em pé. Mesmo antes que eu perceba que não é uma chave que está tilintando, mas um anel. Um anel que está atualmente no dedo de ninguém menos que a Estriga.

Capítulo 101

TENHO UMA RECLAMAÇÃO A FAZER

O medo toma conta de mim quando a Estriga entra na cela como se fosse dona do lugar — o que, tecnicamente, acho que ela é. Normalmente, eu estaria mais do que disposta a enfrentá-la, mas, neste exato momento, não estou em condições de bater de frente com ela. Nenhum de nós está.

Mesmo assim, luto para ficar em pé. Se vou ter de lidar com esta mulher, farei isso em pé. Qualquer outra coisa é como admitir a derrota antes mesmo de entrar no campo de batalha.

Não ajuda meus nervos o fato de que, de repente, a tatuagem no meu antebraço parece ganhar vida. Tenho temido este momento, mas devo dizer que nunca me ocorreu que ele fosse acontecer dentro de uma maldita prisão, depois que todo mundo que amo foi espancado até quase morrer ao meu lado. Mas, sem dúvidas, ela sempre foi do tipo que se aproveita das vantagens.

— Bem, Grace, nunca pensei que veria você aqui novamente — ela diz enquanto observa a cela de Remy e vê todos os meus amigos largados no chão. — Embora eu ache que um hospital seria mais adequado do que uma cela de prisão.

Jaxon tenta se sentar para encará-la, e acaba caindo com um gemido de dor, e cobre os olhos com o braço.

— Na verdade, eu também — respondo. — Planejávamos ir direto para lá assim que conseguíssemos.

— Um pouco tarde para isso, não? Vocês estão…

Macy resmunga enquanto tenta se mexer, e dá um grito angustiado que ecoa nas paredes de metal da cela.

A Estriga curva os lábios e se vira para ela.

— Você precisa mesmo fazer isso aqui?

Macy não responde, e depois de vários segundos a Estriga recomeça a falar:

— Esta prisão não é conhecida exatamente por ser fácil de escapar. Se estão aqui, mesmo que por acidente, espera-se que se redimam se é que querem ter uma chance de saírem vivos daqui. Certamente você se lembra.

— Essa baboseira só funciona uma vez, Adria. Sei exatamente como sair desta prisão, e redenção não tem nada a ver com isso.

Ela arregala os olhos, embora eu não tenha certeza se é porque a chamei pelo primeiro nome ou porque não lhe permiti vir com historinhas. E, para ser sincera, não me importo. Tudo o que sei é que não vou mais fazer o que ela quer e fingir que suas palavras ou ações estão certas quando é evidente que não estão.

— Você não sabe tanto assim, sua pequena...

De repente, Remy faz um barulho de ânsia de vômito, e ela pula cerca de um metro e meio para trás, como se tivesse medo de estar na área do jorro que viria.

— Que diabos há de errado com vocês, criaturas? Estou tentando ter uma conversa aqui, e vocês não param de choramingar. — A Estriga leva a mão ao bolso e pega uma garrafinha dourada. No início, acho que o fato de nos ver assim a levou a beber, mas então ela abre a tampa, despeja um pouco do conteúdo na palma e esfrega as mãos.

Hum. Álcool em gel. Não imaginei uma coisa dessas. Quer dizer, não tenho certeza de como ela acha que levar um chute no traseiro seja contagioso, mas existem loucos para tudo.

— Se vai fazer isso, você pode, por favor, ir ao banheiro? — ela exige, virando-se para Remy com uma expressão irritada no rosto que logo se transforma em terror.

Ela grita e cambaleia para trás.

— Pelo amor de Deus, o que há de errado com você? — Ela aponta para o olho dele. — Já vivi muito tempo, e nunca vi uma coisa dessas antes. Não existe álcool em gel suficiente no mundo para que eu divida o mesmo espaço com todos vocês.

E então, parecendo muito ofendida, ela faz um movimento de enxotar com a mão, como se espantasse uma abelha, o que não deixa de ser irônico. Segundos depois, um calor estranho invade meu corpo. Ele tira a dor que sinto em absolutamente todas as partes, mas é só quando olho para Remy que percebo o que aconteceu.

Ela curou todos nós, não pela bondade em seu coração, mas porque nossas doenças a perturbavam. É um tipo especial de egoísmo. Mas óbvio que não quero que ela mude de ideia, então decido não olhar os dentes do cavalo dado pela Estriga. Se meus amigos conseguem andar, pelo menos tenho uma chance de tirá-los daqui.

O único problema é que, com sua generosidade repentina, ela já não está mais preocupada com as pequenas fraquezas patéticas de todos, e pode concentrar toda a sua atenção em mim. De repente, minha tatuagem não brilha apenas. Ela queima — e muito. E eu sei exatamente o que isso significa.

É hora de pagar, quer eu queira ou não.

Capítulo 102

VOCÊ SÓ PENSA NO FRASCO

— O que você quer que eu faça? — pergunto depois de um segundo. Afinal, não temos tempo para conversinha-fiada agora.

Meus amigos podem ter sido curados, podem estar em pé, posicionando-se ao meu lado, mas Mekhi continua à beira da morte na Corte das Bruxas. Estou morrendo de medo de que ele fique sem tempo se não levarmos esse elixir para Lorelei beber muito, muito em breve.

— Não se trata do que preciso que você faça. Trata-se do que preciso que me dê. — Ela enruga o nariz quando Flint se aproxima de mim. — Argh. Por que os dragões precisam cheirar tão mal? Répteis são horríveis.

Éden emite um som baixo na garganta, como se adorasse mostrar para a Estriga como os dragões podem ser horríveis.

Levanto uma das mãos — deixar a Estriga nos fazer perder a cabeça não vai nos ajudar em longo prazo —, e Éden fica quieta. Mas seus olhos roxos de dragão continuam a seguir cada movimento da Estriga.

— Não tenho nada comigo que você possa querer — afirmo. Até minha mochila ficou no Equador. Mais uma baixa na luta contra o urso.

— Eu não teria tanta certeza disso se fosse você. — Ela estende a mão, e então continua, em uma voz estranhamente formal: — Eu invoco o meu favor. — A tatuagem no meu braço para de queimar e parece congelar, enquanto ela prossegue: — Você precisa me entregar o Orvalho Celestial que coletou no lago na base da Árvore Agridoce.

Meus amigos reagem no mesmo instante.

— Sem chance! — Jaxon rosna, avançando como se quisesse despedaçar a Estriga.

Outro gesto da mão dela faz com que ele saia voando e caia de bunda, a vários metros de distância. Macy se coloca diante de mim, cerrando os punhos.

— Você não vai chegar perto dela!

— Por favor. Como se eu quisesse ter alguma coisa a ver com uma estatuazinha imunda — ela zomba, e outro gesto de sua mão prende Macy na parede, deixando-a incapaz de se mexer. — Dê-me o elixir, Grace, e vou embora.

— É a única coisa que vai salvar Mekhi — imploro para ela. Mas, mesmo enquanto digo isso, sei que não importa. Ela nunca se interessou por ninguém além de si mesma, e o destino de um vampiro que ela nem conhece e com quem jamais vai se importar nunca vai mudar a situação. Mesmo assim, nosso trato tem regras. — Seu favor não pode causar a morte de ninguém, direta ou indiretamente.

— E não vai. É o veneno das sombras que está matando seu amigo... diretamente. E é a recusa de Cliassandra em ajudar que vai matá-lo indiretamente — ela responde, com frieza. E, desta vez, quando estende a mão, vira a palma na minha direção. — Agora me dê o elixir.

Penso em discutir, mas dá para perceber, por sua expressão, que ela sabe que ganhou. Neste momento, amaldiçoo cada deus que já conheci e a maldita propensão que todos eles têm por brechas.

Não quero fazer isso. Não quero dar para essa vadia maligna a única coisa que pode salvar a vida do meu amigo. Mas, no instante em que penso em resistir, minha mão se move por conta própria. E, quanto mais tento impedi-la de entrar no meu bolso, mais rápido isso acontece. Segundos depois, o frasco com água do Lago Celestial está na mão dela, que me olha com o sorriso mais cruel que se pode imaginar.

— Tenho que admitir, Grace — ela comenta enquanto abre o frasco. — Eu sabia o que você pretendia fazer, e não achava que tivesse chance de sucesso. De finalmente conseguir a única coisa poderosa o bastante para separar minha alma da alma da minha irmã.

— Por que você mesma não foi pegá-lo? — pergunto. — Se sabia da Árvore Agridoce todo esse tempo, por que esperou que eu fizesse isso por você?

A Estriga ergue as sobrancelhas.

— Sempre me esqueço como você sabe pouco sobre tudo. — Ela balança a cabeça. — Os deuses são proibidos de ocupar o mesmo espaço que um ser celestial, é óbvio.

Minha avó e eu vamos ter uma *séria* discussão sobre minha educação neste mundo quando eu sair desta prisão. Mais uma vez.

Por enquanto, encaro a Estriga com os olhos apertados.

— E você simplesmente não podia esperar para me caçar depois que eu terminasse seu trabalhinho sujo?

Ela dá uma gargalhada. Uma gargalhada estridente e malvada.

— Ah, minha querida, eu tinha *planejado* caçar você, pretendia procurar você por toda parte para colocar as mãos neste frasco — ela levanta o frasco destampado —, mas você o entregou para mim na minha *própria* prisão. É um grande erro para alguém que supostamente pretende ser rainha, não acha?

E então ela bebe cada gota do frasco. Fecha os olhos quando uma luz ganha vida em seu peito por um segundo, dois, três, e então desaparece tão rapidamente quanto apareceu.

Ela abre os olhos, e suas íris azuis rodopiam com o poder.

Suas palavras atingem meu peito como uma flecha, exacerbando cada preocupação que tenho sobre liderar o Círculo há dias. Semanas. Meses. Mas então me lembro de que não escolhi este lugar. Remy escolheu, por um motivo que a Estriga jamais entenderá. Porque é a casa dele. E, por mais estranho que pareça, é o único lugar em que ele se sente em segurança de verdade.

Ter esse tipo de amor — não, a Estriga jamais entenderá isso. E é o que a torna uma péssima líder e uma pessoa tão má.

Mas eu posso. Eu entendo.

E foi o que me trouxe até aqui neste momento. Não a esta prisão, mas a estas pessoas. Não tenho todas as respostas e não finjo tê-las. Mas continuarei procurando até encontrá-las, continuarei fazendo perguntas até descobri-las. E nunca, nunca vou desistir de nenhuma pessoa com quem me importo nem de nenhuma pessoa que estiver sob minha proteção.

Tenho de acreditar que isso não só vai me tornar uma boa líder, mas também vai me ajudar a tirar meus amigos e eu dessa confusão. Só preciso continuar fazendo perguntas, continuar reunindo o conhecimento e os talentos das pessoas ao meu redor, até obter todas as respostas de que preciso.

Hudson se aproxima de mim e para bem ao meu lado, enquanto a Estriga continua a me repreender.

— Você se acha tão esperta, mas é só uma criança correndo por aí, fazendo exatamente o que eu queria que fizesse. E você, vampiro — ela zomba de Hudson —, acha que é tão poderoso? Acha que é páreo para mim? — Então ela se vira, incluindo todos nós em sua próxima declaração: — Vocês acham que qualquer um de vocês é páreo para mim? Dragões, bruxas, vampiros, gárgulas? — ela diz a última palavra com o mesmo nojo que Flint reserva para as baratas. — Passei milhares de anos para descobrir como destruir cada um de vocês, e não há nada que possam fazer para me impedir agora que estou livre da minha irmã. Vocês realmente achavam que podiam? — Ela se inclina para a frente, ficando cara a cara comigo. E eu estaria mentindo se dissesse que não pensei em dar um soco em sua boca perfeitamente delineada com um batom vermelho. — Eu nunca deixarei isso acontecer.

— Você não tem escolha — Hudson responde, em um tom de voz tão frio que meus braços ficam arrepiados. — Jamais deixaremos você destruir *nosso* povo por causa do *seu* ódio. Nem agora. Nem nunca.

A Estriga ri, e é um dos sons mais malignos que já ouvi — e isso quer dizer alguma coisa, considerando que passei a maior parte do último ano encarando Cyrus Vega.

— É quase fofo o jeito como você pensa ter escolha — ela responde, antes de dar meia-volta e se dirigir à porta aberta da cela.

Eu me viro para Hudson, pronta para lhe dizer que precisamos voltar ao Reino das Sombras antes que a Rainha das Sombras perceba que perdemos o elixir, mas, antes que eu consiga verbalizar qualquer outra coisa além de seu nome, a Estriga faz um aceno descuidado com a mão, já do lado de fora da cela.

E cada porta do lugar se fecha, o som pesado do metal batendo contra metal ecoando na prisão inteira.

— Vocês nunca vão sair daqui — declara. — E só para ter certeza de que estarão ocupados... — Desta vez, a Estriga nem se incomoda em acenar com a mão inteira. Apenas estala os dedos com as unhas cor-de-rosa, e então meus amigos caem no chão, aos gritos.

Macy choraminga, dobrando as mãos sobre a cabeça como se tentasse evitar golpes, enquanto Éden cai de joelhos com um grito e soluça como se seu mundo inteiro estivesse acabando.

Jaxon começa a gritar.

Flint, por outro lado, fica mortal e assustadoramente quieto.

E Hudson... Meu pobre Hudson se curva em posição fetal, agarrando a cabeça entre as mãos.

No início, não sei o que está acontecendo, mas quando olho para a postura dele e noto o súbito horror em seu rosto, o pavor toma conta de mim. Porque sei o que é isso.

Em todo o tempo que conheço Hudson, só o vi desse jeito uma única vez em nossas vidas juntos. E foi meses atrás, bem aqui, neste aposento, depois que perdemos o jogo noturno de roleta-russa e fomos obrigados a entrar na Câmara.

Capítulo 103

DEU RUIM PARA A ESTRIGA

Espio Heather e Remy de relance — as únicas outras pessoas na cela que não estão presas em algum inferno criado em suas próprias mentes — e percebo que meus piores medos estão corretos.

Nós três somos os únicos nesta cela que não somos exclusivamente paranormais.

— Não! Não, não, não, não, não! — repito, e o medo substitui qualquer outro pensamento em minha mente conforme corro até as grades da cela que agora separam a Estriga do restante de nós. — Você não pode fazer isso com eles! — grito, sacudindo as grades em um esforço para alcançá-la. — Você não pode mandá-los para a Câmara esta noite! Eles não fizeram nada! Eles não são...

— Esta noite? — Ela me interrompe, com uma gargalhada cruel. — Lá vai você de novo, Grace. Sempre pensando pequeno. Não vou colocá-los na Câmara só esta noite. Estou ampliando a Maldição Inquebrável para incluir a prisão inteira. Eles permanecerão na Câmara *para sempre.*

— Não! — grito novamente quando Jaxon começa a implorar para algum monstro em sua mente. — Você não pode fazer isso com eles. Não pode deixá-los assim. Farei qualquer coisa...

— Não há nada que eu queira de *você* — ela sibila, e seus estranhos olhos azuis ganham um brilho profano quando ela dá um passo para se afastar da cela... e de mim. — Eu desejaria boa sorte para você, Grace, mas acho que nós duas sabemos que sua sorte finalmente se esgotou.

E então ela dá meia-volta para ir embora.

O pânico me acerta com tudo quando Macy começa a gritar. Não, não, não, não, não! A palavra é um mantra em minha mente, um latejar em meu sangue. Isso não pode estar acontecendo com eles. Simplesmente não pode.

O medo me afoga, puxando-me para o fundo até que não consiga mais respirar, não consiga pensar, não consiga nem sequer *ser* sem querer desaparecer. Arranho meu rosto, aperto meu pescoço, bato no meu peito em um esforço para fazer o pânico retroceder. Mas meu coração bate forte demais, minha respiração está acelerada demais, e é como se todo o meu corpo estivesse mergulhado em ácido.

Não posso deixar isso acontecer.

Não posso deixar isso acontecer.

Não posso deixar isso acontecer.

Não, não, não, não, não!

Mas está acontecendo. Está, e não há nada que eu possa fazer para impedir. Nada que eu possa fazer para impedir que meus amigos sofram sem parar. Eternamente.

Não. Por favor, por favor, por favor. Qualquer coisa, menos isso.

O pânico aumenta. Turva meus pensamentos, acumula-se no fundo do meu estômago, faz meu coração ficar prestes a explodir de uma vez por todas.

— Grace! — A voz de Heather, alta e ríspida, penetra pela bruma que me envolve. — Grace! Pare. Vamos dar um jeito nisso. Vai ficar tudo bem.

Suas palavras não me ajudam. Nem o jeito firme como ela segura meus ombros, como se quisesse sacudir toda a ansiedade para longe de mim. Mas Heather rompe o pânico e o horror o suficiente para que eu consiga pensar por um instante.

E acontece que esse instante é tudo de que preciso. Obrigo-me a respirar, obrigo-me a contar até vinte de trás para a frente. Obrigo-me a pressionar as mãos nas grades de metal, só para sentir o frio contra a pele.

Concentro-me na sensação gelada, no gosto metálico do sangue na minha boca, na parte onde mordi o lábio, e no som tranquilizante da voz de Remy que me chama:

— *Cher.*

E eu respiro.

Inspiro. Um, dois, três, quatro, cinco. Expiro.

Inspiro. Um, dois, três, quatro, cinco, seis, sete. Expiro.

Isso não me traz de volta por completo — o medo ainda é uma coisa descontrolada dentro de mim —, mas me acalma o suficiente para que eu possa pensar. E, mais do que isso, enfim me lembro.

— Remy — chamo-o, com uma voz tão áspera e afiada quanto um balde de pregos velhos. — O que você me disse uma vez, quando queria que eu fizesse minha tatuagem? — Estendo o braço para mostrar a tatuagem de Vikram, que Remy insistiu que eu fizesse na prisão naquela primeira vez.

— Falei várias coisas para você — ele responde, parecendo cauteloso.

— Falou, sim — concordo, tentando bloquear o som de Éden lutando para respirar, e me volto para ele. — Mas você também me contou que não sabia quem era seu pai, mas que sua mãe lhe contava uma história na hora de dormir, dizendo que ele lhe deu poder suficiente para *demolir* esta prisão. Você se lembra disso?

— Lembro — ele responde, mas tanto seu tom de voz quanto sua expressão de repente se tornam determinadas.

Respiro fundo mais uma vez e solto o ar bem devagar.

— Bem, então, acho que hoje é um bom dia para tornar aquela história realidade, não acha?

— Com certeza, eu acho, *cher*! — ele responde, e seu sotaque de Nova Orleans está mais acentuado do que nunca.

— Ok, então. — Viro-me para a entrada da cela, determinada a fazer o possível para ajudá-lo.

— Tem certeza de que ele consegue fazer isso? — Heather sussurra. — Ele não parece forte o bastante para...

— Ele é forte o suficiente para isso — declaro, com firmeza.

Remy se aproxima de mim e coloca a mão na parede da prisão, um pouco acima de onde fez o desenho de Calder. Ele respira fundo, fecha os olhos quando solta o ar e... nada acontece.

Nadica de nada.

Jaxon solta um grito dolorido que nos faz estremecer, e Remy trava os dentes, apoiando o peso do corpo contra a parede.

Mesmo assim, nada acontece.

O grito súbito de Éden percorre minha coluna, e dá para ver que Remy está com dificuldades em se concentrar. E eu entendo. Entendo mesmo. Provavelmente, ele está preocupado demais, esmagado pelo peso da responsabilidade de precisar descobrir como salvar cada uma das pessoas que grita em agonia. Eu estaria.

Então faço a única coisa na qual posso pensar:

— Você sabe o que Calder diria agora, certo? Ela lhe diria para esquecer essas pessoas gritando... simplesmente ignorá-las. Todo mundo tem problemas, e você não é responsável por eles. — Quando o feiticeiro olha para mim por sob os cílios, acrescento: — Ela lhe diria para se concentrar apenas em levá-la para fazer as unhas. As manicures têm uma técnica nova que ela... — jogo o cabelo por sobre o ombro, em uma bela imitação da manticora — ... está morrendo de vontade de experimentar. Então se apresse, sim?

Remy dá uma risadinha, endireita o corpo, balança as mãos algumas vezes, gira os ombros. E me dá uma piscadela, dizendo:

— Acha que consigo que pintem pequenos tiranossauros rex nas minhas unhas?

— Só se usarem tutus cor-de-rosa — comento.

— Tudo bem, então — ele retruca. — Considere que estou devidamente motivado. — E então bate as palmas das mãos nas grossas paredes de metal e murmura para si mesmo: — Foda-se este lugar.

Um segundo, dois... e as paredes da prisão começam a tremer ao nosso redor. O chão balança e as portas das celas sacodem nas dobradiças. Mas é tudo o que acontece. Nenhuma parede cai. O teto não desaba. O chão não se abre sob nossos pés.

A Estriga não deve ter ido muito longe, porque ela volta até nossa cela e dá uma gargalhada, um barulho sombrio e sarcástico.

— Acham mesmo que uma construção feita pela Deusa da Ordem seria fácil...

— Bem, vamos adicionar um pouco de caos, então. — Eu a interrompo, erguendo uma das sobrancelhas enquanto apoio uma mão no ombro de Remy.

Mergulho fundo dentro de mim, agarro meu cordão platina, transformo-me de imediato e então agarro meu cordão verde, da minha semideusa, com toda energia que tenho — e despejo minha magia do caos diretamente em Remy. O tom escuro de verde-floresta de sua magia encontra e se mistura ao verde-esmeralda vivo da minha.

O feiticeiro dá um pulo quando minha magia o atinge. Todo o seu corpo se ilumina com distintos tons de verde, e ele passa a misturar minha magia ao seu poder formidável. E então, quando já estocou o suficiente, ele solta tudo de uma vez, e o poder explode em todas as direções.

Dessa vez, o chão balança com força suficiente para fazer a Estriga cambalear. Observar aquele sorrisinho sarcástico ser arrancado de seu rosto deve ser um dos momentos mais satisfatórios da minha vida.

Mas dá para ver que Remy está com dificuldade para controlar tanto poder, dá para ver que está quase se despedaçando por utilizar cada gota de nossas magias combinadas. Sua magia parece a estrela mais brilhante no céu noturno, mas a minha... a minha é puro caos. Selvagem, faminta e impossível de conter, não importa quanto Remy lute para domá-la.

Remy se esforça para conter o poder que arde dentro de si, e arregalo os olhos.

— Você consegue controlar, Remy — afirmo. — Deve haver um jeito de controlar isso.

Mesmo assim, não estou pronta para desistir. Deve haver um jeito. Precisa ter...

— Eu ajudo — Heather me diz de repente, e coloca a mão sobre a minha, bem onde minha magia se une com a de Remy.

— Não entendo. — Mas, ao dizê-lo, vejo a magia pulsando dela. Não verde, como as nossas, ou dourada como a da Estriga, mas um vermelho-vivo, forte e brilhante, que é impossível de passar despercebido.

Não há muito — mas o que há é puro, poderoso e tão, tão forte.

— Deuses e paranormais não são os únicos neste mundo com magia, sabe — Heather comenta. — Os humanos criam a ordem do caos todos os dias. Construímos arranha-céus. Criamos sinfonias. Escrevemos poesia, esculpimos arte em pedras, viajamos até a lua. Amamos uns aos outros com tanta força e tão bem que podemos salvar o mundo várias e várias vezes. Você realmente acha que não há poder nisso?

— Há, sim — respondo, porque consigo vê-lo. Mais ainda, consigo senti-lo rodopiando e se espalhando bem dentro de mim. É exatamente aquilo de que preciso neste momento. E mais: é exatamente aquilo de que Remy precisa.

Sinto o poder de Heather fluir para dentro de mim, fluir em Remy, dando a ele a mínima vantagem de que ele precisa para conter o meu poder, para construir um canal que afunile tamanho caos até o âmago desta maldita prisão.

A Estriga grita. Sua raiva ecoa pelo corredor vazio, ricocheteia nas paredes e no teto de metal e se envolve ao nosso redor quando ela percebe o que está prestes a acontecer. A deusa joga os braços para a frente e seu poder em um tom vivo de dourado explode em todas as direções, enquanto ela tenta impedir o que estamos tão desesperadamente tentando alcançar.

Mas é um pouco tarde demais.

Um grito se forma na garganta de Remy quando ele puxa a explosão final de poder de Heather para dentro de si — e solta cada partícula de magia existente em seu interior com um berro primitivo que faz eriçar os pelos dos meus braços. E então o mundo ao nosso redor cai em completo silêncio...

Exceto pelo *clique, clique, clique* das portas das celas se abrindo uma após a outra.

Capítulo 104

HOJE ESTAMOS AQUI. A ESTRIGA FICA PARA AMANHÃ

Assim que as portas se abrem, toda a prisão começa a se agitar, e consigo sentir a tensão do metal gritando ao longe em minha espinha dorsal, ao mesmo tempo que percebo o que Remy está fazendo — ele está derrubando todo este lugar — conosco ainda aqui dentro.

— Vocês não vão se livrar de mim com tanta facilidade assim — a Estriga ameaça. — Meus caçadores e eu viremos atrás de vocês. — E então, como todo deus que conheço, ela desaparece.

Dou meia-volta para verificar como estão meus amigos, e percebo que, aos poucos, saem do pesadelo em que estavam trancados desde que a Estriga ativou a Câmara.

— O que está acontecendo? — Hudson pergunta ao se colocar de pé. Ele está meio pálido, mas parece bem, e é o que importa. — Vocês estão bem?

— Estamos derrubando a prisão — respondo.

Ele arregala os olhos.

— A prisão inteira?

— Algum problema com isso? — Ergo minhas sobrancelhas.

— Lógico que não! Vamos nessa. — Ele estende a mão e ajuda Jaxon, ainda abalado, a se levantar.

— Que merda foi aquela? — Jaxon quer saber, passando a mão trêmula pelo rosto.

— O pesadelo que seu irmão e eu tivemos que viver durante dias na última vez que estivemos aqui — Flint responde à medida que ajuda Éden a se levantar.

Jaxon xinga de novo, estende a mão para se apoiar na parede mais próxima, mas Hudson nos leva para a porta.

— Precisamos dar o fora daqui, agora.

— Consegue abrir um portal para nós? — pergunto para Remy quando parte do teto da nossa cela desmorona.

Ele balança a cabeça em um sinal negativo, enfim tirando a mão trêmula da parede da prisão.

— Estou fraco demais.

— Eu consigo — Macy intervém, embora ela também pareça bem assustada.

— E quanto aos outros? — pergunto, conforme mais e mais pessoas se apressam pelo corredor em que está situada nossa cela. — Eles não vão conseguir dar o fora daqui antes que a prisão despenque.

— Jaxon e eu cuidamos disso — Hudson responde. — Mas precisamos ir agora.

— Já estou pronta — Macy avisa por sobre o ombro ao abrir um portal.

— Você está bem, Remy? — Hudson pergunta ao feiticeiro, que parece um pouco perdido ao fitar a cela que foi seu lar por tanto tempo.

— Sim — Remy responde. — Vamos dar o fora daqui para podermos nos assegurar de que todo mundo também consiga sair. Essas pessoas já foram prisioneiras de um sistema falido por tempo demais.

Hudson concorda com a cabeça, vai até a parede onde Remy desenhou o pequeno bebê manticora no metal, tantos anos atrás. E, então, usando sua força de vampiro, arranca a imagem minúscula da parede e a entrega para Remy.

— Vamos! — Jaxon grita quando outro pedaço do teto desmorona.

Entramos no portal e acabamos tombando no cemitério pelo qual escapamos na primeira vez que estivemos nesta versão do inferno.

Levanto-me e verifico se mais alguém, além de nós, conseguiu sair. Mas não há ninguém por perto.

— Hudson...

— Pode deixar — ele garante, com expressão sombria, e fica em pé.

Jaxon se junta ao irmão e, segundos depois, o solo — que já está tremendo — se abre. Ao mesmo tempo, um pedaço de terra explode e desaparece. Momentos depois, centenas de paranormais começam a sair pelo chão, lotando o cemitério, enquanto a prisão se dobra sobre si mesma.

Remy cambaleia um pouco, começa a cair, e eu corro para segurá-lo.

— Você está bem? — pergunto. — Consegue abrir um portal para voltar para a escola?

Ele balança a cabeça.

— Não consigo. Minha magia se foi.

— Se foi? — O desânimo toma conta de mim. — O que quer dizer com *se foi*?

Seguro a respiração, apavorada por já saber a resposta.

— Eu a queimei. — Ele dá de ombros, mas há uma tristeza em seu olhar que é impossível passar despercebida.

Meu coração se aperta. Fui eu que causei isso. Pedi que fizesse o impossível e, de algum modo, Remy o fez. Mas eu não sabia que isso significaria que ele pagaria um preço tão horrível.

— Está tudo bem, *cher* — ele assegura, envolvendo-me em um abraço. — Valeu a pena. Libertamos todas essas pessoas que tiveram suas vidas roubadas. O que mais eu poderia pedir?

— Sua magia de volta? — pergunto, abraçando-o com toda a força.

— Em algum momento ela vai voltar. — Ele guarda o desenho da manticora na mochila e a pendura no ombro. — Ela sempre volta.

— Você já a queimou assim antes? — Foi necessário destruir uma prisão construída por uma deusa para queimá-la desta vez. Que diabos ele fez no passado?

— Não — ele admite. — Mas estou tentando ser otimista.

— Sim, mas e se ela não voltar? — Eu me engasgo com as palavras.

— Bem, então, pelo menos, perdi minha magia fazendo algo importante — ele responde, passando o peso do corpo de um pé para o outro, e dá para ver que a exaustão está tomando conta dele.

Macy se aproxima de Remy e apoia o braço do feiticeiro sobre os próprios ombros. Então todos respiramos fundo para nos recuperarmos de toda a merda que acabou de acontecer. Parte de mim não consegue acreditar que destruímos a prisão, mas outra parte nunca esteve tão feliz com alguma coisa na vida. A Estriga fez o possível para tornar este lugar um inferno em vida para os presos políticos que eram mantidos aqui, e o fato de que não poderá mais condenar ninguém me traz mais felicidade do que sou capaz de expressar.

Mas o fato de Remy perder seus poderes? E de a Estriga permanecer solta? E de o elixir que pretendíamos usar para fazer um acordo pela vida de Mekhi ter sido perdido para sempre? Minha cabeça roda com todas as pendências horríveis que ainda temos de resolver.

Todavia, quanto mais tempo ficamos aqui, mais a exaustão toma conta de todos nós. Qualquer energia que eu tinha foi gasta ajudando Remy a derrubar este lugar.

Eu cedo ao cansaço, dobrando o corpo e apoiando as mãos nos joelhos. Mas, ao fazê-lo, sinto algo pressionando minha coxa, e lembro que ainda tenho algo valioso no bolso. Não sei quão valioso, mas talvez seja o suficiente para trocar pela vida de Mekhi.

O frasco de mel Celestial.

Capítulo 105

EXAURIDOS, MAS NUNCA FORA DO JOGO

Seguro o frasco em uma mão e me viro para Macy:

— Consegue nos levar à Corte das Bruxas? E depois levar Remy de volta para a escola antes que suas três horas acabem?

Remy dá uma risadinha, mas não há humor nela.

— Elas já eram, *cher*. — Ele se volta para Macy e diz: — Mas eu *adoraria* uma carona.

Minha prima concorda com a cabeça.

— Vou levar você para casa.

— Aquele lugar não é minha casa. — Ele olha para os restos desmoronados do Aethereum. — Aqui é minha casa. Ou, acho que eu devia dizer, aqui *era* minha casa.

— Você vai encontrar outra casa — sussurro enquanto aperto sua mão. — Obrigada, Remy, por tudo o que fez por mim. Por tudo o que sacrificou por todos nós.

— Cuidado, Grace. Assim você vai me fazer corar.

Reviro os olhos, porque, uma vez charmoso, sempre charmoso. Com ou sem poder, Remy nunca vai mudar.

— Estão todos prontos? — Macy pergunta e inicia a abertura do portal.

— Tanto quanto possível — Heather responde, com um suspiro exausto.

Éden coloca a mão nas costas dela.

— Estamos quase acabando. Só mais algumas paradas.

— Eu sei. Vamos conseguir. — Minha melhor amiga até consegue dar um soquinho no ar, para enfatizar suas palavras. É um soquinho triste, sem seu entusiasmo anterior, mas, mesmo assim, é uma convocatória.

— Acho que você quer dizer que já *conseguimos* — Flint diz, e todos riem.

— Todo mundo tem que começar em algum lugar — Jaxon responde, e seu olhar sustenta o de Flint, até que o dragão estenda a mão para pegar a de Jaxon e o puxe para perto de si. Qualquer que tenha sido o pesadelo que vivenciou na Câmara, Jaxon parece ter ficado abalado de verdade, se é que o jeito como ele se aproxima de Flint e apoia a testa no peito do dragão é algum indicativo. É muito raro ver Jaxon se permitir parecer vulnerável, e desvio o olhar para dar um pouco de privacidade aos dois.

— E eu achando que já estávamos terminando — Hudson murmura no meu ouvido, e não sei se é uma referência ao Aethereum ou ao relacionamento do irmão. Meu consorte esfrega a mão nas minhas costas e, nesse toque, sinto tudo o que ocorre dentro dele.

Alívio por termos chegado tão longe, contra todas as previsões.

Medo do que vai acontecer comigo quando voltarmos ao Reino das Sombras e a Rainha das Sombras perceber que não consegui manter minha parte do nosso acordo mágico.

E, mais do que tudo, amor. Tanto amor por mim em um nível que parte de mim quer apenas mergulhar nele e respirar um pouco. Simplesmente ser.

Mas os ponteiros do relógio não param, e estamos na reta final. Mekhi está à beira da morte e perdi a única chance que tínhamos de uma cura. A Estriga e seus caçadores estão preparando o ataque. E a Rainha das Sombras provavelmente vai matar todos nós quando dissermos que fracassamos na tentativa de salvar suas filhas.

A verdade é que não temos mais tempo.

Então entro no portal de Macy e deixo que ele me leve direto à Corte das Bruxas.

Capítulo 106

PRONTOS PARA IR COM TUDO

Macy construiu o portal para nos mandar bem no meio do quarto de Mekhi, na torre de Lorelei. Mas só descubro isso quando saio cambaleando e quase despenco na cama onde Mekhi está adormecido.

Lorelei está sentada ao lado da cama e se levanta quando me vê.

— Vocês voltaram! — ela exclama, um pouco antes de Hudson sair caminhando pelo portal, seguido pelos demais.

— É lógico que voltamos — confirmo, mas não a encaro nos olhos.

— Conseguiram o elixir? — Há tanta fé e esperança em sua voz que sinto um aperto no estômago.

Balanço a cabeça, e meu estômago se contorce mais um pouco.

— É uma longa história.

— Ah, não. — A voz dela treme, e ela olha para Mekhi. — Como vamos salvá-lo?

— Vamos nos entregar à misericórdia de sua mãe e esperar pelo melhor — respondo e em seguida apresento todo o meu plano para o restante do grupo.

Observo os ombros dela caírem. Ela solta um suspiro.

— Não conheço minha mãe muito bem, obviamente, mas, pelo que ouvi, ela não tem mais uma gota de misericórdia sobrando.

— Sim, é meio o que imaginamos. — Solto um longo suspiro. — Mas não temos uma opção melhor. É basicamente tudo o que temos.

— Eu gostaria de poder ir com vocês — ela sussurra quando Macy fecha o portal atrás de si e de Remy. — Se eu pudesse, eu poderia pelo menos tentar falar com ela.

Não lhe digo que acho que não haverá muita conversa — que tenho quase certeza de que o momento para fazê-lo passou há muito tempo, em especial na mente da Rainha das Sombras. É provável que ela quebre meu pescoço com uma corda de sombra antes mesmo de ouvir minha proposta de trocar o mel pela vida de Mekhi.

Para ser honesta, a troca parece bem desvantajosa — até eu consigo admitir isso —, porém, se aprendi alguma coisa neste mundo tão estranho é que tudo que pode ser barganhado possui algum valor. Decerto, a rainha deseja alguma coisa que o mel pode lhe conseguir, mesmo que não seja a coisa que ela mais deseja. Só não tenho certeza se esse valor vai ser o suficiente para salvar a vida de Mekhi — ou a dos mensageiros.

Olho de relance para meus amigos, os mesmos amigos que vi morrendo em um prado menos de uma hora atrás, e percebo que não é uma viagem que todos precisamos fazer.

— Meus amigos vão ajudar você a achar um jeito de ter uma vida melhor, Lorelei. — Respiro fundo, preparando-me para a tempestade prestes a desabar sobre mim. — Hudson e eu podemos levar Mekhi até sua mãe.

— Nem fodendo — Jaxon rosna.

Seguido por uma exclamação igualmente sucinta de Flint:

— Vão se ferrar.

Éden, Heather, Macy e Remy têm muito mais a dizer — todos ao mesmo tempo —, e não consigo me controlar. Meus olhos se enchem de lágrimas, que ameaçam escorrer pelo meu rosto à medida que olho para meus amigos. A família que escolhi. Apesar de tudo, eu não poderia ter tido mais sorte.

Éden bate com o punho no de Heather:

— Um por todos...

— É isso aí — Heather responde, virando-se para bater no punho de Macy também.

— Agora que isso já foi acertado... você acha que ele ficará bem para fazer a viagem? — Hudson pergunta enquanto Mekhi começa a despertar. E isso é um bom sinal. Ele *ainda* não está morto. Ainda há esperança, por menor que seja.

— Acho que ele precisa ficar — afirmo, ao mesmo tempo que Lorelei confirma com um sinal de cabeça.

— Ele está muito, muito fraco, mas ainda temos um certo tempo. Espero que tenhamos. — Como se esperasse a deixa, Mekhi geme antes de voltar a dormir. — Mas, se minha mãe se recusar a curá-lo, não tenho certeza se ele vai conseguir fazer a viagem de volta.

A voz de Lorelei falha um pouco na última palavra. Pela primeira vez me pergunto se há mais coisas acontecendo entre ela e Mekhi do que simplesmente amizade. Quando estava no escritório da Curadora, assistindo pela pequena tela de TV, percebi que Lorelei nunca saiu do lado de Mekhi.

— Remy e eu precisamos ir — Macy avisa. — Então, se querem que eu abra o portal da fonte para vocês, precisamos fazer isso agora.

— Certo. Estaremos prontos em um segundo. — Eu me viro para Lorelei. — Precisamos levar Mekhi conosco.

Ela suspira pelo que parece uma eternidade, mas acaba por assentir com a cabeça e se inclina para colocar a mão no peito dele.

— Mekhi — ela o chama, baixinho. — Você consegue acordar, Mekhi?

Ao ouvir a voz dela, seus olhos se abrem. Um meio sorriso ergue um canto de seus lábios. A voz dele é fraca e rouca, mas cheia de afeto.

— Oi, Lori.

Hudson e eu trocamos olhares, mas não comentamos nada.

— Oi — eu o cumprimento, depois de dar aos dois uns segundos de privacidade. Ou pelo menos o máximo de privacidade possível em um quarto repleto de gente. — Está pronto para resolver esse problema de envenenamento de uma vez por todas?

Ele começa a rir, mas o riso se transforma em tosse com bastante rapidez — e isso o faz ter de lutar para encher os pulmões de ar.

Lorelei morde o lábio, em uma tentativa de conter o choro.

— Estou bem — ele garante para ela, mas seu tom de voz demonstra que até ele sabe que isso é mentira.

— Logo você vai ficar — Jaxon garante , com um sorriso que não alcança os olhos. — Posso ajudá-lo a se levantar?

Mekhi concorda com a cabeça.

— Obrigado, cara. — Ele olha para o restante de nós, e seus olhos escuros estão lúcidos pelo que parece a primeira vez em eras. — Obrigado a todos. Por tudo...

— Vamos esperar até termos certeza de que o plano funciona — Éden afirma, em uma voz deliberadamente animada. — Não desperdice sua gratidão se acabarmos ferrando com tudo.

Ele ri mais uma vez, ainda que o som tenha vida curta, uma vez que a dor toma seu lugar, fazendo-o arquejar e tossir.

— Vamos. Precisamos ir. — Hudson dá um passo adiante para ajudar Jaxon a manter Mekhi em pé. Não que Jaxon não possa fazer isso sozinho, mas acho que meu consorte precisa fazer alguma coisa para não se sentir tão impotente neste momento.

Reconheço o sentimento, porque é exatamente como estou me sentindo.

Mekhi se despede de Lorelei — que, depois de tudo o que fizemos até agora, ainda não pode cruzar a barreira —, enquanto o restante de nós finge estar em qualquer outro lugar que não seja aquele quarto, com eles, e então saímos.

É preciso certo esforço — principalmente de Jaxon e Hudson —, mas conseguimos levar Mekhi com rapidez pela Corte das Bruxas até a Piazza Castello.

— Você se sente bem para fazer isso? — Macy pergunta enquanto atravessamos a rua até a estátua no meio da piazza.

— Nem um pouco — Mekhi responde, com sinceridade. — Mas vamos fazer mesmo assim.

Ela sorri.

— Você é meu tipo de cara.

Todo mundo para no gramado que cerca a fonte e Macy dá um passo à frente. Caminho com minha prima e faço uma observação:

— Estou preocupada em levar Mekhi para o Reino das Sombras. Mesmo se ele conseguir atravessar bem o portal, não vai poder andar de um lado para o outro conosco conforme tentamos encontrar a maldita Fortaleza das Sombras.

Ao dizê-lo, fico irritada comigo mesma. Por que não pensei nisso enquanto estávamos na Corte das Sombras? Como eu esperava conseguir achar a rainha e sua fortaleza novamente?

Mas é óbvio que talvez ela esteja de olho em nós durante todo esse tempo. Há muito em jogo para ela.

— Não se preocupe — Macy responde, baixinho. — Fiz um feitiço para conseguir abrir um portal bem dentro da fortaleza da vadia das sombras enquanto ela estava distraída fazendo a barganha com você.

— Você *fez isso?* — O alívio enche meus olhos de lágrimas, e eu a abraço bem apertado.

Macy tolera o abraço melhor do que da última vez que estivemos na Corte das Bruxas, e preciso de toda a minha força de vontade para não a abraçar com mais força ainda só por causa disso. Mas me afasto e contemplo a tatuagem da árvore roxa que, nas últimas horas, deixou de coçar de modo desconfortável para começar a queimar minha pele.

— Então, é só vocês pularem no portal — Macy joga sua semente de portal na fonte rodopiante, e então se vira para o grupo —, e automaticamente no portal seguinte, e vão sair bem do lado de fora da fortaleza da rainha.

— Obrigada — agradeço, com um último abraço. — Amo você. A gente se vê em breve.

— Meus Deus, quanto abraço — ela geme, mas sorri quando diz: — Amo você também. Boa sorte.

— Eu não perderia essa festa nem por todo o dinheiro do mundo — Flint comenta à medida que anda até o portal da fonte. — Mas é melhor não encontrarmos nenhuma abelha de sombra.

— Cedo demais, cara — Jaxon pontua. — Ainda é cedo demais para isso.

É totalmente verdade. Todos nós estremecemos ao mesmo tempo, mas nos controlamos o máximo possível. E então todos pulamos.

Capítulo 107

AS COISAS ESTÃO FICANDO COMPLICADAS

Assim que atravessamos o portal, observo ao redor e percebo que Macy conseguiu. Embora eu nunca tenha visto o lado externo da Fortaleza das Sombras — a Rainha das Sombras foi bem cuidadosa nesse sentido na última vez que estivemos aqui —, é difícil imaginar que a construção escarpada, intimidadora e gigante diante de nós não seja exatamente o que procuramos.

— Bem, este não é um pesadelo que se vê todo dia — Flint comenta ao ajudar Mekhi a ficar em pé, depois de Jaxon carregá-lo nas costas durante a travessia do portal.

— Porque qualquer coisa nesta parte da viagem é? — Heather retruca, e sei que ela está pensando em todas as adversidades que enfrentamos até este ponto.

Certamente, é nisso que estou pensando.

Só mais um pouco, insisto para mim mesma ao segurar meu cordão de platina e me transformar em gárgula antes de seguir em direção à fortaleza. Se a situação ficar muito ruim por aqui, pelo menos quero a proteção que minha gárgula pode oferecer para mim e para meus amigos.

Conforme nos aproximamos da fortaleza, é difícil não notar o fato de que todo metro quadrado diante de nós tem seu próprio Guarda das Sombras para protegê-lo. Não sei se é só uma demonstração de força ou se as ameaças pioraram tanto que ela precise desse tanto de gente para mantê-la em segurança em sua própria casa, mas, de um jeito ou de outro, sinto pena dela.

Ninguém deveria se sentir tão assustada no próprio lar — por si ou por seus filhos.

Preparo-me para o pior — um passeio até a masmorra, se não conseguirmos convencer os guardas a nos deixar entrar. Mas eles devem ter recebido ordens para aguardar nossa chegada, porque, no segundo em que nos aproximamos da fortaleza, os portões roxos de ferro se abrem.

E a própria Rainha das Sombras vem nos receber.

Ela observa nossos rostos, à procura de... não tenho certeza de quê. Sua filha, talvez, ainda que saiba ser impossível para Lorelei cruzar a barreira entre os reinos. Mas suponho que a esperança de uma mãe seja eterna.

— Vocês voltaram. — Sua voz é mais rouca do que antes, os olhos que encaram os meus são mais escuros e mais sombrios. Acho que os últimos dias foram tão difíceis para ela quanto foram para nós.

Não quero sentir pena dela. Foi ela quem — há muito, muito tempo — começou toda a confusão que nos trouxe até aqui. Se ela não tivesse tentado alterar as leis do mundo natural, da vida e da morte, nada disso teria acontecido. Mas foi o que ela fez, e agora estamos todos pagando o preço.

Mesmo assim, mesmo ciente de tudo isso, não posso deixar de lamentar um pouco por sua dor. Em especial quando a rainha caminha na nossa direção e, de repente, sou capaz de notar, em seus passos, o peso de cada um dos mil anos que ela viveu.

— Lorelei? — ela pergunta quando por fim para diante de nós. Seus olhos estão em Mekhi, e pondero se ela observa a condição do vampiro ou se pergunta para ele como está a filha dela, já que ele foi quem mais passou tempo com Lorelei recentemente.

Mekhi fica tenso quando a rainha se aproxima, mas não recua. Em vez disso, ele a encara e responde:

— Lorelei está bem.

O olhar dela paira nele por mais um segundo antes de se voltar para mim.

— Tenho refrescos à espera de vocês. Sigam-me.

Ela se vira sem proferir qualquer outra palavra e começa a subir pelo caminho irregular e diagonal que conduz ao interior da fortaleza. Cliassandra segue bem devagar — cada passo tortuoso, ao contrário do seu andar suave de sempre —, e não posso deixar de sentir que ela já sabe que fracassei. Sabe que nunca mais verá a filha.

— Por favor, sirvam-se — ela oferece vários minutos mais tarde, quando nos leva até a sala do trono. Há uma mesa armada perto da parede, lotada com todos os doces e frutas nos quais o Reino das Sombras se especializou. Tudo parece delicioso, mesmo assim, nenhum de nós faz qualquer movimento naquela direção.

A rainha dá um sorriso tenso quando percebe nossa reticência.

— Posso presumir pela relutância de vocês que esta não é uma celebração?

— Sinto muito — respondo, mordendo o lábio.

— Você sente muito? — ela repete. — É tudo o que tem a dizer? Que sente muito? — Cliassandra faz um gesto com a mão, e todas as lindas porcelanas, copos e comida voam em todas as direções, acertando a parede e caindo em pedaços aos nossos pés. — Você veio até aqui. Propôs um acordo. Afirmou que conseguiria libertar minhas filhas. E agora tem a coragem de voltar e me dizer que sente muito? Suas desculpas não significam nada para mim — ela rosna. — Significam menos do que nada.

As sombras nos cantos da sala começam a responder à agitação em sua voz, remexendo-se e rodopiando conforme se espalham pelo chão.

— Eu entendo… — começo a dizer, mas ela me interrompe com um gesto de mão.

— Você não entende nada.

As sombras fervilham e se agitam ao nosso redor. Ainda que continuem sendo sombras e não assumam a forma de nenhuma das criaturas da rainha, isso não as torna menos intimidadoras. Acho que ficam até mais. Tenho muita experiência em lutar contra animais das sombras, mas não tenho ideia do que fazer com essas coisas desencarnadas que aos poucos se espalham pelas bordas das paredes.

Então faço a única coisa que posso no momento. Ignoro todas elas e me concentro na Rainha das Sombras. Pelo menos sei que tenho meus amigos na retaguarda.

— Sinto muito — repito, estendendo uma mão suplicante. — Fizemos tudo o que podíamos, mas não foi o suficiente.

Ela dá um tapa na minha mão. No instante em que nossas palmas se encostam, a tatuagem no meu punho começa a queimar.

— Acha que boas intenções importam? — ela grita, e sua voz ressoa no chão de mármore roxo e nas paredes recobertas de vidro, ecoam pelo salão e deslizam pela minha coluna como um cortador de gelo particularmente afiado. — Acha que vai conseguir se livrar do acordo que fizemos? Porque a vida não funciona dessa maneira, garotinha.

A rainha ergue a mão e pressiona três dedos em sua tatuagem mágica da barganha. Não sei como é possível, porém, no instante que ela faz isso, minha tatuagem começa a queimar ainda mais.

Observo meu braço — porque não consigo *não* fazer isso no momento —, e meio que espero me deparar com a queimadura alcançando meu osso. Mas não. Ainda está ali na minha pele, ardendo como se eu tivesse acabado de jogar ácido sobre ela, mas sem queimar mais fundo.

— Tínhamos aquilo de que você precisava — explico. — Mas foi tirado de nós. No entanto, trouxemos outra coisa de valor. Talvez você possa trocar isso com alguém pelo que precisa para salvar suas filhas?

Coloco a mão no bolso a fim de pegar o frasco de mel Celestial, mas o olhar dela se fixa no meu. Ela abre os braços.

— Que barganha você quer que eu faça, sendo que estou nesta prisão?

— Podíamos ajudar — sugiro, e a esperança se acende só um pouquinho em meu peito. — Se puder curar Mekhi, tenho algo muito valioso que você pode usar para trocar por Orvalho Celestial.

— Você. Não. Tem. Nada. Que. Eu. Queira. — A rainha cospe cada uma das palavras. — E suas barganhas não servem de nada.

Arregalo os olhos.

— Mas...

— Não. Você não completou sua parte na barganha. Mas o trouxe para cá mesmo assim. Espera mesmo que eu mantenha meu lado do acordo mesmo que você não honre o seu? — a rainha zomba. — Acha que me importo com esse garoto? Ele pode estar usando o talismã da minha filha, mas *nunca* vou me importar se ele vive ou morre.

— Talismã? — Confusa, eu me viro para fitar Mekhi com mais atenção. Ele está atualmente recostado em Jaxon e Hudson, como se os dois fossem a única coisa que o impedissem de cair no chão. O fato de que isso provavelmente é verdade faz meu coração doer por Mekhi e me motiva ainda mais a encontrar um jeito de convencer essa mulher que sabe mais segredos sobre o universo do que alguém deveria.

— Que talismã? — pergunto.

A rainha estala os dedos de novo, e Mekhi grita e seus joelhos cedem.

Capítulo 108

AS SOMBRAS QUE TODOS TEMOS

Assim que Mekhi perde as forças, Hudson e Jaxon o seguram com mais firmeza, e impedem-no de despencar.

A rainha dá as costas para nós com uma risada condescendente, e outro estalar de seus dedos faz com que a corrente ao redor do pescoço de Mekhi arrebente e caia no chão, aos pés de Hudson.

Meu consorte estende o braço para pegá-la, mas uma sombra a agarra antes que ele consiga alcançá-la, e corre para entregá-la à Rainha das Sombras.

A sombra larga a corrente aos pés da Rainha e, por vários instantes, ela encara o pequeno colar de ouro, como se tivesse medo de que fosse uma criatura das sombras capaz de envenená-*la*. Mas depois de um tempo, ela se abaixa e pega a correntinha. No instante em que seus dedos se fecham ao redor do pequeno pingente, todo o seu rosto — todo o seu ser — desmorona.

Cliassandra simplesmente perde as forças, seus ombros caem, seu corpo se curva para a frente, a cabeça cai entre as mãos e tremores agitam seu corpo.

Meu estômago revira ao se deparar com a agonia dela, tão crua e pura. Se fosse qualquer outra pessoa, eu iria até lá e tentaria fazer… alguma coisa. Qualquer coisa para tirar a dor que tomou conta de toda sua aura.

Mas ela não é qualquer outra pessoa. É a Rainha das Sombras, e tem o destino de Mekhi nas mãos. Porque se ela escolher não o ajudar… se ela escolher não o ajudar, estou completamente sem ação.

— Dei isso para Lorelei quando ela tinha cinco anos — ela sussurra no silêncio cavernoso do salão. — Disse para ela sempre usar isso, nunca tirar, para que ficasse protegida para sempre. Ela estava usando isso no dia da criação deste lugar amaldiçoado, e eu… — A voz dela falha. — Imaginei-a usando isso desde então. Minha magia, meu amor cuidando dela durante mil anos, uma vez que eu não podia fazer isso.

Seus olhos se estreitam, ganhando um tom violento e agressivo de violeta, e ela se aproxima de Mekhi.

— Como ousa tirar isso dela?

— Eu não tirei — Mekhi se esforça para falar, com o rosto lívido de dor. — Lorelei me deu isso antes de eu vir para cá...

— Ela jamais faria isso — a rainha rosna, e então solta um grito ultrajado, virando-se para mim. — Não, a menos que você a tivesse convencido de que sua mãe não a ama mais!

— Não! — exclamo, erguendo a mão. — Eu *jamais* faria isso.

Mas a rainha está enraivecida demais para acreditar em mim. Com um gesto de sua mão, faz o candelabro que está sobre nós despencar no chão. Cacos brilhantes de vidro roxo se espalham pelo piso e pelo trono, mas felizmente ninguém se machuca.

— O destino não seria tão cruel de tirar minha filha de mim duas vezes.

— Talvez o destino não esteja sendo cruel — sugiro, aproveitando a oportunidade e agarrando-a com unhas e dentes, porque não acho que terei um momento melhor.

— Não diga isso — ela sibila para mim.

A antiga Grace teria ouvido o aviso. Teria enfiado o rabinho entre as pernas e saído correndo. Mas não cheguei tão longe, não arrisquei a vida dos meus amigos e do meu consorte para perder Mekhi no fim do mesmo jeito.

— Talvez sua filha estivesse mostrando misericórdia por algo que sua mãe fez — continuo, apesar da advertência. — Talvez se você mostrasse...

— Não tenho misericórdia em mim — ela me interrompe. — Não mais. Não desde que aquela mulher me sentenciou a viver aqui. Ela construiu esta prisão, tirou minha filha de mim, aprisionou meu povo durante mil anos. E por quê? Por causa de um erro? Também sou mãe. E não posso amar meus filhos acima de todas as coisas? Mas alguém se importou comigo? Alguém tentou acabar com meu sofrimento? Com o sofrimento das minhas filhas? Em vez de oferecer misericórdia ou ajuda, fui condenada a viver nesta prisão feita de vingança, lágrimas e dor. E meu povo, meu povo inocente e que não tem culpa de nada, foi condenado comigo. As paredes desceram e me separaram de uma das minhas filhas *para sempre.* — Sua voz falha e as lágrimas escorrem por seu rosto. — Por que eu devia demonstrar qualquer misericórdia? Por que eu deveria perdoar mil anos de sofrimento quando *ela* nunca fez isso?

A dor de Cliassandra é palpável. A raiva e a vingança desaparecem diante de sua dor incomensurável. Ao vê-la parada ali, neste salão cheio de cacos de vidro e lembranças não realizadas, não consigo mais enxergar a vilã. A mulher cujas maquinações causaram o envenenamento e a prisão de seu próprio povo e tudo o que aconteceu depois — tudo o que me trouxe até aqui.

Em vez disso, vejo uma mulher que, de certa forma, é tão vítima quanto o restante de nós.

Ela tomou uma decisão ruim? Sim. Tomou várias decisões ruins.

Ela queria que as coisas dessem errado como deram? Pela primeira vez, não posso deixar de conjecturar se a resposta para essa pergunta é *não*.

Talvez haja mais nessa história do que sei. Mais do que o relato interminável de Jikan nos revelou. E, se é o caso, talvez ainda haja uma chance de me aproximar dela, uma chance para salvar Mekhi. E, talvez, de ajudá-la, embora eu não saiba como fazê-lo.

— Sinto muito — digo, e estou falando sério.

Ela olha para mim.

— O que você disse?

— Eu disse que sinto muito. Sinto muito que a Estriga tenha mentido para você. Sinto muito que ela tenha enganado você. Sinto muito que Jikan...

— A Estriga? — Ela parece incrédula. — Acha que estou aqui por causa da *Estriga*? Você está certa. Ela mentiu para mim, mas não destruiu minha vida. Não, sua criança tola. Estou aqui porque a Carniceira me colocou aqui.

Capítulo 109

O PODER DE GRACE

— A Carniceira? — repito, enquanto a negação toma conta de mim instintivamente. — Minha avó jamais...

— Sua *avó*? — Ela fixa os olhos nos meus. — Sua avó é a Carniceira?

— Minha avó não construiu este lugar. Foi Jikan, o Historiador, quem fez isso. Ele queria...

— Jikan? Foi isso que ela contou para você? — A rainha dá uma gargalhada, um som frio e insensível que ricocheteia no mármore e envia tremores de medo pela minha coluna.

— *Ela* não me disse nada. Foi Jikan quem me contou. — Ele tinha mentido para mim? Ainda que, lembrando agora as palavras exatas de Jikan... Ele disse que a prisão foi um erro, mas não consigo me lembrar se ele realmente falou que a construiu. — Por que ele me faria pensar que foi ele quem a construiu?

— Porque ele está apaixonado pela Carniceira — Hudson conclui, e volto meu olhar para ele.

Parte de mim quer discordar, argumentar que é impossível. Quer dizer, sem dúvida eu teria percebido alguma coisa.

Só que... só que talvez eu tenha percebido. Não posso deixar de me lembrar da conversa que tivemos antes do jogo de xadrez, sobre como algum dia ela vai ter de sobreviver à morte do meu avô — mas não à de Jikan.

Que merda. Mas que merda. Cada vez que começo a pensar que sei o que está acontecendo neste mundo, alguém — alguém que já está aqui há mil anos ou mais — aparece e joga uma bomba que tira meu chão novamente. E essa é uma bomba e tanto.

Jikan? E minha tatara-tatara-tatara-alguma coisa-avó? É sério isso?

Quase não dá para conceber a ideia...

Assim como a ideia de a Carniceira ter criado o Reino das Sombras.

— Por quê? — A pergunta sai de mim enquanto movo as peças em meu cérebro, na tentativa de descobrir o que acontece aqui. Ou, eu devia dizer, o que aconteceu muito tempo atrás. — Por que ela faria uma coisa dessas?

— Porque a irmã dela é uma baranga ciumenta. Ela me enganou para que eu lhe desse o veneno das sombras, em troca de salvar minhas filhas.

— Enganou você? — Hudson ergue uma das sobrancelhas.

Ela acena com a mão e derruba outro candelabro bem do lado dele — o que me irrita, mas ele nem pestaneja.

— Eu não sabia o que ela ia fazer com aquilo — a Rainha das Sombras insiste. — Não sabia que ela ia usar isso para envenenar toda uma raça de pessoas. Tudo o que eu queria era ficar com minhas filhas para sempre.

— Mesmo que isso significasse tirar a filha de alguém? — murmuro. Porque, lentamente, começo a entender o que aconteceu.

Ela fez um acordo com a Estriga — um que a fez entregar o veneno das sombras para a Estriga, para que esta firmasse um acordo com Cyrus a fim de envenenar o Exército das Gárgulas. Em troca, a Estriga daria a ele os filhos dela e os da Carniceira, para que ele se transformasse em deus. Mas a Carniceira não reagiu do jeito que a Estriga previu. Porque a Carniceira amava sua filha, e a Estriga não reconheceria o amor nem se levasse um dentada dele no traseiro.

— A Carniceira foi obrigada a esconder de Cyrus o poder de sua filha... a filha que devia ter sido imortal, mas que agora era uma humana mortal... e a mandou embora, para que Cyrus jamais a encontrasse... mas ela também não poderia encontrá-la — sussurro, para ninguém em particular. As palavras se reviram em meu estômago como facas, e meus olhos cheios de lágrimas encontram os da rainha. — A filha dela morreu sem jamais saber quanto sua mãe a amava, quanto sacrificou por ela. — Balanço a cabeça diante do desespero de tudo aquilo. — E então minha avó... uma mulher enraivecida pela perda de sua filha, uma esposa enraivecida pela perda de seu consorte, uma rainha enraivecida pela perda de seu povo... saiu em busca de vingança.

O azar da Rainha das Sombras — e do mundo — foi que ela também era uma deusa com todo o poder e nenhuma cautela necessária para temperar com misericórdia sua busca por vingança.

— Eu nunca quis que Ryann morresse — a Rainha das Sombras comenta, e perco o fôlego ante a primeira menção do nome da minha tatara-tatara-tarara-alguma coisa avó.

— Ryann. — Experimento o nome em minha língua, e uma lágrima escorre pelo meu rosto. — Um nome tão bonito.

A Rainha das Sombras ergue o queixo.

— Não sou um monstro. Eu estava devastada pela ideia de perder minhas próprias filhas. A última coisa que eu iria querer era tirar a filha de alguém.

— Mas foi o que você fez — rebato, sustentando seu olhar até ela desviá-lo de mim. Cliassandra tirou a filha da minha avó e, ao fazê-lo, cimentou este círculo vicioso de morte e retribuição, sofrimento e crueldade.

Seco a umidade em meu rosto e fecho os olhos. Respiro fundo, em um esforço para processar tudo o que descobri nos últimos minutos. E quando solto o ar e abro os olhos, não avisto uma mulher obstinada com destruição e morte.

Em vez disso, vejo uma mãe destruída na busca desesperada para salvar a vida de sua filha, uma mulher subsequentemente destruída pela perda da filha em questão devido às suas próprias ações. E, ainda que eu não seja mãe, e embora não haja nada que a Rainha das Sombras possa fazer para compensar a dor que causou à minha família — e ao meu povo —, tenho de me perguntar se ela sofreu o bastante. Tenho de me perguntar quando todas as lutas, guerras, mortes, prisões, vinganças, destruição e dor, tanta dor em cada passo do caminho, são o bastante.

Não dá para negar que foi errado o que a Rainha das Sombras fez. Em sua mente, suas ações eram justificadas? Sim. Isso as torna corretas? Nem um pouco.

Mas o que minha avó fez também foi errado. Ela também justificou seus atos por causa da própria dor sem fim? Sim. *Isso* torna o que ela fez certo? Não, nem um pouco.

Errado é errado, e dois errados nunca fazem um certo. Aprendi isso antes mesmo de deixar o jardim da infância.

Mas, parada aqui neste salão, neste reino construído por dor e raiva, a questão de quem é o culpado não é a pergunta que me vem à mente. Não hoje, e espero que nunca mais. Porque a pergunta real, a pergunta importante, não é quem é o culpado por essa confusão.

A pergunta é: quanto nos importamos para consertar tudo de novo?

Pessoas morreram. Corações foram partidos. Guerras foram ganhas e perdidas. E nada disso pode ser diminuído. Nada disso pode ser esquecido. O passado é o que é.

Não pode ser mudado, mas pode ser entendido.

Não pode ser esquecido, mas pode ser aceito.

E talvez, apenas talvez, se formos muito, muito cuidadosos, pode ser reparado.

Olho para o meu consorte, tão forte — e tão destruído.

Para Éden, que perdeu sua família, e para Jaxon, que literalmente perdeu o coração.

Para Flint, que perdeu o irmão, a perna e, agora, talvez seu trono.

E para Mekhi, que pode muito bem perder a vida.

Qualquer um de nós podia ter escolhido ceder à raiva. Que diabos, Hudson podia ter desintegrado o mundo inteiro. Mas não o fez. Meu lindo consorte sempre, sempre escolhe o caminho da misericórdia, sempre que pode.

Se alguém que literalmente ficou trancado no escuro contra a própria vontade durante duzentos anos ainda pode escolher a luz, então sempre há esperança. Sempre há misericórdia. Sempre há espaço para o perdão.

E é exatamente disso que precisamos agora.

Porque, se não começarmos a aprender com os erros dos nossos pais, com os erros dos nossos avós, estaremos destinados a repetir cada um deles.

Mas tenho de acreditar que não o faremos. É por isso que ainda estamos aqui. É por isso que viemos, contra todo o bom senso, implorar pela vida de Mekhi.

E é por isso que, ainda que não convençamos a Rainha das Sombras a fazer a coisa certa, *nós* não vamos parar de fazer a coisa certa.

Porque, em determinado momento, alguém precisa erguer as mangas e decidir arrumar tudo isso. Começando agora.

Capítulo 110

NENHUMA MULHER É UMA FORTALEZA

— Grace? — Hudson dá um passo adiante e apoia a mão na parte de baixo das minhas costas. — O que posso fazer?

Amo o fato de ele me conhecer bem o bastante para saber que estou planejando algo. Amo ainda mais o fato de ele ser primeiro a dar um passo adiante e oferecer ajuda.

Viro-me para fitá-lo e, por um instante, me perco naqueles olhos oceânicos. Tão azuis, tão brilhantes, tão *gentis* quando o mundo foi tudo menos isso com ele. E sei que o que quer que esteja acontecendo entre nós, qualquer que seja o segredo que ele está escondendo de mim, não importa, na verdade. Porque este é meu Hudson, meu para sempre, e nunca vou desistir dele. Graças a Deus tenho uma eternidade para amá-lo.

Embora eu ainda não tenha muita certeza do que vou fazer — ou se o que estou *pensando* em fazer vai funcionar —, abro um sorriso e peço:

— Aguente firme.

E então olho para o salão — para a fortaleza — construído a partir da raiva, do medo e da dor, e decido que já chega. A Carniceira construiu esta prisão com magia do caos, e talvez, apenas talvez, isso signifique que posso destruir o lugar. Só preciso descobrir como.

Respiro fundo, fecho os olhos e mergulho bem dentro de mim. Ao fazê-lo, vejo todos os meus cordões. Verde, preto, rosa, vermelho, platina e azul. Sempre azul, bem ali, só esperando por mim. Aproveito um segundo para roçar a mão nele, e sorrio quando sinto Hudson o roçar também.

E então passo para meu cordão verde-vivo — aquele que arde tão quente e forte quanto nosso elo entre consortes. Meu cordão de semideusa, que me conecta a todo o poder que tenho dentro de mim. Não tentei usá-lo no Reino das Sombras antes — mas posso senti-lo pulsar, atento à minha intenção caótica. Envolvo-o e o seguro com toda a força, enquanto sinto a magia se agitar.

Mas, ao contrário de como aconteceu no Aethereum, não deixo que ela se liberte, descontrolada, desenfreada. Desta vez, eu a controlo.

Sinto-a na ponta dos dedos, sinto o poder e a beleza de tudo que está dentro de mim começar a brotar.

Minúsculos galhos percorrem meus dedos, subindo pelos meus braços e pelas minhas pernas. Ramos que se curvam e se recurvam.

Folhas e flores roçam em minha pele ao brotarem e brotarem um pouco mais a cada segundo.

Sob meus pés, posso sentir a terra em movimento, girando, pulsando com vida, e me conecto a isso. Toco nisso. Puxo sua força — sua magia — para dentro de mim e deixo que preencha cada um dos meus poros. Cada célula que tenho. Que me preencha inteira, tome conta de mim. Que faça explodir meu coração, minha mente, minha alma.

Quando isso ocorre, respiro fundo. Estendo as mãos ao lado do corpo. E libero um pouquinho da magia e do caos dentro de mim.

No instante em que o faço, o chão treme sob meus pés. As paredes e o chão de mármore racham, e o vidro decorativo nas paredes da sala do trono se estilhaçam de vez. Plantas passam a crescer pelas fissuras do chão e das paredes, com um *verde* exuberante, luxuoso.

E relâmpagos dourados atravessam o céu roxo.

— Hum, alguém mais percebeu que um terremoto daqueles resolveu nos atingir? — Heather pergunta, com uma voz aguda. — Não devíamos correr para nos proteger sob um batente de porta?

— Não é um terremoto — Éden responde. — É Grace.

— Nem sei o que isso significa. — Minha melhor amiga parece chocada.

— Apenas espere — Flint sugere, e posso ouvir o sorriso em sua voz. — Você vai descobrir.

Ele está certo — ela vai. Porque o poder cresce dentro de mim, maior, mais forte, mais avassalador do que nunca, e sei que é só questão de tempo até eu não poder mais contê-lo.

Não sei se é algo bom ou ruim e, neste instante — enquanto estou repleta do calor do sol, do solo e dos riachos que formam o mundo ao redor —, não me importo. Como poderia me importar, quando a magia da terra rodopia dentro de mim?

Seguro o cordão com um pouco menos de força, e o chão ao nosso redor deixa de tremer e começa a sacudir de vez, deixa de rachar para abrir crateras. Acho que Jaxon não é o único que sabe como fazer a terra se mover. Pelo menos, agora não é mais.

Contudo, mesmo com o chão sob a fortaleza balançando, mesmo com os ramos que se enroscam no trono e até nas vigas das paredes, sei que não vai ser o suficiente. Porque tenho de derrubar muito mais do que esta fortaleza antes de ter acabado.

— Puta. Merda. — A voz de Heather ecoa sobre as ruínas. Mas não tenho tempo para explicar agora. Não quando tenho tanto a fazer.

Jogo os braços para trás e envio os ramos pelo mármore e pelas paredes, derrubando toda a fortaleza ao redor de nossas cabeças. Quando o teto começa a desabar, grito para os outros correrem para fora.

— Não sem você — Hudson rosna, e dá para perceber em seu tom de voz que é algo inegociável. Mas está tudo bem. Não há muito mais que eu possa fazer aqui mesmo.

Caminho por cima de uma das paredes desmoronadas e saio em um jardim. E, assim que o faço, a magia dentro de mim dá um salto, como se acabasse de receber uma infusão.

Meus amigos, com Jaxon carregando Mekhi e também a Rainha das Sombras, vêm para o jardim atrás de mim. Ao saber que estão em segurança, viro-me e jogo todo o meu poder para derrubar a fortaleza inteira.

Videiras e galhos saem do chão ao redor e atacam o edifício, derrubando cada uma das paredes, um andar por vez. Mesmo assim, mergulho ainda mais fundo, tento encontrar mais magia dentro de mim. Derrubar uma fortaleza é uma coisa. Derrubar um reino inteiro é outra.

Sei que consigo fazer isso. Preciso fazer isso. Só tenho de descobrir como Jikan está estabilizando a magia da minha avó o suficiente para manter Noromar. Porque, assim que eu o descobrir, saberei como desfazer a coisa toda.

Fecho os olhos de novo e mando toda a minha magia da terra para o mundo ao redor a fim de tentar descobrir como ele está fazendo isso. Galhos explodem das pontas dos meus dedos, enterrando-se na terra em todas as direções. Videiras e flores fluem do meu cabelo, espalhando-se no chão e depois para longe, sobre a terra roxa, cobrindo o mundo em todas as direções com magia do caos. Com magia da terra.

Com a *minha* magia.

É quando me lembro. A Carniceira usa magia do caos, mas Jikan usa magia do tempo. Ele deve usar magia do tempo para estabilizar todo o reino.

Então, para destruir o lugar, só preciso descobrir como explodir o tempo.

Capítulo 111

TENHO A MAGIA (DO TEMPO) DENTRO DE MIM

Os dragões do tempo fazem muito mais sentido agora. Não é de se estranhar que Jikan não tolerasse nenhuma brecha no tempo — uma a mais poderia destruir este lugar inteiro e matar todos que estão aqui dentro.

Ainda que eu queira esfacelar o Reino das Sombras, a última coisa que quero é machucar alguém. Então, o que quer que eu faça para desestabilizar o tempo, independentemente de como eu escolher acabar com a magia de Jikan, sei que preciso ser muito, muito cuidadosa.

Como o caos derrota o tempo? Como a magia da terra supera o fluxo do universo?

Isso não acontece, percebo ao esmagar as muralhas que cercam a fortaleza da Rainha das Sombras até transformá-las em escombros, e deixo que minha magia — meus ramos, galhos e flores — se espalhe pelo mundo. Ou, pelo menos, isso não acontece sozinho. Precisa de ajuda. Mas a questão é: qual tipo de ajuda?

De repente, meu peito começa a arder. É uma dor estranha — uma sensação ardente, que me deixa sem fôlego.

— Você está bem? — Hudson pergunta, com uma voz carregada de preocupação.

Confirmo com a cabeça, embora não tenha tanta certeza. O calor está piorando, a ponto de parecer que meu coração e meus pulmões estão realmente em chamas.

Levo a mão ao peito, começo a esfregar o ponto que mais dói. E é quando a ficha cai. A parte que está doendo, a ardência em meu peito... é a resposta para minha pergunta.

Hudson me disse que achava que o motivo pelo qual eu esqueci todo o tempo que passei no Reino das Sombras é que fui atingida pela flecha do tempo. Ela me arrancou da minha linha do tempo e me mandou de volta a Katmere e, mais importante, para nosso mundo — onde estive desde então.

Não pensei muito na flecha desde que Hudson me contou sua teoria — acho que imaginei que ela tinha se dissolvido ou algo assim quando consegui voltar ao meu reino. Mas agora, com essa ardência súbita em meu peito, começo a pensar que ela esteve dormente dentro de mim todo esse tempo.

Mais ainda, acho que acabei de despertá-la.

É como se ela soubesse que eu precisaria dela — e *quando*.

Parece até tolice pensar em uma coisa do tipo, mas, quanto mais compreendo o que aconteceu, mais a flecha queima.

Enquanto o mundo treme e se desfaz ao meu redor, mantenho meu foco no problema. Quando comecei a aprender a usar magia, Jaxon me levou para ver a Carniceira. Ela me ensinou — sem sucesso, graças a Deus — a como isolar Hudson em uma parede no canto da minha mente. Mas quando estava me ensinando isso, seu foco não estava na parede. Estava no uso da magia com uma intenção.

Desde que eu a use com uma intenção — com um entendimento do que quero exatamente que ela faça —, a magia pode fazer qualquer coisa. Em especial uma magia tão poderosa quanto a bendita flecha que está dentro de mim.

Então, o que é que eu quero fazer aqui, neste momento? Quero destruir o Reino das Sombras e reunir a Rainha das Sombras com sua filha. Posso não ser capaz de separar as gêmeas, mas posso juntá-las, pelo menos curando Lorelei ao reuni-la com a parte arrancada de sua alma. Não por causa de alguma promessa que fiz ou uma barganha para salvar Mekhi, mas porque é a coisa certa a se fazer. E dado que Mekhi estava usando o talismã de Lorelei, acho que é também o que ele *gostaria* que eu fizesse.

Minha avó sofreu durante mil anos, assim como Alistair e meu povo. A Rainha das Sombras também sofreu durante um milênio. Qual a vantagem de ser a rainha das gárgulas, de ter poder, se não posso usá-lo para finalmente — *finalmente* — consertar todas essas coisas?

Então, fecho os olhos mais uma vez. Vou para bem fundo de mim e, dessa vez, não construo uma parede. Desta vez seguro a mão de Hudson, não porque precise do poder dele, mas porque quero que *ele* esteja comigo. Meu consorte. Meu parceiro. Meu tudo.

Ele segura a minha mão com força também, e consigo senti-lo ao meu redor, em cada parte da minha alma. Cuidando de mim e do mundo que vamos consertar. O novo mundo que vamos construir juntos.

Meus amigos se aproximam, se reunindo à nossa volta, enquanto meu poder floresce dentro de mim. Eles nos cercam com sua amizade, suas risadas e seu amor. E, enquanto me cercam, percebo que cabe a nós deixar para lá as coisas ruins que nos aconteceram, deixar para lá as antigas lições que aprendemos das mãos de pessoas e deuses que governaram com medo, inveja e raiva. E encontrar nossas próprias lições, nossa própria verdade, no mundo que queremos construir. O mundo que queremos governar.

Feridos em nossos direitos, poderosos no momento que vivemos, passamos tempo demais sob os desígnios de outras pessoas. Pessoas que nos usaram em prol de *seu* poder, que nos maltrataram para *tomar* nosso poder. Pessoas que nos feriram várias e várias e várias vezes em nome de suas próprias ambições.

Isso acaba aqui.

Isso acaba agora.

Estamos juntos para sempre, e nosso objetivo é a verdade.

Respiro fundo mais uma vez. Seguro novamente o cordão verde dentro de mim. Mais um instante para pensar, para sonhar e para ser. E então solto o ar e liberto a flecha.

Capítulo 112

O SONHO

O mundo ao nosso redor praticamente implode.

A escuridão some.

A luz toma conta.

E as sombras recuam para trás de nós, onde é o lugar delas.

Os sons de alegria enchem o ar — sinos tocam, pássaros cantam, a água flui — ao nosso redor, o roxo desmorona e todas as cores do arco-íris começam a tomar seu lugar.

O púrpura se dissolve no céu mais azul. Na grama verde. Nas nuvens brancas. E um grande e brilhante sol amarelo ilumina todas as coisas nas quais toca.

A Rainha das Sombras está livre, assim como seu povo.

Mil anos de cativeiro terminaram no momento entre uma escolha e a próxima.

Mas ainda existe Adarie, ainda existe a fazenda e todas as pessoas que amam suas vidas aqui. A última coisa que quero é obrigá-las a viver em outra prisão em nosso mundo, e então faço a única coisa que posso fazer para garantir que elas também sempre tenham um lar.

Agarro meu cordão verde, e faço crescer mil árvores, imensas, robustas e sempre verdes, com os troncos mais estáveis e os galhos mais fortes. E também crio uma floresta ao redor de Adarie e da fazenda, cheia de magia do caos, com uma luz do dia quase constante e terra roxa — e com essas árvores para manterem a magia estável, não para servirem como grades de uma prisão.

Atrás de mim, a Rainha das Sombras arfa e, quando me viro, já sei o que verei. Lorelei caminhando pela sombra das árvores, direto na nossa direção, com passos firmes e seguros.

A Rainha das Sombras corre até ela e, quando elas se abraçam, sinto que mais uma parte do nosso novo mundo está inteira. Mesmo antes de Lorelei se afastar de sua mãe e caminhar até Mekhi.

Ele está no chão agora, com as costas apoiadas nas de Jaxon, enquanto a dor do veneno se torna demais para suportar.

Lorelei fica de joelhos ao lado dele e segura a cabeça de Mekhi entre suas mãos enquanto implora para a mãe.

— Por favor. Por favor, salve-o.

— Não posso — a Rainha das Sombras confessa, e há uma tristeza em seu olhar que jamais esperei ver. — Nunca pude. Nunca existiu uma cura para o veneno das sombras.

— Quer dizer que fizemos tudo isso por nada? — Éden também cai de joelhos ao lado de Mekhi. — Nunca pudemos salvá-lo?

— Não foi por nada — Mekhi diz para ela enquanto olha para todas as cores ao redor, onde antes só existia o roxo. — Olhe para o que fizemos.

— Não é o bastante — Jaxon retruca enquanto segura o amigo. — Se você morrer, jamais será o bastante.

— Tem de ser — Mekhi responde. — Às vezes é tudo o que temos. Só que chegou minha hora.

— Nunca chegará sua hora — rebato, com os olhos ardendo em lágrimas, à medida que termino de libertar este mundo e me agacho aos seus pés.

— Ei, Grace. Nada disso. — Ele me dá um de seus sorrisos típicos... o tipo que fez com que eu sentisse que tinha um amigo nos salões de Katmere. Ele foi amigo de Jaxon primeiro, mas era meu também. Desde o início. E não posso imaginar como será viver neste nosso novo e corajoso mundo sem ter ele.

— Está tudo bem — ele sussurra enquanto Lorelei segura uma de suas mãos e Jaxon segura a outra. — Tive os melhores amigos, vivi e amei. Não posso pedir por nada além disso.

— Mekhi. Mekhi, não — imploro, quando os olhos dele se fecham bem devagar.

Ainda não. Por favor, ainda não. Não estou pronta para perdê-lo ainda.

Ao meu lado, Jaxon soluça — um som único e desesperado que me despedaça. E então Mekhi solta seu último suspiro.

O grito de Lorelei corta o ar, e ela cai sobre o peito dele, lágrimas escorrendo como desejos por seu rosto, enquanto ela chora sem parar, pedindo para Mekhi acordar, para abrir os olhos só mais uma vez.

Então vejo alguém correndo pelo jardim, atravessando os ramos e as flores para nos alcançar. Liana — mas é uma Liana que nunca vimos antes. Seu cabelo agora é preto, sua pele é de um tom verde-oliva profundo, e seus olhos são castanhos escuros e calorosos.

Mas o roxo não é a única coisa que sumiu quando o Reino das Sombras colapsou. Como agora ela está livre, seus olhos anteriormente inexpressivos e assustadores contêm as várias nuances de sua alma.

— Eu sinto muito! — ela exclama ao praticamente se jogar sobre a irmã. — Sinto muito mesmo!

— Não é sua culpa — Lorelei sussurra para ela. E quando as duas por fim se afastam, fagulhas douradas pendem no ar entre elas.

As fagulhas voam de um lado para o outro entre as duas garotas por vários segundos, antes que um grande grupo delas siga até Lorelei. A garota perde o fôlego quando elas a atingem, mas em instantes seu rosto fica rosado e seu cabelo ganha novo brilho.

Ela mal percebe, no entanto, quando cai de joelhos novamente e segura a mão de Mekhi entre as suas — e então se sobressalta, arregala os olhos e solta uma exclamação de desespero. Então cai sobre o peito dele e chora sem parar.

— Meu consorte, meu consorte, meu consorte.

Meu estômago se contrai com a crueldade de encontrar seu consorte à beira da morte, sabendo quão breve é o tempo em que estarão juntos.

— Por que agora? — sussurro.

— Ela não tinha toda a sua alma antes — Hudson diz, passando o braço ao meu redor, enquanto nós dois imaginamos a dor que Lorelei deve sentir.

— Lorelei — a Rainha das Sombras chama, e há uma urgência em sua voz que não pode passar despercebida. — Não existe um antídoto, mas agora que você se reuniu com sua irmã e está com sua alma completa, você *pode* salvá-lo.

— Como? — Ela pisca na direção da mãe, implorando ajuda.

— Use o elo — a mãe incentiva. — Você é uma fantasma, o que significa que o veneno das sombras não fará mal a você. Use o elo entre consortes para puxar o veneno para você e libertar Mekhi dele de uma vez por todas.

— Como? — ela pergunta novamente, e eu me ajoelho ao seu lado, puxando Hudson comigo.

Não sei como, mas sei que devo ajudá-la. Que sou a única pessoa que *pode* ajudá-la — porque já fiz isso antes.

Capítulo 113

HORA DE RESOLVER E IR EMBORA

— Você consegue, Lorelei — incentivo-a, mantendo o olhar brilhante dela. — Feche os olhos e olhe para dentro do seu coração. Você verá que ele *já está ali.* Ele está em partes da sua alma que fazem seu peito se apertar toda vez que pensa nele. Seu sorriso, sua risada, seu senso de humor brincalhão. — Eu me viro para fitar Hudson, à procura das palavras certas para descrever um sentimento. — Até o jeito como ele discute por causa de cada coisa que você diz... ele está ali. Bem ali. Esperando que você estenda a mão, o segure e não o solte nunca mais.

Os olhos oceânicos de Hudson nunca deixam os meus, e ele diz:

— Seu consorte já te achou, *escolheu* você, Lorelei. Você só precisa deixá-lo te amar... e então atrair o amor dele de volta para a sua direção, absorvê-lo, deixá-lo te consumir, até que não exista um você... apenas um *nós*, interminável e inquebrável.

— Eu o vejo. — Lorelei suspira. — Encontrei Mekhi. Ele é tão incrivelmente lindo... — Ela arfa e leva a mão até a lateral do rosto dele. — Amo você também. Agora será que pode voltar para mim? Por favor, não me deixe, não quando acabo de encontrá-lo. Consegue me ouvir? — Quando Mekhi permanece imóvel, ela se inclina para a frente e pressiona os lábios nos dele, sussurrando: — Você vai para casa comigo, Mekhi?

Os cílios dele tremem, um instante antes de suas pálpebras se abrirem, revelando seus belos olhos castanhos.

— Oi. — A voz dele é rouca e grave, mas forte.

Lorelei seca as lágrimas que escorrem em seu rosto com o braço, antes de responder:

— Oi.

— O quê? Como? — Jaxon olha para Mekhi e para o restante de nós, como se não conseguisse acreditar em seus olhos.

Sei a sensação. Vi muitas coisas desde que me tornei uma gárgula, mas nem nos meus sonhos mais loucos eu acharia que Mekhi e Lorelei encenariam uma Bela Adormecida na vida real, bem aqui, no que resta do Reino das Sombras.

— O que aconteceu? — Lorelei pergunta, mas então se joga nos braços abertos de Mekhi sem esperar uma resposta.

A Rainha das Sombras observa os dois com ar indulgente, e até Liana tem um sorriso no rosto.

Ainda que essa seja a coisa mais maravilhosa que já aconteceu, e estou muito, muito grata por isso, também me sinto muito confusa. Porque Mekhi estava morto. Sei que estava. Vi com meus próprios olhos.

— Isso é real, certo? — Hudson pergunta, enquanto olha para seu irmão e para Mekhi. E dá para ver que ele está pensando na mesma coisa que eu. Que é bom que esse não seja um tipo de alucinação em massa induzido por estresse, porque perder Mekhi uma vez quase acabou com Jaxon. Se isso acontecer pela segunda vez, vai destruí-lo por completo.

— É, sim — a Rainha das Sombras responde, enquanto coloca o braço ao redor dos ombros de Liana. — Mekhi vai ficar bem.

— Mas como? — Jaxon pergunta de novo.

— O elo entre consortes o salvou... do mesmo jeito que salva a maioria de nós, de um jeito ou de outro. Tive dificuldade em acreditar, mas soube que eram consortes desde o momento em que Mekhi me disse que Lorelei lhe deu aquele colar. Mas *ele* não parecia saber disso, o que só significava uma coisa. Havia uma parte tão grande da alma de Lorelei presa aqui, com Liana, que o elo entre consortes não podia funcionar no seu mundo. Assim que Grace destruiu o Reino das Sombras e minha filha conseguiu recuperar sua alma... — Ela para de falar por um instante, engole em seco como se fosse tomada por mil anos de emoções que inundam seu organismo neste momento, então limpa a garganta e continua: — Assim que Lorelei e Liana conseguiram se tocar, suas almas se realinharam, e Lorelei conseguiu recuperar tudo de si. E isso significa que o elo entre consortes enfim conseguiu funcionar como devia. E já que Lorelei é uma fantasma, imune ao veneno das sombras, o elo automaticamente filtrou o veneno de Mekhi até ela. E vai continuar a fazer isso para sempre.

Jaxon larga o corpo, aliviado, e, pela primeira vez em meses, as marcas de dor ao redor de seus olhos e boca desaparecem. Parece que um peso de mil toneladas — ou pelo menos noventa quilos de vampiro — finalmente saiu de cima dele.

Flint também o percebe e coloca uma das mãos no ombro de Jaxon, em um gesto de apoio. Jaxon ergue sua mão e a coloca sobre a de Flint. Então se vira para fitar o namorado, e há um momento de entendimento — de conexão — entre eles que não observo há meses, se é que já me deparei com um. Não sei o que isso significa para eles, mas espero que seja bom. Eles merecem ser felizes juntos.

Hudson capta meu olhar, e nós dois meio que trocamos um sorriso. É bom ver Jaxon feliz — ou pelo menos aberto à possibilidade de felicidade. Só Deus sabe que ele enfrentou muita coisa para chegar aqui e merece toda a alegria que estiver em seu caminho.

Mekhi e Lorelei por fim se separam, e o vampiro fica em pé com mais energia do que tinha desde que foi mordido. Seu sorriso descontraído está de volta ao lugar, e seus olhos castanhos calorosos finalmente estão lúcidos.

— Obrigado — ele diz, olhando para cada um de nós.

Éden sorri.

— Tenho quase certeza de que é sua consorte quem precisa receber o agradecimento aqui.

— São todos vocês — Lorelei diz. — Vocês todos lutaram por ele sem parar, e isso é algo que jamais esqueceremos.

Receber elogios — ou agradecimentos — nunca foi meu forte, então abaixo a cabeça e mexo o pé de um lado para o outro enquanto espero meu sentimento de constrangimento passar.

Mas no verdadeiro estilo Mekhi, ele não vai me deixar escapar com tanta facilidade. Em vez disso, ele me agarra e me dá um abraço de urso tão grande que me levanta vários centímetros do chão. E sussurra em meu ouvido:

— "O resto é silêncio".

É uma referência àquela aula de literatura inglesa em que nos tornamos amigos, e isso acaba com qualquer resto de constrangimento que eu possa sentir.

— Hum, não — respondo, e ele me coloca no chão. — Você já fez a cena da morte hoje. Não vai ter replay.

Então todos caímos na risada, o alívio e a alegria percorrendo o ar ao nosso redor.

— "Há mais coisas entre o céu e a terra, Horácio, do que sonha nossa vã filosofia" — Jaxon comenta maliciosamente.

Ergo uma das sobrancelhas.

— Você não quer dizer "entre o céu e o inferno"?

— Não, hoje não. — Jaxon e Flint trocam sorrisos ridículos, ao passo que Hudson faz um som de quem vai vomitar.

— É sério? Vocês não podiam deixar Mekhi levar essa? — Hudson pergunta.

Flint dá uma risadinha.

— Ele sempre quer ser o centro das atenções. — Mas percebo que o dragão ainda está com a mão no ombro de Jaxon.

Ao lado dele, Jaxon apenas sorri e pergunta:

— Até tu, Brutus?

A essa altura, Heather exige esclarecimentos.

— Mas que diabos está acontecendo aqui? — Quando todos simplesmente a encaramos, ela joga as mãos no ar, exasperada, e continua: — Quando passamos de salvar o Reino das Sombras para um festival shakespeariano? Porque, se querem ir por esse caminho, tenho alguns ótimos insultos shakespearianos para adicionar à mistura.

— Aposto que tem — Éden comenta, passando um braço ao redor da cintura de Heather. — Talvez você possa me falar alguns mais tarde.

— Hum, com certeza. — Heather parece feliz, mas um pouco confusa. — Mas, para ser honesta, não é o tipo de sacanagem com o qual estou acostumada.

— Dito isso — Mekhi intervém, com um sorriso gigante —, não sei quanto ao restante de vocês, mas estou pronto para dar o fora daqui. Estive meio fora do ar nos últimos tempos, mas, se não estou enganado, temos que nos preparar para um dia importante.

Por um instante, estou tão presa nas lembranças que não sei do que ele está falando. Mas então me recordo.

— Ah, meu Deus! Que dia é hoje?

Hudson passa a mão pelos meus cachos, em um gesto carinhoso.

— Ainda temos quatro dias.

Suspiro. Bem fundo.

— Graças a Deus. Mas precisamos ir! Temos tanto a fazer! — Eu me viro para a Rainha das Sombras. — Sinto dar uma de cachorro magro, mas preciso comparecer a uma cerimônia.

— Comparecer? — Heather bufa. — Tenho quase certeza de que você e Hudson são as atrações principais.

— Desde que eu nunca mais seja obrigado a fazer um show — Hudson comenta, seco.

— Você está prestes a se tornar rei — Éden retruca. — Tenho quase certeza de que isso significa que você pode fazer, ou não fazer, o que quiser.

— Não é isso que significa ser uma governante, certo, Grace? — A Rainha das Sombras pergunta, mantendo meu olhar. — Podemos fazer melhor.

É uma bandeira branca, e não hesito em aceitá-la.

— Sim, *nós* podemos.

Ela faz um minúsculo aceno de cabeça, e sei que estamos prontas para tentar nos curar, para achar um caminho em frente. Então sugiro:

— Todos os governantes foram convidados para minha cerimônia de investidura. Se não recebeu seu convite, posso pedir para reenviarem.

— Preciso reconstruir o reino para meu povo — ela responde, acenando com a mão para abarcar o novo Reino das Sombras. — Mas talvez eu possa dar uma fugida para algo tão importante. Você tem certeza disso?

— Quanto mais gente, melhor — digo para ela enquanto pego meu cordão platina. — Além disso, sou super a favor de construir alianças.

— Então uma aliança, e minha gratidão, você sempre terá — ela garante, e sinto que a tatuagem da barganha no meu braço começa a mudar lentamente de forma, e uma bela coroa roxa aparece no que sobrou da árvore que costumava marcar meu punho.

— Hum, alguém sabe como voltar para casa? — Flint pergunta, esfregando o peito, distraído, ao fitar o colorido Reino das Sombras ao nosso redor. — Eu preferia não ter que pular na fonte de novo.

— Acho que podemos fazer melhor do que isso — a Rainha das Sombras diz ao acenar mais uma vez, atraindo uma sombra que está perto de uma árvore até nós. — Essa sombra levará vocês onde desejarem ir.

E sei exatamente onde é, porque temos mais uma jornada a fazer, e essa já esperou tempo demais.

— Sigam-me — eu os chamo. E todos me acompanham.

Capítulo 114

PARECE QUE ALGUÉM ANDOU BEBENDO

No dia da cerimônia...

Dessa vez, quando aterrissamos na Corte das Bruxas, é com toda a pompa e circunstância que os corações apaixonados por tradição de Imogen e Linden podem querer — montados em dragões e cobertos de sarças.

— Ainda não consigo acreditar que a primeira coisa que vocês quiseram fazer depois de destruir um reino foi voltar ao referido reino — Flint reclama depois de recuperar sua forma humana.

— Ei, nós precisávamos ver Smokey — respondo. — Não podíamos simplesmente largá-la lá e não voltar para visitá-la.

— Isso faz sentido para você e para Hudson — ele concorda, de má vontade. — Mas e quanto a Jaxon?

Hudson dá uma gargalhada, enquanto bate com o ombro no do irmão.

— Acho que ele só queria ter outra chance de ver seus fãs que o adoram.

Jaxon apenas revira os olhos, mas não o contradiz.

O sorriso de Hudson desaparece com tanta rapidez quanto apareceu, e sei que está pensando em Smokey. E em como tentamos tudo, usamos todos os nossos poderes combinados, e não conseguimos encontrar nenhum jeito de fazê-la ultrapassar a barreira entre os dois reinos para viver conosco no nosso. As umbras não podem deixar o Reino das Sombras, nem nós, mesmo com todos os nossos poderes, conseguimos achar um meio de mudar a situação.

Pelo lado bom, a Rainha das Sombras construiu um portal permanente ligando os dois reinos, então Hudson pode visitar Smokey sempre que desejar. E isso tem sido basicamente duas vezes ao dia desde que destruímos o Reino das Sombras.

Mas a invocação será hoje à noite, e ela não poderá vir. Hudson não mencionou nada a respeito, mas sei que isso pesa sobre ele. Eu só gostaria que houvesse algo que eu pudesse fazer a respeito. Pelo menos conseguimos passar várias horas com ela hoje — o que é óbvio pelas manchas de terra que Hudson tenta limpar do meu rosto agora.

Felizmente, ainda temos várias horas antes de precisarmos ir ao local da cerimônia. Com todo o glamour à disposição para usar em meus amigos, certamente as bruxas que organizam a cerimônia podem nos tornar apresentáveis nesse ínterim. Mas a rainha das bruxas não parece tão segura disso quando se aproxima rapidamente de mim:

— Esta não é exatamente a aparência que eu imaginava, Grace — ela comenta, apontando o nariz comprido e aquilino na minha direção.

— Sinto muito — respondo, passando a mão pela minha camiseta rasgada e pela calça jeans. — A umbra de Hudson precisava de uma brincadeira bem animada de esconde-esconde no Reino das Sombras hoje. — O que não menciono é que, na verdade, o jogo envolve eu me esconder enquanto Smokey vai atrás de Hudson, deixando-me no meio das sarças por quase trinta minutos, até que finalmente consegui sair. Só não acho que essa imagem é o que quero deixar marcada enquanto me coroam líder do Círculo hoje. Então, em vez disso, simplesmente digo: — Ela é muito entusiasmada em suas demonstrações de amor.

— Foi o que ouvimos dizer. — Seu rosto normalmente desaprovador se abre em um sorriso de verdade, talvez pela primeira vez. Ou pelo menos é a primeira vez que o vejo. — Bom trabalho no Reino das Sombras. Já faz tempo que isso precisava ter sido feito. — O elogio me surpreende tanto que fico olhando para ela por um segundo. E isso a faz suspirar bem fundo. — Ficar de boca aberta é algo muito impróprio, Grace.

E então ela dá meia-volta, e a saia comprida de seu vestido Dolce & Gabbana de gola alta acerta minhas pernas.

— É para irmos atrás dela? — pergunto a Hudson, totalmente atônita.

Ele me olha com uma expressão divertida.

— A menos que você planeje se arrumar aqui.

— Talvez fosse melhor — suspiro enquanto a seguimos pela porta e depois por um longo e intrincado corredor na Corte das Bruxas. — Só Deus sabe o que ela tem reservado para nós lá.

Acontece que o que ela tem reservado é Macy, que está sentada no meio da cama do quarto para onde ela nos leva.

— Há um segundo quarto depois daquela porta — Imogen diz para Hudson. — Seu valete e suas roupas esperam por você ali.

Ele faz um rápido aceno em agradecimento e então — como o covarde que é — acelera a toda velocidade até o outro quarto. A última coisa que ouço dele é a porta se fechando e sendo trancada.

— E quanto aos nossos amigos? — pergunto. — Eles precisam...

— Minhas damas de companhia já estão acomodando todos eles neste minuto — Imogen me garante. — Sei que o glamour não funciona em você, então você pode querer usar alguns minutos... ou mais... para apreciar um belo banho no outro aposento.

— Esse é o seu jeito de dizer que estou fedendo, Imogen?

Ela suspira.

— Isso parece um pouco rude, mas há uma certa verdade malcheirosa nisso.

— Não se preocupe — Macy lhe diz com uma piscadela. — Eu cuido dela daqui em diante.

— Por certo espero que sim, porque, caso contrário, você vai ficar responsável por cuidar do rebanho nos jogos de Wingo das bruxas da cozinha por vários meses. E Bettina é uma bruxa muito, muito má.

Caio na risada, em parte por causa da brincadeira, e em parte porque não tinha ideia de que Imogen seria capaz disso.

— É uma bela maneira de xoxar aqui, Imogen.

— Por favor. — A bruxa dá um tapinha no cabelo da minha prima. — Vocês não são os únicos por aqui que sabem se divertir.

— Ao que parece, não — digo, com um sorriso.

Imogen dá uma risadinha. Uma risadinha de verdade. E então, com todo o cuidado e o nariz torcido, dá um tapinha no meu ombro.

— Seu vestido está no armário — ela sussurra como se fosse o maior segredo do mundo. — É a Esposa do Vampiro.

E então sai do quarto em um turbilhão de babados carmesim e dourado.

— Ah. Meu. Deus.

Macy se joga na cama, de costas, e começa a gargalhar de maneira histérica.

— Ah, meu Deus! Quem era aquela? — Fico encarando a porta fechada. — Os eventos formais são a desculpa dela para alcançar uma autorrealização total e completa?

— Isso e, mais ou menos, umas quatro doses.

Eu me viro para Macy, horrorizada:

— O que você fez?

— Eu? Nada. Viola, contudo, sugeriu que ela tomasse uma bebida para acalmar os nervos. Como podíamos saber que ela gostava tanto de vodca com chantili?

— Ah, meu Deus — repito. Faço menção de me sentar na cama, ao lado de Macy, mas então me lembro do estado lamentável em que me encontro atualmente e decido ir para o banheiro. — Vou tomar aquele banho, e então você pode me contar todos os detalhes.

Quinze minutos depois, Macy está fazendo exatamente isso, enquanto Esperanza, a praticante de glamour pessoal de Imogen "faz o máximo que pode". O que, surpreendentemente, é bastante coisa sob seu toque experiente, ainda que não haja magia envolvida. Ok, o batom cor de morango maduro é um pouco demais para meu gosto, mas não vou arrumar encrenca por isso. Não quando ela tem o destino do meu cabelo cacheado em suas mãos.

Pelo lado bom, o batom combina perfeitamente com o vestido ali dentro no armário.

Depois que Esperanza acaba de prender meu cabelo no coque mais perfeito que já vi — e só leva uma hora —, ela me dá um abraço e me deseja boa sorte antes de sair do quarto.

— Puta merda — Macy comenta ao andar em círculos ao redor de mim.

— Não é nada de mais — digo para ela.

— Puta merda — ela repete.

— São só o vestido, as joias e...

Paro de falar quando Macy segura meus ombros e me vira, até que eu fique de frente para o espelho de corpo inteiro ao lado da penteadeira. E eu só consigo dizer:

— Puta merda.

— É o que estou falando para você — ela concorda.

Encaro o espelho e, por um segundo, não consigo acreditar de verdade que sou eu.

Não por causa da maquiagem, dos cílios postiços e do penteado elegante.

Não por causa do vestido formal comprido, ainda que seja lindo, com alças finas, tule cor de marfim e uma elaborada sobreposição de flores e trepadeiras em tons de framboesa, pervinca, dourado e os mais suaves tons de rosa e verde.

Nem mesmo por causa dos diamantes que pendem de minhas orelhas e estão encravados por toda a coroa em minha cabeça.

Não, é porque, pela primeira vez desde que essa jornada começou, pareço uma rainha. E talvez, apenas talvez, eu esteja começando a me sentir como uma também.

Capítulo 115

TUDO REPLETO DE GRACE

Macy me abraça com todo o cuidado, em um esforço para não amassar o vestido.

— Está tudo bem — digo para ela, revirando os olhos. — Você pode me amassar. Ainda sou a mesma Grace.

— Você é a mesma Grace, sim. Mas este vestido é... — Ela para de falar.

— É tudo — completo. — Eu sei.

— É tudo — ela concorda.

Espio o espelho mais uma vez, surpreendendo-me mais uma vez com o fato de Imogen ter escolhido esse vestido para mim. Não é algo que eu pensaria em usar ou nem sequer sabia da existência. Mas o fato de Imogen pensar na minha magia da terra e no que ela significa para mim para escolher esse vestido... Só estou dizendo que essa escolha faz com que eu me arrependa de todas as vezes que me irritei com ela por causa da cerimônia ao longo dos últimos meses.

— Você percorreu um longo caminho desde aquele casaco rosa-choque — Macy observa , com um sorriso.

— Percorri mesmo, não é? — Por um instante, penso em confessar para ela o tanto que odeio rosa-choque, mas no fim decido que isso nem mesmo é verdade mais. Pode nunca vir a ser minha cor favorita, mas Macy é basicamente minha pessoa favorita em tudo e, só por esse motivo, sempre sentirei um carinho especial por rosa-choque.

— Hoje é um grande dia — ela declara —, e achei que você pudesse gostar de uma pequena lembrança daqueles primeiros dias em Katmere, para manter você firme para o que está por vir.

— Você não precisava fazer isso — digo, ao mesmo tempo que me transformo em uma gigantesca bola de emoções.

— Lógico que eu precisava — ela responde. — A propósito, viu os sapatos que Imogen espera que você use?

Eu vi, em toda a sua glória, com um salto de uns treze centímetros. Também passei a maior parte da última hora tentando fingir que eles não existem. Não estou particularmente nervosa por estar em um palco diante de todos hoje — em especial porque Hudson também estará lá. Mas sinto que usar aqueles sapatos é pedir para ser humilhada diante de dez mil paranormais.

— Você vai me dar sapatos? — exclamo, esperançosa. E ainda que eu nunca tenha sido muito ligada em sapatos, há um grande apelo só de pensar em não ser torturada pelas próximas horas por um par de Louboutin encravado de cristais.

Ela me entrega uma sacola de presente.

— Acho que vai ter que abrir isso para descobrir.

É o que faço, e gargalho como uma hiena quando pego o par de sapatilhas de balé de cetim, rosa-choque, que minha prima escolheu para mim.

— São perfeitas — digo enquanto as coloco nos pés.

— Eu sei. — Ela sorri.

Antes que Macy possa dizer qualquer outra coisa, ouvimos uma batida à porta que liga o quarto de Hudson ao meu.

— Acho que este é o sinal para eu dar o fora daqui — minha prima comenta, balançando as sobrancelhas. — Mas não ouse deixar aquele homem amassar você.

— Ah, não vou deixar — garanto.

Ao ouvir isso, minha prima dá risada e rebate:

— Ah, a quem estamos enganando? — E sai pela porta.

Hudson bate mais uma vez, e, pela primeira vez desde que chegamos aqui, borboletas se agitam em meu estômago. É idiota ficar nervosa porque vou vê-lo — ele é meu consorte. Mas talvez seja uma boa coisa que só de pensar nele eu ainda fique assim.

— Pode entrar — aviso quando finalmente consigo encontrar minha voz.

E então gostaria de ter me preparado, porque eu devia saber. Se eu estou linda assim, é óbvio que Hudson está em um nível totalmente diferente.

Ele está vestido com mais simplicidade do que eu esperaria dele — mas, com certeza, que Imogen jamais nos perdoaria se nós dois brigássemos por atenção no palco. Mas só porque o smoking dele é um simples Tom Ford preto, com uma gravata-borboleta vermelho-escura, não significa que ele não continua sendo a coisa mais devastadoramente linda que já vi. Acrescente a isso seu penteado característico de garoto britânico e a pequena flor vermelha-escura no bolso do paletó, e sinto que estou prestes a desmaiar.

Normalmente, eu controlaria o impulso — o ego dele não precisa de ajuda —, mas imagino que ele mereça uma emoção extra no dia de sua invocação. Então aceno com a mão diante do rosto e mordisco meu lábio, só para ver os olhos dele ganharem aquele tom azul meia-noite que é meu favorito.

— Está bonito, gostosão — eu o elogio.

Espero que ele sorria e faça algum comentário egocêntrico, no entanto, em vez disso, ele só me encara. E me encara. E me encara, até que começo a ponderar se, de algum modo, rasguei meu vestido.

— Tem algo errado? — pergunto, olhando para minha saia.

Ele acelera até mim em um instante.

— Eu... eu... — Ele limpa a garganta. — Você...

E, ah, meu Deus. De repente percebo o que está acontecendo. Com a ajuda de Esperanza, Imogen e Macy, deixei o sempre loquaz Hudson Vega sem palavras.

A minúscula bola de nervos que estava dentro de mim, e que eu nem sabia que existia, lentamente relaxa.

— Vou considerar isso um elogio — provoco.

Ele balança a cabeça, os olhos arregalados em admiração. E nem assim ele consegue dizer alguma coisa.

— Quer um pouco de água? — Eu me viro na direção do frigobar escondido atrás de um painel no closet. Mas, antes de dar mais do que um passo, Hudson acelera até mim, coloca as mãos em meus quadris e me segura no lugar.

— Grace — é tudo o que ele diz, mas há tanto amor, reverência e calor naquela única palavra que não preciso que ele diga mais nada.

— Sim, eu me sinto do mesmo jeito a cada vez que você entra em um aposento — digo.

Isso finalmente quebra o encanto, e ele cai na risada, me puxando de encontro a si, com um braço ao redor do meu corpo.

— Ei! — exclamo, ainda que não faça o mínimo esforço para me afastar. — Estou sob ordens estritas de Macy para não deixar você me amassar.

— Tule sempre fica mais bonito com alguns amassados — ele mente descaradamente, mas se afasta só um pouquinho.

Penso em puxá-lo para mais perto e em mandar os amassados para o inferno, porém, antes que tenha a chance de fazê-lo, Hudson tira um buquê de flores gigante de trás das costas. Elas combinam exatamente com as cores e os tipos das flores do meu vestido.

Eu me surpreendo ao vê-las, e então puxo o buquê — e ele — com mãos gananciosas.

— Achei que você estava sob ordens para não se amassar — ele provoca à medida que aperto meu corpo contra o dele, ao mesmo tempo que enterro o rosto nas flores.

— Não me deixe mordida — eu rosno.

— Eu faria isso, mas tenho certeza de que nós dois acabaríamos bem amassados — meu consorte responde, com o ar mais angelical que já vi em seu rosto. — E sei que não devemos fazer isso.

Reviro os olhos.

— Você não vai deixar isso para lá, vai?

— Eu nunca vou deixar *você* para lá. Isso conta para alguma coisa?

— Essa deve ser a coisa mais brega que você já me falou. — O fato de que isso ainda consegue acelerar meu coração é algo que vou manter para mim mesma.

— Que tal isso — ele diz, deixando as flores de lado e segurando minhas mãos entre as suas. — Você é meu sonho.

— Ah, Hudson...

— Deixe-me terminar — ele fala, em uma voz tão rouca de emoções que quase nem parece a dele. — Quando eu ficava preso naquele buraco do inferno por meses e anos, eu sonhava com você. Uma mulher tão poderosa, gentil e forte, que conseguiria salvar o mundo, porque, se ela pudesse fazer isso, talvez pudesse me salvar também.

Sua voz falha, junto à batida do meu coração, e tento abraçá-lo, a necessidade de sentir seu coração batendo contra o meu é uma compulsão da qual não tenho vontade de escapar.

Mas ele me mantém no lugar e balança a cabeça.

— Você me salvou, Grace Foster, um milhão de vezes diferentes em um milhão de jeitos diferentes. Você me salvou até de mim mesmo.

— E você me salvou também — sussurro, e já não penso mais nos amassados. Vou começar a chorar em um segundo, e não existem cílios postiços que resistam a isso.

Hudson deve saber como estou perto disso, porque, em vez de dizer algo que com certeza vai me fazer balbuciar como um bebê, ele apenas ergue uma das sobrancelhas e comenta:

— Salvei mesmo. E não se esqueça disso.

E é assim que acabamos rindo em vez de chorar. E é exatamente como deve ser.

Capítulo 116

ESTAMOS APAIXONADOS UM PELO OUTRO

— Ei, onde está sua coroa? — exclamo minutos mais tarde, depois que fizemos o máximo possível para desamassar nossas roupas.

— Na cômoda no meu quarto — ele responde, com um olhar que indica "obviamente". — Alguns de nós não sentem a necessidade de exibir nossa posição cada segundo de cada dia.

— Ei! Esperanza colocou essa coroa em mim, não eu. Ela disse que precisava ficar de um certo jeito, por causa dos meus cachos ridículos.

— Não fale mal desses cachos. São uma das minhas coisas favoritas em você.

— Pensei que meu cérebro fosse sua coisa favorita em mim.

Ele sorri.

— Tenho muitas coisas favoritas.

— *Idem.*

— Mas quero falar com você — ele pontua, e seu rosto fica sério.

Isso faz com que todos os elétrons do meu corpo saiam em disparada para todos os lados, conforme luto para permanecer sentada. Será que ele está finalmente pronto para compartilhar o segredo que sei que está escondendo?

— Andei pensando no Círculo.

— No Círculo? — Ignoro a decepção na minha barriga. — O que tem ele?

Ele olha de relance para o próprio relógio.

— Se as coisas saírem como o planejado, em cerca de duas horas, você e eu seremos os líderes dele.

Observo seu rosto na tentativa de descobrir aonde ele quer chegar com isso. Não é como se fosse novidade, afinal. A menos que esteja tentando me comunicar alguma coisa.

— Mas você sabe que... — Respiro fundo, ao passo que deixo escapar os pensamentos que tive ao longo dessas semanas, entre TVs, ursos Celestiais e Rainhas das Sombras que geram problemas demais. — Não precisamos ser.

Hudson recua como se eu tivesse cerrado meu punho de pedra e batido nele.

— O que isso significa?

— Significa que... — Minha voz falha e, por um segundo, a oferta que desejo fazer fica presa na garganta. Mas então lembro que essa é uma parceria e um relacionamento que vai durar para sempre. Para que isso aconteça, os dois lados têm de conseguir o que precisam. Se Hudson precisa disso, então quero ser a pessoa que vai lhe proporcionar isso.

E se ele não quiser? Pelo menos saberei que discutimos o assunto, e podemos começar a próxima etapa de nossas vidas livres de dúvidas.

Pensar no assunto me dá força para limpar a garganta e finalmente continuar:

— Se quiser subir naquele palco hoje e assumir o papel de rei e rainha dos vampiros, em vez de rainha e rei das gárgulas, estou com você.

Ele pisca para mim. Então pergunta:

— Você quer ser a rainha dos vampiros?

— Quero ser o que quer que você e eu decidamos ser o melhor para nós — respondo.

Hudson ergue as duas sobrancelhas, um sinal de como lhe tirei o chão agora.

— Pensei que já estávamos fazendo isso. Estamos construindo uma vida na Corte das Gárgulas.

— Estamos — concordo. — E não estou propondo desistir dessa vida totalmente. Eles ainda são meu povo. Sempre serão meu povo. Eu só... Você é meu consorte. E não preciso que sacrifique algo que queira ou pelo qual esperou a vida toda só por minha causa.

Hudson se recosta e encara o teto por vários minutos.

— Acabei de dizer que o que eu quis minha vida inteira é você. E, agora que a tenho, o que desejo é construir uma vida em conjunto, fazer algo em que acreditamos, em algum lugar onde possamos viver, amar, crescer e prosperar juntos. Pensei que esse lugar fosse a Corte das Gárgulas para você. Sei que é para mim.

— E é — confirmo. — Amo a Corte das Gárgulas mais do que qualquer coisa nesta Terra... exceto você. E é por isso que preciso ter certeza de que é o certo para *nós*.

— É o certo para nós — ele me garante, com total segurança. — Tenho um plano para a Corte Vampírica, mas ele não inclui nem Jaxon nem a mim. Não contei ainda porque não descobri se é factível, mas acho que é. E acho que vai dar certo. Só precisa confiar em mim, Grace.

Há muita coisa nessa última frase, e mais ainda no rosto do homem que a proferiu para mim.

— Confio em você — declaro. — Também sei que você tem uma tendência a escolher o que é melhor para mim em vez do que é melhor para você. E é por isso que tive que perguntar. Porque quero o melhor para nós dois, não só o que é melhor para mim.

Vejo o instante em que a ficha cai, o momento em que ele percebe — percebe de verdade — que estou fazendo a única coisa que ele jurou que nunca me pediria para fazer. Que o escolhesse, em vez de todos os outros. Em vez de qualquer coisa. Para sempre.

E, dessa vez, quando ele me encara, seu olhar é tão brilhante quanto qualquer estrela.

— Amo você, Grace Foster.

— E eu amo você, Hudson Vega.

Ele sorri.

— Eu sei. E é por isso que vamos fazer essa invocação, aceitar os títulos de rei e rainha das gárgulas, e passar o resto das nossas vidas infinitamente longas mostrando para Alistair e para a Carniceira como é que se faz, porra.

Dou risada, porque se essa não é a frase que tem mais a cara e o jeito de Hudson Vega, não sei qual é.

— Vamos mesmo.

— Ok, então. Pare de tentar jogar sua coroa fora e me ajude a encontrar a resposta para esse último problema que tenho.

— Qual é? — pergunto.

Hudson tira um caderno de anotações do bolso e o abre na cama, para que eu possa vê-lo.

Arregalo os olhos quando percebo o que está diante de mim — e como isso se aproxima muito de algo que venho pensando desde que destruí o Reino das Sombras. Mesmo assim, ver aquilo em branco e preto? Saber que Hudson estava pensando a mesma coisa todo o tempo?

— Eles vão surtar — afirmo.

Meu consorte dá um sorriso sombrio.

— Realmente espero que sim.

Capítulo 117

NO PORTAL PARA TODO LUGAR

Uma hora mais tarde, escutamos uma batida à porta. Eu a abro e encontro duas das damas de companhia de Imogen esperando.

— Já estão todos esperando vocês, Vossas Altezas — uma delas anuncia, fazendo uma reverência profunda.

Quero dizer que está tudo bem, que não precisam fazer isso. Mas essas mulheres trabalham para Imogen, e não tenho dúvidas de que, definitivamente, ela exige isso delas. Então, em vez de deixar todo mundo desconfortável, simplesmente aceno com a cabeça e digo:

— Obrigada.

— O portal está instalado no pátio dos fundos — a segunda acrescenta. — Vamos escoltá-los até lá quando estiverem prontos.

— Já estamos prontos — Hudson responde atrás de mim.

As damas de companhia fazem as mesmas reverências para ele, que responde à saudação. Isso as anima e faz com que riam entre si, e faço uma anotação para fazer o mesmo de agora em diante. Apesar de, para ser honesta, eu ter quase certeza de que é o sorriso dele que as deixou tão agitadas, em vez de a reverência.

E isso não tenho como imitar.

Depois de pegar nossos celulares e mochilas — o plano é voltar para cá depois da coroação, mas meio que prefiro ir para casa —, seguimos as damas de companhia por vários corredores até um par de portas francesas abertas.

Quando passamos por elas, chegamos a um pátio lotado de bruxas e um imenso portal aberto. As bruxas já começaram a atravessar, e tenho de admitir que surto um pouco quando percebo quantas delas vão participar da invocação.

Mas Hudson pega minha mão e sussurra:

— Vai ficar tudo bem.

Escolho acreditar nele, porque é melhor do que a alternativa. E me preocupar com a multidão não vai fazer nada além de me deixar mais nervosa, e não quero que isso aconteça. A última coisa de que preciso é ter um ataque de pânico durante a caminhada até o palco para aceitar nossa introdução no Círculo.

Nem sei por que estou nervosa agora. Estive bem ao longo de toda a tarde, mesmo quando Hudson e eu planejávamos o que vem a seguir. Mas, assim que entro neste pátio, é como se todos os nervos do universo estivessem prontos para me emboscar ao mesmo tempo.

Nossos amigos aparecem logo atrás de nós, todos trajados com belos ternos e vestidos. Faço uma anotação mental para agradecer Imogen — sei que ela está por trás disso também — e então entramos na fila para o portal.

Só que a fila se dispersa em um instante, e só nosso grupo fica parado na abertura do portal. Eu me viro para as outras bruxas, e cogito dizer que estamos bem esperando na fila. Mas Heather segura minha mão e sibila:

— Não ouse.

Encaro-a com ar confuso, e ela argumenta:

— Você é uma rainha, Grace. Uma rainha de verdade. E está prestes a ser líder de toda essa maldita coisa. Entendo que não queira privilégios especiais, mas às vezes você vai ter que os aceitar. E se furar uma fila é seu novo superpoder, digo para você aproveitar.

O restante dos meus amigos ri, e Macy chega a estender o punho cerrado para Heather, que retribui o gesto com um sorriso. Então Hudson e eu nos preparamos para entrar no portal, de mãos dadas... porque, ao que parece, quando se é rei e rainha, você ganha um portal duplo feito especialmente para você.

E é nesse momento que meus joelhos se transformam em gelatina.

Eu sabia que o dia da coroação estava chegando — é bem difícil se considerar uma rainha sem um. Mas saber que está chegando em algum futuro nebuloso é bem diferente de saber que está chegando *agora*.

— Está pronta? — Hudson pergunta antes de entrarmos no portal à nossa frente.

— Não — respondo, porque não minto para meu consorte. E também porque ele já sabe a resposta.

Ele sorri em resposta, e por um momento tudo desaparece e somos apenas nós dois. Só Hudson, eu e o mundo que queremos construir — a vida que queremos levar — juntos.

— Nem eu — ele concorda, com seu sotaque mais britânico. — Por que não crio uma distração enquanto você arranja uma saída? — Ele sorri e se inclina na minha direção a fim de sussurrar: — Você está indo bem, Grace. Não posso imaginar uma rainha melhor.

E é assim que meu nervosismo desaparece.

Não sou burra, sei que não preciso da validação de um homem para me sentir importante. Mas Hudson não é um homem qualquer. É meu consorte, e há algo de especial em ouvi-lo declarar que acredita em mim — algo nele afirmando que sabe que serei uma boa rainha — e isso me impele a acreditar que pode ser verdade.

Fico quieta por um instante, ouvindo as batidas de seu coração. Respirando o mesmo ar que ele. Deleitando-me em seu cheiro quente e sexy — âmbar, sândalo e confiança.

Tanta confiança — em si, em mim, em *nós*.

Isso me dá o incentivo de que preciso para erguer a cabeça e encontrar seus olhos oceânicos. Estão cheios de amor, de orgulho, de *para sempre*, e, enquanto olho bem para eles, finalmente estou pronta.

— Vamos fazer isso — sussurro.

— Pensei que nunca fosse pedir.

E então ele coloca o braço ao redor da parte inferior das minhas costas e me leva consigo direto para o portal.

Capítulo 118

A COROAÇÃO INTERROMPIDA

Saímos pelo portal diretamente no terreno de uma Academia Katmere que nenhum de nós viu antes. Há alguns dias, quando Macy me contou que a escola estava quase pronta, não pensei muito no assunto. Não pensei muito neste momento.

Todavia, à medida que Hudson e eu caminhamos pela neve magicamente compactada do monte Denali, não consigo tirar os olhos do novo castelo. De certa forma, parece exatamente o mesmo — arquitetura gótica, torres altas, parapeitos ornamentados que se estendem pela parte de cima.

De certo modo, no entanto, é muito diferente. A entrada é muito mais larga e mais acolhedora. Há uma tonelada de janelas adicionais em cada andar — presumo que seja porque as defesas mudaram muito ao longo dos séculos. E, talvez mais importante, as gárgulas desapareceram.

É óbvio, eu já sabia disso. Elas estão na Corte das Gárgulas comigo há meses.

Mesmo assim, é bom estar aqui. E é melhor ainda saber que Hudson e eu vamos nos juntar ao Círculo aqui, no terreno de Katmere, onde tudo começou para mim — para nós dois. O fato de que, até onde eu saiba, ninguém está planejando um ritual de sacrifício humano/gárgula também é um ponto positivo...

O proscênio no qual seremos coroados está bem diante de nós. Enquanto caminhamos até lá, percebo que os outros membros do Círculo já estão aqui. *Tantas pessoas* já estão aqui, acomodadas em assentos ao redor do palco. Incluindo meus amigos, que se ajeitam nos espaços reservados para eles.

Meus avós se aproximam com expressões solenes. Alistair estende os braços na minha direção e acho que ele vai me dar um abraço. Em vez disso, ele aperta minha mão, pressionando a palma na minha. Quando nossas peles se encontram, sinto o calor da Coroa na minha palma. Um choque rápido se segue, e então percebo que a Coroa está mais uma vez estampada na minha mão.

— Achei que devia estar sentindo falta disso, neta — ele me diz, com um sorriso.

— Não tem ideia de quanto — respondo ao curvar os dedos por sobre minha palma.

E é verdade. Quando lhe entreguei a Coroa, me senti aliviada por deixar a pressão de tudo o que ela representa.

Mas, quanto mais eu ficava sem ela, mais estranha e menos eu mesma me sentia, ainda que nunca tenha chegado a somar dois mais dois. No entanto, agora que a Coroa está outra vez em segurança comigo, não tenho a intenção de me desfazer dela de novo.

Achei que a Coroa subtraísse coisas da minha vida — minha pintura, meus relacionamentos, minha alegria normal de todos os dias —, mas agora vejo que ser governante não é deixar de lado essas coisas. É fortalecê-las, torná-las mais preciosas. Óbvio, há muita responsabilidade em carregar a Coroa, mas é algo que aceito com orgulho.

Quando ele e minha avó se afastam, eu me viro para olhar meus amigos, à espera de um instante de normalidade — ou leveza — deles, mas suas expressões são tão sombrias quanto as de Alistair e da Carniceira. Até Heather, que eu meio que esperava que estaria pulando de animação, está mais séria do que jamais a vi quando estende a mão a fim de apertar a minha, conforme passo por ela.

— Você consegue — ela sussurra para mim, e concordo com um gesto de cabeça, ainda que não sinta que seja verdade. Dar ordens em um campo de batalha é uma coisa, ou encerrar disputas na Corte das Gárgulas. Mas liderar o Círculo é algo totalmente diferente.

Mesmo assim, não farei isso sozinha. Hudson estará comigo a cada passo do caminho. E, se todos os nossos desafios nos provaram algo, é que formamos uma boa equipe. Além disso, vimos muitas decisões ruins de governantes e, felizmente, aprendemos com elas. Com sorte, quando chegar a nossa vez de tomar decisões difíceis, estaremos prontos.

Eu me viro para Hudson e percebo que ele parece tão decidido quanto eu. Parece que vamos fazer isso.

Seu sorriso comunica todas as coisas que já sei, assim como tenho certeza de que o meu sorriso faz o mesmo. Aproveitamos um momento só para nós dois, no meio de toda essa loucura, e então, como se fôssemos um só, nos viramos para a Carniceira e para Alistair, que — como antigos rei e rainha das gárgulas — esperam para nos escoltar até o palco.

E então anuncio:

— Estamos prontos.

Minha voz ecoa pelos campos nevados até a montanha logo além.

Subimos os degraus até o proscênio, enquanto os tons de ameixa e cinza do crepúsculo se estabelecem ao nosso redor. No meio do palco estão dois tronos incrustados de joias que são um pouco demais para o meu gosto, mas perfeitos para o de Imogen — e acho que, secretamente, para o de Hudson. Atrás deles, em semicírculo, estão outros seis tronos — tão grandes e espalhafatosos quanto os que foram colocados no meio, para mim e para Hudson.

São para as outras facções, tenho certeza. Os dragões, os lobos, as bruxas. Só faltam os vampiros e, ainda que em grande parte seja nossa culpa, não me permito mais me sentir mal por isso. Hudson e eu tomamos nossa decisão e nos manteremos firmes nela enquanto formos chamados para liderar.

Nós nos sentamos nos tronos e olhamos para os quilômetros de colinas nevadas cheias de paranormais e uma humana muito especial, que vieram de todas as partes do mundo para celebrar este momento conosco. Não sou ingênua o bastante para achar que todos estão felizes com minha ascensão e de Hudson à liderança do Círculo, porém, quando todo o campo se ajoelha diante de nós, não posso deixar de esperar que talvez, apenas talvez, possamos consertar as fissuras criadas através dos séculos e da eternidade diante de nós.

Nossos amigos são as primeiras pessoas que vejo, ajoelhados bem atrás de Alistair e da Carniceira, com sorrisos orgulhosos nos rostos. Espero que pelo menos um deles faça algo bobo, mostre uma careta ou tente fazer todos caírem na risada. Flint, provavelmente, ou talvez Heather ou Gwen.

Contudo, eles não fazem nada disso. Pelo contrário, os rostos de cada um deles permanecem solenes. E, quando encontro seus olhares individualmente, eles fazem uma reverência com a cabeça. Até Jaxon e Flint, dois príncipes.

É um choque, mas também outro lembrete da importância do que está acontecendo aqui. Em vez de ficar constrangida, permito que seu apoio me firme, deixo que flua através de mim e me encha de confiança, ao passo que, enfim, deixo que meu olhar siga para além deles, até os campos cobertos de neve que nos cercam.

Campos repletos de milhares e milhares de gárgulas, todas ajoelhadas diante de mim. Posso ver Artelya na frente, com Dylan e Chastain em cada lado. Atrás deles estão as bruxas que abriram os portais para nós, mais cedo, no pátio.

Ao contrário dos demais, não estão ajoelhadas. Em vez disso, abrem mais uma dúzia de portais espalhados pelos campos, e observo, surpresa, que mais pessoas continuam a sair deles.

Nuri e Aiden saem pelo primeiro, junto a vários membros da Guarda Dracônica. Como rei e rainha dos dragões, eles não fazem reverências para mim ou para Hudson enquanto seguem até seus lugares no estrado, mas seus guardas, sim.

Entretanto, quando nossos olhares se encontram, Nuri inclina a cabeça, e, em seu olhos, encontro poder, determinação e respeito. É mais do que eu esperava, mais do que pensei em pedir depois de todos os eventos passados entre nós, e aceno com a cabeça em agradecimento.

De outro portal saem as rainhas dos lobos, Willow e Angela, junto à sua guarda e várias matilhas alfa, incluindo o mais recente alfa da matilha síria, Dawud. Elu inclina a cabeça e se ajoelha diante de mim — depois de acenar de modo frenético.

Um grupo de instrutores da Academia Katmere, que ainda vai voltar para a escola, sai do terceiro portal — Amka e a srta. Maclean, a sra. Haversham e o dr. Wainwright, o sr. Damasen e o dr. MacCleary. Todos sorriem orgulhosamente para mim, enquanto se ajoelham também.

O quarto portal deve ir até a Cidade dos Gigantes, porque Erym sai pulando, seguido por Xeno, Vander e Falia, que parece muito mais saudável e feliz do que na última vez que a vi. Erym balança os braços no ar em busca de chamar minha atenção — como se ser muito mais alta do que todos os demais no campo não fosse suficiente — e preciso reunir toda a minha força de vontade para não acenar de volta. Em vez disso, dou um sorriso largo e aceno com a cabeça para ela e para os demais, que também ficam de joelhos.

O próximo portal se abre segundos mais tarde, e dele saem vários membros da Corte e da guarda vampíricas. Mikhael e várias pessoas que não reconheço, junto à tia Celine e dois outros vampiros que só posso imaginar serem Flavínia e Rodney.

Por fim, o último portal se abre e dele sai a Rainha das Sombras, junto de Liana, Lorelei, Mekhi, Maroly, Arnst, Tiola, Nyaz, Lumi, Caoimhe e Polo. E, ainda que todos os outros membros do contingente das sombras encontrem o lugar que lhes foi designado e se ajoelhe, não posso deixar de sentir a tristeza de Hudson, pelo fato de Smokey não poder estar aqui também.

As únicas pessoas que não puderam vir foram Remy e Izzy. Remy insistiu que eu não devia me preocupar, mas havia algo em sua voz, algo gritando que não estava tudo bem com a Academia Calder. Mas confio que meus amigos vão me falar quando precisarem de mim, assim como faço quando preciso deles.

Parada ali, diante de todas aquelas pessoas — pessoas que nos ajudaram de um jeito ou de outro desde que cheguei a Katmere —, me sinto muito abençoada. Professores, amigos, família — todos eles estão aqui para testemunhar o momento em que Hudson e eu assumimos nosso lugar no Círculo. Todos estão aqui para honrar o passado e ajudar a começar um novo e melhor capítulo para todos nós.

Enquanto observo todos eles, me sinto mais humilde e mais confiante do que nunca. Porque ver todos aqui e me lembrar do que cada um deles me ensinou me fazem acreditar — acreditar de verdade — que pertenço a este mundo. Mais ainda, me fazem acreditar que pertenço, junto a Hudson, a este trono.

Tanto que, quando Alistair dá um passo adiante e pede que fiquemos em pé, não hesito nem por um instante. Nem meu consorte.

Mas, antes que Alistair possa proferir qualquer outra palavra, a terra ao nosso redor começa a tremer. E os caçadores da Estriga aparecem de todas as direções.

Capítulo 119

PARE DE CHORAMINGAR

Eles vêm com armas e algibeiras em chamas, as armas que a Estriga passou séculos desenvolvendo contra os paranormais sendo disparadas em todas as direções.

Atenção!, chamo meu exército mentalmente, e de imediato eles entram em ação.

Correm para interceptar os caçadores, com Artelya na frente, seguidos pelos guardas de outras facções.

Ao mesmo tempo, meus amigos também entram em ação, acelerando e voando em direção aos caçadores em velocidade máxima. Hudson e eu — junto aos outros líderes — corremos para a beira do palco. Todavia, antes que entremos na briga, a Estriga aparece em um clarão brilhante de luz bem diante de nós.

— Eu devia saber que era você! — a Carniceira rosna enquanto se coloca entre mim e sua irmã.

— Sim, você devia — a Estriga concorda, com um sorriso fino como uma adaga, que enregela minhas veias. — Agora que não estamos mais unidas, não há nada nesta Terra que seja seguro para você e os seus. Vou caçar e destruir cada um de vocês, para que meu povo prospere.

— Você não dá a mínima para seu povo — rosno para ela, enquanto as tropas em campo se envolvem na batalha contra os humanos. Sob meu escrutínio, várias das minhas gárgulas correm na direção dos portais, em vez de lutar. No início, não sei o que estão fazendo. Mas então vejo que estão levando todos que não fazem parte das guardas ou dos exércitos para os portais, para sua própria segurança — um movimento que me deixa muito orgulhosa em meio a todo esse caos.

— Você usa esses humanos para conseguir o que quer — continuo. — O que, neste caso, é todo o poder que sua irmã e o consorte dela possuem.

— Esse é um ponto de vista muito simplista — ela declara, com desprezo.

— Às vezes a resposta simples é a melhor e a mais verdadeira.

— E às vezes é só terreno para aniquilação — ela retruca, antes de enfiar a mão no bolso e pegar uma daquelas algibeiras vermelhas que seus caçadores estão usando.

Minha avó dá uma olhada naquilo e corre até ela, derrubando a algibeira de sua mão e fazendo-a rodopiar no palco.

A Estriga grita de raiva e revida com um soco cruzado bem no rosto da Carniceira — o que lhe garante um chute no estômago ao mesmo tempo que a Carniceira ergue a mão para o céu e envia um relâmpago direto no palco.

— Dez mil anos, e você não aprendeu nada — a Estriga a repreende, sua voz audível sobre o barulho do combate ao nosso redor. — Se vai usar relâmpagos logo de cara, você fica sem armas para usar mais tarde.

Como se quisesse provar seu argumento, ela estende a mão e absorve o relâmpago, e então manda uma corrente direto para um grupo de gárgulas que corre pela neve.

— Além disso, você facilita para mim.

— Acho que consigo me virar — a Carniceira responde, com um sorriso sarcástico. E, desta vez, não há aviso antes que o relâmpago atinja a Estriga bem entre as omoplatas.

Ela grita de novo, uma combinação de raiva e arrependimento. Desiste do relâmpago e corre direto para minha avó. Ao fazê-lo, o cheiro de carne queimada invade o ar ao nosso redor, mas ela não permite que isso a atrase. Pelo contrário: mergulha de cabeça na Carniceira, arremessando-a palco afora, direto pelo ar, no crepúsculo ao nosso redor.

Segundos mais tarde, as duas rolam no céu, presas na coisa mais próxima a um combate mortal que duas deusas imortais conseguem, à medida que Alistair corre para se juntar à batalha em terra.

— Devemos ir atrás delas? — Hudson pergunta enquanto nós dois olhamos para o céu.

Parte de mim quer dizer que sim, se não por outro motivo, para finalmente ver a Carniceira chutar um traseiro. Mas parece que minha avó está com a situação sob controle, e temos problemas maiores para enfrentar do que uma deusa rancorosa.

— Acho que precisamos ajudar os outros — comento, ao passo que três caçadores correm na direção de um dos lobos metamorfos, com algibeiras amarelas em punho.

Duas gárgulas correm para interceptá-los, mas chegam segundos atrasadas. Quando a algibeira amarela atinge o lobo, um grito de agonia corta o ar. Momentos mais tarde, o jovem lobo se desintegra em uma enxurrada do que parece uma estranha versão de prata em pó.

As gárgulas enfim alcançam um dos caçadores, com as espadas erguidas, porém, antes que o detenham, ele enfia a mão na jaqueta e tira uma algibeira roxa, que joga bem no rosto do meu soldado Rodrigo.

Tenho um segundo para pensar que ele vai ficar bem — um segundo em que nada acontece. Mas antes que Rodrigo tente prender o caçador, ele — simplesmente — explode, e sua pedra se estilhaça em mil pedaços diferentes.

Capítulo 120

DÊ UM JEITO E CAIA FORA

Tudo dentro de mim se encolhe ante a cena e, ainda que uma das minhas outras gárgulas, Cooper, derrube o caçador, é tarde demais para fazer qualquer coisa para ajudar Rodrigo ou aquele lobo.

Hudson também assiste à cena e, antes mesmo que eu me transforme, ele já acelerou até o meio do campo e quebrou o pescoço de um caçador que se preparava para lançar uma algibeira verde em uma das damas de companhia de Imogen.

Eu salto do palco, agarrando meu cordão de platina ao fazê-lo, para poder assumir minha forma de gárgula. O único problema, no entanto, é esse maldito vestido. Era bonito quando o coloquei lá na Corte das Bruxas, mas, neste exato momento, não passa de um estorvo. Então pego a saia, digo uma prece silenciosa para que Imogen me perdoe, e rasgo a barra ao meio, diminuindo o comprimento para poder lutar, me mexer e chutar vários traseiros.

Três caçadores correm na minha direção, e dou um soco rodado no queixo fraco do primeiro. Ele desmaia no mesmo momento. Uma segunda caçadora alcança seu bolso e pega uma algibeira roxa que mira bem em mim e, ainda que eu consiga derrubá-la de sua mão, em um instante ela tem outra algibeira roxa pronta.

Desfiro um chute do jeito que Artelya me ensinou no treino, vários meses antes, contudo, quando a mão da caçadora avança, me preparo para qualquer que seja a dor que virá na sequência — e, de repente, os três caçadores desaparecem em um piscar de olhos.

Eu me viro e encontro Hudson olhando direto para mim, com uma raiva inalterada no rosto ao rasgar um caçador ao meio só com as mãos.

— Grace! — Macy grita por trás de mim, e me viro para vê-la correndo na minha direção a toda velocidade.

Assim que está no raio de alcance, ela acena com a mão no ar, e meu vestido se transforma em uma vestimenta de batalha confiável. Calça de couro, camiseta, colete de couro.

Imediatamente, é como se um peso fosse erguido de mim, e saio correndo na direção de Artelya, que dizima um contingente de caçadores com vários outros membros do meu exército.

No meio do caminho, vejo Mekhi, que luta lado a lado com a Rainha das Sombras. Um grupo de caçadores os cercou, e começo a ajudar, mas mal consegui dar uma rasteira em um deles, e uma variedade de criaturas das sombras sai da terra e se espalha ao redor deles.

Ratos, serpentes, aranhas — Mekhi acena com a mão, e eles cobrem os caçadores, que passam a gritar a plenos pulmões conforme caem no chão.

Lanço-lhe um olhar de admiração e continuo a me apressar na direção de Artelya, bem quando a Estriga e a Carniceira passam rodopiando no céu sobre mim. Elas estão um pouco pior, mas continuam firmes — chutes, socos, cotoveladas e joelhadas dadas e recebidas pelas duas.

Duas deusas em um combate mortal porém eterno, tendo como pano de fundo as frias estrelas do Alasca.

E é quando resolvo que já chega. Amo os humanos, passei quase toda minha vida vivendo com eles e pensando que era um deles. Mas não vou deixar que meu exército, que treinou durante mil anos para esta eventualidade, seja derrotado por eles. Não hoje. Jamais.

Então, até onde me diz respeito, é hora de parar de brincar com eles e colocar um ponto-final a isso de uma vez por todas.

Chamo Artelya e vários de seus subordinados. Quando eles chegam, Hudson também se aproxima — junto a Mekhi e à Rainha das Sombras.

— O único motivo pelo qual estão tendo qualquer chance contra nós é por causa daquelas malditas algibeiras — aviso. — Mas olhem para eles... eles tendem a atacar certos paranormais em grupos.

Eles se viram para ver do que estou falando e, agora que percebi, é fácil identificar. Os que estão perto dos vampiros carregam algibeiras vermelhas, ao passo que os que foram atrás das gárgulas estão todos levando algibeiras roxas, como aquela que matou o pobre Rodrigo. Só precisamos dividir e conquistar.

— Hudson, você precisa mobilizar a Guarda Vampírica para ir atrás daquele grupo ali — digo para ele, apontando um imenso contingente de caçadores com algibeiras roxas. — Mas fiquem longe dos que estão com as algibeiras vermelhas. Artelya, você e o exército vão atrás de todos os outros... só não se envolvam com caçadores com algibeiras roxas, a menos que tenham o elemento-surpresa.

Quando termino de falar, Hudson já se foi e Artelya está prestes a partir. Enquanto ela dissemina minhas ordens por suas equipes, me viro para Mekhi e a Rainha das Sombras.

— O que podemos fazer? — ele pergunta.

Mas a Rainha das Sombras já está sorrindo. Porque um vento gigante acaba de soprar pelo campo, transformando-se no que parece ser um tornado. Sei que deve ter origem sobrenatural — o Alasca não tem tornados. E certamente não no meio de uma noite de dezembro.

Não é de se estranhar que a Estriga e a Carniceira caiam do céu bem quando o vento sopra em um frenesi. A Estriga enterra o punho no rosto da Carniceira. O sangue escorre de seu nariz e se espalha por toda a Estriga, que uiva de raiva.

Neste instante de distração, a Carniceira empurra a irmã para bem longe.

A Estriga sai voando pelo ar, direto para o pequeno tornado que surgiu do nada. Ele a pega, manda-a para seu centro e a mantém ali, aprisionada, enquanto ela grita sem parar.

Capítulo 121

UM RELACIONAMENTO DE AMOR/DESTINO

Assim que a Estriga é capturada, o tornado da minha avó a deposita dentro de uma falange de gárgulas imunes à sua magia. Meu exército simplesmente se reúne ao nosso redor, até que estão próximos o bastante para que as pontas de suas asas se toquem.

Quando o fazem, uma explosão poderosa de energia atravessa o ar ao nosso redor, criando um escudo de força que nos aprisiona, e a aprisiona, dentro de seu círculo. Os caçadores remanescentes — e há poucos deles — não perdem tempo em abandonar o campo de batalha. Artelya manda vários soldados atrás deles para garantir que não resolvam voltar com reforços, mas então ela e o restante do exército se reúne ao redor da Carniceira, da Estriga e de mim.

Minha mente rodopia com várias ideias do que fazer com a Estriga — e estaria mentindo se uma delas não envolvesse vários socos em seu rosto. Ainda assim, não é dessa maneira que desejo iniciar meu mandato no Círculo, em especial não quando recentemente passei tanto tempo pensando em tolerância, perdão e no jeito como quero governar.

Então, em vez de dar um belo chute no traseiro da Estriga — não importa quão satisfatório seria —, eu me viro para minha avó:

— Ela é sua irmã — declaro. — O que quer que eu faça com ela?

No início, a Carniceira não responde. Em vez disso, olha para mim e para a Estriga por vários segundos. Mas, como sua irmã continua a uivar, ela suspira fundo e diz:

— Você é a rainha das gárgulas. Faça com ela o que desejar.

Agora que superei a necessidade de arrancar sangue dela, penso em usar a Coroa para drenar seu poder, de modo que ela nunca possa usá-lo para causar problemas. Não tenho certeza se seria possível, mas vale a pena tentar. Mas, mesmo enquanto estendo a mão em sua direção e o tornado some, não posso deixar de pensar que é um erro.

E isso não faz sentido. Não quando ela provou várias e várias vezes que, com o poder que tem, não merece confiança. Não quando provou várias e várias vezes que sua amargura e ódio sempre vão superar a racionalidade e o que é certo.

Mesmo assim, a adesão estrita dela à ordem tem um propósito. Sempre teve um propósito — equilibrar o caos que é grande parte da natureza da Carniceira. O mesmo caos que é grande parte da minha natureza também.

— O universo precisa de equilíbrio — concluo. — Caos e ordem.

— Eu esperava que dissesse isso. — Minha avó sorri. — Você tem alguma coisa para mim?

Meu coração afunda, embora eu saiba que ela tem razão. Por causa do preconceito da Estriga contra os paranormais e sua determinação em acabar com nossa existência, só há um jeito de garantir a manutenção do equilíbrio entre o caos e a ordem que o universo exige.

E então, com todo o Exército das Gárgulas e todos os meus amigos como plateia, eu me viro para meu consorte, que acaba de retornar e está do lado de fora do Círculo. Mas que, como rei das gárgulas, pode passar pelo campo de força de um jeito que quase ninguém mais pode.

Antes que eu possa perguntar a ele se está com o que estou procurando, ele enfia a mão no bolso e pega o belo frasco de vidro pintado que a Curadora me deu.

Ele o entrega para a Carniceira, que tira a tampa antes de levar o frasco aos lábios.

— Não fique tão triste, Grace — ela me diz. — É assim que as coisas sempre foram. Caos e ordem. Amargo e doce.

E então ela inclina o frasco nos lábios e bebe lentamente o mel, até a última gota.

Capítulo 122

DUAS COROAS SÃO MELHORES DO QUE UMA

A Estriga rosna quando a Carniceira tampa novamente o frasco vazio. E, ainda que o Exército das Gárgulas esteja em prontidão, meio que espero que ela ataque minha avó ou a mim. Mas ela deve saber que está derrotada, porque, em vez de vir atrás de nós, simplesmente desaparece.

— Precisamos ir atrás dela — declaro.

Mekhi e Lorelei entram no círculo. Agora que os vejo de perto, percebo como a aparência deles está bem melhor do que quando o Reino das Sombras foi destruído. Seus olhos estão brilhantes; suas peles, lustrosas e saudáveis; e parecem muito mais fortes do que estavam dias atrás.

— Não se preocupe com ela — Mekhi me garante, com o sorriso que tanto me fez falta nestes últimos meses. — Nós cuidamos disso.

— Não dá para se esconder do Príncipe das Sombras — Lorelei conclui, com uma piscadela. — Mekhi vai encontrá-la.

A surpresa toma conta de mim com o novo título de Mekhi, mas não posso afirmar que não lhe cai bem. Ele parece melhor do que esteve durante muito, muito tempo.

— Obrigada — agradeço conforme lhe dou um abraço. — Agradecemos sua ajuda.

— Sempre — ele responde antes de voltar sua atenção para Hudson. — Lorelei e eu temos uma surpresa para você — ele diz.

— É mesmo? — Hudson levanta uma das sobrancelhas. — Além do fato de você ser um príncipe agora?

— Ah, acho que é um pouco melhor do que isso. — Mekhi tira a mochila das costas e abre o zíper.

Posso sentir a tensão de Hudson quando percebe de repente o que está acontecendo.

— Como...

— Acontece que vocês, Vegas, não são os únicos com poderes bem legais depois da Descensão — Mekhi explica , com um sorriso. — Agora que estou curado, percebo que posso fazer umas coisas bem bacanas. Mais notavelmente, transformar sombras em coisas tridimensionais. E isso significa que elas podem existir fora do Reino das Sombras. Ou pelo menos uma umbra em particular pode.

E então ele tira uma bebê Smokey adormecida da mochila e a coloca nos braços estendidos de Hudson. Smokey parece a mesma de sempre — só que *mais*, agora. É redonda e adorável, e seu narizinho é absolutamente precioso. Assim como a expressão no rosto de Hudson.

Hudson olha para Smokey e para Mekhi, e juro que há lágrimas em seus olhos ao fazê-lo. É assim, às vezes, quando todos os seus sonhos se tornam realidade. A alegria é tão aguda que dói. Eu devia saber. Neste momento, me sinto do mesmo jeito.

— Obrigado — ele diz, a voz rouca por perceber que vamos levar Smokey para casa. E que nunca mais teremos de deixá-la.

— Sempre que precisar — Mekhi responde, dando um abraço lateral em Hudson e depois um tapa em suas costas. — Sempre que precisar.

— Precisamos ir embora — a Rainha das Sombras anuncia de seu lugar, fora do círculo. — Não queremos que a Estriga vá muito longe.

— E, se não estou enganada — a Carniceira pontua —, ainda temos uma invocação a realizar.

Não consigo acreditar que quase me esqueci disso, na correria de tudo o que aconteceu na última hora.

— Sim, temos, sim — digo para ela e para Hudson, e me viro para voltar para nossos lugares no proscênio.

É um percurso muito mais rápido, agora que não estamos mais em meio à cerimônia. Melhor ainda, qualquer nervosismo que eu pudesse sentir se foi. Nada como derrotar uma deusa e seus caçadores com seu consorte, seus melhores amigos e seus avós, para fazer você sentir que de repente leva jeito para essa coisa de líder. Mesmo assim, não posso deixar de pensar em Rodrigo, assim como nos outros que deram suas vidas na batalha frenética contra os caçadores, e sinto uma tristeza pesada se acomodar em meu peito, junto ao imenso pesar das perdas do último ano. Acho que essa tristeza e essa responsabilidade serão parte da minha vida como governante também.

Macy vem correndo enquanto nos aproximamos do palco.

— Belo trabalho ali — ela elogia, e há uma energia em sua voz que não ouço há muito tempo.

— Digo o mesmo para você. Não ache que não vi você derrubar aquele caçador de cabelos compridos e monóculo.

Ela dá de ombros.

— Uma bruxa precisa fazer o que é necessário. Falando nisso... — Ela me olha da cabeça aos pés. — Preciso colocar você de novo naquele vestido. Só me dê...

— Não — eu a impeço, balançando a cabeça. — Aquele vestido é lindo, mas isto é ainda melhor, porque sou eu: Grace. Gárgula. Rainha. Uma garota com um coração que pode se partir e ser remendado um milhão de vezes. Quero ser empossada da maneira que quero governar.

— Acho que é perfeito — ela concorda. — Assim como você também é.

Minha prima começa a se afastar, mas Hudson a impede com um toque gentil de sua mão no braço dela.

— Grace está incrível desse jeito, mas é pedir demais um pouco de arrumação no meu smoking?

Macy cai na risada, mas, quando finalmente se acalma, responde:

— Qualquer coisa por você. — Então faz um pequeno aceno com a mão, e Hudson volta à sua normal elegância de alfaiataria.

Estamos sorrindo quando voltamos ao proscênio, minutos depois. Em vez de assustador, dessa vez o momento parece de fato bom. Porque Hudson e eu estamos fazendo isso do nosso jeito, sob nossos termos. E isso faz toda a diferença.

Os outros membros do Círculo já estão sentados ao redor dos nossos tronos, e Alistair e a Carniceira — os líderes que deixam o Círculo — estão parados bem diante deles, esperando por nós.

Nós nos sentamos sem outra palavra. Hudson continua com a bebê Smokey aconchegada em um dos braços, enquanto sua outra mão segura a minha.

— Vamos tentar mais uma vez. — Alistair indica, com um sorriso que só posso descrever como um pouco travesso.

— Sim, vamos — confirmo.

E então nossos sorrisos desaparecem quando a importância do momento retorna. Porque, com Círculo ou sem Círculo, com Coroa ou sem Coroa, este momento se trata de uma única coisa. Do nosso povo — de *todos* os povos — e da determinação que Hudson e eu temos para agir certo para com eles.

— Grace e Hudson, a honra concedida a vocês hoje é grande e séria. Vocês enfrentaram todos os desafios por si mesmos, por sua família e pelo nosso povo, com bravura e abnegação. Ao fazê-lo, provaram-se dignos de liderar o antigo e poderoso Círculo.

A gravidade da situação retorna até mim em uma explosão gelada de nervosismo. Mas, antes que isso possa tomar conta, uma explosão súbita de calor emana do meu elo entre consortes, preenchendo todos os lugares tão gelados dentro de mim.

Agarro-me a esse calor — agarro-me ao meu consorte — e prometo a mim mesma que servirei bem ao meu povo. Se não pela minha bravura, então porque ninguém vai trabalhar mais incansavelmente do que eu para manter a paz entre os paranormais, e ninguém vai trabalhar mais duro do que eu para manter o mundo em equilíbrio. Depois de mil anos preso no tempo, meu povo merece isso de um líder.

Você é corajosa, a voz de Alistair ecoa dentro de mim enquanto o exterior continua com a pompa e circunstância da cerimônia.

Você é poderosa.

Você é merecedora.

Meus olhos encontram os seus, cinza-claros, ao passo que suas palavras ecoam em minha mente. E em seus olhos vislumbro todas as minhas dúvidas. Todos os meus medos. E todos os meus erros.

Uma boa líder deveria ter medo, ele continua falando dentro de mim. *Ela deveria se preocupar com o fato de que vai cometer um erro, pois assim vai trabalhar duro para evitar isso. Mas também deve saber quando deixar esse medo de lado e acreditar em si mesma e na visão que tem para seu povo. Você consegue fazer isso, neta?*

Sim. A resposta é automática e vem bem do fundo da minha alma. Mas, no instante em que a expresso, sei que é verdade. *Este é o nosso povo e sempre farei o melhor por eles, sempre. E meu consorte fará o mesmo.*

Ótimo. Um sorriso inclina os cantos dos lábios de Alistair com minhas garantias. *Isso é tudo o que eu, ou qualquer um, posso pedir a você. Exceto isso.*

Exceto o quê?, penso em perguntar, mas antes que eu consiga fazê-lo, a voz forte e rica de Alistair preenche o ar ao nosso redor.

— Vossas Majestades estão dispostas a fazer o juramento?

Vossa Majestade? Juramento? Só tenho um instante para me acostumar com as palavras, antes que Hudson e eu respondamos:

— Sim.

Alistar assente com a cabeça, de maneira aprovadora. Atrás dele, a multidão parece segurar a respiração coletivamente, atenta a cada palavra — a cada uma das nossas palavras.

— Vocês juram usar o poder investido em vocês aqui, hoje, neste lugar de conhecimento e aprendizado, para garantir a lei, a ordem e a justiça para seu povo?

Começo a fazer que sim, mas percebo que ele precisa ouvir minha resposta — que todas essas pessoas reunidas aqui hoje precisam ouvir nossa resposta. Então é minha vez de limpar a garganta antes de responder junto de Hudson.

— Sim.

— Juram governar sem interesses pessoais e colocar as necessidades de seu povo acima das suas todo o tempo?

— Sim.

— E, finalmente, juram governar com justiça e compaixão em relação a todos?

É a pergunta mais fácil de todas, e minha voz é forte quando respondemos:

— Sim, com certeza.

Alistair concorda com a cabeça, e então pede:

— Por favor, ajoelhem-se diante do povo a que servem.

Hudson e eu fazemos o que ele nos pede, ajoelhando aos seus pés, com as mãos entrelaçadas diante de nós. Quando olho para os campos e montanhas da Academia Katmere, posso ver as outras gárgulas se inclinando para a frente, esforçando-se para assistir ao que sei ser um momento sagrado para nosso povo. Sem dúvida é sagrado para mim, mesmo antes de Alistair puxar uma espada longa e decorativa da bainha em seu quadril.

— Esta é a Espada de Galandal — ele nos diz. — Forjada nos fogos mortais do vulcão Etna, carregada apenas por aqueles que usam a Coroa, defendeu o Exército das Gárgulas e todos sob sua proteção por dois mil anos.

Ele a gira sobre sua cabeça antes de trazê-la gentilmente até meu ombro direito e depois até o esquerdo.

— Com esta espada, eu a nomeio Protetora das Gárgulas. Você aceita este papel?

— Sim.

Ele ergue a espada sobre a cabeça mais uma vez, antes de levá-la até o ombro de Hudson desta vez.

— Com essa espada, eu o nomeio Protetor das Gárgulas. Você aceita este papel?

A voz de Hudson soa alta e verdadeira quando ele responde:

— Sim.

Alistair assente com a cabeça, e então me entrega a espada pesada, oferecendo-me o cabo incrustado de joias. Eu a seguro com firmeza, determinada a não a derrubar, apesar de seu peso.

— Então, com todo o poder em mim investido, eu coroo a Rainha Grace e o Rei Hudson.

Um aplauso gigante toma conta da multidão assim que meu avô profere tais palavras.

E é desse jeito que Hudson e eu somos os novos adultos da sala.

Capítulo 123

SEGURE-SE FIRME

Enquanto gritos de "vida longa à rainha e ao rei" ecoam ao nosso redor, Hudson se vira para mim com o sorriso perverso que aprendi a amar tanto.

— Está pronta para fazer isso? — indaga.

— Mais do que pronta — respondo.

Os outros monarcas vêm para a frente do palco, preparados para nos parabenizar por nossas novas posições. Hudson e eu gastamos um momento para apertar as mãos de cada um deles, e então damos um passo para trás.

— Seu serviço vem sendo muito apreciado — Hudson diz. — Vocês mantiveram o Círculo unido sob circunstâncias extraordinárias, mesmo quando os últimos rei e rainha das gárgulas desapareceram e os últimos rei e rainha dos vampiros perderam a noção com delírios de poder. A firmeza de vocês diante de tudo isso sempre será apreciada.

— Por que estou com a sensação de que o gato está subindo no telhado? — Nuri pergunta, apertando os olhos enquanto olha para mim e para Hudson.

— Porque chegou o momento de um novo caminho — respondo. — Um que honre o passado, mas siga em direção ao futuro que precisamos criar para nosso povo e uns para os outros.

— Estou bem satisfeito com a trajetória para meu futuro — Linden pontua, com uma cara feia. — Então, se vocês dois acham que podem chegar aqui com regras novas e querendo agitar as coisas, vamos precisar ter uma conversa.

— Nada de novas regras — garanto. — Quanto a agitar as coisas... podem falar o quanto quiserem. Mas o tempo de nos falar o que devemos fazer acabou, e faz tempo.

— O que exatamente vocês estão planejando? — Angela questiona.

— Algo que garanta que o que aconteceu várias e várias vezes ao longo da nossa história não se repita novamente — Hudson responde. — Nosso povo não pode suportar outro ditador com o poder de destruir tudo o que trabalharam tanto para construir.

Dá para ver o momento em que a verdade do que está prestes a acontecer atinge os outros membros do Círculo. Os bruxos parecem enraivecidos. Os lobos, assustados. Mas os dragões, Aiden e Nuri, parecem simplesmente intrigados. Mas, sem dúvidas, para uma monarquia tão aguerrida quanto a atual, a proposta pode muito bem ser a tábua de salvação de que ela precisava para sobreviver.

Eu me viro para a frente do palco, onde tantas pessoas esperam nosso primeiro discurso oficial como líderes do Círculo. Mal sabem o que está por vir.

Hudson se aproxima do microfone e levanta a mão para silenciar a comemoração da multidão. Quando todos finalmente ficam quietos, Hudson diz:

— Grace e eu gostaríamos de agradecer a vocês por nos receberem em seus corações hoje e em todos os dias daqui para a frente. Gostaríamos que soubessem que faremos o mesmo por vocês. E, com isso em mente, temos notícias importantes que gostaríamos de compartilhar.

Ele se vira e estende o microfone para mim.

Nossos dedos roçam quando o pego e, mesmo em meio a tudo isso, não posso evitar o jeito como meu coração bate apressado. Mas não tenho tempo para pensar no assunto agora — não quando temos um trabalho tão sério a fazer.

Levo o microfone aos lábios e olho para este lugar que iniciou tudo para mim, que mudou minha vida e me ensinou não só quem sou, mas quem quero ser.

Vim para Katmere há um ano, perdida, machucada e desesperada para fugir da dor da morte dos meus pais. Quando cheguei aqui, tudo o que eu queria era ser deixada em paz para me encolher em um canto e chorar. Mas a Academia Katmere jamais me deu essa opção — nem as pessoas que conheci aqui. Pensei que tinha perdido tudo, mas muita coisa aconteceu no ano que se passou, e parada aqui e agora, tudo em que consigo pensar é como estou grata por esta escola. Por estas pessoas. Por este mundo que me acolheu em seu coração e me ajudou a entender meu lugar na Terra.

Rocha e semente. Proteção e nutrição. Este lugar me forneceu amigos para amar e cujas mortes vou lamentar, pessoas para liderar e com as quais aprender, e um consorte para amar para sempre.

Encontrei a mim mesma e encontrei uma família.

Tomei decisões difíceis e encarei as consequências.

E agora estou aprendendo a fortalecer todos os lugares quebrados.

É essa força — dos meus amigos, da minha família, do meu consorte — que me dá a coragem e a convicção para ficar em pé neste palco agora, e compartilhar o sonho que Hudson e eu temos para nosso povo e para nosso mundo.

— Depois de milhares de anos com incontáveis contratempos e desafios que o Círculo enfrentou, circunstâncias que trouxeram dificuldades e medo para nossas vidas, Hudson e eu decidimos que nosso primeiro ato como governantes do Círculo é mudá-lo, fazendo-o deixar de ser um corpo governado por um grupo seleto de paranormais para um que seja governado por todos vocês. — Minhas palavras ecoam nos campos cobertos de neve enquanto as pessoas param de falar e comemorar e passam a *escutar*. — Nos próximos meses, estabeleceremos um corpo eleito que representará a diversidade e a beleza da comunidade paranormal na qual todos vivemos. Um no qual cada grupo paranormal tenha voz, não apenas as cinco facções que *sempre* estiveram aqui, mas cada um de vocês. Desde os gigantes até as sereias, passando pelos chupa-cabras e as manticoras. E, se nosso plano der certo, se todos encontrarmos um jeito de viver, amar e apoiar uns aos outros, isso aqui não será mais um círculo, mas uma corrente na qual todos os nossos elos estarão conectados. Uma corrente na qual unimos nossas forças e nossos recursos com o intuito de garantir que não existam elos frágeis. É assim que Hudson e eu queremos governar, e é como acreditamos que podemos construir uma comunidade saudável, poderosa e próspera.

— Pedimos a todos vocês que se juntem a nós no que será uma longa e recompensadora aventura, que vai culminar com um futuro melhor para todos nós — Hudson prossegue de onde parei. E então dá para toda a plateia, incluindo os outros membros do antigo Círculo, o sorriso travesso que sempre me pega de jeito. E, a julgar pela maneira como a audiência responde, a reação das demais pessoas é a mesma. Mesmo antes que ele diga: — Mas haverá um momento para tudo isso. Por enquanto, quero agradecer aos nossos anfitriões, Imogen e Linden Choi. Pessoalmente acho que vocês precisam se segurar firme, porque ouvi dizer que as bruxas sabem dar uma bela de uma festa!

E é assim que a música alta preenche o ar. Fogos de artifício explodem, churrasqueiras ao ar livre ganham vida e a aurora boreal dança no céu.

Seguro a mão de Hudson e, a essa altura, só resta uma coisa a fazer. Calar a boca e dançar com ele.

Capítulo 124

FAÇA O CHÃO TREMER E GOVERNE

Em segundos, meus amigos estão ao nosso redor. As parabenizações enchem o ar, e Macy joga os braços em volta de mim.

— Você conseguiu! — ela exclama ao me abraçar com tanta força que quase interrompe meu suprimento de ar.

— Nós conseguimos! — respondo, abraçando-a com uma força igual.

Abraço cada um dos meus amigos ao passo que a multidão continua a comemorar ao nosso redor. Éden bate o punho cerrado no meu e exclama um "É isso aí". Flint me joga no ar como uma boneca de pano e diz:

— Nada mal, novata. Nada mal, mesmo.

E Jaxon... Jaxon simplesmente sorri para mim e pergunta:

— O que faz o chão tremer e governa?

— Não tenho ideia.

— Uma gárgula que vai mudar o mundo. — E então ele me dá o maior abraço imaginável... um que parece não ter fim. — Parece que nós dois encontramos os consortes dos nossos sonhos — ele sussurra para mim.

Eu me afasto, com os olhos arregalados.

— Você e Flint? Vocês finalmente se tornaram consortes?

— Depois da Câmara... — Ele para de falar e solta um longo suspiro dramático antes de recomeçar. — Depois da Câmara, implorei a ele que não me deixasse. E, como ele é uma pessoa muito melhor do que jamais serei, ele disse sim.

Graças a Deus.

— Já estava mais do que na hora de você ganhar juízo — digo para ele enquanto as últimas fissuras minúsculas do meu coração finalmente se curam. — Mas espero que ele tenha feito você rastejar.

Flint dá um sorriso bobo para seu consorte e passa o braço sobre seus ombros.

— Fiz com que ele rastejasse tanto — confirma. — Tanto, tanto. Foi uma coisa linda de ver.

Jaxon revira os olhos, mas seu sorriso é tão grande quanto o de Flint. E percebo que é a primeira vez que vejo Flint olhar para Jaxon desse jeito — feliz de verdade, sem fingir que não está morrendo por dentro. É uma visão ótima — e um sorriso ótimo — e não posso esperar para testemunhar mais disso no futuro.

Flint me pega olhando e balança as sobrancelhas para mim antes de voltar para a multidão que ri e dança.

— Você fez bem — comento com Jaxon quando ficamos sozinhos novamente. — Você e Hudson precisaram de muito tempo para aprender que não são os únicos que precisam se sacrificar.

— Talvez seja porque nós dois sabíamos que tínhamos muito o que compensar.

— Vocês dois fizeram isso muito bem. — Eu o abraço novamente. — Agora é hora de você ser feliz.

— Gosto de como isso soa. — Ele me solta bem quando alguém limpa a garganta atrás de mim.

— Posso interromper?

— Vá procurar seu homem — sussurro para Jaxon antes de me virar e dar de cara com meu tio Finn parado ali, fitando-me com os mesmos olhos do meu pai.

— Estou orgulhoso de você — ele declara enquanto também me dá um abraço. — Estamos todos orgulhosos de você.

— Obrigada — sussurro, enquanto outra parte do meu coração ferido se cura. — Por tudo.

Quando ele se afasta, minha avó toma seu lugar. E, como sempre, não tenho ideia de em que ela está pensando.

— Venha andar um pouco comigo — ela me convida e, no instante em que dou o primeiro passo ao seu lado, não estamos mais no monte Denali. Estamos sozinhas no calçadão da minha praia favorita em San Diego, e há várias mesas de xadrez diante de nós. — Sente-se — a Carniceira pede, e é o que faço, porque, mesmo no meio de uma comemoração como esta, há muitas coisas que precisamos dizer uma para a outra.

Quando ela estende o braço para pegar uma peça do tabuleiro, eu seguro sua mão.

— Tenho algo que quero propor para você.

Ela ergue uma das sobrancelhas.

— Já sei o que você vai dizer, e aceito.

— Ótimo. Você será uma excelente rainha dos vampiros.

— Ah, Grace, querida. — Ela ri. — Eu já fui. Isso é só um repeteco. — Mais uma vez ela pega a rainha no tabuleiro, e mais uma vez eu a impeço. — Você não quer jogar? — ela pergunta, surpresa.

— Não — respondo. — Não quero. Você me ensinou muita coisa, mas serei um tipo de governante diferente do seu.

Por um segundo, acho que ela vai acabar comigo. Mas então ela apenas sorri e diz:

— Acho que provavelmente é melhor assim. — Então estende o braço e varre todas as peças para fora do tabuleiro.

Epílogo

CURTA O ENSINO

— Hudson —

Consulto o maldito relógio pela vigésima vez nos últimos dez minutos. Ela ainda não chegou. Por que ela ainda não chegou?

Sinto-me como um total babaca por estar tão ansioso com o fato de Grace estar minutos atrasada, mas venho mantendo este segredo há meses, e não posso esperar muito mais para ver o rosto dela.

O ruim é que parece que vou ter de esperar de qualquer jeito.

Imagino que eu possa me manter ocupado durante a espera. Assim, pego meu celular no canto da escrivaninha e sigo direto rumo à porta do escritório. Mas, assim que a abro, acabo dando de cara com Grace.

— Desculpe pelo atraso! — ela exclama, com uma risadinha. — Passei a última meia hora fazendo uma mediação entre Thomas e Dylan.

— De novo? — pergunto. — Por que estão brigando agora?

Ela revira os olhos.

— O bode de Dylan entrou no quarto de Thomas e comeu os pés esquerdos de sua coleção de tênis.

— Só os pés esquerdos? — Só de pensar no assunto sinto um aperto no coração. Passei o último ano colocando minha coleção de cuecas Versace em ordem novamente. Não sei o que eu faria se o bode de Dylan colocasse os dentes na minha cueca azul com estampa barroca.

— Thomas afirma que o bode estava com um humor particularmente cruel.

— Não posso dizer que discordo — digo. — Comer só os pés esquerdos de todos os pares de tênis me parece algo bem diabólico.

— Foi o que eu disse. Dylan não pareceu impressionado.

— Ele raramente fica — digo ao mesmo tempo que a puxo em minha direção para um abraço.

Ela tem cheiro de canela e maçã, o que significa que passou um tempo nas cozinhas novamente, entre suas tarefas de mediação. Grace está determinada a aprender a cozinhar. Continuo dizendo para ela que seria melhor se ela cursasse aulas de culinária no Sur La Table, em San Diego, mas ela está determinada a aprender a mexer na cozinha da nossa fortaleza medieval... para grande desgosto de Siobhan e das outras gárgulas.

Ela se aconchega em mim, felizmente, e enterro o rosto em seus cabelos, sentindo seu cheiro por um minuto, me preparando para o que está por vir.

Mas, depois de um tempo, Grace se afasta com um olhar intrigado.

— Então, por que queria me encontrar aqui? Está acontecendo alguma coisa?

— Dá para dizer que sim. — Seguro sua mão e a puxo gentilmente em direção à porta. — Tenho trabalhado em uma coisa há algum tempo. Hoje parece ser o dia perfeito para compartilhá-la com você.

Deve haver algo em minha voz, no entanto, porque o sorriso some de sua expressão, e ela me observa por vários segundos, como se tentasse adivinhar o que se passa dentro da minha cabeça.

— Você está bem? — ela pergunta.

— Sim. Tudo joinha.

— Cada vez que você diz isso é um sinal certeiro de que as coisas não estão nada joinha — ela responde, arqueando uma das sobrancelhas.

Ela tem razão, mas com certeza que não vou admitir isso. Ela sempre enxerga demais.

Contento-me em segurar a mão dela e puxá-la gentilmente pelo corredor até o salão principal para o qual viemos pelo portal todos aqueles meses atrás. Foi o primeiro que reformei por completo. Talvez por isso seja meu favorito. Ou talvez seja por causa do que planejo fazer com ele.

— Feche os olhos — sussurro para ela quando ficamos sob os arcos brancos ascendentes.

— Esta é outra daquelas coisas de amostras de cores? — ela pergunta, com um ar cético. — Porque não estou muito a fim de discutir por causa de cinco tons diferentes de branco que podemos usar para pintar a ala oeste da Corte Vampírica, não depois de passar a última hora olhando para cento e vinte e sete pés de sapatos meio comidos.

— Cento e vinte e sete? — Estremeço. — Meu Deus, que brutal.

— Você não tem ideia. — Grace estremece comigo, embora acho que estejamos traumatizados por coisas diferentes. — Posso abrir os olhos? — ela pergunta no instante em que a coloco na posição.

— Sim — respondo, e então lamento imediatamente quando uma maldita bola de nervos me atinge em cheio. Por que diabos achei que hoje era um bom dia para fazer isso?

Olho para qualquer coisa, menos para Grace, enquanto espero sua reação, mas, quando ela não diz nada, finalmente me obrigo a olhá-la nos olhos.

— O que é isso? — ela sussurra enquanto passa o indicador pelas letras da placa.

— Academia Vega — respondo.

— Eu vi isso. — Ela se vira para me encarar e passa os braços pela minha cintura como se, de algum modo, já soubesse o que isso significa para mim. — O que é a Academia Vega?

— Ainda não é nada. Mas em algumas semanas será uma escola.

— Uma escola? — Ela arregala os olhos. — Como a Academia Katmere?

— Sim — respondo. — E não.

Ela ergue as sobrancelhas.

— Bem, isso não me ajuda muito.

— Não quero que seja para crianças da elite, não do jeito que é a Academia Katmere. Aqui, todo mundo pode vir, não importa se os pais ganham muito ou pouco. Adoro ensinar e adoro crianças, e percebi que não há cura melhor para esta Corte Vampírica... ou para mim... do que criar um lugar onde o aprendizado e o conhecimento possam florescer.

Seguro a respiração, esperando para ouvir o que ela pensa. Felizmente, ela não me deixa esperando por muito tempo.

— Acho que é a ideia mais bonita que você já teve — ela me diz.

— É mesmo? — Observo seu rosto, procurando algum sinal que indique que ela odiou o que fiz. Mas não há nada além de apoio, amor e um entendimento tranquilo que me deixa inquieto.

Porque Grace sempre vê demais.

— Na verdade, tenho um presente para você — digo para ela, a fim de tirar aquela expressão de seu rosto. — Quer ver?

— Um presente? — Ela parece meio intrigada e meio cautelosa. Não que eu a culpe. Estamos falando da Corte Vampírica, no fim das contas. Coisas ruins acontecem o tempo todo.

— É um pequeno presente. — Eu a levo pelo corredor, dobramos uma esquina até que finalmente chegamos ao aposento que passei meses fingindo que não existia. E depois passei mais vários meses tentando descobrir o que fazer com ele.

Grace fica tensa assim que percebe diante de qual porta estamos.

— Não precisamos entrar aí — ela me diz e começa a recuar.

— Eu quero entrar aí — garanto para ela.

Ela parece cética.

— Quer mesmo?

— É meio que o objetivo de toda a visita — explico, abrindo a porta do antigo escritório do meu pai para que ela entre. — Você não tem como ganhar seu presente se não entrar.

Ela me dá outro olhar perscrutador, mas entra pela porta que estou segurando. Dá para ver o instante em que ela realmente começa a ver o que fiz com este lugar, porque sua exclamação de surpresa pode ser ouvida do outro lado do mundo. Um longo caminho foi percorrido desde que arrebentei toda esta sala com uma marreta.

— Você... Isso... — Grace para de falar e engole em seco, e então tenta de novo: — É isso que você estava mantendo em segredo? Esta sala e esta escola?

— Sim, era isso.

— Por quê? — Ela dá uma volta em torno de si mesma. — Por que não me contou? Você devia saber que eu apoiaria você!

— Talvez não fosse isso o que eu queria de você.

Dessa vez, quando se afasta, minha consorte parece cautelosa.

— O que isso significa?

Não tenho a mínima ideia. Meio que falei sem pensar. Mas ela espera uma resposta, então digo a única coisa que consigo imaginar.

— É um espaço seguro — explico minutos mais tarde, enquanto ela começa a explorar a sala. — Livros, materiais de artes, coisas para desenhar. Todas as coisas que podem ser feitas para acalmar a mente e ajudar as crianças para que se sintam melhor consigo mesmas ou com o que estiver acontecendo em suas vidas.

— É incrível — ela me diz. — E não consigo pensar em um uso melhor para a antiga sala de guerra do seu pai.

— Nem eu, considerando todas as merdas que ele planejou aqui ao longo dos anos. — Merdas que incluíam torturar os próprios filhos.

Ela continua a andar pela sala, observando alguns livros e projetos que são oferecidos aqui. No típico jeito de Grace, que se interessa por tudo e tem um milhão de perguntas para as quais quer resposta.

Depois dos primeiros questionamentos, começo a relaxar, porque parece que talvez ela não vá me obrigar a ir por algum caminho que não quero. Ela não vai fazer nenhuma das perguntas difíceis a que tenho evitado responder.

Mas então, quando penso ter me safado dessa, ela para diante da citação que pintei na parede. Dá para ver que a reconhece, porque fica bem quieta. Muito quieta. Não diz uma palavra, enquanto nós dois olhamos para a frase, até que finalmente a envolvo em meus braços e leio em voz alta:

— "O tempo não nos muda. Ele nos revela".

No início, ela não fala nem faz nada. Nem sequer olha para mim. Simplesmente fica olhando para a maldita parede e lê a citação várias e várias vezes.

Então segura meus braços, coloca-os ao redor de sua cintura e me abraça. Grace simplesmente me abraça e diz:

— Eu adoraria ouvir mais sobre isso.

E é assim, com essa facilidade, que o nó que existe dentro de mim desde sempre começa a se soltar. E percebo que, não importa o que aconteça, vamos ficar bem.

E, por enquanto, é o suficiente.

Na verdade, é mais do que suficiente. É tudo.

AGRADECIMENTOS

Não é fácil escrever uma série de livros tão longa, em especial uma com tantos personagens e histórias paralelas como esta, então preciso começar agradecendo às duas mulheres que tornaram isso possível: Liz Pelletier e Emily Sylvan Kim.

Liz, deixamos tudo o que temos conosco nas páginas desta série, então agora tudo o que resta é agradecê-la do fundo do coração. Você é uma maravilha.

Emily, não tenho ideia do que eu faria sem você. Este último ano foi desafiador em vários sentidos, e acho que não teria conseguido sem você. Obrigada, obrigada, obrigada.

Stacy Cantor Abrams, esta série precisa ir para o livro dos registros. Obrigada por todo o apoio que você deu tanto para mim quanto para a série ao longo dos anos. E muito obrigada por aquela ligação que deu início a tudo.

Hannah Lindsey, minha fabulosa companheira de turnês, intrépida resolvedora de problemas e revisora extraordinária. Passei momentos realmente incríveis depois que conheci você e trabalhei neste livro ao seu lado. Obrigada por tudo. Você é uma deusa.

Para todo mundo na Entangled que participou do sucesso da série *Crave*, obrigada, obrigada, obrigada, do fundo do meu coração. A Jessica Turner, pelo apoio constante. A Bree Archer, por fazer TODAS as lindas capas e todas as outras artes. A Meredith Johnson, por toda a ajuda nessa série em vários aspectos. Você facilitou muito o meu trabalho. Para a fantástica equipe de revisão, obrigada por fazer minhas palavras brilharem! A Toni Kerr, pelo incrível cuidado que teve com o meu bebê. Ficou incrível! A Curtis Svehlak, por fazer milagres acontecerem do lado da produção várias e várias vezes — você é incrível! A Katie Clapsadl, por consertar meus erros e sempre me apoiar. A Angela Melamud, por espalhar as notícias sobre a série; a Riki Cleveland, por ser sempre tão amável; a Heather Riccio, pela atenção aos detalhes e pela ajuda na coordenação das milhares de questões distintas que acontecem no lado empresarial de uma editora. Um agradecimento especial para Veronica Gonzalez e para a incrível equipe de vendas da Macmillan, por todo o apoio que deram à série ao longo dos anos. Para Julia Kniep, na DTV, pela leitura aguçada, e para Beth Metrick e Lexi Winter por trabalharem tão duro para levar esses livros até as mãos dos leitores.

A Eden Kim, por ser a mais bacana. Ninguém no mundo tem uma leitora beta melhor do que você, e sou grata por tudo. Na próxima vez que eu for a Nova York, as compras são por minha conta!

A In Koo, Avery e Phoebe Kim, obrigada por me emprestarem sua esposa e mãe até tarde da noite, bem cedinho de manhã e nas conversas no café da manhã, no almoço, no jantar, à meia-noite — e que tornaram este livro possível.

A Stephanie Marquez, obrigada pela alegria que você demonstrou com a série desde o início. Seu amor e apoio são uma das partes mais incríveis da minha vida.

Aos meus três garotos, que amo com todo meu coração e minha alma. Obrigada por compreenderem todas as noites que tive de me esconder em meu escritório e trabalhar em vez de ficar com vocês, por estarem presentes quando mais precisei de vocês, por ficarem comigo em todos os anos de dificuldades e por serem os melhores filhos que eu poderia pedir.

A Jennifer Elkins, por estar ao meu lado durante tudo o que aconteceu nestes últimos trinta anos. Adoro você, minha amiga.

E, por fim, aos fãs de Grace, Hudson, Jaxon, Macy, Flint, Mekhi, Éden, Heather, Gwen, Xavier, Luca, Liam, Rafael, Byron, Calder, Remy, Izzy e da Academia Katmere, obrigada, obrigada, obrigada do fundo do coração pelo apoio inabalável e entusiasmo por estes livros. Não consigo expressar quanto seus e-mails, DMs e postagens significaram para mim. Sou tão grata por vocês nos terem acolhido em seus corações e escolhido seguir conosco nesta jornada. Espero que tenham gostado de ler a série *Crave* tanto quanto gostei de escrevê-la. Amo e sou grata por cada um de vocês. xoxoxoxo

Primeira edição (fevereiro/2024)
Papel de miolo Ivory slim 65g
Tipografias Lucida Birght e Goudy Oldstyle
Gráfica LIS